DANS LA COLLECTION
NUITS NOIRES

Venero Armanno
Sombre déluge, 2000

David Baldacci
La Simple Vérité, 1999
Sous haute protection, 2001

Alice Blanchard
Le Bénéfice du doute, 2000

Joe Connelly
Ressusciter les morts, 2000

Robert Crais
L.A. Requiem, 2001

Daniel Easterman
Le Jugement final, 1998
K, 1999
Incarnation, 2000
Le Masque du jaguar, 2001

Dick Francis
Jusqu'au cou, 1999

James Grippando
Une affaire d'enlèvement, 1998
À charge de revanche, 2001

Arthur Hailey
Détective, 2000

John Lescroart
Faute de preuves, 1998
Meurtre par pitié, 1999

Matthew Lynn
L'Ombre d'un soupçon, 1998

Brad Meltzer
Délit d'innocence, 1999
Mortelle défense, 2000
Chantage, 2001

Doug Richardson
Le Candidat de l'ombre, 1998

John Sandford
La Proie de l'esprit, 1998
La Proie de l'instant, 1999
La Proie secrète, 2000
Une proie certaine, 2001

J. Wallis Martin
Le Poids du silence, 2001

Michael Weaver
Le Mensonge, 1999

Don Winslow
Mort et vie de Bobby Z, 1998

RIEN QUE LA VÉRITÉ

DU MÊME AUTEUR

Justice sauvage, Belfond, 1996, et Pocket, 1998
Faute de preuves, Belfond, 1998, et Pocket, 1999
Meurtre par pitié, Belfond, 1999, et Pocket, 2001

JOHN LESCROART

RIEN QUE LA VÉRITÉ

*Traduit de l'américain
par Hubert Tézenas*

belfond
12, avenue d'Italie
75013 Paris

Titre original :
NOTHING BUT THE TRUTH
publié par Delacorte Press, a division of
Random House Inc., New York.

Ce livre est une œuvre de fiction. Les noms, les personnages, les lieux et les événements sont le fruit de l'imagination de l'auteur ou sont utilisés fictivement. Toute ressemblance avec des personnes réelles, vivantes ou mortes, des événements ou des lieux serait pure coïncidence.

Si vous souhaitez recevoir notre catalogue
et être tenu au courant de nos publications,
envoyez vos nom et adresse, en citant ce livre,
aux Éditions Belfond,
12, avenue d'Italie, 75013 Paris.
Et, pour le Canada,
à Vivendi Universal Publishing Services,
1050, bd René-Lévesque-Est,
Bureau 100,
Montréal, Québec, H2L 2L6.

ISBN 2-7144-3720-6
© Lescroart Corporation 1999. Tous droits réservés.
© Belfond 2001 pour la traduction française.

Au Grand Cactus et aux petites Gambas

*Afin de cacher le mensonge
nul masque
mais la pure vérité
et afin de se mieux déguiser
ne se vêtir que de sa seule nudité.*

William Congreve

PREMIÈRE PARTIE

1

Après une matinée de chien, Dismas Hardy commençait à craindre de devoir se farcir un après-midi mortel dans l'enceinte du tribunal municipal, au deuxième étage du palais de justice de San Francisco.

Il attendait – une attente interminable, depuis neuf heures du matin – que son client soit reçu en audience. Si on lui avait laissé le choix, il aurait certainement trouvé une meilleure façon de fêter son quarante-huitième anniversaire.

Et voici qu'une fois de plus l'huissier appelait quelqu'un qui n'était pas son client, mais un jeune type qui devait picoler depuis le jour de son vingt et unième anniversaire – s'il ne s'y était pas mis avec deux ou trois ans d'avance. Peut-être même était-il encore saoul. En tout cas, il avait l'air salement ravagé.

Le juge était Peter Li, un ancien adjoint au district attorney avec qui Hardy était relativement en bons termes. Le procureur, Randy Huang, resta assis à sa table pendant que l'accusé passait à sa hauteur. L'avocate commise d'office était une ancienne : Donna Wong, dix ans de métier.

L'éternel greffier du juge Li – Manny See, encore un Asiatique – lut à haute voix l'énoncé des charges retenues contre le jeune homme tandis que celui-ci demeurait debout dans le box, vacillant, les paupières tombant et se rouvrant sans cesse. Puis le juge l'interpella.

— Monsieur Reynolds, vous venez de passer deux jours en garde à vue afin de retrouver votre sobriété, et votre défenseur m'assure que vous y êtes parvenu. Est-ce exact ?

— Oui, Monsieur le Président, s'empressa de déclarer Donna Wong.

Le juge Li hocha patiemment la tête.

— J'aimerais l'entendre de la bouche de M. Reynolds, maître, dit-il d'une voix ferme. Monsieur Reynolds ?

Reynolds leva les yeux, tangua le temps d'un battement de cils, lâcha un soupir, secoua la tête.

— Monsieur Reynolds, répéta le juge Li, haussant le ton. Regardez-moi, s'il vous plaît. Savez-vous où vous êtes ?

Donna Wong aiguillonna du coude le prévenu. Le regard de Reynolds se posa sur elle, remonta vers le juge et son greffier, et se fixa sur Huang, toujours assis à la table de l'accusation. Son expression s'empreignit de surprise hébétée au fur et à mesure qu'il prenait conscience de son environnement – partout des visages asiatiques.

— Je sais pas, répondit-il, avant d'ajouter après une pause : En Chine ?

L'humour des prétoires, bien que réel, avait parfois du mal à résister à la tragédie et à l'impersonnalité souvent cruelle de la loi. Vingt-cinq interminables minutes après que l'ivrogne Reynolds eut été reconduit hors de la salle, une autre affaire fut examinée, et un autre accusé – toujours pas celui de Hardy – introduit. L'avocat commençait à croire que son client ne serait pas entendu avant le lendemain et qu'il allait perdre une journée de plus. Ce n'était pas particulièrement inhabituel. Tout le monde pestait contre cet état de fait, mais personne ne semblait capable d'y porter remède.

Le nouvel accusé était Joshua Bonder, et rien qu'à entendre le numéro de l'article du code lu par le greffier, Hardy sut qu'il était inculpé de trafic d'amphétamines. Avant d'entamer les débats, le juge Li tint à s'assurer que les trois principaux témoins de l'affaire étaient présents dans l'enceinte du tribunal et prêts à déposer.

Hardy était en train de piquer du nez, à peine conscient des négociations entre le juge Li et les procureurs, quand soudain la porte s'ouvrit derrière le fauteuil du magistrat. Un cliquetis de chaînes – vestige du Moyen Âge – lui fit dresser la tête à l'instant où deux policiers armés escortaient trois enfants dans la salle.

Les deux garçons et la fille semblaient âgés de dix à quatorze ans. Tous filiformes, pauvrement vêtus, terrifiés. Et surtout – ce qui suscita une commotion quasi électrique d'un bout à l'autre de la salle d'audience –, ils étaient attachés les uns aux autres par les poignets et les chevilles.

Joshua Bonder, dont les menottes avaient été retirées avant l'audience, faillit renverser la table de la défense en tentant de s'élancer vers les enfants :

— Bande de fumiers ! rugit-il. Qu'est-ce que vous avez fait à mes gosses ?

Les deux policiers bondirent pour le maîtriser, le retenant à hauteur de la table de la défense.

Hardy avait vu plus d'un assassin se présenter devant le juge libre de ce genre d'attirail. Il croyait même avoir presque tout vu ici ; et pourtant, il fut profondément choqué par cette vision.

Il n'était pas le seul : perdant d'un coup son flegme habituel, le juge Li se leva de son siège.

— Qu'est-ce qui vous prend, sapristi ? lança-t-il aux policiers. Détachez-moi ces enfants tout de suite !

Son regard vola à travers la salle pour s'arrêter à la table du procureur – l'adjoint au DA chargé de l'accusation.

— Monsieur Vela ? Que signifie ceci ?

Vela, à son tour, s'était levé.

— Monsieur le Président, bafouilla-t-il, c'est vous-même qui avez signé l'ordre d'entraver ces enfants en vue de leur audition. Nous craignions qu'ils n'essaient de fuir. Ils n'auraient pas témoigné contre leur père de leur plein gré – vu qu'il assume tout seul leur garde. Nous les avons donc placés dans une maison d'éducation surveillée.

— Depuis combien de temps ?

Vela aurait visiblement assez apprécié que le sol s'entrouvre pour l'engloutir.

— Quinze jours, Monsieur le Président. Vous devez vous rappeler...

— Je me rappelle parfaitement ce dossier, cria Li. Et je n'ai jamais ordonné de les entraver, pour l'amour du ciel !

Mais le bureaucrate Vela avait une réponse toute prête.

— C'est la procédure standard, Monsieur le Président. Chaque fois qu'on estime qu'il y a un risque de fuite au moment de transférer un pensionnaire d'une Unité à encadrement éducatif renforcé, on l'entrave.

— Mais regardez-les, monsieur Vela ! lâcha le juge, bégayant presque de rage. Ce ne sont que des *enfants*, même pas des adol...

L'avocate du père, une certaine Gina Roake, estima alors opportun de mettre son grain de sel.

— Monsieur le Président, dois-je comprendre que ces enfants viennent de passer deux semaines dans une UEER ?

Vela maugréa que Mme Roake n'avait pas à monter sur ses grands chevaux. C'était la procédure standard. Mais Roake était lancée.

— Vous avez enfermé ces enfants innocents au milieu de jeunes délinquants avérés ? s'écria-t-elle d'une voix assourdie par le dégoût. C'est bien ce que vous êtes en train de me dire, monsieur Vela ?

— Ils ne sont pas innocents...

— Non ? Et quel est leur crime ? Manque d'empressement à témoigner contre leur père ? C'est tout ? Et c'est pour ça qu'ils sont enchaînés ?

Vela fit une nouvelle tentative.

— Le juge lui-même a ordonné...

Mais Li ne voulut pas en entendre davantage. Explosant, il pointa un doigt en direction du procureur :

— J'ai ordonné la mise en application de la procédure la moins coercitive possible afin de permettre que ces enfants soient présentés à la cour. La *moins* coercitive possible, monsieur Vela ! Vous savez ce que cela veut dire ?

Le plus petit des trois témoins ayant fondu en larmes, sa sœur s'approcha de lui pour le serrer dans ses bras. Comme un des policiers allait les séparer, Gina Roake glapit :

— Ne les touchez pas !... Monsieur le Président ?

C'était une supplique, que Li accepta.

— Laissez-les tranquilles.

S'ensuivit un moment de silence relatif, et Gina Roake le mit à profit pour formuler un reproche bien senti :

— Monsieur le Président, ce genre de situation devient inévitable chaque fois que des enfants sont happés par le système judiciaire. Il doit y avoir une meilleure façon de procéder. Ceci n'est qu'une parodie de justice.

Le tour de Hardy arriva enfin.

Son client, Jason Trent, trente-deux ans et récemment débarqué de Dallas, gagnait sa vie en posant de la moquette. Il se trouvait présentement en détention préventive, accusé de voies de fait et de coups et blessures graves. Ces coups avaient été portés lors d'une bagarre survenue sur le parking du 3Com Stadium à l'issue d'un match des 49ers [1].

La version de Trent, et Hardy y croyait, était qu'un trio de gars du coin avait pris ombrage de sa tenue de supporteur des Dallas Cowboys. Après la raclée retentissante reçue par les Niners, ils s'étaient imaginé pouvoir évacuer une partie de leur frustration en faisant sa fête à un cow-boy solitaire. À l'instar des choix opérés par les Niners sur le terrain d'un bout à l'autre du match, celui-ci s'était révélé désastreux pour l'équipe locale.

Jason Trent était ceinture noire de karaté et d'aïkido. Dans sa jeunesse, il avait aussi été couronné Gants d'Or à Fort Worth. Après avoir été aspergé de bière et bousculé deux fois de suite, malgré ses efforts pour prévenir les trois assaillants de ses talents défensifs, Jason avait perdu son sang-froid. Au terme d'un bref combat, il les avait laissés sur le carreau. Ensuite – grave erreur –, il s'était laissé aller à leur asséner quelques coups supplémentaires, ce qui avait causé la fracture de deux bras, d'une clavicule et d'un nez.

---

1. Les 49ers (Forty-Niners), équipe de football américain de San Francisco, jouent leurs matches à domicile au 3Com Stadium. *(N.d.T.)*

— Vous auriez dû arrêter après les avoir mis par terre, lui avait dit Hardy.

Ce à quoi Jason avait répondu, haussant les épaules :

— Je n'ai fait que me défendre.

L'incident en serait probablement resté là si l'une des trois victimes n'avait été le fils de Richard Raintree, conseiller municipal de San Francisco et allié politique de Sharron Pratt, le district attorney. Raintree argua que Jason Trent avait trop violemment réagi à ce qui n'était qu'un asticotage dénué de malveillance, et qu'il se trouvait lui-même en état d'ivresse. Sharron Pratt l'avait suivi – et Jason s'était retrouvé au bloc et mis en examen.

— Monsieur le Président, déclara Hardy au juge Li, c'est la première fois que mon client a affaire à la justice. Il n'a aucun antécédent criminel – même pas un p.-v. pour stationnement gênant. Il a un emploi stable. Il est marié, il a trois enfants en bas âge. Il ne devrait pas être sur ce banc. Ses soi-disant victimes l'ont provoqué, il a été forcé de se défendre.

Li se permit un léger sourire en jetant un coup d'œil à la table de l'accusation, avec sa brochette de victimes harnachées de bandages et d'attelles.

— Il s'est plutôt bien acquitté de sa tâche, n'est-ce pas ?

Hardy ne dévia pas de sa ligne.

— Le fait est, Monsieur le Président, que M. Trent a été poussé dans ses retranchements par ces trois tocards ligués contre lui. Pour ce qu'il en savait, ils auraient aussi bien pu vouloir le tuer.

Cela eut le don de réveiller le procureur, Frank Fischer, qui objecta contre l'usage du mot « tocard ».

— Sans compter, Monsieur le Président, ajouta-t-il, que les victimes étaient à terre au moment de l'agression. Elles ne représentaient plus aucune menace pour M. Trent.

— Elles sont à l'origine de l'incident, Monsieur le Président.

Il y avait fort à parier que cela ne servirait à rien, mais Hardy estimait devoir continuer. Dans le San Francisco des années 90, c'était devenu la règle : la responsabilité ultime d'un acte était rarement attribuée à celui qui avait fait le premier geste – on finissait toujours par se retrouver face à des victimes qui invoquaient le stress ou une quelconque violation de leurs droits fondamentaux.

D'après la lettre de la loi, Jason Trent avait franchi les limites de l'autodéfense. Lui-même reconnaissait être sorti de ses gonds. Il refusait de jouer les saintes nitouches. Il avait dérouillé ces couilles molles parce qu'ils l'avaient menacé et frappé en premier. La faute à qui ? Il demandait à le savoir.

Loi ou pas, Hardy sentit que, pour le salut de son client, il devait aller au bout de son argumentation.

— M. Trent n'a rien fait de mal, Monsieur le Président. La loi admet l'autodéfense en tant que mode de réaction. Ces jeunes gens étaient supérieurs en nombre – ils lui ont fait peur. Il s'est cru obligé de les neutraliser pour avoir le temps de s'éloigner.

— Alors qu'ils étaient déjà à terre ? demanda Li.

— Il avait besoin d'être sûr qu'ils ne se relèveraient pas avant qu'il ait pu se mettre hors de danger. À aucun moment il n'a porté de coups susceptibles d'être mortels – ce qu'il aurait très bien pu faire, Monsieur le Président. Il a utilisé des moyens appropriés pour stopper une agression haineuse et non provoquée.

Hardy perçut une vibration au niveau de sa ceinture – son bip venait de se déclencher. Il baissa brièvement les yeux. C'était un appel de son cabinet. Il en avait presque terminé. Enfin. Le juge avait entendu son laïus. Il allait fixer le montant de la caution et la date du jugement, et ensuite…

Mais Li, sans doute bouillonnant encore de la rage suscitée par l'insolence de l'adjoint au DA, parut soudain avoir une autre idée. À la fin de l'argumentation de Hardy, il laissa un bref silence tomber sur le prétoire. Puis il se tourna vers le procureur.

— Monsieur Fischer, dit-il, le ministère public est-il prêt à concéder que MM. Raintree et consorts ont agressé l'accusé ici présent, M. Trent, sans avoir subi de provocation d'aucune sorte hormis sa tenue vestimentaire ?

Fischer était un terne fonctionnaire de trente et quelques années. Il réagit comme si c'était la première fois qu'un juge le prenait au dépourvu – voire s'adressait à lui au cours d'une audience. Il se dressa lentement, baissa les yeux sur ses notes et releva la tête.

— Monsieur le Président, il y a eu échange de propos et d'insultes. Nous avons des témoins qui…

— Qui a frappé en premier ? coupa Li.

La main de Fischer gratta le dessus de la table.

— Indépendamment de l'identité de l'initiateur de la rixe qui a entraîné…

Le visage de Li demeura placide, mais son ton se durcit.

— Veuillez m'excuser, monsieur Fischer, mais je vous ai posé une question simple. Souhaitez-vous que je la répète ?

— Non, Monsieur le Président. Ce n'est pas nécessaire.

— Alors, pourriez-vous avoir l'obligeance d'y répondre ? M. Raintree et ses amis ont-ils déclenché cette bagarre ?

Fischer coula un regard vers Hardy – et jeta l'éponge.

— Oui, Monsieur le Président.

Hardy crut voir passer un éclair fugace dans les yeux de Li, et d'un seul coup il eut la certitude de savoir ce qu'allait décider le magistrat. Ce n'était pas ce qu'on attendait de lui, mais Li en avait manifestement assez – et il se fichait du reste. Après s'être accordé encore deux ou trois secondes de réflexion, il abattit son maillet, et stupéfia l'assistance en prononçant :

— Affaire classée.

2

Hardy n'eut pas le temps de savourer son triomphe. Il croyait pouvoir se contenter d'un rapide coup de fil au cabinet pour relever son message et fêter ensuite son anniversaire et la relaxe de Jason Trent autour d'un bon déjeuner avec ce dernier. En s'offrant le plaisir rare d'un martini à midi. Ou même de deux.

Le message en question brisa ses espérances. C'était le genre d'appel que redoutent tous les parents. Phyllis, la réceptionniste, lui annonça que Theresa Wilson, de Merryvale, avait besoin de lui parler dès que possible. Merryvale était l'école où allaient ses enfants – Rebecca et Vincent –, et Theresa Wilson en était la directrice. C'était un jeudi vers la fin du mois d'octobre, à une heure et demie de l'après-midi.

— Les gosses vont bien ? lâcha-t-il à brûle-pourpoint.

Hardy avait perdu un fils, Michael, vingt-cinq ans plus tôt, et la plaie n'était toujours pas complètement refermée – elle ne se refermerait jamais. La moindre menace concernant ses enfants jetait un voile noir sur ses pensées et lui faisait remonter l'estomac en travers de la gorge.

— Ils vont très bien.

Fermant les yeux, il exhala un soupir de soulagement.

— En revanche, personne n'est venu les chercher.

— Frannie n'a pas appelé ?

Bien sûr que non. C'était même pour cela que Mme Wilson était au bout du fil. Il jeta un coup d'œil sur sa montre.

— Elle est en retard de combien ?

Mauvaise question, il s'en rendit compte aussitôt. Il s'occupait peu des enfants – c'était le boulot de Frannie – et, du coup, il ne savait pas trop à quelle heure finissaient leurs cours. Quelque part dans un recoin de son esprit, le souvenir lui revint qu'ils avaient un après-midi libre par semaine. Le jeudi, probablement.

— Environ une heure.

Une heure ? Et pas un seul coup de fil ? Frannie avait pourtant coutume de dire que si la ponctualité était allée de pair avec la solitude, elle aurait compté parmi les personnes les plus solitaires de la planète.

— Vous n'avez pas eu de nouvelles d'Erin – je veux dire de Mme Cochran ? Elle figure sur la liste des personnes à contacter en cas de problème.

La grand-mère de Rebecca dépannait souvent Frannie pour tout ce qui concernait les enfants.

— C'est la première personne que j'ai essayé de joindre, monsieur Hardy. Erin. Mais son répondeur était branché. Je me suis dit que j'allais attendre quelques minutes avant de vous appeler à votre bureau – peut-être est-ce une simple affaire d'embouteillage. (Elle hésita.) Votre fils est inquiet. Il souhaite vous parler.

Au téléphone, Hardy sentit que Vincent, élève de CE2, faisait de son mieux pour paraître brave, mais sa voix tremblait beaucoup. Il lui répondit avec une chaleureuse assurance.

— Ne t'inquiète pas, bonhomme, j'arrive dans une minute. Et dis à Beck de ne pas s'en faire. Tout baigne.

— Mais... où est maman ?

— Je ne sais pas, Vin, mais sois tranquille. Je suis sûr qu'une information est mal passée, c'est tout. À moins qu'elle ne se soit mise en retard quelque part.

Il cherchait à se convaincre lui-même autant que son fils. Peut-être Frannie avait-elle demandé à quelqu'un d'autre de venir prendre les gosses – et cette personne avait oublié.

— Tu verras, ajouta-t-il sans trop y croire, elle sera sans doute là avant moi.

Frannie aurait averti les enfants, si quelqu'un d'autre qu'Erin avait dû aller les chercher. Ils avaient pour consigne de ne jamais suivre personne à part maman, papa ou mamie – sauf avis contraire.

— Tu es un grand garçon. Tout ira bien, je te le promets.

Hardy passa ensuite un rapide coup de fil à Phyllis, la réceptionniste, pour l'interroger – était-elle sûre que Frannie n'avait laissé aucun message ? Mais Phyllis était un monstre d'efficacité. Si sa femme avait appelé, riposta-t-elle, glaciale, elle le lui aurait dit. Comme elle ne manquait jamais de le faire.

Il consulta de nouveau sa montre. Moins de cinq minutes s'étaient écoulées depuis sa conversation avec Mme Wilson.

Il y avait forcément une explication simple. Même en cette ère de communication, il restait encore quelques endroits d'où il était impossible de téléphoner. Frannie devait être coincée dans l'un d'eux et essayer désespérément de les joindre.

Il composa leur numéro personnel, tomba sur le répondeur. Où pouvait-elle être ? Si elle n'était pas à cet instant en route vers l'école, quelque chose clochait à coup sûr.

Avait-elle eu un accident ? L'imagination fertile de Hardy envisagea diverses possibilités – dont aucune ne lui plut.

Quelques minutes plus tard, au volant de sa voiture, alors qu'il affrontait la circulation dense du centre-ville, il tâcha de se rappeler ce que sa femme avait prévu de faire ce jour-là. Malgré tous ses efforts, aucun souvenir ne lui revint – il n'était même pas sûr qu'elle lui en avait parlé.

En fait, depuis quelque temps, elle ne lui disait plus un mot de son emploi du temps – et d'ailleurs, si elle l'avait fait, il n'en aurait fort probablement rien retenu. Ils menaient des vies de plus en plus séparées. Tous deux en étaient conscients et admettaient qu'il y avait là un problème, mais c'était le tribut du quotidien, et ni l'un ni l'autre ne semblait capable de briser ce cycle infernal. Hardy en savait à peu près autant sur les activités de sa femme que sur les horaires de cours de ses enfants – autant dire trois fois rien.

Même si cette pensée ne lui apportait qu'un maigre réconfort, il se disait que c'était simplement la façon dont les choses avaient évolué. La dynamique familiale avait changé, était devenue plus traditionnelle. Lui était obnubilé par la nécessité de faire bouillir la marmite. Frannie, éternelle volontaire, ne disait jamais non, répondait toujours présent pour donner un coup de main aux autres mamans de son cercle d'amies. Et toute son énergie – son existence même, semblait-il – était consacrée à leurs enfants. Hardy supposait qu'il devait en être ainsi – c'était la fonction qu'elle avait choisi d'exercer. De son côté, il apportait l'argent et intervenait dans l'éducation de ses enfants. Tel était le contrat.

Après Van Ness, le flot du trafic commença à se disséminer en direction des avenues. Avec un peu de chance, il serait à Merryvale en dix minutes.

Ayant ramené les enfants chez lui et fouillé vainement la maison en quête d'un mot quelconque, il s'inquiéta pour de bon. Sa femme n'était pas du genre à disparaître sans explication.

Il expédia les gosses dans le jardin et décrocha le téléphone. Son premier appel fut pour Erin Cochran, mais de nouveau une bande enregistrée lui répondit. Soudain lui vint l'idée de contacter Moses McGuire, frère de Frannie et barman du *Little Shamrock*.

— Elle t'a probablement plaqué. À sa place, je l'aurais fait depuis belle lurette.

— Elle ne m'aurait pas laissé les gosses, Moses.

— Ma foi, c'est sans doute vrai, t'as pas tort.

— Je ne sais pas où elle est.

Moses prit tout son temps pour réfléchir.

— Je ne m'inquiéterais pas trop, Diz. Elle finira bien par se pointer.

— Voilà qui est réconfortant. Merci du tuyau.

Hardy raccrocha. Rien à espérer du côté du frère. Pendant qu'il restait assis à la table de la cuisine et se demandait qui appeler ensuite, le téléphone sonna. Il le saisit au vol : c'était Moses.

— Tu es vraiment préoccupé, Diz ?

— Assez, oui.

— Et tu ne sais vraiment pas où elle est ?
— Si, bien sûr. C'était une blague. En fait, elle est à côté de moi. On s'est dit que ce serait tordant de te téléphoner en prétendant qu'elle avait disparu – histoire de voir ta réaction.
— Quand est-ce que tu l'as vue pour la dernière fois ? s'enquit Moses, soudain très sérieux.
— Ce matin.
— Vous vous êtes engueulés, quelque chose de ce genre ?
— Non.
Un silence électrique retomba sur la ligne. Puis :
— J'essaierais Erin, dit Moses.
— Déjà fait. Elle n'est pas chez elle.
— Frannie est peut-être coincée avec elle quelque part.
— Peut-être, admit Hardy. Soit avec Erin, soit avec une amie.
Il ne tenait pas à alarmer davantage Moses. Celui-ci avait pratiquement élevé Frannie. Il aimait à répéter que parmi les dix personnes les plus importantes de sa vie, les huit premières se nommaient Frannie.
— Mais elle ne t'a pas appelé ?
C'était évidemment le nœud du problème et Hardy décida de mettre la sourdine.
— Phyllis a peut-être oublié de me faire la commission, mentit-il. Ça lui arrive tout le temps.
— Je vais appeler Susan, déclara Moses. Il est possible qu'elle sache quelque chose.
— Si tu veux, répondit Hardy, constatant qu'il était trois heures moins dix à sa montre. Frannie va sûrement arriver d'une minute à l'autre. Je te préviendrai.

Trois quarts d'heure plus tard, le téléphone avait sonné deux autres fois, mais aucun appel n'émanait de Frannie. Il y eut d'abord Susan, la femme de Moses, qui tenait à s'assurer que son mari n'avait pas compris de travers les propos de son beau-frère. Frannie avait-elle vraiment disparu ? Hardy ne voulait pas formuler la chose de cette manière – pas encore. Frannie n'était pas rentrée. Il préviendrait Susan dès qu'il aurait du neuf.

Le second coup de téléphone fut d'Erin Cochran. Elle venait de rentrer d'un week-end prolongé avec Ed, son mari, dans les vignobles de Napa. Elle n'avait pas parlé à Frannie de la semaine. Le message laissé par Mme Wilson sur son répondeur lui avait appris que sa fille n'était pas allée chercher les enfants. Dans la foulée, elle avait écouté celui de Hardy. Qu'est-ce que c'était que cette histoire ? Frannie avait-elle refait surface depuis ?

Erin essaya bien de camoufler son angoisse, mais celle-ci imprégnait sa voix. Il y avait près de deux heures que Frannie aurait dû passer prendre les enfants à l'école, et Hardy n'avait *toujours* aucune nouvelle ? Avait-il besoin d'un coup de main à la maison ? Elle était prête à venir tout de suite.

Hardy admit que ce n'était peut-être pas une mauvaise idée.

Il repoussa son appel suivant le plus longtemps possible, mais vers quatre heures et demie, tandis qu'à la table de la cuisine ses deux enfants lui faisaient face, les yeux rouges, apathiques et totalement indifférents à leur bol de lait aux céréales, il martela sur le clavier du téléphone un numéro qu'il connaissait par cœur.

— Glitsky. Criminelle.

Le lieutenant Abe Glitsky, chef de la brigade criminelle de San Francisco, était son meilleur ami. Acteur privilégié de la machine répressive de la ville et du comté, Glitsky pouvait lui permettre de court-circuiter un paquet d'obstacles bureaucratiques.

— Abe ? Ici Diz.

Cette entrée en matière était tellement différente de leurs traditionnelles apostrophes obscènes ou sarcastiques qu'elle mit Glitsky en alerte.

— Qu'est-ce qui se passe ?

Hardy pria Abe de rester en ligne, se leva avec son téléphone sans fil, et expliqua à Rebecca et à Vincent qu'il lui fallait parler à l'oncle Abe – une histoire de grandes personnes – et qu'il allait se retirer dans le séjour pour être un peu tranquille. Il reviendrait tout de suite après. En attendant, ils n'avaient qu'à terminer leur goûter.

— Frannie a trois heures de retard, murmura-t-il en sortant sur le perron pour scruter les deux extrémités de la rue : toujours personne.

— Trois *heures* ?

— Je me disais que tu pourrais peut-être vérifier.

Le ton détaché de Hardy ne trompa guère Glitsky. Il savait ce que son ami voulait lui faire « vérifier » – les accidents de la route, les admissions à l'hôpital et, dans le pire des cas, les arrivées de viande fraîche à la morgue.

— Trois heures ? répéta le policier.

Hardy regarda sa montre et dit à contrecœur :

— Peut-être un poil plus.

Glitsky avait reçu le message.

— Je m'en occupe.

Hardy raccrocha à l'instant où Vincent commençait à pleurer dans la cuisine.

Les Cochran – Erin et Ed l'ancien – étaient les parents du premier mari de Frannie, Ed le jeune, lequel était également le père biologique de Rebecca. Leur fils avait beau être sorti du décor depuis belle lurette, Ed et Erin étaient restés fous de leur petite-fille et de son frère Vincent. Ils adoraient aussi Frannie et son mari. Hardy et sa femme, qui à eux deux n'avaient plus un seul parent vivant, les considéraient comme des membres de la famille à part entière.

Ayant appris l'absence de Frannie, ils étaient accourus chez les Hardy. Erin supervisait les devoirs des enfants sur la table de la cuisine afin de leur occuper l'esprit. Hardy et Ed parlaient de tout et de rien en jetant de fréquents coups d'œil au téléphone.

Hardy souleva le combiné avant la fin de la première sonnerie. C'était Abe.

— Elle est rentrée ? s'enquit le policier d'un ton froidement professionnel.

Hardy répondit par la négative et endura stoïquement le silence qui s'ensuivit.

— D'accord, finit par dire Glitsky. La bonne nouvelle, c'est que personne n'est mort. Nulle part. J'ai appelé les comtés les plus proches de San Francisco : Alameda, Marin et Santa Clara, et l'ordre règne sur la prairie. À peine quelques froissements de tôle. Aucun accident grave. Et rien du tout en ville.

Hardy soupira.

— Et maintenant, Abe ?

— Je ne sais pas. On attend. Elle…

Il s'interrompit. Glitsky, que le cancer avait privé de sa femme quelques années plus tôt, n'était pas homme à encourager les fausses espérances.

— Elle a pris la Subaru ?

— Je suppose. Si tant est qu'elle soit partie en voiture.

— Donne-moi son numéro de plaque, et je le transmettrai au dispatching, histoire de ratisser plus large.

— D'accord.

L'idée de ratisser plus large déplaisait foncièrement à Hardy. Cette affaire était en passe de devenir officielle. Objective. Plus difficile à nier, même à soi-même.

Mais où était passée sa femme ?

3

Plus tôt ce matin-là, Scott Randall avait organisé un conseil restreint avec ses collaborateurs dans le placard à balais qui lui servait de bureau, au troisième étage du palais de justice. Parmi ces jeunes fonctionnaires, même le plus béat d'admiration aurait concédé qu'avec son élégance Scott incarnait le dédain arrogant de la génération X[1]. Mais aucun d'eux n'aurait songé à considérer cela comme une caractéristique négative. En effet, celle-ci avait permis à Scott de devenir à trente-trois ans procureur dans les services du DA – une distinction à laquelle tous aspiraient.

Scott était lancé.

— Vous avez devant vous quelqu'un qui a réussi à obtenir des condamnations pour ses trois premières affaires de meurtre – et je n'ai pas besoin de vous rappeler à quel point c'est difficile, dans une petite ville aussi charitable que la nôtre.

Il ne s'embarrassait pas de fausse modestie.

— Et vous savez ce que ces trois condamnations ont apporté à ma carrière ? Zéro, que dalle, *nada*. Vous savez pourquoi ? Parce que tout le monde se fichait des accusés. Écoutez ça, ajouta-t-il en levant l'index. Primo, deux motards s'étripent à cause d'une fille de la bande. Deuzio... (Il tendit le majeur.)... un dealer se fait descendre par un toxico qu'il essayait d'entuber. Et tertio, un

---

[1]. La génération des « baby-boomers », née dans les années 60. *(N.d.T.)*

minable se fait suriner après avoir fauché le caddie d'un autre minable. Pas de quoi faire baver les amateurs de faits divers, croyez-moi.

Un jeune homme prit la parole.

— Alors, qu'est-ce qu'il faut faire ?

— Je vais répondre par un exemple. Vous devez tous avoir entendu parler du meurtre de Bree Beaumont. (Il attrapa une grande enveloppe en kraft couchée sur son bureau, en tira deux photos de format 20×25 sur papier brillant, les prit chacune dans une main.) À ma gauche, la pièce A. (Même en privé, Scott Randall ne se départait jamais de son jargon procédurier.) Un portrait de la victime. Bree Beaumont, très jolie, une personnalité influente du milieu pétrolier. Mariée, deux enfants, et... à en croire certaines rumeurs, elle sortait avec Damon Kerry.

Cette carte-là n'avait pas encore été servie aux médias. Scott savoura la réaction de ses collaborateurs.

— C'est bien ça : peut-être notre prochain gouverneur. Et voici la pièce B, ajouta-t-il en levant la main droite. Le cadavre de Bree tel qu'il a été découvert dans le patio de l'immeuble où elle avait un appartement-terrasse. Elle s'est écrasée après une longue chute. Comme vous l'avez sans doute lu dans les journaux, il y avait des éclats de verre dans son cuir chevelu. Or, on n'a retrouvé de verre ni dans le patio ni chez elle. Ce qui veut dire que quelqu'un l'a assommée avant de la balancer. Dernière chose : elle était enceinte de six semaines.

Scott haussa un sourcil. Ses disciples buvaient ses paroles.

— Voilà ce que j'appelle de la visibilité – le genre d'affaires qui vous met une carrière sur orbite. Ces dossiers-là ne doivent pas être foirés – et si vous les sentez sur le point de vous passer sous le nez, vous avez intérêt à réagir vite fait.

Le même jeune homme :

— Comment peuvent-ils nous passer sous le nez ?

— Le meurtre remonte à trois semaines, et nos amis les flics n'ont toujours pas l'ombre d'un suspect. Après un tel délai, il y a fort à parier qu'ils n'en dégoteront jamais. Voilà comment.

— Mais leur enquête doit encore être en cours, non ? intervint une jeune femme. N'est-ce pas juste une question de temps ?

Scott admit que c'était parfois le cas.

— Dans l'affaire dont je vous parle, l'inspecteur initialement chargé du dossier, Carl Griffin, travaillait en solo, et il se trouve qu'il a été descendu – une histoire apparemment sans rapport – quelques jours après la mort de Bree. Ses successeurs, Batavia et Coleman, n'ont toujours rien découvert, et ça n'a pas l'air de les tracasser plus que ça. Mais tant qu'ils ne nous fournissent pas de suspect, nous, on n'a rien à se mettre sous la dent.

Scott accorda à ses subalternes quelques secondes de réflexion afin de leur permettre de s'imprégner des faits.

— Bref, reprit-il, si on veut ce dossier, vous et moi, j'entends par là si on le veut vraiment, qu'est-ce qu'on fait ?

C'était précisément le genre d'informations qu'ils étaient là pour absorber. Ils semblaient presque en transe lorsqu'il ajouta :

— Je vais vous dire ce que *j'ai* fait. Je suis allé voir Mme Pratt, notre district attorney, et je lui ai dit – je lui ai *promis* – que si elle me fournissait un enquêteur judiciaire, j'amènerais l'affaire devant un grand jury et j'obtiendrais une inculpation.

— Comment ? demanda la seconde jeune femme.

Scott lui lança un sourire.

— Merci de me poser la question, Kimberly. Voici la réponse : le grand jury est votre allié. Vous savez comment ça marche – pas d'avocat de la défense, pas de juge dans la salle. Vous présentez votre dossier à une vingtaine de citoyens lambda, et vous le faites sans trop avoir à vous soucier des règles de la procédure. Au final, à moins d'avoir un encéphalogramme plat, vous décrochez votre inculpation.

— Mais si la police n'a pas de suspect, quels témoins allez-vous convoquer ? s'enquit Kimberly.

— Tous ceux qui me passeront par la tête – Kerry compris. Al Valens, son directeur de campagne. Jim Pierce, ce vice-président de Caloco Oil qui a autrefois été le mentor de Bree. Je m'attaquerai aussi à ses relations privées – n'oubliez pas que le meurtre, indépendamment des autres motivations susceptibles d'entrer en jeu, est très souvent une affaire personnelle. Donc, je vais assigner le mari – Ron –, les amis de Ron et les amis de ses amis, les anciens professeurs de Bree, ses collègues, ses laborantins. Et, d'un côté ou d'un autre, je vous parie que je finirai par repérer une ouverture.

— C'est ce qui s'appelle aller à la pêche, observa le premier jeune homme. Et on nous a toujours dit de ne...

— Oubliez les conneries dont on vous a farci le crâne à la fac, coupa Scott. Je vous parle de la vraie vie, leçon numéro un, premier alinéa. Il y a ceux qui gagnent leurs procès et qui font carrière. Les autres se retrouvent à noircir de la paperasse ou des colonnes de chiffres. À vous de choisir. Moi, je vais m'occuper du meurtre de Bree Beaumont et mettre mon nom en haut de l'affiche. Le grand jury sera mon destrier. J'ai bien l'intention de l'enfourcher, et croyez-moi, je ne ferai pas de quartier.

Ses prunelles flamboyaient lorsqu'il conclut :

— La semaine prochaine à la même heure, écoutez-moi bien, cette affaire fera les gros titres. Et elle sera à moi.

Scott avait fait parvenir son assignation à comparaître à ce témoin – une certaine Mme Hardy – à son domicile le vendredi précédent. Il était précisé sur la convocation qu'elle devait téléphoner au tribunal si la date et l'heure prévues pour son audition posaient un quelconque problème. Dans ce cas, Scott l'aurait déplacée – comme il l'avait fait pour plusieurs autres témoins. Si cette Mme Hardy l'avait appelé, il lui aurait expliqué combien de temps il comptait la retenir à la barre et quel genre de questions il était susceptible de lui poser.

Scott ne savait pas du tout si ce témoin avait connu Bree Beaumont. Son nom lui avait été communiqué par Ron, le mari de Bree, qui avait déclaré que Mme Hardy et lui prenaient le café ensemble au moment de la mort de sa femme. Elle constituait donc son principal alibi, et à ce titre Scott tenait à l'entendre. Sans jouer les inquisiteurs pour autant. Frannie Hardy n'était pas suspecte. Si elle avait téléphoné, Scott l'aurait rassurée.

Mais elle ne l'avait pas fait.

Aussi, le matin prévu, quand Mme Hardy pénétra en retard dans la salle d'audience du grand jury, dix bonnes minutes après l'ouverture de la séance de neuf heures et demie, Scott avait déjà entrepris d'interroger James Pierce, le vice-président chargé des relations publiques de la compagnie pétrolière Caloco. Celui-ci avait travaillé en étroite collaboration avec Bree avant son départ de la compagnie et la connaissait depuis son embauche. Si elle planquait des cadavres dans un quelconque placard, s'était dit Scott, Pierce saurait sans doute où ils étaient.

L'intention initiale de Randall était d'entendre Mme Hardy avant Pierce, parce qu'il était persuadé que sa déposition serait beaucoup plus courte – et il voulait lui éviter d'attendre toute la journée. Mais elle n'avait pas daigné arriver à l'heure, à la différence de Pierce, et c'était tant pis pour elle.

Scott décida de la laisser mariner dans son jus. Non, lui répondit-il à l'occasion d'une suspension dans l'audition de Pierce. Il ne pouvait pas lui dire dans combien de temps viendrait son tour. Et non, elle ne pouvait pas revenir un autre jour. Il en profita pour lui sortir une de ses répliques favorites : il ne s'agissait pas d'un jeu de société, mais d'une enquête criminelle.

— Je sais très bien ce que c'est qu'une enquête criminelle, avait-elle répliqué. Mon mari est avocat.

— Dans ce cas, vous savez que c'est très sérieux.

Mme Hardy ne parut pas très convaincue.

— Je sais que vous avez tous l'air persuadés que c'est d'une suprême importance... Écoutez, monsieur Randall, j'essaie juste d'évaluer combien de temps ceci va durer. C'est moi qui vais chercher mes enfants à l'école. Si je dois être encore ici à une heure, il va falloir que je passe quelques coups de téléphone.

— Je dirai que c'est une possibilité, répondit le procureur avec une ambiguïté voulue.

Mme Hardy ne semblait pas attacher beaucoup d'importance à cette affaire. Elle allait voir ce qu'elle allait voir.

L'audition de Frannie démarra peu avant midi. Elle venait de se décider à téléphoner quand Scott l'appela à la table des témoins. Elle pensa que ce ne serait pas long. Elle avait tout son temps. Inutile de prévenir qui que ce soit.

Après lui avoir fait jurer de dire la vérité, toute la vérité et rien que la vérité, Scott la pria de décliner son identité, puis attaqua bille en tête.

— Madame Hardy, aviez-vous des relations avec la victime, Bree Beaumont ?

— Non. Je ne l'ai jamais rencontrée.

— Mais vous connaissiez son mari – Ron ?

— C'est exact.

Mme Hardy était assise face aux vingt jurés. Elle les regarda en expliquant :

— Ron est père au foyer. Nous nous voyons le plus souvent à l'école ou pendant les activités parascolaires.

— Depuis combien de temps le connaissez-vous ?

— Je ne sais pas au juste. Deux ou trois ans, dit-elle, avant d'ajouter, à l'intention du jury : Ron est une espèce de maman honoraire. On le taquine souvent là-dessus.

— « On » ?

— Oui, vous savez, les autres mamans.

Scott se contentait de placer ses lignes et d'attendre que Frannie morde à l'hameçon. Devant le grand jury, l'obligation de s'en tenir au cadre strict d'une affaire n'était pas vraiment un problème.

— Ce rôle paraît-il lui peser ?

— Que voulez-vous dire ?

— Je parle de son rôle de maman au masculin. Vous a-t-il laissé entendre qu'il reprochait à sa femme de travailler alors que lui n'avait pas d'emploi ?

Frannie Hardy s'accorda un instant de réflexion.

— Non. Je n'ai pas l'impression que cette situation le gênait.

— Cela vous étonne ?

— Quoi ? Qu'il s'occupe des enfants – ou qu'il ne reproche pas à sa femme d'avoir un métier ?

— Je ne sais pas. Les deux. L'un ou l'autre.

Nouveau temps de réflexion.

— On est tous logés à la même enseigne, répondit Mme Hardy en décochant un sourire aux jurés. Je trouve parfois que nos chers petits sont durs pour tout le monde. (Son regard s'arrêta sur Scott, reprit son sérieux.) Mais pour en revenir à Ron, cette situation semblait très bien lui convenir. Sa femme tenait son rôle, et lui le sien. C'est un bon père.

— Mais elle gagnait de l'argent, et lui pas ?

— En effet, monsieur Randall. Ce sont des choses qui arrivent dans les années 90.

— Et ça ne le tracassait pas ? D'être un homme et de ne pas gagner d'argent ?

— Je viens de vous répondre. Apparemment pas, fit-elle d'un ton un peu plus sec. Je ne vois pas où vous voulez en venir.

— J'essaie de découvrir qui a tué Mme Beaumont.

— Ce n'est pas Ron. Il était avec moi quand elle est morte. On prenait un café au *Starbucks*, au croisement de la 28e et de Geary Boulevard, près de l'école Merryvale.

Frannie parut se souvenir de quelque chose, leva le regard sur la pendule murale, pinça les lèvres.

— Et pourquoi ? insista Scott Randall.

— Pourquoi quoi ?

— Pourquoi preniez-vous le café ensemble ?

— Je ne comprends pas bien votre question. Nous avons simplement décidé d'aller prendre un café. Ce n'est pas un crime.

— Je n'ai pas dit que c'en était un.

— Vous avez l'air de le suggérer. Nous nous sommes croisés devant l'école en déposant nos enfants, Ron m'a dit qu'il avait envie de prendre un café, j'ai répondu que l'idée me semblait bonne, et on y est allés ensemble.

Frannie scruta de nouveau la pendule.

— Écoutez, je suis désolée, mais est-ce qu'on en a encore pour longtemps ? Je vais bientôt devoir aller chercher mes enfants.

— Quand nous en aurons fini, répliqua Scott. Pas avant.

Scott ne se considérait pas comme un être particulièrement cruel, mais les larmes d'une femme à la barre des témoins avaient aussi peu d'importance à ses yeux que la température ambiante de la salle d'audience ou la qualité de l'éclairage. Il fallait parfois faire avec. Mais elles ne lui inspiraient aucun sentiment.

Frannie Hardy avait beau être maintenant en pleurs, ce

spectacle ne l'émouvait pas. Randall devait bien admettre qu'elle était charmante avec ses yeux d'un vert intense et sa chevelure de feu, et que s'il s'était trouvé ailleurs en sa compagnie... peut-être aurait-il nourri des pensées différentes. Mais pas ici. Elle s'était mise toute seule dans la panade et elle en payait désormais le prix.

Il n'y avait pas de sanglots. Scott était sûr d'avoir affaire à des larmes de colère. Et il s'en contrefichait.

— Vous devez me laisser passer un coup de téléphone.

— Non, madame, je suis navré. Vous ne bougerez pas d'ici.

— Vous m'avez dit ce matin que ce serait sûrement fini avant une heure.

— Je vous ai dit qu'il y avait des chances. Que c'était une possibilité. Et je le pensais ; mais vous ne répondez pas à mes questions, ce qui a tendance à ralentir le processus.

Une demi-heure s'était écoulée depuis le moment où elle aurait dû normalement partir pour l'école. Elle témoignait depuis deux heures.

— Revenons-y une fois de plus, d'accord ?

— Je ne dirai plus un mot tant que vous ne m'aurez pas laissée téléphoner.

Cette riposte donna lieu à un nouveau bras de fer – dont Scott sortit vainqueur. C'était lui qui dictait les règles dans cette salle, et Frannie Hardy allait devoir les respecter.

Il avait depuis longtemps renoncé à l'approche débonnaire. Il se tenait debout à l'extrémité de la table afin de pouvoir faire face tantôt à Mme Hardy, tantôt aux jurés.

— Madame Hardy, vous me mettez dans une position délicate. Si vous persistez à ne pas répondre, je vais être contraint de solliciter l'intervention d'un juge de la Cour supérieure, qui vous inculpera pour outrage au grand jury. Vous risquez d'être jetée en prison, est-ce que vous vous en rendez compte ? Si c'est le cas, si nous devons en arriver là, alors oui, vous pourrez passer un coup de téléphone à votre avocat. Mais je ne vous laisserai pas quitter cette place pendant votre déposition. Nous pouvons en avoir terminé en dix minutes si vous coopérez ; sinon l'après-midi risque d'être très, très long... Allons, madame Hardy, essayons encore une fois. Vous avez déclaré savoir – parce que Ron

Beaumont vous l'aurait confié – que ses relations avec sa femme connaissaient une phase difficile, c'est bien ça ?

— Oui, c'est ce qu'il m'a dit.

— Et vous a-t-il parlé de la nature de ces difficultés ?

— Un tout petit peu.

— M. Beaumont vous a-t-il dit quelque chose qui tendrait à suggérer qu'il n'était pas heureux avec Mme Beaumont ou qu'il éprouvait un quelconque ressentiment à son égard ?

Frannie secoua la tête.

— Je ne peux pas le dire. Mais très franchement, j'ignore tout de ses sentiments. Nous n'en avons jamais parlé.

— Mais il vous a confié qu'il avait des difficultés ?

— Si on veut.

Scott Randall tourna plusieurs pages de son bloc. Il regarda le jury, puis le témoin.

— Madame Hardy, trouvez-vous M. Beaumont attirant ?

— Je ne me suis jamais posé la question, affirma-t-elle, les lèvres pincées.

Scott ne se gêna pas pour faire sentir son incrédulité au jury.

— Vous ne vous êtes jamais posé la question ? Vous le connaissiez, et vous n'avez jamais remarqué s'il était attirant ou non ?

— Je l'ai peut-être remarqué, mais je n'y ai pas pensé. Nous étions amis, point à la ligne.

— Et cependant, c'est vous qu'il a choisie – et vous seule – pour évoquer ses problèmes conjugaux ?

— Je n'en sais rien. Il s'est peut-être confié à d'autres personnes. J'ignore si je suis la seule.

— Vous aviez une liaison, madame Hardy ? C'est bien ça ?

Frannie se mordit la lèvre inférieure.

— Je vous l'ai déjà dit, répondit-elle d'une voix hachée, nous étions amis.

— C'est exact, répliqua Scott, très détendu, vous me l'avez déjà dit. Mais les amis passent leur temps à devenir amants. Sa femme a découvert ce qu'il y avait entre vous, c'est cela ? Elle risquait de vous causer des problèmes à tous les deux ?

— Ce genre de questions ne mérite pas que j'y réponde.

— Vous avez intérêt à y répondre, et le plus tôt sera le mieux. Vous êtes en train de vous enfoncer, est-ce que vous vous en rendez compte ?

Frannie secoua faiblement la tête. Comment la situation avait-elle pu dégénérer aussi vite ? Elle ferma les yeux et s'efforça de retrouver un ton calme, sensé.

— Écoutez, monsieur Randall, qu'est-ce que vous voulez que je vous réponde ? Je suis en retard pour aller chercher mes enfants à l'école, voilà ce dont je me rends compte. Je n'ai pas de liaison avec Ron Beaumont et je n'en ai jamais eu. Je n'ai jamais rencontré sa femme. Je ne crois pas que leurs problèmes de couple aient entraîné sa mort.

— Laissez-nous le soin d'en décider, madame Hardy. Vous avez admis que ces problèmes existaient. Dites-nous seulement en quoi ils consistaient.

Frannie l'ignorait, mais Scott Randall et le grand jury avaient déjà entendu de la bouche de Ron Beaumont que Bree et lui s'entendaient à merveille – et qu'il n'y avait aucun nuage entre eux. Randall estima que le moment était venu d'en informer Frannie. Elle resta de marbre.

— Madame Hardy ?

— Je lui ai promis de tout garder pour moi, de n'en parler à personne. Je lui ai donné ma parole.

Scott crut déceler une ouverture.

— Madame Hardy, soyez réaliste : plus personne ne sacralise à ce point les promesses. Il pourrait s'agir d'un élément crucial pour l'enquête. Êtes-vous sûre de n'avoir pas déjà répété les confidences de M. Beaumont à votre mari ? Ou à une amie ?

Frannie fixa le procureur dans le blanc des yeux, luttant pour ravaler sa colère. Elle était de nouveau sur le point de pleurer. Une larme roula sur sa joue droite.

— J'ai promis, répéta-t-elle. J'ai donné ma parole.

Le regard de Scott chercha les jurés. Il soupira.

— Soit, madame Hardy. Vous ne me laissez pas le choix.

À quatre heures et demie, le juge Marian Braun, de la Cour supérieure, venait de passer une sale journée à présider un procès pour meurtre particulièrement déprimant. Des gitans avaient réussi à gagner la confiance de riches personnes âgées. Après les avoir persuadées de leur céder leur fortune par écrit, ils les avaient empoisonnées au « sel magique » – la digitaline. Saupoudrer ce sel magique avait apparemment été pour eux une bonne blague – les accusés s'étaient amusés comme des fous en le faisant. Marian Braun était habituée aux crapules et aux crimes odieux, mais cette histoire-là lui avait carrément donné la chair de poule.

L'audience du jour avait été éprouvante : des membres de la famille des accusés à la mine plus que patibulaire s'étaient livrés à une démonstration de force en débarquant à douze dans le prétoire pour intimider le témoin numéro un de l'accusation – une femme du clan qui ne réussissait plus à vivre en paix avec sa conscience, et s'était vu promettre l'immunité en échange de son témoignage à charge. Les gros bras avaient fait passer leur message – et la femme, soudain, avait perdu la mémoire : non, elle ne se souvenait plus d'avoir vu un seul des accusés utiliser ce sel magique. Du coup, il redevenait possible que ces assassins de sang-froid soient bientôt remis en liberté.

Quand le greffier du juge Braun entra dans son cabinet pour lui apprendre que Scott Randall avait une inculpation pour outrage à lui soumettre – comme si cette journée n'avait pas déjà été assez merdique –, elle saisit sa toge en fulminant et partit à pas vifs dans la galerie qui menait à la salle du grand jury.

— Non, madame. Comme M. Randall vous l'a expliqué, vous n'avez pas le choix – à moins d'invoquer le Cinquième Amendement[1]. Mais vous avez déjà déclaré que la réponse à la question posée ne risque pas de vous compromettre, ce qui exclut cette option. Vous êtes obligée de révéler ce que vous savez.

---

1. Le Cinquième Amendement de la Constitution américaine autorise un témoin à se taire devant un grand jury s'il estime sa réponse susceptible de l'incriminer. *(N.d.T.)*

Frannie Hardy secoua la tête. Cette histoire allait trop loin et sa patience était à bout.

— Je n'arrive pas à croire qu'une chose pareille soit possible aux États-Unis, déclara-t-elle en fixant d'abord les jurés, puis Scott Randall, et enfin Marian Braun. Mais qu'est-ce qui vous prend à tous ? Vous devriez avoir honte. Vous ne savez pas ce que signifie avoir une vie privée ? Je n'ai rien fait de mal, madame.

Cette ligne de défense s'avéra tactiquement inopérante. Le juge Braun n'était pas d'humeur à laisser un témoin mettre en question la validité de sa vie et de son travail. Sa réponse tomba comme un couperet.

— D'abord, dans cette enceinte, vous avez l'obligation de m'appeler Madame le Président. Ensuite, vous avez tort, vous avez fait quelque chose de mal : vous refusez de coopérer dans le cadre d'une enquête criminelle. Et que cela vous plaise ou non, c'est un crime passible d'inculpation. Maintenant, et pour la dernière fois, ma petite dame, soit vous répondez à la question posée, soit je vous envoie en prison.

— Je ne suis pas votre petite dame… (Une pause.)… m'dame.

Braun abattit sa paume sur la table.

— D'accord. J'ordonne votre mise en détention à la prison du comté jusqu'à ce que vous ayez décidé de répondre à la question de M. Randall. (Le juge Braun se détourna à demi.) Huissier ?

Frannie s'était dressée comme un ressort, le feu aux joues, la voix vibrante.

— Vous voulez de l'outrage ? Alors, sachez que je vous méprise. Dieu préserve le système s'il est dirigé par des crétins de votre espèce !

Le regard d'acier de Braun affronta le sien.

— Vous venez de gagner quatre jours d'arrêt avant même la prise d'effet de votre inculpation. Si vous en redemandez, ma petite dame, vous n'avez qu'à continuer à parler. Huissier !

L'huissier s'avança.

4

Hardy reçut l'appel de Frannie à six heures vingt et il mit dix-sept minutes pour rejoindre le palais de justice dans le centre de San Francisco. En cours de trajet, il ne cessa de pester dans sa barbe que le temps de joindre Abe Glitsky sur son radiotéléphone, dans l'espoir que celui-ci pourrait accomplir un tour de magie. La prison du comté et le palais de justice étant contigus, peut-être serait-il à même de faire bouger les choses.

Cependant, quand le lieutenant le retrouva derrière le palais de justice, à l'entrée de la prison, il avait sa trogne des mauvais jours.

Hardy le rejoignit au trot, en bras de chemise.

— Elle est là-dedans ? Elle y est *vraiment* ?

Mais il connaissait la réponse. Il n'en avait pas douté une seconde : Frannie n'était pas du genre à lui faire ce type de blague pour son anniversaire.

— Ouais.

Sans ralentir ou presque, Hardy lâcha un juron et continua vers l'entrée de la prison. Glitsky le retint par la manche.

— Laisse-moi y aller, Abe. Je vais la sortir de là.

— Pas sans un juge. Même moi, je n'y arriverais pas.

Quand Glitsky lui lâcha le bras, Hardy resta immobile, le regard étincelant dans le crépuscule. La soirée s'annonçait froide et venteuse. Il était avocat et savait que son ami avait raison : il leur fallait un juge, celui de la permanence de nuit, n'importe lequel.

Pour faciliter la délivrance des mandats nocturnes et le suivi des affaires tardives, les magistrats se relayaient afin qu'il y en ait toujours un de service dans la soirée.

— Où est Braun ? demanda Hardy en reprenant sa marche, cette fois vers le palais de justice, avec Glitsky sur ses talons.

S'ils n'eurent aucune difficulté à amadouer le gardien de nuit, à pénétrer dans la place et à gravir l'escalier menant au deuxième étage, ils ne réussirent pas à accéder à l'aile du bâtiment réservée aux cabinets des magistrats, de l'autre côté des prétoires. Hardy descendit la grande galerie en cognant furieusement à toutes les portes. Sans succès.

Une greffière qui faisait des heures supplémentaires dans une salle d'audience finit par montrer le bout de son nez.

— C'est fermé, déclara-t-elle. Ils sont tous rentrés chez eux.

Hardy décocha un coup de pied dans la porte suivante, et le bruit du choc se répercuta le long des murs. Au moment où ils faisaient demi-tour vers l'escalier, la porte s'ouvrit.

— Qu'est-ce que c'est que ce boucan, nom d'un chien ?

Bien que Leo Chomorro ne fût pas son juge favori, Hardy fut content de le voir. Mais ce n'était sans doute pas réciproque : Chomorro arborait une mine renfrognée qui ne s'adoucit que lorsqu'il eut reconnu Glitsky, à qui il adressa un signe de tête.

— Bonsoir, lieutenant. Qu'est-ce qui se passe ?

Glitsky le mit au courant en quelques mots. Ils avaient besoin d'un juge afin d'annuler une inculpation pour outrage au grand jury et de sortir de prison la femme de Hardy.

— Votre *femme* ?

— Oui, Votre Honneur. Il y a eu une sorte de couac.

Les sourcils de Chomorro se rejoignirent.

— Qu'est-ce qu'elle fiche là-dedans ? Elle est avocate, elle aussi ?

— Non. Elle a été convoquée comme témoin par un grand jury, et elle s'est retrouvée au trou.

Ce n'était pas l'envie qui manquait à Chomorro de poser d'autres questions, mais il avait entendu la formule magique – grand jury –, et savait que personne n'était autorisé à commenter la procédure en cours. Toutefois, vu que ses deux interlocuteurs avaient déjà mentionné l'inculpation pour outrage, il pouvait explorer cette voie.

— Qui a prononcé cette inculpation ?
— Marian Braun.

Du bout des lèvres et sans se risquer à la moindre promesse, Chomorro leur arracha quelques détails supplémentaires, et finit par dire qu'il allait appeler Braun pour tenter – si possible – de lui tirer les vers du nez. Mais il leur conseilla de ne pas s'attendre à grand-chose, toute communication sur les travaux du grand jury étant rigoureusement interdite. S'ils voulaient bien patienter…

Glitsky resta avec le juge. Hardy décida qu'il devait aller voir Frannie.

Il était entré dans la prison des dizaines de fois et connaissait la musique, ce qui lui permit de se retrouver en quelques minutes dans la salle de visites réservée aux avocats.

Il ne s'était pas préparé. Quand il s'agissait d'un de ses clients, il mettait un point d'honneur à visualiser mentalement par avance son entrée dans cette pièce exiguë. C'était le plus souvent la première fois qu'il les voyait en combinaison orange – et découvrir en tenue de bagnard quelqu'un qu'il avait jusque-là connu dans le civil provoquait toujours un drôle de choc.

Dans le cas de sa femme, le choc initial fut de l'ordre de l'agression physique. Frannie, qui avait toujours été menue, lui parut carrément décharnée. Sous l'éclairage institutionnel de la salle de visites, ses joues étaient cadavériques – et avaient pris la couleur de la vieille colle, cette teinte gris-jaune un peu fade. Ses beaux cheveux roux avaient perdu leur lustre et retombaient en mèches aplaties et ternes.

Un regard suffit à rétablir le courant. Ils se rejoignirent, se jetèrent dans les bras l'un de l'autre. Frannie s'accrocha à lui, le visage enfoui contre son torse, en répétant inlassablement :

— Merci mon Dieu, merci mon Dieu…

Hardy la serra fort.

Enfin, les doigts entrelacés sur la table, ils s'attelèrent à la tâche. Frannie fit de son mieux pour expliquer son assignation à comparaître – et pourquoi elle n'en avait pas dit un mot à son mari.

— J'ai cru que ce n'était rien, voilà pourquoi.

Hardy secoua la tête. Ils n'étaient pas sur les bons rails.

— Non, répliqua-t-il. Tu as pensé que c'était important, Frannie. Si tu avais cru que ce n'était rien, tu m'en aurais parlé. Tu m'aurais dit : « Au fait, je viens de recevoir une assignation à comparaître devant un grand jury. Je me demande ce qu'ils peuvent bien me vouloir. » Au lieu de ça, tu as tout gardé pour toi.

Elle resta muette, à se mordiller la lèvre inférieure. Au bout d'une minute de silence, Hardy la relança :

— Frannie ?

— D'accord.

— D'accord quoi ?

Elle retira sa main, croisa les bras sur sa poitrine.

— Tu as décidé de prendre en main le contre-interrogatoire ? Il me semble que j'en ai eu ma dose pour aujourd'hui.

— Ce n'est pas ça du tout, rétorqua Hardy, prenant soin de garder le contrôle de sa voix, murmurant presque. J'ignore pourquoi tu es ici. Je suis paumé. Je ne comprends rien à ce qui se passe. Tu veux bien m'aider ? Je suis de ton côté.

Plissant les paupières, elle soupira.

— C'est vrai, souffla-t-elle en reprenant la main de son mari, je sais que j'aurais dû t'en parler. Je veux dire, maintenant je m'en rends compte. C'est juste qu'on... qu'on avait des vies tellement éloignées depuis quelque temps. Je ne voulais pas que tu te méprennes, je suppose. Je ne voulais pas que tu aies à t'en mêler.

— À me mêler de quoi ?

Elle soutint son regard, attendit avant de répondre.

— De Ron.

— Ron, répéta Hardy d'un ton involontairement durci. Je ne crois pas connaître de Ron.

— Ron Beaumont. Le papa de Max et de Cassandra.

Hardy connaissait vaguement ces enfants ; ils participaient à diverses activités avec les siens, venaient parfois dormir chez eux. L'aînée, Cassandra, était l'amie de Rebecca – peut-être sa meilleure amie même, il n'en était pas sûr. Hardy eut très brièvement la vision, le vague souvenir, d'une gamine charmante et pleine de vie, même si le « domaine gosses », comme il disait souvent, avait été écarté – banni ? – du premier plan de son existence. En revanche, il n'avait jamais rencontré leur père.

— Le papa de Max et Cassandra, fit-il en écho d'une voix monocorde. Ron.

Quand Frannie leva les yeux sur lui, il y vit de la détresse, même du désespoir. Et, au-delà, peut-être, une étrange étincelle de défi.

— C'est un ami. Comme ces femmes que tu vois.

Point névralgique. Il arrivait souvent à Hardy de déjeuner, voire de dîner, en compagnie d'autres femmes – des consœurs – avec qui il s'entendait bien. Et aussi, de temps en temps, avec son ex-femme, Jane. Frannie et lui avaient fini par décréter un moratoire pour toutes les questions susceptibles de découler de l'existence de ces relations personnelles et professionnelles. Ces femmes étaient des amies. Et ils s'en tenaient là.

Mais ce petit arrangement, Hardy s'en aperçut d'un coup, avait son revers.

Il ressentit le besoin urgent de fuir ce qu'il croyait être sur le point d'entendre. Il traversa la pièce à grands pas, jusqu'à la porte, scruta le couloir de la prison par la lucarne en verre armé. Et se retourna.

— D'accord, tu me dis ce que tu veux. Mais je dois te rappeler que c'est toi qui es à l'origine de tout. Je n'avais jamais entendu parler de Ron Beaumont il y a encore deux minutes, et tu es en prison par suite d'une assignation concernant tes relations avec ce type. Je ne crois pas qu'un peu de curiosité de ma part soit totalement hors de propos.

— Sa femme a été assassinée. Il est suspect.

Hardy resta paralysé devant la porte.

— Et le grand jury a jugé utile de t'entendre là-dessus ?

— Je prenais le café avec lui, répondit-elle en haussant les épaules, au moment de sa mort. En public.

Il attendit.

— Le procureur voulait vérifier que nos versions concordaient.

Hardy se débattait toujours pour saisir la logique de cette histoire.

— Tu en avais déjà parlé à la police ? Avant aujourd'hui ?
— Non.

Cela ne tenait pas debout. Si Frannie avait fourni l'alibi d'un des principaux suspects concernant une affaire de meurtre, la police l'aurait automatiquement interrogée, ne serait-ce que pour verser sa déposition au dossier. Il faudrait qu'il se souvienne de demander à Abe pourquoi cela n'avait pas été fait. Si Abe le savait. Et si c'était vrai.

— D'accord. Donc, tu reçois cette assignation à comparaître dont tu ne m'as pas informé...
— Je pensais en avoir pour une heure, Dismas. Je ne voulais pas te déranger avec ça.

Hardy ne tenait pas à s'engager de nouveau sur cette voie. Il lui fallait avant tout connaître un certain nombre de faits. Quand ils seraient rentrés chez eux, quand ils auraient mis une distance suffisante entre le milieu carcéral et eux, ce serait différent. Ils pourraient approfondir la question. Ici, en prison, ils étaient pressés par le temps.

— Bien. Et je suppose que tu as corroboré l'alibi de Ron.
— Oui.
— Et après ?
— Après, eh bien, ce type, le procureur – tu connais un certain Scott Randall ?
— De nom. C'est lui qui t'a fait coffrer ?
— Oui. Il m'a demandé si Ron m'avait déjà parlé de problèmes conjugaux pouvant être rattachés à... ce qui est arrivé à sa femme.
— Pourquoi Ron t'aurait-il parlé de ce genre de choses ? Pourquoi Scott Randall a-t-il eu l'idée de te demander ça ?
— Je n'en sais rien, mais il l'a fait.

Leurs regards se croisèrent. Cette fois, Hardy quitta le seuil pour s'asseoir sur un coin de la table.

— Et qu'est-ce que tu as répondu ?
— Oui, fit-elle avec un haussement d'épaules. Du coup, M. Randall a voulu savoir quel genre de problèmes – et il m'a demandé de répéter au grand jury ce que m'avait raconté Ron.

— Et ?
— Et j'ai répondu que c'était impossible.
— Pourquoi ?
— Parce que j'avais promis à Ron de me taire.
— D'accord. Et c'était quoi, ce grand secret ?
Frannie fixa sur lui un regard implorant.
— Dismas, s'il te plaît...

Avant que Hardy ait pu répliquer, on frappa à la porte, et le gardien laissa entrer Abe Glitsky, parfaite incarnation de la rage contrôlée. Après s'être furtivement posés sur Frannie, ses yeux s'étrécirent le temps d'une nanoseconde pendant que la cicatrice qui lui barrait les lèvres blanchissait. Il se tourna ensuite vers Hardy.

— C'est loupé, lâcha-t-il. Braun ne lèvera pas le petit doigt.

D'instinct, Hardy tendit une main au-dessus de la table, et Frannie la prit. Il la contempla, vit ses yeux sur le point de déborder. Il ne pouvait pas lui en vouloir.

— Je ne peux pas rester ici, Dismas, souffla-t-elle. Abe ?

Les deux hommes échangèrent un regard impuissant. Ils n'avaient rien à dire. La prison était une réalité de leur vie quotidienne. Quand un juge la requérait, l'intéressé finissait toujours par s'y retrouver. Hardy soupira.

— Qu'est-ce qui reste, Abe ? Quelles sont nos possibilités ?

— Je ne vois pas, répondit le lieutenant. Je pourrais en parler au bureau, peut-être la mettre à l'IA.

— C'est quoi, ça ? intervint Frannie. Je suis ici avec vous, les gars. Essayez de ne pas parler de moi à la troisième personne.

— L'isolement administratif, expliqua Glitsky. En gros, une cellule individuelle. Histoire de te maintenir à l'écart des détenus soumis au régime général, et, crois-moi, tu apprécieras.

— Je n'arrive pas à y croire, lâcha Hardy.

— De toute évidence, enchaîna Abe, s'adressant toujours à Frannie, tu as enfreint la règle numéro un des tribunaux : on n'insulte pas son juge.

— C'était une connasse, riposta Frannie. Elle m'a insultée en premier.

— Elle a le droit de t'insulter. Ça fait partie de ses attributions. Qu'est-ce que tu lui as balancé ?

— Je lui ai dit que je la méprisais, que tout ce cinéma était minable...

Hardy secoua la tête. Il commençait à comprendre. Quand la moutarde montait au nez de Frannie, mieux valait ouvrir son parapluie.

— Elle lui a collé quatre jours, annonça Glitsky.

— *Quatre jours !* répéta Hardy. Mais... je croyais que c'était une histoire de secret ?

— Quel secret ? Chomorro ne m'a rien dit là-dessus. C'est Braun, point à la ligne. Outrage à magistrat, expliqua Glitsky avant de remarquer, légèrement plus optimiste : Elle acceptera peut-être de te recevoir demain, Diz.

— Laisse tomber le « peut-être ». Je la choperai dans son couloir s'il le faut.

Frannie tendit les bras vers son mari.

— Tu ne peux pas me laisser ici, Dismas. Les gosses ont besoin de moi. C'est un affreux malentendu. Je n'aurais pas dû faire cette promesse idiote. C'est tout ce qu'ils voulaient savoir.

— Alors, dis-moi de quoi il s'agit. Je te promets de ne le répéter à personne. Tu n'as qu'à me prendre comme avocat, et je serai couvert par le secret professionnel. Personne n'en saura jamais rien, ça pourra peut-être même devenir un atout pour ta défense. Je vais aller réveiller le juge, lui expliquer la situation...

— À ta place, je m'abstiendrais, coupa Glitsky. C'est quoi, cette histoire de secret ?

Frannie l'ignora.

— Ils n'ont qu'à demander à Ron. Toi, Dismas, tu n'as qu'à aller le lui demander. Va chez lui, réveille-le... Appelle-le d'ici, tiens. S'il apprend que je suis en prison, il leur dira sûrement ce qu'ils veulent savoir. Il ne me laissera pas dans une situation pareille.

— Qu'est-ce que c'est que ce secret ? demanda de nouveau Abe.

— Le secret n'a rien à voir là-dedans ! s'écria Frannie, avant d'ajouter, radoucie : C'est un petit secret de rien du tout.

Elle supplia son mari des yeux, essayant de lui faire comprendre quelque chose – qui pour Hardy demeura drapé d'un voile de mystère. Son regard se darda ensuite sur Abe.

— J'ai fait une promesse à Ron, Abe. Je lui ai donné ma parole. C'est *son* secret. Dismas. Si tu pouvais l'appeler ou te rendre à son appartement et lui expliquer ce qui se passe… Je suis sûre qu'il te le dira. Ensuite, reviens vite, et sors-moi d'ici.

5

Abe examina la pile de dossiers qu'il venait de récupérer dans la grande salle de la brigade criminelle. Ayant trouvé celui qu'il cherchait, il le poussa sur la table vers Hardy.

— Comme tu l'as sans doute appris du temps où tu étais proc, l'adresse est en haut à droite. Broadway.

Le regard de Hardy tomba sur le dossier, revint sur Glitsky.

— Pas de téléphone ? Un numéro de téléphone ferait plus joli.

— Plein de choses feraient plus joli dans ce dossier, Diz. Il est pratiquement vide. (Soupir.) Mon inspecteur s'est fait tuer avant d'avoir bouclé sa première semaine d'enquête. Tu te souviens de Carl Griffin ?

— Oui. Comment est-ce qu'il s'est fait tuer ?

Hardy n'aimait pas parler des policiers morts, surtout à son meilleur ami qui était un policier vivant, mais cela faisait peut-être partie des informations que Frannie et lui auraient besoin de connaître.

— Il a été descendu. Probablement lors d'un rencard avec un informateur.

Le sergent Carl Griffin l'ignorait, mais quand il quitta son bureau de la grande salle de la brigade criminelle, au quatrième étage du palais de justice de San Francisco, le lundi 5 octobre au matin, c'était pour la dernière fois de sa vie.

Il enquêtait seul sur le meurtre de Bree Beaumont, une chimiste récemment devenue consultante politique. Il y avait six jours qu'il planchait dessus. Griffin était inspecteur à la criminelle depuis quatorze ans, et il connaissait les dures réalités du métier – si, dans les quatre jours qui suivent un homicide, on n'a pas de meurtrier dans le collimateur, il est vraisemblable qu'on n'en aura jamais.

Carl était un besogneux, au profil plus que médiocre. Tout le monde à la crim, y compris le lieutenant Glitsky, voyait en lui le maillon faible de l'unité. Loyal et dur à la peine, certes, mais aussi lent, totalement inculte, et pour le moins douteux sur le plan de l'hygiène.

Ce qui n'empêchait pas Carl, à l'occasion, d'obtenir de petits succès. Il lui fallait souvent une semaine, parfois dix jours, pour interroger ses témoins et leurs relations, trouver des empreintes, recueillir des indices matériels qu'il fourrait pêle-mêle dans des sachets de congélation, et entassait ensuite au fond du coffre de sa voiture. Une fois prêt, il se débrouillait pour donner à ce fatras un semblant de cohérence, et il en ressortait parfois avec un suspect présentable.

On ne lui confiait pas souvent des affaires gourmandes en matière grise. À San Francisco, neuf homicides sur dix étaient des livres ouverts. Une femme se débarrasse d'un homme qui la bat. Un mec jaloux tue sa petite amie volage. Des ventes de came finissent mal. Des bandes s'affrontent. Des colères de pochetrons.

Les crapules au service de la purification génétique.

Dans ces affaires-là, les inspecteurs de la criminelle se contentaient de recueillir les indices dont le jury aurait besoin pour condamner un suspect totalement évident, et basta. Carl était utile chaque fois qu'il s'agissait de découper selon les pointillés.

De temps en temps – puisque les crimes arrivaient sans préavis et étaient automatiquement attribués à l'inspecteur de service à ce moment-là –, Griffin héritait d'une affaire qui demandait du travail. Cela ne lui était pas arrivé depuis plus de deux ans, quand une femme blanche liée au milieu politique avait été retrouvée *morte sur Broadway, et Glitsky n'avait pas tellement eu le choix. Il n'avait pas été tout de suite évident que c'était une affaire potentiellement explosive – si le lieutenant avait soupçonné d'emblée qu'elle finirait par prendre une telle ampleur, il aurait désigné un autre responsable, et tant pis pour la susceptibilité de Carl.*

Mais c'était ainsi. Griffin avait le dossier Beaumont entre les mains, et au bout de six jours il n'avait toujours pas effectué d'arrestation.

Après avoir obtenu son doctorat à Berkeley au début des années 80, Bree avait dirigé le laboratoire de toxicologie environnementale de ce même établissement pendant deux ans, puis elle avait quitté le monde universitaire pour devenir consultante de l'Association pétrolière des États de l'Ouest et, de là, être engagée chez Caloco.

Quelques mois avant sa mort, elle avait abandonné la compagnie pétrolière pour passer à l'ennemi en pleine guerre des additifs au carburant, dont l'enjeu était une industrie qui pesait des milliards de dollars. Ayant fait publiquement connaître son opposition à l'ajout de ce qu'elle considérait désormais comme un produit cancérigène dans l'essence californienne, Bree avait rallié le camp du député de San Francisco, Damon Kerry, qui briguait le siège de gouverneur de l'État.

L'élément central de sa plate-forme électorale était la peur de l'opinion vis-à-vis de ces additifs à base de pétrole ; on parlait notamment beaucoup du MTBE[1], qui s'était semble-t-il infiltré dans le sous-sol californien en quantités plus qu'alarmantes. Cette substance dangereuse devait être interdite, mais le gouvernement refusait d'agir.

Du jour où Bree, mascotte ultraphotogénique de l'industrie pétrolière, avait accepté de rejoindre sa campagne, la candidature de Kerry avait bénéficié d'un puissant coup d'accélérateur. Et depuis sa mort, les ondes radiophoniques bruissaient de théories accusatrices sur son assassinat par les compagnies

---

1. *Methyl tertiary butyl ether*, ou éther méthylique du terbutanol. *(N.d.T.)*

pétrolières – soit pour se venger de sa défection, soit pour l'empêcher de fournir à Kerry des munitions encore plus lourdes.

Le scrutin devait avoir lieu quatre semaines plus tard, et Kerry rendait une demi-douzaine de points à son principal adversaire. La mort de Bree avait fait les gros titres. Et chaque fois que quelqu'un prononçait son nom, celui de Damon Kerry était cité dans la foulée.

Carl Griffin ne s'affolait pas. Il avait une pile d'homicides sur les bras et connaissait les suspects de trois d'entre eux. Il se contentait de peaufiner l'emballage.

En ce qui concernait Bree Beaumont, il estimait être à deux doigts de demander un mandat. Juste une information clé à vérifier, et l'affaire serait bouclée. De quoi en boucher un coin à Glitsky et aux autres, qui le jugeaient incapable de liquider ce genre de dossiers.

C'était la raison pour laquelle Carl n'avait parlé à personne de ses progrès – ni de ses tâtonnements. Il encaissait mal les critiques. Il ne supportait pas que d'autres inspecteurs le charrient en lui disant ce qu'ils auraient fait différemment, où ils auraient regardé, pourquoi ils n'auraient pas interrogé les mêmes personnes.

Carl ne trouvait pas ces taquineries sympathiques, et peut-être qu'il avait raison. Il se considérait comme un flic à l'ancienne, un chien habitué à remonter ses pistes à l'odeur, en laissant de côté tout ce qui ne sentait rien. Et son nez lui disait qu'il était sur les talons de Beaumont.

Sur le chemin de la sortie, il s'arrêta au seuil du bureau de Glitsky. Il portait son coupe-vent noir sur une chemise hawaiienne orange et bleu dont les pans étaient rentrés dans un pantalon noir rendu luisant par l'usure. Sa chemise bâillait tellement au niveau de la ceinture qu'il faisait penser à une femme enceinte de quatre mois.

Griffin lança au lieutenant qu'il commencerait sa matinée en allant voir un de ses indics, à propos d'une affaire de gangs dans la Western Addition. Il était en retard, ce qui n'était pas grave

– l'indic serait en retard aussi. Ensuite, selon la manière dont les choses se dérouleraient avec lui et s'il avait le temps, il tâcherait de remettre la main sur le couteau de l'affaire Sanchez – les techniciens de la scène du crime n'avaient pas réussi à le localiser, mais Griffin était prêt à parier qu'il était toujours quelque part dans le pâté de maisons, et il allait passer les haies au peigne fin. À son avis, la fille avait quitté la maison, elle l'avait balancé quelque part, et elle était revenue pour appeler le 911[1]. De toute façon, quand...

— Et sur Beaumont, ça avance ? l'interrompit Glitsky.
— Pas mal.
Le lieutenant attendit la suite.
— Encore deux jours.
— Tu me mets bien tout noir sur blanc ?
Griffin écarta un pan de son coupe-vent pour lui montrer le calepin glissé dans sa ceinture.
— Mot pour mot.

Inutile d'insister, pensa Glitsky. De toute façon, Griffin l'avertirait quand il tiendrait quelque chose, et il se fendrait d'un rapport écrit en temps utile. Il avait l'air de progresser régulièrement dans deux de ses affaires. Ce qui n'était déjà pas si mal, du moins pour le moment.

Mais, si le dossier Beaumont n'était pas ficelé deux jours plus tard, Glitsky devrait ordonner à Carl de faire partager ses découvertes – la pression commençait à monter.

Griffin reprit sa route vers la sortie.
— Surveille tes arrières, lui conseilla Glitsky, sans trop savoir pourquoi.
Et l'inspecteur, hochant la tête :
— Comme d'hab, chef.

— Griffin n'était pas une lumière, grommela Abe. Tu l'as rencontré ?
— Deux ou trois fois, oui.

---

1. Numéro d'appel de la police aux États-Unis. *(N.d.T.)*

— Alors, tu es au courant. On pense qu'il a trop mis la pression sur une de ses balances. Le mec était peut-être sur un coup et il n'a pas apprécié d'être bousculé... Ce qui est sûr, c'est qu'il n'a pas bien réagi à cette pression ; il s'est senti manipulé, et il a buté Carl, un truc dans ce genre. (Glitsky grimaça.) On ne le saura peut-être jamais.

Hardy fit entendre un claquement de langue compatissant, souleva le dossier qu'il tenait entre ses mains.

— Et maintenant, qui suit l'affaire ?

Glitsky lui indiqua du menton la pile de chemises cartonnées qu'il venait de rapporter.

— J'ai pris tout ça sur la table de Tyler Coleman. Il s'en occupe avec Batavia. À mon avis, le dossier Beaumont n'a pas été souvent ouvert.

— Pourquoi ?

— C'est leur sixième affaire en cours, expliqua Glitsky en haussant les épaules. Le temps de s'y mettre, l'affaire est déjà vieille d'une semaine. Il y a des priorités.

Hardy était au parfum : les inspecteurs de la criminelle ne tenaient pas à perdre leur temps – quand un meurtre n'était plus chaud, les odeurs disparaissaient vite. Cédant à une impulsion, il fonça vers le téléphone et composa le numéro des renseignements. Il raccrocha une minute plus tard.

— Sur liste rouge, comme par hasard. S'ils avaient été dans l'annuaire, j'aurais pu passer un coup de fil, ce qui m'aurait fait gagner une heure, mais de toute façon, est-ce que je m'en serais contenté ? (Il se leva.) Faut que j'y aille. Tu restes dans le coin ?

Glitsky consulta sa montre. Neuf heures.

— Je pensais rentrer pour m'occuper d'Orel.

Glitsky était veuf et élevait seul son fils de quatorze ans. Il s'efforçait de lui consacrer un peu de temps chaque jour. Un peu. Il étudia le masque tendu de son ami.

— Si tu apprends quelque chose, appelle chez moi. Ça te va ?

Hardy tendit le pouce – marché conclu – et sortit en coup de vent.

Tandis qu'il partait en voiture vers le lieu où Bree Beaumont avait rendu l'âme, Hardy se rendit compte qu'il allait avoir besoin d'un petit miracle pour tirer Frannie de prison le soir même. Même s'il persuadait ce type, Ron, son ami, de divulguer son secret.

Glitsky lui avait déconseillé d'appeler le juge Braun chez elle – à raison. Un tel geste n'aurait fait qu'envenimer la situation, il se serait peut-être retrouvé à son tour avec une inculpation pour outrage. Mieux valait s'extirper cette idée du crâne et prendre les faits un par un.

Malheureusement, des pensées parasites venaient sans cesse le perturber. Comment Frannie avait-elle pu laisser cette histoire dégénérer autant ? La famille se retrouvait à présent face à un vrai problème, qui aurait forcément des répercussions majeures pour les enfants et lui. Et tout cela parce que Frannie avait refusé de fléchir. À tout moment, un petit changement d'attitude lui aurait permis d'éviter pareil gâchis.

Mais elle n'avait pas dévié d'un pouce, et ce comportement avait quelque chose à voir avec Ron – quelque chose de personnel.

Hardy ne voulait pas suivre cette ligne de raisonnement, ce qui la rendait bien sûr irrésistible. Frannie était peut-être tout bonnement novice dans l'art d'effacer ses traces, de se trouver des excuses. Elle n'avait jamais eu besoin d'apprendre ces techniques parce qu'elle n'avait jamais triché. Ils s'étaient toujours tout dit. Mais d'un seul coup, avec l'entrée en scène de ce Ron et de sa femme morte – assassinée –, tout avait changé.

Frannie ne lui avait même pas parlé de son assignation.

Hardy était incapable de s'imaginer recevant ne serait-ce qu'une assignation de la fourrière sans en informer sa femme. Et Frannie avait été convoquée, *plusieurs jours auparavant*, pour témoigner dans une affaire de meurtre, et elle ne lui en avait pas dit un mot, même en passant. Pour ne pas l'ennuyer ? Allons donc. Sûrement pas.

Il y avait autre chose.

Il loupa sa bifurcation à gauche pour rattraper Broadway, changea quand même de voie, mais c'était trop tard. Avec un juron, il abattit violemment sa paume sur le volant. Tandis qu'une boule grossissait au creux de son estomac, il prit le premier embranchement à gauche, cinq rues plus loin.

Pourquoi avait-il laissé Frannie en prison ? Comment s'était-il laissé convaincre d'aller lui-même cuisiner Ron Beaumont sur son foutu secret ? Soit Frannie et lui s'accordaient une confiance mutuelle, soit ils n'avaient plus rien à faire ensemble. Quelque chose sonnait faux, autant dans le comportement de Frannie que dans ses explications. Il baissa sa vitre et aspira une froide goulée d'air marin. Ce qu'il ressentait n'était pas seulement de la colère. Il se palpa le torse. Son cœur était bien là. Il battait fort, mais on aurait dit qu'il en manquait un morceau.

À hauteur de North Beach, Broadway est célèbre pour ses boîtes à strip-tease et ses touristes criards. Mais une fois que l'on ressort du vieux quartier italien, de l'autre côté du plus long tunnel de la ville, et surtout au-delà de Van Ness Avenue, l'avenue longe la corniche qui surplombe Cow Hollow et la marina. Sur ce tronçon, elle accueille certains des édifices résidentiels les plus époustouflants de San Francisco.

Les palazzos des courtiers du pouvoir se disputent le terrain avec les consulats et les villas luxueuses. Le maire habite sur Broadway, tout comme l'un des sénateurs de l'État et le plus prolifique auteur de best-sellers à l'ouest du Mississippi – sans oublier le fondateur de la griffe de mode la plus rentable du pays et le patron du plus gros cabinet d'avocats de la ville. Broadway est l'adresse légale et la résidence occasionnelle de trois des dix plus riches familles de la Californie. Dominant de toute sa hauteur le magnifique panorama de la baie et de ses ponts célèbrissimes, Broadway – particulièrement sur sa rive nord – semble aussi éloignée que possible des vulgaires préoccupations des classes laborieuses. Et c'était pourtant là que Bree Beaumont avait connu sa triste fin.

Hardy avait repris le contrôle de ses nerfs. Il éprouvait à présent les symptômes d'un calme dangereux qu'il connaissait bien – c'était la façon qu'avait son organisme de se défendre contre une tendance naturelle à l'hypersensibilité.

Il atteignait parfois ce genre d'état pendant ses procès, quand toute sa volonté se focalisait sur un point unique. Dans ces cas-là, il ne songeait plus qu'à faire ce qu'il avait à faire – et à le faire bien. Plus tard, il serait toujours temps de réfléchir, de se maudire, de se saouler, de rire ou de vomir tripes et boyaux. Mais pas tout de suite.

Il vérifia l'adresse, ralentit, se gara dans l'allée de la résidence. Aidé par son récent survol du rapport de police dans le bureau de Glitsky, il se remémora brièvement l'affaire telle qu'il l'avait suivie dans la presse. Sachant que la victime, Bree, était la mère de Max et de Cassandra, il y avait prêté un peu plus d'intérêt que pour un autre fait divers. Mais, même alors, Frannie n'avait jamais mentionné Ron. Hardy se rappelait juste que la maman de deux camarades d'école de ses gosses avait été assassinée. Il avait été question de politique. De majors du pétrole. De milliards de dollars. D'une victime jeune et belle.

Et d'un seul coup, sa femme se retrouvait mêlée au scandale.

Les Beaumont habitaient au douzième et dernier étage de ce monstre. La double porte vitrée du hall d'entrée avait un cadre de cuivre scintillant. Au-delà, le luxueux vestibule de marbre qui donnait sur une batterie d'ascenseurs flamboyait sous la lumière de deux énormes lustres.

Mais Hardy ne put y pénétrer – les portes étaient fermées, comme il aurait dû s'y attendre à une heure pareille. Il repéra une sonnette de nuit, pressa le bouton. En vain.

Il remarqua soudain un clignotement au-dessus d'un des ascenseurs. Quelqu'un descendait. Il rebroussa chemin, parcourut la moitié du trajet qui le séparait de sa voiture, fit demi-tour, attendit que le couple fût sorti de l'ascenseur pour se remettre à marcher. Il atteignit la porte d'entrée au moment où elle s'ouvrait, et remercia les gens en se faufilant à l'intérieur.

Il appuya sur la sonnette d'interphone marquée « Beaumont », à côté des ascenseurs, et attendit. Attendit encore. Dix heures et demie, un soir de semaine. La famille aurait dû être au bercail – si toutefois elle habitait encore ici depuis la mort de Bree.

L'ascenseur était resté ouvert devant lui. Il monta dedans et pressa le bouton du dernier étage. Il n'escomptait pas vraiment qu'il se passe quelque chose – dans ce genre de résidence de luxe, en général, les portes de l'ascenseur s'ouvrent directement sur les appartements. Il faut donc une clé ou une carte magnétique pour déclencher sa montée. À la grande surprise de Hardy, cependant, les portes coulissèrent, et la cabine s'éleva.

Il émergea peu après dans un vestibule faiblement éclairé, large de trois mètres, dont le parquet était recouvert d'un tapis persan. À travers une fenêtre donnant sur l'ouest, il reconnut les lumières clignotantes d'une tour du Golden Gate Bridge. Il n'y avait qu'une porte visible, juste devant lui. Mais personne ne répondit à ses coups de sonnette. En désespoir de cause, il actionna la poignée.

Le panneau pivota sur ses gonds.

Dans son dos, les portes de l'ascenseur se refermèrent, mais Hardy ne se décida pas immédiatement à entrer. Il ne se faisait pas d'illusions. Il n'était pas sur le seuil d'un appartement abandonné. Même si c'était vraisemblablement le lieu d'un crime récent, cet endroit demeurait le domicile de quelqu'un : y pénétrer sans invitation préalable constituait un délit. Hardy s'exposait à un gros risque. Il pouvait être confondu avec un cambrioleur et en subir les tragiques conséquences. S'il était surpris, il pouvait aussi être radié du barreau, peut-être même perdre le droit d'exercer sa profession. Entrer illégalement chez quelqu'un était toujours une affaire grave.

Mais certains moments requéraient une prise de risque – et celui-ci, estima-t-il, en faisait partie. Sa femme était en prison. Si Ron Beaumont ou quelqu'un d'autre arrivait pendant qu'il se trouvait à l'intérieur, il tâcherait de s'expliquer. À proprement parler, comme il n'était pas là pour voler, ce n'était pas un cambriolage. Hardy raconterait qu'il redoutait qu'un autre crime ne se produise. Même si, en réalité, il n'avait qu'une seule idée en tête : mettre la main sur ce Ron, et le plus tôt possible.

Fortifié par sa brève ratiocination – il était toujours bon d'avoir une petite histoire à raconter –, il ouvrit la porte en grand, franchit le seuil, appuya sur l'interrupteur.

Ce qu'il découvrit l'arrêta net. Il croyait avoir lu dans la presse que Bree Beaumont avait été professeur à l'université de Berkeley avant de rejoindre l'industrie pétrolière. C'était peut-être exact, mais dans la mesure où un premier coup d'œil sur leur domicile pouvait apporter une indication valable, les Beaumont avaient mis une confortable distance entre eux et la légendaire modestie des émoluments universitaires.

Quand il referma la porte derrière lui, Hardy se retrouva immergé dans une immense pièce de séjour surbaissée qui paraissait sortie d'un numéro de l'*Architectural Digest*. Tout autour de lui, l'opulence ruisselait des murs, ornés de tableaux d'art moderne éclairés subtilement. Deux coins salons – avec canapés en cuir et fauteuils tapissés de brocart. D'élégants guéridons, des tables basses, deux vases de marbre au sommet d'un piédestal. À droite, une baie vitrée occupant toute la hauteur du mur semblait convier les lumières de la ville à s'installer dans la pièce.

Hardy monta les quelques marches qui avaient attiré son regard. Elles menaient à une luxueuse salle à manger – une table en granit et six chaises tubulaires sous un lustre ultramoderne. Une cuisine spacieuse et magnifiquement équipée s'ouvrait sur sa gauche, de l'autre côté d'un bar façonné dans un matériau certainement issu de la recherche spatiale.

Ayant dépassé la table, les casiers à bouteilles, et le coin salon aménagé au fond de la salle à manger –, Hardy atteignit les lourds rideaux qui dissimulaient le mur du fond. Il écarta l'un d'eux d'une cinquantaine de centimètres et passa de l'autre côté. La lumière tamisée du séjour disparut presque entièrement dans son dos.

Il se tenait face à une porte-fenêtre donnant sur un balcon. Il la fit coulisser, sortit, remarqua les tomettes rouges de style méditerranéen, une table de jardin ronde avec des chaises, plusieurs plantes en pot. Ce balcon n'était ni grand ni petit, mais la vue dont il bénéficiait le rendait exceptionnel. Orienté au nord, il dominait un horizon que rien ne venait briser sur plus de cent cinquante kilomètres, surtout au cours d'une telle nuit, traversée par une brise froide qui avait débarrassé le ciel de toute trace de brouillard.

L'idée lui vint d'un coup : c'était d'ici que Bree Beaumont avait pris son envol fatidique. Il s'approcha de la balustrade de fer forgé, se pencha au-dessus et contempla ce qui, à cette hauteur, n'était qu'un carré de lumière : le patio où son corps était apparemment resté plusieurs heures avant d'être découvert. Il recula en croyant sentir un souffle de vent sur sa nuque – un souffle qui, s'il ne fit pas frémir les plantes du balcon, lui hérissa distinctement le poil.

Il perdait son temps à admirer cette vue. Il lui fallait trouver au plus vite une indication susceptible de le mener jusqu'à Ron, s'il voulait être utile à Frannie – et si cette nuit n'était pas d'ores et déjà fichue.

Il repassa entre les rideaux et émergea dans le coin salon de la salle à manger. Il ne lui fallut que quelques secondes pour traverser la cuisine et s'engager dans un couloir qu'il n'avait pas remarqué en sens inverse. Il reliait le salon surbaissé à une autre partie de l'appartement. Dès son premier pas dans le noir, un point de lumière attira son attention.

Dans la pièce ouverte sur sa gauche, un voyant rouge clignotait. Un répondeur téléphonique, posé sur une table. Cette pièce était un bureau, et Hardy pensa qu'il pourrait y trouver ce dont il avait besoin. Il la traversa sur la pointe des pieds. Il était en train de se dire qu'il allait s'intéresser d'abord aux messages du répondeur, puis à l'agenda, enfin à l'ordinateur, quand un grincement se fit entendre derrière lui.

Il se figea, tendit l'oreille. Recula d'un pas en direction du couloir. Un bruit impossible à confondre – l'ouverture de la porte d'entrée. Il décela un imperceptible changement d'intensité dans la clarté qui, venue du séjour, éclairait faiblement le couloir.

Il avait de la compagnie.

6

Hardy n'avait pas le choix. Il s'éclaircit bruyamment la gorge et sortit du bureau pour affronter le nouveau venu.

— Ne bougez plus !

— Je ne bouge plus.

Il s'arrêta au seuil du couloir, les bras écartés, les paumes en avant à hauteur de poitrine. Il faisait face à un homme de même stature que lui portant un blouson vert, un pantalon noir et une paire de tennis. À la façon dont il tenait son arme, il avait l'air de savoir s'en servir, ce qui lui valut de la part de Hardy une attention immédiate et totale.

— Vous êtes Hardy ?

— Coupable, répondit l'avocat en prenant soin de garder les mains levées. En général, je laisse celui qui tient le flingue parler en premier, mais vous voulez peut-être que je vous explique ce que je fais ici. Vous êtes Ron Beaumont ?

L'homme considéra son arme, puis la rangea dans le holster fixé sous son aisselle.

— Je suis le sergent Phil Canetta, du commissariat central, déclara-t-il en s'avançant. Et vous, vous êtes le pote de Glitsky.

Ce n'était pas une question. Hardy acquiesça.

— J'étais de permanence quand il a téléphoné pour demander que quelqu'un vous tienne à l'œil. Il savait que vous alliez passer ici et il pensait que vous auriez peut-être besoin d'aide. Je ne m'attendais pas à vous découvrir déjà dans la place.

— La porte n'était pas fermée à clé. Je me suis contenté de tourner la poignée. Il faut que je parle à l'homme qui habite ici. Vous connaissez Ron Beaumont ?

— Je l'ai aperçu le jour du meurtre, c'est tout. Elle, je l'avais vue deux ou trois fois. (Sans doute Hardy changea-t-il d'expression, parce que Canetta éprouva soudain le besoin de développer.) Il m'arrive de faire des petites missions d'agent de sécurité le soir, histoire d'arrondir mes fins de mois – des congrès, des séminaires. Caloco en organise beaucoup.

— Et Bree y assistait ?

— Pour sûr. Et quand elle était quelque part, ça se remarquait.

— J'ai vu son portrait dans le journal. Très belle femme.

— Et encore, répliqua Canetta, secouant la tête avec une sorte de dégoût, ces photos ne l'arrangeaient pas... Où est-ce qu'ils sont tous passés ?

— Aucune idée. J'espère qu'ils n'ont pas pris la fuite.

— Ils étaient sur le point de l'épingler – le mari ?

— J'imagine que l'idée leur a traversé l'esprit. Vous travaillez aussi sur cette enquête ?

— Vous rigolez ? Les flics en uniforme comme moi n'enquêtent pas sur les homicides. Simple curiosité de ma part. Le jour du meurtre, c'est moi qui ai reçu l'appel, et j'ai rappliqué pour isoler le lieu du crime en attendant l'arrivée des gars de Glitsky. Les pros, ajouta-t-il avec une petite moue dédaigneuse, qui disparut dès qu'il se fut rappelé que Hardy était l'ami du patron de la brigade criminelle... Si ça se trouve, ils sont au ciné, ou en train de dîner quelque part.

La pendule murale indiquait presque onze heures.

— C'est un peu tard pour des enfants un soir de semaine, observa Hardy en secouant la tête. Mais je ne veux surtout pas affirmer que Beaumont s'est enfui alors qu'il y a une foule d'autres possibilités. Peut-être que ses enfants ne supportent plus de dormir dans cet appartement. Peut-être qu'ils sont hébergés ailleurs, chez des parents.

— Ils en ont ?

Hardy regretta de n'avoir pas pensé à photocopier le dossier de Glitsky. Peut-être renfermait-il des détails de cet ordre. Il y avait cependant un autre moyen d'en savoir plus.

— J'ai vu un répondeur dans le bureau, dit-il.

— Huit messages, constata Hardy.

— Un type très demandé, apparemment.

— Ou alors, il n'est pas revenu chez lui depuis un bout de temps.

— Vous m'ôtez les mots de la bouche. Mettons-le en marche, histoire de voir ce qu'il a dans le ventre.

Hardy appuya sur le bouton de lecture.

Ron Beaumont n'avait pas écouté – ou n'avait pas effacé – ses messages depuis le mardi à treize heures sept, c'est-à-dire l'avant-veille. Cet appareil était de ceux qui donnent la date et l'heure de chaque appel, de sorte que Hardy et Canetta purent les situer avec précision dans le temps. Le premier émanait d'un certain Bill Tilton. Il souhaitait que Ron le joigne pour une histoire d'assurance, et il avait laissé son numéro.

Canetta emprunta un stylo sur le bureau et se mit à prendre des notes sur un carnet à spirale. Hardy jugea cette attitude un peu étrange, mais peut-être le sergent aspirait-il à quitter un jour son uniforme pour devenir inspecteur. Ou peut-être voulait-il simplement faire la nique aux gars de la criminelle en montrant que lui aussi était capable d'élucider un meurtre.

La cassette tournait toujours. Une femme au nom asiatique – Kogee Sasaka, ou quelque chose comme ça – priait ensuite Ron de ne pas oublier leur rendez-vous, dont elle ne précisait ni le lieu, ni l'heure, ni le motif. Elle ne laissait pas non plus de numéro de téléphone.

James Pierce, de Caloco. Il demandait à Ron de le rappeler à propos de dossiers en possession de Bree. Il souhaitait pouvoir passer un jour pour...

Une femme, Marie. Juste pour un petit bonjour.

Ils en étaient toujours aux appels du mardi après-midi.

Al Valens. Là, il était question du travail de Bree, de ses récentes recherches.

— Les deux camps sont représentés.

— Pardon ? fit Hardy en appuyant sur le bouton de pause.

— D'abord Pierce, puis ce Valens. Il travaille pour Damon Kerry. C'est son directeur de campagne.

Hardy se tourna à demi vers Canetta.

— Pour un flic de base, vous avez une solide connaissance de l'affaire, non ?

— Je lis les journaux. Les gens ont beau dire, aucune règle ne nous interdit de penser.

— Et que pensez-vous de Pierce et de Valens, sergent ?

Canetta eut un instant d'hésitation, comme s'il craignait que Hardy ne soit en train de se payer sa tête.

— Les travaux de Bree les intéressaient beaucoup l'un et l'autre. Chacun représente un camp dans la guerre des additifs.

— Et qu'est-ce qu'ils pourraient bien vouloir à Ron ?

Nouvelle pause.

— Peut-être qu'il sait quelque chose.

— Sur les recherches de sa femme ?

— Je l'ignore. C'est possible.

— Elle serait morte à cause de ses travaux ? Si cette hypothèse est la bonne, Ron n'est probablement pas coupable.

— Possible, répéta Canetta avec une nonchalance que Hardy jugea excessive. Mais, dans un cas comme dans l'autre, Ron doit savoir quelque chose.

— Je me demande s'il sait ce qui intéresse ces gens.

— Ou alors, il a fini par comprendre quelque chose après coup. Concernant les travaux de Bree. C'est peut-être pour ça qu'il a filé… S'il a filé.

Hardy ne savait quasiment rien des additifs au carburant ni des guerres dont ils semblaient être la cause. Sa femme était pour l'heure son seul et unique souci. Mais si Canetta avait envie d'exposer ses théories, l'écouter ne pouvait pas faire de mal. Il remit l'appareil en marche.

Ils en étaient arrivés aux messages du mercredi matin – la veille, donc. Hardy eut une étrange sensation de déjà vu en reconnaissant la voix de Theresa Wilson, la directrice de l'école Merryvale. Les enfants Beaumont n'étaient pas encore arrivés, et elle appelait pour s'enquérir de la raison de leur retard – et savoir où ils étaient.

Nouvelle pause.

— J'en déduis que ses enfants ont assisté normalement aux cours du mardi, dit Hardy. Si c'est le cas, il pourrait avoir filé juste après être allé les chercher.

De nouveau, la voix de Marie.

Et pour finir :

— Salut, Ron. Dis, tu te souviens de cette assignation à comparaître que j'ai reçue ? Elle m'inquiète. Je suis sûre qu'ils vont vouloir me faire parler de Bree et de toi. Il faut absolument qu'on accorde nos violons, toi et moi. Mais surtout, ne m'appelle pas chez moi après six heures et demie. J'essaierai de te joindre quand je serai tranquille... Ron ? Tu m'entends ?

Le silence retomba sur la cassette.

— « Qu'on accorde nos violons », répéta Canetta. Ça se présente plutôt mal pour ces deux-là, pas vrai ?

Hardy se tourna vers lui et lâcha d'une voix blanche :

— C'était ma femme.

Canetta fit une véritable fixation sur la phrase où Frannie suggérait à Ron d'accorder leurs violons. Pour Hardy, plus significative encore était la façon dont elle lui recommandait de ne pas appeler après six heures et demie – c'est-à-dire l'heure habituelle de son retour chez lui. Ce n'était sûrement pas par insouciance qu'elle avait omis de lui mentionner son assignation. Elle tenait à lui cacher ses relations avec Ron ; cette évidence lui fit l'effet d'un direct au plexus.

Il ne jugea pas opportun de confier ses sentiments à Canetta. Une chose était certaine : le répondeur ne leur avait fourni aucun indice concret sur la disparition de Ron. Hardy n'avait aucune chance de le localiser ce soir-là – ce qui voulait dire que Frannie passerait la nuit en prison.

Il sentait bien que Canetta luttait désespérément contre l'envie de lui parler de l'implication de Frannie. Le sergent tenta de donner le change en déplaçant quelques menus objets sur le bureau. Quand il eut raisonnablement maîtrisé sa curiosité, il se raidit, fit volte-face, s'éclaircit la gorge.

— Bon, puisqu'on est là, autant s'assurer qu'il n'y a aucun cadavre qui traîne dans le coin. Qu'est-ce que vous en pensez ?

Les deux hommes s'enfoncèrent un peu plus dans le couloir et pénétrèrent dans la pièce suivante, une chambre d'enfants à deux lits jumeaux impeccablement recouverts d'une courtepointe de dentelle blanche. Une collection de poupées était posée dessus. Aux murs, les roses multicolores du papier peint s'épanouissaient sur un fond bleu clair.

Canetta ouvrit sans hésiter un tiroir de commode.

— Hé, visez-moi ça.

Hardy le rejoignit. À part deux paires de chaussettes, le tiroir était vide.

— Ils ont plié bagage, remarqua Canetta. On ferait bien d'y aller aussi.

En sortant de l'appartement, Hardy s'assura que la porte d'entrée était bien refermée. Ils reprirent l'ascenseur dans un silence étouffant, traversèrent le hall, rejoignirent l'air libre.

— Et maintenant ? s'enquit Canetta. Quels sont vos plans ?

Hardy haussa les épaules. Il se faisait tard, ses efforts n'avaient rien donné.

— Je vais continuer à chercher. Voir si ses gosses sont allés à l'école aujourd'hui. Sinon, j'imagine que je préviendrai Glitsky. Si Ron a filé...

La phrase de Hardy resta en suspens. Il soupira.

— Et votre femme ?

— Elle est à la prison du comté. Ron lui a confié un secret, et...

De nouveau, il s'interrompit. C'était trop pathétique.

— D'après elle, reprit-il avec effort, il ne la laissera sûrement pas croupir en prison s'il apprend qu'elle y est, mais elle estime que c'est à lui de dévoiler son secret – pas à elle. Elle lui a promis de se taire.

Canetta ne lui fut pas d'un grand réconfort. Hardy sentit parfaitement ce qu'il pensait et il ne pouvait pas lui en vouloir.

— Eh bien, je vous souhaite bonne chance, monsieur Hardy.

Hardy roula sans but pendant longtemps, hésitant entre regagner la prison, rentrer chez lui pour dormir un peu, ou tirer du lit le juge Braun. Aucune de ces possibilités ne lui paraissait satisfaisante. En fin de compte il se retrouva dans Sutter Street, où était son cabinet.

Dans son bureau, Hardy décrocha le téléphone et réveilla Abe Glitsky chez lui. Le lieutenant convint que la disparition de Beaumont, si elle se confirmait, renforcerait encore son profil de suspect – ce qui n'était pas une bonne nouvelle pour Frannie. Il promit de parler à Scott Randall le lendemain matin à la première heure, mais ne lui laissa pas entrevoir beaucoup d'espoir.

Hardy reposa le combiné et soupesa un moment, le plus sérieusement du monde, l'idée d'un raid nocturne sur le domicile du juge Braun – avec le soutien de David Freeman pour plaider sa cause. Mais il était conscient que, dans l'état où il se trouvait, il ne ferait qu'aggraver la situation s'il s'autorisait un acte irréfléchi.

Il lui fallait échafauder un plan avec soin et conserver sa lucidité. Mais l'image de sa femme sans défense au milieu de la racaille des prisons, prostrée en chien de fusil sur une couchette, venait sans cesse brouiller sa concentration.

Il se la représenta parmi les odeurs de désinfectant et les cris de désespoir, les yeux écarquillés, s'interrogeant sans relâche sur ce qu'elle avait fait, sur ce qui lui arrivait. Sur ce que le lendemain lui réservait.

Quatre jours ! Hardy se redressa brusquement. Frannie ne tiendrait pas quatre jours, même à l'isolement. Il connaissait sa femme – ou du moins il le croyait.

Il fallait trouver une solution. N'importe laquelle. Mais on était en pleine nuit, et tout le monde dormait à poings fermés. Vers une heure du matin, il admit son échec. Il ne tirerait pas sa femme de prison cette nuit. Et s'il ne s'accordait pas un minimum de repos, il ne serait pas plus efficace le lendemain.

Il décida de rentrer chez lui.

Mais sa nuit n'était pas encore finie.

Sa maison victorienne – un long couloir latéral sur le côté droit duquel donnaient toutes les pièces – était située à environ quinze rues de la plage, dans une partie de San Francisco que recouvrait une nappe de brouillard quasi permanente. Hardy s'enfonça sans hésiter dans la muraille de brume et, quand il atteignit sa rue, ses essuie-glaces allaient et venaient à la vitesse maximale. Bien entendu, il ne trouva pas de place pour se garer, mais décida de courir le risque pour une fois et de laisser sa voiture en stationnement interdit juste après le coin de Clement. Il était à peu près sûr d'être reparti avant l'aube – bien avant l'heure où, en général, les pervenches entraient en action.

Sa maison était bâtie au milieu d'une forêt d'immeubles résidentiels de trois étages, à une quinzaine de mètres en retrait par rapport au trottoir. Hardy ne devina ses contours qu'en arrivant devant la palissade de piquets blancs. Et, lorsqu'il poussa le portail, il ne vit pas Moses, assis sur le perron plongé dans l'ombre, le dos contre la porte d'entrée.

— Où est-ce qu'elle est, Diz ?

Cette voix surgie des profondeurs de la brume faillit faire tomber Hardy à la renverse.

— Toujours en taule, marmonna-t-il. Entre.

Erin était assise en peignoir sur la banquette encastrée au-dessous de la fenêtre, les jambes repliées sous elle. Les volets étaient fermés. Ed Cochran ronflait doucement dans la chaise longue favorite de Hardy, et celui-ci était allé chercher dans la salle à manger une chaise qu'il avait enfourchée à l'envers, en mettant les coudes sur le dossier. Après avoir passé vingt minutes à relater les temps forts d'une soirée pour le moins frustrante, il chercha à savoir si Frannie avait déjà évoqué devant l'un de ses proches Ron Beaumont ou ses enfants, la mort de Bree ou quoi que ce soit qui pût être relié à l'affaire.

Moses arrêta de faire les cent pas, croisa les bras et secoua la tête. Il adorait sa sœur, mais sa petite famille et son boulot de taulier du *Little Shamrock* ne lui laissaient guère de temps à lui consacrer.

Le regard de Hardy se déplaça sur Erin. Elle se tortilla sur son siège et son regard se perdit dans le vague.
— Erin ?
Elle leva la tête.
— Je ne sais pas, Dismas. Je ne suis pas sûre qu'il y ait un rapport. Elle n'a pas cité de nom. (Erin hésita, et Hardy se força à attendre en silence.) Vu la manière dont elle m'en a parlé, j'ai cru que cela concernait une amie – une autre maman de Merryvale, par exemple –, mais finalement, ce n'est pas certain.
— Quoi donc ?
— Elle est restée très vague, déclara Erin avec un soupir, mais elle m'a confié que quelqu'un de sa connaissance avait eu de grosses difficultés conjugales des années plus tôt. Que cette personne avait fini par refaire sa vie ici, et qu'à un moment donné elle avait eu peur que son ancien conjoint ne refasse surface pour lui créer des problèmes.
— Quel genre de problèmes ?
Erin se mit à tripoter l'ourlet de son peignoir.
— Des problèmes de garde d'enfant, je crois.
— Comment est-ce possible ? Un divorce ne peut pas être prononcé tant que les problèmes de garde n'ont pas été réglés. Pourquoi vous a-t-elle parlé de cette histoire, d'ailleurs ? Si ce n'est que ça, son grand secret, je ne vois pas...
— Ce n'est pas ce que j'ai dit, Dismas. Je ne sais même pas s'il y a un rapport. Frannie n'a rien ajouté. Elle s'est tue d'un seul coup, comme si elle venait de se rappeler qu'elle n'avait pas le droit de m'en parler.
— C'est peut-être ça, observa Moses.
Hardy n'en était pas persuadé, mais au stade où il en était tout était bon à prendre.
— Quand vous en a-t-elle parlé ?
Erin secoua la tête, comme si elle n'était plus très sûre de sa mémoire.
— On était assises toutes les deux pendant que Rebecca et Vincent jouaient dans le jardin – c'était il y a deux semaines au plus. Ils s'amusaient comme des fous, aussi adorables que d'habitude. Tout à coup, sans préavis, Frannie me dit qu'elle serait

incapable d'envisager une vie normale si quelqu'un cherchait à lui retirer la garde de ses enfants. Je lui réponds qu'elle n'a pas à s'inquiéter sur ce plan et je lui demande pourquoi elle pense à ça. Et elle me parle de cette personne qu'elle connaît – exactement ce que je viens de vous dire, trois fois rien. Elle n'a cité aucun nom, mais à l'instant, en vous écoutant, l'idée m'est venue qu'il pourrait s'agir de Ron.

— Ce qui expliquerait sa fuite, remarqua Moses.

Hardy avait beau être avide de réponses, il ne crut pas à celle-ci.

— On ne sait même pas s'il a fui, Mose. Ses gosses et lui pourraient aussi bien être hébergés chez un parent quelconque.

— Comment faire pour le savoir ?

— J'y travaille, répondit Hardy en soupirant, exténué.

7

Au mieux de sa forme, David Freeman aurait difficilement été décrit comme un homme enjoué ou charmant – et il était très loin de sa meilleure forme. L'aube se levait à peine, il trônait déjà devant sa vieille table de cuisine jonchée de feuilles jaunes, de stylos, de mouchoirs en papier, d'ouvrages juridiques ouverts ou fermés, et d'une douzaine de tasses à café sales – qui peut-être, à en juger par leur aspect, n'avaient jamais été lavées. Il était vêtu des lambeaux d'un peignoir prune acheté sous Nixon. Des touffes de poils gris s'échappaient du col d'un tee-shirt qui grisonnait lui aussi. Bien entendu, il n'était pas rasé – Hardy l'avait réveillé d'un coup de sonnette strident cinq minutes plus tôt. Ses bajoues étaient flasques, ses cheveux en bataille, et pour faire bonne mesure il s'était remis à mâchonner le mégot de son cigare de la veille.

— Vous savez, David, si le métier d'avocat vous pèse, je crois que vous pourriez tenter votre chance au cinéma. Devenir une vedette, peut-être épouser Julia Roberts...

— Qui ça ?

— Laissez tomber, fit Hardy, secouant la tête.

Tout ce qui était extérieur à la justice était extérieur à Freeman. Il ne s'y intéressait pas.

Hardy n'était pour sa part guère d'humeur à faire de l'esprit. Il avait dormi moins de trois heures avant de s'extirper du canapé du salon. Il avait prêté son lit à Ed et à Erin – Dieu bénisse sa belle-mère : elle s'occupait des enfants, les emmenait à l'école, faisait tourner la baraque. Une aide précieuse, même si cette situation avait un côté culpabilisant.

Mais Hardy avait mieux à faire que de se morfondre sur le temps qu'il ne consacrait pas à ses enfants. Frannie était toujours en prison.

— Je me suis dit que vous pourriez parler à Braun, déclara-t-il.

Le masque de Freeman ne lui apporta aucun réconfort.

— C'est toujours un plaisir de discuter le bout de gras avec Marian, mais si vous croyez qu'elle remettra quelqu'un en liberté uniquement pour me faire plaisir, vous vous méprenez du tout au tout sur la nature de nos relations. Comment votre tendre épouse a-t-elle fait pour se retrouver dans une telle panade ?

Hardy lui résuma les faits. Le mégot de David roula vers le coin opposé de sa bouche. Hardy entreprit de prendre la défense de Frannie et de justifier les insultes lancées à Marian Braun, mais le vieil homme leva la main.

— Je me fiche de savoir ce qu'elle a fait et pourquoi elle l'a fait. Vous devriez l'avoir compris. Un peu de patience, laissez-moi réfléchir.

Si Freeman était justement célèbre à San Francisco, c'était autant pour la théâtralité de ses interventions à l'audience que pour sa profonde connaissance des textes. Il obtenait gain de cause dans un nombre remarquable d'affaires et ne perdait jamais son temps à se demander comment. En tant qu'avocat, son rôle était de fournir à son client la meilleure défense autorisée par la loi. Si cela impliquait de gloser sans fin sur un obscur alinéa, de marcher sur les mains ou de jouer des castagnettes, il le faisait. David Freeman était extrêmement fier de dire qu'il n'avait aucune fierté.

Il réfléchit donc à une stratégie. Frannie n'était peut-être pas sa cliente à proprement parler, mais il avait déjà sorti de prison un paquet de gens, et dans le fond Hardy ne lui demandait rien d'autre.

— Je dirais qu'elle est sous le coup de deux charges distinctes – une pour avoir refusé de répondre à la question de Randall, l'autre pour outrage à magistrat. C'est bien ça ? Je doute qu'on puisse obtenir un *habeas* en ce qui concerne la première. Randall a parfaitement le droit de la garder à l'ombre tant qu'elle n'aura pas craché son secret. Demandez à Susan McDougal[1]. (Hardy nota que Freeman, fidèle à lui-même, se désintéressait totalement de la nature du secret de Ron Beaumont.) En revanche, si elle présentait des excuses à Marian, peut-être en invoquant la journée de chien qu'elle venait de passer... Elle y serait prête ?

Hardy n'en était pas sûr – il n'était plus sûr de grand-chose concernant sa femme, ces jours-ci.

— Si elle acceptait, reprit Freeman, on marquerait un essai. Ensuite, on pourrait tenter de le transformer en visant Randall, ou bien Pratt, mais ça ne sera pas facile.

— Glitsky s'en occupe.

— Et vous croyez qu'un lieutenant de police va réussir à convaincre Randall de relâcher quelqu'un ? Un lieutenant qui, si vous me permettez, est carrément largué sur cette affaire, vu qu'il n'était même pas au courant qu'un grand jury avait été saisi. Vous rêvez, Diz. Il y a de l'eau dans le gaz entre le DA et la police. Glitsky n'est pas la solution. Randall le renverra dans ses buts.

— Comment le savez-vous ? Vous connaissez Randall ?

— Pour m'amuser, j'ai lu deux de ses réquisitoires. C'est un sacré procureur en séance, mais j'ignore ce qu'il a vraiment dans le ventre. J'ai du mal à me l'imaginer bouclant une honnête citoyenne pour ce genre de motif – à moins qu'il ne soit persuadé qu'il y a une inculpation pour meurtre à la clé. Ça m'aiderait de savoir s'il a des ambitions politiques.

— Pourquoi ?

— Parce que s'il a des ambitions politiques, répondit Freeman comme s'il s'adressait à un enfant de cinq ans, on pourrait se servir des médias. Organiser une conférence de presse et lui tailler sur mesure un costard d'ignoble salaud cherchant à arracher une mère modèle à ses enfants chéris. Sauf qu'il y a un hic.

— Lequel ?

---

1. Un des personnages du scandale Whitewater, où furent notamment impliqués son mari (à qui elle servait de prête-nom) et le couple Clinton. Les services du procureur spécial Kenneth Starr obtinrent sa condamnation à deux ans de prison. *(N.d.T.)*

— Un procureur gagne son pain en séparant les mères de leurs enfants. Vous devriez le savoir.

Hardy avait été procureur. Il n'avait jamais cherché à séparer les mères de leurs enfants, mais expédier quelqu'un à l'ombre ne lui avait jamais non plus inspiré d'états d'âme, même si un parent ou un conjoint restait ensuite à sangloter bruyamment dans le prétoire, ce qui arrivait souvent. Freeman avait raison : il n'y avait pas grand-chose à attendre d'un battage médiatique contre Scott Randall.

— C'est un peu différent pour Pratt, reprit le vieil homme. Elle est forcée de ménager l'opinion, de penser à ses électeurs. Et il y a des élections dans deux semaines. Mais le poste de DA n'est pas à pourvoir, malheureusement pour nous. Quoi qu'il arrive, il lui reste deux ans de mandat... On peut quand même essayer, ajouta-t-il sans conviction. À moins qu'après sa nuit en cabane Frannie n'ait décidé que son précieux secret ne valait pas tant de sacrifices. D'autant qu'elle apprendra très bientôt que son ami a sans doute quitté la ville.

Hardy se présenta à la prison à six heures quarante-cinq et il fut introduit dans le parloir à sept heures pile. Freeman, de son côté, allait tenter d'adoucir Marian Braun en trouvant à Frannie des excuses plausibles. Enfin, Hardy l'espérait. Il se doutait par ailleurs que Glitsky mettrait la pression sur ses inspecteurs pour qu'ils retrouvent Ron.

Mais d'abord, Frannie.

La porte s'ouvrit, elle resta immobile sur le seuil, comme si elle avait peur d'entrer. Peur de lui ? Le gardien adressa une question muette à Hardy, qui hocha la tête, puis il se retira. Au moment où la porte se refermait, Frannie avança d'un pas.

— Il n'était pas là, déclara Hardy du ton froid qu'il destinait en général à l'annonce des mauvaises nouvelles. Ron n'est plus chez lui. Il a fait ses valises.

Frannie ne semblait ni mieux ni plus mal que la veille au soir. Elle avait dû réussir à dormir un peu. Ce qui parut plus inquiétant à Hardy, c'était cette tension qui semblait l'empêcher de s'avancer vers lui. Il avait passé tellement de temps à se fustiger pour son incapacité à la sortir de prison qu'il ne lui était pas venu à l'esprit qu'elle aussi pouvait se reprocher amèrement ce qu'elle était en train de faire subir aux siens.

Quelque chose dans les prunelles de sa femme le décida enfin. Il fit le premier pas. Avec un sanglot monté du fond des entrailles, elle se précipita dans ses bras.

— Je n'ai rien pu te dire hier soir, Dismas : Abe était là. Il est arrivé au moment où j'allais commencer à t'expliquer.

— Tu aurais pu parler devant lui.

— Impossible. J'ai averti Ron que je ne pouvais pas lui promettre de ne pas t'en parler, parce qu'on se dit toujours tout, toi et moi ; mais pour Abe, c'est différent.

— Pourquoi ne pas lui avoir demandé de sortir une minute ?

— Il aurait compris que j'avais quelque chose à te raconter – forcément le secret de Ron. Ensuite, il n'aurait plus lâché prise. Tu le connais. Ce n'est pas une question de confiance, mais Abe est flic. Il est flic avant tout, même avec toi.

Frannie avait raison. Deux ans plus tôt, lors d'une autre affaire, Hardy avait commis l'erreur d'oublier cette vérité de base, et Abe ne lui avait plus adressé la parole pendant des mois. S'il apprenait que Hardy lui cachait un secret ayant un rapport direct avec une de ses enquêtes, il le prendrait obligatoirement mal.

Frannie s'assit près de lui, lui prit les mains, les posa sur ses genoux. Elle était toujours enfermée, mais au moins ils avaient renoué le dialogue, ils étaient redevenus mari et femme. Hardy était avide de tout savoir sur ses relations avec Ron, mais il ne voulait pas lui poser la question aussi directement. Plus tard. Sa femme avait besoin de son aide.

Si une menace planait sur leur couple, elle lui en parlerait. Est-ce qu'elle lui en parlerait ? La trahison qui consistait à taire un écart de conduite était la pire de toutes. Oui. Elle lui en parlerait.

Il prit un masque professionnel et demanda, de son ton le moins agressif :

— Alors ? De quoi s'agit-il ?

Frannie lui pétrissait nerveusement les mains. Ayant remarqué qu'elle frissonnait, il retira son blouson pour le lui jeter sur les épaules.

Le gardien frappa et prévint qu'elle allait manquer le petit déjeuner s'ils prolongeaient leur entretien ; mais Hardy, fort de sa longue expérience, exigea deux tasses de café et la ration matinale de biscuits, dont ils attendirent l'arrivée quelques minutes dans un silence inconfortable.

Dès que son plateau fut déposé, Frannie dévora ses biscuits. Elle mourait de faim. La veille au soir, elle était dans un tel état qu'elle n'avait rien pu avaler. Puis elle sirota son café.

— D'accord, finit-elle par souffler, comme si elle craignait d'être entendue. Mais cela doit rester entre nous.

— Tu veux que je garde pour moi une information qui pourrait te rendre la liberté ? Tu m'interdis de m'en servir ?

— Je ne te parlerai qu'à cette condition, Dismas. J'ai donné ma parole à Ron. Et ce n'est pas à l'avocat que je m'adresse, surtout pas. C'est à mon mari. Tu comprendras quand tu sauras.

Hardy sentit qu'il allait être obligé de promettre de se taire, l'idée lui déplut profondément. Au-delà de ses motivations personnelles, il avait deux autres réticences – professionnelles – à exprimer. En tant qu'avocat, il était tenu de lutter contre l'illégalité dans un grand nombre de domaines. La seconde raison était encore plus fondamentale : si Frannie lui révélait son secret parce qu'il était son avocat, il serait couvert par l'immunité. Aucun tribunal au monde ne pourrait le contraindre à le divulguer – le secret professionnel lui servirait de bouclier.

Ce que lui demandait Frannie était donc très dangereux. En tant que simple citoyen, il pouvait fort bien être assigné à comparaître à son tour devant le grand jury et se retrouver dans la même position que sa femme – incapable de témoigner, et par conséquent placé en détention. En outre, s'il décidait d'enquêter sur Ron Beaumont sans pour autant être en mesure de se réfugier derrière le secret professionnel, il se verrait contraint de mentir aux personnes qui, justement, étaient les plus susceptibles de l'aider – Glitsky ou Canetta, entre autres. Il tenta d'expliquer ces considérations à Frannie, qui n'en démordit pas.

— Non, murmura-t-elle. Tu te servirais de ton immunité.
— Et alors ? Où veux-tu en venir ? C'est le système.
— Le système ne fonctionne pas toujours.
— Il remplit parfois son rôle.
— Le système n'a pas marché pour Ron. Il l'a même torpillé, dit-elle avec au fond des prunelles une étincelle de défi qui n'enchanta pas son mari.

L'ayant senti, elle lui reprit la main.

— Dismas, ajouta-t-elle, radoucie, tu dois me croire. Ron a une excellente raison de se méfier de la justice, tu verras.
— Je n'en doute pas. Je m'en méfie aussi. Mais tout de même, là, c'est de moi qu'on parle.
— Toi la personne. Pas toi l'avocat.

Il secoua la tête, avala une dernière gorgée de café tiède.

— D'accord, lâcha-t-il avec un soupir. Promis. Ce secret restera entre toi et moi-la-personne. Tu peux y aller.

Frannie coula un regard vers la porte pour s'assurer que le gardien n'écoutait pas et déclara, après une profonde inspiration :

— Ron et Bree ont eu un grave désaccord quand elle a quitté son poste.

Ce type d'ouverture ne disait rien qui vaille à Hardy.

— J'espère que tu ne vas pas enchaîner en m'annonçant : « Ah oui, au fait, ça me revient, c'est bien lui qui l'a tuée. »

La remarque n'était pas particulièrement amusante, mais Frannie se força à sourire.

— Il ne l'a pas tuée. Il était avec moi au moment de sa mort.
— Soit, admit Hardy, sans trop savoir s'il devait considérer cela comme une bonne nouvelle. Eh bien, je t'écoute. Pourquoi ce désaccord ?
— Elle avait un excellent poste chez Caloco. Discret, mais très lucratif. Elle menait ses recherches dans son coin et pondait des rapports auxquels personne ne faisait attention dans le grand public. C'était une sorte de star en circuit fermé. Ce que je veux dire, c'est qu'elle a joué un rôle crucial en permettant à une activité pesant trois milliards de dollars de se frayer un chemin dans le labyrinthe législatif, sans être un personnage en vue.
— Et tout a changé quand Kerry l'a débauchée ?

— Exact. Les problèmes liés aux additifs pétroliers ont immédiatement trouvé un fort écho dans la presse.

— Mais pourquoi ce désaccord avec Ron ? Après tout, là, il s'agissait de son travail. En quoi cela le concernait-il ?

— Il me semble que je donne quelquefois mon avis sur tes activités. Enfin, c'est mon impression.

Touché. Frannie ne tolérait pas qu'il défende, par exemple, les fabricants de tabac ou les tueurs fous, et quand il estimait qu'il le devait ou qu'il en avait le droit ils commençaient toujours par en discuter. Mais ce n'était pas le moment de polémiquer.

— Tu as raison, concéda Hardy. Revenons plutôt à Ron et à Bree. Donc, ils se sont pris le chou. Sur quoi ? La politique ? Le fric ?

— Ni l'un ni l'autre. C'était à cause des enfants de Ron. Max et Cassandra.

— Attends un peu. Bree n'était pas leur mère ?

— Non. Ron avait divorcé après un premier mariage.

— D'accord. Et ?

— Et quoi ?

— En quoi ce changement de travail posait-il un problème du côté des gosses ? (Tout à coup, Hardy se rappela sa conversation de la veille au soir avec Erin et Moses.) Minute. Ce ne serait pas cette histoire de garde dont tu as parlé à Erin ?

Frannie eut un regard navré, comme si sa propre imprudence la remplissait de honte.

— Comment a-t-elle fait le rapprochement ? Je n'ai jamais cité Ron.

Elle n'avait jamais parlé de Ron à Erin ? Encore un secret qui ne ravissait pas Hardy. Il se fendit d'un sourire oblique qui fonctionnait en général avec les jurés – une forme de diversion quand un point l'ennuyait vraiment et qu'il ne voulait surtout pas le montrer.

— Il se peut qu'un avocat bourré de talent l'y ait un peu aidée... Cela dit, le rapport continue de m'échapper. Elle change de boîte, ils s'engueulent, d'accord, mais qu'est-ce que cela a à voir avec la garde des gosses ?

— Ron reprochait à Bree de sacrifier la sécurité de ses enfants au profit d'une notion qu'il trouvait extrêmement vague – la santé collective des enfants de l'État. (Le regard perplexe de son mari l'incita à développer.) Bree en était venue à croire que ces additifs menaçaient la nappe phréatique. Elle parlait de cancers à la chaîne et de bébés difformes.

— Et saint Ron ne voulait pas qu'elle le crie sur les toits ? Pour quelle raison ?

Elle fronça les sourcils. Ils arrivaient au cœur du problème.

— Parce que plus Bree devenait connue, plus il risquait d'être retrouvé par son ex-femme.

— Et quel aurait été le problème ? C'est une psychopathe ?

— Pas exactement.

Il attendit en vain, fut contraint d'insister.

— Frannie ?

— Elle a abusé de leurs enfants.

— Son ex ?

— Dawn. Elle s'appelait Dawn. Elle... euh, elle a essayé de gagner de l'argent en exploitant ses enfants. Ron avait découvert des photos.

— Des photos pornos, tu veux dire ?

Frannie hocha la tête.

— Nom de Dieu !

— Bref, il a demandé le divorce, mais avant le jugement elle s'est mise à l'accuser, en affirmant que c'était lui qui avait pris les photos. Le juge est tombé dans le panneau. Elle a obtenu le droit de garde.

— Pourtant, les enfants sont avec lui.

— Il fallait bien qu'il les récupère.

— « Qu'il les récupère ? » Tu veux dire qu'il les a kidnappés ?

Frannie ne parut pas apprécier cette intervention.

— C'est peut-être le terme, mais là il s'agit de tout autre chose. Il les a sauvés. Et tout à coup, Bree était sur le point de menacer son...

— Attends un peu. Oublie Bree. Tu es en train de m'expliquer que Ron a été déchu de son droit de garde au tribunal et qu'il a enlevé ses enfants ? Quand ça ?

— Je ne sais pas exactement. Il y a sept ou huit ans. Au moins.

Cloué sur sa chaise, Hardy entendit à peine sa femme ajouter :

— Il a réussi à changer de nom, à s'installer ici, à se mettre en ménage avec Bree. Et tout se passait à merveille, jusqu'au jour où elle a rejoint l'état-major de ce Kerry…

— « Tout se passait à merveille » – sauf qu'il était recherché pour rapt d'enfants, répliqua Hardy, sans dissimuler une pointe de sarcasme.

— Mais ce n'était plus un problème…

— Si, Frannie. Même s'il t'a affirmé le contraire.

— Non, se défendit-elle, secouant énergiquement la tête. C'était fini. Plus personne ne le recherchait. Il n'y a jamais eu le moindre problème, avant que Bree et lui commencent à se disputer ; mais, même à ce moment-là, il est resté persuadé que tout finirait par s'arranger, jusqu'à…

Hardy l'interrompit de nouveau. Son masque compréhensif en avait pris un sérieux coup.

— … jusqu'à ce qu'elle ait le mauvais goût de se faire assassiner, c'est bien ça ? Et maintenant, où est-il ?

— Je n'en sais rien.

Il tenta de moduler sa voix – avec un succès mitigé.

— Tu te rends sûrement compte que si la police découvre quoi que ce soit sur cette histoire, elle en conclura qu'il l'a assassinée. Et, pour être franc, c'est ce que je crois aussi.

— Il ne l'a pas tuée, Diz. Il a juste paniqué. Il essaie de sauver ses gosses.

— Il les a kidnappés pour les sauver. Peut-être bien qu'il a tué sa femme pour les sauver. Peut-être qu'il essaiera de te tuer.

— Ron n'a tué personne. Il ne le fera jamais.

Si Hardy avait déjà l'impression d'être épuisé à son arrivée à la prison, aucun doute n'était plus permis : il était au bout du rouleau. Les dénégations de Frannie sonnaient creux, mais il se sentait incapable de la convaincre de quoi que ce fût. En tout cas pour l'heure.

Il s'efforça de reprendre les rênes, tenta une autre approche.

— Ron est parti, et toi, tu es ici. Si tu racontes ce que tu sais au grand jury, ça ne changera pas grand-chose pour lui.

— Bien sûr que si. S'ils le retrouvent, ils lui retireront ses

enfants. Alors que pour l'instant il n'est même pas recherché
– c'est toi qui l'as dit.

— C'est une question d'heures, Frannie. Il sera bombardé suspect numéro un sitôt que sa disparition aura été constatée, ce qui arrivera deux minutes après qu'Abe aura décidé de se mettre à sa recherche. Dès la prochaine réunion du grand jury, mardi matin, il sera mis en examen pour le meurtre de Bree, tu verras.

Ce constat brutal – à la vérité duquel Hardy croyait dur comme fer – parut enfin atteindre Frannie. Elle s'affaissa sur sa chaise, serra le blouson de son mari autour de ses épaules. Quand elle releva la tête, toute trace de pugnacité avait disparu de son regard. Cependant, elle ne céda pas.

— Il ne l'a pas tuée, Dismas, lâcha-t-elle d'une voix éteinte.

— D'accord, dit-il avec un soupir. Admettons. Dans un cas comme dans l'autre, qu'est-ce que tu veux que je fasse ?

8

La salle du bar-restaurant *Chez Lou le Grec*, très sombre, occupait le sous-sol d'un vieil immeuble en face du palais de justice. Quand Hardy plaidait, il y passait régulièrement pour avaler un repas ou un verre à la fin de sa journée. Lou le Grec avait épousé une Chinoise qui proposait chaque jour à la clientèle une version très personnelle de la cuisine sino-californienne.

D'un bout à l'autre de la ville, les meilleurs chefs asseyaient leur réputation et leur fortune en mariant les ingrédients les plus exquis du pourtour du Pacifique pour créer des chefs-d'œuvre gastronomiques – raviolis de langouste au beurre blanc parfumés au jonc odorant, sashimi de thon gras sur lit de haricots de Toscane au thym et au wasabi, etc.

Chez Lou, on avait droit à des feuilles de vigne farcies à la sauce aigre-douce, ou à des calamars frits flottant dans un grand bol de sauce à l'ail, au concombre et au yaourt. Curieusement, la plupart des recettes de sa femme avaient très bon goût – même si l'architecture de l'assiette, comme on disait, laissait souvent à désirer.

Mais l'heure du déjeuner était encore loin, et Hardy n'était pas là pour se remplir la panse. Calé sur une banquette d'angle devant un café fumant, il attendait David Freeman.

Après avoir quitté Frannie, il s'était rendu au bureau de Glitsky – vide. Il lui avait laissé un mot sur l'absence de Ron et était descendu au deuxième étage pour affronter personnellement – et peut-être physiquement – Scott Randall.

Bien qu'il fût bien plus de huit heures, il n'y avait toujours pas un chat dans l'aile réservée aux services du DA. Et dire que ces gens-là se demandaient pourquoi leur taux de condamnations restait au ras des pâquerettes !

Hardy s'était donc réfugié chez Lou pour attendre, peut-être même pour essayer de réfléchir. Il avait presque oublié l'existence de la clientèle régulière du petit déjeuner – des mecs et des filles qui faisaient la queue pour s'envoyer des bières ou un bloody mary dès l'ouverture, à six heures du matin. Il reconnut une demi-douzaine de seconds couteaux de la machine judiciaire et se demanda combien d'entre eux avaient déjà perçu leur besoin d'un petit coup de fouet matinal comme un signal d'alarme.

Mais il ne fallait pas compter sur lui pour leur faire la morale. Sa femme était en prison, et malgré sa formation, sa rigueur, sa sobriété et ses relations, il n'arrivait pas à l'en sortir.

L'espace d'une demi-seconde, il envisagea même de se jeter deux ou trois verres de gnôle derrière la cravate, histoire de basculer en mode créatif : quitter les sentiers battus en espérant qu'une idée géniale finirait par fleurir dans son crâne. Sauf que ces idées-là, et il en avait à la pelle quand il buvait, n'étaient jamais assez solides pour survivre au cap de la gueule de bois.

Lou était silencieux, un tantinet bougon, ce qui convenait parfaitement à Hardy. Il venait de se faire servir un second café quand David Freeman se glissa sur la banquette opposée du box.

— Hé, Lou, mettez-moi la même chose vite fait, d'accord ? Noir, trois sucres... Bon sang, on n'y voit rien dans cette gargote. Ça ne vous dérange pas, Diz ?

— C'est pour que les plats aient l'air meilleurs. Que vous a dit Braun ?

Freeman ne semblait pas pressé d'en venir au fait. Il prit une bonne minute pour arranger sa veste et se positionner sur le skaï.

— Marian, corrigea-t-il. Vous savez que nous sommes sortis ensemble deux ou trois fois au début de notre carrière. Une paire de jambes superbe. (Freeman soupira, fit entendre un claquement de langue nostalgique.) À l'époque, elle était plus marrante.

— Comme nous tous, David.

— Faux. Tenez, moi, par exemple, je suis à mon zénith. Ça fait même un moment que ça dure.

— J'en suis ravi pour vous. Comment appelle-t-on l'opposé de zénith, déjà ? C'est plutôt là que je me situe en ce moment. Eh bien ? Qu'a dit Marian pour Frannie ?

Freeman joignit les mains sur la table. Lou arriva avec son café. Il souffla dessus en attendant de pouvoir le boire.

— David ?

— En fait, répondit le vieil homme, et elle ne s'en est pas cachée, elle n'a pas tellement apprécié l'attitude de votre femme.

— Pour être franc, moi non plus.

— J'en déduis qu'elle ne vous a pas confié son grand secret ?

Hardy esquiva la question d'un haussement d'épaules – il n'avait aucune envie d'entrer dans ce genre de détails avec David Freeman.

— Elle dit que c'est une question d'honneur. Elle a donné sa parole. (Grimace.) Mais ce n'est pas le problème de Braun.

— Non, admit Freeman. Mais ça aurait peut-être mieux valu. Si ce n'était qu'une question de droit...

— Elle est en pétard ?

— Je ne vous le fais pas dire.

— Et si j'allais la trouver ? Si j'obtenais des excuses de Frannie ? Vous lui avez fait remarquer que deux très jeunes enfants supportaient les conséquences de sa décision ?

— J'ai sorti l'artillerie lourde, Diz. Elle... elle n'en a rien à secouer. Elle dit que Frannie l'a cherché. Que, de toute sa carrière, elle n'a jamais vu quelqu'un lui manquer de respect à ce point.

— Elle exagère sûrement.

— Peu importe, du moment qu'elle le croit.

— Mais Frannie n'a rien fait. La vie qu'elle mène – *notre* vie – est normale. Ce n'est pas une criminelle, elle n'est même pas suspecte...

— Témoin direct.

— Même pas. Pas vraiment.

— C'est le grand jury, Diz. Vous le savez aussi bien que moi. Bon sang, vous vous en êtes déjà servi.

Hardy ne protesta pas. Les grands jurys détenaient un pouvoir formidable. Lorsqu'il était procureur, convoquer un grand jury avait été un de ses sports favoris. Il prenait un témoin récalcitrant, le collait face aux jurés, sans son avocat, et le retenait pendant des heures, souvent sans le laisser manger ni boire ni pisser, pour lui poser des questions tendancieuses et lui arracher les réponses qu'il voulait à tout prix voir porter au dossier – parce que, fondamentalement, c'était à cela que servait le grand jury.

Et même si Scott Randall en abusait à son tour, Hardy était bien obligé de se souvenir que le grand jury avait été créé, et fonctionnait toujours, comme instrument de protection des droits civils. En raison du secret qui entourait ses travaux et de la sévérité avec laquelle était punie la moindre violation de ce secret, il était le seul endroit où un procureur pouvait faire parler des témoins effrayés ou récalcitrants. Personne ne saurait jamais ce qu'ils avaient dit – ni même qu'ils avaient déposé. Ils étaient à l'abri : de leurs ennemis, des officiels corrompus, de la pression des médias.

En théorie.

Mais Frannie ? Il n'aurait jamais cru qu'une telle mésaventure puisse arriver à un proche – et encore moins à sa femme. Frannie ne vivait pas en marge de la loi. Sauf aux yeux de gens comme Marian Braun et Scott Randall.

— Savez-vous si le mari a été retrouvé ? Comment s'appelle-t-il, déjà ?

— Beaumont. Ron Beaumont. Glitsky n'était pas à son bureau. Je lui ai laissé un mot. Je remonterai dès qu'on en aura fini ici. Mais n'oublions pas Frannie.

— Je ne l'oublie pas. Je crois qu'il va falloir utiliser les médias. Même si Randall et Pratt refusent de bouger, Marian pourrait être sensible à ce genre de pressions. En tout cas, on ne perd rien à essayer. (Freeman but une gorgée de café.) Mais je crains qu'il ne faille faire la part du feu.

— C'est-à-dire ?

— Je veux parler des quatre jours de Braun. À moins que les flics ne retrouvent M. Beaumont et ne le fassent parler, les ennuis de votre femme risquent de s'étendre au-delà de ces quatre jours.

Scott Randall était assis les jambes croisées avec nonchalance. En sa compagnie, dans le vaste bureau au mobilier spartiate de Sharron Pratt, se trouvaient le lieutenant Abe Glitsky, les sergents Tyler Coleman et Jorge Batavia, ainsi que l'enquêteur judiciaire désigné par le DA, Peter Struler. Randall passait un excellent moment. Enfin, quelque chose bougeait sur le front Beaumont, et tout cela grâce à l'interrogatoire de Frannie Hardy.

Finalement, se disait-il, cela valait parfois le coup de faire des prisonniers – au risque de vous aliéner certaines personnes. En l'occurrence, Glitsky et ses deux sbires. Ainsi, la prochaine fois qu'ils hériteraient d'un dossier chaud, ils s'efforceraient de ne pas le laisser mourir, même si cela devait provoquer une crise au sein de la brigade. Pour l'heure, ils semblaient interloqués de constater que Struler et Randall avaient réellement fait progresser une enquête qu'ils estimaient dans l'impasse. Tant pis pour eux.

Glitsky, en sa qualité de patron de la criminelle, se devait évidemment de donner à cette triste réalité une apparence plus présentable. D'où la façon dont il était en train d'aboyer sur Pratt.

— Je la *connais*, Sharron ! C'est une amie personnelle. Elle s'est occupée de mes gosses pendant un mois après la mort de ma femme. Elle n'a rien à faire en prison.

— Le juge Braun n'est apparemment pas de votre avis. Et moi-même, je ne suis pas sûre de l'être.

Pratt n'aimait pas Glitsky. Elle était persuadée que les flics cherchaient à saper son autorité en lui laissant le mauvais rôle chaque fois que possible. De son côté, elle ne manquait jamais une occasion de critiquer la police. Pratt avait été élue DA sur sa promesse d'éradiquer la brutalité policière – qui était loin d'être le problème numéro un de la ville. Le syndicat de la police avait soutenu son adversaire, elle ne l'oublierait pas de sitôt.

Elle choisissait souvent de ne pas poursuivre un suspect déjà épinglé par les flics parce qu'elle ne croyait pas aux crimes sans victimes. Du coup, il ne se passait jamais deux semaines sans qu'elle relaxe sans autre forme de procès des tapineuses, des toxicos et autres incompris.

Mais relâcher Frannie Hardy ? Jamais. Question de principe, question de droit.

— Son mari est bien l'avocat ? Il a travaillé ici, non ?

— Jusqu'au jour où il s'est fait virer, répondit Randall.

— Où il a démissionné, corrigea Glitsky.

— Vérifiez son dossier, rétorqua Randall, sans hausser le ton et sans cesser de regarder Pratt. Il s'appelle Dismas Hardy, et il a été viré.

Les lèvres du DA se retroussèrent d'un demi-millimètre, ce qui chez elle était l'équivalent d'un sourire rayonnant.

— Je m'en souviens. J'ai essayé de travailler avec lui.

Glitsky nota l'accent mis sur le mot « essayé », qui dans la bouche de Pratt n'était pas de bon augure pour le camp Hardy.

— Écoutez, Sharron, déclara-t-il d'un ton conciliant, nous n'avons aucun élément concret qui nous permette d'impliquer Ron Beaumont dans ce meurtre. Il est dans notre collimateur, bien sûr, mais en tout état de cause il prenait le café avec Mme Hardy quand sa femme a été tuée. Même M. Randall ne le conteste pas.

Scott n'était pas disposé à laisser Glitsky parler pour lui.

— La fenêtre temporelle est large, intervint-il. Elle laisse de la place à bien des doutes.

Ce n'était pas sur ce point que Glitsky souhaitait se battre. Il résista donc à l'envie de contre-attaquer.

— S'il s'avérait que M. Beaumont pouvait s'être faufilé par cette fenêtre, nous serions probablement plus proches d'un mandat d'amener. Mais à l'heure où je vous parle, l'enquête n'a rien donné, et...

— C'est précisément la raison pour laquelle j'ai sollicité l'intervention de M. Struler, coupa Randall.

Glitsky l'ignora et continua de s'adresser à Pratt.

— L'inspecteur initialement chargé du dossier a été assassiné, Sharron. Personne ne cherche à faire obstruction.

— Je n'ai entendu aucune accusation de ce genre, lieutenant, répondit Pratt avec un imperceptible sourire. Mais le fait est que M. Randall a décidé de mener sa propre investigation.

Glitsky ouvrit la bouche. Elle le fit taire d'un geste.

— Et au cours de cette investigation, enchaîna-t-elle,

M. Beaumont est devenu suspect. Il est donc logique que ses relations soient interrogées.

— Je sais, admit Glitsky. Et Frannie Hardy a refusé de répondre à une question. (Il se tourna vers Randall.) Vous avez une idée du nombre de témoins qui refusent de répondre à nos questions, Scott ? Si on en bouclait une infime partie, ne serait-ce qu'un ou deux pour cent, on n'arriverait pas à les loger en réquisitionnant toute la ville de San Bruno.

— Il s'agit d'un meurtre, Abe, répliqua Randall. Pas d'un vol à la roulotte.

— Et à votre avis, je suis en train de parler de quoi, là ? explosa Glitsky. Je ne m'occupe que d'homicides, bon sang, et il n'y a pas un témoin sur cent qui accepterait de me donner l'heure sans une contrepartie solide pour lui et pour son chien ! (Il s'efforça de reprendre le contrôle de sa voix, feignant un calme qui n'abusa personne.) Ce que je veux dire, Sharron, c'est que tout le monde s'est peut-être un peu énervé dans cette histoire. Frannie aurait dû pouvoir rentrer chez elle pour réfléchir plus à son aise à...

— Et puis quoi encore ? s'exclama Randall. Je me fiche pas mal de son petit confort moral. Je ne veux pas qu'elle se sente à l'aise. Elle détient des informations cruciales sur un meurtre et...

— Vous n'en savez rien !

— ... et tant qu'elle ne nous les aura pas données, un meurtrier se baladera dans les rues...

Cette fois, ce fut au tour de Batavia d'intervenir.

— Vous pétez les plombs, Randall. Vous n'avez rien. Vous n'allez nulle part. Elle doit se faire sauter par ce mec, et elle ne tient pas à ce que son mari le sache. Le lieutenant a raison. Vous n'avez strictement rien sur Beaumont. Ni mobile, ni moyen, ni occasion. Laissez tomber. Relâchez-la... Oups ! Désolé, faut que j'aille pisser.

Et il quitta la pièce.

— Quelle classe, commenta Pratt.

— Un bon flic, répondit Glitsky.

— Il pourrait être roi d'Angleterre, lança Randall en se penchant sur sa chaise, que ça ne me donnerait toujours pas de suspect. Alors, moi, je m'en suis trouvé un, j'ai construit mon dossier autour. Et, au moment où je vous parle, Frannie Hardy en est le pivot.

Glitsky intercepta le regard de Tyler Coleman, le partenaire de Batavia. C'était le signal secret. Les deux hommes se levèrent.

— J'espère que vous y réfléchirez, Sharron, dit le lieutenant. Je vous assure que vous faites fausse route.

— J'y réfléchirai, Abe, affirma-t-elle en le regardant dans le blanc des yeux. C'est promis.

Tandis que Glitsky et Coleman attendaient l'ascenseur, Batavia les rejoignit dans le couloir.

— Si les connards avaient des ailes, grommela-t-il, ce putain de service serait un aéroport.

Glitsky avait beau tenter de limiter ses propres écarts de langage à un ou deux par an, il savait apprécier une formule bien sentie. L'amusement étira la balafre de ses lèvres. Mais Coleman fulminait toujours – ce qu'ils venaient d'entendre dans le bureau de Pratt recelait une accusation en filigrane : son collègue et lui étaient complètement passés à côté du dossier Beaumont.

— Si cette affaire est aussi brûlante qu'ils le disent, Abe, comment ça se fait qu'on n'ait pas été mis au parfum ?

La porte coulissa, ils se faufilèrent parmi une forêt d'employés, de flics, d'avocats et de citoyens. Glitsky avait décidé un jour que parler à haute voix dans un ascenseur bondé constituait une démonstration d'autorité utile, et il répondit à Coleman sur le même ton que s'ils s'étaient trouvés seuls dans son petit bureau. Il pensa aussi que ce ne serait pas un mal si un quelconque espion de l'aéroport – et, en son for intérieur, il souhaita une longue vie au nouveau surnom des services du DA – l'entendait critiquer l'enthousiasme déplacé de Randall. Peut-être cela permettrait-il de pimenter d'une pointe de médisance le plan de carrière de ce brave Scott.

— Randall veut tirer la couverture à lui, point à la ligne. Il ne rêve que de quitter son HLM pour se faire de la thune dans le privé. Cette boîte n'est pas assez luxueuse pour lui.

Batavia semblait lui aussi immunisé contre le grouillement humain de la cabine.

— Ils ont que dalle, Abe. Comme je l'ai dit là-haut.

Les portes s'ouvrirent. Ils sortirent de l'ascenseur.

— Qu'est-ce que c'est que cette putain d'histoire de fenêtre, d'ailleurs ? enchaîna Batavia. Tout ce qu'on a lu et tout ce qu'on nous a dit, c'est que ce mec avait emmené ses chiards à l'école et qu'il prenait le café à l'heure du crime.

Glitsky dut admettre du bout des lèvres que, d'un point de vue formel, Randall n'avait pas tort. Il expliqua à Coleman et à Batavia que, même si l'alibi fourni par Frannie était confirmé, il n'était pas impossible que Beaumont ait tué sa femme. Le corps de Bree n'avait été retrouvé qu'au bout de plusieurs heures, et le coroner n'avait pas été en mesure de fixer précisément le moment du décès.

— La marge d'erreur est de trois heures avant et après huit heures et demie, conclut-il. On a choisi cette heure parce que Ron a quitté les lieux juste avant et que, selon lui, elle était encore en vie à son départ.

— Ce qu'ont confirmé les gosses, remarqua Batavia.

Glitsky savait que l'imprécision était la pire ennemie des policiers de la criminelle. Ou plutôt leur seconde pire ennemie, après la tendance à tirer des conclusions hâtives.

— Désolé de devoir le constater, Jorge, les gosses ont été plutôt vagues.

— Hé, intervint Coleman, ça s'est passé deux jours après la mort de leur mère, bon sang, et vous dites ça parce qu'ils n'ont pas réussi à se rappeler ce qu'elle avait pris au petit déjeuner. J'aurais du mal à le leur reprocher. Putain, moi, je serais infoutu de dire ce que j'ai bouffé au petit déj ce matin. Je sais même pas si j'en ai pris un !

— T'as bouffé des beignets, répliqua Batavia. Rappelle-toi, je t'ai apporté…

— O.K., les gars ! coupa Glitsky à la porte de la brigade. Le fait est que Ron n'est pas encore rayé de la liste, d'accord ?

— Mais les gosses ont dit que leur mère était avec eux, insista Batavia.

— Ron aurait pu les influencer. Vous n'avez qu'à relire la seule transcription que Griffin ait eu le temps de taper. Carl n'a pas interrogé les enfants hors de la présence de leur père, et je n'aime pas critiquer les morts, mais il aurait dû. Et n'oublions pas que Ron a déménagé sans laisser d'adresse.

— Merde, lâcha Batavia.

Ayant la fâcheuse manie de prendre congé de son propre chef, sans attendre les ordres, il tourna les talons et s'éloigna vers son bureau.

— Hé, Jorge !

C'était la voix de son lieutenant. Il fit halte.

— Ce n'est pas fini. L'enquête est encore à nous. Randall n'a inculpé personne.

— Je croyais que vous veniez de dire que...

— Je n'ai pas dit que c'est Ron. Juste que ce n'est pas impossible. Mais une chose est sûre : Ron est le suspect de Randall, alors le DA veut la peau de Ron Beaumont, et de personne d'autre. Vous pigez ?

Coleman avait pigé. Il chercha le regard de son collègue.

— Donc, un autre suspect ne les mettrait pas qu'un peu dans l'embarras, vous ne croyez pas ?

Glitsky dévisagea ses inspecteurs l'un après l'autre, pour s'assurer qu'ils avaient bien saisi. Voyant le masque de Batavia se fendre d'un sourire de compréhension, il pointa l'index dans sa direction.

— Maintenant, vous pouvez y aller.

— Je dois absolument parler à Ron, protesta Hardy. Et si tes gars commençaient plutôt par le retrouver avant de s'intéresser aux autres ?

Une vieille tradition de la brigade criminelle voulait qu'il y ait en permanence un bol de cacahuètes sur le bureau du lieutenant. Glitsky profitait de ce phénomène totalement indépendant de sa volonté pour renforcer un petit déjeuner de beignets et de thé déjà copieux. Il brisa d'un air pensif une énième cacahuète.

— Et tu as une idée de l'endroit où on devrait le chercher ?

— Non. Mais il doit avoir de la famille. Peut-être qu'il faudrait voir à l'école, sur la liste des personnes à prévenir en cas d'urgence…

— Pas bête. On va essayer. Je vais aussi envoyer une voiture de patrouille chez lui. Ça ne mange pas de pain. Mais à ta place, je ne retiendrais pas mon souffle, Diz. S'il a filé en bagnole – il y a trois jours, c'est bien ça ? –, il pourrait être à Chicago à l'heure qu'il est. Ou n'importe où.

— Admettons. Mais s'il a filé, surtout avec deux gosses, il a forcément laissé des traces.

Glitsky secoua la tête. Son ami n'avait pas beaucoup dormi et ça se sentait.

— Diz, tu connais mes sentiments pour Frannie. Je sors d'une engueulade avec Pratt. Mais on ne peut pas remuer ciel et terre pour mettre la main sur Ron. On n'a pas les effectifs, et même si on les avait, crois-moi, ils n'auraient pas que ça à faire.

— Abe, ce type est soupçonné de meurtre…

— Peut-être, mais il s'est présenté devant le grand jury quand on l'a convoqué et il a répondu à toutes les questions. Randall en avait fini avec lui. Personne n'a songé à en faire un suspect avant que Frannie ait mentionné leur secret. (Il se fourra une cacahuète dans la bouche.) Randall ne lui a même pas demandé de rester en ville. Il a peut-être emmené ses gosses à Disneyland, ou en camping dans les montagnes. Va savoir. Sa femme vient de mourir. Ils devaient tous se sentir mal dans cet appartement. Ce genre de choses arrive… Et avec Frannie, tu en es où ?

Hardy secoua la tête.

— Elle refuse de parler.

Glitsky demeura impassible. Au bout de quelques secondes, il brisa une nouvelle cacahuète.

— Braun va lui lâcher la bride ?

— Tu parles.

Nouveau silence. Glitsky finit par écarter les mains.

— Et dans ce cas…

— C'est pas croyable, lâcha Hardy en se levant avec un soupir.

Glitsky avait perdu sa femme quelques années plus tôt. Ça non plus, ce n'était pas croyable. Il hocha la tête. Il ne voyait rien à ajouter.

9

Hardy en avait fini au tribunal et à la prison – après une dernière visite à Frannie aussi frustrante qu'improductive. Ensuite, il était passé à son bureau pour s'informer des éventuels progrès de Freeman et, en l'attendant, il avait piqué du nez. Quand il s'était réveillé après un somme de deux heures sur le canapé de son bureau, la situation n'avait pas évolué.

Il fallait agir.

Glitsky lui avait promis d'envoyer quelqu'un à Merryvale pour obtenir des renseignements sur la situation de Ron Beaumont, mais cette mesure tomberait à coup sûr dans la catégorie des opérations de routine – et il était peu probable que ce soit un enquêteur de la criminelle qui s'en occupe. Des flics en uniforme auraient la tâche de collecter l'information et de la transmettre ensuite à leur hiérarchie. Pourquoi attendre, s'il pouvait s'en charger lui-même ?

La directrice de Merryvale, Theresa Wilson, était une femme de quarante et quelques années au visage austère mais avenant. Elle accueillit Hardy à la porte de son bureau. Sa poigne était ferme et son sourire, sous une frange courte de cheveux teints au henné, exprimait à la fois la sincérité et la compétence. Elle le précéda vers un coin de la pièce meublé de fauteuils capitonnés.

— Monsieur Hardy, j'espère que votre visite n'est pas le signe d'une mauvaise nouvelle. Je vous en prie, asseyez-vous.

L'embryon d'explication dura moins d'une minute. Hardy invoqua un petit malentendu sur l'emploi du temps de Ron Beaumont, le matin où sa femme était morte. De ce fait, Frannie s'était retrouvée impliquée dans l'affaire.

— Mais c'est affreux ! Elle n'est pas soupçonnée, au moins ?

— Pour l'instant, rien ne le laisse supposer.

Mme Wilson n'eut aucun mal à lire entre les lignes.

— Et il y en a pour combien de temps ? Avant qu'ils la laissent sortir de prison ?

— Deux jours dans le meilleur des cas, répondit Hardy avec un haussement d'épaules destiné à dédramatiser la situation. Frannie pense que Ron est parti camper avec ses enfants, quelque chose comme ça, et qu'à son retour il apprendra ce qui lui est arrivé et s'empressera de mettre les points sur les *i*.

— Et vous n'y croyez pas ?

— Non.

— Selon vous, que s'est-il passé ?

— Je ne sais pas s'il a tué sa femme, mais à mon avis il s'est rendu compte que ça commençait à sentir le roussi et il a décidé de s'enfuir avec ses enfants.

— Mais je croyais...

Elle s'interrompit, mais Hardy devina le fond de sa pensée.

— L'alibi fourni par Frannie *est* solide, mais apparemment il y a un doute sur l'heure du décès. Il a senti qu'il allait être arrêté... C'est du moins mon opinion, ajouta-t-il en se carrant dans son siège. Et voilà pourquoi je suis venu vous voir.

Elle l'interrogea du regard.

— Je suppose que vous n'êtes pas autorisée à me donner la moindre information concernant vos élèves, mais j'espère que vous pourrez au moins me faire comprendre que je me trompe.

— Comment ça ?

— Eh bien, par exemple, si les enfants Beaumont étaient venus à l'école ces derniers jours, ou si Ron avait fourni une quelconque excuse pour leur absence... Il semblerait qu'ils aient quitté leur domicile. Sans doute mardi après-midi. J'aimerais savoir si vous avez eu de leurs nouvelles depuis.

Comme il s'y attendait, la directrice parut déchirée.

— Ron Beaumont est un papa formidable, monsieur Hardy. Il était en permanence disponible. Vraiment. Je ne crois pas qu'il ait joué un rôle dans cette tragédie.

Ce n'était pas la question. Hardy dut insister.

— S'il vous plaît, madame Wilson. Soyons clairs, je ne vous demande pas de me dire où il est – à supposer que vous en ayez connaissance. De même, je peux comprendre que vous souhaitiez protéger ses enfants. Quoi qu'il se soit passé, ils vivent sûrement des moments atroces. Mais si vous ne savez rien, je crois que ça augmente la possibilité d'une fuite de Ron ; à moins... (Il fit une pause, surpris lui-même par l'émergence soudaine de cette nouvelle hypothèse.) ... à moins qu'il ne lui soit arrivé quelque chose. S'il vous plaît ! Si je ne le retrouve pas, Frannie restera en prison.

Au terme d'une douloureuse minute d'hésitation, Mme Wilson se leva, gagna son bureau, prit un dossier, l'ouvrit, en retira une feuille volante. Nouvelle hésitation. Puis elle revint sur ses pas et tendit la feuille à Hardy.

— Je n'ai pas le droit de commenter les activités des élèves sans le consentement de leurs parents, je suppose que vous le savez.

C'était une liste d'une vingtaine de noms sous la rubrique « Absences », avec la date du jour. Quatre de ces noms étaient suivis d'un astérisque – dont ceux des deux Beaumont. À côté de l'astérisque, un chiffre 3 était noté entre parenthèses, et Hardy supposa qu'il correspondait au nombre de jours d'absence. En bas de page, une note précisait que les absences signalées par un astérisque n'étaient pas excusées.

Mme Wilson n'avait donc été informée de rien. Les enfants Beaumont avaient disparu sans laisser de traces.

— Vous ne pensez pas que quelque chose soit arrivé à M. Beaumont et à ses enfants, si ? Et si l'assassin de sa femme...

Vous ne croyez tout de même pas qu'il aurait pu lui vouloir du mal à lui aussi, n'est-ce pas ?

— J'espère que non, madame. Mieux vaut ne pas y penser.

Hardy était garé le long du trottoir à la sortie de l'école quand la cloche retentit pour annoncer la fin des cours. Vincent s'installa à l'arrière avant qu'il ait le temps de le voir arriver. Rouquin comme sa mère et criblé de taches de rousseur, c'était l'archétype du petit Américain blanc de dix ans.

— Où est m'man ? Qu'est-ce que *tu* fais ici ?

Hardy était certain que son fils n'avait pas voulu prendre un ton accusateur, mais le résultat était là. Mieux valait faire face sans tarder, car une voix intérieure lui disait que la situation se gâterait sûrement à l'arrivée de Rebecca, qui depuis quelque temps avait le don de mettre systématiquement le doigt sur ses points névralgiques. En roulant vers l'école, il avait méticuleusement choisi les mots les mieux adaptés pour leur annoncer la nouvelle.

— Ta maman est à la prison.

Ses enfants étant depuis longtemps habitués à l'entendre dire qu'il allait à la prison pour voir ses clients, il avait pensé que cette formulation familière ne les traumatiserait pas trop d'entrée de jeu. Et, en effet, Vincent encaissa sans broncher.

— Pourquoi ?

Hardy choisit la voie de l'explication la plus noble.

— Ils ont voulu lui faire dire un secret qu'elle avait promis de ne pas répéter, et du coup...

— Où est m'man ? lança Rebecca, ouvrant la portière à son tour et jetant rageusement son cartable sur la banquette. Elle m'avait promis de venir nous aider à peindre le stand de la classe pour Halloween – elle me l'avait *promis* –, et c'était aujourd'hui, et...

— Un peu de silence, Beck ! Une minute.

— Elle est à la prison, lâcha Vincent, apparemment enchanté de la nouvelle, et surtout fier d'annoncer à sa grande sœur, pour une fois, quelque chose qu'elle ignorait encore.

— Peut-être, répliqua Rebecca sans réagir, mais elle m'avait promis avant. Y avait deux autres mamans qui attendaient, et elle a même pas téléphoné, et moi je savais plus où me...

— La ferme ! coupa Hardy, faisant claquer ses doigts. Tout de suite ! Tu as entendu ce que ton frère vient de dire ?

— Quoi ? lança-t-elle à son frère, en le foudroyant du regard.

— Trop tard.

Pris d'une soudaine envie de planter là ses deux moutards, devant toute leur école, Hardy démarra brutalement.

— Je m'en fiche, lâcha Rebecca, parfaite chipie. De toute façon, j'ai entendu.

— Ah oui ? Et qu'est-ce que j'ai dit, face de barbelé ?

— Vincent !

— T'as dit qu'elle était en prison, crétin.

— Papa ! T'as entendu ? Elle vient de me traiter de crétin !

— Et lui de face de barbelé.

— Bouche en ferraille !

Quelque chose fut lancé à l'arrière, atteignant son but. Vincent se mit à hurler et à se tortiller.

— Hé ! Du calme ! s'écria Hardy, rouge de colère.

Il se rangea le long du trottoir et pivota sur son siège.

— Arrêtez-moi ces conneries ! Immédiatement ! Et ne vous avisez pas de me dire que je viens de prononcer un gros mot ! Vous n'êtes donc pas capables de penser à autre chose qu'à vous ? Je viens de vous dire que votre mère est en prison, et vous continuez à vous disputer, juste pour le plaisir de brailler !

— C'est toi qui brailles, répliqua Beck, vivante incarnation de la vertu outragée.

— T'as pas dit : « En prison », beugla Vincent, contribuant à faire monter d'un cran l'hystérie collective. T'as dit : « À la prison » !

Vive les précautions oratoires ! pensa Hardy.

— Maman est en prison ? répéta Rebecca, paraissant enfin comprendre. En prison ? Comment est-ce que maman pourrait être en prison ?

Et Vincent :

— Quand est-ce qu'elle sort ? Qu'est-ce qu'elle a fait ? Est-ce qu'on la reverra un jour ?

Les deux enfants se mirent à pleurer en chœur.

— Papa, balbutia Beck entre deux hoquets. Comment... est-ce que tu... as pu les laisser faire ça ?

Enfin, longtemps après leur retour à la maison, Erin, Ed et Hardy réussirent à persuader les enfants que tout allait bien se terminer. Ce n'était qu'un de ces drôles de petits couacs dans le système judiciaire dont ils entendaient tout le temps parler leur père. Sauf que, cette fois, c'était tombé sur eux.

Maman avait pris fait et cause pour un ami, l'oncle Abe allait tout arranger, il s'occupait d'elle. Elle risquait d'être absente pendant quelques jours, mais elle était très bien installée, dans une cellule confortable. C'était un peu comme des vacances, et Beck et Vincent passeraient le week-end chez mamie Erin et grand-papa Ed. Ce serait rigolo, pareil qu'une aventure. Il n'y avait vraiment pas de quoi s'en faire.

10

Hardy, seul chez lui le vendredi en fin d'après-midi, faisait les cent pas dans son salon en s'efforçant de tirer des conclusions – n'importe lesquelles – et d'échafauder un plan. Tout ce qu'il savait avec certitude, c'était qu'il allait retourner voir Frannie un peu plus tard, armé d'une nouvelle fraîche : Ron n'était pas parti camper. Si tel avait été le cas, il aurait prévenu Mme Wilson, et il n'y aurait pas eu d'astérisque.

Il savait aussi que cette information n'allait pas ébranler sa femme. Elle répondrait que, bien sûr, Ron avait dû disparaître. À cause de ses enfants. Il ne pouvait pas se laisser happer par le système. Il n'avait pas eu le choix.

Et Hardy avait bêtement promis à Frannie de ne pas répéter ce qu'elle lui avait confié. Non seulement cette promesse lui avait fait perdre son droit à l'immunité, mais de plus il commençait à sentir qu'elle risquait d'avoir des conséquences beaucoup plus lourdes. Elle lui interdisait d'aborder cet aspect de l'affaire avec qui que ce fût – Glitsky, Freeman, Moses, Erin, bref, tout le monde. Il n'aurait jamais dû promettre, mais il l'avait fait, et s'il voulait garder la confiance de Frannie, il se retrouvait coincé.

Le bruit du téléphone l'arracha à ses spéculations. Sans doute avait-il cessé de faire les cent pas depuis quelque temps, parce qu'il était à présent assis à la table de la cuisine, face à une tasse pleine de café froid. La luminosité avait faibli, étouffée par l'arrivée d'une nouvelle nappe de brouillard vespéral. Il se leva et décrocha à la seconde sonnerie.

— Ça passe au flash de cinq heures.

Freeman n'était pas friand de préambules.

— J'ai donné une conférence de presse, et on doit être dans un de ces jours creux : ils étaient tous là, vous auriez dû voir ça... Voilà, c'est parti. Qu'est-ce que vous fichez chez vous à une heure pareille, Diz ?

— Je pose les nouveaux rideaux de ma chambre. Qu'est-ce qui passe au flash de cinq heures ? Frannie ?

— Et Braun. Et Randall. Ça leur a plu, ils ont tout gobé. Je ne serais pas surpris si l'info remontait jusqu'aux chaînes câblées nationales. À votre place, je m'attendrais à une pluie d'appels pour très bientôt. Tâchez de jouer à fond la partition de la bonne-mère-et-tendre-épouse-arrachée-aux-siens.

— Pourquoi ? Vous en voyez une autre possible ?

Freeman hésita.

— Certains journalistes viseront sûrement en dessous de la ceinture. Je vous conseille de le prendre de haut, mais sans monter sur vos grands chevaux. Je crois sincèrement que l'histoire peut arriver jusqu'à Pratt – et l'inciter à calmer Randall... Qu'avez-vous appris sur le mari de Bree ?

— Il a quitté la ville.

Hardy lui raconta sa visite à Merryvale.

— Les flics sont au courant ?

Hardy se rendit compte avec une sorte de stupeur qu'ils ne l'étaient probablement pas. Il n'avait pas pensé à appeler Glitsky, parce que son ami lui avait dit ne pas vraiment s'intéresser à Ron Beaumont en tant que suspect. Mais Freeman avait raison. Son départ changeait la donne.

— Je vais téléphoner tout de suite.

— Vous devriez aussi joindre Frannie. Si elle apprend qu'il a décampé et qu'il a de plus en plus le profil d'un suspect, ça la fera peut-être changer d'avis.

— Bonne idée.

— Mais regardez d'abord le flash. Il démarre dans cinq minutes. Sur la 4.

— Comptez sur moi. Et, David... merci.
— Vous rigolez ou quoi ? répliqua Freeman en s'esclaffant. Je ne vis que pour ça !

Appeler Glitsky était une riche idée. Ses inspecteurs et lui auraient certainement préféré un autre suspect. Mais, à présent que Ron avait plus que vraisemblablement quitté la juridiction, ils allaient être contraints d'agir.
— Et pourquoi ça ? s'enquit le lieutenant avec une pointe d'exaspération dans la voix. Que veux-tu qu'on fasse ?
— Il faut le retrouver, Abe. Il ressemble plus à un suspect, d'un seul coup. Reconnais-le.
— Un petit peu plus, à la rigueur, mais tu oublies que Scott Randall remue déjà ciel et terre pour lui mettre la main dessus. Ici, on a plutôt tendance à considérer qu'il pourrait être assez rigolo de le laisser se dépatouiller.
— Pendant que Frannie moisit en cabane.
Hardy perçut distinctement un soupir au bout du fil.
— Tu as progressé avec le juge Braun ? Et Freeman ?
— Non.
— Dans ce cas, mon petit doigt me dit que Frannie va passer au moins quatre jours à l'ombre, non ?
Hardy ne trouva rien à répondre. C'était la vérité.
— Ron pourrait se pointer avec des aveux signés où figurerait tout ce que Randall essaie de faire avouer à Frannie, enchaîna le policier d'un ton détaché, ça ne ferait aucune différence pour elle. Je me trompe, Diz ?
Il avait raison. Frannie était en prison à cause de deux chefs distincts. Même si elle acceptait de vider son sac devant le grand jury, il lui resterait à purger les quatre jours d'arrêt infligés par Marian Braun pour outrage à magistrat. D'un autre côté, même si Braun annulait sa sentence, Frannie resterait en prison jusqu'à ce que Scott Randall juge bon de l'en faire sortir.
— Écoute, Abe, je peux peut-être aller voir Braun...
— « Peut-être » est le mot clé. J'ai supplié Pratt, j'ai essayé de bousculer Randall, j'ai rendu visite à Frannie deux fois pour

vérifier si ça se passait à peu près bien pour elle, ce qui est apparemment le cas. Cette histoire ne me plaît pas plus qu'à toi.

— Je sais. Je ne dis pas que tu ne...

— Simplement, Ron Beaumont ne sera pas au cœur du sujet dans les trois jours qui viennent. Ton problème immédiat, c'est Braun.

— D'accord, mais si tu le retrouvais, si tu lançais un avis de recherche, si tu demandais à tous les services de le...

— Et puis après ? C'est ce qui se passera mardi, dès que le grand jury se sera réuni. À moins que mes gars n'aient mis la main sur quelqu'un d'autre d'ici là, ils vont mettre Ron en accusation, et à ce moment-là le pays entier se jettera à ses trousses. Il sera probablement retrouvé. Mais si c'est lui l'assassin, il se taira. Et dans ce cas de figure, que fera Frannie ?

— Je ne sais pas, Abe. Franchement, je n'en sais rien.

— Bon Dieu ! lâcha le flic, radouci. Tu dois savoir quelque chose, Diz. Elle a forcément fait allusion devant toi à ce fichu secret. Tu as ta petite idée sur la question, non ?

— Que dalle, se força à répondre Hardy. Je n'ai rien du tout, mec.

Un quart d'heure après la fin du bulletin télévisé, Hardy avait enfilé sa veste et se dirigeait vers la porte d'entrée quand le téléphone sonna. Certain qu'il s'agissait d'un journaliste, il décida de laisser son répondeur enregistrer l'appel. Mais l'idée lui ayant traversé l'esprit que c'était peut-être Erin, il décida de tendre l'oreille depuis le vestibule.

— Allô ?

C'était une voix inconnue – sans doute celle d'un journaliste assez futé pour s'être procuré son numéro malgré la liste rouge, et visiblement déçu de ne pas avoir affaire à un interlocuteur en chair et en os. Dommage pour lui, mais Hardy n'avait aucune envie de discuter avec la presse. Il était en train de pousser la porte quand la voix enchaîna :

— J'aimerais parler à Dismas Hardy. Mon nom est Ron Beaumont, et je viens de voir le bulletin télévisé sur...

Hardy sauta sur le combiné.

— Allô ? Monsieur Hardy ? Comment allez-vous ?

— Ça pourrait aller mieux. Frannie est en prison, vous le savez ?

— C'est pour ça que j'appelle. Je me suis dit que je pourrais l'aider.

— Sûrement. Où êtes-vous ?

Une pause.

— Euh, je préfère ne pas le dire. Pas très loin. J'ai estimé qu'il était plus sûr de me mettre hors d'atteinte de la police avant qu'elle m'ait officiellement désigné comme suspect.

— La police n'en est pas là. C'est le DA.

Un rire sec.

— Pour moi, c'est du pareil au même. Je ne peux pas me permettre de rester dans leur ligne de tir. Est-ce que votre femme vous a parlé des... Enfin, de mon problème ?

— Oui. On en a parlé, fit Hardy, impatient. Ce qu'il y a, voyez-vous, c'est que Frannie est dans de sales draps. Elle a déjà passé une nuit en prison.

— Je sais. J'en suis navré. Je vous appelle pour voir si je peux faire quelque chose.

— Vous voulez une suggestion ?

— Oui.

— Vous venez me voir tout de suite et vous me laissez un message signé à remettre à Frannie – un message l'autorisant à parler devant le grand jury. Pour elle, donner sa parole d'honneur, ce n'est pas de la rigolade.

— Pour vous non plus, apparemment.

Hardy préféra ne pas relever.

— Le fait est qu'elle va devoir parler. À moins que vous ne vous en chargiez vous-même.

Nouveau silence sur la ligne.

— Vous devez savoir que c'est impossible.

— Bien sûr que non. Ou alors, vous permettez à Frannie de parler, et vous restez là où vous êtes. Vous venez de dire que vous êtes toujours en ville. Rien ne vous empêche de...

— Je n'ai pas dit ça.

— D'accord, vous ne l'avez pas dit. Mais où que vous soyez, vous désirez aider Frannie, oui ou non ? C'est bien pour ça que vous téléphonez ?

— Oui, mais je ne peux pas...

— Vous pouvez parfaitement. Je suis avocat. Je peux porter cette affaire devant le tribunal et...

— Vous ne comprenez pas. Il n'en est pas question. La dernière fois, j'ai essayé de jouer dans les règles. J'avais un bon avocat. Et vous savez ce qui est arrivé ? Les juges ont livré mes gosses à leur mère. Vous entendez, Hardy ? La loi ne confie pas des enfants à leur père. Je refuse de prendre le risque.

— Il n'y aura pas forcément de risque. Cette histoire n'a pas besoin de remonter à la surface. Tout ce qui les intéresse, c'est de savoir si vous avez tué votre femme ou non. Si vous ne l'avez pas fait, vous retrouverez une vie normale.

— Je ne crois pas. J'aimerais bien, mais je doute qu'un retour à la normale soit envisageable à court terme.

Hardy était presque en nage. Ses doigts étreignaient l'appareil à s'en blanchir les jointures. Il soupira.

— Dans ce cas, la raison de votre appel m'échappe. Je ne vois pas ce que vous pourriez faire d'autre pour aider Frannie.

Après une ultime pause, Ron Beaumont lâcha :

— Je vais essayer de trouver quelque chose. Excusez-moi.

— Non, attendez ! Peut-être qu'on...

Tonalité.

— Il n'a même pas voulu t'écrire un mot, Frannie. Qu'est-ce que ça t'inspire ?

— Je sais qu'il souhaite m'aider.

— Bien entendu. Il ne pense qu'à ça. Sauf qu'il ne lèvera pas le petit doigt.

— Que veux-tu qu'il fasse ? répliqua-t-elle, exaspérée, en croisant les bras. Que peut-il faire sans mettre ses enfants en danger ?

— Et en quoi seraient-ils plus en danger s'il te laissait parler, à partir du moment où lui demeure caché ? Soit dit en passant, j'aimerais que tu m'expliques pourquoi ils ne sont pas en danger à l'heure où je te parle.

— Tu l'as dit toi-même : parce qu'il n'est pas suspect. Abe lui-même vient de le déclarer à la télé. Il n'est pas recherché par la police.

Cette déclaration, songea Hardy, avait même constitué une des rares éclaircies d'une journée par ailleurs calamiteuse. Glitsky allait sûrement payer très cher le fait d'avoir annoncé qu'aucun élément concret ne permettait d'arrêter Ron Beaumont pour le meurtre de sa femme. Le DA ne manquerait pas de se plaindre. Ses services mettraient encore plus de bâtons dans les roues de la police. Mais Abe estimait sans doute que le jeu en valait la chandelle.

— Et nos enfants à nous ? demanda Hardy. Tu ne crois pas qu'ils sont légèrement menacés, eux aussi ? Comment peux-tu ne pas le voir ?

— N'essaie pas de me faire la morale, riposta-t-elle, les yeux remplis d'éclairs et de larmes. Bien sûr que je le vois. (Elle tourna sur elle-même dans le minuscule espace libre derrière la table du parloir, ne trouva aucune issue.) Mais qu'est-ce que tu veux que j'y fasse ?

— La réponse est simple : laisse-le tomber.

— Et ses enfants ?

— Tu as le choix entre les siens et les nôtres, Frannie. À ta place, je n'hésiterais pas longtemps.

— Que je le laisse tomber ?

Hardy se dit que peut-être, enfin, sa femme allait entendre raison.

— De toute façon, déclara-t-il en tâchant de reprendre son calme, il a décampé. Il est en cavale, Frannie. Dès que ça se saura, tout le monde pensera qu'il a tué Bree. Ron se retrouvera à la une, et son passé – enfants compris – refera surface. Alors, à quoi bon ?

— Ce n'est pas encore fait, répondit-elle, inébranlable.

— Quoi ?

— Personne ne s'intéresse à son passé. Ça changera s'il est mis en examen, évidemment. Mais pour le moment, Ron n'est dans le collimateur de personne.

— Erreur. Il est dans le mien. Et dans celui de Scott Randall.

— De mieux en mieux, Dismas. Charmant tableau : toi et mon grand ami Scott Randall, main dans la main.

— Je ne suis pas main dans la main avec Randall. Bon Dieu, Frannie, j'essaie de te tirer d'ici ! J'essaie de sauver notre famille, et tout ce que tu me sers, c'est ce pauvre Ron par-ci, et ce pauvre Ron par-là ! Parce qu'il faut que tu comprennes une chose : lui et ses gosses, ils ont filé.

— Tu crois toujours tout savoir. Tu as toujours tout compris. À mon tour de te dire une chose : ils n'ont pas filé. Ron t'a appelé il y a une heure. Son but n'est pas de disparaître. Il ne cherche qu'à retrouver une vie normale. Tu ne l'as pas senti ?

Découragé, Hardy percha son séant sur un coin de la table.

— Tu ne vois donc pas que ça ne se passera pas de cette façon ? demanda-t-il d'une voix éteinte.

— Ça se passera de cette façon s'ils découvrent le meurtrier.

— C'est faux, Frannie, affirma-t-il, tentant de prendre un ton persuasif. Écoute-moi : le grand jury va se réunir mardi, et Scott Randall, même sans l'aide de Glitsky, s'apercevra alors que Ron a pris la poudre d'escampette. Il ne lui en faudra pas plus pour l'inculper. À partir de là, Ron occupera le devant de la scène. Et tout le reste en découlera.

— Mardi, d'accord. Mais si quelqu'un, disons Abe, découvre le meurtrier de Bree d'ici là, ou au moins un élément tangible...

— C'est peu probable.

— Pourquoi ?

— Parce que l'enquête dure déjà depuis trois semaines et que la piste est froide. Et tu voudrais qu'en trois jours... ? Impossible.

— Et si Ron intervenait ? S'il révélait ce qu'il sait sur Bree ?

— À qui ? À Abe ?

Elle secoua la tête avec véhémence.

— Il ne peut pas se mettre en contact avec la police.

— Ah oui, j'oubliais. Au fait, dois-je comprendre qu'il n'a pas tout révélé aux flics quand ils l'ont interrogé ?

— Je ne dis pas ça. Et cesse de me bousculer. Il a répondu à leurs questions, et...

— En omettant tout ce qu'il pouvait avoir d'intéressant à

raconter sur le meurtre de sa propre femme, c'est ça ? Laisse tomber, Frannie. C'est grotesque.

Elle abattit un poing sur la table.

— Ça n'a rien de grotesque ! Tu ne vois pas ce qu'il y a de tragique dans cette affaire ? Tu ne ressens donc plus rien ?

— S'il te plaît, répliqua-t-il en se levant. Je ressens bien plus de choses que tu ne le crois. Par exemple, je *ressens* une énorme envie de tuer ce fils de pute. Et j'ai peur : je me demande ce que vont devenir nos enfants sans Frannie – et notre couple, soit dit en passant.

Frannie se contenta de soutenir froidement son regard.

— Merde, lâcha Hardy.

Il tourna le dos à sa femme, s'éloigna autant que possible, s'arrêta face au mur de pavés de verre.

La chaise de Frannie crissa. Une seconde plus tard, il perçut sa présence derrière lui, même si elle évita de le toucher.

— Aide-le, Diz, murmura-t-elle.

Hardy ne sut que répondre.

— Tu dis que j'en ai pour trois jours quoi qu'il advienne, c'est bien ça ? Indépendamment du secret ?

— Et alors ?

— Ron ne sera pas inculpé avant mardi. L'histoire de ses enfants ne refera donc surface qu'ensuite. Ce qui te laisse trois jours.

Hardy se retourna.

— Trois jours.

— Oui.

— Pour faire quoi ?

— Pour sauver des vies, Dismas.

— Et je suis censé m'y prendre comment ?

— En retrouvant le meurtrier.

Il pencha la tête. Sa femme déraillait complètement.

— D'accord. Je vais sortir d'ici au trot et c'est ce que je vais faire. Comment n'y ai-je pas pensé plus tôt ! C'est tellement évident ! Tant qu'on y est, tu n'aurais pas une petite idée de point de départ ?

— Si, Ron. Il veut nous aider, je te l'ai déjà dit.

— Le hic, c'est que ce bon vieux Ron ne m'a pas précisé où je pouvais le joindre. Peut-être qu'à son prochain coup de fil…
— Et si je le savais, moi ?

Il y avait un orifice dans le sol – le fameux trou à la turque – au pied du mur du fond, une banquette de béton avec un matelas jeté dessus, et sur ce matelas un drap et deux couvertures de laine grise. Pas de lavabo. Les murs étaient capitonnés, parce que l'isolement administratif était aussi l'endroit où on bouclait les fous furieux en attendant qu'ils aient reçu leur piqûre.

La porte se referma derrière elle. Frannie s'aperçut à peine que ce n'était pas une grille, non, c'était une vraie porte – avec un judas et une trappe en bas qui faisait office de passe-plat.

Elle resta plantée là, abasourdie et muette, pendant une interminable minute. Puis elle sentit le froid qui montait du sol à travers ses chaussons. Tout était froid dans cette cellule.

Au-dessus d'elle, il y avait un plafonnier protégé par une grille. La lumière s'éteignait de temps en temps, et la cellule se retrouvait alors plongée dans les ténèbres. Pas d'interrupteur.

Dans sa cellule, Frannie oscillait entre deux états : soit elle ne se permettait pas d'éprouver quoi que ce fût, soit elle réagissait au moindre stimulus. La nuit précédente, après l'extinction de la lampe, elle avait pleuré pendant une heure. Mais ce soir, l'obscurité ne lui ferait rien. Elle le savait d'avance.

Elle s'efforça de penser à ses enfants, de les imaginer avec Erin, au chaud et en sécurité. Mais la communication semblait coupée – brouillée par la présence écrasante de cette cellule, avec son grabat, ses murs rembourrés, son odeur de désinfectant.

Peut-être avait-elle brûlé ses réserves affectives. Une bouffée de panique la saisit d'un seul coup, elle craignit de ne plus jamais être capable d'éprouver quoi que ce soit en profondeur.

Elle pensa ensuite à son mari. Chaque fois qu'il venait, elle n'arrivait qu'à l'affronter ou à tenter de se justifier – alors que sa seule aspiration était de retrouver leur connivence d'antan.

Mais elle n'avait pas le droit d'être faible. La faiblesse ne pourrait que la desservir – l'empêcher de faire les bons choix pour les enfants, si besoin en était.

Non. Dismas était de son côté – il fallait qu'elle le croie. Il agissait dans son intérêt, qui était aussi le sien propre et celui de leurs enfants. Même si leur complicité était perdue, peut-être de façon irrémédiable. Et elle était consciente d'en être pour une bonne part responsable.

Elle n'avait jamais eu l'intention de mal faire, et pourtant ses actes l'avaient menée dans cet endroit. D'où lui venait cette intime conviction qu'elle devait continuer de se défendre, qu'elle en avait le droit, alors même que chacune de ses décisions, que chacun de ses actes avait coûté si cher aux siens ?

Lui pardonnerait-on un jour ? Et pourquoi ?

L'obscurité s'abattit d'un coup sur la cellule.

Elle demeura immobile pendant un temps indéterminé. Ensuite, elle chercha le lit à tâtons, se coucha dessus, se couvrit jusqu'au menton, serra les poings sur sa poitrine.

Elle ne réussit pas à se représenter ses enfants, l'endroit où ils se trouvaient, s'ils étaient en train de dormir. Et cet échec, enfin, fit naître sous ses paupières des larmes bienfaisantes.

11

Dans une vie antérieure, lorsque Hardy avait été procureur dans ces mêmes services du district attorney qu'il méprisait à présent, il passait son temps à expédier des gens en prison. Et parce que sa première femme, Jane, craignait beaucoup qu'un des dangereux criminels condamnés par son entremise n'ait envie de lui chercher noise à sa sortie de prison, Hardy avait fait une demande de port d'armes. Elle aurait normalement dû être rejetée, mais, comme le père de Jane était juge à la Cour supérieure de l'État, elle avait été acceptée, puis, grâce à un savant mélange combinant la diplomatie de Hardy et l'inertie administrative, renouvelée d'année en année.

Depuis, Hardy n'avait eu que deux fois l'occasion de sortir avec son revolver. Jamais il n'avait eu besoin de faire feu sur quiconque – même s'il s'était une fois amusé à tirer, pour la gratification immédiate que ce geste, lui semblait-il, pouvait procurer.

Mais ce soir, dans l'état de rage froide où il se trouvait, se munir d'une arme ne lui paraissait absolument pas incongru. Le crépuscule venait de mourir quand il retira son Colt 38 Spécial du coffre-fort où il le gardait depuis son mariage avec Frannie. Il n'avait pas touché à ce foutu calibre ces deux dernières années, mais après son dernier passage au champ de tir il l'avait soigneusement nettoyé, huilé et enveloppé dans une peau de chamois.

Il le dégagea. Au premier coup de chiffon, le nickel retrouva son brillant. Il s'assura que le revolver n'était pas chargé, fit tourner le barillet, vérifia la double action plusieurs fois.

Sur le chemin du retour, après sa visite à Frannie, il avait décidé – si ce mot convenait, car son impulsion avait été plus instinctive que cérébrale – de s'armer. Il n'aurait sans doute pas su expliquer pourquoi – ce n'était sûrement pas dans le but de descendre le type qui avait peut-être couché avec sa femme. Si on lui avait posé la question, il aurait sans doute répondu que ce flingue pouvait éventuellement l'aider à persuader Ron de faire ce qu'il attendait de lui – chose qui restait encore à définir.

Il ne faisait donc que passer à la maison. Frannie lui avait indiqué l'endroit où Ron, ainsi qu'il le lui avait confié un jour, commencerait par se réfugier si le besoin s'en faisait sentir. Le souvenir de cet endroit lui était revenu lorsqu'elle avait appris sa fuite.

Hardy s'était bien gardé de dire à sa femme qu'il comptait mettre son « ami » au pied du mur. Au diable les promesses inconsidérées. Et Frannie, peut-être convaincue à tort qu'il venait de basculer corps et âme dans le camp de Ron, n'en avait exigé aucune.

Vêtu d'un jean, d'une chemise bleue sur un maillot de rugby et d'une paire de tennis, Hardy inséra les cartouches debout sous le faible éclairage de la cuisine, enfonça le canon du revolver sous sa ceinture, sortit les pans de sa chemise pour recouvrir la crosse. Après quoi, il remit sa boîte de munitions dans le coffre, en referma la porte et brouilla la combinaison.

Dans le vestibule, il attrapa un blouson sur le portemanteau.

À peine cinq minutes s'étaient-elles écoulées depuis son arrivée qu'il remontait dans sa voiture. Il était prêt.

Ron Brewster.

Il s'appelait maintenant Ron Brewster. Frannie avait tout expliqué à Hardy, sûre de marquer des points en faveur de Ron en montrant à son mari à quelles extrémités ce saint homme était capable d'en arriver pour protéger ses enfants.

Mais les excuses et les mensonges que Hardy rencontrait

chaque jour dans son métier de criminaliste avaient aiguisé son scepticisme en un cynisme radical, capable de hacher menu les sentiments humains les plus sincères – du moins lorsqu'il était question de justice. Même s'il s'efforçait de combattre cette tendance chez lui et avec ses rares amis, il était conscient de ne plus guère pouvoir se fier à la bonne mine des gens. Il avait du mal à croire aux histoires édifiantes, il y avait toujours une partie qu'on ne racontait pas.

Les explications fournies par Frannie quant au comportement de Ron – son aptitude à changer de nom, le rapt réussi de ses propres enfants – n'avaient fait qu'accroître sa conviction d'avoir affaire à un criminel intelligent et plein de ressources. Un type qui, au mieux, avait roulé Frannie dans la farine – et il préférait ne pas penser au pire. Ce n'était pas le moment de jeter de l'huile sur le feu de sa rage.

Ron et ses enfants s'étaient planqués à l'hôtel *Hilton* de l'aéroport. Hardy avait déjà vu ça chez d'autres fugitifs – l'instinct leur commandait de rester à proximité. De voir quelle direction allaient prendre les poursuivants pour filer ensuite à l'opposé.

Cinquième étage, chambre 523. L'étiquette NE PAS DÉRANGER sur la poignée. Hardy consulta sa montre. Vingt et une heures seize. Le son d'un téléviseur était perceptible derrière la porte. Des rires en boîte.

Il palpa l'arme à sa ceinture, sentit sa présence rassurante, la laissa là où elle était. Frappa.

Une seconde plus tard, la télé se tut. Derrière la porte, tout n'était plus que silence. Hardy frappa encore. Et attendit, histoire de donner à Ron une chance de réagir à son rythme.

Ron Beaumont mit un doigt sur ses lèvres pour demander à ses enfants de ne plus faire le moindre bruit. Il alla sur la pointe des pieds jusqu'à la porte de la chambre. Lui aussi avait une arme, mais elle était rangée dans le double fond d'une de ses valises.

Il pria pour que ce ne soit pas la police – ou, si c'était elle, pour que ce soit un flic seul. Dans ce cas, il réussirait peut-être à le retenir deux minutes, le temps d'atteindre sa valise, et faire ce qui devait être fait.

Hardy frappa de nouveau à la porte, plus fort.
— Ron ! Ouvrez !
Quelques secondes de silence. Et ensuite, de l'autre côté, une voix ferme :
— Laissez-nous dormir.
Hardy colla la bouche contre la porte et murmura d'un ton pressant :
— Je suis Dismas Hardy.
La porte s'entrouvrit enfin. Ron avait éteint la lumière à l'intérieur et laissé la chaîne de sûreté. Hardy résista à l'envie d'enfoncer le panneau d'un coup d'épaule. À la place, il montra ses mains ouvertes. Le contraire d'une menace.
Même s'il en coûtait à Hardy de l'admettre, Ron Beaumont était bel homme. Des traits énergiques et anguleux, une paire d'yeux marron clair enchâssés au-dessus de pommettes tellement saillantes qu'il aurait presque paru possible, avec le début de barbe qui commençait à les envahir, d'y gratter une allumette. Son nez aquilin était parfaitement centré au-dessus de ce qu'il était sans doute convenu d'appeler, supposa Hardy, une bouche généreuse. Ses épais cheveux noirs s'ornaient sur chaque tempe d'une striure argentée que son visage exempt de rides faisait paraître prématurée, presque artificielle. Il mesurait à peu près la taille de Hardy – un mètre quatre-vingts – mais pesait bien cinq kilos de moins, sans le moindre excédent de graisse.
La porte s'ouvrit complètement. Ron s'effaça pour laisser entrer son visiteur.
Tout au long de son trajet vers l'aéroport, celui-ci s'était laissé aller à fantasmer, à savourer par avance le moment de la confrontation, ce moment où, nom d'un chien ! il allait lui faire cracher qu'il était responsable du préjudice subi par Frannie. Et aussi tout le reste – la vraie nature de leurs relations, cette histoire d'alibi, ce sur quoi ils avaient dû « accorder leurs violons ».
Max et Cassandra brisèrent cette dynamique d'entrée de jeu.

Les enfants de Ron, bien qu'étant au centre du drame, n'avaient jamais occupé le devant de la scène avant le retour de la lumière dans cette chambre d'hôtel. Jusque-là, Hardy avait été conscient de leur existence, mais uniquement en tant que pions de la partie d'échecs qu'il livrait. Leur apparition, *ici et maintenant*, dans le même espace physique que ce Ron, changea la donne en un clin d'œil.

Cassandra appuya sur l'interrupteur dès qu'elle le vit.

— Bonsoir, monsieur Hardy !

Plus naturel tu meurs. Surprise et ravie de son apparition. Son prénom retrouva soudain pour lui un visage : Cassandra n'était plus une ombre à demi oubliée évoluant dans l'univers de sa fille, mais une de ses plus proches amies – drôle, bien élevée, capable de former des phrases complètes.

Hardy jeta un regard au garçon, Max, et le situa à son tour. Tous deux étaient venus plusieurs fois à la maison pour jouer avec ses enfants, même s'il ne s'était jamais donné la peine d'établir avec eux un vrai dialogue.

Force lui fut d'admettre qu'en dépit du caractère stressant des circonstances ces deux enfants présentaient plutôt bien. Ils venaient manifestement de prendre un bain et étaient en pyjama.

— Vous êtes là pour nous aider, c'est ça ? interrogea Cassandra avant de se tourner vers son père. Rebecca dit toujours que c'est ce que son papa fait. Il aide les gens. Il est avocat.

Ron ne parut pas aussi impressionné que sa fille, mais il saisit la perche qu'elle lui tendait.

— Exactement, répondit-il d'un ton décontracté. Il est là pour voir s'il peut nous aider.

D'un regard oblique, il sollicita tacitement la complicité de Hardy. Celui-ci ne fut pas assez rapide pour la lui refuser.

— Il va essayer de nous aider à rentrer chez nous… Dites donc, il serait peut-être temps d'aller vous coucher, non ?

Quelques secondes plus tard, Hardy eut droit à une énergique poignée de main de chacun des enfants Beaumont. En même temps – épreuve fatidique –, ils le regardèrent dans le blanc des yeux.

Hardy fut quelque peu surpris de constater que ces deux gosses semblaient équilibrés et adoraient manifestement leur père. Sans doute étaient-ils un peu sur la réserve, mais il se rappela qu'ils avaient sommeil, qu'ils se trouvaient dans un lieu inconnu, et que leur maman adoptive avait été assassinée trois semaines plus tôt. Pas de quoi se rouler par terre de joie.

En tout cas, il ne sentait chez eux aucune peur, ni de lui ni de leur père, alors que la peur imprégnait inévitablement le comportement des enfants martyrs.

Ce constat lui fit perdre son élan. Rien ne l'avait préparé à une telle scène de tendresse domestique entre un père et ses petits.

Le canon de son revolver gonflait toujours l'intérieur de son pantalon, une prothèse phallique, stupide et lourde. Une vague de dégoût l'envahit. Pour qui se prenait-il ? Deux décennies s'étaient écoulées depuis son bref passage chez les flics. Il était avocat – un homme de dossiers. Persuasion et stratégie.

— Ça va, les enfants, vous avez assez dit bonsoir à M. Hardy, intervint Ron en l'arrachant à sa rumination. Allez, ouste !

Ferme, affectueux, sûr de son fait.

Étrangement, il n'y eut pas de contestation. Chez les Hardy, le moment du coucher était souvent le plus pénible de la journée. Deux parents impatients et à bout de forces luttaient pour pousser leurs enfants à admettre qu'ils étaient eux aussi épuisés. L'exercice tournait à un bras de fer qui ne laissait de part et d'autre que des vaincus.

Max et Cassandra se mirent en branle. Avec un dernier salut, tous deux répétèrent au visiteur qu'ils étaient ravis de sa venue.

Hardy remarqua que la famille occupait une suite, avec une chambre séparée pour les enfants, quand Ron lui dit qu'il serait de retour dans cinq minutes – le temps d'aller les border. Mais Hardy n'avait pas fait tout ce chemin pour le laisser filer à l'anglaise par une porte dérobée. Il les suivit donc, en tâchant d'oublier qu'il se sentait ridicule, jusqu'au seuil de la chambre contiguë.

Les préliminaires du rituel du coucher l'eurent bientôt convaincu qu'aucune évasion n'était au programme. Apparemment, Ron avait décidé d'accepter sa présence inattendue et d'agir en fonction de ce nouveau paramètre.

Hardy se décida donc à regagner l'autre pièce, s'assit dans le fauteuil du bureau, écouta distraitement les sons familiers qui filtraient de la chambre.

Son revolver, toujours aussi gênant, exerçait une pression inflexible contre son aine. Son estomac se mit à gronder de rage inassouvie, de tension et de faim. Une vague de fatigue déferla sur lui.

Dehors, au-dessus de la baie, les avions gigantesques perçaient le ciel obscur sillonné de nuages pour entamer leur descente sur l'aéroport.

— Alors, qu'est-ce que vous comptez faire ? s'enquit Ron après avoir refermé la porte de la chambre et approché un fauteuil. Vous voulez du café ? Une bière ? Quelque chose ? Il y a à peu près de tout.

— Je ne veux rien – à part tirer ma femme de prison.

— Je comprends, affirma Ron en s'asseyant. Écoutez, je ne peux pas vous en vouloir d'être furieux. Je ne saurais vous dire à quel point je suis navré, mais personne n'aurait pu prévoir ce qui s'est passé.

— Vous, vous l'avez suffisamment prévu pour quitter votre appartement et retirer vos gosses de l'école il y a trois jours.

— Seulement quand j'ai appris qu'ils allaient interroger Frannie.

En entendant le prénom de sa femme cité avec une telle familiarité, Hardy sentit la flamme de sa colère se raviver. Il s'efforça de la combattre – elle ne pouvait pas l'aider à obtenir ce dont il avait besoin, pas maintenant.

— À ce moment-là, poursuivit Ron, toujours aussi empressé à démontrer que rien n'était sa faute, j'ai compris que les soupçons reviendraient forcément sur moi. Je ne pouvais pas me permettre de rester sur place en attendant que ça arrive.

— Bien sûr. Mieux valait laisser la justice s'en prendre à Frannie.

— Je ne m'attendais pas à ça.

— Vous venez de me dire que vous saviez qu'ils allaient l'interroger. Vous vous attendiez à quoi ?

— Je n'avais aucune idée précise. J'avais déclaré que j'avais pris un café avec elle le matin du crime. Je pensais qu'ils voudraient simplement le vérifier. Je ne sais pas si vous vous en rendez compte, ajouta Ron en se penchant en avant, mais le grand jury m'avait déjà interrogé. J'avais répondu à toutes les questions.

— Mais vous avez menti sur vos disputes avec votre femme.

Ron parut soudain fasciné par les motifs de la moquette.

— Et j'étais censé faire quoi ? demanda-t-il en relevant enfin la tête. M'inscrire moi-même en tête de leur liste de suspects ?

— En théorie, vous êtes censé dire la vérité – et rien que la vérité. Frannie a respecté cette règle. Vous auriez pu lui permettre de révéler votre petit secret.

— Je pensais qu'ils chercheraient seulement à corroborer mon alibi. Vous devez me croire. Jamais je n'ai imaginé que le reste serait évoqué.

— Mais c'est ce qui s'est passé. Pourquoi n'avez-vous pas sauté dans un avion dès que vous l'avez appris ? Vous pourriez être en Australie à l'heure qu'il est.

— Déraciner une fois de plus mes enfants ? Sans même avoir touché un cent de l'assurance-vie de Bree ? Avec la police à mes trousses ?

— Elle est à vos trousses de toute façon.

— Ce n'est pas ce que j'ai entendu dire. Pas encore.

Phallique ou non, Hardy faillit sortir son revolver pour mettre un terme à ces âneries. Mais il se rappela les trois gamins innocents et enchaînés dans le prétoire du juge Li. Un avant-goût de ce qui risquait d'arriver – et quelque chose d'aussi terrible arriverait presque inévitablement – à Cassandra et à Max. Il était peut-être furieux, mais on ne l'accuserait pas de les avoir livrés en pâture au système judiciaire. Pas pour l'instant, en tout cas. Pas s'il existait une autre solution.

Ron était toujours penché en avant, les lèvres pincées, les coudes sur les genoux, les mains crispées au point d'avoir les jointures blanchies.

— Je suis conscient que cette situation est terrible pour vous. Mais avant tout, je suis responsable des deux bouts de chou qui dorment juste à côté. Je sais que vous pouvez le comprendre.

Hardy ne répondit pas.

— Je ne suis pas encore tout à fait décidé à disparaître, enchaîna Ron. Si les choses s'arrangent, les gosses reprendront l'école la semaine prochaine après une petite semaine de vacances imprévues, et personne ne trouvera à y redire. Au départ, mon idée était juste de nous éloigner quelques jours, histoire de voir dans quelle direction soufflerait le vent. J'espérais ne pas être obligé de partir.

— Partir où ?
— N'importe où.
— Pour faire quoi ?

Ron baissa la tête, puis la releva.

— Tout reprendre à zéro. Encore une fois.

Si c'était un appel à la compassion, il se trompait de cible.

— Et Frannie ? interrogea Hardy d'un ton cassant.
— Je la libère. Elle sort.

Cette réponse n'eut pas davantage l'heur de plaire.

— Vous la libérez ?
— De sa promesse.
— J'ai une idée, Ron. Pourquoi ne pas le faire maintenant ? Tout de suite, à la minute ?

S'animant soudain, Hardy attrapa un stylo et un bloc-notes sur le bureau près du téléphone, et les tendit à son interlocuteur, tandis que l'idée de sortir son revolver revenait lui chatouiller la conscience.

Ron secoua la tête.

— À la seconde où elle parlera, on sera obligés de fuir – définitivement. Vous ne le comprenez pas ?

Hardy promena un regard circulaire sur la suite.

— Comment appelez-vous ce que vous faites en ce moment ? Ce n'est pas fuir, peut-être ?

Le stylo et le bloc-notes étaient toujours en suspens entre eux. Ron se leva lentement, les prit, se pencha sur le bureau et se mit à écrire.

Hardy lut sa prose, et jugea que c'était loin de suffire. Le message, bref et précis, disait à Frannie qu'à sa prochaine comparution devant le grand jury elle serait libre de révéler son secret si elle en éprouvait la nécessité. Le problème était que le grand jury ne se réunirait que mardi matin et que, d'ici là, Frannie resterait où elle se trouvait. Rageur, Hardy redressa la tête.

— En quoi ce truc fera-t-il avancer les choses, à votre avis ?

Ron s'assit au bord du lit.

— Si j'ai bien compris ce qu'ils disaient à la télé, cette pauvre Frannie est en prison pour quatre jours, indépendamment de ce qui peut m'arriver. Je me trompe ?

— Si on veut, mais...

Ron leva une main pour l'interrompre.

— S'il vous plaît. Vous permettez ? Moi, j'espère que je n'aurai pas à revivre ce genre d'épreuve – disparaître avec mes gosses, prendre un nouveau départ dans une ville inconnue. Je l'ai déjà fait une fois, comme vous le savez. Alors, l'idée de remettre ça... Je préférerais l'éviter, et c'est peut-être possible.

— Comment ?

— S'ils trouvent le coupable.

La même suggestion que Frannie quelques heures plus tôt – mais Hardy se dit qu'il préférait crever plutôt que de se laisser entraîner dans le même débat. Cette fois, il irait droit au but.

— Et s'ils ne le trouvent pas, Ron ? interrogea-t-il, haussant nettement le ton. Hein ? Qu'est-ce que vous répondez à ça ?

— Dans ce cas, mardi prochain, les enfants et moi, on s'en ira. Et Frannie pourra parler.

— Elle pourra dire au grand jury que vous avez kidnappé vos gosses ?

— Ce n'est pas de cette façon que je vois la chose, mais la réponse est oui.

— Et vous vous retrouverez avec le FBI au cul ?

— J'ai l'habitude, répliqua Ron avec un vague sourire. Ils ne m'attraperont pas.

— Donc, Frannie pourra tout dire ?

— Oui. Vous avez ma parole... Mais si l'assassin de Bree est découvert entre-temps, ajouta Ron en indiquant la chambre voisine, mes gosses auront le droit de retrouver une vie normale. C'est tout ce que je souhaite. Sincèrement.

Voilà ce qui avait décidé Frannie à lui demander d'aider cet homme qui était peut-être aussi son amant. Il s'agissait de sauver des vies, avait-elle dit, et elle l'avait laissé croire qu'elle parlait de leur famille à eux.

Mais pas du tout. Encore une fois, il n'y en avait que pour Ron. Pour Ron et ses enfants.

Hardy ignorait tout de ce qu'il y avait entre Ron et Frannie, du premier mariage de Ron et de sa bataille pour le droit de garde, de la vie de Bree et des combats politico-économiques qui l'avaient traversée. Trois jours étaient absolument insuffisants. Trois jours n'auraient pas suffi même s'il avait eu à sa disposition le département de police dans son ensemble, même s'il avait été motivé.

Ce qui n'était pas le cas.

Il ne pouvait s'appuyer ni sur ses amis flics, ni sur ses relations dans le système judiciaire, ni sur aucun de ses contacts personnels – parce qu'il avait juré de garder le secret. Trouver un suspect de rechange était donc une idée absurde. Et pourquoi aurait-il dû le faire ? Il se pouvait parfaitement que Ron Beaumont ne soit pas ce qu'il paraissait être. Que tout ça ne soit qu'une sinistre comédie.

L'aider ? Hardy n'était même pas sûr d'avoir totalement vaincu son envie de le farcir de plomb. Il relut le message de Ron une dernière fois, le plia et le fourra dans sa poche. Ce que voyant, Ron eut le mauvais goût de commenter :

— On peut le faire, Dismas.

Hardy se vida d'un coup de tout son sang-froid. Il abattit violemment une paume sur le bureau.

— Qu'est-ce que c'est que ce « on », bordel de merde ? hurla-t-il. Il n'y a pas de « on » ici, monsieur Beaumont. Il y a moi – et ce que j'ai à faire pour sortir ma famille de la merde. Et de l'autre côté, vous et vos problèmes. Je vous conseille de vous fourrer dans le crâne que ça n'a rien à voir !

Craignant de ne pouvoir dominer sa rage plus longtemps – si ça continuait, il allait sortir ce revolver –, Hardy se leva et marcha à grands pas vers la porte.

— Vous partez ?

Ce n'était pas la voix de Ron, et la surprise poussa Hardy à faire volte-face. Cassandra était debout sur le seuil de la chambre. Elle avait pleuré, même si elle semblait avoir repris le contrôle de ses émotions.

— S'il vous plaît, monsieur Hardy, ne partez pas. (Elle se tourna vers son père.) On a besoin d'aide, papa. Il peut nous aider. Rebecca dit que c'est son métier. C'est pour ça qu'il est presque jamais chez eux – parce qu'il aide les gens.

Ce coup de poignard involontaire atteignit Hardy en plein cœur.

— Je crois aussi qu'il pourrait nous aider, ma chérie, répondit Ron d'un ton apaisant, mais ce n'est pas à moi d'en décider.

À son tour, Max passa la tête par l'entrebâillement.

— J'ai essayé, bégaya-t-il. J'ai mis ma tête sous l'oreiller, mais je vous ai entendu crier quand même. (Son regard alla de Hardy à Ron.) Vous vous êtes disputés ?

Cassandra prit son petit frère sous son aile.

— On a peur, papa. Qu'est-ce qu'on va devenir ?

— Tout ira bien, ma puce, il ne faut pas avoir peur. Papa est avec vous.

Ron lança ensuite un regard à Hardy et fit mine de se dresser, mais sa fille s'était avancée d'un pas dans la pièce, talonnée par Max, qui la tenait à présent par la main. Son visage était empreint d'une grande détermination. Après un pas de plus, elle s'adressa à Hardy.

— Monsieur Hardy, vous êtes là pour nous aider ? C'est ça ?

— Eh bien, je…, bafouilla Hardy.

— Parce qu'on veut pas retourner chez Dawn. Ils ont pas le droit de nous obliger. Même Max se souvient… (Ses larmes resurgirent.) On veut juste rester avec papa. Et que tout recommence comme avant.

— Et on veut aussi que Bree revienne, renchérit Max, en se mettant à sangloter à son tour. Je veux qu'elle revienne…

— Allons, allons, fit Ron en se levant.

Cassandra continuait de fixer Hardy.

— Vous devez être notre avocat, pour nous aider ? C'est ça ? Alors, comment on fait pour vous faire devenir notre avocat ?

Hardy s'approcha d'elle, se mit sur un genou, ébaucha un sourire las.

— Ce n'est pas tout à fait ça. Le problème, c'est que je ne vois pas très bien ce que je peux faire, Cassandra. C'est compliqué. La maman de Rebecca a de gros ennuis, elle aussi, et il faut que je l'aide. C'est ma priorité. Je suis sûr que tu peux le comprendre.

— Vous pouvez peut-être aider tout le monde ? Papa sait plus trop quoi faire, on dirait.

Ron tendit les bras à sa fille.

— Viens, mon ange, viens par ici. Venez tous les deux.

Les enfants le rejoignirent. Il les pressa contre lui, un geste typiquement paternel, fort et consolateur.

— Tout va bien, maintenant. Il n'y a pas de quoi avoir peur. Dites bonsoir à M. Hardy et retournez vous coucher. Ça ira mieux demain.

Mais Cassandra se retourna une dernière fois.

— S'il vous plaît, monsieur Hardy !

12

C'était le lundi 5 octobre, moins d'une semaine après la mort de Bree Beaumont. Le jour de ses funérailles, en fait. Baxter Thorne, un homme corpulent dont le menton s'ornait d'un bouc gris, à l'élocution douce et aux manières affables, faisait nerveusement les cent pas dans son bureau, au trentième étage de la tour Deux de l'Embarcadero Center. Derrière les fenêtres dormantes, le temps était radieux. La baie était piquetée de bateaux, et on distinguait parfaitement Treasure Island par-delà un mille et demi de flots bleus, presque à portée de balle de golf. Mais Thorne se moquait bien de la beauté du panorama. Il avait dit à ce flic – Griffin – qu'il l'attendrait à la première heure de la matinée. Il n'avait aucune idée de ce que ce type pouvait bien savoir, mais le seul fait qu'il eût découvert son existence était en soi mauvais signe.

La plaque fixée sur la porte marquait l'entrée des bureaux de Fuels Management Consortium – FMC. En réalité, cette organisation était le centre névralgique des efforts de lobbying de deux multinationales agro-industrielles : SKO (Spader Krutch Ohio) et son concurrent ADM (Archer Daniels Midland). Ces deux géants comptaient parmi les principaux producteurs d'éthanol[1]. Mais si la société ADM était couramment qualifiée de « supermarché du

---

1. Biocarburant d'origine végétale (grain, betterave, etc.). *[N.d.T.]*

monde », un sobriquet somme toute bienveillant, la réputation de SKO était un peu moins savoureuse.

La compagnie ayant traversé une série de fortes turbulences au cours des dernières années, Baxter Thorne avait été envoyé en Californie pour redorer son blason – ce qui lui avait permis de prouver une nouvelle fois ses talents de conseiller en image.

SKO était le plus gros client de Thorne, mais cet homme placide et courtois travaillait aussi pour le plaisir. Il savait naturellement jongler avec les mots et était capable de faire basculer l'opinion d'un coup de plume. Si ses clients croyaient que sa langue agile et la qualité de sa prose réussissaient seules à convertir les masses, Thorne ne demandait pas mieux que de les laisser à leur croyance. Mais la réalité était différente.

Car dans certaines circonstances, pour être vraiment efficace, il ne fallait pas hésiter à secouer l'arbre.

C'était là sa vraie passion – les opérations clandestines, le travail de terrain. Peu importait le nom. Thorne prenait son pied en suivant un programme extralégal bien à lui. Nettement plus étendu et dangereux que tout ce que ses clients lui demandaient de faire.

Exemple : deux ans plus tôt, le sigle SKO avait eu très mauvaise presse. Le P-DG de la corporation, Ellis Jackson, s'était empêtré dans une série d'accusations de financement politique illégal, de distribution de pots-de-vin, et de trafic d'influence. Du coup, le sénateur du Kansas avait paniqué et – pour ne plus voir son nom associé à ces initiales – menacé de renoncer à défendre le programme de subventions de l'éthanol. Son soutien avait finalement été conservé en échange d'une donation de campagne d'un million de dollars ; mais, sans la discrète intervention de Baxter Thorne, le sénateur aurait très probablement refusé cette manne.

Thorne avait découvert son faible pour les jeunes hommes. Il avait donc fait ce qu'il fallait pour qu'un de ces jeunes hommes prenne place à bord du jet privé du sénateur, lors d'un voyage officiel à Hilton Head. Il avait aussi décidé lui-même des endroits où les caméras seraient placées.

Mais s'il aimait l'action clandestine plus que tout, Thorne n'en négligeait pas pour autant ses tâches officielles. Fuels

Management Consortium générait chaque mois des kilos de brochures, de pamphlets et de dossiers de presse qui étaient ensuite distribués aux chaînes de radio, journaux, organisateurs de séminaires, consultants et autres lobbyistes.

Parallèlement, le cabinet de Thorne rédigeait des tracts politiques pour divers hommes politiques favorables à l'éthanol ou opposés au MTBE – ce qui dans le fond revenait au même. Le plus en vue d'entre eux était Damon Kerry, actuel candidat au siège de gouverneur de Californie.

*Malheureusement pour Thorne, Damon Kerry n'était pas vraiment dans son camp. Un peu comme le sénateur du Kansas, il ne tenait pas à être publiquement associé à SKO et à ses douteux antécédents de lobbying. Damon **Kerry** était un pur – il ne prônait pas l'usage de l'éthanol. Il n'était à la solde d'aucun intérêt privé. Il était seulement opposé à l'alternative cancérigène de l'éthanol : le MTBE.*

La guerre des additifs était donc au cœur de la campagne électorale de Kerry. À ceci près qu'il ressemblait à un général ayant perdu le contrôle de ses troupes.

Baxter Thorne était arrivé en Californie pour donner un coup de fouet à la candidature de Kerry, mais ses avances avaient été repoussées. Le hasard avait pourtant voulu que le directeur de campagne de Kerry fût un jeune homme nommé Al Valens. Cupide, sans scrupule, retors et plein de talent, Valens avait été ravi d'accepter l'aide de Thorne ainsi qu'un coup de pouce financier personnel. Bien installé dans son rôle d'ami, de conseiller et de stratège de Damon Kerry, Valens était donc un agent double. Sa mission consistait à s'assurer que l'attention de son poulain restait focalisée sur la malfaisance des rois du pétrole.

Jusqu'au coup de téléphone de ce flic, la veille au soir, Thorne avait donc été en droit d'estimer que tout allait bien. Kerry avait surgi du néant pour se retrouver à talonner son adversaire ; mais, en rusant encore un peu, Thorne ne doutait pas de pouvoir combler son léger retard et de le faire gagner.

Et puis soudain les problèmes avaient surgi. D'abord cette fichue affaire Beaumont, et maintenant ce flic de la criminelle qui voulait lui parler d'une prétendue corrélation entre le meurtre et Fuels Management Consortium.

Thorne consulta sa montre pour la cinquantième fois. Il était arrivé à l'heure. Que fabriquait Griffin ? Que savait-il ?

Sa longue expérience de l'arène politique avait appris à Thorne à se défier des premières impressions. Il existait dans ce pays une myriade de fonctionnaires débraillés, obèses et malpolis, qui pouvaient se révéler à l'occasion puissants, déterminés et dangereux. Pour l'heure, il ne savait pas trop où situer ce Griffin. Sur le plan des apparences, l'inspecteur n'avait rien d'imposant, mais le seul fait qu'il soit arrivé là, dans ce bureau, signifiait qu'il avait fait certains rapprochements. Il avait peut-être une idée derrière la tête.

Thorne était donc bien décidé à jouer serré, comme le lui recommandait d'ailleurs son instinct en toute situation. Avec son sourire le plus bienveillant, il s'adressa à son visiteur d'un ton aimable et professionnel.

— Je crains de ne rien voir de répréhensible dans le fait que Bree Beaumont ait eu à son domicile des documents rédigés ici. Elle opérait dans le secteur des carburants, non ?

Griffin, tassé sur une des chaises à roulettes du secrétariat, était penché en avant, une jambe bizarrement repliée par-dessus l'autre, et se balançait comme s'il se croyait sur un fauteuil à bascule. Mais Thorne doutait que ce fût une question de nervosité. Sous ses allures de prolétaire, ce flic semblait aussi concentré qu'un chirurgien. Il ne se donna pas la peine de répondre à ses sourires.

— Ouais, c'est exact, dit Griffin, on a retrouvé sur place des papiers avec votre en-tête. Je les ai vus de mes yeux. Mais il y a aussi Valens.

— Al Valens ?

Cette question déclencha un rictus.

— Laissez tomber le boniment, monsieur Thorne. Al Valens. Votre homme, celui qui travaille chez Kerry.

La situation devenait réellement alarmante, et Thorne dut

prendre sur lui pour garder sa sérénité. Il n'était pas concevable qu'un officiel quelconque – et encore moins ce pied-plat – fût au courant de ses relations avec Al Valens. Si la nouvelle s'ébruitait, si Damon Kerry apprenait que son directeur de campagne était un traître, il n'aurait plus qu'à tirer un trait sur plusieurs mois de travail – alors que le programme était enfin sur le point de porter ses fruits.

En état d'alerte maximale, Thorne se remit à sourire, bien carré dans son fauteuil, les doigts en éventail sur le gilet de tweed qui lui moulait la panse.

— Qui vous a dit que M. Valens était mon homme, comme vous dites ?

— J'ai une meilleure idée, rétorqua Griffin. Si c'était moi qui vous posais les questions, puisque c'est exactement pour ça que je suis venu vous voir ? Et si vous y répondez bien, je ne vous embarque pas.

Thorne opta pour l'humour.

— Je ne savais pas que vous étiez en bateau.

Le visage de Griffin demeura aussi expressif qu'un pavé de rumsteck.

— Qu'est-ce que vous savez de Valens, monsieur Thorne ? Et de ses relations avec Bree Beaumont ?

Il n'y avait rien d'autre à faire qu'un peu d'obstruction en attendant d'en connaître plus long sur les informations et les sources de Griffin.

— Je ne sais rien de ses relations avec Bree Beaumont.

— Mais vous admettez que vous le connaissez, ce Valens ?

— Je n'ai pas dit ça.

Il était d'autant moins prêt à l'admettre que Griffin venait de lui indiquer qu'il allait à la pêche. Thorne se souvint – l'envers de sa théorie sur les premières impressions – que, parfois, les gens avaient un aspect et une conduite stupides parce qu'ils l'étaient vraiment.

— Mais, de toute évidence, ajouta-t-il, vous avez entendu dire que je le connaissais. (Il risqua une devinette.) Jim Pierce ?

Pierce, vice-président de Caloco également chargé des relations publiques, avait été, ainsi que Thorne l'avait entendu dire, l'amant de Bree Beaumont. Quand elle avait abandonné la compagnie pour rallier le camp Kerry, il avait grincé des dents. Pierce était suffisamment riche et motivé pour chercher à discréditer Kerry, afin que Bree prenne conscience de son erreur et revienne vers lui – et accessoirement vers les pétroliers.

Griffin jeta un coup d'œil à son calepin, ce qui confirma les soupçons de Thorne : cet inspecteur n'était certainement pas un as au poker.

— Parce que si c'est Pierce qui vous a dit ça, vous devriez sérieusement reconsidérer vos sources. (Il leva une main.) Loin de moi l'idée de vous donner des conseils, mais Jim Pierce, tout de même...

— Quoi ?

— Eh bien, c'est Monsieur Pétrole, répondit Thorne avec un soupir. Écoutez, sergent, je suis consultant depuis longtemps. Je connais tous les acteurs de ce milieu-là. Et Pierce est un poids lourd... Voilà ce qui se passe : si Kerry est élu, ce qui ne paraît pas absurde à l'heure actuelle, ce sera un coup dur pour les amis de Pierce, les barons du pétrole, à cause du... Vous savez ce qu'est le MTBE ?

Griffin hocha la tête.

— Ouais, ces derniers temps, j'en ai pas mal entendu parler.

— Croyez-moi sur parole, c'est le fond de la question. Trois milliards de dollars par an risquent de passer à la trappe si Kerry gagne. Voilà pourquoi Pierce essaie de torpiller sa campagne.

Griffin parut se rappeler sa question initiale.

— Vous êtes en train de m'expliquer que vous n'avez rien à voir avec Valens ? C'est votre version ?

— Je n'ai pas de version, sergent. Tout ce que je sais sur la mort de Bree Beaumont, je l'ai lu dans la presse. La nouvelle m'a beaucoup attristé parce que, très franchement, Mme Beaumont commençait à faire prendre conscience à l'opinion des dangers du MTBE – qui sont considérables. Sans compter que, pour être honnête, plusieurs de mes clients ont bénéficié de ses récents travaux. Au même titre que Kerry – et probablement Valens. Ce n'est pas dans leur camp que vous trouverez un mobile plausible, bien au contraire.

Thorne était à peu près certain d'avoir dissuadé Griffin de s'intéresser plus profondément à ses relations avec Al Valens. Mais il décida de pousser son avantage un peu plus loin.

— Écoutez, sergent, je n'ai pas l'habitude de faire parler les absents, mais laissez-moi deviner ce que M. Pierce a pu vous dire. Il vous a dit qu'Al Valens haïssait Bree, n'est-ce pas ? Qu'Al était jaloux de l'attention que Kerry lui accordait ? Quelque chose dans ce goût-là, je me trompe ?

Haussement d'épaules ambigu.

— Comme par hasard, celui qui vous l'a raconté, c'est le type dont les bénéfices risquent de fondre complètement si Bree réussit et, soit dit en passant, c'est aussi l'amant qu'elle vient de plaquer.

Cette tirade parut déclencher une étincelle.

— Vous êtes au courant ?

— Comme tout le monde, répliqua Thorne en braquant sur Griffin un regard cristallin.

Il avait répondu aux questions. Il avait été correct avec la police. S'il le fallait, il continuerait de coopérer. Mais le message était clair : Griffin aboyait au pied du mauvais arbre.

Le sergent se décida enfin à redresser le haut de son corps. Il s'extirpa de sa chaise en grognant.

— De toute façon, déclara-t-il, je sais où vous trouver.

Avec un dernier sourire, Thorne répliqua :

— Je ne bougerai pas d'ici.

Il tendit la main et, après un battement de cils, Griffin la prit.

— Écoutez-moi, Al. Ce type est venu ici. J'ignore ce que Pierce lui a raconté, mais il sait que vous ne pouviez pas la blairer.

Al Valens étouffa un juron.

— Il a mentionné le rapport ? Il avait l'air de savoir quelque chose à ce sujet ?

— Non. Je ne crois pas qu'il comprendrait ce que c'est si on le lui agitait sous le nez. Mais il est allé chez elle, il a épluché ses dossiers, il a repéré des documents à mon en-tête.

— D'où les tenait-elle ?

— *J'allais justement vous poser la question, répondit Thorne d'un ton de légère réprimande.*

Valens encaissa le reproche en silence.

— *Et maintenant ? finit-il par demander. Où en êtes-vous avec ce flic ?*

— *Je l'ai renvoyé chez Pierce.*

— *Vous croyez qu'il nous avait dans le collimateur ?*

— *Beaucoup trop à mon goût. Mais à présent, il va aller fouiner du côté de chez Pierce, qui a tous les mobiles qu'il faut. Tous les mobiles du monde,* insista Thorne avec un sourire en coin. *À mon avis, le sergent Griffin arrivera à la conclusion que c'est forcément lui le coupable. Et, faute de preuve matérielle, il devra faire avec le meilleur mobile.*

Valens ne parut pas convaincu.

— *Et si cette histoire nous retombait dessus ? Après tout ce qu'on a...*

— *Il cherche un meurtrier,* coupa Thorne. *Notre petit arrangement ne relève pas de sa sphère d'intérêt. Il ne regardera pas de ce côté.*

— *Mais dans le cas contraire, Baxter ?* insista Valens, au bord de la panique. *S'il regarde quand même ?*

Thorne prit son ton le plus apaisant pour répondre.

— *Il faudra s'occuper de lui. C'est tout.*

La limousine transportant le candidat démocrate se dirigea au ralenti sur Union Square, vers l'entrée de l'hôtel *Saint-Francis* où une centaine de citoyens attendaient malgré le froid.

Sur la banquette arrière, Damon Kerry félicita son voisin d'un hochement de tête satisfait.

— Bien joué, Al. Merci pour le comité d'accueil.

Valens paraissait ailleurs. Bien sûr, ce petit rassemblement était satisfaisant. Quand on informe une population de semi-indigents qu'il y a vingt dollars à gagner en allant faire le pied de grue quelque part pendant un quart d'heure, il y a des chances pour qu'un bon pourcentage réponde présent. Et comme les deux camps faisaient exactement la même chose, personne ne se serait aventuré à vendre la mèche aux médias.

Cinq mois plus tôt, Damon Kerry avait remporté par surprise les primaires démocrates, après que les deux autres candidats en lice s'étaient mutuellement taillé un costard lors d'une série de débats télévisés. Depuis, Valens avait de plus en plus tendance à penser que le système politique pouvait être amélioré en éliminant les intermédiaires et en rétribuant directement les gens pour voter.

Dans un de ses moments de cynisme – il en avait connu des centaines, ces derniers temps, il s'était même amusé à les compter –, il avait calculé que la somme d'argent qu'ils avaient déjà dilapidée dans cette campagne aurait pu leur permettre de verser vingt dollars à chaque électeur inscrit de l'État pour apposer son X à côté du nom de Kerry.

En ne prenant que les citoyens qui votaient – soit environ trente pour cent des adultes de Californie – et en se contentant d'une majorité de cinquante pour cent plus une voix, il aurait même pu faire grimper son offre à cent dollars par tête. Avec ce genre d'incitation, les gens n'auraient plus hésité à prendre une journée de congé pour « voter ». C'était l'avenir.

— À quoi pensez-vous, Al ? Je vous sens distrait.

La limousine venait de s'immobiliser devant l'entrée. Il était impossible de répondre honnêtement à cette question, mais comme l'honnêteté n'était pas son fort, Al Valens ne s'en trouva guère embarrassé. Un bref débrayage mental lui permit de revenir à la stratégie, à la campagne – à sa vie.

— Oh, pardon... À Bree, je suppose. L'entrée en scène du grand jury. Cette femme en prison.

Le bulletin télévisé avait divulgué le nom de Frannie Hardy quelques heures plus tôt, et il était d'ores et déjà clair que la nouvelle allait faire du bruit. Tout ce qui concernait Bree Beaumont continuerait d'affecter la campagne. Impossible d'y échapper.

Valens avait été surpris de voir Bree, surgie de nulle part, attirer très vite sur elle le feu croisé des projecteurs. Jamais il n'avait eu l'intention de la faire venir dans le camp de Kerry. Elle roulait pour l'ennemi. Mais d'un seul coup, après un débat radiophonique où Kerry et elle s'étaient présentés afin de confronter leurs positions respectives, les choses avaient changé.

Bree s'était toujours considérée comme une pionnière de la lutte antipollution. Elle tirait une grande fierté de l'efficacité de « son » MTBE en matière de purification de l'air californien. À ses yeux, ce n'était pas simplement une question scientifique. Elle souhaitait faire le bien. Elle était altruiste. Elle rêvait d'un monde meilleur. En ce sens, elle ressemblait à Damon Kerry – beaucoup plus que Valens ne se l'était imaginé au départ.

Al Valens ne comprenait pas grand-chose aux gens à principes, mais ces deux-là – le candidat et la scientifique – s'étaient tout de suite entendus comme cul et chemise. Damon Kerry, passionné et charmeur, n'avait pas attaqué Bree pendant l'émission. Il avait eu soit l'intelligence, soit la chance de régler son tir sur leur objectif commun : la lutte contre les poisons écologiques.

Ce qu'il avait obtenu de Bree – et ce que Valens, à l'époque, avait trouvé brillant –, c'était de lui faire baisser le regard. Pour s'intéresser à ce qui se passait sous terre.

Avant cette émission de radio, Bree avait consacré toute sa vie scientifique à l'atmosphère. Elle s'était vouée à nettoyer l'air. Et cette tâche l'avait suffisamment absorbée pour l'empêcher de regarder de trop près dans le sous-sol. Elle supposait – et la culture d'entreprise où elle baignait l'avait toujours encouragée dans cette voie – que son produit, le MTBE, s'y comportait comme un carburant fossile classique. Qu'il finissait par se dissoudre ou s'évaporer. Même si les producteurs d'éthanol, et notamment SKO, avaient financé des études – scientifiques – affirmant le contraire, Bree s'était contentée de considérer la source et d'écarter les conclusions.

Elle avait toujours été persuadée d'être dans le camp du bien.

Et voilà que, soudain, Damon Kerry lui avait ouvert les yeux sur une réalité totalement différente. Dès sa conversion, Bree était devenue son atout de campagne numéro un après la bataille verbale des deux frères ennemis aux primaires.

Mais presque aussitôt, du point de vue d'Al Valens, elle s'était mise à représenter un danger substantiel. Ses relations avec Damon Kerry avaient pris un tour de plus en plus personnel. Avant qu'il ait eu le temps de réagir, Bree s'affichait partout au côté de son candidat.

Au moment de son assassinat, l'influence de Bree était énorme. Kerry lui accordait plus de crédit qu'à Valens – il écoutait davantage ses conseils, pétris d'idéalisme niais, que ceux de son directeur de campagne.

Au fur et à mesure qu'évoluaient leurs relations, Valens sentit qu'il ne faudrait plus attendre longtemps avant que le camp adverse – sans parler des médias – se doute de quelque chose, et décide de s'en servir pour réduire leurs efforts de campagne à néant. Dans ses pires cauchemars, Valens voyait déjà la manchette tant redoutée barrer toutes les unes de l'État : LE CANDIDAT DÉMOCRATE EST L'AMANT D'UNE MÈRE DE FAMILLE.

L'assassinat de Bree Beaumont n'était donc certainement pas un mauvais point pour Damon Kerry, même si celui-ci risquait de mettre du temps à s'en convaincre.

Après la mort de Bree, Kerry avait hiberné pendant trois jours. Valens avait dû annuler toutes ses apparitions publiques en invoquant un virus, la grippe, n'importe quoi. L'espace d'un terrible moment, il avait cru que Kerry allait jeter l'éponge.

Il avait dû mobiliser tout son talent pour le remettre sur les rails – en invoquant le nom sacré de Bree. *Bree* n'aurait pas voulu qu'il renonce. Il devait se battre, conquérir le fauteuil de gouverneur, ne fût-ce que pour *Bree*. Combattre les compagnies pétrolières qui s'étaient servies de *Bree* à des fins diaboliques. S'il abandonnait, *Bree* serait morte pour rien. Et autres absurdités du même ordre.

Qui avaient fini par fonctionner.

Valens se pencha en avant, baissa la vitre qui les séparait du chauffeur.

— Peter, faites le tour du pâté de maisons, voulez-vous ? Nous sommes un peu en avance.

C'était inexact, mais Kerry l'ignorait, et puisqu'il avait déjà lâché le nom de Bree, autant en profiter pour aller un peu plus au fond des choses. Pendant le cocktail de l'Association des planteurs d'amandes auquel ils s'apprêtaient à participer, quelqu'un questionnerait sûrement Kerry sur l'évolution récente de l'enquête, et il serait regrettable que le candidat n'ait pas une réponse toute prête à fournir.

Valens lui posa une main protectrice sur le genou.

— Ron et elle étaient heureux ensemble, Damon. Ils formaient un couple épanoui. Il n'avait aucune raison de la tuer. Ne l'oubliez pas.

Kerry se détourna vers la vitre fumée.

— Si Ron et Bree avaient des problèmes, enchaîna Valens, elle ne vous en a jamais parlé, d'accord ?

En guise de réponse, Kerry se contenta d'un long soupir.

— Tâchons de nous concentrer sur les côtés positifs. Regardez ce qui se passe à la radio.

— Je hais ces gens ! lâcha Kerry.

— Je sais. Je suis de votre avis. Mais eux vous aiment. Et si Bree continue de faire les gros titres, c'est bon pour nous.

Depuis le début de la période électorale, les stations de radio étaient inondées d'appels de farouches opposants au MTBE, ce qui était une de leurs meilleures armes. Peu importait que cette campagne médiatique fût financée par SKO, le principal client de Baxter Thorne ; ou que certains intervenants clament haut et fort leur appartenance à des groupuscules versés dans le vandalisme – sinon carrément le terrorisme – contre les raffineries et les bureaux de certaines compagnies pétrolières. Valens n'avait rien contre les terroristes, du moment qu'ils agissaient selon ses intérêts.

— Que vous les aimiez ou non, Damon, ils vous sont utiles. Ils relaient votre message.

— Mon programme ne se limite pas à lutter contre les additifs. Je cherche aussi à restaurer la confiance et la sécurité.

Valens ravala la réponse qui lui brûlait les lèvres. Après tout, il y avait pire qu'un candidat sincère. Il tenta de se remémorer le mot célèbre – de George Burns[1] ? « La sincérité est le meilleur allié du politicien. Dès lors qu'on est capable de la simuler, la partie est gagnée. »

— Bien sûr, déclara-t-il. Je suis d'accord. Restaurer la

---

1. Célèbre humoriste américain. *(N.d.T.)*

confiance, la sécurité. Mais il se trouve que l'opinion a une dent contre le MTBE. Elle est inquiète, et...

— Elle a raison.

— Sûrement. Ce que je veux dire, c'est que la radio alimente la discussion, et que c'est votre combat, Damon. Vous combattez cette saloperie...

— Exact.

— ... pendant que les compagnies pétrolières en produisent des tonnes.

— Trois milliards de dollars par an de chiffre d'affaires. Alors qu'il y a cinq ans...

— Je sais, s'empressa de couper Valens.

Il ne tenait pas à ce que Kerry se mette à lui débiter, ici, dans la limousine, l'intégralité de son discours habituel sur...

... la façon dont les compagnies pétrolières s'étaient entendues pour décider que, à la réflexion, c'était peut-être leur essence qui, en brûlant mal, polluait l'air. Elles allaient donc commander une étude à ce propos, et si cette audacieuse théorie s'avérait exacte, elles allaient – n'écoutant que leur grand cœur – prendre les mesures qui s'imposaient.

Et, bien entendu, c'était ce que l'étude – dont le premier jet avait été rédigé par Bree Beaumont, docteur en chimie – avait révélé. La combustion de l'essence ne se faisait pas assez proprement. Celle-ci avait donc besoin d'un « additif » pour mieux éliminer les hydrocarbures qui contribuaient à la pollution atmosphérique. Le pouvoir législatif californien et, au niveau fédéral, l'EPA[1] s'étaient aussitôt mis en quatre pour promulguer des lois et des circulaires imposant l'usage de cet additif magique.

Valens devait admettre que son poulain excellait dans son numéro. Il l'avait vu faire à des dizaines de tribunes d'un bout à l'autre de l'État, et Kerry s'en était toujours magnifiquement sorti,

---

1. *Environmental Protection Agency*, Agence pour la protection de l'environnement. (*N.d.T.*)

le grand public américain éprouvant à l'égard des grands trusts une haine viscérale.

— Alors, enchaînait-il, devinez ce qu'ont fait nos valeureuses compagnies pétrolières ? Elles ont dépensé des millions et des millions pour mettre au point l'additif dont leur carburant avait besoin afin de devenir propre et efficace – notre vieil ami le MTBE.

À ce stade du discours, un concert de huées savamment orchestrées fusait souvent – pour ne pas dire toujours. Après quoi, Kerry continuait :

— Ainsi, ce qui s'est passé – une pure coïncidence, mes amis, je peux vous l'assurer –, c'est que les compagnies pétrolières se sont intéressées au MTBE, un résidu du raffinage de l'essence qui jusque-là était jeté. Et là, ô surprise ! le MTBE leur permet d'engranger un revenu annuel supplémentaire de TROIS MILLIARDS DE DOLLARS !

Nouvelles huées.

— Ils ont juste omis de nous préciser un petit détail. (Pause oratoire.) Quoi, vous ne le saviez pas ? Ce fichu produit provoque des cancers et des dégénérescences respiratoires. En réalité, les compagnies pétrolières n'ont pas exactement oublié de nous prévenir. Ce qu'elles ont fait, c'est nous soutenir exactement l'inverse – que le MTBE avait pour ainsi dire des vertus médicinales. Grâce à lui, l'air va devenir tellement plus propre que l'Éden moderne est pour demain. Lisez les rapports initiaux... (Ébauche toujours rédigée par Bree.)... et vous aurez presque envie d'en boire, tellement ce machin paraît sain.

À cet instant, Kerry arborait un masque grave.

— Sauf qu'il y a un autre problème. Le MTBE donne à l'eau un goût de térébenthine. Il s'échappe de nos cuves, de nos moteurs de jet-ski, de tous les endroits d'où les liquides ont l'habitude de s'échapper. Et, à partir du moment où il entre en contact avec la nappe phréatique, avec les puits et avec les voies d'eau de notre bel État, il ne les quitte plus. Jamais, au grand jamais. Il ne s'évapore pas. Il ne se dissocie pas chimiquement. Demandez à la ville de Santa Monica, qui a dû fermer cinq de ses puits – la moitié de son approvisionnement en eau potable – pour cause de contamination par le MTBE des stations-service locales. Et au jour d'aujourd'hui, mesdames et messieurs, ce poison est ajouté à chaque litre d'essence vendu en Californie au taux de quinze pour cent. Ce qui représente cinquante-trois millions six cent soixante-dix mille litres de MTBE par jour !

L'annonce de cette statistique avait généralement le don de plonger l'auditoire dans un silence pétrifié.

Le candidat Kerry attendait aussi longtemps qu'il le fallait, baissant la tête. Son timing était toujours excellent. Puis il relevait le menton, réussissait même parfois à faire briller une larme.

— Ça ne peut pas continuer. Pour nos enfants et pour notre avenir, il faut en finir. Et moi, Damon Kerry, je suis là pour ça.

— Principe de base, récapitula Valens, aucun commentaire sur Ron et Bree. Il faut qu'on s'en tienne à notre programme. On en a déjà parlé, Damon. Il n'y a plus que deux jours.

— Je sais, mais…

Pour Valens, il n'y avait pas de « mais ».

— Écoutez, coupa-t-il avec impatience. Chaque jour, dans chaque grande ville de cet État, des auditeurs de la radio interviennent à l'antenne pour laisser entendre que les compagnies pétrolières ont tué Bree, histoire de la punir d'avoir changé de camp. (Valens dressa une main pour dissuader Kerry de répondre.) Laissez-moi finir, Damon. Vous savez aussi bien que moi que nos concitoyens adorent les conspirations – ils ne demandent qu'à haïr les dirigeants des grandes firmes. Et ça peut vous servir.

— Mais je n'accuse pas les compagnies pétrolières de…

— Et c'est ce qui vous rend remarquable ! Vous êtes Monsieur Propre. Et pendant ce temps, votre estimé adversaire, qui préconise de continuer à laisser le MTBE s'infiltrer partout jusqu'à ce que des études plus approfondies aient été menées… Eh bien, vous savez quoi ? Sa position lui donne l'air de rouler pour les intérêts pétroliers, et…

— Ce qui est le cas.

Bon Dieu ! Valens ne comprenait pas que Kerry soit incapable de voir plus loin que le bout de son nez.

— Oui, bien sûr, mais l'important pour vous, c'est de profiter du temps d'antenne que nous n'aurions jamais pu nous payer et que tous ces gens nous offrent gratuitement. Si on incite maintenant l'opinion à croire que Ron Beaumont est coupable, l'effet positif de tout le reste sera automatiquement dilué.

— Je ne sais pas. J'aimerais qu'ils trouvent un coupable, un suspect. Histoire de diminuer un peu la pression.

— Diminuer la pression sur qui ?

— À votre avis, Al ? Sur moi.

— De quoi est-ce que vous parlez ?

— Je vous parle de Bree et moi.

— Vous aviez des relations professionnelles. Où est le problème ?

— Ça tomberait plutôt mal si quelqu'un découvrait la vérité, vous ne croyez pas ? L'enquête de police relancée, les journalistes qui se mettent à fouiner partout...

— Ils ne trouveront rien. Vous m'entendez ? Détendez-vous. Ils ne trouveront rien.

La limousine s'immobilisa de nouveau. Kerry détestait faire attendre son public. Il avait besoin de sortir, de serrer des mains, d'être au contact de ses électeurs. Il attrapa la poignée de la portière.

— Non, bien sûr, Al. Vous avez raison.

13

Abe Glitsky, couché sur le dos, les yeux grands ouverts, s'efforçait en vain d'ignorer le vacarme venu de la pièce adjacente. Rita, sa gouvernante, adorait la télé autant qu'il la haïssait. Elle vivait chez lui depuis près de cinq ans et c'était une perle, surtout pour s'occuper d'Orel. Abe avait tellement besoin d'elle qu'il lui aurait pardonné bien davantage que ce goût malheureux pour les émissions vulgaires.

Mais ce soir, sachant que Frannie Hardy croupissait en prison et qu'un meurtre ayant fait les gros titres menaçait d'éveiller de nouveau l'intérêt des médias, ces inepties lui paraissaient intolérables. Il finit par écarter les couvertures et s'asseoir.

Cinq minutes plus tard, vêtu de pied en cap, il quittait son domicile en se disant qu'après tout ce n'était pas la télévision qui l'avait poussé hors du lit, mais plutôt une prise de conscience soudaine : l'incarcération de Frannie et ce meurtre n'étaient qu'une seule et même affaire. Bien entendu, il le savait déjà, mais il avait jusque-là considéré ces problèmes comme étant plus ou moins distincts, et d'un seul coup il venait de réaliser que tel n'était pas le cas.

Une chose était sûre : il n'avait pas réveillé Frannie. Aux cernes qu'elle avait sous les yeux, il sut qu'elle n'était pas encore allée dormir.

— Abe ? Salut.

Il jeta un bref coup d'œil circulaire sur la salle de visites – comme si quelqu'un avait pu se cacher entre les pavés de verre et le stuc vert pâle. L'étonnement de Frannie se reflétait sur son visage. Où était son mari ? Que faisait Abe tout seul ici à une heure pareille ?

La porte cliqueta dans son dos, et elle fit un petit écart sur le côté, comme pour s'effacer devant quelque chose – le bruit de la serrure, peut-être. Elle esquissa un sourire penaud.

— Je ne suis pas très à l'aise dans mon rôle de taularde.

Abe s'approcha.

— Personne ne l'est.

Il l'entoura de ses bras une fraction de seconde. Frannie lui parut dangereusement dénuée de substance, une quantité presque négligeable. Il recula pour mieux la regarder. Elle nageait dans sa combinaison orange.

— Tu t'alimentes, au moins ?

Elle haussa les épaules sans répondre.

— Dismas va arriver ? Il attend dehors ?

— Je suis venu seul. Je voulais juste m'assurer que tu tenais le coup.

— Ça, répliqua Frannie en croisant les bras, tu l'as déjà fait tout à l'heure, avant de rentrer chez toi. Cette fois, c'est autre chose.

La balafre s'étira sur les lèvres d'Abe – l'équivalent glitskien d'un sourire rayonnant.

— C'est toi qui devrais être avocate, dit-il en hochant la tête.

— Très peu pour moi. (Elle s'assit sur la table et le regarda dans les yeux.) Alors ? Tu viens pour le marché ?

Glitsky plissa le front.

— Quel marché ?

— Ce n'est pas ça ? Je pensais qu'il était venu te trouver pour te demander…

— Je n'ai entendu parler d'aucun marché. Quel marché ? Qui t'a proposé un marché ?

— Ce salaud de Scott Randall. Il est passé il y a une heure. Il s'étonne que je ne sois pas tout miel avec lui – comme s'il ne l'avait pas cherché… (Elle étudia l'expression de Glitsky.) Vraiment, tu n'es pas au courant ?

— Non. Qu'est-ce qu'il voulait ?

— Il veut Ron.

— Et ?

— Il m'a dit qu'il était prêt à laisser tomber l'inculpation pour outrage au grand jury et ses questions sur le secret. Il m'a dit que je n'aurais pas besoin de revenir là-dessus devant le grand jury.

— En échange de quoi ?

— Je dois lui indiquer où se cache Ron. Il pense que je le sais.

— Ce qui n'est pas le cas, je suppose ?

Frannie se contenta de fixer le mur par-dessus l'épaule d'Abe.

— Nom d'un chien…, grommela-t-il. À quoi est-ce que tu joues, Frannie ? Je suis de ton côté, j'essaie de te sortir d'ici. Je te connais depuis des années, je t'adore et je suis convaincu que tu n'es impliquée dans aucun meurtre. J'ai raison sur ce dernier point, au moins ?

— Je te jure que oui, répondit-elle, soutenant son regard.

— D'accord, lâcha Glitsky dans un soupir, apparemment rassuré. Ce cher M. Randall voulait-il autre chose ?

— Non. Il veut juste mettre la main sur Ron pour l'interroger. Il dit que la réponse est là. Là où se trouve Ron.

— C'est-à-dire ?

Toujours assise au bord de la table, Frannie baissa la tête, et se mit à balancer les pieds à la manière d'une fillette.

— Quand il a quitté l'appartement, déclara-t-elle en relevant les yeux, elle était vivante, Abe. À son retour, elle était morte. Quelqu'un l'a tuée.

Glitsky ouvrit la bouche pour répliquer. Elle lui posa une main sur le bras.

— Je sais, je sais. Tu me l'as déjà dit. L'heure du décès. En théorie, il aurait pu faire le coup avant d'emmener les enfants à l'école. Mais tu vois le tableau ? Ron les installe dans la voiture et se dit : Hé, c'est le moment, je vais remonter dare-dare assassiner ma femme, la balancer du balcon pour maquiller le meurtre en suicide, ramasser les éclats de verre de l'objet que j'aurai attrapé là-haut pour l'assommer... (Elle secoua la tête.) S'il te plaît, Abe. J'étais avec lui ce matin-là, et tout allait bien. Il était normal. On a pris un café en parlant des gosses et du reste. Tu vois le genre. Tu as eu des enfants.

— J'en ai toujours.

— Je veux dire des petits, qui vont à l'école.

— D'accord. Mais il t'a tout de même confié un secret assez important pour que tu atterrisses en cabane.

— Non.

— Comment ça, non ?

— Ce n'était pas ce jour-là. Ce jour-là, il ne m'a rien dit de spécial.

— Mais Scott Randall m'a laissé entendre que...

— Je sais. Maintenant, tout le monde croit que Ron m'a confié un truc grave ce matin-là. Et ce n'est pas vrai. Je ne me souviens même pas qu'il ait mentionné Bree.

— Alors, qu'est-ce que tu fais ici ?

— Je suis ici parce que je n'ai pas voulu révéler son secret.

— Et à ton avis, ce secret n'a rien à voir avec le meurtre ?

— C'est ce que j'ai déclaré. (Frannie avait été prévenue : dévoiler quoi que ce soit de ce qui avait été dit lors de la réunion du grand jury constituait un outrage. Mais au point où elle en était, elle s'en fichait royalement.) J'ai dit que je n'en étais pas sûre. Que je croyais que non. (Elle se leva, attrapa la manche du blouson de cuir de Glitsky.) Écoute-moi, Abe. Quand bien même il aurait eu un mobile évident, incontestable, ce qui n'est pas du tout le cas – sans parler du fait que Ron n'est pas le genre d'homme capable de tuer quelqu'un –, il n'aurait pas pu le faire. Même s'il l'avait voulu. *Il n'y était pas*. Est-ce si difficile à comprendre ?

Le flic Glitsky fut presque tenté de la croire parce que son raisonnement tenait debout, surtout en ce qui concernait l'heure du crime. Si Ron Beaumont avait tué sa femme ce matin-là avant d'emmener ses enfants à l'école – soit en leur présence, soit pendant qu'ils l'attendaient dans la voiture – et s'il avait réussi à leur cacher son crime, force était d'admettre qu'il avait réalisé un sacré tour de passe-passe. Ce n'était pas impossible – comme Abe lui-même l'avait récemment rappelé à ses inspecteurs –, mais dans la vie réelle, possible ne rimait pas avec probable.

Des questions demeuraient malgré tout en suspens.

— Dans ce cas, pourquoi est-ce qu'il aurait fui ?

— Qui te dit qu'il a fui ? Qui te dit qu'il ne s'est pas juste absenté pour quelques jours ?

Ce n'était pas la bonne réponse, et Glitsky fit entendre un claquement de langue contrarié.

— Ton mari. Il est allé se renseigner à l'école, expliqua-t-il avec un regard appuyé. Je sais aussi que Diz t'a mise au courant, ce qui m'oblige à te demander pourquoi tu fais semblant de ne pas l'être, et à revenir sur le motif de sa fuite.

— Peut-être qu'il a eu peur, Abe. Il arrive que les gens paniquent, même quand ils n'ont rien fait de mal.

— C'est vrai. Il leur arrive aussi de paniquer quand ils ont effectivement commis un délit et croient qu'ils vont se faire pincer. Je note que tu ne m'as pas encore expliqué pourquoi tu viens de faire semblant de ne rien savoir.

— Parce que certaines choses ne regardent personne, voilà pourquoi, riposta Frannie, les yeux étincelants. Pas même toi. Ni même Dismas. J'ai droit à un peu d'intimité, Abe, exactement comme toi. Qu'est-ce que tu réponds à ça ?

Elle s'éloigna de quelques pas, s'immobilisa brusquement, fit volte-face.

— Et puisqu'on en est au chapitre des questions, enchaîna-t-elle, j'en ai une autre à te poser : qu'est-ce que tu es venu chercher ici ? Tu as prétendu vouloir vérifier que j'allais bien. Pourquoi ce mensonge ?

Glitsky écarta les bras en signe d'impuissance.

— Je suis désolé.

Frannie se détendit imperceptiblement, mais garda les bras croisés sur sa poitrine.

— Bien. C'est un début. Alors ? Pourquoi es-tu ici ?

— Je n'arrivais pas à dormir. J'ai pensé que tu pourrais peut-être m'en apprendre davantage sur Bree. Qu'avec tout ce qui s'est passé par ailleurs, personne n'a songé à te demander certaines informations.

— Je ne sais rien sur elle.
— Tu n'as pas la plus petite idée de l'identité de l'assassin ? Ron non plus ?

Frannie secoua la tête.

— S'il en a une, je suis sûre qu'il en a déjà parlé au grand jury.

Glitsky tenta de sourire.

— Je suis avec toi, Frannie. Et si je te posais deux ou trois petites questions, histoire de voir si elles pourraient m'orienter vers un autre suspect ?

Les épaules de Frannie redescendirent d'un cran. D'un seul coup, son corps entier exprima une immense fatigue.

— On s'assied ?

Ils s'entretenaient depuis une vingtaine de minutes – même si Glitsky avait l'impression d'avoir à peine entamé les débats – quand le gardien frappa brièvement, ouvrit la porte, et introduisit Hardy.

L'avocat avait une mine de déterré. Frannie se leva et se nicha dans ses bras. Comprenant que l'interrogatoire était terminé pour cette nuit, Glitsky quitta sa chaise et contourna la table.

— Salut, les tourtereaux. Je vous laisse.

— Abe, attends, on est juste...

Mais le lieutenant était déjà à la porte.

— Je sais. Diz, si tu as besoin de moi, je vais passer un moment dans mon bureau... À propos, Frannie...

— Oui ?

— Tâche de manger, dit-il en pointant l'index sur son abdomen.

Ils restèrent seuls – enlacés. Hardy arrivait directement du *Hilton* de l'aéroport. Il remit à Frannie la lettre de Ron, qui ne parut guère l'émouvoir. Comment l'aurait-elle pu, d'ailleurs ? Son effet, si elle en avait un, se ferait attendre encore plusieurs jours. Qui plus est, Frannie semblait avoir d'autres soucis en tête.

— Avant tout, commença-t-elle, un mot sur Ron et moi.

— D'accord, murmura Hardy en retenant son souffle.

— On s'entendait bien. On s'entend bien. (Une pause.) Peut-être même un petit peu plus que ça.

— C'est-à-dire ? demanda Hardy, s'efforçant de chasser de sa voix le moindre accent de tension ou de réprimande.

Sa femme soupira.

— Je crois que pendant un temps je me suis un peu entichée de lui. Et qu'il a fait de même pour moi. (Elle lut quelque chose dans son regard, lui lâcha les mains.) Tu me détestes, n'est-ce pas ?

— Rien ne pourrait me pousser à te détester. Je t'aime.

— Rassure-toi, nous n'avons jamais… (Elle hésita.) Mais il était *là*, Dismas. Une présence. Lui m'écoutait. Il faut que tu me comprennes.

— Je ne t'écoute pas ?

— Si. Je veux dire… non. Tu sais bien que non. Pas sur certains sujets. Tu regardes tout ça de si haut – les enfants, l'école, ce que tu qualifies de routine de petits-bourgeois. Je ne t'en blâme pas vraiment, d'ailleurs. Je suis consciente que ce n'est pas ce qu'il y a de plus excitant au monde, mais il se trouve que c'est ma vie, et qu'elle me paraît parfois terriblement solitaire, anesthésiante. Et voilà qu'arrive tout à coup quelqu'un de gentil, qui ne trouve pas mes histoires ennuyeuses.

— Donc, ce brave Ron t'écoutait, c'est ça ?

— Lui et moi, à cause des enfants, on avait tellement de soucis en commun…

Hardy ne réussit pas à se contrôler plus longtemps.

— Attends un peu, Frannie ! Et nous, bon sang ? Je crois me rappeler qu'on a deux ou trois choses en commun – on vit sous le même toit, on élève nos gosses ensemble, on reçoit des amis, des trucs de ce genre. Ça ne compte pas ?

— Si. Tu as raison. Mais tu sais aussi à quel point nos rapports ont changé. Rien n'est plus comme avant. J'espère seulement que tu te sens encore concerné…

— Bien sûr que je me sens concerné. Tu crois que je serais ici à t'écouter, si je ne me sentais pas foutrement concerné ?

— D'accord. Mais la passion…

Elle se tut. Ils savaient tous les deux où elle voulait en venir.

La passion, et il y en avait eu à la pelle, avait été à peu près broyée par l'engrenage du quotidien.

— On travaille l'un et l'autre, remarqua-t-il. On travaille tout le temps.

— Quelle que soit la raison, ce n'est plus comme avant. Il y a des pans entiers de ma vie dans lesquels tu n'as plus le temps ni la force de t'investir, et vice versa.

Hardy se massa les paupières. Tout ce que disait Frannie était vrai. Leur vie avait changé. Il s'était commodément arrangé pour l'oublier. À chacun son boulot. Lui apportait l'argent. Elle s'occupait de la maison et du quotidien des gosses. Ensemble, ils assuraient l'éducation des enfants et organisaient leurs loisirs. Ils se disputaient rarement ; chacun d'eux étant compétent dans son domaine, ils ne trouvaient pas souvent matière à s'empoigner. Il en allait ainsi de la vie des adultes, et elle n'était pas toujours drôle. Et alors ?

À l'évidence, Frannie était arrivée à une conclusion différente – elle avait besoin de quelque chose que son mari ne lui donnait pas, elle s'était mise en quête de cette chose, et l'avait trouvée.

— À quoi penses-tu ? demanda-t-elle. Dis-le-moi, Diz.

— Je pense que tout le monde... je veux dire, que les couples mariés... Je ne sais pas. Franchement, je ne sais plus.

— Tu crois que tous les couples finissent forcément par s'éloigner ?

— Peut-être. Mais j'essaie de nous faire vivre tous les quatre. Ça me prend un peu de temps. Merde, ça me prend tout mon temps ! Tu crois que ça me plaît de n'avoir aucun moment de libre, aucune distraction ? Mais quelle est l'alternative ? Vivre dans la dèche, laisser les gosses crever de faim...

— Personne ne va crever de faim, Dismas. Il ne s'agit pas de ça. Tu le sais.

— Non, je n'en suis plus très sûr. Parfois, j'ai l'impression que si j'arrête de bosser, des tas de gens vont crever de faim. Que le monde va s'arrêter de tourner.

— Tu ne m'as jamais dit ça. Pourquoi ?

Il haussa les épaules, et elle insista :

— Tu ne me dis plus ce genre de choses, Dismas...

— C'est vrai, Frannie. Mais qui voudrait s'entendre confier ce genre d'angoisses nébuleuses ?

— Moi. Et aussi tes espoirs nébuleux, et tous ces soucis insignifiants qui n'ont besoin que d'être formulés pour disparaître, et ces rêves occasionnels qui ne seront jamais que des rêves, comme on en partageait tout le temps, toi et moi. Qu'est-ce qu'on va devenir plus tard, quand les enfants seront partis ?

— On a dix ans pour y penser. Bon sang, on ne sait même pas si on sera toujours en vie dans dix ans. Pourquoi en parler dès maintenant ?

— C'est exactement ce que j'essaie de te faire comprendre, répondit-elle en croisant les bras. Pour toi, ce qui est du domaine de l'imprévisible ne mérite pas de figurer dans le Top 50 des sujets de discussion pertinents.

— Et avec Ron, tout est différent, pas vrai ? Il y a des espoirs et des peurs et des rêves que tu peux partager avec lui, mais pas avec moi ? Quel genre de rêves, Frannie ?

— Aucun, Dismas. Mes rêves, je ne les partage qu'avec toi !

Les yeux de Frannie commençaient à briller, et sa réponse étouffa la colère de Hardy. Il la prit dans ses bras.

— Je n'aurais pas dû m'énerver. Je ne comprends pas ce qui se passe. Je fais ce que je peux. (Il recula pour mieux la contempler.) J'essaie de m'occuper de notre famille, non ? J'essaie d'être là pour les enfants et toi. Si je suis devenu distant, ce n'est pas volontaire.

— J'en suis persuadée. Je n'aurais pas dû laisser Ron devenir mon ami, pas à ce point. Il n'y a rien eu d'autre, vraiment, mais je... disons qu'au début tout cela paraissait tellement innocent. Enfin, tu sais, cette impression de... communiquer avec quelqu'un.

Hardy savait. Peu avant la naissance de Vincent, il avait vécu une expérience similaire – communication et coup de foudre. Un incendie qu'il avait fui juste avant que Frannie et lui ne s'y brûlent les ailes. Oui, il savait.

— Je n'aurais pas dû le laisser prendre autant d'importance dans ma vie. J'aurais dû mettre le holà, mais après tout nous ne faisions que parler. Ça semblait inoffensif.

— Sauf que tu t'es retrouvée en prison.

Cette phrase les ramena à la situation présente. Il était près de minuit, et le lendemain matin leurs enfants se réveilleraient chez leur grand-mère, privés de leurs parents.

Frannie baissa les yeux sur sa combinaison orange et frissonna. Cette fois, ses larmes débordèrent pour de bon.

— Je suis désolée, Dismas. Vraiment désolée.

Il la reprit dans ses bras. Lui aussi était désolé.

Glitsky était dans son bureau, sirotant une tasse de thé tiède et essayant de trouver un sens à ce que Frannie lui avait confié – pas grand-chose qu'il ne sût déjà, en fait. Bree et la guerre des additifs. Et après ? Il travaillait à la brigade criminelle depuis de longues années, et l'hypothèse d'un assassinat lié à de puissants intérêts économiques était un peu trop tirée par les cheveux à son goût pour être sérieusement envisagée.

Chaque fois qu'il se demandait à qui pouvait avoir profité la mort de Bree, il en revenait à Ron. Ce même instinct de flic qui lui avait momentanément fait perdre de vue que Frannie était innocente – tout simplement parce qu'elle était derrière les barreaux – lui soufflait à présent que personne ne restait aussi longtemps qu'elle sur la défensive sans avoir quelque chose de sérieux à cacher. Ce n'était peut-être pas toujours le cas dans la vie de tous les jours, mais quand on côtoyait le monde du crime aussi régulièrement que Glitsky, on était assez enclin à miser là-dessus.

Même s'il souhaitait ardemment que Sharron Pratt et Randall se fussent trompés, il lui paraissait plus sage de ne pas oublier Ron. Il ne demandait pas mieux que de dénicher un autre suspect, mais si sa brigade s'obstinait à suivre un chemin de traverse sans obtenir le moindre résultat alors que le DA lui avait clairement indiqué la voie à suivre, il risquait d'en prendre pour son grade et d'entendre parler de sa bévue pendant une décennie.

Deux inspecteurs étaient en train de rédiger un rapport dans la grande salle de la brigade. Soudain, une ombre bougea sur le seuil de son bureau. Glitsky leva les yeux.

— Je me demandais si oui ou non tu viendrais.

— Et tu penchais vers le oui ou le non ? s'enquit Hardy en marchant en crabe pour contourner le bureau, qui tenait à peine dans la pièce, et atteindre une chaise en bois laissée dans le maigre espace libre.

— Frannie m'a dit que vous aviez eu une petite conversation.

Le lieutenant fit tourner sa tasse sur elle-même.

— Ce que j'ai entendu ne me ravit pas, Diz. Je commence à penser qu'après tout c'est peut-être Ron qui a fait le coup.

Le visage de Hardy, tel celui d'un joueur de poker, ne trahit aucune émotion.

— Comment aurait-il pu le faire ? Quand – et où ?

— C'est vrai : certains points posent encore problème.

— Le fait qu'il n'ait pas été sur place au moment du meurtre, par exemple ?

Hardy marchait sur des œufs. S'il y avait une chose dont il n'avait pas besoin à présent, c'était bien de voir les flics de la criminelle lancés aux trousses de Ron. Ils risquaient de le trouver facilement, et de l'empêcher, lui, de réaliser son petit programme personnel – qui représentait le seul moyen, estimait-il, d'apporter un dénouement satisfaisant à ce merdier.

— Qu'as-tu sur Bree ? Qu'est-ce que Griffin avait trouvé ?

La tasse s'arrêta à mi-course entre la table et les lèvres du lieutenant, puis redescendit. L'expression renfrognée de Glitsky s'altéra légèrement.

— S'il ne s'était pas fait descendre, peut-être que Carl aurait bouclé son enquête deux heures plus tard. Ou peut-être qu'il n'avait pas avancé d'un pouce. Tout ce que je sais, c'est qu'il n'a pas eu le temps de rédiger un rapport. Les travaux d'écriture n'étaient pas son point fort.

— Et quel était son point fort ?

Glitsky plissa les yeux.

— Où veux-tu en venir, Diz ?

— Il a bien dû trouver quelque chose. Ce n'est pas parce que le dossier est vide qu'il n'avait rien découvert. (Sentant qu'il avait capté l'attention de Glitsky, Hardy s'empressa d'enchaîner.) Est-ce que Griffin était marié ? Est-ce qu'il se confiait à sa bourgeoise ? ou à quelqu'un d'ici ? Qui a dirigé l'équipe de la police scientifique sur le lieu du crime ? Les gars ont forcément relevé des indices chez Bree. Je veux dire, Griffin a participé aux recherches, non ? Il avait sûrement des éléments.

Ron lui ayant fourni une clé, Hardy s'introduisit dans l'appartement-terrasse de Broadway encore plus facilement que la première fois.

Dès qu'il fut à l'intérieur, il referma la porte avant d'allumer la lumière. Rien ne semblait avoir bougé depuis que Canetta et lui étaient ressortis la veille au soir, et pourtant Hardy éprouva une vague sensation de changement en traversant le salon.

Il s'arrêta, mit son impression sur le compte de la différence entre sa fatigue de la veille et son semi-coma actuel. Il s'accorda une minute pour reprendre ses esprits et promener son regard autour du salon.

Avant de repartir pour le centre-ville afin de rendre visite à Frannie et à Glitsky, il avait rangé son revolver dans le coffre de son auto. En remontant dans sa voiture, il l'avait remis dans sa ceinture. Malgré le malaise que lui inspirait pour la seconde fois en cinq heures le contact de cette arme, il la cala dans sa main droite.

Les tableaux, le panorama, la salle à manger, tout était comme la veille. Il avait dû se tromper. Il était devenu un zombie. Il voyait des fantômes. Peut-être même jouait-il à cache-cache avec eux.

Soudain, il comprit.

La veille, il s'était faufilé sur le balcon, et pour ce faire il avait dû entrouvrir les rideaux d'une cinquantaine de centimètres. Il s'en souvenait très bien, parce que de l'endroit où il se tenait à présent, à l'intérieur de l'appartement, il n'avait pas repéré la porte-fenêtre ouvrant sur le balcon d'où Bree avait été jetée.

Car cette porte-fenêtre était de nouveau masquée par les rideaux.

Il retraversa le salon, puis la salle à manger avec son coin salon, en tâchant d'aiguiser ses souvenirs, de plus en plus sûr de son fait. La veille, avant de quitter les lieux, Hardy avait lancé un ultime regard par-dessus son épaule – et l'image de la porte-fenêtre s'était gravée dans son esprit, ce qui voulait dire que les rideaux, à ce moment-là, n'étaient pas entièrement clos.

Il les ouvrit de nouveau, fit coulisser la partie mobile de la porte-fenêtre, ressortit sur le balcon, se pencha par-dessus le garde-corps en fer forgé. Toujours aussi haut. Pris de vertige, il recula d'un pas.

Rien n'avait été dérangé, rien n'avait changé dans l'appartement. Quelqu'un avait donc tiré les rideaux pour éviter d'être vu – ce qui était pourtant improbable au douzième étage – en train de se déplacer sur le lieu d'un meurtre.

Un dernier regard périphérique, et Hardy rentra. Il referma les rideaux.

— Ohé, lança-t-il, revolver au poing. Il y a quelqu'un ?

Silence.

En actionnant les interrupteurs au fur et à mesure, il passa les pièces en revue, comme Canetta et lui l'avaient fait la veille. Non, rien ne semblait avoir été modifié. Même le bureau, où Bree rangeait probablement ses dossiers importants, était tel qu'il l'avait laissé.

À un infime détail près : le compteur numérique du répondeur, qui la veille affichait le chiffre 8, était revenu à 0.

Tous les messages avaient été effacés.

DEUXIÈME PARTIE

14

Un samedi matin dans une maison vide.

Par intermittence depuis quelques années, et de plus en plus régulièrement depuis quelques mois, Hardy ne se sentait pas heureux chez lui. Les gosses constamment dans ses jambes, et Frannie et ses amies qui n'avaient que ce mot « gosses » à la bouche. Les gosses qui se chamaillaient – le maintien de l'ordre. Les gosses et leurs sports, leurs jeux, leurs devoirs, leurs cours, les repas qu'ils ne mangeaient pas, les animaux qu'ils négligeaient. Les gosses, les gosses, les gosses.

Chaque fois qu'on lui posait la question, il répondait qu'il adorait ses enfants – et il le croyait. Mais honnêtement, si ç'avait été à refaire… Il avait quelques doutes.

Au début, Frannie et lui s'étaient farci un tas de bouquins sur les changements provoqués par la constitution d'une famille. Depuis, Hardy s'était souvent demandé pourquoi personne n'avait encore pondu *le* livre : *Des enfants ? Surtout pas !*

Il avait fini par se rendre compte que fonder une famille ne faisait pas que modifier la vie antérieure – cette vie était tout bonnement liquidée. On se lançait persuadé de pouvoir préserver l'essentiel, et même de l'enrichir par la conquête d'une dimension nouvelle. Mais, en quelques années, on se retrouvait à vivre une vie totalement différente, dont aucun aspect ne semblait vous appartenir en propre.

Hardy en était arrivé à se convaincre que le paradis sur Terre consistait à pouvoir faire la grasse matinée le samedi et à se réveiller dans une maison vide et silencieuse.

Mais, d'un seul coup, il n'en était plus aussi sûr.

Il avait le soleil dans les yeux. Un avant-bras en visière sur le front, il devina la masse de la ville derrière la fenêtre de sa chambre. Qu'est-ce que… ? Il s'aperçut qu'il avait dormi tout habillé. À côté de son revolver, sur la table de chevet, le réveil indiquait huit heures vingt. Il avait dû rentrer chez lui dans un état second. Un zombie sur quatre roues. Il ne se rappelait strictement rien du trajet, ni de l'endroit où il s'était garé, ni de son arrivée à la maison.

Ce silence…

Avec un bruyant craquement d'articulations, il se força à s'asseoir, vit le revolver, le prit.

Il se leva et passa dans la salle de bains, s'aspergea le visage d'eau froide pour sortir de sa léthargie. Ensuite, il alla de pièce en pièce jusqu'à la porte d'entrée, qu'il découvrit verrouillée, et il suivit le long couloir vers la cuisine. Sa maison sonnait creux, elle était comme vidée de son âme. Les gosses, songea-t-il. Frannie.

Ce fut une révélation. Planté face à la table rustique de sa belle cuisine bien équipée, dans la merveilleuse lumière de cette somptueuse matinée d'été indien, il n'éprouva qu'un malaise aussi vaste qu'insidieux – un sentiment de terreur larvée.

Mais il avait du pain sur la planche, et les événements de la veille lui avaient rappelé qu'un moteur ne peut pas tourner sans carburant. Son antique poêle en fonte noire était à sa place sur la cuisinière. Quoi qu'on y fît cuire, elle n'attachait jamais. Hardy ne la lavait qu'au sel et ne l'essuyait qu'avec un chiffon doux. Depuis qu'il l'avait fait traiter, cette poêle n'avait plus jamais connu le contact du détergent ni de l'eau, et sa surface avait retrouvé la texture d'une perle noire.

Ayant allumé le gaz, il jeta dedans une fine couche de sel et se dirigea vers le réfrigérateur, où il prit deux œufs. Frannie avait fait mariner des filets mignons – sûrement en prévision du dîner de jeudi, le jour de sa convocation devant le grand jury. Hardy en sortit un de son plat de céramique, le jeta dans la poêle, brisa un œuf de part et d'autre.

Il y avait un quignon de pain bis dans son sachet à proximité de la huche. Il le coupa environ au tiers, l'ouvrit par le milieu, versa un filet d'huile d'olive sur un des côtés, le déposa près du steak grésillant.

Quand celui-ci fut à point sur une face, il mit le café à chauffer, retourna le pain et la viande, disposa les œufs sur le côté grillé du pain, creva les jaunes, coupa le feu sous la poêle, et alla prendre sa douche.

L'air, quand il ressortit dans la rue, lui parut incroyablement doux, limpide, parfumé. Hardy se sentait de nouveau plein d'espoir et de motivation, à des années-lumière de l'état dans lequel il était à son réveil – incapable de se concentrer, et obligé de réfléchir pendant dix bonnes minutes à l'endroit où il avait garé sa voiture.

Il avait branché le pilote automatique, conscient qu'avant toute autre chose il se devait de faire un saut chez Erin pour voir Vincent et Rebecca, et s'assurer que tout se passait bien. Cette visite, en dépit des habituelles querelles de territoire enfantines, lui apporta un vrai bonus.

La veille, Ed et Erin avaient emmené les enfants au planétarium ; ils s'empressèrent donc de lui raconter ce qu'ils avaient vu – et notamment le beau spectacle de la tombée de la nuit. Vincent refusait de croire à une illusion. Il était persuadé que c'était la *vraie* nuit qu'il avait vu prendre possession du ciel.

— C'était vraiment le ciel, papa. Le toit s'est ouvert. Et alors, on a aperçu la lune et les étoiles et tout le reste, affirma-t-il en défiant du regard sa sœur.

— Je connais, répondit Hardy. Moi aussi, j'ai adoré. C'est exactement le ciel, ajouta-t-il, cherchant sa fille des yeux pour lui enjoindre de ne pas insister. Et toi, Beck, qu'est-ce que tu as vu de beau ?

— À mon avis, le plus chouette, c'était cette lune – c'était quelle lune, Vin ?

— Je ne sais pas, mais c'était autour de Jup...

— Ouais, c'est ça. Bon, autour de Jupiter, il y a une lune, et elle a une atmosphère, et puis de l'eau, et tout ce qu'il faut pour la vie.

— Il n'y fait pas un peu froid ?

— La chaleur est dedans, papa. Un noyau en feu, des volcans. Exactement comme ici, sous la terre, et même à dix kilomètres au fond de la mer. Où est la chaleur ? Dedans. Tu piges ?

— Génial. Alors, la vie doit y être possible.

— Ben tiens. Ils nous ont même montré ce qu'on pourrait faire pousser là-haut. Il y a des...

— Tu sais ce que j'ai trouvé encore mieux, moi ? intervint Vincent, n'y tenant plus.

— Beck n'a pas fini, Vin. Attends un...

— Elle a jamais fini. Elle va continuer à parler jusqu'à ce que tu dises que tu dois t'en aller.

Hardy eut une nouvelle idée de titre pour son grand livre anti-procréation : *L'Arbitre perpétuel*. Il soupira.

— Beck ? Tu en as pour longtemps ?

Rebecca devait être vraiment ravie de voir son père pour désirer à ce point lui être agréable, parce qu'elle n'hésita qu'une seconde avant de lâcher :

— Non. Vas-y, Vin.

— D'accord. Eh bien, Vin, qu'est-ce que tu as trouvé d'encore mieux ?

Son fils était tellement épaté de sa bonne fortune – il avait coupé la parole à sa sœur, et la méthode avait fonctionné ! – que Hardy redouta un instant qu'il n'ait oublié de quoi il avait voulu parler. Ce phénomène se produisait sans cesse, et invariablement Vincent fondait en larmes. Mais décidément, c'était la matinée des miracles. La mémoire lui revint d'un seul coup.

— Comment tu fais pour voir une étoile invisible ?

Sans doute lui parut-il évident que son père ne comprenait pas sa question.

— Quand elle fait pas assez de lumière, quand on peut pas la voir normalement, précisa-t-il.

— Eh bien ?

— Une étoile ou une planète, n'importe quoi dans le ciel. Ce qu'il faut, c'est pas la regarder directement. Tu regardes juste à côté. On l'a fait, papa. Et ça marche pour de vrai.

Voilà pourquoi, quand Hardy quitta ses enfants, ce ne fut pas pour rendre visite à Frannie, ni à Abe, ni à son ami le journaliste Jeff Elliot.

Il allait suivre la suggestion de son fils – et éviter de regarder directement l'affaire Beaumont. Il avait des clients, des coups de fil à donner et de la paperasse en retard. Il se rendit à son bureau pour s'occuper de tout ça.

Et comme par hasard, tandis qu'il s'immergeait là-dedans, lui revint l'image de Phil Canetta debout derrière lui avec son carnet à spirale – en train de noter les noms enregistrés sur le répondeur de Ron.

Il avait dit qu'il travaillait au commissariat central. Hardy chercha le numéro de téléphone et le composa.

Le commissariat central, aux confins de Chinatown et de North Beach, se trouvait dans le quartier où Hardy rêvait d'ouvrir un restaurant à sa retraite. Bien sûr, une énorme et succulente concurrence se bousculait déjà dans un périmètre de quelques rues – le *Firenze by Night*, *Chez Moose*, le *Rose Pistola*, le *North Beach Restaurant*, le *Caffè Sport*, le *Gold Spike* –, mais les fragrances mêlées du café, du pain frais, de la réglisse, du sésame, du canard rôti, des fromages, du poisson et des saucisses y maintenaient les touristes dans un état de frénésie boulimique quasi permanent.

Les autochtones eux-mêmes n'étaient pas immunisés. Après son petit déjeuner, Hardy n'avait absolument pas faim, mais dès qu'il fut sorti de voiture l'envie lui vint de s'offrir une lichette de quelque chose. C'était un miracle, se dit-il, que les flics du commissariat central ne soient d'après les statistiques pas plus touchés par l'obésité que ceux des autres quartiers.

Et que dire du stationnement ? Le parking public de cinq étages qui se dressait juste en face du commissariat n'aurait sûrement plus été approuvé aujourd'hui par les urbanistes de la ville – après tout, quel message politique un tel parking pouvait-il convoyer ? Il était d'un usage purement fonctionnel, et il y avait longtemps que les chambouleurs de San Francisco ne se souciaient plus de cet aspect de la réalité.

Hardy ressortit à pied de cette perfection utilitaire en se demandant quelle patte il lui faudrait graisser pour faire condamner les locaux du commissariat central afin que David Freeman et lui, par exemple, puissent y ouvrir une nouvelle adresse à la mode. Quelqu'un avait récemment réussi un tel tour de force avec l'ancien cabinet de Mel Belli [1]. Freeman, en bon juriste, pourrait être sensible à ce précédent – et lui saurait sûrement qui soudoyer.

Canetta offrait un aspect totalement différent en uniforme. Avec ses trois galons sur le bras, sa paire de menottes, sa ceinture-cartouchière, son arme de service et sa matraque, il était flic jusqu'au bout des ongles. Il semblait aussi un peu plus substantiel que l'autre nuit – plus lourd, plus âgé, plus costaud.

Hardy arriva à ce qui pouvait à la rigueur être considéré comme le début de la pause déjeuner, et Canetta tenait visiblement à quitter le commissariat pour parler avec lui de l'affaire.

Ils s'arrêtèrent au *Molinari's Deli* afin que Canetta puisse s'acheter un sandwich – mortadelle, fromage suisse et *peperoncini*, condiment auquel Hardy ne pouvait généralement pas résister, même s'il y parvint ce jour-là. Lui se contenta d'une grande bouteille de San Pellegrino.

Ils remontèrent Columbus à pied jusqu'à Washington Square. Quelques minutes de menu bavardage – et une mise à jour concernant la situation de Frannie – conduisirent leurs pas vers un banc libre situé en face des clochers jumeaux de la cathédrale Saints-Pierre-et-Paul. La Coit Tower émergeait de la ligne de crête des immeubles sur leur droite. Devant eux, un homme torse nu à longue queue de cheval grise tentait de dresser son setter irlandais à rattraper un frisbee.

Canetta dépiauta son sandwich pendant que Hardy se mettait à raconter. Quelqu'un s'était rendu chez les Beaumont pour effacer les messages du répondeur. Peut-être qu'il avait également pris quelque chose.

Canetta laissa s'égrener quelques secondes, décocha à Hardy

---

1. Célèbre avocat de San Francisco. *(N.d.T.)*

un regard oblique, tripota nerveusement la cellophane de son sandwich et déclara :

— C'était moi.

Hardy tenta de masquer sa surprise.

— Vous êtes retourné là-bas ? Après notre départ ?

Une bouchée de sandwich, une longue mastication. Un hochement de tête.

— Je savais déjà ce qu'il y avait dessus. J'avais tout noté.

Il tapota la poche arrière de son pantalon, là où il rangeait son carnet à spirale, avant d'ajouter :

— Mon répondeur, chez moi, il ne prend que neuf messages. Je me suis dit que c'était peut-être pareil pour celui-là. Au cas où quelqu'un d'autre appellerait, je voulais qu'il soit enregistré.

— Ça se défend, affirma Hardy.

Il ne le pensait pas vraiment, mais le mal était fait.

— Vous savez, remarqua Canetta, on dit toujours que c'est le mari.

— Je l'ai beaucoup entendu dire quand j'étais flic. Mais cette fois, je n'en suis pas aussi sûr.

— Vous avez été flic ? demanda Canetta, surpris.

— Ça fait un bail, mais tout de suite après le Vietnam, avant d'intégrer la fac de droit, oui, j'ai effectué un bout de chemin dans la grande maison. Je faisais équipe avec Glitsky, d'ailleurs.

Après un moment de réflexion, Canetta lança une nouvelle question :

— Alors comme ça, le chef de la criminelle est votre vieux pote, et c'est moi que vous venez voir ?

— Ma femme est en prison. Glitsky a mis deux inspecteurs sur l'enquête, mais le meurtre remonte à trois semaines, et ils n'ont toujours rien.

— Et vous croyez que vous pouvez les aider ?

— Non. Je crois que je peux m'aider, moi.

La réponse parut plaire au sergent, qui sourit.

— Ils sont un peu lents à votre goût, pas vrai, les civils ?

Toujours la vieille animosité entre les agents en uniforme et les inspecteurs. Hardy avait déjà subodoré quelque chose de ce genre dans l'appartement des Beaumont, et, sans se le dire explicitement, il avait eu le sentiment qu'il pourrait en tirer parti.

Mais pour cela, il fallait jouer serré.

— Voilà comment je vois le problème, déclara-t-il. Ils ont bouclé ma femme à cause de ce qu'elle sait sur Ron, exact ?

— Exact.

— Et parce que Ron est leur suspect numéro un ?

Nouvelle approbation.

— Donc, si j'arrive à leur fourguer un autre suspect, n'importe qui à part Ron, ils la laisseront en paix. Ils la relâcheront parce qu'il sera clair que ce qu'elle sait n'est pas lié au meurtre.

Hardy sentit que l'idée séduisait Canetta — sans doute venait-il d'entrevoir la possibilité de donner une petite leçon aux civils. S'il jouait un rôle actif dans la résolution d'une affaire d'homicide, il aurait les honneurs de la presse et gagnerait l'estime de sa corporation.

— Je vous l'ai déjà dit l'autre soir et je vais le répéter : je crois que le travail de Bree est la base de tout. Vous voulez prendre les messages téléphoniques comme point de départ, c'est ça ?

Hardy opina.

— Ron a été contacté par les deux parties adverses. Je me demande pourquoi. Qu'y avait-il dans les dossiers auxquels Valens a fait allusion ?

— Vous aussi, vous croyez que c'est à cause de ça qu'elle a été tuée ?

Canetta avait oublié son sandwich. Il était en train de feuilleter son carnet.

— Pas tout à fait, répliqua Hardy. Je crois que si ce n'est pas Ron — et pour des raisons personnelles je préférerais nettement que ce ne soit pas lui —, c'est cette pierre-là qu'il faut commencer par soulever.

— Regarder du côté de Valens et de Pierce ?

— Oui. Qu'est-ce qu'il y a ?

Canetta avait plissé les paupières. Son regard semblait perdu à l'autre bout du parc.

— Rien de spécial, sauf que je connais un peu Pierce — rapport à ces missions de sécurité dont je vous ai parlé.

— Et ?

— Je ne me vois pas allant le cuisiner sur cette histoire, dit Canetta avec un haussement d'épaules. Il sait que je ne suis pas à la criminelle, et il me foutra à la porte aussi sec.

C'était logique, et Hardy s'empressa d'approuver.

— Mais pour les autres ? Vous êtes partant ? Cette Marie, par exemple. Qui est-ce ?

Canetta répondit en s'efforçant de refréner son entrain.

— Le type de l'assurance sera sans doute le plus facile à retrouver, constata-t-il en relisant ses notes. Bill Tilton. S'il est du coin, il figurera probablement dans l'annuaire.

Hardy avait sorti son propre carnet. Il recopia la liste de noms. Il avait l'intention de voir Ron plus tard dans la journée et de lui arracher un certain nombre d'informations ; mais Canetta, avec son uniforme, pouvait néanmoins lui être très utile.

— Il y a aussi cette femme, observa-t-il. Celle du mystérieux rendez-vous. Avec un nom du genre Sasaka.

Une pensée traversa l'esprit de Canetta.

— Ron connaissait beaucoup de bonnes femmes, pas vrai ?

Hardy s'abstint de poursuivre dans cette voie. Il ne voulait pas se concentrer sur Ron. Pas directement. Il tapota son carnet, fit mine de réfléchir, leva les yeux.

— En quoi consistaient les jobs de sécurité qui vous ont permis de rencontrer Bree ?

— Oh, ça se passait toujours dans des hôtels. Des huiles de Sacramento, des lobbyistes, des politiques. Une fois, il y a même eu le Vice-Président, avec les services secrets et tout le tralala.

— Quelle était exactement votre mission ? Vous faisiez de la protection rapprochée ?

— Pas du tout, se défendit Canetta, n'appréciant visiblement pas l'expression. Je me plantais devant une porte, je regardais dans les sacs, je faisais acte de présence. Vous savez, ces gars-là, ils adorent se faire mousser. Histoire de bien montrer à quel point ils sont importants.

— Et même dans ce milieu, Bree attirait l'attention ?

— Vous l'avez dit. Elle sortait du lot. C'était d'abord une question de beauté, surtout au milieu de ce tas de vieux schnocks. Et puis elle se fendait toujours d'un petit laïus qui marchait du feu de Dieu. Elle avait une sorte de sincérité, de... passion, je dirais. Comme si elle croyait vraiment à son truc. Et elle réussissait à toucher les gens, vous voyez le genre.

En tout cas, songea Hardy, elle avait manifestement réussi à toucher Canetta. Le flic détourna de nouveau les yeux, comme s'il réfléchissait à ce qu'il devait raconter ensuite.

— Il m'est arrivé deux ou trois fois de lui parler... en dehors de ces raouts, je veux dire.

Hardy s'efforça de garder un ton neutre.

— En particulier ?

Canetta hésita avant de hocher la tête.

— Simple coïncidence, au départ. Je faisais la circulation, le lendemain ou le surlendemain d'un séminaire. (Une pause, puis il décida de poursuivre.) C'était il y a trois ou quatre mois. En début de soirée. Je l'ai interceptée pour excès de vitesse à une rue de chez elle. Elle avait visiblement un petit coup dans le nez.

— Elle était ivre ?

— Possible, admit l'agent avec un soupir.

Hardy comprit soudain pourquoi Canetta n'avait pas voulu discuter avec lui au commissariat. Il était personnellement impliqué.

— Je suis seul en patrouille, et bien sûr je la reconnais. Je décide de pas verbaliser. Elle est pas bourrée, juste un peu pompette. Pour abréger, elle monte dans ma voiture, et je la ramène chez elle.

Bree était montée dans la voiture de patrouille ? Hardy faillit demander s'il ne s'était pas passé autre chose. Dans son métier, il n'était pas rare d'entendre parler d'un flic interceptant une jolie femme au prétexte d'un pneu trop lisse, afin de pouvoir lier connaissance, lui faire un peu de gringue, et voir si elle était partante.

Plus gravement, et moins souvent, il arrivait qu'un flic se procure l'adresse d'une femme grâce à son permis de conduire et se mette ensuite à la harceler. Hardy était sûr que ce n'était que parce qu'il s'était présenté comme un ex-flic – un membre du club – que Canetta lui faisait ce genre de confidences.

C'était néanmoins troublant. D'autant que les révélations ne s'arrêtèrent pas là.

— Un autre jour, je repasse devant chez elle, et je la vois plantée sur le trottoir. Je m'arrête, et je lui demande si elle veut que je la dépose quelque part, mais non : elle attend quelqu'un qui doit passer la prendre. On discute une minute.

— De quoi ?

— Elle me remercie de pas lui avoir mis une prune. Elle me dit qu'elle a pas l'habitude de boire. Qu'elle est sous pression depuis quelque temps. Son boulot. Je lui fais remarquer que je l'ai entendue deux ou trois fois faire ses discours. Qu'elle me donne l'impression de se démerder plutôt bien dans son travail, d'obtenir de vrais résultats. Elle secoue la tête. « Un gâchis total », me dit-elle, et là-dessus elle se tait, sauf pour assurer qu'elle est navrée. Je lui demande de quoi, et elle me fait : « De tout. »

Silence.

— Vous en avez parlé à Griffin ?

— À qui ça ?

— Carl Griffin, l'inspecteur initialement chargé de l'enquête.

Regard oblique.

— Il m'a rien demandé. Je suis qu'un agent en uniforme, qu'est-ce que je pourrais savoir ?

Canetta s'était progressivement penché en avant, les coudes sur les genoux, au fil de son récit. Il se redressa d'un seul coup, comme s'il n'en revenait pas d'être là. Il parut se souvenir de son sandwich, en prit une bouchée, et ses maxillaires se mirent à la besogne. Hardy but une gorgée d'eau.

— Vous êtes marié, Phil ?

— Onze ans, répondit l'agent d'un ton neutre. Notre fils vient d'en avoir douze. Parfois, on se dit qu'en d'autres circonstances, si on avait eu le choix…

Hardy entendit distinctement ce que Canetta s'abstint de formuler : on rencontre quelqu'un comme Bree, on espère, on espère… mais c'est trop tard, le choix n'est plus à faire.

— Vous la voyiez de temps en temps… Bree ?

— Pas plus que ça. Je passais souvent à la même heure de la journée, et quelquefois elle était là. On se disait bonjour, comment va, ce genre de conneries. Pour être franc, j'ai l'impression que ça la rassurait de savoir que j'étais dans le coin, comme une sorte de protecteur. (Il inspira un mètre cube d'air, l'exhala tout doucement.) Et voilà qu'elle se fait trucider pendant mon service.

15

Jim Pierce habitait une belle demeure de style italien sur trois niveaux, abritée derrière un haut mur d'enceinte de stuc blanc. La propriété se situait dans ce que les agents immobiliers appelaient un quartier sérieux, sur North Point, à un jet de pierre du palais des Beaux-Arts. En ce splendide début de samedi après-midi, touristes et autochtones étaient venus en masse se promener aux environs de la marina, pousser leurs hordes de marmots à travers l'Exploratorium, et manger des sandwiches gastronomiques dont les reliefs serviraient ensuite à nourrir les canards du lac.

Hardy eut largement l'occasion de contempler le tout lors de sa longue marche – sept rues – vers North Point, depuis la place de stationnement qu'il avait enfin trouvée après avoir fait quatre fois le tour du lac. En chemin, l'idée lui vint que les canards se voyaient peut-être jeter par inadvertance des restes de canard de Chinatown – sous forme de pâté de canard, de lambeaux de peau de canard rôti, ou de bouts de blanc de canard rescapés d'une salade –, et que cette alimentation de type cannibale allait probablement permettre l'essor de la maladie du canard fou, laquelle ne serait découverte que d'ici à vingt ans, quand il serait bien trop tard. Et les mangeurs de canard, qui se croyaient aujourd'hui à la pointe du progrès, se mettraient à tomber comme des mouches.

Ce vagabondage cérébral était aussi un réflexe de défense, destiné à répondre à l'aspect plus qu'intimidant de la propriété correspondant à l'adresse donnée par Canetta. Mais, à présent qu'il se trouvait au pied de ce haut portail de métal noir, il ne lui restait plus qu'à presser le bouton de l'interphone. Une voix féminine – une voix de contralto, agréable et raffinée – lui répondit.

— Oui ? Qui est là ?

Hardy se présenta. Expliqua qu'il craignait de devoir encore une fois importuner M. Pierce à propos de Bree Beaumont. Resta d'autant plus vague sur sa fonction qu'officiellement il n'en remplissait aucune dans cette affaire.

Après une hésitation, la voix le pria de patienter. Hardy se dit que c'était décidément son jour de chance ; il posa une main sur la poignée, et attendit le déclenchement de la gâche électrique. À la place, une voix grave fit vibrer le haut-parleur :

— Qu'est-ce que vous me voulez encore, nom de Dieu ? Je vous ai déjà tout raconté une demi-douzaine de fois. J'ai déposé devant le grand jury. Quand allez-vous me laisser en paix ? Je vous jure devant Dieu que je suis toujours prêt à coopérer, mais là, franchement, j'ai envie de vous demander un mandat. Tout ça commence à devenir grotesque !

La gâche fut cependant déclenchée. Hardy poussa le battant du portail.

Malgré l'aspect imposant de sa maison et l'impatience de son ton, Jim Pierce s'approcha à la façon d'un parfait chic type. Il avait ouvert la porte d'entrée avant même que Hardy eût atteint le milieu de l'allée.

— De nos jours, les inspecteurs changent de dossier toutes les cinq minutes, ma parole, remarqua-t-il. Pas étonnant que vous n'arriviez à rien, les gars.

Hardy dut plisser les yeux face à la violente lumière du jour. Pierce, pieds nus dans ses mocassins à glands, portait un pantalon kaki délavé mais repassé de frais et un polo blanc frappé d'un sigle multicolore sur le cœur.

— J'étais en train de suivre le match. Vous êtes plutôt Notre

Dame ou USC[1] ? Les Irlandais sont en train de nous bouffer tout cru. Vous suivez le football ?

— J'aimais bien Notre Dame du temps où Parsegian était leur entraîneur, répondit Hardy, à peine arrivé au pied des marches de la véranda alors que Pierce avait déjà fait deux pas à l'intérieur de la maison plongée dans l'ombre. Autant vous avouer tout de suite que je ne suis pas de la police.

Pierce se retourna. À son tour, il plissa les yeux.

— Carrie vient pourtant de me dire que c'était au sujet de Bree... Enfin, tant pis. Dans ce cas, que puis-je faire pour vous ? De quoi s'agit-il ?

Hardy se présenta comme un avocat au service du mari de Bree.

— Vous lui avez téléphoné la semaine dernière.

— Vraiment ? fit Pierce, une lueur de surprise dans le regard.

— Oui, monsieur, je crois.

Pierce garda la même expression tout en paraissant fouiller dans sa mémoire.

— D'accord, finit-il par lâcher. Je lui ai sans doute téléphoné. Ai-je précisé à quel propos c'était ?

— Vous demandiez qu'il vous rappelle. Il était question de dossiers. Vous a-t-il fait signe ?

— Non, répondit Pierce sans hésiter.

— Puis-je savoir ce que vous lui vouliez ?

L'image du chic type vacilla quelque peu. Pierce était en train de se lasser de toutes ces questions sur Bree.

— Les relations publiques font partie de mon métier, expliqua-t-il. Il me semble qu'elle a emporté un certain nombre de documents appartenant à notre compagnie, à son départ. Nous aimerions les récupérer.

— Pourquoi ne pas les lui avoir réclamés de son vivant ?

— Je l'ai fait. Seulement, elle n'était plus en très bons termes avec l'entreprise. J'ai pensé que Ron serait peut-être un peu plus... souple.

Pas à pas, Pierce était revenu vers le seuil, et il se tenait à présent

---

1. Deux équipes de foot américain, la première de l'Indiana, l'autre de Californie du Sud. *(N.d.T.)*

à cinquante centimètres de Hardy, une main sur la poignée de la porte, visiblement prêt à lui signifier son congé. Il ajouta pourtant :

— Puis-je vous poser une question à mon tour ?

— Bien sûr.

— En tant qu'avocat de Ron, quel est votre rôle ? La police n'a aucun soupçon en ce qui le concerne, si ?

— Elle cherche à éliminer les suspects potentiels, et disons qu'il en fait partie. J'espère découvrir un élément susceptible de le disculper.

— Donc, vous ne croyez pas qu'il ait tué Bree ?

Quelque chose dans le ton de Pierce déclencha un signal d'alarme interne sous le crâne de Hardy.

— Vous si ? demanda-t-il, inclinant la tête.

— Je n'ai pas dit ça.

— C'est drôle. À votre intonation, on pourrait le croire.

— Non. (Pierce soupira encore, cette fois avec une lassitude palpable.) Dieu du ciel, quand est-ce que ça finira ? Je ne sais pas qui a tué Bree. J'ai même beaucoup de mal à croire que quelqu'un l'ait tuée – que quelqu'un ait pu délibérément mettre un terme à ses jours.

Hardy remarqua soudain la discrète pâleur des joues de Pierce – une pâleur due au manque de sommeil, à un confinement sans doute excessif. À cette maison baignée de pénombre. Il en déduisit que, comme Canetta, Pierce portait une sorte de deuil. Encore un type anéanti par la mort de Bree.

Cette femme ne s'oubliait pas facilement.

— À votre avis, monsieur Pierce, pourquoi a-t-elle été tuée ?

— Je l'ignore, répondit Pierce, le regard vide.

— Je suis conscient que vous ne pouvez pas me répéter ce que vous avez dit au grand jury...

Pierce parut soudain s'apercevoir qu'ils étaient sur le seuil.

— Oh, je suis confus. Où avais-je la tête ? Vous laisser debout si longtemps. Entrez donc.

Hardy s'arrêta un instant à l'intérieur, pour laisser à ses yeux le temps de s'habituer à la pénombre. À présent qu'il l'avait invité à entrer, Pierce paraissait ne plus savoir que faire. Il indiqua une jatte posée sur une table à proximité de la porte.

— Servez-vous si vous voulez des chocolats. Des Almond Roca. Ce qui se fait de mieux dans le genre.

Hardy le remercia. Il prit deux chocolats, défit le papier doré de l'un d'eux tandis que Pierce le précédait à travers le vestibule. Il n'y avait pas que les Almond Roca – « Ce qui se fait de mieux dans le genre » semblait être la devise du lieu. Salons élégants, mobilier sur mesure, trois mètres sous plafond. Ils longèrent un escalier en spirale. Le téléviseur murmurait dans une petite pièce, et Pierce passa la tête à l'intérieur.

— C'est la mi-temps, constata-t-il, reprenant sa marche.

La dernière porte sur sa droite débouchait sur une cuisine ultramoderne. Une femme était assise devant le bar qui occupait le centre de la pièce. Elle lisait un magazine, le dos tourné. Elle pivota à demi en les entendant arriver.

— Excuse-nous, Carrie. Monsieur Hardy, mon épouse. En fait, il n'est pas de la police. C'est l'avocat de M. Beaumont.

Elle descendit de son tabouret, et s'approcha pour offrir à Hardy une main fraîche et ferme, avec un hochement de tête altier. Elle garda celle du visiteur une fraction de seconde au-delà du strict nécessaire. Mme Pierce n'était ni une enfant ni un trophée récemment épinglé : elle devait avoir autour de quarante ans ; mais Hardy trouva sur-le-champ qu'elle avait plus que du charme – sa beauté était presque dérangeante. Ses grands yeux d'un bleu sidérant illuminaient le visage d'une déesse d'Italie du Nord. Il estima qu'elle portait pour au moins deux mille dollars de vêtements d'intérieur coupés sur mesure, qui mettaient en valeur la finesse de sa taille. Ses cheveux noirs étaient tirés en arrière en un casque sévère qui rehaussait l'harmonie sculpturale de ses traits. Les lobes sous lesquels oscillaient des pendants d'oreilles paraissaient eux aussi avoir été dessinés par un styliste ; et un épais collier d'or scintillait sur sa peau immaculée, soyeuse et dorée comme le miel, à la naissance d'un sillon mammaire vertigineux.

— Ils ont inculpé M. Beaumont ? questionna-t-elle de sa voix raffinée, en même temps qu'un adorable froncement de sourcils faisait naître une ombre sur son front parfait.

— Pas encore, déclara Hardy en s'efforçant de ne pas

bafouiller. J'essaie de l'empêcher. J'étais justement en train de demander à votre mari pourquoi il pensait que Bree avait été tuée.

Carrie Pierce répondit d'un ton détaché.

— C'est Jim qui lui a mis le pied à l'étrier. Ils ont longtemps opéré en étroite collaboration, et bien sûr les gens ont fini par jaser. Les gens ont tendance à être jaloux, à ne pas croire qu'un homme et une femme puissent travailler ensemble et être amis sans que... (Bref regard de dégoût.) Je veux dire, après tout, le monde ne gravite pas exclusivement autour du sexe.

Hardy songea qu'il valait mieux que Carrie Pierce en soit persuadée. Il doutait qu'un homme ait jamais posé les yeux sur elle sans nourrir des pensées liées au sexe. Mais si elle voulait conserver le sentiment de sa valeur personnelle en dehors de ce contexte-là, elle avait tout intérêt à croire qu'il y avait autre chose.

— Ce qui est évident, intervint Pierce, c'est que quelqu'un – un de mes collaborateurs, peut-être – a dit à la police que j'étais furieux de voir Bree quitter notre entreprise.

— Vous l'étiez ?

Pierce chercha le regard de sa femme avant d'acquiescer.

— Fou de rage, oui. Trahi, blessé, tout ce que vous voudrez. J'ai fortement accusé le coup sur le plan personnel.

— Pourtant, cette façon qu'elle a eue de passer dans le camp adverse en pleine guerre des additifs... J'aurais plutôt cru à un problème professionnel.

Pierce le considéra avec une sorte d'indulgence ironique.

— Et, à votre avis, les méchantes compagnies pétrolières se sont liguées, et ont décidé de l'assassiner pour la punir d'avoir changé sa position philosophique ?

Hardy sourit à son tour.

— Ainsi formulé, je reconnais que ça ne paraît pas très crédible.

— C'est même parfaitement absurde, intervint Carrie Pierce. Contrairement à tout ce qu'on peut entendre à la radio ces temps-ci, l'assassinat ne fait pas partie des méthodes de travail de Caloco. Ni d'aucune des sept sœurs.

— Les « sept sœurs » ?

— C'est comme ça qu'on appelle les grandes compagnies

pétrolières depuis que la législation antitrust a provoqué le démantèlement de la Standard Oil, notre maison mère. Aucune des sœurs n'a jamais eu la moindre raison de tuer Bree ou qui que ce soit. Franchement, nous n'avons pas besoin de ça.

— Même pour trois milliards de dollars ? lança Hardy d'un ton aussi détaché que possible.

Pierce maintint son air indulgent – il devait l'afficher souvent en public.

— Et d'où sortez-vous ce chiffre ? À quoi correspond-il ?

— C'est celui que j'ai entendu. N'est-ce pas le revenu annuel généré par cet additif sur lequel tout le monde se bagarre depuis quelque temps ?

— Le MTBE ?

— Exactement.

— C'est à peu près ça, acquiesça Pierce. Trois milliards de dollars.

Il prit un tabouret, s'assit dessus, et invita Hardy à l'imiter. Carrie s'excusa, et partit vers le plan de travail pour refaire du café.

Hardy s'efforça de ne pas la suivre du regard, non sans mal. Il réussit à reporter les yeux sur Pierce.

— Il me semble que ça fait beaucoup d'argent, observa-t-il. Et si Bree a pris la tête de la croisade contre ce produit...

Pierce secoua la tête.

— Non. Premièrement, vous attribuez à Bree un pouvoir qu'elle n'a jamais eu. Certes, elle rédigeait le premier jet de nos études et elle était un porte-parole formidable, mais Jésus en personne aurait pu redescendre sur Terre et déclarer que le MTBE était l'œuvre du diable, ça n'aurait pas suffi. Ce produit contribue formidablement à nettoyer l'air. Il fonctionne, monsieur Hardy. L'EPA l'adore. Bon sang, elle a même imposé son usage ! – il est donc loin d'être interdit. Il ne va pas être retiré de la circulation parce que quelqu'un affirme qu'il pourrait avoir des effets pervers – lesquels, d'ailleurs, sont loin d'être avérés. Deuxièmement, et même si c'est toujours un message difficile à faire passer, trois milliards ne constituent pas une somme considérable.

Hardy ne put s'empêcher de tiquer.

— Trois milliards ? Trois milliards de *dollars* ?

— Tout est relatif, affirma Pierce, haussant les épaules. Le MTBE est mélangé à l'essence au taux de onze pour cent. Grosso modo, cet additif n'est utilisé qu'en Californie, et encore, seulement depuis six mois. Faites le calcul. Trois milliards représentent dix pour cent de la facture pétrolière de l'État. C'est une goutte d'eau.

— Vous êtes en train de me dire que trois milliards de dollars ne seraient pas une grosse perte pour vous ?

— Le responsable d'une branche quelconque pourrait à la rigueur s'en apercevoir, mais sur le long terme ? Oui, c'est ce que je suis en train de vous dire : ce n'est rien.

Carrie revint, avec un plateau d'argent portant un pot de café, des tasses en porcelaine, du sucre et de la crème.

— C'est la partie la plus difficile du métier de Jim, monsieur Hardy. Faire comprendre aux gens qu'il n'y a pas que des questions d'argent. Ils sont persuadés que, parce que nous faisons des bénéfices, nous incarnons le mal. Alors que Jim avait justement recruté Bree pour faire le bien – pour trouver un moyen de proposer aux consommateurs un produit plus propre, meilleur pour tout le monde. Personne ne semble le comprendre. Et cela aussi, ça coûte des milliards, il faut adapter les raffineries…

Pierce se pencha en avant et tapota la main de sa femme.

— Ce que veut dire Carrie, c'est qu'il s'agit d'un problème complexe. Il est vrai que nous avons dépensé des milliards pour développer le MTBE et que, pendant un temps, tout le monde s'est extasié sur ce produit. Il avait l'air d'effectuer le travail qu'on lui demandait. Par la suite, certaines questions se sont fait jour, et nous les étudions. Mais il est vrai que nous sommes décidés à reformuler nos carburants et que, s'il s'avère nécessaire de développer de nouveaux outils de raffinage, nous le ferons, même si ça doit nous coûter des milliards, ce qui sera forcément le cas, parce que dans notre métier tout se chiffre en milliards. C'est le prix à payer pour jouer dans la cour des grands. (Il sirota une gorgée de café.) Mais ce qu'il faut aussi comprendre, monsieur Hardy, c'est que le fait que Bree ait eu des doutes n'est pas une raison suffisante, loin de là, pour qu'une compagnie pétrolière décide de s'en prendre à elle – et je ne parle même pas de la tuer. C'est ce que je m'acharne à expliquer à la police.

Hardy souleva sa tasse, y trempa les lèvres. Dans l'ensemble, l'argumentation de Pierce se tenait, à condition d'accepter son postulat de départ – trois milliards de dollars ne représentaient pas beaucoup d'argent –, ce qui n'allait pas de soi.

— Un jour, je me suis amusé à calculer combien de temps il me faudrait pour compter jusqu'à un milliard en ne faisant rien d'autre et en disant un nombre par demi-seconde, douze heures par jour et sept jours sur sept. Vous avez une idée du résultat ?

Pierce haussa les épaules.

— Aucune idée. Une semaine ?

— Trente-deux ans. À quelques mois près.

— Vous me faites marcher ! s'écria son hôte en s'esclaffant.

— C'est beaucoup, un milliard.

— C'est vrai ? s'enquit Carrie.

— Absolument, opina Hardy. Ce que je veux dire, c'est que c'est peut-être la raison pour laquelle les gens semblent avoir tant de mal à admettre que trois milliards ne sont pas grand-chose. Ou s'obstinent à penser que Bree pourrait avoir été assassinée pour ça.

— Bree n'était qu'un être humain, monsieur Hardy, remarqua Pierce.

— Hitler aussi. Mais s'il avait été tué, ça aurait pu éviter la Seconde Guerre mondiale... Écoutez, je ne dis pas que je ne vous crois pas. Je m'interroge juste sur ce que je passe mon temps à entendre à la radio – à savoir que les majors du pétrole avaient une bonne raison de tuer Bree Beaumont.

Pierce resta de marbre, comme s'il avait déjà entendu ce discours, ce qui d'ailleurs était probablement le cas.

— Interrogez-vous à votre aise, monsieur Hardy, mais vous risquez de perdre un temps précieux. (Il but une nouvelle gorgée de café, et Hardy eut l'impression qu'il cherchait à grappiller quelques secondes. Enfin, il parut prendre une décision, fit entendre un soupir.) Je suppose que vous connaissez la source des balivernes qu'on entend actuellement à la radio ?

— Non. Je pensais que c'était un mouvement spontané...

— Allons donc ! Tous ces appels émanent d'un groupe

florissant d'écoterroristes... Ne riez pas, c'est ainsi que ces gens-là se désignent : des écoterroristes.

— Et ?

— Et ils semblent décidés à faire élire Damon Kerry parce qu'il est le porte-étendard de la croisade anti-MTBE.

— Je vois, fit Hardy, qui ne voyait pas grand-chose.

— Précisons que lorsqu'elle a quitté Caloco, Bree était elle aussi sous le charme de Kerry. Pour ne pas dire plus, même si je suis mal placé pour aborder ce registre après tout ce que j'ai enduré.

Il glissa un coup d'œil à sa femme, dont l'admirable minois trahit une nouvelle fois son dégoût pour ces choses, puis revint vers Hardy.

— Ce que je dis, enchaîna-t-il, c'est que ces gens acceptent ouvertement le recours à la violence. Peut-être qu'à un moment donné, après les avoir rejoints, Bree les a froissés – en envisageant de reprendre sa liberté, par exemple.

— Et vous pensez que Kerry...

— Non, non, pas en personne. Mais quelqu'un de son entourage. Peut-être. Franchement, je ne sais pas. Je n'aime pas accuser sans preuves, mais...

Sa voix mourut. Hardy se rappela alors le commentaire de Canetta sur Al Valens, qui avait lui aussi laissé un message pour Ron Beaumont. Une question s'imposait.

— D'après vous, ces gens – ces écoterroristes – ont de gros moyens. D'où viennent-ils ?

— Facile, intervint Carrie. De SKO.

— Nous n'en sommes pas sûrs, répliqua Pierce d'un ton cassant.

— Bien sûr que si.

Le mari et la femme s'affrontèrent du regard.

— Qui ? demanda Hardy.

— Spader Krutch Ohio, lâcha Pierce avec un long soupir, comme à regret.

— Le conglomérat agro-industriel ?

— Le géant du grain, opina Pierce. Gros producteur d'éthanol, l'autre additif. Un très grand groupe, grassement subventionné par le gouvernement. Ils ont décidé de mettre le MTBE hors la loi.

— Afin de pouvoir empocher les trois milliards de dollars ?

— Ces gens-là sont prêts à tuer, affirma Carrie, le feu aux joues.

Pierce secoua la tête.

— J'en doute. En revanche, il est à peu près certain qu'ils financent ces terroristes.

Hardy mit quelques secondes à assimiler l'information.

— Vous en avez fait part à la police ?

— Qu'aurais-je pu dire, au juste ? demanda Pierce en se levant.

Il avait consacré un certain nombre de minutes à Hardy – presque la durée de la mi-temps –, et l'entretien était terminé.

— Les inspecteurs m'ont interrogé sur mes soupçons. Je leur ai répondu que j'avais entendu parler de ce prétendu mobile économique, et très franchement je n'y suis pas allé par quatre chemins. À mon avis, cette pauvre Bree n'a pas été victime d'un assassinat, mais d'un meurtre sans préméditation.

Hardy songea que si cette affirmation arrangeait son interlocuteur, cela ne signifiait pas pour autant qu'elle était exacte. Trois milliards de dollars, une paille ?

S'ensuivit un mouvement de repli collectif vers la sortie. Carrie, une main sur le bras de Hardy, le guida dans la pénombre.

— Si vous avez besoin de quoi que ce soit, lui déclara-t-elle, Jim et moi ne demandons qu'à vous aider, mais sincèrement nous ne savons rien d'autre que ce que nous avons déjà dit.

Ils arrivèrent dans le vestibule, et Pierce s'approcha de la porte.

— Et maintenant, monsieur Hardy, si vous êtes toujours convaincu que Beaumont n'est pas coupable, vous devriez jeter un œil du côté de la campagne de Kerry. Vous intéresser à ses sources de financement, et pourquoi pas à la piste écoterroriste ? Peut-être trouverez-vous quelque chose, conclut-il, mais il paraissait sceptique.

Hardy s'immobilisa, plissa les yeux face à la violente lumière qui venait soudain de s'engouffrer dans l'entrée. C'était la seconde fois que Pierce suggérait implicitement l'implication de Ron dans le meurtre de sa femme.

— Mais en ce qui vous concerne, rétorqua-t-il, vous pensez toujours que c'est lui, n'est-ce pas ?

Un sourire temporisateur.

— Disons qu'à mon avis ce genre d'actes obéit le plus souvent à des motivations personnelles. Imaginez que Bree ait eu une liaison avec quelqu'un du camp Kerry – et que Ron s'en soit aperçu... Enfin, il y aurait là un mobile plausible.

Les trois milliards de dollars aussi représentaient un mobile plausible, eut envie de répliquer Hardy. Mais il se contenta de remercier le couple, remit sa carte de visite, franchit le seuil et entama sa longue marche de retour vers sa voiture.

16

Le sandwich acheté par le sergent Canetta au *Molinari's Deli* avait donné une idée à Hardy. D'un bout à l'autre de ses pérégrinations matinales, Frannie était restée présente dans ses pensées. Alors qu'il retournait vers le centre pour une nouvelle visite à la prison, l'idée lui vint qu'après tout chaque minute passée par sa femme sous les verrous n'avait pas à être obligatoirement un enfer. Dans la mesure où la méthode fonctionnait souvent pour lui, un peu de bonne chère n'améliorerait-elle pas temporairement sa situation en lui donnant l'impression d'être plutôt au purgatoire – les mêmes conditions qu'en enfer, mais avec la perspective d'en sortir un jour ?

Il s'était donc arrêté en chemin pour lui acheter un assortiment de gâteries au *David's Delicatessen* – bagels au saumon fumé et au pastrami, crème fraîche, pâté de foie de volaille, roulés à l'oignon, pickles, et même trois bouteilles de cream-soda, la boisson préférée de Frannie, le vin mis à part.

Sauf qu'il se fit sommairement rembarrer, à son arrivée à la prison. Avait-il perdu la tête ? s'enquit le sergent de garde au guichet. Depuis le temps, il aurait pourtant dû être au parfum : les visiteurs n'étaient pas autorisés à apporter quoi que ce soit à manger ou à boire – la moindre part de gâteau pouvant receler une lame de rasoir, la moindre bouteille de la drogue en solution.

La mort dans l'âme, Hardy dut lui laisser ses emplettes. Comme quoi, les meilleures intentions...

Dès qu'elle eut fait un pas dans la salle de visites, Frannie se détourna du gardien et vit son mari qui lui souriait, assis derrière la table. Il ouvrit les bras.

— Désolé, chérie, j'arrive les mains vides. Je t'ai acheté à peu près tous tes amuse-gueule préférés chez un traiteur, mais ils n'ont rien voulu savoir.

Elle fondit en larmes. Resta plantée là dans sa combinaison orange, les bras ballants, à regarder son mari et à sangloter.

Nat Glitsky n'aimait pas du tout être dérangé à la synagogue.

Très souvent, quand il était plus jeune, il avait oublié de respecter le sabbat ; mais, arrivé dans sa huitième décennie, il en était venu à estimer que les dix commandements étaient exactement la voie à suivre pour obtenir un monde meilleur, peuplé de gens sains et productifs. Chacun aurait mieux fait de s'y soumettre. Vraiment. Observer le sabbat, prendre un jour de repos par semaine, rien de tel pour demeurer sain de corps et d'esprit.

Aujourd'hui, cependant, les plus religieux eux-mêmes ne respectaient que neuf commandements sur dix. L'observance du repos sacré n'était pas seulement négligée, elle avait été complètement bouleversée, sinon contredite. Malheur au fainéant qui prenait chaque semaine un jour de congé pour méditer et tâcher de remettre en perspective sa vie, son travail et le monde qui l'entourait. Il n'y avait plus de temps pour ça. Il n'y avait plus que le travail. Grossière erreur.

La vie active de Nat était désormais derrière lui, et il regrettait de n'avoir pas davantage suivi le sabbat, du temps où il était débordé par ses obligations familiales et professionnelles. Cela n'aurait peut-être pas changé grand-chose à son destin, mais du moins aurait-il pu planter la graine de l'observance dans l'esprit de son fils Abraham, qui croulait en permanence sous une énorme surcharge de travail et se tenait présentement assis – ou plutôt avait bien du mal à rester assis – à côté de lui.

C'était aussi de ça qu'il était question dans les dix

commandements : du passage des générations. Du caractère immuable de la nature humaine. Seuls les individus changeaient. Et encore, pas autant qu'on voulait bien se l'imaginer.

Nat termina sa prière, et abattit une main sur la cuisse de son fils. Ils pouvaient maintenant se lever – et sortir.

Au seuil de la synagogue, tous deux s'arrêtèrent, clignant des yeux face à la clarté du jour.

— J'adore ton fils, Abraham, et tu le sais. Ça n'a rien à voir avec lui… C'est toi.

Abe inspira longuement.

— Quoi, moi ? Je ne fais pas exprès, tu le sais bien, d'être obligé de bosser le jour de congé de Rita. Mais on a besoin de moi au bureau.

Nat leva les yeux au ciel.

— On a toujours besoin de toi au bureau. Et ton fils a besoin de toi ici. Suppose que je te dise : « Non, je dois retourner prier » ?

— Eh bien, je crois que j'irais chercher Orel et que je l'emmènerais avec moi.

— Au contact de tous ces criminels ? Riche idée. Mieux vaut qu'il reste ici.

— Sauf qu'il a son entraînement de football.

— Ah oui, exact. Et c'est beaucoup plus important que d'aller à la synagogue pour le sabbat.

— Il se trouve qu'il y est, papa, et que je lui ai dit que tu irais le chercher. Si tu ne veux pas y aller, tant pis, mais j'ai besoin de le savoir tout de suite, d'accord ?

La sérénité disparut d'un coup du regard paternel, remplacée par un rare éclair de colère.

— Avec toi, Abraham, c'est toujours tout, tout de suite, riposta Nat d'une voix cassante. Tu ne t'es jamais interrogé là-dessus ?

— Non, répliqua Abe, haussant le ton à son tour, je n'ai vraiment pas le temps de me poser ce genre de questions. Et tu veux savoir pourquoi ? Parce que la crise est partout. Parce que tout devrait déjà avoir été fait, et que, quand vient le samedi, tout ce qui aurait dû être fait le vendredi reste encore à faire… Désolé, ajouta-t-il, s'efforçant de ravaler sa colère. Je n'ai aucune envie de te crier dessus.

Nat posa une main sur l'épaule de son fils. Abe était aussi massif et sanguin que sa mère, Emma. Il dominait largement son vieux père, qui haussa les épaules.

— On m'a déjà crié dessus, Abraham. Ce ne sont pas tes cris qui m'inquiètent. C'est ton fils. C'est le temps qui s'enfuit sans que tu l'aies vu passer.

Glitsky dit à son père qu'il serait de retour à la maison pour dîner avec Orel et lui.

Leur prise de bec n'en continua pas moins de le préoccuper tandis qu'il roulait vers le palais de justice. Elle le hantait encore quand il en franchit les portes pour s'engager dans le long couloir qui menait aux services du DA – le terminal de Connards Airlines. Qu'est-ce qu'on pouvait bien lui vouloir un samedi après-midi ?

Les politiques s'imaginaient qu'il leur suffisait de claquer des doigts pour le voir rappliquer ventre à terre. Et il était en train de leur prouver qu'ils avaient raison de le croire. Il aurait dû répondre non – il avait mieux à faire que de venir leur parler de Ron Beaumont. Mais c'était trop tard.

Scott Randall était déjà dans le bureau de Sharron Pratt avec Sa Seigneurie le district attorney, l'enquêteur judiciaire Peter Struler, le directeur de la police Dan Rigby et son adjoint le capitaine Frank Batiste, prédécesseur d'Abe à la tête de la criminelle. La pression devait être montée d'un cran. Quatre des cinq personnes présentes – tout le monde sauf Batiste – semblaient engagées dans une conversation amicale qui s'arrêta net dès que l'ombre de Glitsky eut franchi le chambranle.

— Ah, lieutenant Glitsky ! lança Pratt, les fesses posées sur un coin de son bureau, en frappant dans ses mains comme si elle était à la fois surprise et ravie de son arrivée.

Batiste, remarqua Glitsky, se tenait à l'écart dans une position commodément neutre. On aurait cru qu'il cherchait à mémoriser la forme des taches du plafond. Un brave type, dont le langage corporel en disait long : il ne se sentait pas concerné. Le grand patron l'avait donc convoqué pour neutraliser Abe et faire en sorte que la criminelle reçoive le message – quel qu'il soit.

Rigby et Randall, assis chacun à un bout de la banquette, consultaient des papiers étalés devant eux sur la table basse.

— Ah, madame Pratt, répliqua Glitsky, joignant les mains sans les faire claquer.

L'imitation n'est pas forcément une forme de flatterie. Elle peut aussi signifier qu'on n'est pas dupe. Abe fit halte sur le seuil, adopta une pose d'homme tranquille. Il hocha la tête à l'adresse des autres visiteurs.

— Salut, les gars.

S'ensuivit un silence embarrassé, au cours duquel des regards furent échangés. Rigby attendait visiblement un signal pour ouvrir le feu. Il finit par s'éclaircir la gorge.

— Il s'agit de l'affaire Beaumont, Abe. La presse parle beaucoup de cette femme, celle qui est en prison.

— Frannie, opina Glitsky. Elle s'appelle Frannie Hardy.

— Oui, c'est ça, bien sûr. Frannie.

Le directeur de la police chercha des yeux Pratt, obtint un feu vert secret, s'éclaircit de nouveau la gorge.

— Nous sommes à peu près décidés à lancer un avis de recherche contre Ron, le mari, et nous voulions vous consulter d'abord. Avoir votre avis.

— On ne veut pas vous laisser à l'écart, Abe, assura Pratt.

Glitsky décocha un coup d'œil à Batiste, et les deux hommes se livrèrent à un exercice de communication non verbale d'une milliseconde. Puis Abe croisa les bras, s'adossa au cadre de la porte.

— Votre sollicitude me touche, Sharron, merci beaucoup. Et cet AR ? J'imagine qu'il se fonde sur des éléments nouveaux recueillis par l'enquêteur Struler, c'est ça ?

— Nous voulons voir Beaumont, intervint Randall. C'est tout. Nous voulons lui parler.

— Vous n'avez pas besoin de moi pour lui parler. Vous n'avez pas besoin de moi pour lancer un AR. Mais je suis curieux de savoir ce que vous ferez si vous réussissez à lui mettre la main dessus.

Son regard alla de Struler à Randall. De l'autre côté de la pièce, Batiste porta une main devant sa bouche pour refouler le sourire qui menaçait d'en soulever les commissures.

— Comment ça ? questionna Struler. On va l'amener ici, et...
— L'arrêter, vous voulez dire ?
Acculé, Struler observa Randall, puis Pratt, avant d'opiner.
— Bien sûr.
— Sans preuve ? Sans la moindre chance de passer le cap de l'instruction et d'aller au procès ? Vous tenez à être poursuivis pour arrestation arbitraire ?
Rigby s'éclaircit la gorge.
— Ce n'est pas comme s'il n'y avait rien contre lui, Abe.
Glitsky se tourna vers lui.
— Ah bon ? S'il y a quelque chose, je ne l'ai pas vu.
— Il s'est volatilisé, observa Randall.
— Et alors ? rétorqua Abe avec un haussement d'épaules.
— Le meurtre a eu lieu chez lui, renchérit Pratt. Sans qu'il y ait trace de la présence de qui que ce soit d'autre. Il se pourrait que sa femme ait eu un amant, et qu'elle ait annoncé à Ron qu'elle allait le quitter. En procédant par élimination, on en revient toujours à lui.

Glitsky lui jeta un regard incrédule, et se demanda une fois de plus si le magistrat suprême de la ville et du comté avait déjà gagné un procès. Ça ne semblait pas imaginable.

— Si vous comptez là-dessus pour persuader un jury d'oublier le bénéfice du doute, Sharron, je vous souhaite bonne chance.

Rigby, en bon animal politique, tenta d'arrondir les angles.

— Le fait est, Abe, qu'il nous faut avancer sur ce dossier.

Pratt ne put s'empêcher d'intervenir de nouveau.

— Nous croulons sous les appels, et nos concitoyens ont très mal réagi à l'incarcération de cette femme.

Elle avait accompli une bonne partie de sa carrière en enfreignant la loi, et semblait maintenant avoir quelque peine à admettre le fait que ses problèmes politiques n'allaient pas disparaître si elle continuait de l'enfreindre.

— Le maire m'a téléphoné ce matin, est-ce que vous vous en rendez compte ?

— Adressez-vous au juge Braun, répliqua Glitsky en haussant les épaules.

— Le maire s'en est déjà chargé.

— Et ?

La réponse coulait de source. Ils n'auraient pas tous été là, autrement. Braun n'avait pas bougé d'un millimètre.

Randall jugea le moment venu de dévoiler le cœur de sa théorie.

— En mettant Beaumont en garde à vue, Abe, on détourne l'opinion publique de Frannie pour la focaliser sur Ron. Il sera considéré comme le responsable de la situation de votre amie.

Ces gens vivaient décidément sur Mars, songea Glitsky.

— Si j'ai bonne mémoire, c'est vous qui l'avez fait écrouer, pas vrai, Scott ?

Le jeune procureur balaya la remarque d'un revers de main.

— De manière parfaitement justifiée, et le juge Braun était tout autant dans son droit. Seulement, les retombées politiques commencent à être importantes, et...

— ... et vous avez décidé de sacrifier Ron Beaumont, coupa Glitsky en promenant sur ses interlocuteurs un regard circulaire. Ce n'est pas de cette façon que ça fonctionne, les gars. (Il fit face à Rigby.) Qu'est-ce que vous voulez que je fasse, chef ?

Rigby, assis tout au bord de la banquette, tourna vers lui un masque lugubre.

— Qu'avez-vous au juste, Abe ?

— Les notes de Griffin. Autant dire à peu près rien... J'ai une meilleure question. (Son regard revint sur Pratt.) Pouvez-vous me dire exactement, Sharron, qui est en train de faire pression pour que vous arrêtiez Beaumont ?

Le personnel de l'aéroport – Struler, Pratt et Randall – se lança de nouveau dans un dialogue muet. Glitsky commençait à être fatigué de ces messes plus que basses, mais son expérience lui avait appris que s'il les laissait se dérouler, elles le mèneraient peut-être quelque part.

Pratt descendit de son bureau et le contourna pour ouvrir un tiroir, qu'elle referma tout de suite après.

— La société Caloco aimerait naturellement voir ce dossier bouclé au plus tôt. Elle est très souvent citée dans les médias, comme vous le savez peut-être.

— Elle fait partie de vos soutiens financiers ?

La réaction de Pratt – l'imperceptible étirement de ses yeux –

indiqua à Glitsky qu'il avait mis dans le mille. Peut-être n'avait-il pas pratiqué vingt-cinq ans d'interrogatoires pour rien. Cependant, le DA ne perdit pas son sang-froid.

— Elle soutient aussi mon adversaire, lieutenant.

— Et tant que l'élu lui renvoie l'ascenseur chaque fois qu'elle le demande, la pompe à fric continue de fonctionner, c'est ça ? De quoi s'agit-il ? De trouver un bouc émissaire présentable ?

— Lieutenant, vous passez les bornes ! aboya Rigby.

Batiste se décida à faire quelques pas en direction du groupe. Il avait passé de nombreuses années à la criminelle, et paraissait avoir été brusquement gêné par une mauvaise odeur.

— Sauf votre respect, monsieur le directeur, Abe vient de poser une question pertinente. Si la direction de Caloco tente d'influencer le déroulement de l'enquête, ses chances d'être impliquée d'une manière ou d'une autre s'en trouvent forcément augmentées.

— C'est ridicule ! s'écria Pratt.

Randall s'était levé à son tour, prêt à défendre sa patronne.

— Complètement ridicule ! On ne peut pas lancer ce genre d'accusation en l'air, capitaine. Caloco est la coopération même depuis...

— Je n'ai lancé aucune accusation, se défendit Batiste. Je dis seulement que le lieutenant a le droit de s'interroger. Vous avez quelque chose sur Caloco ?

— Il n'y a rien à avoir, répondit Struler avec feu. Ce sont eux qui sont venus nous trouver avec une pile de documents. Et c'est ce qui nous a décidés à mettre la main sur Ron.

Pendant un interminable moment, une immobilité totale régna sur la pièce. Scott Randall finit par grommeler un « merde » dans sa barbe. Même le politicien Rigby – venu pour tâcher d'imposer à Glitsky la ligne du parti – fronça les sourcils. Dans ce puits de silence, Batiste laissa tomber un caillou qui résonna longtemps.

— Quels documents ?

— Je n'ai vu aucun document, renchérit Abe.

— Ils n'ont pas encore été versés au dossier, dit Pratt, tentant en vain de colmater la fuite : l'eau giclait déjà de partout. Les gens de Caloco nous ont joints de leur propre initiative.

— Avec quoi ? Quand ? s'enquit Glitsky, finalement heureux d'être là en ce beau samedi.

Pratt reprit sa position initiale sur le bureau et lui adressa un petit sourire d'excuse.

— Mme Beaumont était une de leurs collaboratrices estimées jusqu'à une époque très récente. Deux semaines après le meurtre, alors qu'aucun suspect n'avait encore émergé, la direction de Caloco a contacté mes services pour proposer de nous remettre tous les documents dont elle disposait à son sujet.

— Et, comme de bien entendu, constata Glitsky d'une voix pleine de sarcasme, dans la mesure où il s'agissait d'un meurtre, vous avez tout de suite prévenu la brigade criminelle afin qu'on puisse évaluer ces informations.

— Vous aviez déjà laissé tomber l'affaire, répliqua Randall.

Glitsky resta immobile sur le seuil. Il avait depuis longtemps abandonné sa pose désinvolte. Ce n'était pas seulement de la mesquinerie politique, c'était aussi une entorse grave à l'éthique judiciaire. Une obstruction caractérisée de la part des services du DA. La couleuvre était difficile à avaler – mais il sut d'emblée ce qu'il allait en faire.

— J'espère voir tous ces documents sur mon bureau dans l'heure, lâcha-t-il.

Glitsky n'avait toujours rien reçu du DA quand Hardy frappa à sa porte, quelques minutes après avoir quitté sa femme au parloir.

— Alors, on travaille le jour du sabbat ? lança-t-il sur le seuil.

Courbé sur un fouillis de papiers, Abe lui jeta un regard noir.

— Ne commence pas. S'il te plaît !

— D'accord, déclara Hardy, jetant de loin un sac de papier brun sur le bureau. Je me suis dit que, puisque j'étais dans le coin, j'allais te faire profiter de ces restes.

— Décidément, c'est mon jour pour les restes, observa Glitsky avec un soupir en attrapant le sac. C'est quoi ?

Les traits du lieutenant ne s'illuminèrent pas exactement – c'était chose impossible, selon l'opinion de Hardy –, mais le changement de son expression lui réchauffa néanmoins le cœur.

— Des bagels au saumon ? Dis-moi que ce sont des bagels au saumon.

— Tes préférés. Il devrait y en avoir plus, mais le sergent de garde à la prison en a déjà bouffé un kilo.

Glitsky déchira le sac, et entreprit d'en étaler le contenu sur le papier brun.

— Tu as fait entrer ça là-bas ?

— Théoriquement, la réponse est non, même si tes copains matons m'adorent. Pas de nourriture à l'intérieur. Ils se sont gardé le tout pour eux pendant que je parlais à Frannie. Je peux entrer ?

— Depuis quand est-ce que tu demandes la permission ?

Hardy s'avança tout en haussant les épaules.

— Ma nouvelle politique : demander d'abord. Je fais un essai, expliqua-t-il en s'asseyant sur une chaise face à Glitsky. Tiens, pendant que tu te goinfres, je vais te raconter celle des trois lépreux.

Abe leva les yeux au ciel. Les blagues de Hardy le mettaient régulièrement à la torture.

— Pourquoi faut-il qu'ils soient toujours trois ? objecta-t-il, la bouche pleine.

— T'occupe. Donc, les voilà tous les trois devant le siège du *Livre des records*. Le premier dit aux deux autres qu'il a les plus petites mains du monde, et qu'il va les montrer aux gens du Guinness pour entrer dans le livre. Cinq minutes plus tard, il ressort de l'immeuble tout excité...

— D'accord, marmonna Glitsky entre deux bouchées. Le deuxième, c'est les pieds, et le troisième la bitte. Si tu passais à la chute ?

Hardy était habitué aux impatiences de Glitsky.

— Le troisième lépreux ressort, l'air très déprimé, et ses potes lui demandent ce qui s'est passé. Alors quoi, il n'a pas la plus petite bitte du monde ?

— Ne me fais pas languir, dit Abe en engloutissant un bagel.

— Le mec secoue la tête, regarde ses copains et leur dit : « Bon sang, vous aviez déjà entendu parler d'Abe Glitsky, les gars ? »

Avec la réaction attendue – aucune –, Glitsky se carra dans son fauteuil.

— Je viens de passer un excellent moment, lança-t-il. Tu veux que je te raconte ?

Et il retraça à Hardy les grandes lignes de son entrevue avec Pratt et le reste de la bande. Quand il eut fini, son ami demeura un instant figé sur sa chaise dans une sorte d'état de choc.

— Alors, Dan Rigby était de la partie ? demanda-t-il. Tu tiens une occasion en or de faire tomber Pratt, le sais-tu ? Soit dit en passant, je connais un avocat qui serait ravi de t'aider. Et tu pourrais te retrouver directeur de la police.

— Je n'ai aucune envie d'être directeur de la police, rétorqua Glitsky avec une grimace. Par moments, je n'ai même pas envie de rester à la tête de la criminelle. J'aimerais redevenir un vrai flic. Attraper les méchants.

— Tu vas peut-être pouvoir le faire. Que crois-tu qu'il y ait dans ces documents ?

— On le saura bientôt. Tu te rends compte de leur arrogance ? Jamais il ne leur est venu à l'esprit qu'ils n'avaient pas le droit de garder ces papiers pour eux. Ils sont arrivés chez eux, donc ils leur appartiennent, et au diable la légalité !

— Tu ferais mieux de faire attention, tu commences à parler comme un avocat, remarqua Hardy en reculant sa chaise de quelques centimètres. C'est ce qui explique ta présence ici un samedi ?

— Plus ou moins.

— Et moi qui espérais vaguement que c'était à cause de tes deux inspecteurs ! Je me disais qu'en relisant les papiers de Carl Griffin, comme te l'avait suggéré ton meilleur ami, ils avaient fini par tomber sur quelque chose.

— Ma foi, puisque tu en parles...

Glitsky froissa en boule le papier brun du traiteur et le jeta dans la corbeille. Les documents qu'il étudiait à l'arrivée de Hardy semblaient en désordre, mais il en sélectionna plusieurs d'une main aussi sûre que s'ils obéissaient à une disposition précise.

— Voici un double des notes prises par Griffin sur son calepin. Il a enquêté dans l'immeuble Beaumont. Rien n'indique qu'il ait obtenu quoi que ce soit de ses témoins, mais vu qu'il ne faisait jamais de compte rendu écrit... (Il leva les yeux sur Hardy et haussa les épaules.)... on ne peut pas trop le savoir.

Glitsky souleva ensuite une autre liasse de feuillets agrafés.

— Le rapport de la police scientifique. Rien. Aucun éclat de verre susceptible de correspondre à ceux qui étaient fichés dans son cuir chevelu.

— Et qui provenaient ?

Le lieutenant passa à la page suivante.

— Théoriquement, d'un verre ou d'une coupe en cristal. On n'a rien trouvé qui puisse correspondre chez les Beaumont.

Hardy s'absorba dans la lecture des notes de Griffin.

— Tiens tiens, revoilà Jim Pierce. Damon Kerry, Al Valens... Comment Griffin a-t-il fait pour arriver jusqu'à eux ?

— Le veuf éploré, ton grand pote Ron. Sûrement pour l'aider à découvrir le coupable.

— Et il pensait qu'un de ces types...

— Il a juste balancé une série de noms, coupa Glitsky, secouant la tête. Des gens que voyait Bree. (Une pause.) Pourquoi est-ce que tu viens de dire « *Revoilà* Jim Pierce » ?

— Pardon ?

— Tu viens de dire : « Revoilà Jim Pierce. »

Hardy sourit.

— Ça ne peut pas être moi. C'est sûrement quelqu'un d'autre... Bon, d'accord. Mais ce serait vraiment chouette si, de temps en temps, tu t'abstenais de relever les lapsus. Je les ai vus – Pierce et sa femme – il n'y a pas deux heures. Tu apprécieras sans doute de savoir que tes inspecteurs sont passés avant moi.

— Simple routine. Il a un alibi correct.

— Correct ? C'est tout ?

— Il était en route vers son bureau. Il a quitté son domicile en voiture à huit heures, et il est arrivé à son siège de l'Embarcadero quarante minutes plus tard.

— Quarante minutes ? Je viens de le faire en un quart d'heure.

— Ouais, un samedi après-midi. Essaie un matin de semaine à l'heure de pointe. Coleman et Batavia l'ont fait hier soir, et ils ont mis une plombe. Et Pierce avait les pieds sous son bureau à huit heures quarante. Je sais que tout est bon à prendre au point où on en est, mais personne n'a vu Pierce près de chez Bree. Il a dit à mes hommes qu'il ne l'avait pas rencontrée depuis quatre mois. Ils sont en train de vérifier, mais jusqu'ici ils ont toujours eu droit au même son de cloche : pas trace de contact.

— Et en ce qui concerne Damon Kerry ?

Les lèvres de Glitsky se plissèrent.

— Il vise le fauteuil de gouverneur, Diz. Je n'y crois pas.

— Moi non plus, mais était-il dans le secteur ?

— Il était dans le centre. En train de tourner un spot publicitaire de campagne.

— Il la voyait ?

— Quelquefois. Souvent.

— Ils couchaient ensemble ?

Cette question suscita un quasi-sourire, ce qui chez Glitsky était une rareté absolue.

— Quel sens de la poésie. Disons seulement que, pour une femme mariée, elle passait beaucoup de temps avec lui. Mais Kerry n'est pas encore un lièvre assez couru pour que les journalistes soient sur son dos vingt-quatre heures sur vingt-quatre. Son entourage dément toute implication personnelle. Bree était une conseillère technique spécialisée dans les questions d'environnement. Point barre.

— Salariée ?

— Non. Une bénévole de plus, tout ce qui fait la grandeur de notre pays. (Il leva une main pour empêcher Hardy de réagir.) Je sais, mais Griffin n'a pas eu le temps d'arriver jusqu'à lui, et maintenant, à quatre jours du scrutin et sans aucun élément matériel nouveau, je ne peux pas lui coller deux inspecteurs au cul.

— Pourquoi pas ? C'est ce que je ferais.

— Je n'en doute pas, et c'est pour ça que tu n'es plus fonctionnaire. Cela dit, nous l'avons prié de venir déposer, et bien sûr il nous a promis sa pleine et entière coopération. Dès qu'il aura une minute de libre, ce qui devrait arriver autour de Noël, il nous considérera comme sa priorité absolue. (Un soupir.) Tu sais, Diz, toi et moi, on a peut-être de bonnes raisons de vouloir que ce ne soit pas Ron, mais ça reste possible. Vraiment. Il a nettement plus le profil que Kerry, ou que Pierce, et je te dis ça avant même d'avoir vu ce qu'il y a dans les mystérieux documents Caloco.

Hardy secoua la tête.

— Je n'en suis pas si sûr. Le fait que Kerry soit en campagne électorale me plaît assez : il est stressé à bloc, et voilà que cette femme lui pose un problème qui risque de faire dérailler sa campagne. Vu qu'il n'a pas le temps de réfléchir, il fait le premier truc qui lui passe par la tête, et la voilà sur le carreau. Hé... À mon avis, ça se tient parfaitement.

— Kerry aurait débarqué chez elle ?

— Possible. Qu'est-ce qu'on en sait ? Vous avez relevé ses empreintes ?

— Des empreintes ? Diz, s'il te plaît.

Les empreintes étaient précieuses quand on pouvait les confronter à celles de délinquants fichés ; mais quand quelqu'un n'avait jamais commis aucun crime, ses empreintes ne figuraient pas dans la base de données de la police.

— On a trouvé des empreintes sur la porte-fenêtre du balcon et sur les assiettes de l'évier. Celles de Ron et de ses enfants. On n'a pas eu besoin de les confronter, parce qu'on avait les intéressés sous la main. À part ça, on en a une douzaine – ou une quinzaine – d'autres non identifiées. Elles pourraient appartenir à des amis des gosses, à des amis de la famille, à n'importe qui. Sauf à un criminel connu, évidemment.

— Par conséquent, elles pourraient appartenir à Damon Kerry.

— On risque de ne jamais le savoir. Mais, même si c'était le cas, qu'est-ce que ça prouverait ?

— Ça le situerait sur le lieu du crime.

Glitsky leva les yeux au ciel.

— Et pourquoi n'aurait-il pas pu se trouver là-bas à un autre moment de ces derniers mois ? Il connaissait Bree. Il serait allé chez elle. Et après ? Je vais te dire une chose ; *toi*, va voir Kerry, emprunte-lui ses godasses, repère un éclat de cristal dans la semelle. Ensuite, découvre un témoin assurant l'avoir vu chez Bree – ou, mieux encore, quelqu'un pouvant affirmer qu'ils s'envoyaient en l'air ensemble, ou qu'ils avaient arrêté de

s'envoyer en l'air, n'importe quoi… (Il baissa le ton, fixa son ami.) Plus j'y pense, Diz, et même si ça me navre de le dire…
Hardy leva une main.
— Alors, ne le dis pas.

17

Le temple de l'Eau de Pulgas est construit au cœur d'un moutonnement de collines, à un peu plus de trente kilomètres au sud de San Francisco, dans un site paisible et pittoresque. Son élégant péristyle en demi-cercle, formé de hautes colonnes ioniennes blanches, s'élève à l'arrière d'un bassin rectangulaire pour saluer un des plus fameux – ou un des plus infâmes – ouvrages d'ingénierie de l'histoire de la Californie : le projet Hetch Hetchy. Ce prodige d'architecture et d'urbanisme a permis au début du siècle de capturer les eaux abondantes issues de la fonte des neiges de la Sierra Nevada, dans le Yosemite, pour les acheminer, sur plus de trois cents kilomètres de canaux essentiellement souterrains, vers une vallée – Hetch Hetchy – qui était jusque-là un territoire sacré pour les Indiens.

L'ancien sanctuaire est ainsi devenu le réservoir de Crystal Springs, principale source d'eau potable de San Francisco – et facteur clé de la transformation d'une région naturellement aride, qui semblait promise à rester une curiosité touristique caractérisée par de splendides paysages et un climat médiocre, en un pôle urbain de premier plan.

Les terrains paysagers qui entourent le temple constituent un lieu de pique-nique très apprécié des autochtones, et ce bel après-midi offrait un spectacle typique de l'été indien – un patchwork de couvertures étalées sur les pelouses, envahies de nourriture et de boissons, des barques circulant sur la pièce d'eau, des chiens et des bambins gambadeurs, des couples, des cyclistes, des lecteurs solitaires. De temps à autre, une voiture de patrouille du comté de San Mateo traversait le site au ralenti, mais il n'y avait pas de présence policière permanente. La nécessité ne s'en était jamais fait sentir.

Le parking était presque complet, et la Chevrolet Camaro parfaitement quelconque qui venait de quitter la grand-route pour s'y engager ne trouva de place que dans son extrémité nord, à près de trois cents mètres du temple.

Deux hommes d'âge moyen en descendirent par l'avant, deux femmes par l'arrière. Tous les témoins oculaires devaient plus tard s'accorder pour dire qu'ils étaient trop chaudement vêtus pour la saison – fichu autour de la tête pour les femmes, chapeau enfoncé sur le front pour les hommes –, mais lorsqu'ils quittèrent leur véhicule, personne ne fit attention à eux. Sans un mot, ils se rassemblèrent autour du coffre. Les deux hommes et une des femmes en sortirent un immense panier à pique-nique qu'ils entreprirent de porter à trois vers le temple. La seconde femme remonta dans la voiture, s'installa au volant, baissa la vitre.

Sur le parking, les trois porteurs n'avaient rien entendu d'autre que le pépiement des oiseaux et la rumeur assourdie des badauds qui pique-niquaient ; mais, au fur et à mesure qu'ils s'approchaient du temple, un grondement sourd devint audible, puis éclipsa tout le reste.

— L'un de vous a déjà piqué une tête là-dedans ? demanda un des hommes.

Il n'attendait pas vraiment de réaction, cherchait juste à dominer sa nervosité, et aucun de ses compagnons ne lui répondit. Ou alors, sa réponse fut avalée par le fracas des flots qui se déversaient dans le réservoir.

— Quand j'étais ado, enchaîna-t-il, c'était *le* truc pour prouver sa virilité. Je connais un mec qui s'est cassé la jambe et a failli se noyer. Moi, je me suis retrouvé au milieu du bassin.

L'homme faisait allusion à ce qui avait été jadis un rite initiatique très apprécié des jeunes gens de la péninsule de San Francisco. Pendant plusieurs années, des adolescents saturés de testostérone étaient venus là avec leurs copains ou leurs copines, en général au crépuscule, pour enjamber le muret du temple et se jeter dans l'eau glaciale qui bouillonnait cinq mètres plus bas, vomie par une énorme canalisation au rythme de plusieurs milliers de litres à la seconde. Le courant faisait remonter les gosses à la surface du réservoir circulaire – quand il ne les plaquait pas au fond jusqu'à ce qu'ils aient rendu l'âme –, et les précipitait ensuite dans un tunnel immergé d'une quinzaine de mètres de longueur, d'où ils ressortaient à toute allure par le canal menant au réservoir principal.

Suite aux noyades répétées, l'État avait fini par faire poser une grille au-dessus du réservoir pour empêcher les gosses de se jeter dedans.

Tandis que les trois visiteurs s'approchaient du muret, la femme – qui paraissait être le chef – jeta un coup d'œil en arrière, afin de s'assurer que leur voiture avait quitté sa place de parking et était prête à les emmener loin de là au quart de tour. Il y avait un jeune couple sur la plate-forme ; le garçon avait passé un bras autour de la taille de la fille, et tous deux étaient tellement fascinés par le tumulte des flots qu'ils n'allaient sans doute pas partir dans les cinq minutes à venir.

Un randonneur solitaire, en short et chaussures de marche, s'approchait en gravissant les degrés de l'escalier circulaire du temple. Derrière lui, une famille de pique-niqueurs était en train de lever le camp et s'apprêtait apparemment à avancer dans la même direction.

Le randonneur croisa le regard de la femme au fichu, qui, bêtement, détourna les yeux un peu trop vite. Coupable, coupable, coupable. Il continua de la fixer. Elle avait attiré son attention – faute grave. Il parut alors remarquer le grand panier à pique-nique posé par terre aux pieds de la femme. Une ombre passa sur ses traits, peut-être à cause de l'incongruité de ce panier – ou de l'étrangeté du trio en tenue d'hiver qui l'avait transporté jusque-là.

La femme lança un bref coup d'œil en direction des quatre pique-niqueurs. Eux aussi approchaient.

La Camaro était à son poste. Ils ne pouvaient plus se permettre d'attendre, tant pis pour les dégâts. Ils avaient prévu cette éventualité. Ils étaient prêts.

La femme adressa un signe de tête à ses deux complices, leur indiquant du menton le randonneur solitaire. Lors de leurs réunions préparatoires, ils avaient décidé que si le destin leur faisait cadeau d'un imprévu de ce genre, ils tâcheraient d'en tirer un profit maximal. Leur action n'en serait que davantage remarquée. Les cris indignés de l'opinion portaient toujours nettement plus loin quand il y avait des blessés ou des morts, ce qui arrangeait bien leurs intérêts.

Un des hommes souleva le panier, et le déposa sur le sommet du muret pendant que l'autre partait nonchalamment sur les traces du randonneur – lequel semblait désormais fasciné par le spectacle de l'eau écumante, par son fracas, et par l'impression de puissance brute qui s'en dégageait. Au bout d'un moment, il releva la tête, repéra le panier dans sa nouvelle position – encore plus incongrue que précédemment. Il fit mine de lever une main.

— Hé, qu'est-ce que... ?

Le moment était venu d'agir. Sur un nouveau signe de tête, les deux hommes entrèrent en action. Celui qui avait jadis sauté dans ce bassin pour prouver sa virilité se précipita sur le randonneur par-derrière, et le fit basculer par-dessus le muret comme un sac de patates. Au même instant, son comparse souleva le couvercle du panier à pique-nique, en sortit un des bidons de vingt litres qu'il contenait, puis le vida au-dessus de la grille du réservoir pendant que la femme exécutait la même opération avec le second bidon.

Ensuite, ils détalèrent tous les trois en laissant leur panier et les deux adolescents cloués sur place, incapables de décider s'ils devaient secourir le randonneur ou se lancer à la poursuite de ses agresseurs.

Ils frôlèrent la famille coudes au corps, s'entassèrent dans la Camaro, et démarrèrent dans un crissement de pneus.

Hardy apprit la nouvelle à la radio, pendant qu'il roulait vers son cabinet de Sutter Street après son entretien avec Glitsky. Un flash spécial recommanda aux habitants de San Francisco d'éviter d'utiliser l'eau du robinet jusqu'à ce que la substance qui venait d'être déversée dans le réservoir de Crystal Springs ait été formellement identifiée.

Le journaliste ajouta : « A priori, l'étiquetage des jerrycans abandonnés sur place par les malfaiteurs tendrait à suggérer qu'il s'agit de MTBE, l'additif pétrolier qui... »

Hardy se pencha pour augmenter le volume. Il n'avait jamais entendu parler de ce foutu produit avant cette semaine, et d'un seul coup le MTBE était partout.

« ... Un groupuscule intitulé Alliance Terre propre a depuis fait parvenir à notre station et à d'autres médias un communiqué revendiquant la paternité de cet attentat. Damon Kerry, le candidat au gouvernement dont le programme électoral fait la part belle à la mise hors la loi du MTBE en Californie, se trouve aujourd'hui à San Francisco. Lors de la conférence de presse qu'il vient de donner à l'hôtel *Saint-Francis*, il a répondu aux critiques qui lui reprochent d'être plus ou moins complice de telles actions. Voilà ce qu'il a notamment déclaré, à propos de cette nouvelle escalade dans ce qui a été baptisé la guerre des additifs... »

Hardy était arrivé devant l'entrée du parking en sous-sol de son immeuble, mais il attendit dans la rue pour ne pas manquer la fin du bulletin.

« "... Les individus qui essaient d'empoisonner l'eau potable de San Francisco sont des terroristes. Ils prétendent que leur action vise à démasquer la duplicité des compagnies pétrolières, selon lesquelles le MTBE ne constitue pas une menace significative pour la santé publique. Ils pensent que cet acte ignoble renforcera leur position. Mais moi, je dis que ce qu'ils ont fait est honteux et criminel. Parmi tous ceux qui se sont associés à ma campagne, personne n'éprouve autre chose que du mépris pour ces lâches." »

Le journaliste rendit l'antenne à l'animateur habituel de la chaîne, lequel mit de nouveau en garde ses concitoyens contre les dangers de l'eau du robinet, ajouta quelques détails sur l'action du commando et sur le randonneur – qui se trouvait à présent dans un état critique, la colonne vertébrale brisée –, et termina par un signalement sommaire des quatre terroristes.

Hardy écouta le tout dans une sorte de transe, puis il consulta sa montre, enclencha violemment la marche arrière et ressortit de

Sutter Street. Ce qu'il avait prévu de faire à son cabinet pouvait attendre. Le *Saint-Francis* n'était qu'à une dizaine de rues.

Al Valens régnait sur le hall de l'hôtel. Assez petit, bien habillé et solidement bâti, il paraissait déborder d'énergie. Hardy se tint un instant à l'écart après avoir franchi les portes tournantes qui donnaient sur le célèbre hall victorien et son horloge – le temps de s'imprégner de la configuration des lieux.

Valens souriait, fronçait les sourcils, distribuait des claques dans le dos, branlait du chef d'un air sagace – selon la nécessité du moment. Les journalistes, les curieux et le contingent habituel de touristes désœuvrés gravitaient encore autour de lui. Des techniciens de télé emportaient leurs caméras et leurs projecteurs.

— Mes amis, lança Valens à un petit groupe de reporters, vous l'avez entendu de la bouche de M. Kerry, et vous allez maintenant l'entendre de celle d'Al Valens : Nous n'avons strictement rien à voir là-dedans. Cet attentat est ignoble. Et ses auteurs sont des crétins.

Le regard soucieux de Valens se porta sur le sommet de l'escalier et l'entrée du bar *Rose des Vents*, dont le salon spacieux surplombait le hall. Hardy y avait donné rendez-vous à Frannie des centaines de fois. Il savait à présent où se trouvait Kerry.

Bien entendu, celui-ci était entouré – quatre vigiles en uniforme, un garde du corps en civil, et un type en smoking que Hardy reconnut comme étant le maître d'hôtel veillaient sur sa tranquillité. Mais il était assis seul sur une banquette, dans une partie du bar isolée par un cordon de velours. De temps en temps, il tendait le bras vers le verre d'eau posé sur la table basse devant lui à côté d'une carafe.

Le nom et le visage de Damon Kerry appartenaient au paysage de San Francisco depuis près d'une vingtaine d'années. Il avait fait ses débuts au conseil municipal, où il avait exercé deux mandats suffisamment remarqués pour démentir son image initiale – celle d'un enfant gâté auquel son papa aurait acheté ce siège de conseiller à titre de hochet. Kerry avait constamment été proche d'organisations écologistes comme Greenpeace ou autres

– à San Francisco, c'était toujours payant sur le plan politique –, mais il avait aussi consacré pas mal de son temps à gratter des baies et des plages polluées au mazout, à servir la soupe populaire, bref, à agir.

Après son entrée à l'assemblée législative de Sacramento, il avait maintenu ce côté activiste – surtout en matière écologique –, et ses électeurs de San Francisco ne l'avaient jamais abandonné. Il était leur chouchou, libéral jusqu'au bout des ongles, sincère et efficace. Il s'était contenté jusque-là d'opérer dans un registre discret. Mais il avait été contraint de quitter son siège en vertu de la législation californienne sur la limitation des mandats, et cela – plus que son ambition personnelle, selon certains – l'avait incité à monter dans le wagon anti-MTBE et à élargir son champ d'action au niveau de l'État. C'était alors, bien sûr, qu'Al Valens était entré en scène.

Kerry était un de ces hommes qui paraissent éternellement jeunes sans avoir à se forcer, et Hardy aurait aimé pouvoir le haïr. Il avait autour de quarante-cinq ans, mais ne les faisait pas. Pas une ride ne creusait le hâle d'un visage qui respirait la santé. Il paraissait en pleine forme dans son costume bleu nuit – ni petit ni gigantesque. Assis sur sa banquette, il évoquait irrésistiblement le garçon d'à côté qui aurait grandi et réussi. Un visage ouvert, séduisant sans être excessivement beau. Une paire d'yeux bleu ciel, un nez énergique, une dent ébréchée juste là où il fallait. Bref, il suffisait de l'apercevoir et de sentir les vibrations que dégageait sa personne pour avoir envie de l'aimer.

Le bar était à peu près désert. Toute l'action se déroulait dans le hall, au niveau inférieur. Hardy décida d'en tirer profit.

Il s'avança d'un pas assuré, adressa un signe de tête décontracté au garde du corps en civil, mit dans sa voix la dose qu'il fallait de gaieté et de volume.

— C'est Damon Kerry, là ?

Le vigile en uniforme le plus proche fit son boulot en lui barrant le passage.

— Plus d'interviews. Il a déjà donné. Si vous avez loupé le coche, tant pis pour vous.

Hardy n'entendait pas jouer la carte de la menace ou du bluff. Il s'écarta légèrement sur le côté, leva une main en signe d'excuse.

— Je ne suis pas journaliste, lança-t-il un peu plus fort, tout en cherchant le regard de Kerry par-delà le cordon. Je suis l'avocat de Ron Beaumont. Le mari de Bree.

— Vous seriez la reine d'Angleterre que ça changerait rien. On a dit : Plus d'interviews, et vous…

Mais Kerry avait redressé le menton.

— Attendez, intervint-il en se levant, le sourire politicien, la main tendue. Tout va bien. Je vais parler à cet homme… Bonjour. Je suis Damon Kerry. Que puis-je faire pour vous ?

— Je n'en sais trop rien. J'essaie de disculper mon client avant qu'ils décident de l'arrêter. Quand j'ai appris que vous étiez ici, l'idée m'est venue de faire un saut, histoire de voir si vous accepteriez de me dire quelques mots. C'est peut-être mon jour de chance.

Kerry jeta un rapide coup d'œil par-dessus l'épaule de Hardy, s'attendant peut-être à voir Valens rappliquer ventre à terre pour le tirer de ce mauvais pas. Mais son assistant resta invisible, et son regard revint sur Hardy, assorti d'un vague sourire.

— De quoi voulez-vous me parler ?

Hardy faillit se laisser tenter par la ligne sarcastique – répondre qu'il l'avait vu à la télé et souhaitait connaître le nom de son coiffeur. Il n'y avait qu'un seul motif susceptible d'expliquer sa présence, et Kerry le connaissait forcément, sans quoi il ne se serait pas levé. Hardy indiqua le cordon, puis la banquette où le candidat était encore assis quelques secondes plus tôt.

— Là-bas, peut-être ?

Après avoir rassuré ses anges gardiens une nouvelle fois, Kerry détacha le cordon, laissa entrer Hardy dans le périmètre isolé, et le suivit jusqu'à la banquette. Tous deux s'assirent. Kerry prit une expression intéressée, et ils passèrent une bonne minute à deviser sur l'origine du prénom de Hardy – Dismas, le bon larron du Calvaire, ultérieurement bombardé patron des meurtriers.

— Si je suis ici, déclara Hardy, c'est parce que vous pouvez peut-être m'aider à mieux cerner la personnalité de Bree. On dit que vous étiez proches. Peut-être lui est-il arrivé de faire allusion devant vous à des ennemis quelconques – ou de formuler des craintes concernant sa sécurité personnelle ?

Kerry reprit son verre d'eau et but une gorgée.

— Honnêtement, non. En soi, la nouvelle de sa mort m'a causé un choc terrible, mais quand j'ai appris que quelqu'un l'avait tuée… cela m'a paru impossible. Qui aurait pu la détester en tant qu'être humain ? Bree était la personne la plus adorable du monde.

— Dans ce cas, à quoi pensez-vous que son meurtre soit lié ? À cette histoire d'additifs ?

— Je n'en sais rien, répondit Kerry, secouant la tête. C'était peut-être un cambriolage. Elle se serait trouvée au mauvais endroit au mauvais moment.

Une pause suivit. Quand le candidat reprit la parole, Hardy eut l'impression d'une spontanéité accrue.

— Je n'arrive pas à comprendre. Vraiment. Cela dit, après ce qui s'est passé aujourd'hui, j'ai l'impression d'être incapable de comprendre quoi que ce soit. Empoisonner notre eau *potable* ? Quelle logique a pu conduire ces gens à commettre pareille atrocité ? Quand on est capable de ça… (Il n'acheva pas.) Et son mari ? Votre client ? Il n'a pas d'opinion sur ce qui est arrivé à Bree ? Il me semble avoir lu qu'il s'était enfui, non ?

— Il sait seulement qu'il n'est pas coupable. Je le crois. Et vous, qu'en pensez-vous ?

Le regard de Kerry s'échappa brièvement du périmètre de sécurité avant de revenir sur son interlocuteur.

— Je suppose qu'il ne serait pas soupçonné s'il n'y avait aucun élément, si ?

— Au contraire. Ce genre de choses arrive tout le temps. Vous connaissez Ron ?

— Non. Nous ne nous sommes jamais rencontrés.

Hardy fronça les sourcils.

— Qu'y a-t-il ? s'enquit Kerry.

— Rien. Je pensais qu'ils vous recevaient chez eux.

— Non. Bree était ma conseillère et mon amie – et même une excellente amie –, mais elle maintenait sa famille à l'écart de ses activités politiques. Je n'ai jamais vu ses enfants. Comprenez bien que je ne cherche pas à accuser son mari. Je suis sûr qu'il est lui aussi totalement anéanti par ce qui s'est passé.

— Il ne l'a pas tuée, affirma Hardy en se penchant en avant. Je peux vous l'assurer.

La force de sa conviction parut surprendre Kerry.

— Soit.

— Mais quelqu'un l'a fait, monsieur Kerry... S'il vous plaît, j'ai besoin de mieux cerner qui elle était – dans le vaste monde aussi, pas seulement en famille. Vous dites qu'elle n'avait pas d'ennemis, qu'elle était la personne la plus adorable qui soit sur Terre, mais je sais que les dirigeants de Caloco n'ont pas beaucoup apprécié son attitude, par exemple. Peut-être qu'ils n'étaient pas les seuls. Quelqu'un l'a tuée. Je dois savoir qui elle était. Pouvez-vous m'aider ?

La réaction de Kerry fut surprenante. D'abord, Hardy remarqua que, pour une fois, il ne guettait pas des yeux l'arrivée de sa cavalerie personnelle. Il garda le silence et se laissa aller en arrière contre le dossier de la banquette. Hardy l'avait pris au dépourvu en laissant tomber les questions purement factuelles. Kerry était en train de préparer sa réponse, et il ne voulait pas se louper. Au bout d'un moment, il se repencha en avant et joignit les mains, mais de façon beaucoup plus détendue qu'auparavant. Pour la première fois, il affronta le regard de Hardy.

— Bree était une sorte de vilain petit canard.

Voilà qui semblait contredire frontalement tout ce que Hardy avait entendu à propos de la jeune femme jusqu'ici – sa beauté, son charme, son intelligence, sa force de persuasion. Sans doute sa perplexité se lut-elle sur son visage, parce que Damon Kerry s'empressa de développer.

— Si vous voulez comprendre qui elle était vraiment, vous devez partir de là.

— Partir de quoi, au juste ?

Kerry inspira longuement, réfléchit avant d'expliquer :

— Toute sa jeunesse, elle a incarné la surdouée, la grosse tête – à une époque où on ne tenait pas à être trop intelligente quand on était une fille. Et elle, elle l'était *vraiment* et avait en plus des lunettes, une coupe de cheveux loufoque, une absence totale de style, et cette impression permanente de ne rien comprendre à ce qui se passait autour d'elle...

— Vous l'avez connue dans sa jeunesse ?

— Non, répondit Kerry en souriant avec chaleur, ce n'est pas ce que je voulais dire. Je l'ai rencontrée il y a tout juste quelques mois, mais j'en suis tout de même venu à très bien la connaître.

Un silence – que Hardy se garda de rompre. Kerry parlait, et c'était tout ce qu'il demandait.

— Quoi qu'il en soit, reprit le candidat avec un soupir, c'est son histoire. Elle n'était pas très appréciée de ses camarades. Elle n'avait pas beaucoup d'amies, aucun intérêt pour les activités collectives. Il n'y avait que ses études et la chimie.

— Mais... Bree était ravissante. Elle a sûrement eu des petits copains, non ?

— Non. Croyez-le ou non, les garçons la trouvaient moche. Elle m'a confié qu'elle n'était jamais sortie avec qui que ce soit avant la fac. Elle allait aux cours de danse avec son frère, c'est tout dire. Vous connaissez ces films où une fille plutôt quelconque finit par enlever ses lunettes et devient d'un seul coup la reine du bal ? Eh bien, Bree était comme ça, sauf que son histoire à elle ne s'est terminée que bien après ses vingt ans, et qu'à l'époque elle était déjà tellement accoutumée à être la fille que personne ne regarde qu'elle n'arrivait plus à se forger une autre image d'elle-même. Sans compter que son intellect la rendait menaçante aux yeux de beaucoup d'hommes.

Et sans compter, ajouta mentalement Hardy, qu'elle était déjà mariée, donc hors circuit. Mais était-elle vraiment hors circuit ? Kerry, visiblement perdu dans sa nostalgie, enchaîna :

— Ce qu'il faut comprendre – et peut-être que ça vous paraîtra drôle ou contradictoire étant donné son intelligence, mais je crois vraiment que cette histoire d'image personnelle l'a perturbée dans son développement affectif –, c'est qu'elle était très naïve. Presque inconsciente de tout ce qui se passait autour d'elle, sauf dans le domaine de ses recherches, et cela avait des répercussions dans sa vie professionnelle. Je veux dire, jusqu'à...

Kerry parut d'un seul coup désemparé.

— Jusqu'à vous ? risqua Hardy.

Les épaules du candidat se soulevèrent – une forme d'aveu.

— Le processus était déjà entamé avant notre rencontre. Elle était mûre.

— Mûre pour quoi ?

— Pour le changement, la conversion. Mais pas seulement.

Hardy eut vaguement conscience d'un bourdonnement d'activité dans le salon – tandis qu'une rafale de rires s'échappait d'un groupe de jeunes couples en train de rapprocher plusieurs tables. Le pot du soir après un après-midi de shopping – un monde qui n'avait plus rien à voir avec celui où vivaient maintenant Hardy et Frannie. Il reporta son attention sur le candidat, avec lequel il semblait avoir établi un authentique canal de communication. C'était presque surréaliste, mais il allait tout faire pour que l'échange continue aussi longtemps que possible.

— Quelle conversion, monsieur Kerry ?

— Une sorte de métamorphose. Ça vous paraîtra peut-être présomptueux, mais… (Il hésita. Hardy attendit.) Ce n'est pas qu'elle ait changé d'un seul coup, mais elle a pris conscience d'avoir changé. Elle était devenue cygne. Elle pouvait enfin voler.

— Je vois, déclara Hardy, qui ne comprenait pas tout, mais se promit de faire le tri plus tard. Et cette conversion s'est manifestée publiquement, n'est-ce pas, lors d'une émission de radio ? Et vous y avez joué un rôle ?

— Je ne sais pas jusqu'à quel point je peux prétendre y avoir joué un rôle, répliqua Kerry, haussant les épaules. Disons que ce débat semble avoir provoqué un déclic. Bree s'est aperçue que nous poursuivions les mêmes objectifs et que nous étions néanmoins emprisonnés chacun dans un camp. Ou plutôt qu'*elle* était emprisonnée. Elle en a conçu une certaine amertume vis-à-vis de ses employeurs, et je ne peux pas le lui reprocher.

— Vous pensez à Jim Pierce ?

À en juger par la réaction de Kerry, il avait visé juste.

— Il a été le premier à sentir le potentiel de Bree – sur le plan politique, j'entends. Il l'a dressée de manière à en faire un porte-étendard. Comme je vous l'ai dit, Bree était naïve. Elle a cru à sa version parce qu'elle a cru en lui. Pierce représentait peut-être les barons du pétrole, mais il se souciait de l'avenir du monde comme elle. En même temps, il s'est imposé comme une sorte de figure paternelle. Il l'a aimée à une époque où elle n'était encore qu'un vilain petit canard, ce qui a pesé lourd sur le plan affectif.

— Il l'a aimée ? Vous venez de dire : « Il l'a aimée »...

— Je n'en sais trop rien. Ce qui est sûr, c'est qu'il l'a fait trimer sans relâche, qu'il l'a récompensée grassement chaque fois qu'elle faisait ce qu'il voulait qu'elle fasse, qu'il était toujours là pour la caresser dans le sens du poil quand elle réalisait du bon boulot, et lui murmurer de ne pas s'inquiéter de tout ce qu'elle pourrait entendre ou penser par ailleurs. Elle désirait tellement lui plaire qu'elle lui obéissait aveuglément. (Nouvelle hésitation.) Je n'ai été qu'un catalyseur, en somme. Le déclic aurait fini par se produire sans moi. Bree était mûre. Elle avait grandi.

— Et vous avez commencé à vous voir.

Cette phrase ramena d'un seul coup Kerry à l'endroit où il se tenait et à ce qu'il était en train de faire – des confidences à un avocat dans le cadre d'une affaire de meurtre. Son personnage public – toujours aussi ouvert et charmant – retomba aussitôt entre eux comme un rideau de théâtre, ce qui déconcerta Hardy.

— Pas de la façon dont vous semblez l'entendre, monsieur Hardy. Bree était mariée.

— Mais pas vous.

Kerry le gratifia de son plus beau sourire de candidat, fouilla du regard les abords du salon, et parut décider que puisque les renforts n'arrivaient pas il irait à eux.

— En effet. Je n'ai jamais été marié. À croire que je n'ai pas encore trouvé la femme idéale.

Il abattit les paumes sur ses genoux et se leva.

— J'ai pris beaucoup de plaisir à discuter avec vous, mais il faut que j'aille calmer mon directeur de campagne. Cette affaire d'empoisonnement de l'eau..., ajouta-t-il en fronçant les sourcils. Atroce, vraiment atroce. (Un sourire, puis une main tendue.) N'oubliez pas de voter. Et bon courage.

Il rejoignit ses anges gardiens. Hardy, carré sur la banquette, regarda le petit cortège se former autour du candidat pour redescendre vers le hall.

Quand tout le monde eut disparu dans l'escalier, Hardy tendit le bras et, utilisant une serviette en papier de l'hôtel, prit le verre dans lequel Kerry avait bu. Il reversa le reste d'eau dans la carafe, et fourra le verre dans la poche de son blouson.

Encore sous le coup de l'acquisition de son trophée, Hardy s'aperçut soudain qu'il avait oublié de poser une question essentielle au clan Kerry. Il quitta d'un bond sa banquette, et rattrapa le candidat au moment où son entourage et lui rejoignaient Al Valens, qui venait d'en finir avec un énième journaliste.

— Excusez-moi... monsieur Kerry ?

Les cerbères s'apprêtaient à le refouler, mais une fois de plus Kerry leur fit signe que tout allait bien. Il était candidat, l'élection approchait, il se devait d'écouter les gens.

— J'ai une dernière question à poser, cette fois à M. Valens, si vous n'y voyez pas d'inconvénient. J'en ai pour une minute.

Kerry se fendit d'un sourire.

— D'accord, Columbo. Votre minute est accordée. Al, je vous présente M. Hardy. L'avocat de Ron Beaumont.

Les yeux de Valens circulèrent rapidement entre Hardy et Kerry. Sa main se tendit.

— Ravi de vous connaître. Quelle est votre question ?

— J'aurais aimé savoir pourquoi vous avez téléphoné à Ron Beaumont la semaine dernière. Il s'agissait des dernières recherches de Bree, je crois ?

Le sourire de Valens vacilla imperceptiblement.

— Je ne crois pas, dit-il en consultant Kerry du regard. On a appelé Ron, Damon ?

— Pas que je sache.

— Vous n'avez pas téléphoné à Ron Beaumont pour lui laisser un message mercredi ou jeudi dernier ?

Valens fit mine de réfléchir, observa de nouveau Kerry, secoua la tête.

— Vous devez confondre... Il me semble avoir entendu dire qu'il a quitté la ville, non ?

Hardy prit un air contrit.

— Désolé. J'ai sans doute été mal informé, déclara-t-il en souriant. Merci encore, monsieur Kerry.

— Je vous en prie, répondit celui-ci en le congédiant du geste. Je reste à votre disposition.

— Merde !

La voix de Valens siffla de manière presque irréelle au bout du fil.

— Il sait quelque chose. Ce type – Hardy. D'où est-ce qu'il sort ? Qu'est-ce qui se passe ?

Baxter Thorne répondit d'un ton parfaitement maîtrisé.

— Il est toujours préférable de dire la vérité, Al. Surtout devant Damon. Expliquez-lui que vous avez eu un trou de mémoire. Que vous étiez bouleversé par ces accusations de terrorisme qu'on vous a faites aujourd'hui. Que vous aviez la tête ailleurs et que, pendant quelques instants, vous n'avez pas été capable de vous en souvenir. Ensuite, la mémoire vous est revenue : vous avez effectivement appelé Ron à propos… Voilà, excellent !… à propos des quelques mots d'hommage à Bree que Damon a l'intention de prononcer en public s'il est élu – ou plutôt quand il sera élu. Dans son discours inaugural, enfin, si Ron n'y voit pas d'objection, si ce n'est pas trop douloureux pour lui. Voilà pourquoi vous l'avez appelé.

— Mais comment ce Hardy a-t-il fait pour savoir… ?

— Vous avez laissé un message, répondit doucement Thorne. Il a dû l'écouter.

— Mais comment ?

— Il s'est sûrement rendu sur place. Chez Bree.

— Pour retrouver le rapport ?

— Je l'ignore. Peut-être. Sûrement pour chercher quelque chose… Vous dites que c'est l'avocat de Ron ? Peut-être que ce qu'il cherche n'a rien à voir avec notre problème. Ne vous en faites pas. Je vais me renseigner. Concentrez-vous sur votre campagne.

— D'accord. Mais quand même, ça m'inquiète.
— N'y pensez plus, Al. S'il se trame quoi que ce soit, je m'en occuperai.

18

La soirée s'annonçait claire et douce, sans trace de brouillard. Hardy avait le sentiment d'être enfin sur une piste. Les faux-fuyants et les mensonges avaient toujours quelque chose d'excitant.

Il aurait aimé disposer des empreintes d'Al Valens en sus de celles de Damon Kerry. Il ne s'expliquait pas pourquoi Valens avait nié avoir téléphoné à Ron. En revanche, il avait le verre de Kerry. Il le laissa sur le bureau d'Abe Glitsky, accompagné d'un message sibyllin disant qu'il s'agissait d'une pièce à conviction capitale pour le dossier Beaumont, et que ses empreintes digitales devraient être comparées à celles qui avaient été retrouvées dans l'appartement de la victime.

Hardy ajouta que si Glitsky ne prenait pas les dispositions nécessaires, il s'en mordrait les doigts – une formule qu'Abe apprécierait sûrement. Il précisa aussi que Kerry lui avait affirmé ne s'être jamais rendu chez Bree et que c'était un élément nouveau.

Il était encore tôt, Hardy avait un bout de temps à tuer avant son rendez-vous de dix-neuf heures à son bureau avec Canetta. Il décida de passer en coup de vent voir Ron et ses enfants si bien élevés. Il avait noirci une pleine page de questions à lui poser, concernant essentiellement les noms relevés par Canetta sur son répondeur.

Qui étaient Marie, Kogee Sasaka, Tilton ? Que lui voulaient tous ces gens ? Et Valens, Kerry et Pierce ? Jusqu'à quel point les connaissait-il ? Jusqu'à quel point Bree les avait-elle connus ?

Et une série de questions plus délicates : Ron pensait-il – ou savait-il – que Bree avait un amant ? Et si oui, qui ? Que pouvait-il dire sur le bébé qu'elle portait ? Ron et elle avaient-ils décidé d'avoir cet enfant ? Comment s'était passée leur toute dernière matinée ? Bree paraissait-elle inquiète ou tendue ? Si oui, pour quel motif ? Dans quelle mesure Ron était-il impliqué dans sa vie professionnelle ? Savait-il sur quoi elle travaillait avant d'être assassinée ?

Encore plus important : quelle explication Ron pouvait-il fournir au fait que, de tous les hommes auxquels Hardy avait parlé – Pierce, Kerry et même Canetta –, c'était lui, le mari, qui semblait le moins affecté par la mort de sa femme ?

En roulant vers le sud sur l'autoroute, en direction de l'hôtel où se terraient Ron et ses enfants, Hardy se prit à croire qu'il était sur la bonne voie. Ron allait lui fournir des réponses, et peut-être glanerait-il des informations intéressantes sur le MTBE, l'éthanol et l'empoisonnement du réservoir de Crystal Springs – qui, selon ses déductions, était forcément lié au meurtre de Bree. Aucun doute, il y verrait bientôt beaucoup plus clair.

— M. Brewster a quitté l'hôtel.

— « Quitté l'hôtel » ? répéta Hardy, comme s'il s'agissait d'une locution étrangère qu'il ne comprenait pas.

La réceptionniste était une jeune femme avenante, aux gestes vifs et précis.

— Oui, monsieur, confirma-t-elle après avoir pianoté sur son clavier d'ordinateur. Ce matin de bonne heure.

— Vous en êtes sûre ? (Un petit sourire d'excuse.) Désolé. C'est que nous avions rendez-vous. Je suis un peu surpris.

Elle pressa quelques touches supplémentaires, puis, ayant remarqué l'inquiétude de Hardy, suggéra avec douceur :

— Vous vous êtes peut-être trompé de jour ?

— C'est sûrement ça.

Restait donc deux heures à meubler pour Hardy.

Ron Beaumont commençait à lui rappeler certains de ses clients passés – qui avaient tendance à mentir et, si on ne les mettait pas rapidement en garde à vue, à se volatiliser. Cela avait le don de l'exaspérer. Mais, en même temps, cette attitude était suffisamment prévisible de la part de gens suspectés pour qu'il n'y voie pas la preuve absolue de leur culpabilité : ils étaient bouleversés, terrorisés, perdus. Sauf les coupables, qui eux étaient vraiment en fuite.

Hardy dépassa Candlestick Point en faisant de son mieux pour s'accrocher à l'idée que Ron cherchait seulement à protéger ses enfants. Si lui avait réussi à le débusquer à l'hôtel *Hilton*, il se pouvait que d'autres y parviennent aussi, mus par des intentions légèrement moins bienveillantes – le limier du DA, par exemple. Et puis Ron ne lui avait jamais promis d'ouvrir là-bas une consultation sans rendez-vous permanente.

Donc, se répétait-il, rien n'était changé. Il avait jusqu'au mardi pour découvrir le meurtrier de Bree. Et, de toute façon, Frannie resterait à l'ombre jusque-là.

Quand Hardy emprunta la bretelle de la 7e Rue pour rejoindre le palais de justice, son agacement s'était pourtant mué en rage froide. Ron Beaumont, cet enfoiré de fils de pute, connaissait un million de réponses sur le bout des doigts, alors que lui-même allait être obligé de les trouver tout seul – à supposer qu'il y arrive. Et entre-temps, les aiguilles continuaient de tourner. Il n'avait plus le cœur à jouer au chat et à la souris. Surtout avec ce salopard qui avait mis Frannie là où elle était.

La force de l'habitude faillit le pousser à se garer en face de la prison pour aller voir Frannie et passer ensuite au bureau d'Abe. D'autant qu'il y avait une place libre le long du trottoir.

Mais Hardy ne s'arrêta pas. Il ne voyait rien à ajouter d'utile au message laissé un peu plus tôt à Glitsky. La haine qu'il éprouvait en cet instant pour Ron aurait fini par transpirer. Et s'il y avait une chose qu'il ne voulait pas, c'était que Glitsky voie en Ron Beaumont un suspect viable.

Quant à Frannie... Elle était à l'origine de son implication dans cette affaire. Bien sûr, il pouvait aller lui tenir la main un moment, mais cela revenait à perdre deux précieuses heures. Frannie comptait sur lui pour sauver Ron et ses enfants, mais il y avait un prix à payer : son mari ne pouvait pas venir la consoler chaque fois qu'il passait dans les parages.

En fait, la disparition de Ron avait soulevé en Hardy une nouvelle tempête de colère contre Frannie. Et aussi un coup de vent un peu moins violent contre lui-même – il n'arrivait pas à s'empêcher de se reprocher sa crédulité et les efforts qu'il déployait pour une cause à laquelle il ne croyait même pas. Tout ça pour sa femme, et sur son insistance. Alors, à elle d'en assumer les conséquences.

Il devait néanmoins admettre qu'il y avait dans ce dossier des éléments qui, Ron Beaumont mis à part, avaient réussi à titiller sa curiosité. Cette étrange façon dont trois hommes – Canetta, Pierce et Kerry – semblaient porter le deuil de Bree. L'empoisonnement au MTBE des réserves en eau potable de San Francisco. Le mensonge de Valens. Et toujours les trois milliards de dollars.

Hardy enclencha le pilote automatique et se laissa guider vers son bureau. Il y avait des chances pour que David Freeman soit dans le secteur, même un samedi. En attendant l'arrivée de Canetta, peut-être pourrait-il lui confier ses découvertes et ses soupçons – un exercice qui se révélait presque toujours instructif.

Si Freeman n'était pas là, il s'intéresserait aux notes de Griffin, dont Glitsky lui avait remis un double, dans l'espoir qu'un nouveau détail attirerait son attention. C'était un plan de rechange, mais un plan tout de même.

Soudain, à hauteur de Mission, le trottoir de la 5e Rue parut lui tendre les bras. Si la découverte d'une place de stationnement autorisé en semaine pouvait être qualifiée de miracle, le spectacle d'un trottoir presque entièrement libre de véhicules relevait de la vision béatifique. Un peu comme une couche de neige fraîche ou une plage vierge d'empreintes après la marée nocturne : on pouvait difficilement résister à l'envie de se jeter dessus. Hardy mit son clignotant, et se gara juste au pied de l'immeuble du *Chronicle*.

C'était forcément un signe.

Éditorialiste au *Chronicle*, Jeff Elliot tenait une rubrique intitulée « Toute la ville en parle » sur la vie politique locale de San Francisco.

Quand Hardy avait fait sa connaissance, c'était un charmant gamin du Midwest aux joues roses. Son combat contre la sclérose en plaques lui imposait alors de marcher avec des béquilles. Aujourd'hui, bien qu'il fût encore très jeune – Hardy doutait qu'il eût franchi le cap des trente-cinq ans –, son visage poupin s'ornait d'une barbe grise taillée court. Son buste s'était élargi et ses yeux paraissaient perpétuellement fatigués. Dans son bureau qui donnait sur la salle de rédaction, ses vieilles béquilles étaient à demi oubliées derrière la porte. Il ne s'en servait presque plus. Jeff se déplaçait maintenant en fauteuil roulant.

Il restait charmant, en tout cas à l'égard de Hardy, qui au fil des ans avait été la source de nombreux tuyaux et l'objet d'un ou deux papiers. Sa femme et lui s'étaient même rendus à plusieurs soirées chez les Hardy.

Jeff avait manifestement rappliqué au bureau après la nouvelle de l'empoisonnement au MTBE. À défaut d'un meurtre présidentiel ou d'un séisme de magnitude huit sur l'échelle de Richter, l'attentat ferait la une du lendemain – d'autant que cette affaire ruisselait d'implications politiques.

Quand Hardy passa la tête dans l'entrebâillement de la porte, le journaliste se détourna de son ordinateur et lui fit signe d'entrer.

— Tiens, salut, Diz. *¿ Qué pasa ?* (Son sourire s'estompa.) Comment s'en tire Frannie ?

Hardy répondit d'une grimace. Qu'aurait-il pu dire ?

— À ta place, je porterais plainte contre Braun, Pratt et Randall – toute la clique. Ou je les descendrais. Ou les deux.

— Je n'exclus aucune possibilité.

— Tu as eu mon message ?

— Non. J'ai passé toute la journée à cavaler.

— Ah bon ? fit Jeff, surpris. Je t'ai appelé chez toi. J'avais l'intention de consacrer quelques lignes à la mésaventure de Frannie lundi, histoire d'attirer l'attention sur son cas. Je pensais que tu pourrais me faire cadeau d'une petite citation bien sentie.

— Rien qui puisse être imprimé dans un journal grand public, malheureusement, répliqua Hardy avec un vague sourire.

— Tu n'as pas eu mon message, mais tu es ici quand même, remarqua Jeff, intrigué.

— Il y avait une place libre au pied de l'immeuble. Toute la rue est libre, bon Dieu ! Que faire d'autre ? Je me suis dit : « Et si j'allais tailler une petite bavette – officieusement, ça va de soi – avec mon vieux pote Jeff Elliot ? »

Sourire. Des années plus tôt, Hardy avait eu tendance à oublier d'avertir Jeff que certaines de ses informations étaient strictement confidentielles. Cela n'avait pas été sans provoquer quelques couacs, et depuis Hardy prenait soin de glisser l'adverbe « officieusement » dans toutes les discussions qu'il avait avec Jeff – même quand il s'agissait de questions parfaitement triviales.

— Je commençais à m'impatienter, assura Jeff avec un nouveau sourire.

— Tu sais peut-être quelque chose que j'ignore.

— Aucun doute là-dessus. Je suis incollable sur le Moyen Âge et l'Angleterre victorienne.

— Arrête. Je te parle de Frannie, de Bree, de Ron Beaumont – ou de cette histoire d'empoisonnement au MTBE. (Une brève pause.) De Damon Kerry. D'Al Valens.

— Ce sera tout ? Je crois que tu as oublié de citer ma femme et deux ou trois sénateurs.

— J'ai du mal à faire le lien, Jeff.

Le journaliste manœuvra son fauteuil pour faire face à Hardy.

— En échange, tu me refiles l'exclu du grand secret à cause duquel Frannie s'est retrouvée à l'ombre ?

— Pas question. Mais tu auras peut-être le nom du meurtrier avant tout le monde.

— Tu as du concret ? Tout le monde pense que c'est le mari.

— Ce n'est sûrement pas ce que dit un certain Abe Glitsky qui, au cas où tu l'aurais oublié, commande la brigade criminelle. Abe est bien placé pour en parler.

— Il ne croit pas que ce soit Ron ?

Hardy hésita.

— Ce n'est pas Ron.

Il n'avait pas été loin d'affirmer que Glitsky était convaincu de l'innocence de Ron, ce qui n'était pas exact. Mais si c'était ce que Jeff Elliot avait compris, il aurait du mal à lui ôter cette idée du crâne.

— Qui, alors ? Tu as une idée ?

Hardy soupira bruyamment. Il avait recueilli de nombreuses informations. Et pourtant, malgré son impression de progresser, il était incapable de définir précisément dans quelle direction il avançait. À brûle-pourpoint, il demanda à Elliot de lui parler de Damon Kerry, et sa question le surprit lui-même presque autant que son ami. D'où sortait-elle ?

— C'est sûrement une mauvaise piste, Diz.

— Peut-être. Mais j'aimerais quand même en savoir un peu plus sur Bree et le valeureux candidat.

En guise de réponse, Jeff revint derrière son bureau en trois tours de roues. Il tira sur sa moustache, se gratta la barbe, chassa de sa chemise une poussière imaginaire.

— Prends tout ton temps, lâcha Hardy avec un sourire plein d'espérance. Ce n'est rien – juste Frannie qui déguste pour avoir tenu sa promesse.

Le journaliste soupira. Le sourire malicieux de sa jeunesse reparut furtivement tandis qu'il se penchait en avant, les deux mains à plat sur sa table.

— Tu veux de l'officieux ? J'ai peut-être quelque chose pour toi, mais c'est strictement confidentiel.

— D'accord. Vas-y.

Hardy commençait à se sentir comme un prêtre dans son confessionnal. Encore deux jours à ce train-là, et il connaîtrait tous les petits secrets du monde sans pouvoir en divulguer aucun. Mais si c'était le prix de l'information, il était prêt à le payer.

— Il va falloir que tu gardes ce tuyau pour toi, Diz. Si ça ne résout pas directement le problème de Frannie, ça ne doit pas sortir d'ici.

— Tope là, lança Hardy, en se levant brièvement pour taper dans la main de son ami. Alors ? Où est le lien ?

— Tu l'as dit toi-même. D'un côté, Frannie en prison. Et de l'autre, Kerry – les élections, l'empoisonnement de l'eau, tout ça. Je n'avais pas fait le rapprochement. (Ses yeux se mirent à pétiller.) Mais tout est lié, pas vrai ? Tout ramène à Bree.

— C'est aussi mon avis.

Jeff se tortilla sur son fauteuil, parut prendre une décision, hocha la tête.

— J'ai déjà précisé que c'était officieux ?

Hardy mourait d'envie d'apprendre ce que savait Jeff, mais le lui montrer ne risquait pas de l'aider. Il se fendit d'un sourire nonchalant.

— Deux ou trois fois.

Et il attendit.

— Kerry est quelqu'un de bien, commença Jeff, surtout pour un politicien. Je l'ai côtoyé souvent, en conférence de presse, dans des banquets, à l'occasion d'entretiens officieux – un peu comme en ce moment, tu vois –, et c'est un mec honnête. Sans compter qu'il est toujours réglo avec nous.

— Nous ?

— Les journalistes, les médias.

— D'accord. Et… ?

— Il arrive qu'un type comme moi découvre un fait sur un type comme lui, et décide, officieusement, que ça n'est pas dans l'intérêt du public d'en être informé.

Hardy haussa les sourcils.

— Excuse-moi, mais il me semble que tu viens grosso modo de m'expliquer que les médias doivent s'autocensurer.

Jeff fit la moue.

— Je parle en mon nom personnel. Ce n'est pas une chose dont j'aime me vanter, mais ça m'arrive. Quelquefois. D'accord, rarement. Le fait est que Kerry n'est pas marié – il peut sortir avec qui il veut. Comme l'a rappelé notre Président, c'est sa vie privée.

— Mais Bree était mariée, elle.

— Peut-être qu'ils ne sont pas allés jusqu'à avoir des relations – disons – charnelles. Peut-être qu'ils se voyaient beaucoup, mais seulement pour parler de la campagne et de leur boulot.

— Seulement, toi, tu sais qu'il y avait autre chose.

— Est-ce que je les ai surpris en flagrant délit ? Non. Mais n'empêche. Mon sentiment est qu'ils s'aimaient.

Hardy prit une minute pour assimiler la nouvelle, même s'il y était plus ou moins préparé.

— Ils habitaient à une demi-douzaine de rues l'un de l'autre, reprit Jeff. Tous les deux sur Broadway.

— J'étais au courant pour elle. Pas pour lui.

— Kerry vit dans un taudis de trente pièces juste au-dessus de Baker. Tu t'en souviendrais si tu le voyais. En tout cas, il y a deux mois, alors que j'essayais de lui arracher une interview – comme je te l'ai dit, on se connaît depuis un bout de temps –, il me propose de passer chez lui le soir même. Il avait un meeting à Chico ou ailleurs, et il rentrerait seul – c'est-à-dire sans Valens. Sauf que quand j'ai sonné chez lui, c'est Bree Beaumont qui m'a ouvert.

— Nue ?

— T'as vraiment l'esprit mal tourné, repartit Jeff en s'esclaffant. Disons qu'elle était… en tenue décontractée. Et terriblement séduisante. (Une pause.) Corsage de soie vert, pantalon de lin, pieds nus. Je me rappelle nettement qu'elle avait oublié de mettre son soutien-gorge. C'est le genre de détail qu'on remarque, surtout sur elle, même quand on n'est pas un observateur aguerri comme moi.

— Tout le monde dit qu'elle était superbe.

— Plus que ça, Diz… Je repère une bouteille de champagne dans un seau à glace sur la table basse, et à part elle la maison est vide. Je te connais, tu vas me demander si je ne me suis pas senti de trop.

— Et la réponse est ?

— Elle avait manifestement l'intention de lui faire une petite surprise à son retour. Kerry se pointe une dizaine de minutes après moi, et en ouvrant la porte il lui balance un truc du genre : « Tiens, bonsoir, Bree, quelle surprise de vous voir ici ! Alors, quoi de neuf sur le front des additifs ? » Mais moi – un vrai génie –, je vois aussitôt clair dans son jeu.

— Exact, tu es un génie.

— Il en faut. Donc, ils couchent ensemble, je le sais, et eux savent que je le sais. Je leur ai promis de rester muet comme une carpe.

— Pardonne-moi ma curiosité, mais pourquoi ?

— Je n'en sais trop rien, Diz. J'aime bien ce type. J'aime sa façon de faire de la politique. Pour eux, c'était vital. (Il soutint le regard de son ami.) Disons que j'ai décidé de la fermer, point final. Ça me fait mal de l'avouer, mais je ferais pareil pour toi.

— Inutile, répondit Hardy. Je n'ai jamais couché avec Bree. Et après le meurtre ? Tu n'as pas été tenté d'en parler aux flics ?

— Pourquoi ? Personne ne voit Damon comme un suspect.

— Tout de même, Jeff. Bree se fait tuer, et toi, tu sais que ce type était son amant. L'information aurait pu être importante pour l'enquête. Pour ne pas dire essentielle.

— Elle pourrait aussi être importante pour la campagne de Damon – pour ne pas dire essentielle. Il ne l'a pas tuée, Diz. Impossible. En plus, je veux qu'il soit élu, et je ne suis pas tenu d'aller révéler spontanément à la police mes informations. Peut-être que si un inspecteur était venu me trouver, avec des recoupements, si on m'avait posé directement la question... j'aurais sans doute hésité. Mais personne n'est venu. Personne.

— Et pourtant, comme tu le dis toi-même, Jeff, tout est lié. C'est évident. Alors, voilà la question subsidiaire du jour : Qui a fait le coup à Pulgas ? C'est quoi, cette Alliance Terre propre ?

Jeff se tortilla dans son fauteuil, leva une main et se massa les paupières d'un geste las. Après un coup d'œil à sa montre, il leva la tête, et parut s'apercevoir qu'un crépuscule couleur sépia était en train de s'abattre sur la ville.

— Quand finirai-je par comprendre qu'il ne faut pas travailler le week-end ? Pourquoi a-t-il fallu que je passe ici un samedi ?

Hardy se pencha en avant. Jeff détenait d'autres informations. Il était en train de se demander ce qu'il pouvait révéler à son ami.

— Alors comme ça, tu avais l'intention de pondre quelques lignes sur Frannie ? demanda Hardy d'un ton détaché.

Retour à la case départ. Jeff resta un moment immobile, puis se déplaça jusqu'à une armoire de classement. Revenu derrière son bureau, il ouvrit un épais dossier, entreprit de le feuilleter.

— La Milice du Yosemite. Les Vengeurs de l'*Exxon-Valdez*. Terre ici et maintenant. (Il leva les yeux.) Et aujourd'hui, l'Alliance Terre propre. Tu vois le tableau ?

— Ils ont tous partie liée ?

— Disons que je suis prêt à parier que leur quartier général est une cabane dans le Montana.

— Qui les contrôle ?

— Vaste débat.

Ayant extrait plusieurs pages de son dossier, Jeff lui dressa un synopsis des dégâts causés par ces divers groupes. La plupart relevaient de la simple nuisance – vandalisme et autres graffitis –, mais deux affaires avaient eu des conséquences beaucoup plus graves.

Les Vengeurs de l'*Exxon-Valdez* avaient fait exploser une bombe artisanale dans une station-service Esso à Tacoma, dans l'État de Washington, tuant quatre personnes et en blessant douze autres. Jeff leva les yeux.

— Ils voulaient que les gens cessent de donner leur argent à Exxon. Cet acte d'une insigne bravoure a causé la mort d'une fillette de six ans. En voilà au moins une qui n'engraissera plus les barons du pétrole.

Plus récemment, juste de l'autre côté de la baie, trois vigiles de la raffinerie géante de Richmond avaient été agressés lors d'un attentat qui n'avait jamais été revendiqué. Selon le communiqué de la direction, rien n'avait été volé, et les autres membres de l'équipe de sécurité avaient mis en fuite les cinq agresseurs de leurs camarades, faute de réussir à les capturer.

— Si tu veux mon avis, conclut Jeff, c'est ce soir-là que nos allumés ont mis la main sur le MTBE.

— À trente-quatre cents le litre, il aurait été plus simple d'en acheter à la station-service du coin, tu ne crois pas ?

— Peut-être, mais quel plaisir ? Ces mecs sont des tarés, Diz. Ils prennent leur pied en faisant tout péter. Avec un maximum de barouf. Comme aujourd'hui.

Hardy croisa les jambes.

— Et tu gardes tout ça dans un dossier.

— Oui. C'est comme Bree, Damon et Frannie : tout est lié.

— Alors, qui est derrière eux ? Tout à l'heure, un gros bonnet de Caloco m'a expliqué que SKO finançait ce genre d'activités.

L'explication ne parut pas satisfaire Jeff.

— Ça m'étonnerait. SKO est une très grosse boîte. Et ces connards ont l'air de détester tout ce qui est gros.

— Tu as aussi des attaques contre les producteurs ou les distributeurs d'éthanol, là-dedans ?

Jeff n'eut pas besoin de se replonger dans son dossier.

— Non. Tu as raison de le mentionner. C'est un argument.

— Peut-être que ces groupuscules ignorent qui les finance vraiment. Peut-être que SKO se cache derrière un paravent.

Jeff hocha la tête.

— Mais dans ce cas… pourquoi auraient-ils… ?

— Je me suis récité un mantra toute la journée, dit Hardy. Tu devrais l'essayer.

— Quel mantra ?

— « Trois milliards de dollars ». Répète-le plusieurs fois de suite. Ça devrait finir par faire son effet.

19

David Freeman ne dormait pas. Il n'était pas en train de lire. Mais il était assis dans une immobilité parfaite, les pieds sur la table du Solarium, ainsi qu'il surnommait la salle de réunion au rez-de-chaussée de son immeuble. Il ne portait pas de chaussures, et une de ses chaussettes était trouée au niveau du gros orteil. Son cigare répandait sur la pièce un effluve puissant et une nappe de fumée bleue – même si aucun signe ne montrait que Freeman tirait dessus, ni qu'il était conscient de sa présence entre ses lèvres.

Hardy toqua une fois à la porte entrebâillée. Sans bouger un muscle, Freeman émit un soupir.

— Tiens, justement, je pensais à vous. Comment va ?

— Ça pourrait aller mieux, avoua Hardy, tirant une chaise et se laissant tomber dessus. Je viens d'appeler chez moi pour prendre mes messages, reprit-il après un silence. Vous saviez que c'était Halloween ?

— Pardon ?

— Ce soir. Halloween.

Pour la première fois, Freeman le gratifia d'un regard, téta son cigare, expulsa une bouffée mafflue.

— Et vous avez oublié. Et vos enfants sont fous de rage.

Il fit entendre une sorte de gloussement tout à fait dépourvu de joie, posa une main à plat sur la table avec un calme exagéré, se mit à pianoter du bout des doigts.

— J'ai un rendez-vous ici dans dix minutes, David. Peut-être un rendez-vous important, qui risque d'influer sur la situation de ma femme, sur mes efforts pour la sortir de prison. Il se peut que je me trompe, mais j'ai l'impression que c'est une occupation qui mérite que je lui consacre un peu de temps.

Nouveau silence. Freeman ne trouva rien à répondre, ce qui n'était pas plus mal. Hardy en profita pour vider son sac.

— Donc, j'ai un meurtrier à découvrir sans l'aide de la police. Les réserves d'eau potable de San Francisco sont inutilisables pour deux semaines. La mère de mes enfants moisit en cellule, je vous l'ai déjà précisé ? Tous ces faits sont liés, et je n'arrive pas à voir en quoi. Mais vous savez où est le vrai problème ? Je veux dire, le problème numéro un de l'univers, à la seconde où je vous parle ? (Le mouvement des doigts de Freeman s'accéléra.) Vous voulez le savoir ?

Freeman esquissa un hochement de tête imperceptible.

— Volontiers.

— Je vais vous le dire : c'est que je suis un père tellement minable et égoïste que j'ai oublié que c'était aujourd'hui la fête la plus importante de la précieuse existence de mes enfants. L'idée n'a pas effleuré mon écran radar de la journée. Vous vous rendez compte ?

— Les années 90, Dismas. Un type comme vous ne peut pas être autre chose qu'un crétin insensible. Il n'y a rien à y faire, à part feindre de ne pas le voir.

Freeman avait raison. Il ne servait à rien d'ergoter sur les priorités. Elles étaient ce qu'elles étaient.

Hardy était le paria type de cette fin de siècle : un être humain de formation classique, linéaire, logique, et débordé par les événements. Pis encore, une erreur de montage l'avait prédestiné à être plus apte à la justice qu'à la miséricorde. Alors que le reste de la population de San Francisco était plein de sensibilité, obsédé par sa progéniture et politiquement correct – car, bien entendu, le bonheur des enfants le soir de Halloween passait bien avant le travail de Hardy.

Dans certains endroits, comme le Rwanda ou le Kosovo, Hardy était sûr que beaucoup de pères ne prenaient pas le temps de jouer chaque jour avec leurs gosses. Leur objectif – et il avait l'impression que c'était aussi le sien – était de survivre. Il se demanda si les enfants de ces pays trouvaient leur père insensible.

La vérité était que Hardy se souciait cent fois plus de sa femme et de ses enfants que de son boulot – quel qu'il fût – ou que de n'importe quoi d'autre. Mais là, il ne s'agissait pas de boulot. Il s'agissait de leur vie – celle de Frannie, celle des gosses, la sienne –, et elle était menacée par une vraie crise. Exactement comme la vie des enfants Beaumont.

Et pourtant, ses enfants à lui s'étaient mis en tête qu'il réussirait à revenir à temps pour les accompagner dans leur tournée des petits ducs. Ce qui le frustrait au-delà de ce qu'il était capable d'exprimer. Comment pouvaient-ils être à ce point insensibles à la gravité de la situation ? Ou à l'amour qu'il leur portait ? Était-il concevable d'être aussi aveugle ?

Et si oui, où avait-il échoué en les élevant ?

Freeman remit les pieds au sol, planta ses coudes sur la table.

— Qu'est-ce que vous voulez dire ? Vous savez que ces faits sont liés, mais vous ne savez pas comment ? Frannie et l'attentat de Pulgas ? C'est ce que vous pensez ?

Hardy avait beau être habitué au mode de fonctionnement du cerveau de Freeman – il procédait par sauts dans toutes les directions qui lui semblaient prometteuses –, il lui fallut une seconde d'adaptation. Mais ce coq-à-l'âne, quoique brutal, était bienvenu. Il le remit sur les bons rails, et au diable les états d'âme.

Il acquiesça et répondit :

— Et vous pouvez y ajouter le scrutin de mardi.

Un bourdonnement électrique rompit le silence du hall.

— Ce doit être Canetta, remarqua Hardy. Mon rencard. Si vous souhaitez rester, je ne vous chasserai pas à coups de pied au cul.

— Vous rigolez ? Vous n'y arriveriez pas, de toute façon.

— Bill Tilton était dans l'annuaire.

Ils se tenaient tous trois dans la salle de réunion enfumée. Les présentations avaient été faites. Et la présence de Freeman admise à contrecœur par Canetta. Mais le sergent avait récolté des informations et désirait montrer de quoi il était capable.

— C'est pas un boulot compliqué, dit-il. Je pouvais le faire.

— M'est avis que vous l'avez fait, Phil, affirma Hardy, prêt à lui insuffler toute l'énergie nécessaire pour le maintenir gonflé à bloc.

Cependant, Canetta semblait suffisamment remonté comme cela.

— Il est agent d'assurances à la Farmer. À la fin de mon message, j'ai laissé le numéro du commissariat central pour qu'il puisse constater, en me rappelant, que je suis bien de la police.

— Subtil, remarqua Hardy, cherchant du regard Freeman pour lui enjoindre de la fermer. Et il vous a rappelé ?

— Moins d'une heure après. J'ai été droit au but. Je lui ai dit que j'enquêtais sur un meurtre et que j'avais besoin de sa coopération. Pourquoi est-ce qu'il avait appelé Ron ? Il m'a expliqué que sa compagnie traînait un peu les pieds pour payer l'assurance-vie de Bree, vu qu'il s'agissait d'un meurtre. Tilton finit par me confier que le type du contentieux ne veut pas envoyer le chèque – et même les deux gros chèques – tant qu'il sera pas clairement établi que c'est pas Ron qui l'a tuée. Je le fais causer un peu, et là, il me sort que ce n'est pas la première fois qu'il voit une situation de ce genre – et que cette histoire a même fait des vagues dans sa boîte. La suite va vous plaire.

Hardy sentit que Canetta attendait d'être relancé.

— Je donne ma langue au chat.

Après quelques secondes de silence, un petit sourire.

— Sa secrétaire a démissionné à cause de ça. Marie n'arrivait pas à croire que Tilton ait pu être aussi salaud avec Ron, qui était le type le plus charmant…

— Marie ? coupa Hardy.

— Exactement la réaction que j'ai eue, acquiesça Canetta en souriant de plus belle. Marie Dempsey, d'après Tilton.

— La Marie des messages ?

— Exact, confirma Canetta, rayonnant d'une fierté puérile. Marie est – enfin, était – la secrétaire de Tilton.

Hardy hocha la tête avec satisfaction. Très bon. Deux noms en moins sur la liste. Un problème d'assurances.

— Vous savez, Phil, vous êtes vraiment doué. Si ça vous tente, je pourrai parler de vous à Glitsky.

— Non. Qu'il aille se faire foutre – lui et les civils. Je tiens pas à entrer chez eux, mais ça me plairait de les coiffer au poteau. (Canetta montra du doigt le cigare de Freeman, qui avait gardé jusque-là un silence inhabituel.) Dites, vous n'en auriez pas un pour moi, par hasard ?

Freeman hocha la tête, se leva, et disparut dans le hall obscur.

— Vous êtes sûr que ce mec est net ? demanda Canetta.

« Net » était sans doute le dernier mot que Hardy aurait employé pour qualifier Freeman, mais il devina à peu près ce que le sergent entendait par là.

— C'est le type le plus brillant qui soit, Phil.

— Peut-être bien que c'est aussi le plus moche, répliqua Canetta en jetant un coup d'œil par-dessus son épaule.

Hardy ne put s'empêcher de sourire, et il déclara à mi-voix :

— Personne n'est parfait. Mais vous pouvez lui faire confiance, je vous le garantis. Et puis, vous n'êtes pas obligé de l'embrasser.

Un frisson ébranla Canetta de la tête aux pieds.

— J'essaierai de me retenir. Je devrais y arriver.

— Arriver à quoi ?

Parmi les nombreux talents de Freeman, sa faculté de surgir de nulle part figurait en bonne place. Il réapparut avec une poignée de cigares, une bouteille de vin rouge et trois verres pris dans la réserve de son bureau. Il posa les cigares sur la table.

— Servez-vous, sergent. J'aurais dû vous en proposer un plus tôt... J'ai raté quelque chose ?

Il entreprit de remplir les verres. Hardy leva la main.

— Pas pour moi, David. Je travaille.

Canetta l'imita. Freeman haussa les épaules. Lui aussi travaillait, mais que diable, c'était samedi soir. Il pouvait parfaitement boire un verre de vin – et même une bouteille – sans que son cerveau cesse de tourner rond, merci bien ; il tournerait peut-être même encore un peu plus rond que maintenant. C'était aussi valable pour Hardy et Canetta, mais Freeman avait appris depuis longtemps qu'il n'y avait rien à tirer des baby-boomers : ils travaillaient. Et le travail, ça ne rigolait pas. Il ne fallait surtout pas y mêler du plaisir, sous peine de... De quoi, au juste ? De mourir ? Pas étonnant qu'ils soient tous cuits avant l'âge.

Il se mit à siroter son vin en écoutant Canetta revenir à ses découvertes. Au moins, celui-là avait allumé son cigare. Le sergent feuilleta son carnet à spirale.

— Kogee Sasaka tient un salon de massage, annonça-t-il. Le *Hands On*. C'est son nom. J'ai vérifié auprès d'un pote du commissariat. Une boîte sérieuse. Pas de dettes, pas de plaintes. Croyez-le ou non, elle se contente de faire de vrais massages. C'est à propos d'un rendez-vous qu'elle a appelé Ron.

Canetta tourna quelques pages de plus.

— Voilà, c'est tout. Tilton, Marie et Kogee Sasaka, le compte y est. Et vous ? Vous vous êtes occupé de Pierce ?

— Et de Valens.

Hardy résuma son entretien avec Damon Kerry à l'hôtel, en terminant par l'intéressante réaction de Valens à la mention de son coup de fil à Ron.

— Et pourtant, il l'a appelé.

— À moins que quelqu'un ait sacrément bien imité sa voix.

— Pourquoi a-t-il menti ?

La question resta en suspens pendant que Freeman buvait une nouvelle gorgée de vin. Enfin, il prit la parole.

— C'est ce qu'il faut voir. Dans ce message, il mentionnait le motif de son appel – ou il a juste laissé son nom ?

— Il faisait allusion aux dernières recherches de Bree, répondit Hardy.

— ... *et* dont Ron connaissait l'existence, précisa Canetta. À mon avis, il s'est rendu compte de leur importance ou de leur valeur, et il est revenu sur place pour récupérer ce qui pouvait l'être.

Hardy ne tenait pas à voir le policier trop braqué contre Beaumont.

— Je crois que Ron va être dur à retrouver, remarqua-t-il.

— S'il est revenu, objecta Canetta, il y a des chances pour qu'il soit encore dans les parages, non ?

— S'il est revenu.

— C'est bien ce que je dis. Et si je le retrouve...

— Surtout, faites-le-moi savoir. Avant tout le monde. Avant de faire quoi que ce soit.

— Pas de problème, acquiesça Canetta.

Le sergent était reparti. Il avait déclaré à Freeman et à Hardy qu'il allait essayer de voir s'il pouvait mettre la main sur Valens le soir même, histoire de tirer au clair le mensonge que celui-ci avait raconté à Hardy. Canetta connaissait les hôtels de la ville comme sa poche – et un samedi soir, à trois jours du scrutin, Kerry ferait probablement une apparition dans au moins cinq salles de banquet. Il ne devrait pas être trop difficile de le dénicher. Et son directeur de campagne serait sans nul doute avec lui. Décidément, ce boulot d'enquête... un gosse aurait pu s'en acquitter.

En attendant, les deux avocats dressèrent la liste de toutes les personnes concernées par l'affaire. La table fut bientôt recouverte d'une litière de feuilles jaunes portant des noms familiers – Valens, Kerry, Pierce, Ron Beaumont. Et aussi Frannie et Carl Griffin. L'idée – de Freeman, fidèle à son amour du contexte, comme il disait – consistait à associer chaque nom à tous les autres en tâchant chaque fois d'imaginer un lien possible.

— Supposez, lança Hardy, que vous ne connaissiez rien de l'affaire. Par qui commencez-vous ?

— Griffin, répondit Freeman sans l'ombre d'une hésitation.

Un demi-sourire ourla les lèvres de Hardy.

— Qu'est-ce qu'il y a de drôle ?

— Ça ne rate jamais. Je l'aurais choisi en dernier.

Freeman mâchonna son cigare depuis longtemps éteint.

— C'est le premier cheval à être arrivé à la mangeoire, non ? Je trouve ça suffisant.

— D'accord, mais d'après Abe Glitsky il ne travaillait pas sur l'affaire Beaumont le matin de sa mort.

— Ce n'était pas son enquête ?

— Si, mais il en avait plusieurs autres en cours.
— Comment Glitsky peut-il affirmer ça ?
— Griffin le lui a dit juste avant de partir.
— Il le lui a *dit*, répéta Freeman d'un ton dégoûté.
— Pourquoi aurait-il menti ?
— Étant donné que vous avez trimé toute la journée et que vous devez être fatigué et stressé, je vais faire comme si je n'avais rien entendu. Que savez-vous de ses autres enquêtes ?

Et ainsi de suite. Il fut question de certains détails concernant la mort de Griffin – l'heure et le lieu – susceptibles de ne pas cadrer avec les autres dossiers dont il était chargé. Et aussi du mensonge de Valens à propos de son coup de fil à Ron. Hardy se sentit vaguement embarrassé quand Freeman, de son propre chef, fourra Bree dans le lit de Damon Kerry. Et aussi dans celui de Jim Pierce.

— Supposez toujours le pire, Diz. La vie vous décevra rarement. Bree couchait à droite et à gauche, peut-être avec un tas de bonshommes. Ça vous donnera plus de grain à moudre.

Hardy ne tenait pas vraiment à « supposer le pire » en matière de doubles vies féminines. Il se sentait un peu trop concerné.

Freeman le ramena à la réalité en lui demandant des détails sur Pierce.

— En supposant qu'il couchait aussi avec Bree, précisa-t-il.

Mais Hardy avait vu de ses yeux l'éblouissante Carrie Pierce un peu plus tôt dans la journée.

— Sa femme est une beauté de classe mondiale, David. Je n'y crois pas.

Freeman retira de sa bouche son mégot luisant.

— Vous savez, Diz, Jackie Kennedy n'était pas à proprement parler une mocheté... Vous connaissez la différence entre les hommes et les femmes, en matière de sexe ?

— Le matos ?

— Très amusant. Les hommes cherchent à avoir autant de femmes que possible. Les femmes cherchent le meilleur homme possible. Une vérité fondamentale.

— Je ne manquerai pas de la noter en rentrant chez moi. Mais il y a un nom qu'on a laissé en dehors de la liste et dont je me dis qu'il pourrait peut-être vous plaire.

— À savoir ?
— Canetta.

Hardy réussissait si rarement à surprendre son vieux complice que, chaque fois que c'était le cas, il en tirait un plaisir disproportionné.

— Eh bien ? fit Freeman en plissant les yeux. Où le situez-vous dans le jeu ?

— Il se pourrait qu'il mente. Il me semble que lui aussi s'est retrouvé mêlé à l'affaire un peu vite.

Hochement de tête satisfait.

— Juste au moment où je me disais que votre cervelle était en train de se ramollir...

— Ce n'est qu'une hypothèse, concéda Hardy. Mais il a souvent traîné près de chez Bree, il a fait de petites missions de sécurité à la fois pour Pierce et pour elle, il lui a évité un P-V pour conduite en état d'ivresse...

Les sourcils broussailleux de Freeman montèrent d'un cran.

— Voilà du concret.

— Et ils ont plusieurs fois discuté le bout de gras ensemble sur le trottoir.

— Plusieurs fois ? Et toujours sur le trottoir ?

— C'est ce qu'il prétend. Une chose est sûre : il veut que je croie qu'il en pinçait pour elle. Mais peut-être est-ce la vérité...

— Et vous l'avez recruté pour découvrir le meurtrier.

— Si ça se trouve, il ne cherche qu'à m'éloigner de la vérité.

Freeman se carra dans son fauteuil, considéra son cigare d'un œil critique, le replanta entre ses lèvres.

— Chouette. Si vous avez besoin de moi, vous savez où me joindre.

Hardy hocha la tête.

— J'apprécie, David. Mais n'oublions pas que nous avons affaire à quelqu'un qui ne plaisante pas.

— Je vous l'ai déjà dit mille fois, Diz : je suis blindé.

— Et moi, je vous l'ai déjà dit mille fois : je déteste que vous disiez ça.

Grognement de Freeman.

— Cela ne veut pas dire que ce n'est pas vrai.

20

Elle était encore sortie.

Jim Pierce n'avait pas eu la force d'affronter une soirée mondaine de plus, probablement au milieu d'une nuée d'adultes affublés de masques et autres idioties qu'il refusait d'envisager. Halloween. Il avait demandé grâce à sa femme, comme neuf fois sur dix depuis six ans, profondément écœuré de ces soirées dont le seul objectif était de rassurer ses amis quant au fait qu'il restait leur ami – par le biais d'un gros chèque.

Des amis ? Il était trop riche pour avoir des amis. Il ne faisait confiance à personne. Il n'avait pas un ami sur Terre.

La dernière soirée à laquelle il avait assisté un an plus tôt avait largement contribué à sceller sa décision de rester désormais à l'écart. Elle avait donné lieu à une scène révoltante, même pour San Francisco.

L'élite financière et politique de la ville s'était réunie dans un immense entrepôt de South of Market. L'entité qui cherchait à récolter des fonds dans ces occasions-là promouvait généralement un spectacle pseudo-artistique à la con, et ce soir-là l'attraction principale avait démarré alors que tout le monde avait déjà bu quelques verres.

Un couple nu avait soudain surgi sur une scène rétroéclairée, en même temps qu'un infâme roulement de tambours couvrait toutes les conversations. Armée d'un cutter, la femme s'était mise à graver des symboles prétendument liés à un culte démoniaque *dans le dos de l'homme.*

Pierce se tenait à six ou sept mètres de la scène, en train d'essayer de discuter avec le district attorney et le maire, quand les tambours s'étaient fait entendre. Le spectacle auquel ils assistaient n'avait rien à voir avec de la prestidigitation. Le sang coulait bel et bien. Et ce n'était qu'un préambule.

La femme avait aussi une bouteille de bourbon. Après avoir bu au goulot, elle aspergea d'alcool les plaies toutes fraîches de l'homme. Il se mit à hurler, à hurler et à se tordre de douleur – et non pas au rythme obscène des tambours. L'éclairage stroboscopique vira au rouge.

Le martèlement augmenta. L'homme écarta les jambes, il se pencha en avant, et – Pierce avait encore peine à le croire, bien qu'il l'eût vu de ses propres yeux – la femme lui enfonça le goulot de sa bouteille de Jack Daniel's dans le...

Dieu merci, Carrie n'avait pas assisté à cette soirée-là – elle aurait fait un arrêt cardiaque. Mais lui y était allé, et il avait décrété que la coupe était pleine.

Le téléviseur murmurait dans le petit salon aménagé sous la cage d'escalier. ESPN, une chaîne sportive. Vingt-quatre heures sur vingt-quatre. Le week-end, il ingurgitait une bonne partie de sa programmation, même si les images repassaient en boucle toutes les demi-heures – presque toujours identiques, avec juste un petit ajout par-ci par-là. Ces séances lui permettaient de se maintenir au courant de l'actualité sportive, ce qui était utile pour peaufiner son image de cadre dynamique.

Enfin, plutôt de patron, mais de patron accessible. Il coupa le volume, se leva, trouva un équilibre incertain.

Il avait promis à Carrie de se préparer à manger. Elle serait de retour dans moins d'une heure, et jusqu'ici il n'avait fait que boire – deux whiskies et une bouteille de pinot gris. Il avait intérêt à se mettre vite fait quelque chose sous la dent s'il ne voulait pas avoir à subir un nouvel interrogatoire en règle.

Carrie le harcelait sans cesse depuis quelque temps. Pourquoi ne s'alimentait-il pas mieux ? Il avait intérêt à se reprendre en main. Et cette manie de boire chaque soir ne lui faisait aucun bien.

Qu'est-ce qui n'allait pas ? Il aurait peut-être dû aller voir un psy. Pourquoi ne travaillait-il presque plus à l'extérieur ?

Fais-moi plutôt un petit massage, avait-il parfois envie de lui balancer. Un Lewinsky, peut-être ? Ha ! Jamais. Même au début, du temps où chaque étreinte ressemblait à un abandon précieux et total de sa ravissante épouse – même à l'époque où, en tout cas, elle feignait d'aimer ça. Ils ne le faisaient pas souvent, seulement lorsque tout était parfait et qu'il arrivait à se montrer romantique, sans qu'il eût jamais compris ce que représentait ce mot. Dans ces cas-là, oui, il était quelquefois récompensé par une bonne fortune. Une bonne fortune avec sa propre femme. Drôle de truc.

Son reflet dans le miroir de la salle de bains. Il avait pris dix ans en cinq semaines, même si personne ne paraissait s'en être rendu compte. Il s'approcha encore un peu, se gifla les joues, ne sentit rien. Il se tripota le pénis à deux ou trois reprises, sans conviction. Rien là non plus.

Chacun d'eux avait son coffre – Carrie pour ses bijoux sous le plancher de sa penderie, à l'étage ; Jim pour ses documents professionnels dans un bureau où sa femme ne mettait jamais les pieds.

Il s'y rendit. Derrière la table, il souleva un coin du tapis persan, et appuya sur deux lattes du parquet en enfonçant simultanément un bouton caché sous le tiroir supérieur de droite. Six autres lattes se soulevèrent légèrement, juste de quoi les faire basculer.

Quelques instants plus tard, il s'assit dans son grand fauteuil derrière son grand bureau. Il tenait le revolver – crosse et canon – à deux mains. Au bout d'une minute, il manipula en douceur le barillet jusqu'à entendre un clic, puis retourna l'arme.

Il l'approcha de son visage. L'huile, la poudre, et aussi autre chose. La promesse d'une mort instantanée. Se pouvait-il que cette promesse ait une odeur ?

Il ferma les yeux pour mieux goûter ses sensations – l'odeur, le métal froid, son pouvoir mortifère. Une sorte de tournis.

Il s'y abandonna. Avec une lenteur exagérée, son poing décrivit un arc de cercle ascendant jusqu'à ce qu'aucune partie métallique ne soit plus en contact avec sa peau – à l'exception de la bouche du canon, collée contre le centre de son front.

Abe Glitsky ne passait pas la meilleure soirée de sa vie.

De toutes les fêtes, Halloween était celle qu'il appréciait le moins. Mais au-delà, en tant que flic, il pressentait dans sa chair que ce Halloween-ci serait un désastre. Trois facteurs négatifs se conjuguaient pour y contribuer : c'était une nuit superbe, presque merveilleuse ; c'était un samedi ; et, pour couronner le tout, c'était la pleine lune.

Les scientifiques peuvent bien débattre indéfiniment afin de savoir si la pleine lune exerce une influence sur le comportement des hommes, aucun policier n'a jamais eu de doute sur ce point. C'est une vérité immuable, et quand la pleine lune tombe le soir de Halloween, mieux vaut ouvrir l'œil.

Glitsky avait écouté tous les flashes d'informations à la radio depuis l'attentat de Pulgas, et il restait plus qu'à demi convaincu qu'il s'agissait d'une mauvaise blague halloweenesque. Pendant cette fête, toutes sortes de petits saligauds s'amusaient avec des lames de rasoir, des laxatifs et de la strychnine ; cette fois, histoire de préparer en beauté le prochain millénaire, ils s'étaient peut-être amusés à empoisonner les réserves d'eau potable.

Donc, Glitsky était en état d'alerte. Il savait que tous les détraqués de la ville seraient dans les rues cette nuit-là. D'ici à l'aube, il aurait été appelé sur les lieux de deux ou trois morts violentes.

Et cette perspective le rendait nerveux.

Ça, et le fait qu'Orel soit sorti au milieu de ces fous furieux. Et Rita qui était de congé pour le week-end. Et son inquisiteur de père, présentement en train de ronfler sur le canapé du séjour. Et le staccato irrégulier des pétards dans la rue, qui parfois ressemblait assez à des fusillades pour tromper un vétéran de la criminelle comme lui.

Sitôt qu'Orel s'était fondu dans la nuit sans déguisement – ce qui avait incité Glitsky à se demander pourquoi il sortait, mais après tout, à chacun son truc –, il avait soufflé la mèche du potiron creux rituellement placé sur l'appui de la fenêtre côté rue. Toujours côté rue, il avait éteint toutes les lumières et dévissé l'ampoule du perron de leur pavillon. Il ne voulait pas que des hordes d'enfants déguisés en épouvantails passent la soirée à faire tinter sa sonnette.

Il était assis à la table de sa cuisine face à un grand sachet de biscuits surgelés, une théière en train de refroidir, et la pile de documents que Sharron Pratt avait enfin fait livrer à son bureau. Son humeur ne s'améliora pas au fil de sa lecture. Elle était même positivement exécrable quand la sonnette, comme il s'y attendait, fit entendre son premier cri.

Il ne répondit pas. Le message finirait par passer – pas de bonbons à espérer ici –, et les gosses s'en iraient.

La sonnette retentit de nouveau.

Ils allaient finir par réveiller son père, voilà tout ce qu'ils réussiraient à faire, si ce n'était déjà fait. Il se redressa avec une telle brusquerie que sa chaise bascula derrière lui. Contrairement à ses habitudes, il lâcha un juron sonore.

Son père fut réveillé – soit par la chute de la chaise, soit par le juron.

— Abraham ? Ça va ?

— Je vais juste ouvrir.

— Tu en fais du bruit...

Abe se dirigea à grands pas vers l'entrée, en se disant que les importuns allaient en prendre pour leur grade. Il espérait presque qu'ils se risqueraient à une mauvaise blague – comme casser un œuf contre la porte, laisser une merde de chien sur le paillasson afin qu'il s'essuie les pieds dessus, ou autre classique de Halloween –, ce qui lui donnerait une excuse pour leur courir après et les traîner au poste par les oreilles.

Il haïssait cette fête.

Il actionna l'interrupteur de l'entrée et ouvrit la porte.

Dismas Hardy était planté en face de lui.

— Blague ou bonbon, lança-t-il rituellement. On dirait que l'ampoule de ton perron est grillée.

— ... Bref, je me suis dit que puisqu'il n'y avait personne chez moi, je n'avais aucune raison d'y rentrer. Et chacun sait que tu es le veuf le plus pathétique, le plus triste et le plus négatif de la planète. Tu étais donc forcément chez toi. Où est-ce que tu aurais pu être à part ici ?

Tout en parlant, Hardy fourrageait dans les placards de la cuisine de Glitsky, dont il sortait parfois un aliment qu'il retournait brièvement dans sa main, soit pour le replacer sur son étagère, soit pour le déposer sur le plan de travail près de l'évier.

— J'ai pensé que toi et moi, on pourrait rester tranquillement chez toi pour tenter de résoudre l'énigme Bree Beaumont, bouffer une saloperie en conserve et boire un coup de trop. Nous payer une soirée à l'ancienne, entre mecs, sauf qu'on resterait ici. Ça te tente ?

Nat Glitsky avait rejoint son canapé, et ses ronflements portaient jusque dans la cuisine. Abe attrapa une chaise, et s'assit à califourchon dessus.

— Je n'ai pas une goutte d'alcool chez moi, Diz.

— Qu'est-ce que je disais ? rétorqua Hardy en dardant sur son ami un doigt accusateur. Triste, pathétique, négatif.

— Ouais, eh bien, je ne bois pas, comme tu l'as sûrement remarqué à un moment ou à un autre des vingt dernières années.

Hardy fouillait toujours. Sur le réfrigérateur, il remarqua plusieurs billets de loterie retenus par des aimants. Il en brandit un.

— Tu te rends compte que la loterie est l'impôt sur les imbéciles ? Tu as gagné, au moins ?

— Sûrement, grommela Glitsky. Je gagne toujours. Quelques milliers de dollars par semaine. Je vérifierai demain dans le journal et je te tiendrai au courant.

Hardy revint à ses placards. Ayant fini par sélectionner deux boîtes de spaghettis et une autre de raviolis en conserve, il décida de mélanger le tout.

— Tu as bien un peu de verdure fraîche à y ajouter ? Au frigo ? demanda-t-il en ouvrant une première boîte.

Glitsky se leva pour vérifier.

Les assiettes sales avaient atterri dans l'évier, et l'ambiance n'était plus à l'humour.

Hardy avait eu droit de la part de Glitsky à une présentation abrégée de la documentation prodigieusement instructive remise par Caloco aux services du DA, et à présent il en feuilletait lui-même un des principaux éléments. C'était un audit interne consécutif à la démission de Bree, et sa lecture n'était pas réjouissante.

Du temps où elle travaillait pour Caloco, Bree avait bénéficié d'une carte d'entreprise Visa Platinum Plus dont le plafond de crédit était de cent mille dollars. À son départ, le compte avait naturellement été fermé. Mais l'audit – une procédure de routine en cas de départ de tout employé d'un certain niveau – avait révélé l'existence d'une seconde personne autorisée à faire des opérations dessus : Ron Beaumont.

Ron n'ayant jamais travaillé chez Caloco, c'était assez inhabituel, mais si les choses en étaient restées là on n'en aurait probablement plus jamais parlé : d'après l'auditeur, Ron n'avait jamais utilisé la carte de crédit de sa femme, et sa présence en tant que cotitulaire du compte n'avait pas eu la moindre conséquence financière pour Caloco.

(Hardy ne put s'empêcher de songer à ce qu'il avait appris un peu plus tôt ce jour-là de la culture d'entreprise de Caloco, quand Jim Pierce lui avait expliqué d'un ton imperturbable que même si un responsable de branche quelconque remarquait un trou de trois milliards de dollars, l'entreprise en tant que telle ne sentirait sûrement pas la différence. Si trois milliards n'étaient qu'une goutte d'eau dans le vase de Caloco, cent mille dollars devaient carrément relever de la molécule invisible à l'œil nu.)

Mais l'audit avait mis en lumière un autre élément, très troublant. Les nouvelles autoroutes électroniques de l'information permettaient de remonter des pistes jusque-là inaccessibles, et la carte de crédit de Bree Beaumont avait servi de garantie pour l'ouverture d'un autre compte, celui-là à la Mellon Bank. Ce compte, doté d'une limite de crédit de cent cinquante mille dollars, avait été régulièrement utilisé pour des achats à San Francisco, dûment réglés à la fin de chaque mois. Les relevés étaient adressés à une boîte postale au nom d'un certain Ronald Brewster. Or, personne chez Caloco ne connaissait ce Ronald Brewster.

Hardy sentit une boule se former au creux de son estomac. Il leva les yeux et demanda :

— Caloco a-t-elle essayé de fermer le second compte ? Le compte Brewster ?

Glitsky attendait cette question en silence, les bras croisés. Il secoua la tête.

— Tu trouveras la réponse en page trois, dit-il. Le compte Caloco n'a été utilisé qu'à titre de garantie auprès de la Mellon. D'après la Mellon, Ron *Brewster* était un client formidable – cinq ans de remboursements toujours effectués dans les délais. Donc, il n'était pas question pour eux de fermer son compte. Surtout que le compte Mellon n'a jamais utilisé l'argent de Caloco. Mais la carte de sa femme a permis à Ron de s'offrir une ligne de crédit de cent cinquante mille dollars. (Glitsky se pencha en avant, les coudes sur la table.) Tu noteras aussi que le compte Mellon ne mentionne pas Bree comme titulaire – juste Ron. Et tu sais quoi ? La signature de Brewster ressemble comme deux gouttes d'eau à l'écriture de Ron Beaumont. On a affaire à un petit génie de la fraude, Diz. À un type en cavale sous une fausse identité.

Hardy, pourtant désormais rompu à l'art d'excuser l'apparente duplicité de Ron, trouva difficile de rester neutre face à un élément aussi accablant. Il se dit que pour Glitsky ce serait carrément chose impossible.

Et en effet :

— Je vais mettre Coleman et Batavia à sa recherche demain à la première heure.

— Ils travaillent le dimanche ?

— À partir de maintenant, oui. (Un regard suspicieux.) Qu'est-ce qu'il y a, tu n'es toujours pas convaincu que c'est lui ?

— Non, avoua Hardy. Même si je reconnais que sa position est un peu affaiblie par cette découverte.

L'expression de Glitsky se rapprocha d'un vrai sourire.

— « Un peu affaiblie ». Elle est bonne ! Ça ne vaut peut-être pas des aveux signés, mais il s'en faut de peu. Et ce n'est pas tout. Jette un coup d'œil à la page cinq.

Hardy fit rapidement défiler quelques feuillets, et se mit à lire tandis que Glitsky commentait :

— La piste électronique a permis à l'auditeur de Caloco de découvrir quatre autres comptes reliés à la carte Visa de la Mellon.

Les noms correspondants passèrent sous les yeux de Hardy. Ron Black. Ron Blake. Ron Burns. Ron Blanda.

— Ce mec a un crédit d'un million de dollars. Sous cinq fausses identités. Et tu peux me croire : il doit avoir les passeports correspondants.

Inutile de discuter là-dessus.

— Ça ne m'étonnerait pas. Cela dit, Abe, ça m'ennuie d'être obligé de te le dire, mais...

Cette fois, Glitsky se fendit d'un authentique sourire.

— Mais ça ne fait pas de lui un meurtrier, c'est ça ? Permets-moi de te répondre que ça ne fait pas non plus de lui un boy-scout.

— Certes. Mais en quoi cette histoire de comptes aurait-t-elle pu le pousser à tuer sa femme ? Tu as une théorie là-dessus ?

Sur ce point, à l'évidence, Glitsky naviguait encore en eau trouble. Son effort de réflexion fit blanchir sa balafre.

— Elle ne devait pas être au courant de leur existence. Quand elle a découvert qu'il s'était servi de son statut de cotitulaire du compte Caloco, elle lui a passé un savon, ils se sont engueulés, et l'engueulade a dégénéré.

— Une simple querelle ? On est loin d'un meurtre au premier degré. Au pire, ça relève de l'homicide involontaire, au mieux de la légitime défense – qui n'est pas un crime du tout.

— Peu m'importe le nom que les juristes mettront là-dessus. Moi, j'ai le type qui a tué Bree.

— Peut-être.

Dans le silence qui s'ensuivit, Hardy distingua les ronflements réguliers du père de Glitsky, en provenance du séjour.

— Peut-être, reprit-il, mais dans ce cas, qu'est-ce que tu fais du meurtrier de Carl Griffin ?

— Tu sais qui c'est ? demanda Abe, visiblement surpris.

— C'est toi qui es à la criminelle. À toi de me répondre.

— Tu es en train de dire que les deux meurtres sont liés ? Celui de Bree et celui de Carl ?

— Et toi ? Tu dis qu'ils ne le sont pas ? Il me paraît assez vraisemblable qu'ils le soient – à moins que tu n'aies déjà un suspect pour Carl.

C'était une question, et Glitsky hésita un moment.

— On n'a strictement rien pour Carl. Je t'en ai déjà parlé. Il avait rencard dans la Western Addition avec un indic qui, apparemment, s'est mis en pétard contre lui.

— Et ? rétorqua Hardy. Il demande à son indic de lui tenir son flingue une minute pendant qu'ils discutent le bout de gras, et le coup part accidentellement ? C'est ce qui est arrivé, Abe ?

— Sûrement, lâcha Glitsky d'un ton sardonique.

Mais Hardy venait de mettre le doigt sur un petit quelque chose, et le lieutenant, peut-être pour la première fois, était en train de s'en apercevoir.

— Carl était dans sa voiture, Diz. Il n'était pas idiot à ce point.

— Soit. Alors, que s'est-il passé, à ton avis ? Tu te rappelles l'endroit où sa voiture a été retrouvée ?

— Raycliff Terrace. Une impasse donnant sur Divisadero.

Divisadero passait en plein cœur de la Western Addition, donc Griffin avait bel et bien été découvert là où il était censé être. Par acquit de conscience, Hardy posa tout de même la question qu'il avait préparée.

— À quelle hauteur ?

Glitsky ne le savait pas de mémoire. Une minute plus tard, un plan de la ville fut étalé sur la table. Un silence assourdissant s'ensuivit. Raycliff Terrace donnait sur Divisadero, pas de doute, et sur le plan l'impasse était toute proche du ghetto ; mais n'importe quelle personne connaissant un peu la ville savait que ce quartier aux allures de Beverly Hills n'avait rien à voir avec les bâtisses miteuses de la Western Addition.

La perpendiculaire la plus proche était Pacific Street, l'artère éponyme de Pacific Heights, un des quartiers les plus aristos de San Francisco. Plus significatif encore, Raycliff Terrace ne se trouvait qu'à une petite rue de Broadway.

Hardy prit un moment pour vérifier, courbé sur le plan. Il s'aperçut que son intuition était en réalité celle de David Freeman – son commentaire selon lequel Carl Griffin avait été le premier cheval à arriver à la mangeoire. Ce vieux schnock n'avait-il donc jamais tort ?

Se redressant, Hardy marcha jusqu'au réfrigérateur, prit sur la porte un feutre aimanté. De retour devant le plan, il y traça un X. Puis un autre. Après un instant de réflexion, une idée lui vint, et il en inscrivit un troisième.

— Bree Beaumont, récapitula-t-il en posant la pointe du crayon sur son premier X. À deux rues de Raycliff Terrace, Broadway et Steiner. Damon Kerry, Broadway et Baker : à quatre rues à l'est de Bree, et à une rue de Raycliff Terrace.

Puis Hardy mit la pointe de son feutre sur le troisième X et ajouta :

— Jim Pierce, Divisadero et North Point : à dix rues au nord.

Glitsky fronça les sourcils en silence. Il finit par placer le bout d'un index sur la première marque de Hardy.

— Tu oublies Ron Beaumont.

Hardy dut admettre que son ami avait raison. Mais ce n'était pas là que lui-même voulait en venir ; et, d'ici une minute, il était sûr que Glitsky aurait changé d'idée.

— Tu vois Griffin venant dans ce coin avec son indic, Abe ? Moi pas. Tu t'imagines l'indic se laissant entraîner si loin de ses bases ?

— Tu as raison. Ce n'est pas possible. Pas là, en tout cas.

— Le meurtrier est quelqu'un que Griffin ne craignait pas. Peut-être même qu'il lui faisait confiance.

— Au point de lui tendre son flingue ? C'est dur à avaler. (Glitsky ferma le poing au-dessus des croix de Hardy, puis le fit descendre tout doucement, avec une infinie retenue. Pour lui, ce fut une véritable explosion.) Bon sang, murmura-t-il. Carl, bon sang !

Il leva sur Hardy un regard injecté.

— Si c'était quelqu'un d'autre, je dirais non, aucune chance. Mais Carl ? Je suis obligé de répondre peut-être… Seigneur, Diz, comment se fait-il que personne n'y ait pensé ?

Ce n'était pas la question essentielle, et Hardy préféra ne pas retourner le couteau dans la plaie. Ce nouvel élément posait encore problème – il restait un X à placer sur le plan.

Phil Canetta avait une arme de service. Griffin n'aurait pas eu besoin de lui tendre volontairement son flingue – ce geste que Glitsky avait tant de mal à admettre. Il se pouvait que Canetta soit monté à côté de Griffin, qu'il ait sorti son arme afin d'emballer le cours des événements. Qu'il ait délesté Carl de son revolver, qu'il l'ait obligé à rouler vers une impasse déserte. Qu'il l'ait l'abattu.

Mais à la rigueur, n'importe lequel des suspects, à condition d'avoir une arme, aurait pu faire de même.

La bonne nouvelle pour Hardy était qu'il avait forcé Glitsky à réfléchir – et pas seulement sur l'hypothèse Ron. Ce n'était pas encore une conviction, et tout restait à prouver, mais tout à coup Hardy eut le sentiment qu'il était vraiment très probable que le meurtre de Carl Griffin fût lié à celui de Bree.

— Quand est-ce que Carl a été tué ? demanda-t-il.

Glitsky s'efforçait encore d'assimiler ce qu'il venait d'entendre, et Hardy ne pouvait guère l'en blâmer. Si c'était bien ce qui s'était passé, la criminelle avait commis une énorme boulette en ne s'en apercevant pas. Abe se rassit devant la table. Il joignit les mains devant sa bouche et souffla dedans.

— Un lundi. Quelqu'un a signalé le corps en début d'après-midi, autour de quatorze heures trente. D'après le légiste, il était mort depuis une heure, une heure et demie.

— Vers l'heure du déjeuner.

Glitsky fit la grimace.

— Il n'avait rien mangé. Sauf du chocolat.

Le fils d'Abe, Orel, revenait tout juste de sa tournée de Halloween, si c'était bien ce qu'il était sorti faire, quand Hardy ouvrit la porte d'entrée pour s'en aller. Glitsky était pendu au téléphone depuis vingt minutes : il distribuait des messages à ses inspecteurs pour leur donner rendez-vous au palais de justice le lendemain, contactait la police scientifique pour demander que la voiture de Griffin soit de nouveau passée au peigne fin. Connaissant Abe, Hardy savait qu'il en aurait pour un moment à parler avec le coroner, les techniciens des divers labos, et ainsi de suite.

Il n'éprouvait pas le besoin de traîner dans les parages. Il était plus de dix heures du soir, et il se sentait vidé.

Mais il ne pouvait pas rentrer directement chez lui, il devait d'abord passer chez Erin et au moins embrasser ses enfants. Il se retrouva donc peu après dans le séjour des Cochran. Son fils dormait, la tête sur ses cuisses. Rebecca était blottie contre lui du côté opposé, parfaitement éveillée – Hardy se promit de faire un jour l'expérience afin de voir combien de temps sa fille pouvait passer sans dormir, mais pour l'heure il se satisfaisait amplement de sentir la chaleur de son petit corps contre le sien. Au moins, elle se rappellerait qu'il était venu pour la fin de Halloween.

Ses deux enfants étaient sortis déguisés en fantômes dans des draps prêtés par Erin. Les beaux costumes que Frannie leur avait préparés – Cendrillon et Porcinet – étaient passés à la trappe, emportés par le tourbillon des deux derniers jours.

Malgré tout, ils avaient eu leur soirée de fête. Leurs butins respectifs étaient empilés par catégories de sucreries sur le tapis. Erin avait assuré l'essentiel, et Hardy lui en était reconnaissant.

Elle avait aussi préparé un shaker de manhattan – la journée avait été longue pour tout le monde –, et depuis vingt minutes ils buvaient ensemble en évoquant les derniers progrès de Hardy. Celui-ci acheva la revue de détail en les informant de sa découverte potentiellement capitale concernant la mort de Carl Griffin.

Cependant, Erin avait une notion claire des priorités – il s'agissait peut-être d'un rebondissement passionnant, mais s'il ne permettait pas à Frannie de recouvrer sa liberté et à tout le monde de reprendre une vie normale, il n'était pas intéressant.

— Ce policier, c'était avant les problèmes de Frannie, non ?
— Deux semaines avant.
— Dans ce cas, comment peuvent-il la garder en... (Elle coula un bref regard vers Beck, qui buvait chaque syllabe.) Comment peuvent-ils la garder là où elle est ?

Hardy comprit sa ligne de raisonnement.

— Elle est là-bas pour s'être disputée avec un juge, Erin. C'est tout. À mon avis, indépendamment de l'évolution de l'enquête, ils la laisseront sortir mardi matin.

Malgré son ton détaché, il redoutait que les choses ne se déroulent pas ainsi. La disparition de Ron avait changé la donne.

— Mais elle va bien, dis, papa ?

— Très bien, Beck. Au fait, je pourrais voir si... Ça te dirait de lui parler ?

— Oh oui, papa, oui !

Le plus délicatement possible, Hardy souleva la tête de Vincent et la reposa sur le canapé. L'idée venait à peine de l'effleurer, mais elle pouvait fonctionner.

— On va essayer.

Ayant trouvé le numéro de la prison, il demanda le guichet, rappela au surveillant de nuit les amuse-gueule gastronomiques qu'il avait apportés à ses collègues dans la journée – et, bien sûr, le surveillant en avait entendu parler. Que pouvait-il faire pour M. Hardy ?

Eh bien, il pouvait permettre à sa femme, actuellement écrouée à l'IA, de venir au téléphone pour discuter cinq minutes avec ses enfants. Après une brève hésitation, le préposé répondit qu'il allait voir ce qui était possible.

Cinq minutes plus tard, le téléphone sonna chez les Cochran. Hardy décrocha nerveusement.

— Frannie ?

À la voix de sa femme, il sentit qu'il aurait dû repasser la voir en début de soirée avant de rendre visite à Jeff Elliot. Vingt visites par jour n'auraient pas été de trop. Il était temps pour lui d'oublier ce boulot de simili-enquêteur de police. Glitsky était dorénavant sur la brèche. À chacun son rôle.

— Comment est-ce que tu tiens le coup ?

Il l'entendit inspirer longuement, sut qu'elle rassemblait ses forces avant de répondre.

— Plutôt bien, affirma-t-elle avec une joie tellement fausse qu'il en eut la nausée.

N'y tenant plus, Beck tira sur son pantalon, tira sur le fil du téléphone, tira sur tout ce qui était à portée. Hardy se dit que ce n'était pas le moment de réprimander sa fille.

— Écoute, j'ai près de moi quelqu'un qui veut te parler.

— D'accord, mais reparle-moi après, s'il te plaît.

Hardy tendit le téléphone à Rebecca, et resta là à écouter le récit des deux derniers jours de sa fille, de toutes ces petites angoisses auxquelles il n'avait pas eu le temps de prêter l'oreille.

Vincent s'était réveillé et s'appuyait contre son père, titubant de sommeil, suçant son pouce alors qu'il était censé avoir cessé de le faire six mois plus tôt.

— C'est maman ? Je veux parler à maman !

Encore trop ensommeillé, il ne pleurait pas, mais il s'en fallait de peu.

Il parla donc à Frannie. Puis ce fut le tour d'Erin – y avait-il quelque chose de particulier à faire le lendemain en prévision de l'école du lundi ? Surtout, il ne fallait pas s'inquiéter, mamie était là, elle s'occupait de tout.

Aucune critique ne fut prononcée – ni même suggérée – à l'encontre de Hardy, mais il était lucide : il était bon dans certains domaines, et désespérant de nullité dans d'autres. Et il se rendit compte que son rôle de père, ce rôle qui le rendait perplexe et lui valait tant de frustrations depuis quelque temps, avait souffert de son besoin de résoudre les problèmes, de se maintenir sans cesse occupé, de gagner.

Sa liste de priorités était erronée, il le sentait dans sa chair. Mais que faire ? Il savait plus de choses sur cette affaire – et était plus concerné par elle – que Freeman et Glitsky réunis. Qu'il le veuille ou non, il en était devenu un rouage essentiel. Des vies – et pas seulement dans sa famille – dépendaient de lui, des choix qu'il allait faire.

Son tour de parole revint tandis qu'Erin escortait les enfants vers les chambres et un sommeil réparateur.

Il dit à Frannie qu'il l'aimait, mais ne put en rester là. Il avait besoin d'en savoir plus.

— Il faut que je te pose la question : tu as eu des nouvelles de Ron aujourd'hui ?

— Non. Comment aurais-je pu en avoir ? On ne me transmet aucun appel.

— Je sais.

— Alors ?

Hardy lui apprit que Ron avait quitté son hôtel. Sa femme se mit à respirer bruyamment.

— Mais... pourquoi a-t-il fait ça ? Je croyais qu'il t'avait demandé de l'aider. Qu'est-ce que ça signifie ?

— Je l'ignore. J'espérais que tu pourrais me le dire.

— Je ne vois vraiment pas. À moins qu'il n'ait de nouveau pris peur pour ses enfants.

— Tu ne crois pas qu'il m'aurait laissé un message ?

— Je ne sais pas. Peut-être qu'il le fera.

— Peut-être, répéta Hardy d'un ton neutre. Je l'espère.

Silence au bout du fil. Puis :

— Dismas ?

— Je suis là.

— Je t'ai dit tout ce que je sais. Vraiment. Je ne vois pas où il peut être, ni ce qu'il peut faire.

Il n'en était pas tout à fait convaincu, mais sentit qu'il devait à tout le moins souscrire à cette déclaration.

— D'accord.

— Dis-moi que tu me crois. S'il te plaît. J'en ai besoin.

— Bien sûr, déclara-t-il avec une ambiguïté calculée. Je passe te voir demain matin, d'accord ? À la première heure.

— Vivement demain. Dismas ?

— Oui.

— Je t'aime.

La main de Hardy se crispa sur le combiné.

— Moi aussi, répondit-il, évasif.

Il sirota encore deux manhattans avec Erin et Ed en parlant de l'empoisonnement du réservoir et du pauvre randonneur qui avait fini par succomber à ses blessures. Puis Erin lui apporta une couverture et un oreiller afin qu'il puisse dormir sur le canapé et prendre le petit déjeuner avec ses enfants. Il ne s'imaginait pas à quel point il leur manquait.

Il sombra dans le sommeil en dix secondes.

21

Valens avait laissé Damon Kerry chez lui une heure plus tôt. De retour à son hôtel, il faisait les cent pas comme un fauve en cage. Sa suite du *Clift*, plus vaste que la plupart des appartements où il avait habité, offrait une vue panoramique sur San Francisco, mais aucun de ces avantages ne trouvait grâce à ses yeux.

Minuit approchait au terme de ce qui avait été une des journées les plus longues et les plus difficiles de son existence, seulement adoucie par la lecture du dernier sondage, qui mettait Damon et son adversaire à égalité avant le scrutin de mardi. D'un point de vue strictement technique, son poulain avait encore deux points de retard, mais si l'on considérait la marge d'erreur retenue par l'institut de sondages les deux candidats étaient au coude à coude.

Le coup de sonnette tant attendu arriva enfin. Il s'approcha de l'entrée, colla son œil au judas, ouvrit la porte.

Thorne scruta le corridor par-dessus son épaule avant de pénétrer dans la suite.

— Ce n'est pas une très bonne idée, Al, lâcha-t-il de son ton le plus suave en refermant la porte. Nous ne devrions pas être vus ensemble.

Il actionna le verrou, remit en place la chaîne de sûreté, tourna vers Valens un visage qui n'exprimait rien. Sourire affable, œil chassieux.

Valens était trop tendu pour relever la réprimande.

— Il est minuit, Baxter. Personne ne nous surveille, croyez-moi. Il fallait absolument que je vous parle de... de ce qui s'est passé aujourd'hui.

Thorne eut un hochement de tête compréhensif.

— Le scrutin a lieu dans trois jours. La pression monte, c'est normal. Et ce n'est peut-être pas fini.

— Je ne parle pas du scrutin. Bon sang, de ce côté-là, les nouvelles sont plutôt bonnes. Je pense à ce type mort au fond du temple de l'Eau de Pulgas, et aussi à cet avocat, Hardy, qui est allé fouiner chez Bree, et...

— Doucement, intervint Thorne en levant une main. Si nous nous asseyions ? Vous avez quelque chose à boire ? Un cocktail vous ferait le plus grand bien. Oui, c'est exactement ce qu'il vous faut.

Il se dirigea vers le bar après avoir indiqué à Valens un des deux canapés tendus de soie.

— C'est vraiment une pièce remarquable, dit-il, admirant un instant la vue.

Après quoi il se retourna soudain, comme si une idée venait de l'effleurer.

— En quoi sommes-nous concernés par la mort de cet homme, Al ?

Il y avait dans cette question une pointe de menace qui désarçonna Valens, ainsi que le souhaitait sûrement Thorne. Il choisit plusieurs bouteilles d'alcool et de soda dans le bar.

— En parlant de cocktails, reprit-il, la frénésie médiatique déclenchée par cette navrante affaire d'empoisonnement au MTBE m'a donné une idée. Notre candidat pourrait se livrer dans les jours qui viennent à une petite démonstration extrêmement spectaculaire, capable de le propulser définitivement en tête des sondages.

Il plaça les bouteilles et deux verres sur un plateau qu'il déposa devant Valens sur la table basse, avant de s'asseoir dans l'angle du canapé. Puis il plongea une main dans sa poche intérieure, et en sortit une flasque.

— Qu'est-ce que c'est ? s'enquit Valens.

Thorne adorait les surprises. Pour toute réponse, il sourit, dévissa le bouchon, versa un doigt de liquide transparent dans un des verres. Il le leva, le huma, le fit glisser en travers de la table.

— À vous de me le dire.

Reniflement.

— C'est de l'alcool.

Le sourire s'étira, devint rayonnant.

— En effet. Parfaitement exact. C'est de l'éthanol. (Thorne décapsula une bouteille de soda à l'orange et en ajouta une rasade au contenu du verre.) À boire cul sec, Al. Vraiment.

— Vous voulez que je boive ce truc ?

— Vous n'avez rien à craindre.

Mais Valens fut incapable de bouger.

— Dieu du ciel…, soupira Thorne.

Il reprit le verre, et avala son contenu en deux gorgées.

— Je ne vous savais pas si timoré, Al. Vous me soupçonniez de vouloir vous empoisonner ?

— Bien sûr que non. C'est juste que… (Valens se décida enfin à affronter le regard de son employeur.) Je ne sais pas, Baxter. Je suis complètement lessivé.

Thorne gratifia son vis-à-vis d'une petite tape sur le genou.

— Dans deux jours, tout sera fini. Croyez-moi, le jeu en vaut la chandelle. Et maintenant, que pensez-vous de mon idée ?

— Je ne suis pas sûr d'avoir bien saisi. Vous voulez lancer la mode du cocktail à l'éthanol ?

Le visage de Thorne s'anima.

— Ma foi, pourquoi pas ? Bonne idée, Al. Les journalistes sont presque toujours partants quand on leur offre une tournée gratis, non ?

Valens sentit sa tension diminuer imperceptiblement.

— D'après mon expérience, oui.

— Exact. En réalité, je pensais faire boire un peu d'éthanol à Damon – comme je viens de le faire devant vous – pendant une conférence de presse. Imaginez le contraste, ajouta Thorne, de plus en plus enthousiaste en dépit d'un ton de voix strictement inchangé. Quelques litres de MTBE suffisent à compromettre la totalité de l'approvisionnement en eau potable de la ville, qui prend d'un seul coup l'odeur et le goût de la térébenthine… (Une brève pause – le temps de lever sa flasque.)... alors que pendant ce temps l'autre additif, l'additif naturel – l'éthanol – est tellement sain qu'on peut en boire. Je dirai même que les gens en boivent depuis toujours. L'idée me plaît, conclut-il. Il y a là-dedans un symbole fort.

Mais Valens ne paraissait pas convaincu.

— Encore faudrait-il que Damon accepte.

Le visage de Thorne s'assombrit.

— Pourquoi n'accepterait-il pas ?

— Parce qu'il est prudent, Baxter. Damon n'est pas un idiot. Il n'a jamais explicitement défendu l'éthanol. Il est opposé au MTBE, un point c'est tout.

— Ce qui, si ma logique est bonne, n'offre que l'éthanol comme alternative.

— Exact. Mais notre stratégie, rappelez-vous, a toujours été de laisser aux électeurs le soin de tirer cette conclusion eux-mêmes – ce qu'ils font d'ailleurs très bien. Ce que vous suggérez est un peu trop... voyant, vous ne croyez pas ?

— Parfois, on a besoin de choses voyantes.

Une voix caressante comme le duvet, un ton lisse et froid comme de l'acier trempé. Thorne était sur la défensive. Valens l'avait déjà vu assez souvent ainsi pour savoir qu'il avait intérêt à marcher droit. Thorne avait quelque chose de terrifiant. Il ne ferait pas croire à Valens qu'il n'avait rien à voir avec l'attentat de Pulgas.

Parfois, comme aujourd'hui, on avait besoin de morts.

— Je suis d'accord avec vous, affirma Valens. Va pour l'évidence. J'en parlerai à Damon, lui demanderai ce qu'il en pense. S'il dit oui, on le fera.

— De toute façon, répliqua tout doucement Thorne, c'est notre seule option.

Il vida deux minidoses de vodka dans le fond de son verre. Il y ajouta un glaçon, noya le tout d'une giclée de soda à l'orange, se carra confortablement sur son siège, et but une longue gorgée.

— Et maintenant, parlons de ce Hardy. J'ai effectué quelques recherches. Il se pourrait qu'il nous pose un léger problème.

Ce n'était pas ce que Valens souhaitait entendre. Il se pencha tout au bord du canapé.

— Comment ?

Thorne résuma ce qu'il avait découvert sur Frannie, le grand jury, Ron Beaumont, les antécédents de Hardy – et le fait qu'il avait tendance à mettre son nez partout et ne rechignait pas à se salir les mains.

— Puisqu'il est allé trouver Kerry, on peut supposer qu'il a établi un lien entre la mort de Bree et la guerre des additifs, ce qui n'est pas une bonne nouvelle. J'aimerais vraiment localiser Ron. (Soupir.) Nous aurions dû réagir plus vite, je le crains. Je m'en veux terriblement. J'aurais dû pénétrer dans son système informatique pour effacer ce maudit dossier, au lieu de...

Valens secoua la tête. Il ne voulait pas suivre Thorne dans ce genre de débat.

— Elle aurait conservé son exemplaire imprimé et sans doute une disquette, coupa-t-il. C'est précisément pour cette raison que j'ai essayé de la convaincre de tout me remettre en attendant les élections.

— *Entrez, Al. Merci d'être venu.*

Un regard lui suffit pour s'imprégner de la somptuosité de l'appartement tandis qu'il traversait le seuil. C'était la première fois qu'il lui rendait visite, et cette débauche de luxe le surprit. À la réflexion, cela n'avait rien de surprenant – dans la mesure où à peu près tout, chez Bree Beaumont, était un feu d'artifice. S'il s'estimait largement immunisé contre le pouvoir attractif de sa présence physique, il n'était pas stupide au point de le nier.

Elle couchait avec Damon Kerry et, à ce titre, représentait un facteur de campagne à contrôler. Aussi Valens s'efforçait-il de ne pas la voir comme une femme. Elle s'était immiscée dans sa campagne. Il ne l'aimait pas, point à la ligne.

C'était la première fois qu'il se trouvait seul avec elle. Tandis qu'elle traversait le richissime séjour pour le mener vers le coin salon aménagé près du balcon, il ne prêta qu'une attention subliminale au raffinement de la décoration, à la beauté des objets d'art, à l'étendue du panorama qui se déployait au-delà des baies vitrées.

Il y avait mieux à voir. Il n'arrivait pas à quitter des yeux le cul parfait de Bree, emprisonné dans un jean de grand couturier. Il ne l'avait jamais vue en jean. Ni en tee-shirt – sans rien dessous. Ni pieds nus. Sa chevelure blonde lui cascadait jusque dans le milieu du dos. Il aurait probablement pu joindre les mains autour de sa taille.

Il sentit monter en lui une rage obscure. Elle s'autorisait à défiler dans cette tenue devant lui, comme si un gouffre les séparait, rendant inconcevable qu'il puisse réagir physiquement à ses charmes. Elle se croyait si loin au-dessus de lui qu'il n'existait pas pour elle. Et ça le rendait fou.

Elle parlait de tout et de rien en marchant.

— Excusez le désordre, dit-elle. J'ai planché tout l'après-midi sur mon ordinateur, et j'ai perdu la notion du temps.

Valens ne l'écoutait qu'à demi. Il continuait de la dévorer des yeux quand elle se retourna soudain. Surprit-elle la direction de son regard ? Elle lui fit signe de s'installer sur une chauffeuse capitonnée.

— En tout cas, merci encore d'être venu. Je regrette de vous avoir dérangé, mais je ne sais vraiment pas quoi faire. Je tenais à avoir votre avis avant d'accabler Damon d'un nouveau fardeau.

— Je vous écoute, répondit faiblement Valens. J'apprécie que vous ayez pensé à moi.

Il mesurait un peu moins d'un mètre quatre-vingts – à peu près la taille de Bree – et frôlait les cent kilos. Les cheveux noirs, une ombre de barbe, une chemise blanche pas suffisamment amidonnée, un costume fripé.

Sentant peut-être enfin l'effet qu'elle lui faisait, elle resta un moment figée, mal à l'aise, puis montra de nouveau la chauffeuse.

— Asseyez-vous, Al. Je vous offre quelque chose à boire ?

— Je veux bien une bière, merci.

Il la lorgna encore tandis qu'elle s'éloignait, se força ensuite à regarder du côté du balcon, vers la ville. Très vite, elle revint avec une bouteille de bière étrangère, une chope, et une bouteille d'Évian en plastique.

Valens la remercia.

— *C'est un très bel appartement, remarqua-t-il en se servant.*

Elle entreprit de dévisser le bouchon de la bouteille d'eau, s'interrompit, prit une expression mélancolique.

— *Oui. Malheureusement, je crains que nous ne devions le quitter bientôt. Cela dit, je n'ai pas à me plaindre : nous y avons été très bien, beaucoup mieux que je ne m'attendais à... (Elle n'alla pas au bout de sa phrase.) Mais les charges sont trop lourdes. Et de toute façon, Ron et moi... Enfin, vous êtes au courant.*

— *Il n'est pas là ?*

— *Non. Les enfants et lui sont... Peu importe. Ils sont sortis.*

Valens but une gorgée de bière, et tenta de poser la question qui le rongeait en douceur. Il ne fallait surtout pas se découvrir.

— *C'est de lui que vous voulez me parler ?*

Elle parut surprise.

— *Non. Ça n'a rien à voir avec Ron.*

Bree jeta un coup d'œil par-dessus l'épaule de son visiteur, porta la bouteille d'eau à ses lèvres.

— *J'ai beaucoup pratiqué l'introspection ces derniers temps, Al. Et j'ai aussi fait des recherches.*

— *Je comprends.*

— *Vous savez, expliqua-t-elle en chassant un cheveu invisible de son visage, depuis que Damon m'a incitée à remettre en question mes préjugés, à « regarder dans d'autres directions », comme il dit, j'ai vraiment l'impression d'avoir reçu... je crois qu'on peut parler d'une leçon.*

Valens acquiesça.

— *Ce qui est d'autant plus ironique que je suis considérée comme un expert en matière d'additifs.*

— *Ma foi, fit Valens avec un haussement d'épaules et une tentative de sourire, vous avez trouvé la lumière, voilà tout.*

— *Je ne sais pas trop ce que j'ai trouvé, répliqua-t-elle, secouant la tête. J'ai surtout été blessée d'avoir été induite en erreur par des gens à qui je faisais confiance, et je me suis amèrement reproché ma stupidité. Je ne suis pas stupide, Al. Tout ce que vous voudrez, mais pas stupide.*

— Je vous l'accorde, approuva Valens d'un ton qui se voulait léger.

— Plus profondément, Damon m'a ramenée aux sources, aux vraies raisons qui m'avaient fait choisir cette voie. Mon métier, je veux dire.

— À savoir ?

Elle soupira avec effort.

— Je voulais faire le bien. Voilà. C'est dit.

La belle affaire, songea Valens.

— Le bien ?

— Et j'y suis parvenue. J'ai fait ce que j'avais décidé de faire – avec le MTBE. Savez-vous ce dont ce produit est capable pour améliorer la qualité de l'air, Al ? Il réduit les émissions toxiques à presque rien. Allez vous promener à Pasadena, regardez les montagnes. Ou même ici, dehors, ajouta-t-elle en montrant du doigt la baie vitrée. Ça se voit à l'œil nu ! Le MTBE a rendu l'air plus propre, est-ce que vous vous en rendez compte ? C'est une formidable avancée.

Elle dut se lever pour évacuer une partie de sa tension. Elle s'approcha de la porte-fenêtre donnant sur le balcon, la fit coulisser, laissa entrer une bouffée d'air frais. Une fois calmée, elle se retourna vers Valens.

— Avant toutes les critiques, le MTBE paraissait vraiment efficace. Et je faisais partie de l'aventure, j'y avais même joué un rôle clé. L'EPA l'adorait, tout le monde était pour. Pouvez-vous comprendre à quel point j'étais impliquée dans ce projet ? Du coup, quand les premières objections sont apparues, je n'ai pas voulu y prêter attention. Je ne les entendais pas.

— N'importe qui pourrait comprendre ça, affirma Al. C'était une réaction naturelle.

— C'est ça, approuva-t-elle. C'était naturel. (Elle revint à son fauteuil et s'assit, les genoux presque joints.) Plus tard, grâce à Damon, je me suis rendu compte de mon erreur.

— Et la réalité a repris ses droits.

— C'est ce que j'ai cru dans un premier temps.

— Qu'est-ce que vous voulez dire ?

— J'étais très en colère. On m'avait fait passer pour une

idiote, et je ne voulais pas que ça se reproduise. Je me suis aperçue que Damon donnait l'impression de rouler pour l'éthanol, même si ce n'était pas explicite, et je n'étais pas sûre à cent pour cent qu'il veuille défendre cette bannière-là.

Pour Valens, c'était la pire nouvelle possible. Son candidat n'était pas un scientifique – il n'avait pas besoin de connaître ce genre de subtilités. Il lui suffisait de savoir que le MTBE polluait le sous-sol alors que l'éthanol ne le polluait pas. Donc, l'éthanol était mieux. Mais Al se dit qu'il ne devait surtout pas montrer son inquiétude. Il gagna une poignée de secondes en sirotant sa bière, puis sourit.

— Comme vous venez de le dire vous-même, Bree, l'éthanol n'a jamais fait partie de son programme.

— Sauf qu'il est bien là, en filigrane. Vous le savez, Al.

— Et c'est si grave ?

— Ce n'est pas un combustible extraordinaire. Il coûte cher à produire, il n'est pas aussi performant que...

— Mais il ne menace pas la nappe phréatique et il améliore la combustion de l'essence, n'est-ce pas ?

Elle fit la moue, hésita.

— Qu'y a-t-il, Bree ? Dites-le-moi.

— Nous n'avons besoin ni de l'un ni de l'autre. Cette histoire d'additif, à la base, est une gigantesque arnaque. Les compagnies pétrolières, on le sait, gagnent des milliards avec le MTBE. Et ce n'est pas tout. Vous avez déjà entendu parler de SKO, le géant agro-industriel ?

— Bien sûr, souffla Valens, pris de vertige.

— Eh bien, SKO touche des milliards en subventions pour produire son éthanol. Cette production n'est pas rentable en soi, mais SKO a réussi à persuader le gouvernement que c'est une question d'intérêt national.

— C'est peut-être vrai. Peut-être que...

— Ce n'est pas vrai, Al. Écoutez ceci : savez-vous que la production d'un litre d'éthanol consomme plus d'énergie que ce litre n'en générera ensuite ?

— J'en doute, Bree. Comment serait-ce possible ?

— Le diesel des tracteurs, le coût du transport, le stockage, le raffinage, ce genre de choses.
— Mais...
— Il n'y a pas de « mais ». Et dans la mesure où l'éthanol génère moins d'énergie que l'essence, il réduit l'autonomie des véhicules à quantité égale, ce qui concerne tout un chacun. Sachez aussi que pour chaque dollar de profit réalisé par SKO grâce à l'éthanol, il en coûte trente dollars au contribuable américain. Et je vous épargne les considérations scientifiques. C'est juste l'aspect comptable.

Valens ne trouva rien à répondre. Il ignorait si ce qu'elle disait était exact, mais il était clair qu'elle y croyait dur comme fer et qu'elle n'allait pas se gêner pour faire passer le message à Damon. C'était le problème numéro un. C'était ce qu'il devait éviter à n'importe quel prix.

— Mais, Bree, dans presque tous les secteurs d'activité...
— Damon n'est pas lié à tous les secteurs d'activité. Il est lié à celui-là. Et comme je vous l'ai dit, ni le MTBE, ni l'éthanol, ni quelque autre additif que ce soit ne sont nécessaires. L'EPA les impose, mais ce n'est qu'une escroquerie. Vous vous rendez compte ? ajouta-t-elle avec une poussée d'indignation qui fit gagner quelques décibels à sa voix.
— Je... je crains de ne pas vous suivre, réussit-il à bégayer.
— Bien sûr. Comment le pourriez-vous ? Personne n'a encore compris... Attendez une seconde.

Elle se leva d'un bond, partit presque en courant, disparut dans les profondeurs du couloir, de l'autre côté de la cuisine. Un instant plus tard, elle revint munie d'une liasse de papiers.

— Regardez, commença-t-elle sans préambule. Je ne vous demande pas de comprendre les subtilités scientifiques, mais laissez-moi tout de même vous résumer ce qu'il y a là-dedans.

Valens l'écouta pendant ce qui lui parut être une éternité revenir sur les conclusions du rapport auquel elle travaillait depuis un mois et demi. Il s'appuyait sur une impressionnante variété de données chiffrées – diagrammes, équations, tableaux comparatifs des taux de combustion, d'émissions nocives et d'efficacité en termes d'énergie –, mais peu à peu Al saisit ce que Bree avait découvert.

À grand renfort de dépôts de brevets, de transcriptions judiciaires, de circulaires internes, de comptes rendus de réunions et de témoignages émanant de dizaines d'ingénieurs, son rapport mettait à jour une incroyable réalité : les compagnies pétrolières avaient trouvé le moyen de reformuler l'essence afin qu'elle brûle plus proprement sans aucun additif.

— Vous voyez, Al, c'est ce que je vous disais. Cette histoire d'additifs, c'est du bidon. Damon doit être averti. Il faut que je lui en parle.

Valens reprit aussitôt ses esprits. Il ne fallait surtout pas s'aliéner la sympathie de Bree maintenant. Si elle contactait Damon, et si elle réussissait à le convaincre de clamer la vérité sur la place publique, ce serait une calamité.

— C'est terrible, lâcha-t-il dans un soupir. Affreux. Je me demande pourquoi ça n'a pas encore fait la une des journaux.

Bree connaissait la réponse.

— Parce qu'il n'y avait jusqu'ici qu'un fouillis de documents, d'expériences, d'avis isolés, fragmentaires, individuels. Voilà comment nous travaillons, nous autres scientifiques – chacun sur son aspect du problème, fasciné, obnubilé par le défi qu'il a choisi de relever. Comme moi avec le MTBE. Au début, pour faire simple, ma tâche a été de prouver qu'il permettait d'améliorer la qualité de l'air. Et tous les tests que j'ai pu effectuer en ce sens étaient positifs. Ensuite, mon travail a évolué, et progressivement j'ai quitté mon rôle de scientifique. J'étais devenue un porte-parole, je défendais mes résultats, mes convictions et celles de Caloco. Je ne m'intéressais ni à la nappe phréatique ni à la reformulation de l'essence. Le MTBE était mon enfant, ma vie. Le reste ne me concernait pas. (Elle leva sur Valens un regard plein d'espérance.) Vous me comprenez ?

— Bien sûr. Bien sûr que je vous comprends.

Elle tassa les pages de son rapport, les posa sur ses genoux, se raidit sur son siège.

— J'avais tort.

— Non. Je ne crois pas. Vous avez fait confiance à vos

employeurs. *(Il tendit le bras, lui effleura le genou du bout des doigts.)* En tout cas, Bree, vous avez fait le bon choix en me prévenant. Je tiens à ce que vous le sachiez.

— Je ne voyais pas ce que je pouvais faire d'autre. Je suis tentée d'en parler tout de suite à Damon, mais il a déjà tellement de soucis en tête...

— Exactement.

— Mais si je ne...

— Si vous ne lui en parlez pas, il comprendra. Et même, après les élections, il vous remerciera. Dans n'importe quelle campagne, surtout quand elle est aussi serrée que celle-ci, il faut surtout garder sa ligne directrice. Si Damon s'en écarte maintenant, ses électeurs seront perdus, et ce sera sa mort politique. Et cette affaire, vous devez l'admettre, est un peu compliquée à faire passer.

— Je suppose, reconnut-elle avec une ombre de sourire.

— Ne supposez pas : croyez-moi. *(Jamais ils n'avaient été aussi proches. Il était temps de lancer l'offensive.)* Bree... Ce rapport, vous l'avez aussi dans votre ordinateur ?

— Oui.

— Vous savez que c'est une bombe. S'il tombait en de mauvaises mains, je pense à votre mari...

— Quoi ?

— Eh bien, il pourrait l'effacer, par exemple. Et détruire la version imprimée. S'il apprenait la vérité pour Damon et vous...

— Non. Ron ne ferait jamais une chose pareille. *(Elle hésita.)* Il accepte la situation.

Sentant qu'il ne devait pas insister, Al haussa les épaules.

— C'est votre choix, Bree. Mais il vaudrait peut-être mieux mettre ce rapport en lieu sûr. Jusqu'aux élections.

— Il ne risque rien ici. Je ne veux surtout pas que Damon le lise avant que je lui en aie parlé – avant que j'aie le temps de tout lui expliquer. Et aussi de lui dire pourquoi nous avons décidé de ne pas lui en parler plus tôt.

— Vous attendrez les élections ?

Valens tenait à bien enfoncer ce clou-là.

— C'est ce que nous venons de décider, non ?

Mais, dès que la porte de l'appartement-terrasse se fut refermée derrière lui, Valens sentit qu'il n'avait pas poussé le bouchon assez loin. Il resta figé sur le palier, devant la batterie d'ascenseurs, à se demander s'il devait sonner de nouveau tant qu'elle était seule, entrer de gré ou de force et prendre tout ce dont il avait besoin, personnellement et professionnellement.

Il connaissait Bree – elle n'arriverait sûrement pas à garder un secret aussi lourd. Un de ces soirs, elle se retrouverait dans le lit de Damon, elle ne résisterait pas à l'envie de le lui confier, et Damon déciderait qu'il était de son devoir d'en informer l'opinion sans tarder.

Jouer les chevaliers blancs en croisade contre un lobby de pollueurs était une chose, apparaître comme un gauchiste paranoïaque accusant l'EPA d'avoir partie liée avec la grande conspiration des pétroliers en était une autre. Même si c'était en partie vrai, ça ne collerait jamais sur le plan électoral, et Valens en était conscient.

Cela coûterait à Kerry son fauteuil de gouverneur. Cela coûterait à Al des relations potentiellement très lucratives avec SKO. Et cela déclencherait les foudres de l'inquiétant Baxter Thorne.

C'était hors de question.

Baxter Thorne sortit de son chapeau apparemment sans fond les coordonnées téléphoniques de Dismas Hardy. Il suggéra à Valens de l'appeler sous prétexte de s'expliquer sur ses récentes dénégations concernant son coup de fil à Ron.

Hardy n'étant pas chez lui, Valens lui laissa un message, puis revint vers le canapé. Thorne en était à sa quatrième dose de vodka après sa lampée initiale d'éthanol.

— Je n'aime pas beaucoup voir ce type se mêler de nos affaires, remarqua Thorne d'un ton toujours aussi maîtrisé. Il fait désordre dans le tableau, vous ne trouvez pas ? On se demande d'où il sort.

Valens s'aperçut qu'il n'osait pas répondre. Il y avait maintenant dans le regard de son interlocuteur une sorte de voile vitreux

– sans doute pas exclusivement dû à l'alcool – qui le mettait au bord de la crise de nerfs.

Thorne se laissa aller en arrière, croisa les jambes, avala une gorgée de plus.

— Il vous a pris en flagrant délit de mensonge. Puisqu'il est allé chez Bree, il sait peut-être quelque chose concernant son rapport. (S'ensuivit un silence que Valens trouva de mauvais aloi.) Et si c'est le cas, il pourrait avoir décidé d'en faire profiter Damon – ou la presse.

Une longue pause. Soudain, Thorne posa son verre, se frappa les genoux, se leva.

— Merci pour les cocktails, Al, déclara-t-il en se dirigeant vers la porte. Il me semble que M. Hardy a beaucoup de temps libre en ce moment. Je crois qu'une petite… diversion lui ferait le plus grand bien. Vous dites qu'il n'est pas chez lui ?

— Il n'y était pas quand j'ai téléphoné.

— Bien, bien.

Thorne jeta un coup d'œil dans le judas, entrouvrit la porte, se retourna pour faire face à Valens, parut prendre une décision, et s'en fut sans ajouter un mot.

TROISIÈME PARTIE

22

À San Francisco, il y a l'été, qui est venteux, âpre et humide, même s'il pleut rarement. Il y a ensuite l'été indien, de la fin d'août à la mi-octobre, où les journées sont douces, le ciel limpide, les brises plaisantes. Le reste de l'année, ce ne sont que brouillards et nuages bas près des côtes, qui s'enfoncent dans les terres dans l'après-midi, avec des températures maximales d'une quinzaine de degrés et de fortes rafales de vent d'ouest.

Quand Hardy se réveilla sur le canapé des Cochran peu après six heures, il comprit tout de suite que l'été indien était fini et que le reste de l'année venait de mettre le pied dans la porte. Il s'assit et mit une bonne minute à trouver ses repères – il y avait un bout de temps qu'il n'avait pas dormi sur le canapé de quelqu'un d'autre. Les stores vénitiens filtraient les contours atténués du matin, mais il sentit d'emblée, à la qualité de la lumière, que le brouillard était de retour. Il eut un soupir involontaire.

Dix minutes plus tard, il était sur la route, feux allumés pour tenter de percer la purée de pois. La journée promettait d'être longue, et il avait besoin d'une douche et de vêtements propres. Erin, bien entendu, était déjà levée elle aussi, en train de préparer le café dans sa cuisine, quand il lui avait annoncé qu'il allait passer à son domicile pour relever ses messages et faire un brin de toilette, et qu'il tâcherait d'être de retour chez elle avant le réveil des gosses.

Lorsqu'il quitta Geary Boulevard pour s'engager dans sa rue, il fut immédiatement pris d'un mauvais pressentiment – il vivait là depuis près de trois décennies, et cette rue lui était familière au-delà de toute rationalité. Quelque chose clochait. Le brouillard l'empêchait de voir jusqu'au bout de la rue, où était sa maison, mais quelque chose clochait. Droit devant lui, un halo rouge éclaboussait le brouillard par intermittence. Il ralentit, en état d'alerte, à la fois réticent et poussé à aller de l'avant.

Des formes distinctes finirent par émerger de la brume – des images de cauchemar. Trois camions de pompiers étaient garés dans la rue, avec des tuyaux qui s'en échappaient pour courir le long du caniveau comme des serpents bouffis. Deux voitures de police noir et blanc au gyrophare allumé – la source du halo rouge. Une demi-douzaine d'hommes en uniforme allaient et venaient sur le trottoir, sur sa pelouse, sur le bitume luisant.

S'efforçant de refouler une bouffée de panique, Hardy stationna à l'entrée de l'allée. Dès sa descente de voiture, il perçut un crépitement de parasites radio et aussi une odeur de bois brûlé.

Il s'avança dans une semi-inconscience, fasciné par le spectacle de la ruine fumante qui avait été sa maison pendant plus de vingt ans. La clôture de piquets blancs avait été détruite par les pompiers et leur équipement. Le carré de gazon soigneusement entretenu n'était plus qu'une étendue de boue et de bois calciné. Le perron n'existait plus, et au-delà le salon éventré béait de façon obscène dans l'aube grise. Son fauteuil. Le manteau de la cheminée. Leur beau service de porcelaine, en miettes.

Il pénétra sur la propriété.

— Monsieur ?

Un homme à casque blanc s'interposa soudain devant lui.

— Désolé, monsieur, mais vous ne pouvez pas...

— J'habite ici, murmura Hardy. C'est chez moi.

Miraculeusement, l'essentiel du bâtiment avait été épargné. Des fêtards en train de regagner leurs pénates après un Halloween prolongé avaient repéré les flammes quelques minutes après le déclenchement de l'incendie, vers quatre heures du matin, et ils avaient appelé les pompiers sur leur portable. Du coup, l'arrière de la maison – cuisine, chambres et salle de bains – était relativement intact, même si le nettoyage risquait de prendre des semaines et l'odeur de brûlé de rester à jamais.

Le chef des pompiers – l'homme au casque blanc – donna à Hardy la permission d'entrer pour constater les dégâts, mais lui adjoignit un accompagnateur, le capitaine Flores. En entendant les deux hommes parler d'indices matériels et de protection du périmètre, Hardy comprit d'un coup qu'il était, au moins pour le moment, suspecté d'incendie criminel.

Flores et lui s'avancèrent au milieu de la cuisine. Hardy s'efforça de répondre aux questions du capitaine, mais son esprit continuait de procéder par bonds. Il remarqua sa poêle en fonte sur le fourneau, là où il l'avait laissée. Jetant un coup d'œil vers le couloir, au bout duquel s'ouvrait une large brèche, il vit que la porte d'entrée était restée sur ses gonds – peut-être récupérable. Il allait la poncer et la repeindre.

Leurs semelles crissaient constamment sur les éclats de verre et les débris divers.

— Non, disait Hardy, il n'y avait pas de braises dans la cheminée. Je ne suis pas revenu depuis hier matin, et nous n'avons pas fait de feu depuis des mois.

— En tout cas, il est évident que le feu est parti devant. Vous avez des conduites de gaz qui passent dans cette partie de la maison ? Vous fumez ?

— Non et non.

Le capitaine Flores était un jeune homme au visage doux, à la moustache tombante. Il suivit Hardy dans la partie incendiée. Ils s'arrêtèrent dans ce qui avait été la salle à manger – le mur en pierres sèches gris-rose avait en grande partie disparu. La toiture était ouverte au-dessus d'eux, et l'eau gouttait encore par endroits.

— Qu'est-ce que vous voulez faire de ça ? s'exclama Hardy avec un soupir.

Flores assistait à ce genre de scène chaque jour, mais cela ne rendait pas la situation plus facile.

— Vous êtes assuré ?

— Ouais. Mais ce n'est pas ce que je voulais dire.

— Je comprends.

— Quelqu'un a mis le feu, pas vrai ? demanda Hardy en lui faisant face.

Le capitaine haussa les épaules. S'il avait des soupçons, il ne fallait pas compter sur lui pour les partager avec un civil.

— On envisage toujours de telles hypothèses. C'est pour ça qu'on a fait venir des spécialistes de l'incendie criminel, ajouta-t-il en indiquant deux types qui farfouillaient du côté de l'ex-perron. Il est un peu tôt pour tirer des conclusions. Mais si vous savez quelque chose, je le leur transmettrai.

Hardy crispa les poings au fond de ses poches.

— Je ne sais rien, répondit-il, tout en songeant que ce constat ne se réduisait pas à l'incendie.

Flores dégagea du bout de sa botte un pan de parquet noirci.

— Vous n'allez pas aimer ce que je vais vous dire, observa-t-il en soupirant, mais il se peut que ce soit une mauvaise blague de Halloween. Ce ne serait pas la première fois.

Hardy réfléchit un instant avant de secouer la tête.

— Ça m'étonnerait.

Le brouillard matinal semblait s'être encore épaissi.

Après son interception par le chef des pompiers, Hardy avait tout de suite demandé la permission d'utiliser le radiotéléphone d'une voiture de patrouille pour prévenir Glitsky chez lui. Son second appel fut pour son beau-frère, Moses McGuire.

Abe était assis sur le capot de son auto, les pieds sur le pare-chocs avant, les coudes sur les genoux, la tête basse. Il avait beau avoir arpenté toutes sortes de lieux de crime, il osait à peine regarder la maison de son ami.

À son arrivée, il avait trouvé Hardy silencieux, replié dans sa stupeur et dans sa rage. Peu à peu, Glitsky l'avait éloigné des pompiers, de sa maison, pour l'emmener à l'écart, là où les effets de l'incendie se feraient moins cruellement sentir. Hardy, qui commençait tout juste à recouvrer ses esprits, faisait les cent pas devant lui.

— Je vais te dire un truc, Abe. S'ils s'imaginent qu'ils vont me faire peur... S'ils croient que je vais lâcher prise... Ils auraient mieux fait de me tuer !

— De qui parles-tu ?

— De ceux qui ont fait ça, Abe.

— Quelqu'un aurait mis le feu à la baraque pour t'intimider ?

— Évidemment. C'est un coup de semonce. Forcément lié à l'affaire Beaumont. (Il se planta devant Abe.) Tu n'en es pas convaincu ?

Le lieutenant resta muet.

— Que veux-tu que ce soit d'autre, Abe ? Un phénomène de combustion spontanée ?

Glitsky affronta enfin son regard.

— Diz... Je ne crois pas que ce soit le moment idéal pour une engueulade, d'accord ?

Il descendit de son capot, posa une main sur l'épaule de son ami. Hardy ne put que hocher la tête. Glitsky lui pressa de nouveau l'épaule, s'écarta de quelques pas, pivota sur ses talons et, avec un effort presque visible, s'obligea à contempler la maison brûlée.

— Si tu as besoin de moi, je serai à mon bureau.

Toujours escorté de Flores, Hardy retourna ensuite chez lui, dans la petite pièce située derrière la cuisine où il gardait son coffre-fort. Dans un premier temps, Flores avait refusé de l'y laisser entrer – craignant sans doute qu'il n'essaie de détruire quelque pièce à conviction. Le capitaine lui avait très clairement fait comprendre que, tant que l'enquête ne serait pas close, le bâtiment serait la possession de la caserne des pompiers, pas la sienne. Mais l'arrivée de Glitsky – un flic de haut rang qui se doublait à l'évidence d'un ami personnel – avait paré Hardy d'une certaine aura de crédibilité, et Flores consentit ensuite à lui lâcher un peu la bride. Ils pénétrèrent par la porte de derrière et l'avocat put récupérer l'objet qu'il voulait, même s'il dut montrer à Flores son port d'armes.

Hardy n'éprouva cette fois aucune répugnance à se munir de son arme. Il prit aussi un vieil insigne remontant à l'époque où il était adjoint au DA. Ayant glissé le canon de son Police spécial sous sa ceinture, il ferma son blouson, et ressortit dans le jardin devenu no man's land.

Moses était arrivé à son tour, quelques minutes après le départ de Glitsky. Hardy le retrouva à l'avant de la maison, près de la cheminée qui était toujours debout. Son beau-frère venait de ramasser par terre un objet. Il le tendit à Hardy, comme celui-ci s'approchait avec Flores en pataugeant dans la gadoue.

— Voilà toujours de quoi commencer une nouvelle collection, grommela-t-il d'un ton lugubre.

C'était un des éléphants de cristal de Venise délicieusement fragiles qui défilaient en se cabrant ou en levant la trompe sur le manteau de la cheminée des Hardy depuis plus d'une décennie, et dont Moses changeait la disposition à chacune de ses visites ou presque. Jusqu'à la veille, ils étaient quinze – Hardy avait récemment acheté le dernier pour fêter leur anniversaire de mariage, à son habitude. Contre toute probabilité, l'un d'eux au moins avait survécu, peut-être catapulté à temps dans le jardin par le jet d'une lance de pompier.

Hardy tourna un instant l'éléphant entre ses doigts, puis le rendit à son beau-frère en lui demandant de le lui garder.

Après avoir passé dix minutes de plus à évaluer les dommages, il s'excusa de devoir partir. Moses comprit sans peine que Hardy avait besoin de descendre en ville pour annoncer la triste nouvelle à Frannie. Et ensuite aux enfants. Il proposa de rester avec Flores pour régler les détails : il n'ouvrait le *Shamrock* que quatre heures plus tard et ne demandait pas mieux que de donner un coup de main.

Mais Hardy n'envisageait pas d'aller à la prison. Il s'arrêta à la première station-service venue et téléphona chez Canetta.

— Allô, Phil ? répondit une voix féminine fatiguée et inquiète.

Hardy se présenta, et expliqua à Mme Canetta qu'il travaillait avec son mari. Où pouvait-il le joindre ce matin ? C'était très important.

— Je ne sais pas où il est. Il est sorti après le dîner, et il n'est pas revenu. D'habitude, il m'appelle toujours. Si vous le voyez…

Après avoir promis de demander à Phil de la rappeler, Hardy raccrocha en fronçant les sourcils. Voilà qui était inattendu et assez déplaisant. En quittant le bureau de Freeman, Canetta s'était rendu quelque part, sans doute pour les besoins de son enquête. Et il n'était toujours pas rentré chez lui ?

Le vent qui soufflait par rafales autour du téléphone à pièces le força à relever le col de son blouson. Puis il inséra de nouveau vingt-cinq cents et composa un autre numéro.

— J'espère que c'est important, grommela une voix pâteuse.

— Jeff ? Ici Dismas Hardy. Désolé de te réveiller, vieux, mais j'ai besoin de savoir où descend Al Valens quand il est en ville.

— Tu as besoin de savoir ça, hein ? Et si moi j'avais besoin de roupiller ? Il est quelle heure, nom de Dieu ?

— Tôt, mais j'ai un scoop bien chaud pour toi. Passe donc chez moi dans la matinée.

— Quand je serai levé.

— Parfait. Ça ira. Alors ? Valens ?

Jeff réfléchit une fraction de seconde.

— Le *Clift*, je crois... C'est quoi, ce scoop ? Quelque chose à voir avec l'affaire Beaumont ?

— Bien vu. Cela dit, qu'est-ce qui n'a rien à voir avec l'affaire Beaumont par les temps qui courent ?

— Touché. Quelle heure est-il ?

— Je ne sais pas, Jeff. Qu'est-ce qu'il y a, tu as fait la noce ?

— Eh bien, hier soir, après ton départ, j'ai traîné encore un peu au bureau, j'ai discuté de tout ça avec un confrère, je suis rentré chez moi. J'ai dîné, je me suis couché, mais pas moyen de fermer l'œil. Du coup, j'ai décidé de rendre une petite visite à Damon.

— Chez lui ?

— Je suis quelqu'un de très sympathique, rappelle-toi. Et Damon est un oiseau de nuit. J'étais sûr qu'il me recevrait. Il l'a déjà fait.

— C'était quand ?

— Tard, juste après minuit. J'avais l'impression que je ne pourrais pas dormir tant que je n'aurais pas obtenu une réponse ou deux.

— Et ?

— Il n'était pas chez lui.

— Tu as attendu longtemps ?

— Je suis reparti à une heure, et il n'était toujours pas là.

— Alors tu es rentré chez toi – et tu as réussi à dormir.

— Mal. J'essaierai de le coincer aujourd'hui après… (La fin de la phrase se perdit dans un soupir.) Ce scoop que tu as pour moi… tu devrais pouvoir m'en parler tout de suite au téléphone, tu ne crois pas ?

Mais Hardy, certain que la réalité physique aurait un impact infiniment supérieur, refusa de le faire.

— Passe chez moi. Tu seras intrigué, je te le promets.

C'était contraire au règlement, mais au vu de son insigne officiel le réceptionniste accepta de donner à M. Hardy, des services du DA, le numéro de la suite de M. Valens. Hardy prit l'ascenseur jusqu'au quinzième étage, et suivit le long couloir jusqu'à la bonne porte.

De l'autre côté du panneau, une voix grommela :

— D'accord, j'arrive, une minute…

Hardy se prépara à entrer en action. Il dut faire un violent effort sur lui-même pour s'empêcher de sortir son revolver. Dès que Valens eut entrebâillé la porte, il se fraya un passage à l'intérieur d'un coup d'épaule.

— Qu'est-ce que… ?

Valens portait déjà un pantalon et des chaussures, mais son torse nu était encore emmitouflé dans un peignoir blanc de l'hôtel, dont il rabattit convulsivement les pans.

Hardy referma la porte.

— Désolé d'être aussi brutal, mais j'ai à vous parler.

— Bon sang, qui êtes… ?

— Dismas Hardy. Vous vous souvenez peut-être de moi. Nous nous sommes brièvement croisés hier, avec M. Kerry. Vous m'avez dit que vous n'aviez jamais téléphoné à Ron Beaumont. La mémoire vous revient ?

Valens, qui reculait depuis le début, fut stoppé net par le dossier d'un fauteuil. Il faillit tomber, reprit son aplomb.

— M. Hardy. Bien sûr. Je me souviens.

Il ajusta les pans de son peignoir, qui s'était rouvert. Noua la ceinture d'éponge. Il commençait à se calmer, mais demeurait manifestement perturbé par ce fou furieux qui venait d'enfoncer sa porte.

— Justement, je vous ai appelé chez vous dans la soirée pour rectifier mon erreur : j'ai bel et bien téléphoné à Ron. Sous la pression des événements d'hier, je l'avais oublié. Vous n'avez pas reçu mon message ?

— Non. Et vous savez pourquoi ? Parce que mon répondeur est parti en fumée ce matin – avec le reste de ma maison.

Valens cessa de tripoter le cordon de son peignoir.

— Vous êtes en train de me dire que votre maison a brûlé ?

— Elle n'a pas brûlé toute seule. Quelqu'un l'y a aidée.

Valens inspira profondément et décida de répondre avec une extrême prudence.

— Je suis navré de l'apprendre.

— Ouais ? Et moi, figurez-vous, je suis d'assez mauvais poil.

Valens s'appuya au dossier de la chaise, jeta un coup d'œil furtif à sa montre, puis à la porte.

— Vous attendez quelqu'un ?

— Damon a un petit déjeuner dans une heure, répondit Valens avec un haussement d'épaules nerveux. Je dois passer le prendre.

Hardy secoua la tête.

— Vous ne sortirez pas d'ici tant que nous n'aurons pas éclairci un certain nombre de points. La mort de Bree Beaumont, l'incendie de ma maison, ce genre de détails.

Valens se redressa de toute sa hauteur, fit une moue.

— Mais... je vous assure que je ne comprends pas. En quoi ces questions me concerneraient-elles ?

L'adrénaline de Hardy monta brutalement d'un cran. Il tira son revolver, fit un pas vers Valens, et le braqua sur lui.

— En quoi ? Je vais vous le dire. J'enquête sur la mort de Bree Beaumont, et hier vous m'avez menti. Je suis tout près de la vérité. On a voulu me dissuader de continuer mes recherches en brûlant ma maison, et je ne vois personne d'autre que vous pour le faire. Qu'en dites-vous ? Est-ce que c'est plus clair de cette façon ?

Valens leva les paumes, visiblement atterré.

— Je n'ai pas mis le feu à votre maison, monsieur Hardy.

Je suis dans la dernière ligne droite d'une campagne électorale dont je m'occupe depuis près d'un an. Bree Beaumont ne fait pas partie de mes préoccupations. Damon Kerry, si. Je ne vous ai pas menti. (Encore un geste vague.) S'il vous plaît, baissez votre arme. Ce que vous appelez mensonge n'était qu'un oubli.

— Bien sûr ! s'écria Hardy d'une voix gorgée de sarcasme. Vous avez oublié avoir téléphoné au mari d'une collaboratrice de votre campagne victime de meurtre. Ce coup de fil vous est tout bonnement sorti de l'esprit. Je ne vous crois pas, monsieur Valens !

— Ça n'a duré qu'un instant. Quand je me suis aperçu de mon erreur, vous étiez parti. C'est pourquoi je vous ai appelé hier soir.

— Vous m'avez appelé hier soir ? Alors que Bree Beaumont ne faisait pas partie de vos préoccupations, comme vous dites, alors que vous êtes dans la dernière ligne droite de votre campagne, vous m'avez téléphoné chez moi, le soir, pour rectifier le tir sur un détail aussi insignifiant ?

Valens déglutit bruyamment.

— De toute façon, vous êtes incapable de le prouver, parce que mon répondeur n'est plus qu'un tas de cendres. Mais c'est bien ce que vous me dites ?

— Non, je…

— Et tant qu'on y est, monsieur Valens, vous allez peut-être pouvoir me dire comment vous vous êtes procuré mon numéro de téléphone, qui est sur liste rouge.

Hardy comprit que le coup avait porté : Valens jeta autour de lui des regards éperdus, comme s'il espérait que le mobilier lui soufflerait une réponse. Il n'en trouva aucune, et Hardy décida d'enfoncer le clou.

— Un de vos hommes de main, peut-être ? Un de ceux qui sont venus mettre le feu chez moi ?

— Non !

— Non quoi ? C'était quelqu'un d'autre ?

— Vous déformez mes propos. Je n'ai pas d'hommes de main. Je n'ai rien fait de tout ça.

— Vous ne m'avez pas appelé ? C'est ce que vous dites ?

— Je vous ai appelé. Je vous l'ai déjà dit.

Le visage de Hardy n'était plus qu'à trente centimètres de celui de Valens, dégoulinant de sueur. Il ne pouvait pas se montrer plus pressant sans le faire basculer par-dessus le fauteuil et lui arracher des aveux à coups de poing. Il tremblait presque de fureur.

— Si vous ne me dites pas quelque chose d'intéressant dans les cinq secondes à venir, Al, je vais vous tirer dans la figure. (Il arma le chien de son revolver.) Donnez-moi une raison de ne pas le faire. Vite.

— Qu'est-ce que vous voulez ?

— Je veux savoir pourquoi vous avez téléphoné à Ron et pourquoi vous avez essayé de me le cacher.

Valens ne perdit pas son temps en vaines inventions. Il lâcha le morceau d'un seul coup, en reculant d'un pas.

— Bree détenait un document susceptible de nuire à la campagne de Damon. Un rapport récent, avec un nouveau changement de position à la clé.

— Elle revenait dans le camp du MTBE ?

— Non, elle restait contre.

— Alors, ce changement de position, c'était quoi ?

— Elle était arrivée à la conclusion que tous les additifs étaient inutiles. L'éthanol aussi.

— Et cela pouvait nuire à Damon Kerry ?

— Si Damon l'apprenait et s'il décidait de la suivre, oui, dit Valens, levant une main tremblante. Écoutez, je ne peux pas... Ce revolver...

— Il ne partira pas tout seul, assura Hardy en désarmant le chien. Donc, Bree risquait de nuire à Damon Kerry.

Valens soupira de soulagement.

— Si Damon profite de l'actuel battage radiophonique, c'est à cause de la clarté de son message. Bree avait du mal à comprendre que la plupart des gens ne sont pas des scientifiques.

— Vous dites que Bree ne l'avait pas informé ? demanda Hardy, baissant imperceptiblement son arme. Je croyais qu'elle était sa conseillère en matière d'environnement.

— Elle craignait que cette révélation ait un effet négatif sur la campagne, répondit Valens sans quitter des yeux le canon. Ensuite, après sa mort...

— Son meurtre.

— D'accord, son meurtre. Eh bien, très franchement, après ça, j'aurais aimé mettre la main sur ce rapport pour m'en débarrasser.

— Afin que Kerry ne puisse jamais le lire ?

Valens hésita.

— Exact.

— Parce que vous ne vouliez pas qu'il sache ce que pensait Bree ?

— Elle était devenue fanatique. C'était dangereux.

— Et il a fallu l'éliminer ?

— Il a fallu gérer le problème.

— Et vous l'avez fait ? Comment ?

— En la persuadant d'attendre les élections pour parler à Damon. Il n'avait aucune chance de faire le bien s'il n'était pas élu, c'est ce que je lui ai fait comprendre. Elle a accepté. Ce n'est qu'après… le meurtre que je me suis rendu compte que Ron risquait de laisser transpirer ce rapport par inadvertance, ne sachant pas au juste de quoi il retournait, n'étant pas conscient de son importance. Du coup, je l'ai appelé pour lui demander de me le remettre. (Il montra le revolver.) Vous savez, vous n'avez vraiment pas besoin de ce truc. Je dis la vérité. Mon message à Ron était très clair.

Les épaules de Hardy s'affaissèrent légèrement. Sa montée d'adrénaline l'avait épuisé, et il sentit que Valens avait raison. Il rangea le revolver dans sa ceinture, recula vers le bureau, posa une fesse dessus.

— Vous n'êtes pas aussi clair que vous le prétendez. Vous m'avez menti.

— Rappelez-vous, Kerry était présent. Je tenais à le laisser à l'écart de cette affaire jusqu'aux élections.

— Vous aviez l'intention de ne jamais lui montrer ce rapport, pas vrai ?

— Peut-être que si, répondit Valens. Peut-être que je le lui aurais montré un jour. Les conclusions de Bree n'étaient pas le problème – le problème, c'était qu'elle exerçait une énorme influence sur Damon. Je veux dire, tout le monde dans le pétrole sait qu'on peut reformuler l'essence de manière à diminuer les émanations toxiques. On n'a pas besoin d'additifs. Et alors ? Mais si brusquement, à l'approche du scrutin, Bree s'était mise à jouer les messies et si Kerry s'était rallié à son nouveau cri de guerre...

— Il aurait forcément eu l'air d'un crétin – ou d'une girouette.

— C'est un peu simpliste, mais assez proche de la vérité. Aujourd'hui encore, s'il tombe sur ce rapport et s'il apprend qu'il vient de Bree, Damon endossera ses conclusions tout de suite, et il en fera un thème de campagne. Il est comme ça. Il sèmera la confusion chez ses électeurs, et surtout il aura l'air de divaguer. Je voulais absolument éviter ça.

— Et si je vous disais que ça me paraît être une bonne raison pour tuer Bree ? Il se pourrait qu'elle ait changé d'avis, qu'elle ait décidé de lui parler quand même, et que vous ayez été obligé de l'en empêcher.

Valens avait une réponse toute prête.

— Dans ce cas, je n'aurais pas eu besoin de contacter Ron la semaine dernière pour récupérer le rapport, vous ne croyez pas ? Après l'avoir tuée, j'aurais fouillé son appartement et je l'aurais pris. (Il jeta un nouveau coup d'œil à sa montre, prit le ton de quelqu'un qui sollicite une permission.) Écoutez, j'ai vraiment un petit déjeuner avec Damon. Et j'ai vraiment laissé ce message sur votre répondeur hier soir pour vous dire que je m'étais trompé – ce n'était pas un mensonge – et que j'avais effectivement appelé Ron. Quant à savoir pourquoi j'ai pensé à vous téléphoner, vous l'avez dit vous-même : j'étais conscient que mon coup de fil à Ron n'était pas insignifiant, loin de là. Vous êtes avocat. Pas besoin d'être un génie pour se douter que vous ne lâcheriez pas prise si vous pensiez que j'avais menti.

Il en coûta à Hardy de l'admettre, mais il était tenté de croire aux explications de Valens. Il lui restait cependant une dernière question à poser.

— Comment avez-vous eu mon numéro de téléphone ?

Sourire nerveux.

— J'ai appelé mon bureau et j'ai demandé si quelqu'un pourrait me le trouver. Quand j'y suis retourné, c'était fait.

— Comme ça ?

Valens haussa les épaules.

— Je dis ce que je veux, et en général quelqu'un se débrouille pour me l'obtenir. Je ne demande jamais comment il s'y est pris. C'est ainsi que les choses fonctionnent en politique.
— Ou plutôt qu'elles ne fonctionnent pas, corrigea Hardy.

23

— Elle a été transférée chez... (Le sergent du guichet jeta un coup d'œil sur son registre.)... Glitsky, de la criminelle. La porte à côté, en fait.

Hardy ressortit dans le brouillard et se dirigea vers l'entrée principale du palais de justice sans cesser de s'interroger sur ce nouveau développement. Frannie, transférée à la criminelle ? Qu'est-ce que cela signifiait ?

Il avait rangé son revolver dans le coffre de sa voiture pour ne pas avoir d'ennuis avec le détecteur de métaux. Le ciel restait exécrable. Hardy regarda l'heure, fut surpris de constater qu'il était encore tôt. Il s'était déjà passé tant de choses ! Il n'était pas tout à fait certain d'avoir fait le bon choix en laissant Valens vaquer à ses activités de campagne, mais il ne pouvait pas se l'imaginer prenant la poudre d'escampette – pas avant le scrutin, en tout cas. S'il découvrait d'ici là de vrais indices de sa culpabilité, il les communiquerait à Abe, mais en attendant il avait des problèmes plus urgents à régler.

Sa maison, sa femme, sa vie.

Le hall si familier du palais de justice – envahi en semaine par un flux perpétuellement débordant et vulgaire d'humanité en colère – était désert à cette heure du dimanche, et les pas de Hardy résonnaient bruyamment. Certain qu'il n'aurait pas la patience d'attendre l'ascenseur, il emprunta directement l'escalier jusqu'au quatrième étage, et suivit le long corridor qui menait au QG de la brigade criminelle – une salle commune meublée de quatorze bureaux, dont l'agencement était perturbé par plusieurs poteaux carrés s'élevant du sol au plafond et semblant avoir été plantés au hasard.

Il n'y avait aucun signe de vie. En revanche, derrière le verre crasseux des fenêtres, Hardy distingua malgré le brouillard la masse sombre de la prison et ses couloirs extérieurs, le long desquels se déplaçaient quelques formes spectrales.

La porte du bureau du lieutenant était ouverte. Il n'y avait personne à l'intérieur, mais Hardy remarqua que le verre de Kerry déposé la veille n'y était plus – un bon signe. Il frappa tout de même.

— Y a quelqu'un ?

— Ici ! lança Glitsky, depuis le seuil d'une salle d'interrogatoire.

Avant qu'il ait pu ajouter un mot, Frannie surgit derrière lui. Hardy et elle s'enlacèrent au milieu de la grande salle.

— Je lui ai appris la nouvelle, déclara Abe dans le dos de Hardy. Je ne savais pas combien de temps tu t'attarderais sur place, et il fallait bien qu'elle sache.

Hardy, perdu dans les bras de sa femme, l'entendit à peine. Glitsky poursuivit néanmoins ses explications :

— J'étais dans ma voiture quand je me suis souvenu qu'on passe notre temps à aller chercher des témoins à la prison pour les interroger. En arrivant, j'y suis allé, et je l'ai embarquée de façon tout ce qu'il y a d'officiel. C'est dimanche, personne ne viendra poser de questions. L'idée m'a paru bonne.

— Elle est même géniale, renchérit Frannie. Surtout qu'Erin va bientôt arriver avec les enfants.

— Bon, je vais vous chercher quelque chose à manger, dit Glitsky en enfilant son blouson. Vous aurez droit à un déjeuner de famille. (Il pointa l'index sur Hardy.) En mon absence, c'est toi le responsable. Ne la laisse pas filer.

Ils se retrouvèrent seuls dans la salle d'interrogatoire, assis au coin de la table. Le brouillard se pressait contre les fenêtres, et le souffle des rafales était audible.

Il ne faisait pas particulièrement chaud à l'intérieur.

D'abord, il fut question de la maison – l'estimation des dégâts par Hardy, les dispositions matérielles qu'ils devraient prendre dans les semaines à venir, un tas de détails sordides. Frannie accusa durement le coup en réalisant que, même après sa libération attendue pour mardi, elle ne pourrait reprendre une vie normale.

— C'est ma faute, n'est-ce pas ?

Hardy trouva difficile de répondre non. L'affaire Beaumont n'aurait eu aucune incidence sur leur existence si Frannie n'avait pas été si proche de Ron – et si elle n'avait pas promis de garder son secret.

— Tu as fait ce que tu devais faire, affirma-t-il, équivoque. Au moins, j'ai effrayé quelqu'un, et c'est toujours instructif.

— Ce n'est pas que ça.

— Peut-être, admit-il.

— Tu crois qu'autre chose pourrait arriver ? T'arriver, à toi ?

En vérité, Hardy sentait que, s'il persistait dans son enquête – et telle était son intention –, autre chose arriverait sans doute. C'était même ce qu'il voulait : il fallait bien que l'ennemi agisse, pour qu'il puisse tabler sur une erreur de sa part, et cette stratégie n'allait évidemment pas sans risques. Mais il se contenta de secouer la tête.

— Si je découvre autre chose, j'en parlerai à Abe. Mieux vaut laisser les pros s'en occuper.

La main de Frannie se crispa sur son avant-bras.

— Autant le faire dès maintenant, Dismas.

— Non. Pas si je veux sauver les enfants de saint Ron...

— J'aimerais que tu cesses de l'appeler comme ça.

Hardy estimait avoir gagné le droit d'appeler Ron Beaumont comme il l'entendait. Il balaya l'objection d'un revers de main.

— Le fait est que je suis censé sauver ses enfants, c'est bien pour ça que je me démène, non ? C'est ce que je suis censé gober.

— Ce que tu es « censé gober » ?

— Je démasque le meurtrier de Bree d'ici à mardi, et tout le monde reprend une vie normale, pas vrai ? Sauf nous. Notre vie est complètement bousillée. (Frannie était au bord des larmes, mais il ne s'y arrêta pas.) Et tu veux savoir ce qu'il y a de plus comique là-dedans, Frannie ? Je ne suis même pas sûr que ce ne soit pas Ron qui ait fait le coup.

— Tu es fou. Il n'aurait eu aucune raison de brûler notre maison.

Il empoigna sa femme aux épaules et la força à lui faire face.

— Écoute-moi. Il a pu penser que j'étais seul en train de dormir, non ? La maison crame, et moi avec. Ensuite, il n'a plus qu'à se baisser pour t'avoir. Ça ne t'a jamais effleuré ?

— Non ! Ce n'est pas ça du tout.

— Alors, où est-il passé, ce fils de pute ?

— Je n'en sais rien, Dismas, je n'en sais rien. (Elle lui prit les mains, les pressa contre son cœur.) Mais Ron et moi... ce n'est rien de ce genre.

Hardy hésita. Même s'il était impliqué jusqu'au cou, toute mention supplémentaire de Ron Beaumont lui paraissait receler une menace personnelle. Il fallait pourtant aller au bout.

— Tu sais, Fran, j'ai vraiment essayé de dissuader Abe de lui courir au train officiellement. Mais de plus en plus d'éléments suggèrent que le meurtrier de Bree a aussi tué l'inspecteur de Glitsky – et ça s'est passé à moins de huit cents mètres de chez Ron.

— Cela ne veut pas dire que...

— Et, apparemment, Ron semble avoir eu plusieurs fausses identités.

— Comment ça, plusieurs fausses identités ?

Hardy lui résuma la découverte faite par Glitsky la veille au soir – bien que cela lui parût déjà remonter à l'année précédente. Quand il eut fini, Frannie réfléchit un moment avant de suggérer :

— Peut-être qu'il pensait avoir un jour besoin de reprendre la fuite pour sauver ses enfants.

— C'est sans doute ce qu'il aimerait que tout le monde croie, et c'est peut-être même vrai, mais je trouve qu'il se donne vraiment beaucoup de mal pour avoir l'air de protéger sa marmaille.

— Parce que c'est exactement ce qu'il essaie de faire, Diz ! J'en suis persuadée. Toi aussi, tu l'as cru quand tu l'as rencontré, tu te rappelles ? Ce n'est pas lui qui a commencé.

Hardy gloussa.

— Bien sûr. Ron n'est qu'une pauvre victime.

— Ce que tu peux être méchant !

— C'est parfois utile. J'aimerais juste t'entendre admettre la possibilité que ce type soit un grand simulateur.

— Non.

— Pour une raison ou pour une autre – l'assurance-vie, la ligne de crédit, tu n'as qu'à choisir –, il tue Bree et fait de toi son alibi. Quand il sent que la justice est sur le point de le rattraper, il me pousse à brouiller les pistes en recherchant d'autres suspects, ce qui lui donne quelques jours de plus pour disparaître. Il n'y a pas grand-chose qui me choque dans ce tableau.

Frannie secoua la tête.

— Ce n'est pas lui. Réfléchis à ce que tu viens de dire, Dismas. Il ne pouvait pas à la fois chercher à se donner le temps de disparaître et rester dans les parages pour incendier notre maison. C'est l'un ou l'autre. Tu crois que nous étions amants, lui et moi, pas vrai ? S'il y a une personne en qui tu n'as vraiment pas confiance, c'est moi.

— Tu ne l'as jamais nié, bon sang ! Qu'est-ce que tu peux répondre à ça ?

— Tu ne m'as jamais posé la question !

Hardy fit volte-face et s'approcha de la fenêtre, du brouillard. Au bout d'une éternité, il perçut un mouvement dans son dos. Il n'osa pas se retourner. Frannie vint à lui et l'enlaça par-derrière.

— Ron n'était qu'un parent d'élèves comme moi, on a sympathisé, et voilà. C'est tout. Je sais que tu ne supportes pas le discours des éternelles victimes, Dismas. Je ne l'apprécie pas beaucoup non plus. Mais les gens se retrouvent quelquefois dans des situations qu'ils n'ont pas provoquées. Comme nous en ce moment. Il faut bien qu'on continue à faire ce qu'on croit être juste, non ?

— Je ne sais plus ce qui est juste.

— Si. Tu le sais très bien.

— Tout ce que je sais, c'est que j'ai envie de faire payer le salaud qui nous a fait ça.

— Non. Tu as envie de faire payer n'importe qui. Pas forcément le coupable. Peut-être parce que ta souffrance est telle que...

— Et si c'était Ron quand même ? Et s'il nous avait roulés tous les deux ?

— Est-ce la pire chose qui puisse arriver ? Que quelqu'un abuse de ton grand cœur ?

— Je n'ai pas de grand cœur.

— Si. Et tu as peur que quelqu'un en profite et te fasse passer pour un imbécile. Mais de toute façon, ce sera fini mardi, non ? Même si tu ne découvres pas le coupable.

Hardy se retourna enfin.

— Je l'ai aidé à fuir, lâcha-t-il.

— Sauf que s'il a fui, il n'a pas mis le feu à notre maison, et vice versa. Réfléchis, Dismas. Ce n'est pas lui. (Elle lui effleura la joue.) Ce que je désire par-dessus tout, c'est qu'il ne t'arrive rien. Qu'il ne nous arrive rien. (Un regard implorant.) Dis... Tu crois que tu supporterais de m'embrasser ? S'il te plaît.

Frannie, Erin, Ed et les enfants étaient en train de finir leur déjeuner – un repas chinois à emporter, c'était tout ce que Glitsky avait réussi à trouver un dimanche matin.

Les premières minutes avaient été rudes – les larmes des enfants revoyant enfin leur maman, et ensuite leur stupeur quand ils avaient appris l'incendie. Mais au bout d'une heure, on aurait cru un déjeuner de famille à peu près normal – pour autant qu'un déjeuner de famille puisse l'être dans une salle d'interrogatoire de la brigade criminelle. Vincent était assis sur les genoux de sa mère, Rebecca racontait sans interruption des histoires de l'école. On étudiait des plans logistiques, on allait de l'avant, on cherchait à résoudre les problèmes.

À un moment donné, Hardy se leva et quitta la pièce pour rejoindre le bureau de Glitsky. Au cours de la matinée, il avait plusieurs fois perçu une vague activité dans la grande salle de la brigade, où passait de temps à autre un inspecteur en service dominical, pour rédiger quelque rapport.

Hardy s'immobilisa sur le seuil du bureau ; le lieutenant était à sa table, courbé sur une pile de paperasse. Il frappa. Abe leva la tête, lui fit signe d'entrer.

— Maudit budget, s'exclama-t-il avec un soupir en jetant son stylo sur la table. « Pourcentage d'utilisation ». « Taux d'efficacité sur le terrain ». « Coefficient d'intégration de l'unité »… Je remplis ces formulaires depuis cinq ans, et je n'ai toujours pas pigé ce que c'est qu'un « coefficient d'intégration ».

— Tu n'as qu'à mettre quatre-vingt-sept, suggéra Hardy en s'asseyant face à lui. C'est un bon chiffre… Je voulais te remercier de l'avoir amenée.

— Désolé de ne pas avoir pu le faire plus tôt. Mais vu la foule qui circule ici en semaine, quelqu'un serait aussitôt allé cafter à Sharron Pratt, qui en aurait parlé à Marian Braun, qui aurait piqué sa crise et téléphoné à Rigby. Et moi, je me serais retrouvé à la rue, et je n'aime pas ça.

— N'empêche que tu l'as fait. Et je tiens à te remercier.

— Remerciements acceptés, dit Glitsky en se laissant aller en arrière et en joignant les mains derrière sa nuque. Au fait, tu seras sûrement ravi d'apprendre que j'ai chargé Batavia et Coleman d'éplucher tous les emplois du temps pour le matin de la mort de Griffin. (Une pause.) Et aussi pour ce matin vers quatre heures. Ça nous permettra peut-être d'éliminer certains suspects de la liste.

— Voire de trouver le bon.

— Peut-être. J'ai aussi donné quelques coups de fil. Si Ron Beaumont s'est servi récemment de ses cartes de crédit, on saura où il est.

— Ou par où il est passé.

— D'accord. Dernière chose, j'ai porté ton verre au labo, mais il n'y avait personne. L'analyse risque de prendre un jour ou deux.

— Un problème de « coefficient d'utilisation » ?

Glitsky secoua la tête, l'air écœuré.

— Tu es vraiment indémerdable. Le « coefficient d'intégration », pas le « coefficient d'utilisation »… Mais tu as raison, c'est quelque chose de ce genre. Au fait, en attendant le reste, je me suis dit qu'il était temps que je jette moi-même un coup d'œil au lieu du crime. Et que tu aurais peut-être envie de m'accompagner, quand vous en auriez fini avec votre petit gueuleton à côté. (Il consulta sa montre, ébaucha un geste de regret, baissa le ton.) D'ailleurs...

Hardy avait encore la clé de l'appartement des Beaumont, mais il ne pouvait pas se permettre de la tirer de sa poche en présence de Glitsky. Ils sonnèrent donc à la porte de l'intendant de l'immeuble, David Glenn.

Glenn était un homme plutôt avenant d'aspect sérieux. Âgé d'une quarantaine d'années, il arborait une calvitie relativement avancée ceinte d'une couronne de cheveux blonds coupés très ras. Son corps athlétique était mis en valeur par un short et un tee-shirt. Il donnait l'impression d'être à la fois compétent, chaleureux et décontracté.

— Vous avez une piste, les gars ? s'enquit-il dans l'ascenseur qui les emmenait vers le dernier étage.

— On brûle, assura Glitsky.

Cette réponse parut satisfaire Glenn.

— Alors finalement, ce n'est pas Ron ?

— Je n'ai pas dit ça, se défendit Glitsky.

— Ouais, mais j'ai lu que c'était lui, et vu que vous cherchez encore...

— Précisément, monsieur Glenn, coupa Glitsky. On cherche encore. Et quand on cessera de chercher, il se peut que ce soit lui.

— Personnellement, je n'y crois pas. J'espère que non.

— Pourquoi ça ? intervint Hardy.

— Vous savez bien.

— Pas du tout, répliqua Hardy, jouant au flic. Si vous m'expliquiez ça ?

— Eh bien, la plupart des habitants de l'immeuble, je serais incapable de les identifier. Ils se garent au sous-sol, ils montent chez eux en ascenseur, je ne les vois jamais. Ron, je le connaissais un peu.

La porte coulissa à hauteur du palier donnant sur l'entrée des

Beaumont. La fenêtre, ce jour-là, n'offrait en guise de vue qu'un rectangle gris. Ils sortirent de la cabine, Glenn tira une clé de son trousseau, l'inséra dans la serrure.

— On finit par se faire une idée des gens, c'est tout.

— Et votre idée de Ron, c'était ?

La clé tourna. Glenn resta un moment immobile, le temps de réfléchir à la question.

— Ce type est un vrai prodige avec ses enfants. Je suppose qu'on peut le dire.

— Un prodige ? répéta Glitsky.

Hardy n'intervint pas, parce qu'il s'attendait à ce qui allait suivre.

Glenn haussa les épaules.

— Vous avez des gosses, les gars ?

— À nous deux, répondit Hardy, on aurait droit à une carte de famille nombreuse.

— D'accord, donc, vous savez de quoi je parle. Moi, je suis divorcé, mais j'ai deux enfants, et même les plus adorables mettraient à rude épreuve la patience d'un saint, pas vrai ? Mais Ron… Tous les jours il les emmenait à l'école, tous les jours il allait les chercher. Et le week-end c'était le foot, l'équitation, Dieu sait quoi d'autre, et je ne l'ai jamais vu s'énerver. Je veux dire, moi qui ne me farcis les miens que deux fois par mois, je passe mon temps à leur crier dessus. À deux ou trois reprises, Ron et moi, on a conduit tous les gosses au parc ou ailleurs, et alors que je m'arrachais les cheveux… (Se rappelant sa calvitie, il ébaucha un sourire.) Ron est vraiment un type extra. Toujours.

— Et avec sa femme ? interrogea Abe. Il paraît qu'ils avaient quelques problèmes de couple.

Hochement de tête.

— Peut-être. Peut-être qu'ils n'étaient pas d'accord sur tout, mais qui l'est vraiment ? Cela dit, je ne vois pas Ron en train de s'engueuler. Ce serait plutôt le genre à faire ses valises.

— Vous pensez que Bree l'écrasait, monsieur Glenn ? s'enquit Hardy.

Le gardien hésita.

— Je la connaissais moins. Elle travaillait beaucoup. Je ne la voyais presque jamais. Quelquefois dans l'ascenseur…

Il s'interrompit.

— Quoi ? le pressa Glitsky.

— Elle me faisait l'impression d'être une intellectuelle un peu tête en l'air, voyez-vous ? Le style perdue dans ses idées lumineuses, capable d'oublier à quel étage elle habitait. Plusieurs fois, je l'ai vue assise dans le hall, on aurait dit qu'elle essayait de se rappeler ce qu'elle fichait là. (Il secoua la tête.) Une grosse tête. Vraiment déconnectée.

— Avec ses enfants aussi ? tenta Hardy.

— Je ne sais pas trop. Je ne crois pas l'avoir vue une seule fois sortir avec eux. Elle vivait un peu à part, à mon avis.

Glitsky insista.

— Et malgré ça, vous avez l'impression que Ron et elle étaient heureux en ménage ?

— Heureux, je l'ignore. Mais quand on les voyait ensemble, ils avaient l'air… à l'aise. (Un haussement d'épaules.) Une petite famille, quoi. À l'aise.

— Phil Canetta ? Ce nom ne m'évoque rien, affirma Glitsky avec un air perplexe.

— Le flic du commissariat central que tu as envoyé ici, le soir où je suis venu pour la première fois, précisa Hardy.

Glitsky secoua la tête, perplexe.

— J'ai juste appelé le standard. En disant qu'ils feraient mieux d'expédier quelqu'un pour éviter qu'il ne t'arrive quelque chose – et aussi pour t'empêcher de t'en prendre à Ron Beaumont au cas où il aurait été chez lui. Ce Canetta t'a dit qu'il m'avait parlé personnellement ?

Hardy hésita.

— Je ne crois pas. J'ai peut-être extrapolé.

— Et vous vous êtes retrouvés tous les deux à l'intérieur ? demanda Glitsky, visiblement contrarié. Tu peux m'expliquer comment ça se fait ?

— La porte d'entrée était ouverte.

— Ouverte ?

Hardy grimaça.

— Tu es vraiment trop pinailleur. On ne t'a jamais fait la réflexion ?

Si Hardy s'imaginait pouvoir éviter ainsi la question de Glitsky, il se fourrait le doigt dans l'œil.

— La porte était ouverte, Diz ?

— Elle n'était pas fermée à clé, répondit l'avocat en haussant les épaules. J'ai frappé, j'ai tourné le bouton, ça a marché. Je suis entré.

— Tu es entré ? Et Canetta était déjà dans la place ?

— Non. Il est arrivé un peu plus tard. Mais puisque tu t'interroges sûrement là-dessus, sache que j'aurais eu tout le temps de laisser de faux indices ou de piquer n'importe quoi – et que je n'ai fait ni l'un ni l'autre. Il va bien falloir que tu me croies. Et maintenant, si on parlait d'autre chose ?

Glitsky exhala un soupir sonore.

— Un jour, Diz, si tu continues à tirer sur la corde, je ne pourrai plus rien faire pour toi, tu sais ça ?

Hardy resta de marbre.

— J'y pense constamment. Mais enfin, tu as voulu venir ici, et nous y voilà – en toute légalité grâce à ton joli petit mandat. Qu'est-ce que tu veux voir ?

Ils avaient déjà jeté un coup d'œil au balcon et se tenaient au centre de la cuisine, dont Glitsky avait tranquillement ouvert les tiroirs, les placards et le réfrigérateur.

— Comme d'habitude, répondit-il. Tout.

Ils commencèrent par le fond de l'appartement et la chambre des enfants. Elle était telle que Hardy l'avait vue auparavant. Puis ils passèrent de l'autre côté du couloir, dans la chambre principale. Après avoir fait deux pas à l'intérieur, Glitsky s'arrêta si brutalement que Hardy faillit lui rentrer dedans.

— Qu'y a-t-il ?

— À toi de me le dire.

Hardy promena un regard perplexe sur la pièce. C'était un carré presque parfait et très grand – six ou sept mètres de côté. À sa gauche, une porte ouverte révélait une salle de bains carrelée de bleu. Au-delà, le long de la cloison, les trois portes coulissantes d'un vaste placard. Contre le mur du fond était adossé un grand lit d'un mètre soixante impeccablement bordé – des couvertures, mais pas de couette ni de dessus-de-lit. Une table de chevet du côté droit. Sur une commode de bois sombre étaient posées plusieurs photos encadrées de Ron seul, de Ron avec les enfants, de Bree avec les enfants. Aucune de Ron et de Bree.

Sur le mur de droite, plusieurs estampes – représentant des scènes de chasse – au-dessus d'un vélo d'appartement et d'un espalier. Ensuite, une autre porte, légèrement entrouverte, menait à une autre salle de bains. Enfin, le regard de Hardy s'arrêta sur un fauteuil en cuir d'aspect moelleux avec une ottomane assortie, un lampadaire de lecture, et une table Bombay & Company à pieds en griffes de lion qui semblait faire également office de bureau avec sa lampe à pied de cuivre, son grand sous-main vert, son bateau en bouteille.

— Ça me plaît assez, dit Hardy. J'aimerais avoir une chambre dans ce goût-là.

— Tu ne remarques rien ?

Hardy accorda au décor quelques secondes d'attention supplémentaires.

— Rien du tout, Abe, sauf que cette chambre est extra. Je veux la même.

— Exactement, approuva Glitsky. N'importe quel homme voudrait avoir une chambre comme celle-là. Et tu sais pourquoi, Diz ? Parce que c'est une chambre d'homme.

Il s'approcha de la batterie de placards et fit coulisser une porte. Hardy, qui le suivait pas à pas, découvrit un alignement de costumes, de manteaux, de chemises, un râtelier à cravates. Par terre, une bonne dizaine de paires de souliers bien rangés – chaussures de ville, tennis, sandalettes, pantoufles. Glitsky hocha la tête comme s'il venait de découvrir ce qu'il cherchait.

Il se rendit à l'autre extrémité du placard et en fit coulisser la porte. Nettement moins garni. Glitsky fit défiler les quelques cintres de la tringle.

— Deux robes, trois jupes, quatre chandails, énuméra-t-il avant de s'accroupir. Trois paires et demie de chaussures de femme, trois autres robes tombées par terre. Comment Carl a-t-il pu louper ça, nom d'un chien ?

— Peut-être qu'il avait déjà découvert quelque chose de plus important qui a mobilisé son attention, et qu'il s'est fait tuer avant d'avoir pu revenir là-dessus.

Glitsky se releva lentement, avec une grimace, une main sur les reins.

— Comment peut-on devenir aussi vieux ?

— En refusant obstinément de mourir ?

Glitsky se fendit d'un petit sourire.

— Ça pourrait être une devise. La salle de bains ?

— Non merci, je viens d'y aller.

Le sourire du lieutenant s'évanouit aussi mystérieusement qu'il était venu.

— Désespérant, grommela-t-il en poussant la porte de la salle de bains.

Comparé aux vastes dimensions de la chambre, ce n'était qu'un cagibi – deux mètres sur deux mètres cinquante, une fenêtre à verre mort au-dessus d'un lavabo bleu, un porte-serviettes avec une serviette orange, des toilettes à la lunette levée. Élément significatif, songea Hardy, il n'y avait pas de baignoire, juste une cabine de douche en verre dépoli.

Hardy ouvrit l'armoire à pharmacie, qui était presque vide – quelques flacons de Tylenol et de Nyquil, des pansements, des lames de rasoir.

— Beaucoup de couples ont une salle de bains séparée, observa-t-il.

— Les couples heureux ne font pas chambre à part, répliqua Glitsky. J'ai fait des recherches. C'est prouvé.

Abe reprit la visite, toujours suivi par Hardy. Ils retraversèrent la chambre de Ron et s'arrêtèrent devant la commode, que Glitsky ouvrit avec grosso modo le même résultat que précédemment – deux des tiroirs contenaient quelques dessous féminins. Mais les quatre autres étaient pleins, voire bourrés, de vêtements de Ron – jeans, polos et tee-shirts, pulls, chaussettes et caleçons. Glitsky referma le dernier et se redressa.

— Tu sais, déclara-t-il à Hardy, on pourrait prendre un million de photos de cette chambre – et je parie que c'est ce qu'ont fait les gars du labo – sans y déceler la moindre trace de violence.

— Je ne vois rien non plus. D'accord, ils faisaient chambre à part, et alors, qu'est-ce que ça prouve ?

— À ton avis, ce n'est pas le signe d'un problème conjugal ?

Hardy haussa les épaules.

— Ça ne signifie pas qu'il l'a tuée. Et Frannie nous a déjà dit qu'ils avaient des difficultés.

— Inutile de me le rappeler. En revanche, ça me pousse à m'interroger sur la façon dont Bree s'est retrouvée enceinte.

Assis derrière le bureau, Glitsky était en train d'éplucher les dossiers de la morte, chemise par chemise – des liasses de documentation présentant sans doute toutes les théories possibles et imaginables sur la question des additifs. Rapports législatifs, coupures de journaux, études diverses et variées, communiqués de presse. Concernant le MTBE, l'éthanol, la reformulation de l'essence. Le tout sur un éventail de supports allant du simple fax à la plaquette publicitaire polychrome, du bout de page à la brochure sur papier glacé.

— Fascinant, dit Glitsky.

Il allait vite, écartant sans hésitation tout ce qui n'était pas personnel dans les dossiers. Une petite pile de papiers professionnels ne tarda pas à se constituer ainsi sur sa droite, dans son dos. Hardy fit entendre un bruit qui pouvait ressembler à une demande d'autorisation, obtint un grognement en guise de réponse, prit discrètement une liasse de ces documents et sortit dans le couloir, où il plia le tout pour le fourrer à l'intérieur de son blouson.

Il passa ensuite dans la chambre de Bree.

Il y eut la confirmation que Ron et elle menaient des vies séparées. Son lit était un peu moins large – un matelas double standard. Il était recouvert d'un gros édredon fleuri multicolore et d'oreillers assortis. Un mois après sa mort, un subtil parfum de femme et de produits de beauté restait en suspens dans l'air. La salle de bains saumon faisait trois fois la surface de celle de Ron, avec une baignoire et une table à maquillage surdimensionnées – aussi féminine que celle de Ron était masculine.

De retour dans la chambre, Hardy s'arrêta devant les rayonnages de la bibliothèque encastrée qui montaient du sol au plafond sur la moitié du mur du fond. Peut-être n'aurait-il pas dû s'en étonner, après ce que Damon Kerry lui avait dit du vilain petit canard, mais l'étagère du bas était intégralement occupée par des romans féminins. Au-dessus, d'autres livres de poche et, encore au-dessus, deux rayons de littérature – presque exclusivement des livres de femmes. Toni Morrison, Joyce Carol Oates, Barbara Kingsolver, Laurie Colwin, Amy Tan – une scientifique au goût très sûr, nota Hardy. Encore plus haut, une petite surprise – une collection apparemment complète de polars signés Tony Hillerman : les agents Chee et Leaphorn avaient donc eux aussi eu leur place dans son paysage mental. Peut-être avaient-ils contribué à allumer la mèche de cet idéalisme qui l'avait si fortement imprégnée au cours de ses derniers mois d'existence.

Sur l'étagère du haut, au terme d'une longue série de guides touristiques et à côté d'un exemplaire tout neuf de *Vous attendez bébé,* Hardy repéra un album gigantesque qui semblait correspondre à ce qu'il cherchait. Il l'attrapa, et alla s'asseoir dans un petit fauteuil de lecture installé près du lit.

Passages 81. Son album de terminale à la Lincoln High School d'Evanston, Illinois.

Il y trouva la litanie de dédicaces habituelles : « À la fille la plus intelligente du monde ». « Sans toi, la chimie serait à jamais demeurée un mystère pour moi ». « Pas besoin des garçons quand on a un cerveau ». « Les rats de laboratoire au pouvoir ! »

Et aussi l'autographe d'un professeur : « À Bree Brunetta, la meilleure élève que j'aie jamais eue ! »

Hardy passa rapidement en revue les portraits des élèves de la promotion jusqu'à la repérer – Bree Brunetta. Sans l'indice de son nom de jeune fille, jamais il n'aurait réussi à reconnaître la ravissante Bree Beaumont sur cette photo totalement dénuée d'inspiration où elle portait la toque et la toge.

Bree Brunetta, à dix-sept ans, souffrait d'un léger embonpoint. Elle avait les cheveux noirs – une coiffure à la chien qui lui cachait à demi les yeux –, un appareil dentaire, des lunettes affreuses. Le vilain petit canard, en effet. Une photo récente de Bree avec les enfants était posée à côté du lit. Hardy étudia son sourire auréolé d'une étincelante crinière blonde, ses pommettes hautes, sa bouche parfaite – il lui parut presque impossible de réconcilier les deux images.

Il feuilleta rapidement le reste de l'album. Bree avait été une élève active – membre de la société des débats, du club des sciences, du club d'échecs. Elle jouait de la clarinette dans l'orchestre et tenait la rubrique cinéma du journal de l'école. Ses pairs l'avaient élue « fille la plus intelligente de l'année ».

Hardy remarqua un autre détail – une de ces petites cruautés qui vous marquent un enfant à vie. Bree avait également été désignée comme ayant « les plus petites chances de sortir avec Scott LePine », lequel était « le garçon le plus en vue », « le plus chou », et celui qui avait « les meilleures chances de réussir ». Sans doute les élèves qui avaient inventé cette catégorie avaient-ils trouvé l'idée follement drôle. Hardy était prêt à parier que ça n'avait pas été l'avis de Bree.

Plusieurs lettres pliées en deux étaient glissées dans la reliure de l'album, et il était en train d'ouvrir la première quand il entendit les pas de Glitsky s'approcher dans le couloir. Il fourra les lettres avec la documentation professionnelle de Bree dans la poche intérieure de son blouson, et referma l'album au moment où Abe paraissait sur le seuil de la chambre. Il semblait presque hagard.

— On vient de m'appeler sur mon bip, annonça-t-il. Il faut que je file.

— Tu ne vois pas d'inconvénient à ce que je reste quelques minutes de plus ?

— Bien sûr, aucun problème. N'oublie pas de refermer la porte en partant…

Glitsky décocha à son ami un regard appuyé et secoua la tête avant d'ajouter :

— Reviens sur Terre, Diz : on met les voiles, et sans discuter, d'accord ? Épargne-moi tes remarques spirituelles. (Il laissa échapper un interminable soupir.) Un autre flic vient de se faire descendre.

24

Les deux enquêteurs criminels de la caserne étaient toujours à pied d'œuvre quand Hardy arriva en voiture. Il se gara de manière semi-légale, et s'avança à pied sur ce qui avait été sa pelouse pour attirer leur attention. Ils étaient accroupis sous le cadre de l'ex-baie vitrée de la façade.

— Alors, les gars, vous progressez ?

Ensemble, ils se retournèrent pour lui jeter un coup d'œil indifférent, se consultèrent du regard, et l'un d'eux se releva pour venir vers lui en descendant d'un bond de ce qui restait du perron.

— Votre ami nous a demandé de vous prévenir : il a dû partir à son travail. Quant à nous, on en a encore pour un bout de temps.

— Vous avez une idée de la durée de ce bout de temps ?

Un regard froid.

— Il faut compter en heures, pas en minutes.

L'échange devenait fastidieux, mais Hardy avait absolument besoin d'informations.

— Vous avez trouvé quelque chose ?

L'enquêteur écarta les bras en un geste d'impuissance, mais Hardy le devança.

— Bien sûr. Vous n'avez pas le droit de me le dire. Je pourrais avoir fait le coup moi-même, c'est ça ? Avoir mis le feu à ma propre maison ?

— Ça se voit tous les jours.

Hardy savait que c'était vrai. L'homme ne faisait que son travail – en un sens, il protégeait même les intérêts de Hardy.

— D'accord, réussit-il à déclarer, conciliant. Je me demandais toutefois s'il me serait possible de récupérer deux ou trois bricoles en passant par l'arrière – des vêtements, des affaires de toilette, ce genre de trucs. Et aussi d'écouter mes messages téléphoniques.

Malgré ce qu'il avait affirmé à Valens, Hardy ne pensait pas que son répondeur, installé dans la cuisine, ait été détruit. Dans sa voiture, l'idée l'avait effleuré qu'il pourrait être très instructif d'entendre ce qu'il y avait sur la bande.

Mais aux yeux de l'enquêteur, même si Hardy avait des amis haut placés dans la police, il restait légitimement suspect.

— Non, monsieur, je crains que non, répondit-il, professionnel jusqu'au bout des ongles. De toute façon, l'électricité est coupée. Je ne sais pas si le capitaine a été assez clair, mais ce bâtiment demeure sous contrôle de la caserne jusqu'à ce qu'on vous donne notre feu vert.

Il ne servait à rien de protester, même si Hardy dut utiliser une bonne part de ses ressources mentales pour maintenir un semblant de calme. Il se força à esquisser un sourire.

— Je comprends. Mais j'ai besoin de prendre quelques dispositions pratiques. Pouvez-vous au moins me donner une estimation du temps dont vous risquez d'avoir encore besoin ?

Peut-être était-il en train de l'avoir à l'usure. Il crut sentir un début de dégel chez le pompier.

— Je vous conseille de miser sur demain matin. (Une pause.) Quand votre ami journaliste aura publié sa chronique.

Hardy comprit alors qu'aucun dégel n'était en vue. C'était juste une façon pour l'enquêteur de lui indiquer que Jeff Elliot était venu les déranger dans leur tâche.

— Si on a fini ce soir, on fera condamner les issues pour la nuit. Et quelqu'un reviendra demain matin pour vous libérer l'accès.. Si on a fini, je dis bien.

Hardy ne vit rien à ajouter. On lui donnait congé.

Perché sur son tabouret réservé derrière le comptoir du *Little Shamrock*, à côté de la fenêtre sur rue, Moses McGuire tétait son Macallan dominical. Il n'autorisait aucun de ses barmen à boire ou à s'asseoir, ne fût-ce qu'un instant, pendant leur service. Il avait la conviction que les barmen professionnels étaient payés pour rester debout pendant qu'ils servaient la clientèle – un signe de respect. S'ils voulaient s'asseoir, il ne tenait qu'à eux de contourner le bar et de marquer une pause en salle en prenant des risques considérables pour leur sécurité de l'emploi ; mais quand ils étaient derrière le comptoir, ils devaient rester debout. Et d'un côté comme de l'autre, pendant leurs heures de travail, ils avaient intérêt à être sobres.

En tant que patron, McGuire pouvait faire absolument ce qu'il voulait. Chaque fois que Hardy et lui débattaient de l'injustice de ses règles, il explosait.

— Je suis le noble patron d'un pub, moi, pas un barman payé au lance-pierres !

Moses McGuire étant propriétaire à soixante-quinze pour cent de l'établissement, sa parole avait force de loi.

Il avait tiré à Hardy une Guinness pression, et la lui avait apportée au bar après que la mousse se fut tassée en un faux col parfait. Depuis, le niveau était descendu de quelques centimètres. Il était un peu plus de quatorze heures, et le brouillard n'allait pas se dissiper – pas ce jour-là, peut-être pas avant Noël. De l'autre côté de Lincoln Boulevard, les arbres de Golden Gate Park, qui ne se dressaient pourtant pas à plus de trente mètres, étaient à peine visibles.

Trois autres clients affichaient une présence tranquille dans le plus vieux bar de San Francisco. Sur une banquette du fond, dans un recoin sombre, un jeune couple manifestement très épris se livrait peut-être à quelque rapport sexuel furtif. Le type et la fille avaient tous deux commandé un *old-fashioned* – le cocktail le plus doux servi au *Shamrock* par le puriste McGuire. Dans un minuscule box latéral, un lanceur de fléchettes solitaire de trente et quelques années, crâne rasé et treillis de camouflage, s'adonnait à son sport favori en buvant une mixture de Bushmill Irish, de Bass et d'œuf cru – pour les protéines.

Un an plus tôt, Moses avait découvert des enregistrements de jazz des années 30 récemment réédités – Stéphane Grappelli au violon et Django Reinhardt à la guitare, swinguant à mort avec le quintet du Hot Club de France –, et chaque fois que l'ambiance était un peu molle, comme en ce moment, il les balançait sur le juke-box.

McGuire fit tourner son verre au-dessus du cercle de condensation qui s'était formé sur le comptoir.

— Vous pourriez venir chez nous, tu sais. Tous les quatre.

— Merci, Mose, mais Erin s'occupe déjà des enfants. Et sa maison est plus grande.

Le verre fit un nouveau tour.

— Quand est-ce que Frannie sort ?

Question piège. Hardy ne pouvait pas dire à Moses que Ron avait relevé Frannie de son engagement sans reconnaître qu'il lui avait parlé. Et une révélation de cet ordre, à son tour, ouvrirait l'accès à un champ de mines sur lequel il ne voulait pas s'aventurer.

Il sirota un peu de Guinness, gagna une minute.

— Je parie que Sharron Pratt la laissera sortir mardi matin. Elle prend trop de coups sur le terrain politique.

— Pourquoi mardi ?

Hardy expliqua le plus brièvement possible la différence entre l'inculpation pour outrage à magistrat et celle pour outrage au grand jury. Un même nom pour deux animaux différents. Heureusement, Moses parut s'en satisfaire. Mais il n'en fit pas moins tournicoter encore son verre plusieurs fois de suite, et Hardy le connaissait assez pour savoir que, même s'il avait avalé son explication, il avait une autre question sur le bout de la langue.

— À quoi tu penses ? finit-il par demander.

— À la manière dont je vais formuler ma question.

— Pose-la, c'est tout.

Moses but une lampée de whisky, reposa son verre, fixa son beau-frère dans le blanc des yeux.

— D'accord. Comment ça se fait que tout soit parti en couille aussi vite ?

Hardy ne put s'empêcher de glousser. Le visage de McGuire se rembrunit de façon familière – son tempérament irlandais explosait toujours à la plus légère friction.

— Je ne plaisante pas, Diz.

Hardy songea qu'il devait en être à son troisième Macallan plutôt qu'à son second. Pour lui aussi, les deux derniers jours avaient été stressants.

— Je sais que tu ne plaisantes pas, Mose. Ta formule est tellement juste que ça m'a donné envie de chialer – alors, j'ai ri. Tu comprends ?

Moses but, hocha la tête – un signe d'excuse.

— Je voulais dire : un jour elle emmène tranquillement ses gosses à l'école et elle leur prépare des beignets, et le lendemain, d'un seul coup, paf !... (Sa paume s'écrasa sur le comptoir.)... elle se retrouve en taule, et votre maison brûle. Comment est-ce que ça peut arriver, une couille pareille ?

Comment répondre ? En disant que Frannie, dans son coin, avait fait une succession de petits pas de côté ? Que tout ça n'était sûrement pas arrivé « d'un seul coup » ?

Frannie n'était pas seule en cause. Hardy aussi en avait fait, de ces infimes pas de côté qui l'avaient éloigné de leur ancienne intimité. Il avait remarqué les premières fissures dans leur couple. Il avait laissé les pressions imposées par l'éducation des enfants peser sur le cours des choses – laissé leur complicité s'éroder, leurs vies quotidiennes respectives s'installer sur des planètes différentes.

C'était à partir de là que tout avait dégénéré, c'était cela qui les avait menés là où ils se trouvaient, mais il n'était pas question d'en discuter maintenant. Il leva sa pinte et but un trait de Guinness.

— Je ne sais pas, Mose.

McGuire se pencha au-dessus du bar et, en un murmure :

— Dis-moi qu'elle ne couche pas avec lui.

— Elle assure que non, lâcha Hardy, soutenant son regard. Elle ne le ferait pas.

— Elle ne le ferait pas, s'empressa d'acquiescer Moses avec un soulagement visible. Elle t'en causerait avant. Avant qu'il y ait eu quoi que ce soit, dès qu'elle y aurait pensé. Elle est comme ça.

— Tu as raison.

Ce n'était pas en bavardant autour d'un verre que la situation allait évoluer en bien ou en mal, et Hardy n'avait aucune envie de parler de ces choses, même à Moses. Frannie et lui avaient peut-être des divergences sérieuses, mais ils se ressemblaient au moins sur un point, ce qui faisait d'ailleurs d'eux des zombies dans le monde moderne : ils estimaient que leur vie privée était privée.

— Et la maison ? demanda Moses. Ce matin, tu avais l'air de dire que l'incendie aussi était lié à cette histoire.

— Lié au meurtre de Bree, Mose. Pas à Frannie et à moi.

— Et tu vas bientôt découvrir la vérité ? Le coupable ?

— Si c'est le cas, je ne le sais pas encore, mais quelqu'un doit le penser. Je crois qu'on a mis le feu à ma maison pour m'avertir que j'avais intérêt à rester à l'écart.

Moses but un peu de whisky, reposa doucement son verre.

— Sauf si le type pensait que tu étais dedans – auquel cas ce serait plus qu'un simple avertissement.

Hardy hésita une seconde.

— Ça m'étonnerait. Je ne suis pas dangereux à ce point. (Il secoua la tête, comme pour se débarrasser de l'idée.) Je ne crois pas, ajouta-t-il, autant pour lui que pour Moses.

— Tu n'as pas besoin d'y croire pour que ce soit vrai. Si j'étais toi, je garderais ça en tête.

— Garder quoi ?

— Que quelqu'un cherche peut-être à te tuer.

Sur cette note joviale, la porte d'entrée s'ouvrit brutalement, et six représentants du sexe masculin s'engouffrèrent dans la salle en parlant football et en exigeant de la bière. Moses haussa les épaules, leur souhaita le bonjour, et se dirigea vers ses robinets à pression.

Le signe pour Hardy qu'il n'avait plus de temps à perdre à philosopher avec son beau-frère. Moses avait raison : il lui manquait trop d'éléments. Il était trop vulnérable pour s'offrir le luxe de baisser sa garde.

Sans plan ni destination, Hardy abandonna les deux tiers de sa Guinness pour regagner sa voiture, garée au coin de la Dixième Avenue. Il sortit dans le brouillard, plié en deux face au vent. En s'installant derrière son volant, il hésita un instant avant de mettre le contact, puis ébaucha un vague sourire en entendant ronronner le moteur. Tu vois ? Pas de bombe. Après avoir mis le bouton du chauffage au maximum, il embraya, s'approcha du coin de la rue, tourna à droite. Il n'avait encore aucune idée de l'endroit où il allait.

Il n'avait qu'une certitude : sa place n'était pas au *Little Shamrock*. Il fallait travailler. Le temps lui filait entre les doigts. Il ne pouvait pas rentrer chez lui – les pompiers avaient fait main basse sur sa maison. Il pouvait aller voir ses enfants, ou Frannie, mais il les avait déjà tous vus un peu plus tôt. Cela suffisait pour le moment.

Où diable était passé Ron Beaumont ? Et Phil Canetta ?

Quelles informations possédait-il au juste ? Sur quelles bases concrètes pouvait-il raisonner ?

Il ne trouva rien de mieux à faire que de revenir à ses dossiers, compagnons fidèles et ultime refuge de l'avocat en détresse. Il avait encore à lire la copie du brouillon de dossier de Carl Griffin, les notes prises la veille au soir avec Canetta, la documentation technique récupérée chez Bree, et les lettres de son album scolaire. Peut-être parviendrait-il à opérer certains recoupements.

David Freeman, considérant que les avocats devaient travailler vingt-quatre heures sur vingt-quatre, avait fait installer une vraie salle de bains à chaque étage de son immeuble, afin que ses associés ne puissent invoquer la nécessité de rentrer chez eux après une nuit de charrette pour se débarbouiller avant l'audience du matin.

Vingt-cinq minutes plus tard, Hardy s'installait dans son bureau – douché, rasé, et vêtu d'une chemise propre et repassée qui était rangée dans son armoire depuis deux mois.

Une fois attablé, il écouta les quatre messages reçus depuis la veille au soir, avec le vague espoir que l'un d'eux viendrait de Phil Canetta – ou même de Ron Beaumont. Si Al Valens avait laissé un message chez lui, peut-être que l'un ou l'autre avait également essayé de le joindre là-bas – puis à son bureau.

Mais il ne trouva rien de tel.

Trois appels émanaient de clients ayant à divers degrés le sentiment d'être abandonnés, et le dernier était de Jeff Elliot. Hardy le rappela sur-le-champ. Le journaliste était excité comme une puce par l'incendie de sa maison, même s'il se donna la peine de servir à son ami quelques mots compatissants.

— Que puis-je faire pour t'aider, Diz ? Vous avez un endroit où dormir ?

— Ouais, Jeff, ne t'en fais pas. Merci quand même.

Retour au scoop.

— Tu crois que c'est un incendie criminel ?

— Je suis prêt à miser gros là-dessus. Je n'exclus pas que ce soit un coup des anti-MTBE, des Vengeurs de l'*Exxon-Valdez* ou d'autres tarés de cet acabit.

— Si c'est le cas, s'exclama Jeff d'une voix vibrante d'enthousiasme, ce serait formidable pour mon papier !

— C'est exactement mon but, répondit Hardy d'un ton sec. Sacrifier ma maison pour que tu puisses pondre un bon article. Tu décrocheras le Pulitzer, et j'en serai ravi pour toi. On fêtera ça dans ma nouvelle maison.

— Ce n'est pas ce que je voulais dire, assura Elliot d'un ton navré. Mais... tu ne veux pas retrouver ceux qui ont fait le coup – les faire coffrer ?

— À ton avis ?

— Je parie que oui. Mon idée, c'est que là, peut-être, tu tiens vraiment une corrélation.

— Entre qui et qui ?

— Je crois le savoir, Diz. Tu veux que je t'en parle ?

— Accouche.

— D'accord. Après ton départ, hier, j'ai repensé à ce que tu m'avais raconté sur ce type de Caloco...

— Jim Pierce.

— Ouais, c'est ça, Pierce. Il t'a dit que SKO finançait ces connards, pas vrai ?

— Exact.

— Suppose que ce soit vrai. Quel serait le dénominateur commun ? Je me suis replongé dans le dossier que je t'ai montré hier, et je me suis rendu compte que l'essentiel de ma doc pro-éthanol émane d'une seule et même entité, Fuels Management

Consortium – FMC en abrégé. Elle a son siège ici, en ville. Ça t'évoque quelque chose ?

— Non, mais je ne connaissais rien aux additifs il y a deux jours. Je croyais que FMC fabriquait des réservoirs et des trucs de ce genre, de l'équipement lourd.

— Ce sont les mêmes initiales, mais c'est une autre boîte.

— D'accord. Continue.

— Eh bien, FMC produit des documents proéthanol et anti-MTBE. À la chaîne. Parfois, la source est un peu difficile à repérer, pour ne pas dire impossible, parce que ces textes sont repris par des tiers – ils apparaissent sous forme d'articles dans la presse quotidienne, et aussi dans des publications spécialisées comme le *Health Industry Newsletter* ou l'*Environmental Health Monthly*, ce genre de revues. C'est pourquoi je n'avais jamais établi le rapprochement.

— Et tu l'as pigé d'un seul coup ?

— Exact. Je te passe le fait que chaque fois qu'un peu de MTBE s'échappe d'un réservoir, on reçoit l'info avant même que l'encre du rapport de l'EPA soit sèche.

— Continue.

— D'accord. Bon, il y a quelques mois, le *Chronicle* décide de mettre le paquet sur les dangers du MTBE. Quatre jours d'affilée à la une, ce n'est pas rien. Un tas de trucs à vous faire dresser les cheveux sur la tête – cancers inexpliqués, bébés anormaux, les histoires habituelles. Même toi, tu dois t'en souvenir.

— Vaguement.

— Kerry venait de remporter les primaires, et d'un seul coup cette affaire est devenue d'une actualité brûlante ; bref, nous nous sommes lancés. Il se trouve que la journaliste qui a signé l'enquête est une bonne copine, Sherry Weir. Et hier soir, alors que j'étais en train de repenser à la petite discussion qu'on venait d'avoir, toi et moi, elle se pointe dans mon bureau pour me parler de l'attentat de Pulgas. Elle me raconte que FMC a été sa principale source d'informations au moment de son enquête – et elle me le décrit comme une machine à propagande de première bourre. Du coup, hier, quand Sherry a appris la nouvelle de l'attentat, elle a décidé de faire d'abord un saut au siège de FMC, à l'Embarcadero Center, avant de se rendre au journal. Comme c'était un samedi après-midi, elle pensait que la boîte était probablement fermée, mais elle a essayé quand même. Et qu'est-ce qu'elle a trouvé sur place ?

— Un missile nucléaire en plein compte à rebours ?

— Il n'y avait personne, mais dans le hall tous les communiqués du jour étaient prêts à être envoyés, déjà ficelés et étiquetés pour l'expédition : tout sur l'empoisonnement de l'eau, le désastre écologique qui menace San Francisco, des tracts sur les dangers de la pollution par le MTBE, et ainsi de suite. Elle a décidé de prendre quelques échantillons sur le dessus de la pile avec l'idée de s'en servir pour son article. Tu saisis ?

— Je n'en suis pas très sûr.

La voix de Jeff eut beau s'atténuer en un murmure, elle demeura triomphale.

— Ces trucs ont forcément été rédigés et imprimés avant les faits, Diz !

Hardy s'accorda quelques secondes pour assimiler la nouvelle. Si c'était vrai, cela prouvait peut-être qu'une partie de l'écoterrorisme était lié à FMC, mais pas nécessairement à SKO – et encore moins à Valens ou à Kerry. En quoi cela pouvait-il l'aider ?

Jeff pensait détenir la réponse à cette objection.

— Parce que FMC est dirigé par un triste sire nommé Baxter Thorne...

— ... qui travaille aussi pour SKO, devina Hardy.

— Tu es futé – dommage que tu sois si lent. À l'époque où elle l'a interviewé, Sherry n'a pas réussi à faire avouer à Thorne qui le finançait. Lui-même se définissait comme consultant en marchés publics. Il affirmait représenter divers groupes concernés par l'environnement, entre autres, mais ajoutait que ses contrats l'obligeaient à la confidentialité. Elle l'a interrogé sur certains de ces groupes, et il a admis leur avoir fourni des conseils.

— Des « conseils ». Jolie formulation.

— Je trouve aussi. Mais il y a encore plus joli. Là-dessus, j'appelle un copain à moi, du *Sentinel* de Cincinnati...

— Tu n'as pas chômé, dis-moi.

— Ça pourrait bien être mon Pulitzer, Diz. Et toi aussi, tu vas avoir du pain sur la planche. Il se trouve que Baxter Thorne n'est pas un inconnu à Cincinnati. Personne ne l'a jamais crié sur les toits, mais mon copain le savait : pendant des années, Thorne a été l'homme des coups tordus d'Ellis Jackson.

— Qui est ?

— Tu vas adorer. Jackson est le P-DG de Spader Krutch Ohio.

Hardy sentit un léger fourmillement lui remonter le long de la nuque, et sut aussitôt qu'il ne devait pas l'attribuer au courant d'air froid s'infiltrant entre les joints de la fenêtre.

— Bref, enchaîna Jeff, il se peut que SKO finance des coups tordus à San Francisco. Il se peut qu'on ait le nom de celui qui a fait verser du MTBE dans l'eau potable, de celui qui a tué Bree Beaumont...

— ... et de celui qui a mis le feu à ma maison, lança Hardy d'une voix monocorde.

— Aussi, concéda Jeff. Mais ce qu'on ne sait pas et qu'il va falloir vérifier – si c'est la bonne piste –, c'est comment Baxter Thorne est arrivé jusqu'à toi.

— Quelqu'un l'aura prévenu.

— Je veux bien. Mais qui ?

Hardy se tritura les méninges en s'efforçant de ne pas s'arrêter au réflexe quasi rotulien qui lui soufflait pour la deuxième fois de la journée le nom d'Al Valens. L'affaire remontait peut-être plus haut – il ne pouvait écarter a priori que la consigne fût venue de Damon Kerry en personne, même si Jeff Elliot risquait de rechigner à l'admettre.

Mais dans le fond, pourquoi s'en tenir à Kerry ? La liaison avec SKO pouvait aussi avoir été assurée par Phil Canetta – les flics qui faisaient des heures sup dans la sécurité étaient connus pour être aussi enclins à mettre leur masse musculaire au service de basses besognes. Canetta avait-il déjà effectué ce genre de petit extra pour SKO ? Ou pour Baxter Thorne ?

— Je ne vois pas, Jeff, répondit Hardy. Mais j'aimerais assez discuter quelques minutes en tête à tête avec ce Thorne.

— Au fait, tu as vu Al Valens ce matin, au *Clift* ? Puisque tu m'as réveillé pour ça ?

— Je ne t'ai pas raconté ?

Il entendit Jeff soupirer.

— Non. Je crois que tu as laissé cet aspect de côté.

Soudain, les informations obtenues le matin même chez Valens se relièrent à ce que Hardy venait d'apprendre de la bouche de Jeff. Le rapport de Bree. Elle avait changé d'avis sur l'éthanol, et Valens avait essayé – et réussi, selon lui – à l'empêcher d'en parler à Kerry. Or, à qui ce silence pouvait-il être encore plus profitable qu'à Kerry lui-même ? À SKO. À SKO, c'est-à-dire au diligent Baxter Thorne.

Et si les efforts de Valens pour s'assurer le silence de Bree n'avaient pas été efficaces ? Et si quelqu'un avait éprouvé le besoin de la faire taire ?

Valens, de nouveau en première ligne.

Peut-être.

Mais Hardy ne tenait pas à emmener Jeff Elliot aussi loin. Il avait son ordre du jour personnel et estimait avoir gagné le droit de le mener à bien.

— J'avais l'impression qu'il m'avait raconté un bobard, déclara-t-il d'un ton détaché, et je voulais lui en parler.

— Et ?

— C'était un simple malentendu. On a mis les points sur les i… Tu comptes voir Kerry ?

— Aujourd'hui, promit Jeff. Si j'y arrive.

— Qu'est-ce qui pourrait t'en empêcher ?

— Le problème, quand on signe une chronique quotidienne, c'est qu'il faut aussi l'écrire. Et puis, Kerry risque d'être injoignable jusqu'à mardi. Mais ce qui est sûr, c'est que demain je vais voir Thorne.

— Comment comptes-tu t'y prendre ?

Jeff était lancé, et Hardy aurait parié gros que ses yeux ne trahissaient pas la moindre fatigue à cet instant.

— Avec un appât tout ce qu'il y a de classique : j'ai laissé un message chez FMC pour dire que j'aimerais l'interviewer sur l'attentat de Pulgas, dont il aura sûrement envie de parler. Une fois que je serai dans la place, je lui poserai d'autres questions. (Son ton changea.) Je crois qu'on est tout près, Diz, vraiment.

— Je l'espère. Mais rends-moi un service, veux-tu ?

— Lequel ?

— N'y va pas seul.

Après avoir raccroché, Hardy composa immédiatement le numéro du bip de Glitsky. Jeff Elliot allait sans doute le détester, mais dans son esprit cette affaire était maintenant du ressort de la police, et c'était à elle qu'il devait s'adresser.

Même si on laissait de côté le meurtre de Bree Beaumont, l'incendie criminel de la maison de Hardy, dans la mesure où ses auteurs étaient les mêmes personnes que celles qui avaient répandu du MTBE dans le réservoir de Pulgas, était lié à un homicide survenu à San Francisco – et relevait donc de la juridiction de Glitsky. Le temple de l'Eau de Pulgas avait beau être situé dans le comté de San Mateo, il appartenait à la Ville de San Francisco, et Glitsky pourrait à tout le moins revendiquer une cojuridiction en ce qui concernait le meurtre du randonneur.

Grâce aux informations que Hardy venait de glaner auprès de Jeff Elliot, son enquête le mènerait jusqu'à Baxter Thorne – et lui permettrait peut-être, par ricochet, d'élucider le meurtre de Bree.

En attendant l'appel de Glitsky, Hardy se leva, s'étira, s'approcha de sa cible pour lancer quelques fléchettes. Mais il n'alla pas les retirer ensuite. À la place, il se rendit à la fenêtre, scruta Sutter Street, revint à son fauteuil, posa une liasse de documents sur la table.

À présent qu'il savait dans quelle direction regarder – tout élément susceptible de suggérer une relation entre FMC et Bree –, il avait de meilleures chances de trouver ce qu'il cherchait.

Le téléphone sonna.

— Ouaip ?

— Achète-toi un portable ou un bip quelconque, bon sang ! J'ai téléphoné dans toute la ville pour essayer de te joindre.

— J'étais ici, à mon bureau. Et je viens de t'appeler, tu l'as déjà oublié ?

— Je ne pouvais pas deviner que tu travaillerais un dimanche. Je n'ai pas pensé à t'appeler là.

Hardy ne releva pas le ton hargneux de son ami : Abe venait de passer plusieurs heures sur un lieu de crime, il pouvait comprendre son amertume.

— D'accord, Abe, mais ça y est, tu m'as trouvé. Tu vas être très intéressé par ce que j'ai à te dire.

— Pas autant que toi par ce que je vais te dire.

L'humeur de Glitsky ne s'arrangeait pas.

— Bon, vas-y.

— Le flic qui s'est fait descendre, devine qui c'est.

La vérité frappa Hardy de plein fouet. Si Glitsky avait cherché à le joindre pour lui parler de ça, il n'y avait qu'une seule raison possible. Son estomac se mit à flotter.

— Phil Canetta ?

— Tu étais déjà au courant ? fit remarquer son ami, lugubre.

— Où es-tu ?

Glitsky le lui dit.

25

Hardy roulait sur Muir Loop, dans le Presidio. Il avait maintes fois traversé en auto cette forêt urbaine, et dans son souvenir la route à deux voies qui serpentait sous une voûte d'eucalyptus était paisible et charmante.

Mais, en cette fin d'après-midi, chaque branche paraissait imprégnée de menace. Dans l'épais brouillard, la visibilité n'excédait pas quinze mètres. Hardy se traînait à vingt-cinq à l'heure, plissant en vain les yeux face au néant. Il n'y avait pas de trottoir le long de la chaussée, pas non plus de réverbère, et par deux fois il avait senti ses pneus quitter la bande d'asphalte.

Enfin, il entr'aperçut plusieurs véhicules garés et ralentit encore plus. Au milieu du brouillard, la scène se parait d'un relief particulièrement cru – il recensa les formes de trois voitures de patrouille, de deux fourgonnettes, de quelques camions-régie et d'autos banalisées. Il s'arrêta en bout de file, ferma son blouson, tâcha de repérer Glitsky parmi le fourmillement de silhouettes spectrales.

Le lieutenant se tenait debout près de l'arrière d'une des fourgonnettes. En s'approchant, Hardy identifia son interlocuteur – John Strout, le coroner efflanqué et nonchalant de la ville et du comté. Il les avait quasiment rejoints quand Glitsky le remarqua.

— John, je crois que vous connaissez Dismas Hardy.
— Et comment !

Strout avait travaillé avec Hardy du temps où celui-ci était procureur – et témoigné dans plusieurs de ses procès. Hardy étant passé du côté de la défense, sa présence sur un lieu de crime pouvait paraître assez étrange, mais au point où il en était Strout avait vu de tout, et plus grand-chose ne le surprenait.

— Comment va, Diz ?

Il lui tendit la main. Hardy la prit.

— Ça pourrait aller mieux. La journée a été longue.

— J'aimerais pouvoir en dire autant de notre client, observa Strout, laconique. Sa journée à lui n'aura duré que deux heures. Si on me demandait de faire un choix, j'opterais pour la longueur.

— D'accord, ça va, intervint Glitsky. La maison de Hardy a brûlé ce matin.

— Pas toute seule, précisa Hardy d'un ton cassant.

Strout détecta une charge de non-dit entre les deux hommes.

— Il y aurait un rapport ?

Du regard, Glitsky ordonna à Hardy de la boucler, et répondit au coroner qu'il ne l'excluait pas, que c'était une possibilité, mais qu'en attendant ils avaient encore du pain sur la planche en ce qui concernait Phil Canetta. Il ne voulait pas entendre de conclusions hâtives.

Hardy reçut le message cinq sur cinq : les possibles relations entre le meurtre de Canetta et celui de Bree, sans même parler de l'incendie de sa maison, ne feraient pas l'objet d'un débat public. Pas encore. Il n'allait même pas de soi que Glitsky établirait officiellement le parallèle avec la mort de Griffin.

— Alors ? s'enquit Hardy. Qu'est-ce qui s'est passé ?

Strout retira sa botte du pare-chocs de la fourgonnette, indiqua l'autre côté de la route, et constata en s'éloignant :

— Je dois dire qu'il y a des points communs.

Hardy et Glitsky le suivirent.

Les quatre portières de l'auto étaient ouvertes. Strout quitta l'asphalte pour s'approcher de la portière avant gauche ; mais Glitsky effleura le bras de Hardy, et tous deux restèrent sur la chaussée, côté passager. De leur place, ils voyaient clairement l'intérieur de l'habitacle, et Glitsky souhaitait discuter en aparté avec son ami.

La vision de Canetta fut une mauvaise nouvelle de plus pour Hardy. Le policier était habillé comme la veille au soir chez Freeman. Il n'était plus question pour Hardy de prétendre que ses relations avec Canetta ne concernaient pas l'enquête de Glitsky, et cela allait entraîner une série d'autres révélations, dont aucune ne serait plaisante à faire.

Le cadavre était affalé contre le dossier, légèrement incliné sur la gauche. Strout se mit à parler de la voix docte et traînante qu'il adoptait pour énumérer des faits tangibles et incontestables à la barre des témoins. Cette fois, cependant, ce ton neutre mit Hardy mal à l'aise.

— Si on soulève le bras gauche, commença-t-il, joignant le geste à la parole, et on notera que la rigidité a nettement diminué, on constate que la seconde balle…

— La seconde balle ? répéta Hardy dans un souffle.

Glitsky hocha la tête, lugubre.

— Il n'a pas été abattu ici. La première balle l'a atteint en pleine poitrine. Il faisait face au tireur.

Hardy entendit vaguement Strout poursuivre :

— … s'est probablement fragmentée dans la cage thoracique avant de lui dilacérer le cœur…

Hardy reporta son attention sur Abe.

— Tu penses qu'on l'a mis ensuite dans la voiture et qu'on l'a transporté jusqu'ici ?

— Et qu'on l'a installé au volant pour donner l'impression qu'il y était arrivé seul ? Je ne le pense pas, Diz : c'est ce qui s'est passé.

— Mais pourquoi est-ce que quelqu'un aurait… ?

— Parce que ce quelqu'un a fait pareil avec Griffin et que ça lui a bien réussi. Mais si tu veux mon avis je dirai que ce n'était pas une bonne idée.

— Ça nous permet de relier les deux meurtres, opina Hardy.

— Il n'y a pas que ça. Je crois que Canetta a été descendu avec le flingue de Griffin.

Strout glosait toujours :

— … l'heure du décès : étant donné le ramollissement des tissus, il s'est écoulé au moins dix heures, peut-être davantage…

— Qui l'a découvert ?
— Un couple qui faisait son jogging.
— Et d'après Strout...
— Tu viens de l'entendre. Ça s'est passé en fin de nuit ou en début de matinée. Le second coup de feu a été tiré dans une voiture fermée, en pleine purée de pois. Personne n'a rien entendu.

Avant que Hardy ait pu rouvrir la bouche, Glitsky enchaîna.
— Je sais ce que tu vas dire, alors ne le dis pas. Ron pourrait parfaitement avoir fait le coup. On reviendra là-dessus. Mais comme je suis un gars consciencieux, j'ai aussi chargé Batavia et Coleman de vérifier l'alibi de tous tes héros personnels – Pierce, Valens, et même Kerry. Le meurtre a eu lieu entre deux et six heures du matin, et tu sais quoi ?
— Ils n'étaient pas tous dans leur lit.

Un coin de la bouche de Glitsky se retroussa, mais ce n'était pas un sourire.
— Si tu n'étais pas aussi perspicace, on ne serait plus amis depuis longtemps. Peut-être qu'ils y étaient, mais pour l'instant nous n'avons réussi à joindre aucun d'entre eux. Pierce est aux abonnés absents. Sa femme nous a dit qu'il était sorti en bateau de bonne heure ce matin. On s'est aussi procuré l'emploi du temps officiel de Kerry, mais il ne l'a pas respecté à la lettre : Valens et lui ne se sont pas présentés au premier banquet de la soirée. À deux jours de l'élection, je suppose que ses horaires tendent à devenir élastiques. Quant à Valens...

Hardy dut intervenir.
— Valens était chez Kerry jusqu'à minuit ou presque. Ensuite, Kerry a quitté son domicile.
— Comment le sais-tu ?
— Jeff Elliot.
— Où est allé Kerry ?
— Demande aux ombres de la nuit. Mais il habite à cinq rues d'ici. Tant qu'on y est, Pierce ne crèche pas beaucoup plus loin, et en plus, pour y aller, ça descend.

Glitsky garda le silence deux secondes.
— Je vois que tu as fait tes devoirs. Comment est-ce que tu connais tout ça, nom d'un chien ?

— Je suis motivé. J'ai vu Valens ce matin...

— Quand ça ? J'ai passé la moitié de la matinée avec toi.

— Alors, c'était sûrement pendant l'autre.

Sentant que Glitsky ne lâcherait pas prise, Hardy enchaîna :

— Je voulais lui parler de ma maison.

— Quel rapport entre Valens et l'incendie de ta maison ?

Strout venait de finir son monologue. Il se redressa, regarda les deux hommes par-dessus le toit de l'auto.

— Ce garçon se les gèle là-dedans depuis assez longtemps, Abe. Vous avez encore besoin de lui sur place ?

Le regard de Glitsky revint sur le coroner.

— Moi non, John. Si les gars de la scientifique en ont fini aussi, vous pouvez l'emballer.

Strout laissa tomber un dernier regard sur le cadavre de Phil Canetta, fit entendre un claquement de langue compatissant. Puis il se redressa de nouveau.

— Je hais les lieux de crime. Vous savez pourquoi ? Ça n'a rien à voir avec la médecine légale. Rien à voir avec des cadavres à poil qui ont quelque chose à vous dire.

Il n'y avait rien à répondre. À des degrés divers, tout le monde éprouvait le même sentiment.

Glitsky gratifia Strout d'une petite tape sur l'épaule au moment où il passait à sa hauteur. Ensuite, il s'éloigna de quelques pas, vers l'endroit où l'unité de la police scientifique était en conférence avec deux de ses inspecteurs. Hardy l'entendit dire :

— S'il reste de quoi, demandez à la balistique de comparer avec la balle qui a transpercé Griffin. Je parie que c'est le même flingue.

Une brève discussion s'ensuivit, au terme de laquelle Glitsky rejoignit Hardy.

— Donc, Valens. Ce matin. Jeff Elliot... Tu croyais peut-être que j'allais me laisser distraire ?

— Ça ne m'a pas effleuré un instant. Il faut qu'on parle, mais on pourrait peut-être le faire ailleurs, non ?

Les mains dans les poches, le lieutenant balaya du regard les ténèbres qui les enveloppaient. Le corps venait d'être chargé sur une civière, et la dépanneuse se préparait à hisser la voiture de Canetta pour la conduire à la fourrière.

— Excellente idée, répondit Glitsky en frissonnant.

Dans l'ancienne chambre d'un de ses frères, au bout du couloir qui partait de la cuisine, Orel Glitsky était vautré par terre, regardant la télévision et faisant ses devoirs en même temps. Rita lui tenait compagnie. Elle lisait pendant qu'une radio latino chuchotait sur la table d'angle à côté du canapé.

Talonné par Hardy, Glitsky alla se présenter à sa maisonnée – annoncer qu'il était de retour, désolé d'avoir passé le plus clair de la journée à l'extérieur, et heureux de constater que tout le monde allait bien. Rita leva les yeux de son livre pour annoncer qu'elle avait préparé une tortilla et que celle-ci devait être encore à peu près tiède dans le four. Glitsky, ayant enfin réussi à obtenir l'attention d'Orel, lui demanda comment s'était déroulée sa journée. Il eut droit à un hochement de tête, mais les yeux de son fils ne quittèrent pas l'écran du téléviseur.

— Bien.

— À quelle heure ton grand-père est reparti ?

Haussement d'épaules.

— Je sais pas.

— Juste après midi, répondit Rita. Dès que je suis arrivée.

Ils ne firent ni l'un ni l'autre le moindre effort pour masquer leur déplaisir de voir Glitsky travailler le dimanche après avoir fourré Orel entre les mains de son grand-père la veille.

— Bon, lâcha Abe. Vous avez fait quelque chose de chouette aujourd'hui, vous deux ?

Rita se contenta de le regarder.

— Orel ?

— Bof.

Glitsky resta un moment figé sur le seuil, soupira et rebroussa chemin dans le couloir.

— C'est vraiment la peine de demander, marmonna-t-il.

Hardy et lui gagnèrent en quelques pas la cuisine, dont ils

refermèrent la porte pour éviter les bruits parasites. Glitsky s'assit à califourchon sur une chaise.

— Ils s'imaginent peut-être que ça m'amuse de bosser tout le week-end ? Que me farcir un lieu de crime corresponde à l'idée que je me fais d'un bon moment ?

Hardy garda le silence, car il n'y avait pas de réponse. Parfois, les gens devaient travailler, et même si ça les faisait suer, c'était comme ça. Ses propres gosses n'avaient pas compris qu'il ne fasse pas la tournée de Halloween avec eux, le soir précédent. À présent, c'était au tour d'Abe.

Glitsky attrapa un torchon, ouvrit le four, en retira le moule qui contenait les restes de la galette. Hardy prit deux assiettes dans un placard, les déposa sur la table, et entreprit de se servir.

— Ce qui m'échappe, observa-t-il, c'est comment ils arrivent à lire et à étudier et à écouter de la musique et à regarder la télé en même temps. Je suis incapable de réfléchir quand il y a autant de bruit autour.

Glitsky retourna sa chaise pour s'asseoir de façon orthodoxe, tira le moule à lui.

— C'est parce que tu as dépassé les quarante balais. De nos jours, on leur apprend ça à l'école. La pluriactivité. Elle fait de toi une personne plus capable, plus productive. (Il transféra un morceau de tortilla dans son assiette, le titilla vaguement avec sa cuiller.) C'est en partie ce qui explique que le monde soit tellement meilleur aujourd'hui que du temps de notre jeunesse. (Il enfourna une bouchée.) Bon. Tu t'y colles, ou tu préfères que je pose les questions ?

L'obscurité tomba comme l'abattant d'une trappe.

Une heure plus tard, Hardy pataugeait dans un océan de boue piétinée à l'arrière de sa maison. À proximité de l'océan, le brouillard avait commencé à se condenser en une fine bruine. Sous la bise glacée, il ne put qu'admirer la façon dont l'humidité apportait sa contribution aux plaisirs déjà substantiels de la soirée.

Il gravit les marches du perron arrière, inséra la clé dans la porte du débarras, et, de façon assez surprenante, celle-ci s'ouvrit.

Il s'attendait que l'équipe d'enquête de la caserne ait changé toutes les serrures, mais ce n'était apparemment pas le cas : les gars s'étaient contentés de condamner la façade avec des planches, et de planter un peu partout des écriteaux ENTRÉE INTERDITE.

Il se retrouva donc dans la place. Après avoir pris une torche électrique sur l'étagère inférieure de son établi, il passa dans la cuisine. Il n'avait pas encore besoin de lumière – les distances et les angles étaient pour lui comme une seconde nature. Il se livra à une brève revue de détail – pas de tonalité pour le téléphone mural, pas de lumière dans le réfrigérateur. Les sacs de papier brun pliés étaient à leur place habituelle, dans le tiroir du bas du grand placard à provisions. Il en prit un.

Une fois dans sa chambre, il prit le risque d'allumer la lampe un court instant. Ses poissons tropicaux – dix-sept représentants d'une collection qui avait subi toutes sortes de permutations depuis plus de vingt ans – flottaient tous le ventre en l'air à la surface de son aquarium.

Un muscle se contracta au niveau de sa mâchoire. Il éteignit sa torche, traversa la pièce. Le répondeur était posé sur une tablette. Il le déconnecta du secteur et de la prise téléphonique, le glissa au fond du sac brun posé sur un coin du lit. Ensuite, il s'attaqua au placard – une poignée de sous-vêtements et deux pulls rejoignirent ainsi le répondeur. Dans sa penderie, il choisit un blouson chaud, un costume de ville, quelques chemises – le tout empestant la fumée –, et aussi une tenue de rechange complète pour sa femme. En prévision de sa sortie.

Une part de lui-même aurait préféré ne pas avoir à le faire, mais il sentit qu'il le devait. Laissant ses affaires sur le lit, il retraversa la cuisine en direction de la partie brûlée de la maison, et s'arrêta au milieu de ce qui avait été sa salle à manger.

Il avait jadis défendu un plaignant victime de brûlures lors d'un accident du travail. Il se rappelait avoir préparé le procès en étudiant les divers degrés de brûlure – premier degré, l'équivalent d'un bon coup de soleil ; deuxième, assorti de cloques ; et troisième, accompagné de pertes de peau irréparables et d'atroces défigurations. Au-delà d'un certain pourcentage de la surface corporelle, les brûlures au troisième degré étaient fatales.

Mais ce qu'il éprouvait à présent paraissait encore pire – une brûlure au quatrième degré l'avait atteint au plus profond de lui-même, calcinant une portion de son âme. Il revint dans sa chambre, prit le sac par ses poignées de papier, les vêtements par le crochet des cintres. En repassant devant son établi, il remit soigneusement la torche en place, puis se faufila de nouveau dans cette affreuse, affreuse nuit.

Hardy laissa les vêtements dans la voiture et regagna son bureau avec le répondeur, qu'il brancha sans perdre un instant. Il constata qu'Al Valens, au moins, n'avait pas menti sur toute la ligne. Le premier message émanait de lui – et correspondait à la description qu'il en avait faite.

Le second le stupéfia.

Pas de nom, mais une voix immédiatement reconnaissable.

— Désolé d'avoir quitté l'hôtel. J'espère que ça ne vous a pas trop incommodé.

Hardy faillit éclater de rire. « Pas trop incommodé », tu parles !

— Ma seule excuse, poursuivait Beaumont, c'est que je suis obligé d'être extrêmement prudent. Je suis certain que vous comprendrez. Vous avez pu me retrouver très facilement, la police risquait d'y arriver aussi. Ou alors, elle aurait pu vous filer à votre visite suivante. Allez savoir. Le fait est que j'ai senti que je devais bouger. Mais je veux que vous le sachiez : je suis toujours dans les parages et j'apprécie ce que vous faites pour nous, même si je suis trop angoissé pour vous proposer un contact direct. J'espère que la chance vous sourira. Merci.

— Ben voyons, pas de problème !

Hardy appuya sur le bouton Stop du répondeur, se carra dans son fauteuil, tenta de remettre de l'ordre dans ses idées.

Son esprit était en pleine confusion. Rien que ce jour-là, sa maison avait été incendiée, et Canetta s'était fait descendre. Il se démenait depuis l'aube, et il ne lui restait plus qu'un jour pour découvrir la vérité. Il leva les yeux sur la cible de liège accrochée au mur à l'autre bout de la pièce. Il ne se rappelait pas les avoir lancées, mais ses trois fléchettes empennées à la main étaient plantées au hasard des cercles concentriques.

S'obligeant à se lever, il contourna son bureau, alluma le plafonnier. Les fléchettes étaient en quelque sorte son chapelet. Il les retira de la cible, recula jusqu'à la ligne de tir marquée par une bande adhésive à huit pieds de distance, se retourna, et envoya une première fléchette. Triple vingt – un bon début.

Il lança la deuxième, puis la troisième. Alla à la cible, les retira, revint à la marque.

Si Ron n'avait pas quitté la région, qu'est-ce que ça pouvait signifier ?

L'explication la plus rassurante consistait à le prendre au mot. Ron était inquiet, nerveux, paranoïaque, un état assurément compréhensible. Il tenait à demeurer à proximité, au cas où Hardy réussirait à démasquer le meurtrier de Bree – ce qui, à ce stade, ne paraissait pas très vraisemblable. Si cela arrivait, ses enfants et lui retrouveraient une vie normale. Et, vu le sort réservé aux autres acteurs du drame, Ron avait parfaitement le droit d'être soucieux.

Mais tandis que Hardy envoyait ses fléchettes, une autre interprétation du comportement adopté par Ron – beaucoup moins favorable – tenta de franchir le seuil de sa conscience, et il ne parvint pas totalement à la refouler. Ron était resté proche. Assez pour avoir mis le feu à sa maison. Assez pour avoir tué Canetta.

Si seulement il avait laissé un numéro de téléphone… Il aurait sûrement pu lever une partie des doutes qui obscurcissaient le jugement de Hardy.

Quelle vérité, par exemple, se cachait derrière son mariage avec Bree ? Derrière les chambres séparées, l'infidélité ? Ron était peut-être un « prodige » pour ce qui était de la paternité, mais on ne pouvait en dire autant sur le plan conjugal. Le couple heureux qu'ils affectaient d'être n'était qu'une façade. Dans le meilleur des cas, Bree avait eu une liaison avec Damon Kerry. Elle s'était retrouvée enceinte, sans doute de lui – même si Hardy ne se sentait pas le droit d'exclure totalement l'hypothèse Canetta, ou même Pierce.

Et si le père n'était pas Ron, cela fournissait un mobile de meurtre tout trouvé… à Ron.

Par ailleurs, si Bree était chroniquement infidèle, cela pouvait-il signifier que Ron, de son côté, avec… ?

Hardy tenta d'esquiver cette question, mais à la réflexion il était grand temps d'y faire face. Bien sûr que cela pouvait signifier qu'il avait fricoté avec Frannie. Pourtant, aujourd'hui enfin, elle lui avait dit que non, ce n'était pas arrivé. Mais avait-elle vraiment dit ça ? Et qu'est-ce qui, exactement, n'était pas arrivé ? Hardy n'avait pas cherché à la pousser dans ses retranchements. Il n'en avait pas eu le cœur.

Devait-il être assez stupide pour la croire ?

Une remarque faite par Freeman la veille au soir se remit à résonner cruellement entre ses tempes – à propos de Glitsky, qui croyait que Carl Griffin était parti interroger un indic *parce qu'il le lui avait dit*. Mais il s'agissait d'autre chose. Griffin avait menti.

À son chef. Alors qu'il avait beaucoup moins de raisons que Frannie de le faire.

« Rien que la vérité » était un beau concept de prétoire, mais Hardy avait eu amplement l'occasion d'apprendre que, même sous serment, il était systématiquement piétiné. Et dans la vie réelle, c'était encore pire.

Il se retint cependant d'avancer trop loin sur cette voie. Frannie n'était pas une personne quelconque. Frannie était la mère de ses enfants, Frannie était la femme qu'il avait promis d'aimer, d'honorer, de respecter. Et si aucun de ces trois verbes n'englobait la notion de confiance, tout était fichu.

Elle avait été claire : elle s'était sentie attirée par Ron, mais était restée fidèle. Ron était un ami, et elle ne permettrait pas qu'il devienne autre chose. Hardy n'avait pas le choix. Il devait la croire sur parole. Frannie lui avait dit la vérité.

Et cette vérité était pour lui la seule base d'action possible. Sans quoi il les trahirait tous les deux.

26

On était dimanche soir, Glitsky n'avait pas passé suffisamment de temps chez lui ce week-end-là. Et il pressentait que ce n'était pas près de s'arranger.

Dans son travail, il lui arrivait très rarement de demander à ce qu'on lui fasse une fleur. Mais trois ans plus tôt, Glitsky avait pris la défense de Paul Ghattas dans un des innombrables conflits internes qui éclataient à tout bout de champ entre les employés du palais de justice. Ghattas, un laborantin de la police scientifique dont la langue maternelle était le tagalog, avait fait à une de ses collègues une réflexion que celle-ci avait interprétée comme relevant du harcèlement sexuel. Tous deux étaient en train de discuter de l'emplacement d'une blessure causée par un coup de couteau, et Ghattas, après avoir cherché l'expression juste, avait utilisé le mot « nichons » au lieu de « poitrine ».

Glitsky se trouvait alors au labo, en attente de résultats qui concernaient une autre affaire, et il avait été l'unique témoin de l'incident – y compris des pathétiques excuses délivrées par Ghattas juste après son forfait.

— Autant accuser la pluie après m'avoir pissé sur la jambe ! avait élégamment crié la laborantine avant de s'enfuir en courant.

Avant la bévue de Ghattas, l'ambiance du laboratoire était professionnelle et neutre. Mais la femme s'était sentie blessée au point d'être incapable de venir travailler pendant dix jours.

Ensuite, elle avait déposé une plainte qui, ainsi qu'on devait le découvrir, n'était pas la première. Elle voulait que Paul Ghattas – dix ans de métier et quatre enfants – soit viré. Elle exigeait d'être intégralement payée pour ses journées d'absence. Elle réclamait un congé longue durée pour les six mois dont elle estimait avoir besoin afin de surmonter son traumatisme affectif.

Glitsky avait souvent travaillé avec Ghattas. Son anglais était plutôt pauvre, mais au labo c'était un bon cheval. Alors, même s'il était conscient de s'aventurer en eaux troubles, il avait témoigné en sa faveur à l'audience, une audience à l'issue de laquelle – contre toute attente dans un domaine où on ne faisait guère de différence entre un accusé et un coupable – Ghattas avait été blanchi.

Aussi Paul fut-il heureux d'accompagner Abe au palais de justice un dimanche à sept heures du soir. Glitsky le laissa au labo et monta à son bureau. Confronter les empreintes de Damon Kerry à toutes celles qui avaient été relevées dans l'appartement de Bree Beaumont risquait de lui prendre un certain temps, et en attendant lui-même avait du pain frais sur la planche.

La litanie d'informations dévidée par Hardy un peu plus tôt dans l'après-midi avait profondément perturbé le lieutenant, surtout parce qu'il n'en avait rien soupçonné jusque-là. Et en tant que patron de la brigade criminelle, sinon en tant qu'ami de Hardy, il aurait dû être mieux informé. Batavia et Coleman, qui n'étaient pourtant pas suspects de mort cérébrale, n'avaient à aucun moment réussi à mettre le pied à l'étrier dans cette affaire.

Glitsky était presque tenté de boucler Hardy par principe, pour n'avoir rien révélé de ses découvertes ni de ses activités. Sa drôle de collaboration avec Canetta, par exemple. La façon dont il avait fait le lien avec le meurtre de Griffin. Ce matin-là encore, il avait parlé à Valens alors que les deux inspecteurs, eux, n'avaient pas réussi à le localiser. Et voilà que Hardy sortait de sa manche Baxter Thorne, qui pouvait être l'instigateur de l'empoisonnement au MTBE du réservoir de Pulgas – un acte criminel pendant la perpétration duquel un randonneur avait été tué. Et cet homicide relevait de la juridiction de Glitsky.

Mais, malgré tout ce que savait Hardy, sa vision de l'affaire comportait un angle mort : Ron Beaumont. À la brigade criminelle, la culpabilité du conjoint était une vérité très communément admise, et, en dépit de l'importance des activités de Bree dans le milieu pétrolier, Ron restait un excellent suspect pour Glitsky. D'autant qu'il s'était enfui et qu'il avait plusieurs identités. À en juger par l'aménagement de l'appartement, le couple Beaumont ne s'entendait pas au mieux avant la mort de Bree, et la grossesse de celle-ci constituait un mobile de crime suffisant pour Ron.

Glitsky n'avait aucune envie de donner au DA ce plaisir, mais il ne pourrait plus longtemps refuser de voir en lui un suspect. Et même, d'un certain point de vue, le meilleur suspect possible.

Brusquement, il se redressa dans son fauteuil. Il venait d'avoir la désagréable intuition que son ami lui cachait encore quelque chose – sans quoi Ron aurait fatalement figuré aussi en tête de sa liste de suspects. Oui, Hardy savait autre chose – dont il ne lui avait pas parlé quand il avait feint de mettre son âme à nu, à peine deux heures plus tôt, puis de promettre de venir rediscuter ici après avoir récupéré quelques affaires chez lui.

Glitsky, en état de combustion lente, finit par se dire qu'ami ou pas, bon Dieu, il allait arrêter cet enfoiré dès qu'il se pointerait. Il était en train de composer le numéro professionnel de Hardy sur son téléphone, prêt à lui passer un savon s'il était encore à son bureau, quand il entendit un bruit de pas dans le couloir et raccrocha le combiné.

Une seconde plus tard, l'inspecteur Leon Timms, de l'équipe du labo chargée du meurtre de Canetta, se profila sur le seuil.

— Vous m'avez demandé d'accélérer l'expertise balistique, Abe. Mais, croyez-le ou non, il y a déjà quelqu'un au labo.

— Paul Ghattas. C'est moi qui suis allé le chercher chez lui. Pour des empreintes.

— Des empreintes ?

En dépit de l'exaltation dont elles faisaient l'objet dans les livres et au cinéma, Timms savait que, dans la vie réelle, les empreintes étaient rarement le facteur déterminant d'une enquête de police. Il se contenta cependant de hausser les épaules – après tout, si le lieutenant voulait confronter des empreintes, libre à lui.

— Il a fait l'étude balistique à ma place. Ce mec est un homme-orchestre.

C'était toujours bon à entendre, s'agissant d'un homme qu'Abe avait sauvé d'un renvoi, mais le lieutenant avait l'esprit ailleurs.

— Alors ? Qu'est-ce qu'il a trouvé ?

— Même arme. Le flingue de Griffin. Sûr et certain.

Quand Hardy arriva, il fut heureux mais non surpris d'apprendre que l'hypothèse de Glitsky concernant l'arme de Griffin était la bonne. En revanche, il fut moins heureux quand l'inspecteur se leva, ferma la porte de son bureau, et lui demanda ce qu'il lui cachait sur Ron Beaumont.

— Qu'est-ce que tu veux dire ?

Mais cet effort de dénégation ne mena pas Hardy plus loin qu'il ne s'y attendait – c'est-à-dire nulle part.

Glitsky, assis sur un coin de table, dominait d'une cinquantaine de centimètres son ami, figé sur une chaise de bois tout contre le mur. Ainsi que l'escomptait le lieutenant, cette différence de position mit Hardy mal à l'aise.

— Ce que je veux dire ? répéta-t-il. Voyons si je peux être plus clair. Tu sais où trouver toutes les personnes concernées de près ou de loin par la mort de Bree Beaumont, tu possèdes un tas d'informations sur leur passé. Tu es le premier à supposer que la mort de Carl Griffin est liée à l'affaire – ce qui, depuis le meurtre de Canetta, est une quasi-certitude. On a quatre ou cinq suspects, pas un seul alibi en béton, mais tu ne sembles pas avoir le moindre soupçon concernant celui qui paraît pourtant présenter le meilleur profil. Je veux parler de Ron, évidemment.

Glitsky avait les bras croisés, une expression féroce, et ce n'était pas de la comédie. Son regard était inflexible. Il ne fallait pas compter sur lui pour sortir son bol de cacahuètes du tiroir et lancer une petite causerie philosophique.

Hardy inspira, retint son souffle, expira d'un seul coup.

— Ça ne va pas te plaire, Abe.

— Je ne m'attends pas à ce que ça me plaise.

— Je fais ça pour ses enfants.

Les yeux de Glitsky se plissèrent. Ses narines frémirent, sa balafre devint toute blanche. Il respira à fond deux ou trois fois de suite, et quand il reprit la parole ce fut d'une voix effroyablement calme.

— Tu l'as *vu* ? Tu le défends, Diz ?

Hardy sentit aussitôt que toute tentative d'échappatoire ne ferait que jeter de l'huile sur le feu.

— Ouais. Je l'ai vu une fois. Vendredi soir. Avant que les choses se gâtent.

— Et ça s'est passé où ?

— Au *Hilton* de l'aéroport.

— Il allait quitter la ville ? Il est parti ?

— Non. Il était prêt à le faire s'il le fallait. C'est tout.

— « C'est tout ». J'adore ! Et tu as décidé que ça ne valait pas la peine de m'en parler ?

— Je n'ai pas eu besoin de prendre cette décision. À ce moment-là, tu ne t'intéressais pas à Ron.

— Eh bien, maintenant, je m'y intéresse. Où est-il ?

— Je n'en sais rien.

— Mon cul.

Hardy haussa les épaules.

— Je ne te mens pas. Je ne t'ai jamais menti, Abe. J'ai juste omis certains faits que tu n'avais pas besoin de connaître.

— Merci beaucoup, commença Glitsky avec une moue écœurée, en haussant peu à peu le ton. Et si je te disais que ce n'est pas à toi d'en décider ? Et si je te disais qu'il s'agit de mon boulot, pas d'un aimable passe-temps que je peux laisser et reprendre au gré de mes humeurs ? Ça ne t'a pas effleuré, Diz ? Tu ne penses jamais à ce genre de choses ?

Mais Hardy n'avait pas l'intention de mendier un peu de clémence ou un pardon. Il avait fait ce qu'il estimait devoir faire. Il trouvait sa position défendable.

— Écoute, Abe. Ron m'a téléphoné hier soir. Le répondeur est toujours à mon bureau, avec son message. Tu peux venir l'écouter quand tu veux. J'ignore où il est, et comment le joindre, et crois-moi : ça me fout les boules autant qu'à toi.

— Mais ce n'est pas ton métier, Diz.

— Ne te méprends pas, Abe. C'est beaucoup plus que mon métier. D'abord, il s'agit de ma femme, et de ma maison, et peut-être de moi, de ma vie. Si j'avais le moindre doute sur l'innocence de Ron, tu crois que je prendrais ce genre de risques ? Tu crois que j'hésiterais une seconde à te le livrer ? Putain, mais je te l'apporterais sur un plateau d'argent !

— Sauf s'il était ton client.

— Ron n'est pas mon client, répondit Hardy, baissant le ton. Tu le sais depuis le début. Mais en lui courant après, tu risques de te retrouver en train d'aboyer au pied du mauvais arbre.

— Peut-être, mais c'est ce que je fais : j'aboie au pied des arbres. Il finit toujours par en tomber quelque chose, je ramasse, et quelquefois ça m'indique le chemin d'un autre arbre.

— Mais pas toujours, répliqua Hardy en se penchant en avant sur sa chaise. Le temps presse, Abe.

Glitsky lui jeta un regard noir. Ses prunelles étincelaient encore de furie contenue. Au bout de quelques secondes, il se leva, marcha vers la porte, l'ouvrit, quitta son bureau.

Il faisait face à une fenêtre au fond de la grande salle de la brigade, les bras croisés, contemplant à travers l'obscur brouillard la prison qui se dressait de l'autre côté du passage.

Hardy sortit à son tour du bureau et s'approcha de lui.

— Je vais te dire le maximum, annonça-t-il à la nuque de son ami, mais il y a certaines choses que je n'ai pas le droit de révéler.

Glitsky ne broncha pas.

— Ron a un problème qui l'empêche d'affronter directement les tribunaux. S'il tombe dans le système, ses gosses le paieront très cher. Voilà pourquoi Frannie n'a pas voulu le lâcher. C'est de ça qu'elle ne pouvait pas parler au grand jury. Tu as entendu comme moi l'intendant de l'immeuble, Abe : ce mec est un bon père. Comme toi et moi, d'accord ?

Toujours pas de réponse, mais Hardy vit les épaules de Glitsky se soulever et s'abaisser. Il était attentif.

— O.K., O.K. Pourquoi je ne t'en ai pas parlé plus tôt ? Pourquoi j'ai travaillé avec Canetta ? Je ne sais pas trop. Je n'avais aucune information. J'essayais de comprendre. Si ça peut te consoler, j'ai payé mon erreur au prix fort, tu ne crois pas ? Mais, quoi qu'il en soit, Ron n'a pas tué Bree.

Enfin, le lieutenant se retourna à demi.

— C'est toi qui le dis.

— Il ne l'a pas fait.

Glitsky garda l'immobilité d'une statue.

Ils perçurent un bruit de pas dans le corridor, des pas pressés. Hardy se retourna au moment où un Asiatique assez excité apparaissait sur le seuil. Il était légèrement essoufflé et tenta de retrouver une contenance en parcourant les quelques mètres qui le séparaient des deux hommes.

— Désolé, Abe, je mets longtemps. Mais elle est bonne.

— Ça y est ? Vous en avez une qui colle ?

— Ouais. La même que sur le verre.

— Avec une de celles de l'appartement ?

Ghattas hocha la tête à plusieurs reprises.

— Pas de doute.

— Kerry ? intervint Hardy.

Ghattas le dévisagea avec étonnement, puis quémanda une explication du côté de Glitsky. Le lieutenant hocha la tête.

— Faut croire.

— Qui ça ? demanda Ghattas. *Damon* Kerry ?

Glitsky hocha la tête.

— Si vous êtes formel pour les empreintes, ça veut dire qu'il est allé chez Bree. Et il a affirmé qu'il n'y avait jamais mis les pieds.

— Je suis sûr, lieutenant.

— Alors, Kerry y est allé.

— Merde, murmura Ghattas. Merde de merde.

— Vous m'ôtez le mot de la bouche, Paul... Bon boulot, en tout cas, et merci d'être venu ce soir. Vous m'avez donné un joli coup de pouce. Vous voulez que je vous ramène chez vous ?

— Non. J'appelle ma femme. Dix minutes, elle est là.

Après un dernier coup de menton, il s'éclipsa.

Le silence retomba sur la salle, et Hardy attendit que Glitsky eût fini de se mordiller l'intérieur de la joue pour risquer :

— Tu es sûrement en train de te dire que c'est moi qui t'ai apporté ce verre.

27

Jim Pierce était assis sur la passerelle de son yacht, à la place du pilote, emmitouflé contre le mauvais temps. Il buvait du rhum sec dans une timbale et suçait le mégot d'un Partagas. Le bateau était relié au système d'alimentation électrique de la marina et le petit téléviseur marchait, même si Pierce ne lui faisait pas face – il fournissait simplement un fond sonore de rires enregistrés. Un fort vent de mer projetait l'humidité à l'intérieur du cockpit ouvert.

Pierce perçut un mouvement derrière lui, mais ne se retourna pas.

— Tu sais l'heure qu'il est ?

Sa femme, toujours aussi belle. Peut-être même un peu plus qu'à l'accoutumée, avec ses joues rosies par le froid et l'effort qu'elle venait de fournir pour monter à bord. Dans le contre-jour, sa chevelure semblait attirer les embruns pour les transformer en halo de lumière.

— Autour de neuf heures, je suppose, répondit-il calmement.

— Qu'est-ce que tu attendais ?

— Que tu viennes me chercher, peut-être. Et d'ailleurs, tu l'as fait.

— Les policiers sont repassés.

— Que veux-tu, quand il pleut, on risque toujours de se faire mouiller. Qu'est-ce qu'ils cherchaient, cette fois ?

— Apparemment, il y a eu un autre meurtre. Un policier.

— Et ils désiraient m'en parler ?

— Il semble que ce policier ait eu quelque chose à voir avec Bree.

Il croisa le regard de sa femme, but une gorgée d'alcool.

— Mais moi, je n'ai rien à voir avec Bree.

— Ne sois pas hostile, Jim. Où étais-tu ?

— Ici, répondit-il sans cesser de la fixer. Je te l'ai dit. J'attendais que tu viennes me chercher.

— Depuis hier soir ?

Il hocha la tête.

— Tu étais toujours à ta soirée. J'ai eu envie de bouger... Qu'est-ce qu'ils voulaient ?

Elle jeta un coup d'œil par-dessus son épaule, comme si elle craignait d'être entendue.

— Ils voulaient savoir où tu étais. Je le leur ai dit. Ils ne sont pas venus ici ?

Il pointa son bout de cigare vers le large.

— Je suis sorti en mer.

— Avec ce brouillard ?

— Il faut vivre dangereusement, répliqua-t-il en haussant les épaules. Qu'est-ce que ça change, après tout ? Et toi, qu'as-tu fait de ta journée ?

— Je t'ai attendu à la maison jusqu'à midi. J'ai déjeuné avec ma mère et mon frère. Ensuite, je suis allée à la bibliothèque – pour le cocktail des sponsors, tu te souviens ?

Jim Pierce se frappa le front avec une consternation feinte.

— C'était aujourd'hui ? Dire que j'ai manqué ça ! (Un regard méprisant.) Tu vois ? Tu t'es très bien amusée sans moi.

— Ils m'ont tous demandé où tu étais. Tu leur manques.

— Je n'en doute pas. Autant qu'ils me manquent.

Les bras croisés, elle s'adossa au bastingage.

— Je ne sais vraiment pas pourquoi tu es aussi cruel, Jim. Je ne sais même pas quand tu as commencé à l'être.

Il attendit une seconde, souleva sa timbale, avala lentement une gorgée.

— Oh, tu devrais pouvoir trouver. À force d'être rejeté, on

devient amer. Il y a des gens qui cherchent à se débarrasser de leur amertume en se montrant cruels.

— Je ne t'ai jamais rejeté.

Un bref éclat de rire. Non, songea-t-il, tu t'es simplement débrouillée pour me mettre dans l'impossibilité de te demander quoi que ce soit.

— Tu as raison, affirma-t-il. C'est ma faute.

Un silence interminable – mortel.

Une des balises flottantes de la marina fit entendre un mugissement grave, presque aussitôt suivi par la plainte esseulée d'une corne de brume. Jim Pierce jeta son mégot dans la baie, tendit le bras pour éteindre la télé.

Sa femme semblant attendre une déclaration, il s'exécuta.

— Aucune importance, lâcha-t-il. De toute façon, rien n'a d'importance.

— Vous ne pouvez pas faire ça !

Valens avait quasiment hurlé. Il avait entraîné Damon Kerry sur le toit en terrasse d'un énième hôtel, où il venait de s'exprimer devant un énième parterre de grosses légumes.

— Vous ne pouvez pas faire ça à deux jours de l'échéance ! Vous perdriez des voix, vous comprenez ? Et si vous perdez des voix, vous serez battu.

— Je tiens à rester moi-même, répliqua Kerry. Je n'ai jamais perdu une élection, et pourtant j'ai toujours été moi-même.

— Peut-être, Damon, mais vous n'avez jamais essayé de devenir gouverneur ! Ce n'est pas un petit mandat de conseiller municipal qui est en jeu. C'est une très haute dignité, et c'est pour ça que vous m'avez engagé, vous vous en souvenez ? C'est mon boulot, empêcher les candidats d'être eux-mêmes, surtout à quarante-huit heures du scrutin. Je vais vous dire une chose : si vous tenez tant à être vous-même, attendez au moins mercredi !

Valens s'éloigna de quelques pas et lâcha un juron monosyllabique. Kerry le rejoignit par-derrière.

— Je ne vais pas perdre mon électorat. J'essaie juste d'atteindre les gens, de leur dire la vérité. Ils y sont sensibles.

— Non, lança Valens en lui faisant face.

Pour la centième fois, il maudit la vérité politique selon laquelle le plus grand gagnait toujours. Kerry lui rendait quinze bons centimètres, et à cette distance il était bien obligé de lever les yeux pour le regarder. Mais tant pis pour les apparences : il allait sortir sa tirade – que ce soit d'en bas, d'en haut ou de côté –, et Kerry devrait l'entendre jusqu'au bout.

— Non, non et encore non. Écoutez-moi attentivement. Vous n'essayez ni d'atteindre les gens, ni de leur dire la vérité, ni d'être vous-même ou n'importe quoi d'autre. Vous essayez d'être élu. C'est tout ce que vous cherchez à faire en ce moment. Mais on a passé toute la journée à faire la course en queue, à louper des meetings, à nous écarter du scénario...

— Il n'y a pas de scénario. Il y a...

— Non, Damon. Au point où nous en sommes, le scénario est même tout ce qui nous reste. Répéter, répéter, répéter. Sourire, sourire, sourire. Et avancer, avancer toujours, sans manquer une occasion de répéter-répéter-répéter.

— Sauf que nous en avons déjà manqué quelques-unes ce matin, n'est-ce pas ? Et pourquoi ? Parce que vous êtes venu me chercher en retard.

— Et parce que vous ne vous êtes pas réveillé, Damon.

— Je dépends de vous, Al. Je suis vidé, je ne me sens pas bien. Et vous, où étiez-vous ? Le travail d'un directeur de campagne est d'emmener son candidat là où il doit aller. Voilà. Il ne s'agit pas de l'empêcher d'être lui-même. (Kerry porta une main à son front.) Je suis vraiment malade. Depuis des semaines.

Valens se tenait au bord de la terrasse. En contrebas, on devinait les lumières floues de la ville à travers le rideau de brouillard. Il avait connu des situations similaires dans presque toutes les campagnes où il avait été impliqué – ces minauderies de collégienne dans la dernière ligne droite.

Damon Kerry était sûrement malade, et Valens ne pouvait pas l'en blâmer. La cadence était frénétique, la pression constante. Lui-même se sentait frustré et inquiet, mais pour le bien de la campagne il décida de calmer le jeu.

— Damon, déclara-t-il doucement, il nous reste encore un jour, et demain commence de bonne heure. Si vous rentriez chez vous pour tâcher de prendre une bonne nuit de repos ? On est tout près du but. On peut gagner.

— Il n'y a pas que les élections, répliqua Kerry en secouant la tête. Vous ne pouvez pas comprendre.

— Si, Damon, je comprends très bien. Et détrompez-vous : pour l'instant, il n'y a que les élections.

Mais Kerry n'était visiblement pas sur la même longueur d'onde.

— Tout ce que je sais, c'est que si je ne m'étais pas engagé là-dedans, Bree serait encore en vie. Si elle n'avait pas fait...

Sa voix mourut dans sa gorge.

Ils avaient exploré ce terrain cent fois, le plus souvent en fin de soirée, quand Kerry tendait à baisser sa garde. Valens posa une main compatissante sur son épaule.

— Elle l'a fait, Damon. Rentrez chez vous, reposez-vous. Ça ira mieux demain.

Thorne était assis dans la cuisine de son appartement, situé à mi-hauteur de Nob Hill. Il mettait la dernière touche à un exposé qu'il comptait faire imprimer le lendemain à propos des dix millions huit cent mille dollars versés cette année-là par les grandes compagnies pétrolières pour soutenir diverses campagnes politiques. Au fil de sa démonstration, il prenait soin de souligner que Damon Kerry n'avait jamais accepté un dollar venant d'elles. Thorne estimait que s'il parvenait à faire distribuer ce texte assez tôt dans la journée, il serait très certainement repris dans les journaux du mardi, avant que la plupart des électeurs se soient rendus aux urnes. Et avec un peu de chance, peut-être servirait-il de bouche-trou pour des programmes d'information en mal de contenu dès le lendemain soir.

Tout était bon à prendre, surtout dans le contexte du tollé suscité par l'empoisonnement de Pulgas. L'opposition de Kerry aux barons du pétrole offrirait à ce vacarme un plaisant contrepoint, dont les effets se prolongeraient peut-être jusqu'au scrutin du mardi.

Après avoir relu et corrigé sa version finale, Thorne en glissa les feuillets dans son attaché-case, ouvrit une bière glacée et s'en servit un verre. Puis il passa dans son salon et mit en marche le téléviseur.

Le flash de fin de soirée ne le déçut pas. Il s'ouvrit sur les remous de l'attentat au MTBE. Le service des eaux avait prélevé un peu partout en ville des échantillons d'eau potable, et décelé des taux de MTBE inférieurs aux maximales fixées par l'EPA. L'eau était donc théoriquement « saine ». Mais le niveau de MTBE était néanmoins qualifié de « détectable », et les habitants étaient « invités à la prudence ».

Ce langage fit sourire Thorne – la comédie médiatique déclencherait presque à coup sûr une poussée d'hystérie de l'opinion : le MTBE était un mauvais produit, c'était sûr et certain. L'équivalent d'un cachet d'aspirine dans une piscine olympique était considéré comme toxique, mais quarante ou cinquante litres déversés dans un réservoir de la capacité de celui de Pulgas ne risquaient pas de rendre malade qui que ce fût, du moins à court terme. Toutefois, plus de trente personnes s'étaient d'ores et déjà ruées aux urgences des hôpitaux de la ville après avoir bu de l'eau du robinet la veille et le matin même.

Les micros-trottoirs indiquaient que presque tout le monde trouvait à son eau « un drôle de goût » – un goût de térébenthine. Thorne, lui, avait poussé le zèle jusqu'à en boire plusieurs verres dans la journée, et il n'avait strictement rien senti.

Il y avait aussi de jolies images de dizaines de truites mortes qui flottaient dans un plan d'eau proche de Pulgas. La localisation de ce banc de poissons – situé à un endroit où la concentration de MTBE était sans doute un million de fois supérieure à ce qu'elle était dans la station de pompage – relevait du pur hasard, mais Thorne trouva la coïncidence particulièrement bienvenue. Ces images donnaient l'impression d'une contamination à grande échelle.

Kerry s'était fendu de deux déclarations cinglantes pour exiger un moratoire immédiat sur l'usage du MTBE, et sa requête avait été reprise en écho par un sénateur de l'État et par le maire, Dieu le bénisse, qui avait même poussé le bouchon un peu plus loin en déclarant :

— Je ne vois aucune raison de tolérer une seconde de plus cette substance dangereuse et insoluble dans notre essence alors qu'il existe un substitut efficace, dépourvu de risque pour l'environnement et facilement disponible – à savoir l'éthanol.

L'adversaire de Kerry avait riposté depuis les profondeurs du comté d'Orange en adoptant un discours qui, selon Thorne, le ferait fatalement passer pour un demeuré ou un salaud :

— Ce n'est pas le MTBE qui a causé ce drame atroce, pas plus que ce ne sont les armes à feu qui provoquent la mort des gens. Les gens – les criminels – se tuent entre eux, et ce sont des gens qui ont empoisonné l'eau potable de San Francisco. De l'essence sans additif aurait produit le même effet, et personne n'envisage d'interdire l'essence.

La police n'avait aucun indice concernant les membres ou la localisation physique de l'Alliance Terre propre, qui avait revendiqué l'attentat. Dès qu'ils seraient retrouvés, les terroristes seraient mis en examen pour l'homicide d'un randonneur de cinquante-trois ans qui...

Thorne coupa le son, se rassit, savoura une gorgée de bière. Objectivement, son initiative était un triomphe retentissant. Bien entendu, l'Alliance Terre propre n'existait pas. Ses « membres » s'étaient éparpillés dans la nature. La vie était belle.

Tout à coup, son sourire s'estompa avec l'apparition d'une nouvelle image à l'écran – la maison de l'avocat –, et il sauta sur la télécommande pour rétablir le son.

« — ... a déterminé que cet incendie était d'origine criminelle. »

Le présentateur hocha gravement la tête à la fin de la phrase de sa consœur.

« — Ce qui est intéressant, Karen, c'est que cette maison est aussi celle de Frannie Hardy, n'est-ce pas ? Vous savez, cette femme qui est toujours incarcérée pour avoir refusé de compromettre le mari de Bree Beaumont, la chimiste assassinée. »

La caméra montra Karen en gros plan.

« — Tout à fait exact, Bill. Et on peut difficilement s'empêcher de faire le lien entre le meurtre de Bree Beaumont, la contamination des réserves d'eau potable au MTBE et l'incendie criminel de ce matin. »

Thorne coupa de nouveau le son, soucieux. La veille au soir, alors qu'il était à la fois speedé et un peu ivre, le brouillard qui enveloppait la ville lui avait paru fournir une couverture parfaite. D'autant qu'il avait tendance à se sentir l'égal d'un dieu, après la splendide réussite de l'attentat de Pulgas.

Quand comprendrait-il enfin ? Même s'il en avait envie et même s'il y prenait un infini plaisir, il n'avait pas à se charger des opérations de terrain lui-même. Il existait des spécialistes pour cela. C'était la seule voie sûre. En refusant de la suivre, on s'exposait forcément à être surpris, à devoir improviser, à laisser derrière soi des indices matériels.

Il se raidit, le front plissé, en soupesant le risque de se retrouver personnellement impliqué, peut-être même relié à la mort de Bree Beaumont, ce qui n'avait jamais été son intention. Il tâcha de se rappeler s'il savait déjà, la veille au soir, que Hardy était le mari de cette fichue bonne femme incarcérée pour outrage au grand jury. Il n'y arriva pas – mais, de toute façon, ça ne changeait plus rien à l'affaire.

Le dernier inconvénient – peut-être le plus gros –, quand on mettait personnellement les pieds dans le plat, c'était qu'il fallait réparer les dégâts soi-même.

28

Dimanche soir. Hardy se trouvait toujours dans les locaux de la criminelle avec Abe. D'ici à deux heures, les deux hommes comptaient faire une visite surprise à Damon Kerry, chez lui, après sa dernière apparition publique du jour.

En attendant, et à la demande de Hardy, Glitsky sortit de nouveau Frannie de sa cellule. C'était leur dernière occasion de se voir avant le début de la semaine ouvrable – et chaque seconde passée hors de prison était un cadeau du ciel pour sa femme.

Ils faisaient toujours comme si elle devait être libérée le mardi matin, mais Hardy, en son for intérieur, était d'ores et déjà convaincu que ce ne serait pas forcément simple.

Si Scott Randall traînait des pieds, si Sharron Pratt ne cédait pas au chœur de critiques qui enflait dans la presse, si Frannie se trouvait une nouvelle raison de ne pas révéler ce que Ron lui avait confié – ou si Ron revenait sur sa décision de la relever de son serment –, le cauchemar risquait de se prolonger.

De toute façon, Hardy allait devoir solliciter une audience afin d'obtenir l'annulation de sa citation pour outrage. Et ce ne serait sûrement pas une partie de plaisir.

Glitsky occupa les deux heures suivantes à recevoir des appels du central concernant les faits et gestes de Damon Kerry, à résumer les événements du jour à un journaliste de faits divers, et à réorganiser ses « coefficients d'utilisation ». Hardy et Frannie étaient seuls dans la salle d'interrogatoire, les stores baissés, et l'accès bloqué par une chaise dont le dossier était coincé sous le bouton de porte.

Ensuite, Hardy inventa un vague prétexte pour aller récupérer son revolver dans sa voiture. Il n'était plus question pour lui de se promener sans arme tant que l'affaire ne serait pas élucidée. Il savait que Glitsky désapprouverait cette idée – il risquait de s'attirer d'énormes ennuis, de blesser quelqu'un et de se retrouver sur le banc des accusés. Mais Hardy préférait se fier au vieux dicton selon lequel « Mieux vaut être jugé par douze hommes que transporté par six ».

Ils firent le trajet dans l'auto de Glitsky, et se garèrent le long du trottoir en face de la maison de Kerry. Leur plan consistait à attendre l'arrivée de sa limousine et à intercepter le candidat dès qu'il serait seul. Mais à peine la limousine se fut-elle immobilisée dans la brume qu'une silhouette trapue en émergea et traversa la rue, venant vers eux.

— C'est Valens, murmura Hardy.

Glitsky ouvrit sa portière, l'arme au poing.

— Halte-là ! ordonna-t-il. Arrêtez-vous immédiatement. Police.

— La police ? Bon Dieu ! Qu'est-ce que vous fichez ici ?

Hardy ouvrit sa portière et sortit à son tour, en prenant soin de rester de l'autre côté de la voiture. Il sentait le contact rassurant du revolver au creux de ses reins, invisible sous son blouson.

— Eh là ! lança Valens, les paumes en avant, en le devinant. (Le brouillard s'était vaguement dissipé, et sa voix avait une résonance qui faisait penser au tintement du cristal.) Laissez-moi au moins m'approcher pour voir qui vous êtes, d'accord ? Deux types qui descendent d'une bagnole tous feux éteints, en pleine nuit...

Glitsky s'avança.

— Vous êtes bien Al Valens ? Et ça, c'est la voiture de Damon Kerry ?

Valens acquiesça.

— Ouais. Il est dedans, et il essaie de dormir. Tâchez de ne pas oublier qu'il sera gouverneur de Californie dans deux jours, d'accord, les gars ?

— Sûr. Mais moi, je suis dès à présent le lieutenant Abe Glitsky, chef de la brigade criminelle. Et il se trouve que j'ai deux ou trois questions à poser à M. Kerry.

— Impossible, répondit Valens en secouant ostensiblement la tête. Damon a cavalé toute la journée. Il a vingt apparitions programmées pour demain. Il n'est pas visible.

Glitsky se permit un mince sourire.

— Je ne sollicitais pas votre autorisation, répliqua-t-il d'un ton décontracté.

Abe fit mine de marcher vers la limousine. Valens ne l'entendait pas de cette oreille. Il s'interposa.

— Vous avez un mandat ? Montrez-moi votre mandat.

Hardy n'en revenait pas. Jamais il n'avait vu Glitsky aussi patient, prenant le temps de répondre poliment à quelqu'un qui essayait de l'empêcher de passer.

— Je n'ai pas besoin de mandat pour lui parler sur la voie publique, et c'est ce que je compte faire. (Glitsky marqua une pause, le temps de changer son fusil d'épaule.) Monsieur Valens, chercheriez-vous à me faire comprendre que M. Kerry ne souhaite pas coopérer avec la police dans le cadre du meurtre d'une de ses conseillères ? Je vous suggère d'aller lui poser la question.

Le menton de Valens monta d'un cran.

— Hé, ce genre de conneries ne prend pas avec moi, les gars ! On a coopéré chaque fois que vous êtes venus nous poser des questions. On y a répondu à s'en gercer les lèvres. Mais là, à une heure pareille, c'est du harcèlement pur et simple. Je donnerais cher pour savoir d'où viennent les fonds républicains qui vous arrosent.

— Je vous demande de vous écarter, rétorqua Glitsky.

Valens tendit l'index.

— Vous commettez une erreur, lieutenant, c'est moi qui vous le dis. Dans deux jours, dès que Damon sera élu, je ferai sauter votre insigne, vous m'entendez ?

Glitsky s'arrêta, se retourna vers Hardy, reporta son attention sur le directeur de campagne.

— Kerry a le choix : il peut soit me parler, soit refuser de le faire. (Une pause.) Écoutez-moi, Valens, si je suis ici en pleine nuit, c'est justement pour lui éviter un embarras inutile. Personne n'est au courant. Je ne tiens pas à ébruiter la chose. Mais s'il le faut, je le ferai. Vous me comprenez ?

L'arrogance de Valens vacilla quelque peu.

— Est-ce qu'il doit appeler son avocat ? De quoi s'agit-il au juste ?

Glitsky leva une main et se massa les paupières.

— Il a parfaitement le droit d'appeler son avocat, mais pour le moment il n'est pas en état d'arrestation. S'il tient à contacter un avocat, on est prêts à attendre. Mais s'il refusait de nous parler, je ne serais pas surpris que les journaux de demain en fassent état. Bien sûr, ce serait son choix.

— Fils de pute. Vous roulez pour qui ?

Glitsky s'approcha d'un pas.

— Votre langage est inconvenant, et à votre place je m'abstiendrais de poursuivre dans cette veine. Quant à savoir pour qui je roule, c'est simple : je roule pour moi et pour moi seul. Je fais mon travail de policier. Ne cherchez pas de motif politique. J'enquête sur un meurtre.

— Ce meurtre est vieux de près d'un mois. Pourquoi êtes-vous si pressé, tout à coup ?

— Je suis pressé parce qu'il se trouve qu'un autre meurtre a eu lieu la nuit dernière. Le meurtre d'un policier.

Valens plissa les yeux.

— En rapport avec Bree ?

— Ça fait partie des choses que j'aimerais découvrir. Vous devez comprendre, monsieur Valens, que chaque fois qu'un policier se fait tuer ses collègues deviennent un peu nerveux. Et c'est justement mon état actuel, alors ne me poussez pas trop. J'essaie réellement de rester discret. Sans quoi, j'aurais pu préparer un joli petit comité d'accueil, vous ne croyez pas ?

Glitsky attendit un instant, le temps pour cette évidence de se frayer un chemin dans l'esprit de Valens, avant d'enchaîner :

— Je vous réitère ma question : M. Kerry consentira-t-il à m'accorder quelques minutes, oui ou non ?

Valens hésita. Puis, avec un regard noir, il rebroussa chemin en direction de la limousine.

Il y eut un nouvel esclandre quand tout le monde fut entré dans la maison, à la seconde où Valens reconnut Hardy. Il n'était pas de la police et n'avait rien à foutre là. Ce type avait fait irruption dans sa chambre d'hôtel pas plus tard que le matin même, sous la menace d'un revolver.

— Vous vous êtes plaint à l'hôtel ? Au poste de police ? Vous souhaitez porter plainte maintenant ?

Les questions de Glitsky, formulées d'un ton doux, mirent instantanément un terme à l'incident.

— Au fait, ajouta-t-il d'un ton détaché, je vais enregistrer cette conversation.

Levant une main pour faire taire Valens, il plaça son magnétophone sur la table.

Après avoir récité l'introduction standard et présenté les divers interlocuteurs, Glitsky fit dire à Kerry qu'il s'exprimait de son plein gré, qu'il n'était pas en état d'arrestation, et qu'il ne souhaitait pas le soutien d'un avocat pour la suite de l'entretien.

— Mais pourquoi cet homme est-il ici ? insista Valens en montrant de nouveau Hardy du doigt.

— Pour faciliter la discussion, répondit Glitsky. Sachez, monsieur Valens, que vous êtes également ici en tant qu'invité. Alors, ne m'interrompez plus.

Valens avait soulevé une objection légitime – il n'y avait effectivement aucune raison légale à la présence de Hardy –, mais il se rendit compte qu'il n'avait pas d'atout dans son jeu. Que pouvait-il faire ? Alerter les médias, et révéler de ce fait à l'opinion publique que son candidat était soupçonné de meurtre ? Impensable. Kerry et lui allaient devoir coopérer. Aussi longtemps que Glitsky le voudrait, ils n'auraient pas d'autre choix que de tolérer la participation de l'avocat.

En réalité, Glitsky avait une bonne raison d'imposer Hardy.

— Monsieur Kerry, vous vous souvenez sûrement d'avoir parlé avec M. Hardy hier dans le hall du *Saint-Francis*... Il me semble que vous avez eu une longue conversation sur Bree Beaumont.

— Je crois que cela se passait plutôt au bar, mais oui, c'est exact.

Le candidat se tamponna le front avec un mouchoir humide. Il était presque vautré sur le canapé, en chaussettes, les pieds sur la table basse. Il ne faisait chaud ni dans la rue ni à l'intérieur de la maison, mais sa peau luisait, recouverte d'un léger voile de transpiration. Glitsky songea qu'il avait peut-être de la fièvre, ce qui était susceptible de les servir.

— Eh bien, déclara-t-il, si j'ai amené M. Hardy et si nous sommes tous réunis ici, très franchement, cette conversation n'y est pas étrangère.

Kerry était peut-être fatigué et fiévreux, mais il se raidit légèrement, comme s'il venait de rassembler ses dernières réserves d'énergie.

— D'accord. Je vous écoute.

— Vous vous rappelez avoir dit que vous n'étiez jamais allé au domicile de Bree Beaumont ? demanda Glitsky.

— C'est moi ! explosa Valens, montrant de nouveau Hardy du doigt. C'est même pour ça que j'ai téléphoné chez ce type hier soir. On en a déjà discuté. Un simple oubli, voilà tout. Et pourtant, il a fait irruption dans ma chambre d'hôtel…

— Monsieur Valens, s'il vous plaît ! coupa Glitsky en le muselant du regard. Monsieur Kerry ?

Kerry, à présent en position assise, s'épongea le front.

— Oui, je l'ai dit.

— Et vous le maintenez ? Vous maintenez que vous n'êtes jamais allé chez elle ?

Kerry croisa les jambes, soupira profondément.

— Je suppose que vous avez un témoin qui m'y a vu ? Qui m'a pris en photo ? Peut-être ce cher M. Hardy ?

Valens, n'y tenant plus, s'écria :

— Damon, attendez !

Kerry paraissait presque amusé. Une moue déforma ses traits.

— Ça va, Al. Ça va. Le lieutenant a affirmé qu'il resterait

discret – n'est-ce pas, lieutenant ? – à condition que je n'aie pas tué Bree. Il va nous donner sa parole ici, sur cette cassette.

— Si je le peux, répliqua Glitsky.

— Oui. J'y suis allé.

Glitsky et Hardy échangèrent un regard.

— Pourquoi avoir affirmé le contraire à M. Hardy ?

— Quelle importance, lieutenant ? Est-ce un crime ? M. Hardy aurait pu être journaliste ou chercher à nous compromettre, Bree et moi. Il aurait pu rouler pour mon adversaire, essayer de ternir ma réputation en me faisant passer pour l'amant d'une femme mariée, mère de deux enfants. (Un haussement d'épaules.) Il s'est présenté comme l'avocat de Ron, et ma conviction est que Ron a tué sa femme. Il cherchait à construire sa défense. Bref, je lui ai menti. C'était la chose la plus facile à faire – mentir.

— Vous croyez que Ron l'a tuée ?

— Oui.

— Pourquoi ?

— Un, Bree était son principal soutien financier. Deux, elle allait mettre un terme à cette situation. Il l'a appris, et il a perdu les pédales.

— Comment le savez-vous ?

— Je tiens le un et le deux de la bouche de Bree. La suite est une simple affaire de déduction.

Kerry était à présent assis au bord du canapé. Tout signe d'épuisement avait disparu. Légèrement voûté, les coudes plantés sur les genoux, le mouchoir en boule au creux de son poing droit, il rappelait à Hardy un homme fasciné par le spectacle des ultimes secondes d'un match de football très serré.

— Franchement, je n'en reviens pas que vous – la police – ayez mis si longtemps à vous intéresser à lui. Et, à en juger par votre présence, vous n'êtes pas encore convaincu de sa culpabilité, n'est-ce pas ?

— Il a un alibi, répondit calmement Glitsky, avec une furtive apparition de son sourire patenté. Jusqu'à preuve du contraire, on continue d'obéir à la loi physique selon laquelle quelqu'un ne peut pas être en deux endroits en même temps. Mais puisqu'on en parle, où étiez-vous le matin de la mort de Bree ?

Kerry pouffa.

— C'est ridicule.

— C'est une question simple.

— Ce qui ne l'empêche pas d'être ridicule. Vous insinuez que je pourrais être suspecté de la mort de cette femme ?

Glitsky savait mener un interrogatoire. La règle d'or était que l'interrogateur posait les questions – et ne répondait jamais.

— Je vous demande juste où vous étiez quand elle a été tuée. Encore une fois, c'est une question simple.

— Alors, voilà une réponse simple. Je ne saurais même pas vous dire exactement quel jour Bree a été tuée, lieutenant. Je suis dans la dernière ligne droite d'une campagne à trente millions de dollars au terme de laquelle j'espère être élu gouverneur de l'État le plus peuplé de l'Union. Depuis six mois, j'ai entre dix et trente meetings par jour, quand ce n'est pas plus.

Glitsky hocha la tête.

— Le dossier vous cite affirmant que vous étiez chez vous, ici même, ce matin-là. Seul. Vous en avez le souvenir ?

— C'est moi qui l'ai dit, intervint Valens. Je l'ai dit à vos inspecteurs. Bon sang, je le leur ai même répété une demi-douzaine de fois. Damon a besoin de sommeil de temps en temps. Il était rentré très tard la veille. Nous avions filmé une série de spots publicitaires qui devaient être diffusés à partir de la semaine suivante. Le jour de sa mort, il était censé s'envoler pour San Diego à midi. Alors, il a dormi assez tard.

— Écoutez, lança Kerry, le feu aux joues. La mort de Bree est une tragédie et, croyez-moi, j'aurais tout donné pour qu'elle n'ait jamais lieu. J'espère aussi que vous retrouverez son meurtrier. Mais franchement, je regrette que la ville ne dispose pas d'une police plus compétente, ce qui nous aurait épargné ce genre de scène grotesque l'avant-dernier jour de ma campagne !

Saisissant la balle au bond, Valens se leva.

— J'appelle le maire. Il y mettra un terme. (Il jaugea Glitsky du regard.) Vous n'aurez même pas à attendre les élections, lieutenant : vous allez sauter dès ce soir.

Hardy tendit le bras vers le magnétophone, le coupa, et intervint avant que Glitsky ait pu répliquer.

— Excellente idée, Valens. Allez-y. Quant à moi, je vais passer un coup de fil à Jeff Elliot, et on verra où tout ça nous mène.

— Vous connaissez Jeff ? demanda Kerry, soudain intéressé.

— C'est un vieux pote, répondit Hardy. Il est passé ici hier en fin de soirée, et vous n'y étiez pas. Qu'est-ce que vous dites de ça ?

— Ça suffit ! s'exclama Glitsky, haussant le ton et remettant son magnétophone en marche avant d'ajouter à mi-voix : C'est moi qui conduis l'interrogatoire. C'est moi qui pose les questions. Monsieur Kerry, j'ai besoin de cinq minutes supplémentaires, après quoi je repasserai cette porte avec M. Hardy... Vous avez admis être allé chez Bree Beaumont. Pour y faire quoi ?

Kerry secoua la tête, dégoûté.

— Pour lui rendre visite. Bree était une de mes conseillères, et aussi une amie.

— Elle vous a reçu seul ?

— Oui. C'est si grave ?

Glitsky sauta du coq à l'âne.

— Qu'avez-vous fait hier après minuit ?

Kerry se laissa aller en arrière et s'essuya le front.

— Hier ? Quel rapport ?

— Un policier a été tué à moins de cinq rues d'ici.

Kerry chercha Valens du regard.

— Rien ne les arrête, constata-t-il avec un soupir, avant de refaire face à Glitsky. Et c'est encore moi qui l'ai tué, je suppose. Ma campagne ne m'occupe pas suffisamment. Il a aussi fallu que je prémédite plusieurs meurtres – dont celui d'un flic. Ma tolérance à l'ennui doit vraiment être faible. (Soupir.) Hier, après minuit, je suis sorti faire un tour.

— Vous êtes sorti faire un tour ?

— Exact. Al m'a quitté vers... vers onze heures et demie, c'est bien ça, Al ?... et je me sentais à cran. L'attentat au MTBE. La mort de Bree. Et même la visite de M. Hardy. Alors, j'ai décidé de marcher pour évacuer une partie de ma tension.

— Vous possédez une arme, monsieur Kerry ?

— Bien sûr. J'ai une cave pleine d'Uzi et d'AK-47. Quand je n'assassine pas les femmes et les policiers, je me déguise en facteur et je m'amuse à aller taguer les devantures de *McDo*. (Il se leva avec effort.) Je vous ai répondu de mon plein gré, comme vous l'avez noté. J'apprécierais qu'un double de la transcription soit envoyée à mon bureau demain. Je vous assure que je vais prévenir le maire ; et vous pouvez bien faire tout ce qui vous passera par la tête, ça n'y changera rien.

Il avait déjà traversé la moitié de la pièce quand Glitsky, tel un chien refusant de lâcher son os, lui lança :

— Vous possédez une arme, monsieur Kerry ? Je crois que vous ne m'avez pas répondu.

Le candidat s'arrêta, fit lentement volte-face. Et, d'un ton très mesuré, il déclara :

— J'ai un Glock neuf millimètres dans ma chambre – pour me défendre. Je ne m'en suis pas servi pour tirer sur votre collègue. Vous avez ma parole.

Glitsky sourit avant de fondre en douceur sur sa proie.

— Comment savez-vous qu'on lui a tiré dessus ?

Kerry resta figé. Son regard se teinta un instant de panique, chercha Valens avant de revenir sur Glitsky.

— Vu votre question sur mes armes, il me semble que c'était une supposition assez raisonnable. Et maintenant, bonne nuit, lieutenant.

Au retour, sur la distance de plusieurs rues, personne ne parla. Glitsky s'immobilisa à hauteur d'un feu rouge sur Geary, et Hardy se tourna à demi vers lui.

— À vue de nez, remarqua-t-il, je ne dirais pas que l'entrevue s'est trop bien passée.

Glitsky lui jeta un coup d'œil oblique.

— Je ne sais pas. Il n'a pas d'alibi. Il possède une arme. Tu as remarqué qu'il a dit « plusieurs meurtres » ?

— Quand ?

— Attends.

Glitsky attrapa son enregistreur à tâtons, rembobina la cassette, trouva le passage qu'il cherchait. La voix de Kerry s'éleva :

« Ma campagne ne m'occupe pas suffisamment. Il a aussi fallu que je prémédite plusieurs meurtres – dont celui d'un flic. Ma tolérance à l'ennui doit vraiment être faible. »

Glitsky appuya sur la touche Stop.

— Plusieurs, ce n'est pas deux. Et deux, ce serait celui de Bree et celui de Canetta. Personne ne sait que celui de Griffin est lié à l'affaire.

— Mais il n'a pas dit « dont celui de plusieurs flics », ni « dont celui de deux flics ».

— Non. Et je sais qu'il faisait de l'ironie. Mais tout de même... Ça risque d'être instructif s'il appelle le maire. (Une pause.) Ce type retombe sur ses pattes plus vite que je ne l'aurais cru. Je pourrais même voter pour lui.

— À supposer qu'il n'ait tué personne.

— Même, fit Glitsky, avec une touche de gaieté apparente. Il ne faut jamais sous-estimer l'intelligence de nos élus.

— Je me demande, répliqua Hardy. Tu crois que notre Président est intelligent ?

— Oui, mais son cerveau se situe nettement en dessous de sa tête.

Le feu passa au vert, et Abe redémarra.

— Je vais te dire un truc, déclara Hardy. Si Kerry est impliqué dans l'affaire, il a des couilles en acier.

— Et je crois qu'on vient d'entrevoir leur éclat. Ce mec n'est pas une tapette... Tu as eu comme moi l'impression qu'il n'avait pas encore parlé aux flics – que tout, jusqu'ici, était passé par Valens ?

— À cent pour cent.

— Voilà un dernier petit cours de psychologie à deux ronds. À mon sens, Kerry est exactement le genre de type à qui Griffin aurait pu se laisser aller à confier son feu. Je le vois assez demandant à Carl de l'emmener quelque part dans sa voiture de patrouille. « Alors, quel effet ça fait d'être policier ? Ça vous ennuierait de me montrer votre flingue ? Il est vraiment chargé ? »

— À moins, répliqua Hardy, qu'il n'ait directement sorti son Glock pour lui forcer la main.

— Possible.

— Et tu vois Griffin allant chez lui ? Frappant à sa porte ?

— Ma foi... C'est dur à imaginer.
— Sait-on où il était quand Griffin s'est fait descendre ?
— Ça s'est passé le jour de l'enterrement de Bree. Kerry était en ville. D'après Valens, la mort de Bree l'avait rendu malade. Il a annulé tous ses rendez-vous – mais il est allé aux funérailles.

Nouveau silence. Quelques rues plus loin, Hardy considéra de nouveau Glitsky.

— Nom d'un chien, lâcha-t-il.
— C'est une piste intéressante, admit le lieutenant.

Les deux voitures étaient garées côte à côte dans le caverneux garage municipal installé au sous-sol du palais de justice. Un gardien essayait vainement de se réchauffer dans sa petite cabine à côté de l'entrée arrière – qui était aussi l'entrée principale. À part lui, Glitsky et Hardy, l'endroit était désert, ce qui n'avait rien de surprenant un dimanche après onze heures du soir. Glitsky lui demanda de mettre un peu de lumière, et en une fraction de seconde le garage aux murs encrassés s'embrasa comme un hall d'exposition.

Une bande adhésive jaune reliant quatre cônes de plastique rouge et blanc délimitait une zone interdite, à l'intérieur de laquelle les voitures de Griffin et de Canetta se trouvaient isolées de l'atelier et des places de stationnement réservées aux véhicules municipaux.

Portières et coffres étaient ouverts. Par terre, sous la voiture de droite – une Lumina bleu marine –, un membre de la police scientifique avait tracé en capitales à la craie « CANETTA ». L'autre, estampillée « GRIFFIN », était une Chevrolet grise de gabarit moyen, affichant un certain nombre de dégâts corporels mineurs et d'années de circulation.

Mais tandis que Glitsky et Hardy traversaient la vaste étendue du garage en faisant claquer leurs talons, leurs pensées tournaient toujours autour de Kerry.

— À propos, tu crois que ton insigne est vraiment menacé ?
— Pour avoir interrogé un suspect légitime ?
— Ils vont prétendre que c'était une manœuvre politique.

— Je ne suis pas souvent soutenu, lâcha Glitsky, mais je doute qu'on essaie de me faire sauter pour ça. Les présomptions sont largement suffisantes. D'ailleurs, je vais lui envoyer quelqu'un dès demain avec un mandat de perquise pour récupérer le Glock. On va voir si ce qu'il a déclaré est vrai, et si cette arme a des choses à nous dire. Peut-être que ce Glock a fait un petit séjour dans une de ces bagnoles, peut-être qu'on en retrouvera des traces.

Ils s'approchèrent de la voiture de Canetta, sur leur gauche. Glitsky sortit plusieurs paires de gants de latex de sa poche de blouson, en tendit une à Hardy, en enfila une autre, se pencha sur la malle arrière béante.

— Qu'est-ce qu'on est censés chercher ? demanda Hardy en le rejoignant.

— Il ne devrait plus rien y avoir. En théorie, tout a été recueilli, emballé, étiqueté et envoyé au labo.

Et, en effet, le coffre semblait avoir été passé au peigne fin. Ils inspectèrent néanmoins le compartiment de la roue de secours, regardèrent sous le tapis, sous les haut-parleurs, partout.

Hardy s'installa ensuite côté passager, Glitsky côté chauffeur. La banquette avant avait été retirée, et on voyait encore des traces fraîches du sang de Canetta sur le tapis de sol. Rien de collé sous les rétros. La boîte à gants était vide. Et à l'arrière, même topo.

Glitsky ne desserrait pas les dents, et même si Hardy ne savait pas trop pourquoi ils étaient là, il voulait bien faire durer le plaisir. Ils rejoignirent l'auto de Griffin et, comme pour celle de Canetta, commencèrent leur inspection par la malle arrière. Ils relevèrent davantage de signes indiquant que Carl avait vécu et travaillé dans sa voiture – surtout des taches de liquide et des brûlures de cigarette –, mais l'auto avait visiblement été nettoyée par une équipe de professionnels.

Du moins, ce fut leur impression jusqu'à ce qu'ils arrivent aux portières arrière. La banquette et le tapis de sol offraient le même spectacle que le coffre – une combinaison de taches et d'odeurs –, et Hardy allait se relever quand Glitsky lui fit signe.

— La dernière chance, constata-t-il.

Ensemble, ils firent basculer la banquette arrière.

Hardy siffla.

Glitsky resta immobile, le regard fixe.

— Surtout ne touche à rien, recommanda-t-il. On y va.

Ils revinrent jusqu'à la cabine du gardien, où Glitsky saisit le téléphone, enfonça une succession de touches.

— Passez-moi le labo, enjoignit-il à la standardiste. Est-ce que Leon Timms est de service ? D'accord. Bipez-le-moi. Oui, madame, tout de suite. Et demandez-lui de me rappeler.

Glitsky donna le numéro du garage, et moins de deux minutes plus tard le téléphone sonna.

— Leon ? Abe. Dites, je suis en bas, au garage, et je viens de soulever la banquette arrière de l'auto de Carl Griffin... Ouais... Hmm-hmm... En tout cas, ça leur a échappé... Hmm-hmm... Je sais. Moi aussi. (Il regarda Hardy, leva les yeux au ciel.) Écoutez, le fait est qu'on a tendance à patiner sur ce dossier, comme vous devez l'avoir remarqué... Exact... Leon, écoutez-moi. Que ce soit bien clair : je veux que tous ces trucs – vieux papiers, Kleenex, restes de frites, bâtons de sucette, capotes, pièces de monnaie, balles, lacets, papiers gras, tickets et autres billets de loterie –, je veux qu'absolument tout ait été recueilli, catalogué et envoyé au labo avant demain matin. En commençant maintenant... Hmm-hmm... Oui, je sais. Et je m'en fiche.

Hardy n'était pas du tout sûr de pouvoir traverser la ville pour rentrer chez Erin sans s'endormir au volant. L'immeuble de Freeman était plus proche, et il lui restait un tas de choses à y faire.

Assis sur le canapé de son bureau, il devait lutter pour ne pas clore les paupières. Son cahier jaune était ouvert devant lui, et il avait rédigé un brouillon de requête à soumettre à la cour – et plus précisément à Marian Braun – afin d'obtenir une audience visant à faire annuler l'inculpation pour outrage prononcée contre Frannie. Il jeta un coup d'œil à sa montre. Presque une heure du matin.

Il relut une ligne, faillit piquer du nez, se redressa en sursaut.

Posé sur la table basse, son revolver faisait office de presse-papiers au sommet de la pile de documents qu'il avait accumulés sans les lire au fil des quatre derniers jours. Il se promit de les étudier intégralement dès qu'il aurait rédigé sa requête – et recommença aussitôt à somnoler.

Son revolver. Il s'était récemment reproché de s'être laissé aller à dormir avec ce flingue bien en vue à côté de lui, il ne renouvellerait pas son erreur.

Ses jambes refusaient de lui répondre, son épaule l'élançait et sa bouche semblait emplie de terre, mais il se força à se lever, marcha jusqu'à son bureau, ouvrit le tiroir supérieur, y rangea son arme, le ferma à clé.

Le trajet jusqu'à l'interrupteur installé près de la porte lui parut plus long et plus raide qu'une randonnée d'un kilomètre en montagne, mais il réussit à l'accomplir. Il se couvrit de son blouson, se coucha en chien de fusil sur la banquette, et s'endormit comme une masse.

29

Il s'agissait officiellement d'un petit déjeuner de travail dans les appartements privés du maire à l'hôtel de ville, mais, à l'exception d'un seul, les participants ne paraissaient pas être en appétit : le plateau de roulés à la confiture trônait intact au centre de la longue table rectangulaire.

À sept heures dix, Richard Washington – le maire – n'avait toujours pas fait son apparition. Tous les autres s'étaient présentés à sept heures pile afin de participer à la réunion d'urgence convoquée par le maître des lieux.

C'était la première fois que Scott Randall pénétrait chez le maire, mais de façon typique, et bien qu'étant d'assez loin la plus jeune personne présente, il ne se sentait nullement impressionné. Il lui semblait tout à fait envisageable d'habiter lui-même ici un jour. Il choisirait pour les murs une teinte différente – capable de suggérer le pouvoir plus nettement, quoique avec une certaine subtilité. Une laque prune, peut-être.

Il se tenait à l'écart au bout de la pièce, face au buffet, sous un miroir au cadre élégant. Il en était à son second raid – il avait une faim de loup –, et sirotait à présent son café en épiant les autres invités. Sharron Pratt, sa patronne, était en grande discussion avec Dan Rigby, le directeur de la police, et Peter Struler – l'enquêteur détaché par le DA auprès de Randall.

La présence de Marian Braun était une surprise – les juges de la

Cour supérieure s'estimaient en général au-dessus de la mêlée politique. Sûrement venue sur ordre du maire, elle ignorait ostensiblement tout le monde et paraissait très malheureuse. Son stylo à la main, elle griffonnait des notes dans un classeur noir, déjà assise devant la table quand Randall était arrivé.

Le majordome de l'hôtel de ville s'appelait lui aussi Richard. Scott Randall réprima un sourire en songeant que cette communauté de prénoms appelait inévitablement les sobriquets de « *Big Dick* » et « *Little Dick*[1] » pour le maire et son larbin. « Little Dick » était en train de deviser avec deux conseillers du maire que Randall reconnut, mais dont il ne parvint pas à se rappeler le nom.

Enfin – un coup d'œil à sa montre apprit à Randall qu'il était sept heures treize –, le maire déboula dans la salle à manger. Martial, surchargé de travail, impatient, il parlait à plein volume à une femme d'âge moyen qui trottinait dans son sillage en noircissant sans interruption son bloc sténo. Washington portait un manteau en poil de chameau sur son costume. Il était d'une taille moyenne, presque fort. Un nez cassé, un visage veineux, une crinière ébouriffée. Il franchit le seuil en marchant vite et il maintint son allure jusqu'à son fauteuil, en bout de table, où il s'arrêta presque comme s'il était surpris de se retrouver là.

— Bon ! lâcha-t-il – un quasi-aboiement – en jetant de brefs regards aux quatre coins de la salle à manger. Tout le monde est là ? Alors, on y va.

« Little Dick » s'était matérialisé derrière lui pour le soulager de son manteau – un geste automatique qui ne suscita pas la moindre marque de reconnaissance. Le temps pour Washington de s'installer dans son fauteuil, la sténo lui avait servi un café – additionné de trois sucres et d'un peu de crème, remarqua Randall – avant de se fondre dans le décor.

Le maire aspira bruyamment une gorgée, déglutit, attendit qu'une de ses assistantes eût cessé de se tortiller sur sa chaise. Un

---

1. Dick, qui est en anglais le diminutif de Richard, signifie également « bitte » en argot. *Big Dick* et *Little Dick* peuvent donc aussi bien être traduits par « Grand Richard » et « Petit Richard » que par « Grosse Bitte » et « Petite Bitte ». *(N.d.T.)*

instant plus tard, Marian Braun leva la tête, posa son stylo, ferma son classeur.

Washington lui adressa un petit signe de tête, et promena sur la tablée un regard circulaire qui s'arrêta sur le jeune homme assis en bout de table.

— Vous êtes Randall, dit-il, pointant sur lui un doigt massif.

— Oui, monsieur le maire.

— Quel âge avez-vous, fiston ?

Cette marque de condescendance provoqua une légère crispation chez Randall, mais que pouvait-il faire ?

— Trente-trois ans, monsieur.

— Marié ? Des enfants ?

— Non. Ni l'un ni l'autre.

Washington l'avait mis d'emblée sur le gril et souhaitait visiblement le laisser rôtir une minute de plus. Il but une nouvelle gorgée de café.

— Est-ce que quelqu'un peut me passer ces roulés ? Merci. (Il en choisit un au hasard, mordit dedans, le mâcha lentement.) Vous savez tous pourquoi nous sommes là.

Ce n'était pas une question. Randall déglutit bruyamment avant de se jeter à l'eau :

— L'affaire Frannie Hardy, je suppose.

— Exact.

À ces mots, Marian Braun prit la parole.

— Excusez-moi, Richard, mais si c'est de cela qu'il s'agit, je n'ai rien à faire ici. Il m'est impossible d'aborder une affaire en cours, conclut-elle en faisant mine de se lever.

Le maire ne parut pas impressionné.

— Je vous conseille de rester, Marian – au cas où la seconde partie de la réunion porterait sur le budget du tribunal pour l'année prochaine. Peut-être que vous trouverez ce thème digne de votre attention.

Il accompagna sa remarque d'un regard aussi féroce qu'appuyé. Elle finit par céder et se rasseoir.

Richard Washington prit encore une lampée de café, reposa soigneusement la tasse au centre de sa soucoupe en porcelaine. Le silence était absolu.

Sa rage explosa d'un seul coup, jaillie de nulle part, ce qui la rendit encore plus spectaculaire. La paume du maire s'écrasa sur la table avec une force stupéfiante. La porcelaine chanta, le café gicla. Tout le monde sursauta.

— Vous avez une idée de la quantité d'ennuis que vous nous avez attirés avec votre initiative, monsieur Randall ? En avez-vous seulement une petite idée ?

Malgré sa vivacité d'esprit, il fallut à Randall une fraction de seconde pour se reprendre.

— Elle s'inscrit dans le cadre de mon enquête sur...

— Vous croyez peut-être que la justice fonctionne en vase clos ? Eh bien, si c'est le cas, laissez-moi vous aider à sortir de...

— Pardonnez-moi, monsieur le maire, tenta d'intervenir Pratt.

Le maire vrilla sur le DA un regard qui ne semblait pas particulièrement ravi.

— Qu'y a-t-il, Sharron ? lâcha-t-il d'un ton cinglant.

— Ce n'est pas un problème politique. C'est un problème de droit. M. Randall a fait ce qu'il convenait de faire.

Washington médita un instant sur ce qu'il venait d'entendre. Quand il répondit, sa voix était redevenue normale – ce qui la rendait presque plus terrifiante.

— Je récuse absolument cela, déclara-t-il. Ce qu'il a fait – et aussi ce qu'a fait Marian – n'est peut-être pas illégal, mais je n'irai certainement pas jusqu'à le qualifier de convenable.

Pratt conserva la sérénité d'une personne sûre d'être dans son bon droit.

— Cette femme a refusé de répondre au grand jury, Richard. Elle s'est montrée agressive et irrespectueuse à mon égard.

— Une mère de famille impatiente d'aller chercher ses enfants à l'école. Voilà la version que semblent avoir choisie les médias, et c'est aussi celle de Jeff Elliot dans son papier d'hier. Et, là-dessus, sa maison est incendiée. Est-ce que l'un d'entre vous s'est seulement arrêté à ce détail ?

— Cela n'a aucun rapport, répliqua Pratt. Où voulez-vous en venir, Richard ?

— Figurez-vous que j'en prends plein la figure, parce qu'on me reproche de tolérer qu'une telle parodie de justice ait lieu dans ma ville. M. Randall, par manque d'expérience, a eu une réaction excessive. Je veux que cette femme soit relâchée. Aujourd'hui même.

Après une petite exclamation collective, le silence retomba sur la tablée.

— Impossible, Richard, affirma Braun avec autorité. L'effet de la première sanction court jusqu'à ce soir. M. Randall, ici présent, pourra ensuite la convoquer devant le grand jury demain à la première heure. À ce stade, la poursuite de son incarcération dépendra d'elle si elle se décide à parler – ou de M. Randall si elle décide de se taire.

Le maire ne fit aucun effort pour masquer le sarcasme contenu dans sa voix.

— Merci, Madame le Juge, mais je veux qu'une chose soit claire : jeter des citoyens innocents en prison pour des raisons de susceptibilité personnelle ne me convient pas.

Randall retrouva enfin l'usage de la parole.

— Cette femme n'est pas innocente, monsieur le maire. Elle sait certaines choses.

— « Elle sait certaines choses », répéta Washington avec un rictus et un hochement de tête. Je suis heureux que vous abordiez cet aspect, monsieur Randall. Monsieur Rigby, ajouta-t-il en pivotant sur son fauteuil, quelqu'un a-t-il été mis en examen ou en accusation pour le meurtre de Bree Beaumont à ce jour ?

— Non, monsieur.

— Donc, cette Mme Hardy « sait certaines choses » sur quelqu'un, mais nous ignorons quoi, et même si ces choses sont en rapport avec le meurtre ?

Personne ne répondit. Washington promena sur l'assistance un regard noir.

— Et elle croupit actuellement dans une cellule, poursuivit-il en secouant sa crinière d'un air dégoûté. J'ai organisé cette réunion pour vous faire connaître mes sentiments sur cette affaire. J'ai l'intention de les révéler publiquement à la conférence de presse de ce matin, et je voulais vous donner à tous une chance de sauver la face. Personne ne respecte autant que moi le pouvoir judiciaire. Mais j'ai énormément de mal à croire que cette femme dissimule en connaissance de cause un élément clé dans cette affaire de meurtre. C'est donc de l'acharnement à l'état pur. (De nouveau, il montra Randall du doigt.) Et en ce qui vous concerne, fiston, je serais tenté de parler d'ambition démesurée. Ce n'est pas une qualité admirable. Si vous n'aviez pas tenté de court-circuiter la police, nous n'en serions pas là. Monsieur Rigby ?

— Oui, monsieur le maire ?

À en juger par son expression lugubre, le directeur de la police savait ce qui l'attendait. C'était un pion du maire, nommé par lui, responsable devant lui. Et il venait d'être surpris du mauvais côté de la barricade.

— Apparemment, vous avez tenté de faire les yeux doux à Mme Pratt pour que sa peur et sa haine de la police n'interfèrent pas trop dans le fonctionnement quotidien de votre maison. L'intention est louable. Mais il se trouve que nous avons une brigade criminelle et qu'elle n'est pas dirigée par M. Struler ici présent – ni par Mme Pratt. Si vous n'aimez pas Glitsky, remplacez-le. Mais il incombe à la police d'enquêter sur les affaires criminelles, et il vous incombe à vous de soutenir vos hommes. C'est clair ?

C'était très clair pour Rigby. Mais Washington n'avait pas encore tout à fait fini.

— Sharron, Marian... Vous êtes toutes les deux élues. Je ne suis qu'un profane en matière de justice, mais dans cette histoire votre attitude donne une impression d'arrogance, et l'opinion publique semble assez mal réagir à ce genre de comportement. Je vous conseille d'y réfléchir.

Hardy ouvrit les yeux, et pour la seconde fois depuis la veille il mit un moment à se rappeler où il était.

À l'étage inférieur, dans le hall de l'immeuble de Freeman, il mit en marche la cafetière électrique et alla prendre une douche. Dix minutes plus tard, il était de retour dans son bureau, habillé de vêtements propres mais sentant la fumée, un énorme bol de café à la main.

Le brouillard était toujours là. Il téléphona à Erin, lui dit où il se trouvait, parla à ses enfants, qui se montrèrent polis et même inquiets de son sort. Est-ce qu'il allait bien ? Il leur manquait. Dans deux jours, maman et lui viendraient les rejoindre pour qu'ils habitent tous ensemble chez mamie, pas vrai ? Il leur manquait vraiment beaucoup, et maman aussi.

Il les croyait.

Après avoir raccroché, il rejoignit son canapé et s'assit dessus. Son brouillon de requête rédigé la veille était prêt à être dactylographié. Il le descendit au secrétariat, et remonta l'escalier quatre à quatre pour se mettre au travail.

D'abord, la photocopie du calepin de Griffin.

Au moment de sa mort, l'inspecteur travaillait sur plusieurs homicides à la fois. Des bribes de notes concernant ces diverses enquêtes étaient jetées sur chaque page – des noms, des dates, des adresses. Des flèches. Des points d'exclamation. Des nombres.

Lors de ses précédentes lectures, chaque fois que Hardy avait croisé un nom qui n'apparaissait nulle part ailleurs dans la documentation dont il disposait sur Bree Beaumont, il l'avait écarté en supposant qu'il concernait une autre affaire. Ce n'était sans doute pas très rigoureux, mais il fallait bien choisir un critère d'élimination, et celui-là lui avait semblé aussi correct qu'un autre.

Ce matin-là, il décida de tout relire de A à Z. La situation avait évolué. Et si Griffin avait découvert la moindre relation entre Damon Kerry et Baxter Thorne, il ne pouvait pas se permettre de passer à côté. La dernière fois qu'il avait parcouru ces pages, il n'avait encore entendu parler ni de FMC ni de Baxter Thorne. Ni d'un tas d'autres données, d'ailleurs.

Carl avait été abattu le lundi 5 octobre. Bree était morte le mardi précédent, le 29 septembre ; Hardy commença donc là. À défaut d'autre chose, Carl avait l'habitude de dater ses notes avec une certaine rigueur.

Il apparut que, le troisième jour de son enquête (« 01-10 »), il avait opté pour une ouverture classique consistant à interroger les gens qui vivaient dans l'immeuble de la victime. Tout à coup, un nom – O. Chinn, D. Chinn ou quelque chose d'approchant – sauta aux yeux de Hardy.

Ayant supposé jusque-là que ce nom désignait un témoin asiatique impliqué dans une autre enquête, il ne s'y était pas arrêté, mais à cet instant l'image de l'intendant de l'immeuble de Bree lui revint en mémoire, et il s'empressa de consulter les notes que lui-même avait prises sur son cahier jaune. D. Glenn. D. Chinn. C'était assez proche.

En revanche, Hardy ne comprit guère ce qui était inscrit juste en dessous. Il y avait un B, ou un R, suivi du nombre 805. Une heure, peut-être ? Et aussi : « PPLF !!! »

Et sur une autre ligne : « Herit. Ma.Jeu !!! » – suivi d'un numéro de téléphone.

Fichus points d'exclamation – ils indiquaient évidemment quelque chose, mais Hardy ne parvint pas, malgré tous ses efforts, à deviner ce que voulait dire « PPLF ». « Ma.Jeu » ne pouvait guère signifier que mardi-jeudi, mais, encore une fois, de quoi s'agissait-il au juste ?

Il consulta sa montre. Bien qu'il fût trop tôt – pas encore huit heures –, il décrocha le téléphone de son bureau, et composa le numéro qui accompagnait la formule cabalistique « Herit. Ma.Jeu. !!! ».

Une voix de femme au fort accent asiatique se fit entendre, et Hardy faillit raccrocher, agacé d'avoir perdu son temps. La note devait concerner une autre enquête de Griffin. Toutefois, il écouta le message enregistré jusqu'au bout :

« Heritage Cleaners vous remercie de votre appel. Nous sommes ouverts du lundi au vendredi, de huit heures et demie à dix-huit heures. Veuillez laisser un message ou nous recontacter aux heures d'ouverture. »

— Fin de l'énigme, marmonna Hardy en raccrochant. Le détective vient de découvrir où Griffin faisait nettoyer son linge.

Il se rassit sur le canapé, reprit la photocopie du calepin.

Toujours le « 01-10 », l'inspecteur avait apparemment passé une partie de sa journée avec la police scientifique et le personnel de l'institut médico-légal. Hardy crut reconnaître les noms griffonnés de Strout, de Timms et de Glitsky. Et un peu plus bas, de nouveau cette ponctuation qui allait finir par le rendre chèvre – « traces tissu ? » et « taches r. !!! ».

Il secoua la tête, presque amusé. Encore une histoire de pressing.

Le vendredi, Griffin s'était attaché à vérifier des alibis. Il avait apparemment parlé à Pierce, « JP » – et à sa femme, « CP ». « Vérif. heure » – une allusion évidente à l'alibi de Pierce.

Le week-end arrivait sur ces entrefaites.

Le lundi, encore des vérifications d'alibi, cette fois concernant Kerry. Hardy consulta de nouveau ses propres notes, en quête d'un recoupement. « SWA 1140, SD ». Un vol de Southwest Airlines pour San Diego, peu avant midi. Cela correspondait. Mais qu'avait fait Kerry avant son départ pour l'aéroport ? Les notes de Griffin ne fournissaient aucun élément de réponse.

Quelques lignes plus bas, et apparemment toujours à propos de Kerry, un autre nombre : « 901 ». Hardy émit l'hypothèse qu'il désignait une heure. Si c'en était une, elle avoisinait celle de la mort de Bree.

Qu'avait donc découvert Griffin sur les activités de Kerry à neuf heures une du matin ? Et comment expliquer une aussi grande précision ?

Il pouvait s'agir d'un coup de téléphone, supputa Hardy. Mais dans ce cas, où était le relevé de communications ? Il feuilleta rapidement les pages photocopiées, mais il aurait à coup sûr remarqué un relevé s'il y en avait eu un. Il n'y en avait pas.

Il examina les diverses possibilités pendant deux ou trois minutes, se leva de nouveau, gagna son bureau, décrocha le téléphone.

— Glitsky, criminelle.

— Hardy, bon vivant, érudit, champion des opprim…

— Quoi ?

— Je te parie que Kerry a téléphoné à Bree ou vice versa le matin du meurtre.

— Tu es génial.

— Qu'est-ce que tu veux dire ?

— Kerry a une ligne résidentielle fixe et un portable. J'ai déjà demandé qu'on m'envoie en urgence ses derniers relevés détaillés, histoire de voir s'il ne se serait pas réveillé un peu plus tôt qu'il ne nous l'a dit. Le fax ne va pas tarder à arriver.

— Et dans la voiture de Griffin ? Ils n'ont pas retrouvé de relevé sous sa banquette arrière, par hasard ?

— Pas encore, en tout cas. Je suis passé par le garage en montant. Ils viennent de finir le ramassage. Alors, pour ce qui est de l'inventaire...

— Griffin a dû demander ses relevés à l'opérateur, non ? Ce n'est pas ce que vous faites habituellement ?

— J'espère, répondit Glitsky en soupirant. Mais je ne miserais pas trop gros là-dessus.

— S'il les a demandés, où sont-ils ?

— Ils auraient dû être avec les notes que tu as.

— Fais un effort.

Glitsky soupira.

— Son bureau a été vidé, Diz. Ils doivent être quelque part. Toute la doc liée à ses enquêtes est censée avoir été remise aux équipes qui ont pris la relève.

— Ils pourraient avoir été retrouvés dans sa voiture juste après sa mort. Peut-être qu'ils sont déjà archivés ?

— Dans ce cas, ils seraient en bas, dans le local des scellés, avec les autres pièces à conviction. (Nouveau soupir.) Tu crois sérieusement à une piste téléphonique capable d'impliquer Kerry, Diz ?

— Ce serait chouette. (Hésitation.) Le bon candidat commence à me plaire.

— Je te l'ai avoué hier soir, je suis assez tenté de voter pour lui.

— Ce n'est pas ce que je voulais dire.

— Je sais très bien ce que tu voulais dire.

Après avoir raccroché, Hardy retourna à son canapé et à ses notes photocopiées. Parvenu à la dernière journée pleine de la vie de Griffin, il dénicha enfin, sous la rubrique « dimanche », ce qu'il espérait trouver : « Box T., Embarc. 2, 5/10, 830. Burn (ou Bwn). $!!! – ?? »

Il avait supposé jusqu'ici que cette note faisait référence à une boîte postale située dans une des tours de l'Embarcadero Center.

D'un seul coup, elle lui apparut sous une autre lumière. Ce n'était pas « Box T. », mais « Bax. T. »

Baxter Thorne. Hardy comprit que la note concernait un rendez-vous à huit heures et demie le lendemain matin dans les bureaux de FMC, sur l'Embarcadero.

Il la relut attentivement. Enfin, il tenait un lien concret entre Thorne et Bree. L'inspecteur s'était-il rendu chez Thorne le matin de sa mort ? Les deux hommes avaient-ils fait un tour en voiture ensemble ?

Brusquement, un détail revint à l'esprit de Hardy. Il tressaillit et jeta un coup d'œil à sa montre. Huit heures passées de quelques minutes. Jeff Elliot lui avait confié son intention d'aller trouver Thorne en début de matinée.

En plaisantant à demi, Hardy lui avait conseillé de ne pas s'y rendre seul. À présent, il n'avait plus du tout envie de plaisanter.

Il téléphona au domicile du journaliste, n'obtint aucune réponse. Il laissa un message sur sa boîte vocale au *Chronicle*, contacta ensuite le standard du journal. Non, M. Elliot n'était pas encore arrivé. Désirait-il laisser un message ?

Hardy empoigna son blouson. Arrivé sur le seuil de la pièce, il s'arrêta net, puis fit demi-tour et revint vers son bureau.

Trente secondes plus tard, son revolver à la ceinture, il dévala l'escalier, fit une brève pause devant le comptoir de la réceptionniste.

— David est déjà arrivé ?

Phyllis lui répondit aussi froidement qu'à son habitude.

— Pas encore. Je n'ai eu aucune nouvelle de lui ce matin.

— Il est au tribunal ?

Elle fixa sur lui une paire d'yeux couleur de gin-fizz.

— J'aurais du mal à vous le dire, monsieur Hardy. Je n'ai encore eu aucune nouvelle de lui.

— Oh, c'est exact, répliqua Hardy, songeant avec une pointe de mélancolie qu'un jour il allait étrangler Phyllis. Il me semble que vous l'avez déjà dit.

— Deux fois.

Il ne put se retenir.

— Donc, je suppose qu'il n'est pas là ?

Même si plus de quinze rues séparaient son bureau de l'Embarcadero Center, il était inutile de s'y rendre en voiture. Entre les embouteillages matinaux et les problèmes de stationnement à son arrivée, il mettrait plus longtemps qu'à pied.

Au terme de sa marche forcée, Hardy haletait presque – ce qui ne l'empêchait pas de grelotter de froid à cause du brouillard, et d'être cruellement conscient de la faim qui lui tenaillait l'estomac (il n'avait rien mangé depuis les quelques bouchées de tortilla tiède avalées chez Glitsky la veille en milieu d'après-midi).

Un panneau dans le hall de la tour lui apprit que Fuels Management Consortium était installé au vingt-deuxième étage, et l'ascenseur l'y propulsa en quelques secondes. Le décor était tout sauf menaçant. Du verre partout – on flottait dans les nuages. Mobilier moderne, postes de travail cloisonnés, fond sonore de musique New Age. La rumeur et le fourmillement habituels d'un bureau actif.

— Puis-je vous aider ?

La réceptionniste était une très jeune femme, presque une adolescente, au sourire engageant.

Hardy le lui rendit, et se laissa aller à rêver sur ce qu'aurait été sa vie s'il avait disposé d'une présence aussi radieuse, à des années-lumière de Phyllis, pour accueillir les clients à son cabinet.

— M. Thorne est-il visible ?

— Je regrette, il est en réunion. Je peux prendre votre nom, si vous le désirez. Vous aviez rendez-vous ?

— Non, mais... Vous pouvez peut-être me renseigner – se trouverait-il par hasard avec Jeff Elliot ? Du *Chronicle* ?

La fille baissa les yeux et se mordit la lèvre inférieure, visiblement désireuse de bien faire, mais ne sachant trop si elle devait donner ou non cette information. Hardy sourit de nouveau, se présenta en épelant son nom.

— Je suis un ami de M. Elliot. Je suis sûr qu'il appréciera d'apprendre que je suis ici.

Si les rues lui avaient paru glaciales pendant sa marche, le grand bureau de Baxter Thorne, aménagé dans un angle de la tour, était carrément polaire. Le directeur exécutif de FMC n'avait pourtant rien d'imposant. Il ressemblait au contraire à un gnome ratatiné derrière sa table surchargée.

Assis dans son fauteuil roulant, Jeff Elliot se contenta de tourner la tête quand Hardy fut annoncé. Thorne adressa un coup de menton à la jolie réceptionniste, et celle-ci se retira sans bruit, en refermant la porte derrière elle.

À vue de nez, le poisson était déjà ferré, et le combat visant à le sortir de l'eau venait de commencer.

— Par courtoisie, monsieur Elliot – et bien que je commence à me demander si vous le méritez vraiment –, j'ai accepté de faire entrer votre ami. Et maintenant ?

— Vous ne connaissez pas M. Hardy ?

Thorne jeta un coup d'œil en direction du nouveau venu avant de se retourner vers Elliot.

— Je ne l'ai jamais vu de ma vie.

Hardy fut surpris par son timbre de voix – profond, doux, raffiné. Elliot secoua la tête.

— Ce n'était pas tout à fait ma question. Je vous ai demandé si vous le connaissiez.

— Je devrais ?

— Vous semblez avoir des difficultés à répondre, monsieur Thorne. J'aimerais savoir pourquoi.

Hardy, viscéralement persuadé que Thorne était impliqué dans l'incendie de sa maison, dut résister à l'envie de sortir son flingue et de mettre séance tenante un terme à ce petit jeu. Mais il se dit qu'il valait mieux laisser Jeff abattre d'abord ses cartes.

Le gnome lança un regard vers la baie vitrée, derrière laquelle le brouillard se déplaçait en volutes tourbillonnantes. Hardy avait l'impression d'être en avion. Le vent gémissait, tout juste audible.

Le regard de Thorne revint sur Elliot.

— Non. Je ne connais pas M. Hardy.

— Son nom vous est-il familier ?

— Je ne sais pas. C'est un nom assez répandu. Peut-être l'ai-je déjà entendu.

Elliot semblait guetter un indice révélateur, mais s'il y en eut un, Hardy ne le vit pas.

— Sa femme est en prison pour avoir refusé de témoigner sur la mort de Bree Beaumont. Vous avez entendu parler d'elle – de Bree Beaumont ?

L'impatience s'afficha sur les traits de Thorne.

— Que signifie tout cela ? Toutes ces questions à la fois ? Si je la connais ? Je croyais que vous vouliez m'interroger sur ces imprimés relatifs à l'attentat de Pulgas. Ils n'ont pas été rédigés ici. Ils ne viennent pas de chez nous.

— Une de mes consœurs les a trouvés samedi dans le hall de cette tour, prêts à l'expédition.

Thorne haussa les épaules.

— Et alors ? Ce n'est pas moi qui les ai écrits. Je ne les ai pas mis là. À l'évidence, quelqu'un cherche à nous compromettre, à nous associer à ces terroristes, comme cela s'est aussi passé avec M. Kerry pendant le week-end. Il y a anguille sous roche, c'est évident, mais la manœuvre ne vient pas de moi. (Il secoua la tête, comme s'il était déçu par le navrant spectacle que lui donnait l'humanité.) Si c'est avec ce genre d'argument que vous comptez m'attaquer, monsieur Elliot, vous n'irez pas loin.

Il écarta les mains et plaqua sur ses lèvres un sourire froid avant d'ajouter :

— Mes clients sont d'honnêtes gens, monsieur Elliot. Pas des criminels. Ils cherchent à dénoncer les mensonges dont les compagnies pétrolières ont depuis toujours abreuvé un public ignare – des mensonges qui leur ont permis de polluer notre air pendant des décennies et qui menacent à présent de…

— Et Ellis Jackson ? Quelles sont vos relations avec lui ?

Ayant trouvé ce qu'il estimait être une ligne de défense plausible, Thorne se radoucit légèrement, et prit un ton presque paternel.

— Que voulez-vous savoir au juste ?

— Est-il votre client ?

Thorne secoua tristement la tête.

— Je vous ai déjà dit que je ne suis pas autorisé à révéler l'identité de mes clients. Bien entendu, j'ai connu Ellis Jackson du temps où je travaillais pour SKO. (Un sourire.) Ce n'est pas un crime, selon moi. M. Jackson est quelqu'un de très bien. Et maintenant, si vous…

— Un instant, intervint Hardy pour la première fois. Vous n'avez pas répondu à la question de Jeff à propos de Bree Beaumont. Avez-vous eu l'occasion de parler de sa mort avec un certain sergent Griffin ?

— Oui, je crois que c'était ce nom-là.

— Dans ce cas, comment pourriez-vous ne pas avoir entendu parler d'elle ?

— Je ne prétends absolument pas n'avoir jamais entendu parler d'elle. Je sais très bien qui elle était. Bree Beaumont a été une des figures de proue de l'industrie pétrolière pendant la dernière décennie. Elle a fait preuve d'un extrême courage en changeant de camp pour affronter Goliath. Et c'est pour ça qu'ils l'ont éliminée.

— Les pétroliers ?

— Vous en doutez encore ?

Hardy laissa échapper un soupir d'exaspération.

— Je n'en suis pas aussi sûr que vous.

Thorne demeura impassible.

— Je n'ai pas à vous dicter vos convictions, monsieur Hardy. Mais si vous trouvez inconcevable que des gens – des êtres humains – soient assassinés au nom du dieu Pétrole, je ne saurais trop vous recommander de remettre à jour vos connaissances. Avez-vous suivi les récents événements du Nigeria ? Il y a des millions d'autres exemples. Sans même parler de la plupart des guerres, de la Seconde Guerre mondiale à la guerre du Golfe. Pétrole et parts de marché, tout est là.

Le petit homme se leva calmement, sûr de sa puissance.

— Et maintenant, je crains de n'avoir plus de temps à vous consacrer. Je pense que vous réussirez à retrouver la sortie… À propos, monsieur Elliot, ajouta-t-il avec un sourire aux allures de rictus, les lois sur la diffamation sont extrêmement sévères dans cet État, comme vous en êtes sans doute déjà informé. C'est une des armes dont disposent mes clients pour combattre les ennemis sans scrupule. Ils n'hésitent pas à se montrer agressifs et à réclamer des dédommagements substantiels dès qu'un article sans fondement paraît à leur sujet.

Sur le chemin de l'ascenseur, tandis que Hardy poussait devant lui le fauteuil de Jeff, la juvénile créature de la réception leur souhaita le bonjour, et adressa au passage à Hardy un adorable petit salut de la main.

30

Frannie était assise sur la table de la salle de visites, les jambes ballantes. On aurait dit une écolière – une impression renforcée par ses nattes. Aux yeux de Hardy, sa combinaison lui allait toujours aussi mal. Mais après sa double escapade de la veille en direction des locaux de la brigade criminelle, il trouvait l'accoutrement pénitentiaire de sa femme plus facile à supporter. D'autant que tout cela, se dit-il, serait bientôt derrière eux. Aujourd'hui était le dernier jour. Il l'espérait.

Mais en attendant, il fallait revenir au message de Ron – une pierre d'achoppement de plus.

— Comment ça, tu n'es plus aussi sûre d'être d'accord pour parler ?

Le visage de sa femme s'était figé en un masque entêté que Hardy n'aimait pas lui voir. Il se força à rester calme.

— Frannie, écoute-moi. Quand tu déposeras devant le grand jury, ça n'aura plus d'importance. Ron sera loin – si ça se trouve, il est déjà loin.

— Non, rétorqua-t-elle, secouant la tête. Je ne crois pas. Il ne veut pas déraciner ses enfants, tout recommencer ailleurs encore une fois. Je pense qu'il va attendre. Exactement comme il a dit qu'il le ferait.

— Dans un cas comme dans l'autre, il t'a relevée de ta promesse.

Hardy ne tenait pas à enfoncer le clou, mais il avait l'impression d'y être obligé s'il voulait avoir une chance de la convaincre. Le lendemain matin, s'il le fallait, Frannie devrait dévoiler le secret de Ron.

Et cette perspective ne semblait pas plaire à sa femme. Elle hocha toutefois la tête.

— Ça me ferait mal au cœur de donner une telle satisfaction à ce salopard de Scott Randall. Et si j'en juge par ce que tu m'as dit, Ron ne semble plus être considéré comme le suspect numéro un.

— C'est mon impression, admit Hardy. Mais tant qu'on ne leur en aura pas apporté un autre sur un plateau, ils continueront de faire comme si.

— Dans le fond, ça dépend toujours de moi, non ?

— Qu'est-ce que tu veux dire ?

— Eh bien, tu es à deux doigts de la solution. Toi, et Abe. Peut-être qu'à un jour près...

Elle cessa de balancer les jambes. Ses bras étaient croisés sur sa poitrine, ses yeux baissés.

— Ce que je veux dire, reprit-elle, c'est que si je continue à me taire, ça laissera peut-être à Ron un peu plus de temps pour se retourner.

Hardy était assis sur une chaise de bois, face à la table. Il réussit avec peine à maintenir sa pose décontractée. Sentant un flot de sang vrombir au niveau de ses tempes, il s'exhorta à garder le contrôle de sa voix.

— Ron ne te le demande pas, Frannie. Et je n'arrive pas à imaginer que toi, tu puisses vouloir le faire.

Elle leva vers lui un regard noyé d'angoisse.

— Ce n'est pas une question de volonté, Dismas. Crois-moi, c'est bien la dernière chose au monde dont j'aie envie. Mais je sais ce qu'ont enduré Max et Cassandra – et dès que j'aurai ouvert la bouche, leur monde s'écroulera, tu comprends ? Si je peux vous apporter, à toi et à Abe, un peu plus de temps pour les sauver...

Hardy secoua la tête.

— Ce n'est pas du tout ce qui va se passer, Frannie. Ce qui va se passer, c'est que même si tu ne dis rien mardi, ton ami Randall mettra Ron en examen.

— Pourquoi ? S'ils n'ont toujours aucune preuve ? Par rapport à la semaine dernière, qu'est-ce qui a changé ?

— C'est vrai qu'ils n'ont pas grand-chose, concéda Hardy, mais c'est sans doute suffisant pour un grand jury. Rien que la fuite de Ron… Et ses cartes de crédit bidon, ses fausses identités, son comportement de coupable. Dès qu'il sera inculpé, c'en sera fini pour ses enfants et lui. Ils tomberont dans le système, et à partir de là c'est lui qui prendra le relais – le système, je veux dire. Indépendamment de ce que tu révèles ou pas. C'est la bonne nouvelle, Frannie : le sort de Ron n'est plus entre tes mains.

— Donc, à ton avis, je dois parler…

— À mon avis, ton silence n'apportera rien de bon. (D'un seul coup, la moutarde lui monta au nez.) Bon Dieu, Frannie ! Si tu parles, tu sors de prison ! Qu'est-ce que tu veux de plus ?

— Ce que je veux ? riposta-t-elle, criant à son tour. C'est rentrer chez nous, dans une maison qui n'existe plus ! (Elle secoua la tête avec colère, refusant les larmes qui menaçaient de déborder.) Et pouvoir embrasser mes enfants !

Hardy eut envie de la prendre dans ses bras, de lui murmurer que ce n'était rien – que tout irait bien. Mais il n'en était pas sûr. Et il ne lui avait pas échappé qu'il ne figurait pas sur la liste des personnes à embrasser.

— Tu vas bientôt pouvoir le faire, Frannie, affirma-t-il d'un ton rassurant. Chez Erin. On va tous se retrouver là-bas. On va tout reconstruire. Notre maison, et… nous.

— Non, répliqua-t-elle, secouant la tête.

Hardy sentit son estomac se nouer, mais il posa tout de même la question qui lui brûlait les lèvres.

— Non à quoi ?

— Tu dis ça, mais je ne suis pas sûre que tu veuilles vraiment le faire. Avec tout ce que cela implique, je veux dire.

— À savoir ?

Frannie hésita, inspira longuement, puis lâcha d'une traite :

— Retrouver une vraie vie commune.

— Mais tous les deux, on…

— Dismas, coupa-t-elle en levant la main. Tu te rappelles comment c'était au début ? Tu travaillais autant qu'aujourd'hui.

Il y avait tes procès, tes dossiers, ta carrière. Mais surtout, il y avait nous, tu t'en souviens ? Tu retournais à la maison le plus tôt possible chaque soir, et à ce moment-là on était sur le perron, avec Rebecca et Vincent, tous les trois à t'attendre. Ils allaient à ta rencontre en courant, et ils se pendaient à tes jambes tellement ils étaient contents de voir arriver leur papa. Et toi aussi, tu étais content de les revoir. Tu t'en souviens ? Ensuite, toi et moi, on rentrait, on leur faisait à dîner, on les mettait au lit, et on parlait, et on riait, et on se retrouvait généralement en train de faire l'amour. Ce n'était pas comme ça ? Est-ce que j'aurais fini par m'inventer des souvenirs ?

— Non, répondit-il d'une voix sourde. C'était comme ça.

— Alors, qu'est-ce qui s'est passé ?

Hardy se pencha en avant, les coudes sur les genoux, les mains jointes. Ses épaules se voûtèrent.

— Je n'en sais rien, Frannie. Tout le monde est tellement occupé... Ce qui est sûr, c'est que plus personne ne fait attention à l'heure à laquelle je reviens. On ne me dit même plus bonsoir quand j'arrive à la maison. Tu déploies tellement d'énergie pour les gosses que tu es tout le temps lessivée, et quand il ne s'agit pas d'eux tu n'as pas l'air intéressée. On ne sort plus jamais le soir... Où est passée notre vie de couple ? Tu dois assumer ta part de responsabilité, Frannie... D'accord, je suis en grande partie fautif – tu as raison de me reprocher toutes ces choses. Mais la route est à double sens.

— Et tu tiens vraiment à retrouver cette vie ?

Un battement de cils.

— Peut-être pas à retrouver celle qu'on vivait il y a une semaine, répondit-il. Mais quelque chose de mieux, se rapprochant plus de ce qu'on a connu autrefois. Et toujours avec toi et les gosses.

Après un interminable silence, elle descendit de sa table et se dirigea vers la porte du parloir, derrière laquelle attendait le gardien. L'espace d'une seconde, Hardy eut peur qu'elle ne demande aussitôt à être reconduite dans sa cellule. Mais elle pivota pour lui faire face.

— Le mieux, déclara-t-elle, ce serait que je n'aie pas besoin de parler.

Sur ce, elle frappa à la porte pour prévenir le gardien.

Glitsky n'était pas dans son placard à balais. Il n'y avait pas âme qui vive dans les locaux de la criminelle, ce qui était plutôt étrange pour un lundi à dix heures du matin. Hardy s'assit derrière le bureau d'un inspecteur et ouvrit sa serviette.

Certain d'avoir fait du bon travail sur les notes de Griffin en début de matinée, il décida de relire les siennes – et en particulier celles qu'il avait prises à propos des découvertes de Canetta. Mais il s'interrompit sitôt qu'il eut commencé.

Bien sûr !

Marie Dempsey. Canetta lui avait expliqué qu'elle était la secrétaire de l'assureur de Bree Beaumont – Tilton. Elle avait même démissionné, suite à la décision prise par le responsable du contentieux de différer le paiement de la somme due jusqu'à ce que Ron ait été blanchi de tout soupçon.

Donc, cette femme qui n'avait plus aucune fonction au sein de la compagnie d'assurances avait appelé Ron Beaumont deux fois – ou trois ? – en deux jours. Ce n'était pas pour l'aider à faire valoir ses droits. Tout cela avait semblé à Hardy vieux de plusieurs semaines – alors qu'en réalité les messages de Marie dataient de quelques jours –, et il était obnubilé par le sort de Frannie quand il les avait écoutés chez les Beaumont ; mais il se rappelait encore vaguement avoir eu l'impression, sur le coup, que le ton de Marie était plus personnel que professionnel.

Il décrocha le téléphone posé devant lui, et appela les renseignements.

— Renseignements, Laetitia pour vous servir. Quelle ville ?

— San Francisco. S'il vous plaît, j'aimerais avoir le numéro de téléphone de Marie Dempsey.

— Veuillez épeler, s'il vous plaît.

Hardy épela – en puisant dans les réserves d'une patience déjà sérieusement entamée. D'un point de vue orthographique, le nom de Dempsey n'était pas aussi compliqué qu'Albuquerque.

— Je ne vois aucune Marie Dempsey, monsieur. Connaissez-vous son adresse ?
— Non. Si vous essayiez juste avec l'initiale ?
— « M. » ?
Hardy grinça des dents.
— Sans doute, oui.
— J'ai ici dix – non, onze – « M. Dempsey ».
— D'accord. Je les prends tous.
— Désolée, monsieur. Je ne peux vous communiquer que deux numéros par appel.
— Je vous en prie, Laetitia, c'est extrêmement important. Des vies humaines sont peut-être en jeu. Je ne plaisante pas. Pouvez-vous me donner ces numéros ?
— Je suis navrée, monsieur. Je ne suis pas autorisée à vous fournir cette information. Voulez-vous que je vous passe un superviseur ?
— Ce superviseur pourra me donner les onze numéros ?
— Non, monsieur. Je ne crois pas. Cela dit, si vous avez la possibilité de consulter un annuaire téléphonique, vous les y trouverez sans problème.
— Seulement, voyez-vous, je n'ai pas d'annuaire à portée de main, et c'est même pour cela que j'ai recours à vous.
— Bien, répondit Laetitia d'un ton enjoué, voici le premier numéro. C'est le…

Hardy le nota en hâte, puis se trouva confronté à une voix synthétique qui l'informa que, s'il le désirait, la compagnie téléphonique pouvait appeler ce numéro sur-le-champ moyennant un prélèvement de trente-cinq cents sur sa prochaine facture.

— « Si vous souhaitez composer ce numéro, faites le un… »

Il raccrocha rageusement. Glitsky, planté sur le seuil, montra le combiné du doigt.

— C'est une propriété de la municipalité, rappela-t-il. Tu le casses, tu passes à la caisse.

— Tu as un annuaire dans le coin ?

— J'en doute, répondit Glitsky. Ce genre de choses est encore plus difficile à trouver qu'un flic quand on en a besoin. Tu sais combien d'homicides on a eus pour ce week-end de Halloween ?

— En comptant Canetta ?
— Soit. Comptons-le.
— Trois ?
— Plus.
— Deux cent seize ?
— Sept. La moyenne est d'un et demi par semaine. Et là, sept en deux jours. Je n'ai plus un seul inspecteur disponible.

Hardy hocha la tête en promenant un regard panoramique sur la salle.

— Ce qui explique ta mystérieuse défection. J'ai cru que tu étais crevé et que tu avais décidé de prendre un peu de repos.

— Raté, bougonna Glitsky. Je suis effectivement crevé, mais pour le reste tu as tout faux.

Dans son bureau, Glitsky réussit néanmoins à dénicher un annuaire vieux de trois ans, qui recensait lui aussi onze « M. Dempsey ». Le numéro du premier correspondait à celui qu'avait donné Laetitia, et Hardy décida de considérer ce fait comme un heureux présage.

Pendant qu'il recopiait les autres numéros, Glitsky se mit à parler tout en feuilletant les documents empilés dans le bac réservé au courrier entrant.

— Si Kerry a prévenu le maire comme il a menacé de le faire, je n'en ai pas entendu parler. Cela dit, comme tu l'as sans doute remarqué, je n'ai pas passé mon temps à poireauter devant mon téléphone.

Hardy leva les yeux.

— Il ne va pas le prévenir, affirma-t-il. Ça ne ferait qu'attirer l'attention sur lui. Il veut seulement qu'on lui lâche la grappe – et quand je dis « on », c'est de toi que je parle.

— Tu crois que je lui ai donné l'impression d'être prêt à m'écraser ?

— Si oui, tu l'as fait d'une façon beaucoup trop subtile pour moi... Qu'est-ce qu'il y a ?

Glitsky venait de tomber en arrêt devant un fax. Il fit claquer sa langue.

— Monsieur Kerry, monsieur Kerry, lança-t-il d'un ton de légère réprimande en tendant la feuille à Hardy. C'est un relevé d'AT&T-Satellite pour la matinée du 29 septembre. Je vois là une conversation entamée à sept heures dix du matin, durée vingt-deux minutes. Un appel entrant.

— Le matin où il s'est réveillé tard ?

— À ce qu'il dit.

— Peut-être que pour lui, sept heures, c'est déjà tard, et que nous, on en a déduit un peu vite qu'il avait fait la grasse matinée.

— Ben voyons, répliqua Glitsky d'un ton sarcastique, en se mettant à fouiller parmi ses papiers. Tu as le numéro de Bree ?

Hardy le retrouva dans sa serviette. C'était effectivement la source de l'appel reçu par Kerry le matin du meurtre.

— Peut-être qu'après tout je ne voterai pas pour lui, grogna Abe.

Hardy se rassit, croisa les bras.

— Donc, ils se chamaillent par téléphone interposé au saut du lit...

Glitsky se raidit, fit claquer ses doigts, soudain excité.

— C'est lui le père. Elle lui annonce qu'elle est enceinte. Elle a l'intention de le faire chanter.

Excellent, songea Hardy, soulagé. Il n'aurait pas à trahir la confiance de Jeff Elliot : Abe avait mis le doigt dessus tout seul.

— Ça paraît plausible, se contenta-t-il de remarquer.

— Il attend que Ron soit parti pour l'école avec les gosses, il sort faire un tour...

Glitsky s'interrompit en voyant Hardy secouer la tête.

— Et pourquoi pas ? s'enquit-il.

— Non. Pas lui personnellement. Il a téléphoné à Thorne. Et Thorne a contacté un de ses hommes de main.

Glitsky consulta de nouveau le relevé.

— Il ne l'a pas appelé sur son portable, en tout cas.

— Bon sang, marmonna Hardy. Pourquoi faut-il que rien ne soit jamais simple ?

— C'est une règle universelle. Mais en quoi un appel à Thorne nous aurait-il simplifié la tâche ?

— Ce type est un enfoiré de première, Abe.

Hardy le mit au courant de l'affaire des imprimés prêts avant l'attentat au MTBE, et lui répéta les explications fournies par Thorne à ce sujet.

Glitsky parut apprécier l'histoire. Il l'écouta de bout en bout, carré dans son fauteuil, un doigt en travers de la bouche. Quand Hardy eut fini, il prit la parole.

— Si je comprends bien, remarqua-t-il en souriant presque, ces terroristes avides de faire porter le chapeau à Thorne ont deviné que la consœur de Jeff Elliot aurait l'idée de passer par là un samedi après-midi ? Traite-moi de cynique si ça te chante, mais c'est tiré par les cheveux.

— C'est aussi ce qu'on s'est dit, Jeff et moi.

Hardy se pencha en avant, posa les mains sur la table et ajouta d'un ton pressant :

— Abe, si tu réussis à faire le lien entre Thorne et le commando de Pulgas, tu auras une médaille.

— Vraiment ? Ça alors, je n'y avais pas pensé.

— Je parie que si. Mais attends, il y a mieux. Thorne a rédigé ces communiqués vraisemblablement lui-même, et chez lui. Donc, tu obtiens un mandat et tu fais perquisitionner son domicile. Tu tombes sur un bout de papier, ou un fichier informatique, et hop ! tu élucides un meurtre, peut-être même deux ou trois.

Glitsky inclina la tête sur le côté, de plus en plus intéressé.

— Je suis tout ouïe. Pourquoi deux ou trois ?

— Griffin lui a parlé le matin de sa mort.

— À qui ? À Thorne ?

Hochement de tête.

— Tu es sûr de ça ?

Hardy revint sur sa récente lecture des notes de Griffin et sur le rendez-vous pris avec Thorne, une des toutes dernières mentions sur son calepin, le 5 octobre à huit heures et demie du matin.

— C'est le bon jour, Abe, tu peux en être sûr. Et encore un truc qui va te plaire : Elliot pense que Thorne finance l'excellent Damon Kerry pour le compte de SKO.

— Comment ?

— Personne ne le sait ; mais s'il y avait du vrai là-dedans, ça pourrait permettre de relier notre cher candidat, qu'on aimait tant hier soir et peut-être encore plus ce matin, à des pratiques assez douteuses.

Glitsky, toujours enfoncé dans son fauteuil, réfléchit sur ce qu'il venait d'entendre.

— Thorne a sûrement effacé toutes les traces informatiques, Diz. S'il n'y a pas pensé immédiatement, tu peux être sûr qu'il l'a fait après vous avoir reçus, Elliot et toi.

— Admettons. Mais il se peut qu'on retrouve un brouillon sur papier dans sa poubelle. Ou dans le bac à ordures de son immeuble.

— Je sais, je sais, admit Glitsky, en fourrageant dans ses papiers, avant d'ajouter, presque pour lui-même : Sauf que je n'ai pas un seul inspecteur sous la main.

Il finit par ouvrir un tiroir, et en sortit ce que Hardy reconnut comme une demande vierge de mandat de perquisition. Ensuite, il déboucha son stylo.

— D'accord, dit-il en commençant à remplir son formulaire. On a ces imprimés. On a un rendez-vous avec Griffin le matin de sa mort. Aide-moi un peu. Qu'est-ce qu'on cherche d'autre ?

Hardy réfléchit un moment.

— Un lien direct avec Kerry. Ou avec Valens. Des reçus, ses relevés téléphoniques, n'importe quoi.

— Je vais avoir besoin d'indices matériels en béton pour m'en prendre à Kerry. Il va me falloir beaucoup plus qu'un coup de fil qu'il aurait oublié de nous signaler.

— On pourrait lui prélever un peu d'ADN pour le confronter à celui du bébé de Bree ?

— Ça prendra au moins six semaines s'il n'est pas élu, et une éternité s'il gagne, rétorqua Glitsky. De toute façon, même s'il est le père, personne ne l'a vu chez Bree ce matin-là. (Sa balafre labiale prit du relief. Il secoua la tête, visiblement frustré.) Même s'il s'agissait d'un citoyen quelconque, à l'opposé donc du profil de notre client, ce serait loin de suffire pour une mise en accusation.

— Et même pour une mise en examen, concéda Hardy.

— Bon. On s'occupe de Thorne et on tâche de secouer l'arbre

au maximum. Toi qui l'as rencontré, tu as autre chose en ce qui le concerne ?

— L'incendie de ma maison.

Le lieutenant soutint le regard de Hardy et opina d'un air sinistre. Sans doute pour mettre du baume au cœur de son ami, il fit semblant de prendre note.

— Je vérifierai chez les pompiers. Et puis ?

Hardy se tritura les méninges, finit par secouer la tête.

— Rien d'autre, reconnut-il avec un soupir. Oh, à part que j'ai découvert le nom du pressing où Carl Griffin faisait nettoyer ses fringues.

— Tu rigoles ? répliqua Glitsky, fronçant les sourcils. De sa vie, Griffin n'a jamais mis les pieds dans un pressing.

Après que Glitsky fut ressorti pour faire signer son mandat, Hardy recopia les numéros des derniers « M. Dempsey », puis il se rassit, l'air pensif. Glitsky avait fermé la porte en partant, ce qui allait lui permettre de travailler sans être dérangé. Il avait grand besoin de se concentrer.

Tout se passait comme si chaque découverte soulevait une nouvelle question. C'était une formidable aubaine, se dit-il, que Glitsky ait découvert le long coup de fil passé par Bree à Kerry le matin de sa mort. Mais, sur le coup, quelque chose l'avait perturbé dans cette information, et la sensation ne tarda pas à revenir l'aiguillonner. Les notes de Griffin mentionnaient une heure précise – « 9 h 01 ». C'était du moins ce qu'il avait supposé. Cette supposition l'avait mené tout droit au relevé téléphonique de Kerry – et au mensonge par omission de celui-ci. Toutefois, l'appel en question n'avait pas été passé à neuf heures une. Il avait démarré à sept heures dix.

Que signifiait donc ce « 901 » ?

Il y avait aussi Heritage Cleaners, le pressing de Griffin. Hardy approcha de lui le téléphone posé sur le bureau de Glitsky, composa le numéro, et joignit une femme dont l'anglais était si pauvre qu'il se contenta de lui soutirer ce qu'il espérait être l'adresse de l'endroit, avant de la remercier et de raccrocher. Il ne se sentait plus assez d'énergie, ce matin-là, pour une nouvelle conversation surréaliste au téléphone, cette merveille des temps modernes. Il tâcherait de passer à la blanchisserie un peu plus tard dans la journée – mais quand ? – afin de comprendre pour quelles raisons le nom de cet établissement figurait dans les notes de Griffin.

Le chaos était total.

Il consulta sa montre. Déjà onze heures passées.

Et aujourd'hui était son dernier jour. Frannie lui avait dit que le mieux serait qu'elle n'ait pas besoin de parler, et la seule façon d'y arriver, c'était qu'il fournisse des réponses satisfaisantes avant que sa femme soit de nouveau convoquée devant le grand jury.

Tout à coup, sans préavis, à un moment où son esprit était vacant et réceptif, Hardy comprit précisément ce que Frannie avait voulu lui faire comprendre en formulant sa dernière phrase – une phrase énigmatique, presque un défi. Hardy venait de s'engager à trouver une solution. À faire plus attention à elle. À essayer de s'intéresser davantage à ce qu'elle faisait, ce qu'elle pensait. Elle l'avait écouté en silence, et ensuite elle s'était éloignée vers la porte – une manière de lui faire comprendre qu'il avait vu juste, que c'était bien ce qui comptait pour elle.

Qu'il devait choisir entre le beurre et l'argent du beurre.

31

— Madame le Juge, si vous me le permettez...

Dans son cabinet, Marian Braun leva les yeux. Assise derrière son bureau, elle portait des demi-lunettes à monture métallique sous une émeute mal contenue de cheveux gris fer, et ne fit aucun effort pour dissimuler le déplaisir que lui causaient à la fois l'interruption et l'identité de son auteur.

— Je ne vous permets rien du tout, maître. C'est ma pause déjeuner. Je recommence à siéger dans quarante-cinq minutes. Adressez-vous à mon greffier.

Hardy resta planté sur le seuil. Il prenait un gros risque, mais sentit qu'il n'avait pas le choix.

— Madame le Juge. S'il vous plaît. Le temps presse.

Le froncement de sourcils s'accentua. La scandaleuse audace du maire, l'arrogance et les poses politiques du DA – le tout avant même qu'elle ait fini son café matinal – avaient ouvert une plaie qui était encore à vif. Sans parler des possibles ramifications légales auxquelles elle s'était exposée en se laissant ordonner par le maire d'assister à la réunion de ce matin-là. Elle venait de commettre un sérieux faux pas éthique dans l'affaire Frannie Hardy, et il ne lui restait plus qu'à prier pour ne pas avoir à en payer le prix.

Et voilà que le mari de cette maudite créature débarquait dans son cabinet, sans doute avide de lui soutirer une nouvelle communication *ex parte*. Mais du moins celui-là était-il largement au-dessous d'elle dans la hiérarchie du système. Elle n'en ferait qu'une bouchée, le recracherait en toute impunité et se sentirait probablement un peu mieux après. Si tout le monde essayait de lui forcer la main pour subvertir son autorité, elle allait les dégommer un par un, à commencer par cet avocat fureteur.

— Le temps presse en effet, monsieur Hardy. Vous avez fichtrement raison. Que voulez-vous ? Je ne veux pas entendre vos lamentations sur la situation dans laquelle votre femme s'est fourrée, dit-elle en regardant ostensiblement sa montre. Vous avez trois minutes, et je les compterai.

Hardy aurait aimé pouvoir étrangler Marian Braun séance tenante. Il aspirait à avoir au moins une chance d'essayer de lui faire comprendre les formidables difficultés auxquelles elle avait soumis sa famille entière. Mais cela risquait de le desservir. Il devait rester impersonnel – parler procédure, et rien de plus.

Il s'avança à grands pas, plaça sa serviette sur la chaise qui faisait face au bureau du juge, l'ouvrit.

— J'ai ici une demande d'*habeas corpus* pour ma femme. J'aimerais que vous acceptiez de la contresigner pour qu'elle soit examinée en audience d'ici à demain matin.

Ses sourcils restèrent froncés, mais Braun lâcha un rire sec.

— Vous plaisantez ? Qu'est-ce que vous venez faire ici avec ça ? Si vous avez une raison valable de demander l'annulation de cette inculpation, vous n'avez qu'à déposer votre requête selon la procédure habituelle.

— Madame le Juge…

Elle ne voulut rien entendre.

— Et même à supposer que vous ayez un motif suffisant, enchaîna-t-elle, croyez-vous que les services du DA vous accorderont une audience d'ici à demain matin ? Qu'espériez-vous obtenir en vous rendant ici ?

— L'annulation de l'inculpation d'offense prononcée par le grand jury.

Le juge l'épia un moment au ras de la monture de ses demi-lunettes en faisant tambouriner son stylo sur la table.

— J'admire votre culot, monsieur Hardy – même si je ne peux en dire autant concernant celui de votre femme.

Hardy dut se mordre la langue, mais il n'était pas question pour lui de se laisser entraîner dans une polémique à propos de Frannie.

— Je ne conteste pas votre sentence, Madame le Juge. Personne ne la conteste. Je souhaite seulement faire annuler l'inculpation du grand jury.

— Ma foi, voilà une preuve de bon sens bienvenue. (Elle fit glisser vers elle la feuille volante que lui présentait Hardy, la parcourut brièvement, revint à sa réaction initiale.) Vous ne dites pas qu'elle va parler, et vous n'expliquez pas davantage pourquoi elle n'y est pas tenue. Tout ce que vous déclarez là-dedans, c'est qu'il serait bien qu'elle soit remise en liberté. Cela concerne le DA. Ce sont ses services qui ont pris cette décision, pas moi.

Elle repoussa la feuille dans sa direction. Un geste de congé.

Hardy ne bougea pas. Braun leva sur lui un regard noir, poussa de nouveau la feuille.

— Je vais perdre patience si vous...

— Je ne fais pas confiance au DA. Je ne peux pas m'adresser à ses services.

Braun plissa les yeux. Hardy insista.

— Je sais d'expérience qu'ils commencent par adopter une position conforme à la législation, mais qu'une fois qu'elle est enregistrée tout change d'un seul coup. Dans cette affaire particulière, ils ont convoqué un grand jury de manière abusive...

— C'est une accusation sérieuse. Comment s'y sont-ils pris ?

— Madame le Juge, avec tout le respect que je vous dois, vous connaissez la réponse aussi bien que moi. Le grand jury est certes un instrument de l'accusation. Mais il ne doit pas être un instrument contondant.

— Ce qui signifie ?

— Ce qui signifie que Scott Randall essaie d'attirer l'attention sur lui à n'importe quel prix, et qu'il se sert de ma femme pour y parvenir. Combien de fois l'avez-vous vu cité dans la presse ce week-end ?

— Il n'est pas toujours présenté de façon élogieuse.

— Quelle importance ? Dans six mois, tout sera oublié – sauf son nom.

Hardy était lui-même surpris que Braun l'ait laissé aller aussi loin – sans doute avait-il touché une corde sensible. Elle savait que l'agenda du DA était politique avant d'être judiciaire. Dans l'exercice de ses fonctions de juge, Braun avait certainement eu son propre lot de comportements douteux ou malhonnêtes. Hardy décida d'exécuter une variation du même thème.

— Madame le Juge, nous aimerions tous croire que le DA fera ce qui est juste. Mais même si Mme Pratt est convaincue que la piste Ron Beaumont ne mène nulle part, il y a des gens dans ses services qui laisseraient croupir ma femme en prison à seule fin de prouver qu'ils ont ce pouvoir.

— J'ai pourtant cru comprendre que Ron Beaumont était sur le point d'être inculpé.

— S'ils l'inculpent, ils ne trouveront pas d'éléments suffisants pour aller au procès.

— C'est le système, monsieur Hardy, lança Braun, dont la patience avait visiblement atteint sa limite. Il faut vous y faire.

— Le système ne fonctionne pas, Madame le Juge. S'ils veulent laisser ma femme en prison, qu'ils soient au moins obligés d'expliquer publiquement pourquoi.

Braun planta les coudes sur son bureau.

— Vous savez, monsieur Hardy, pas plus tard que ce matin j'ai vu le maire lui-même essayer de court-circuiter cette procédure judiciaire. Je suis fatiguée de voir tant de gens s'acharner à mettre leur grain de sel dans le dossier Beaumont. (Elle se raidit, repoussa une dernière fois la feuille.) Vous m'avez fait votre numéro, essayez maintenant chez le DA. Vos trois minutes sont écoulées.

Hardy avait encore une carte dans sa manche, qu'il réservait pour le cas où il n'y aurait plus d'autre alternative. C'était le moment. Le pari pouvait s'avérer effroyablement risqué. En cas d'échec, les conséquences seraient dévastatrices pour sa crédibilité – et même pour sa carrière.

— Et si je vous amenais Beaumont à l'audience ?

Braun le regarda fixement.

— J'ai cru comprendre qu'il était en fuite.

Hardy décida de jouer par la bande.

— Scott Randall n'a strictement rien. Il a mis ma femme en prison pour sauver la face. S'il possède des éléments solides, qu'il présente au moins son dossier à découvert.

— Vous êtes en train de dire que Ron Beaumont témoignera demain à l'audience ?

Le cœur coincé dans la gorge, Hardy opina.

— S'il n'est pas présent, répondit-il, il n'y aura pas d'audience.

Il la vit lutter silencieusement avec cette perspective. Braun avait un sale caractère, et Hardy lui en voulait personnellement du sort qu'elle avait fait subir à Frannie. Mais comme la plupart des juges de la Cour supérieure, elle s'enorgueillissait de son sens de l'équité. C'était là-dessus que Hardy comptait pour la décider.

Ce n'était un secret pour personne, les services du DA actuel abusaient systématiquement du recours au grand jury. Et, en dernière instance, c'était à cause de l'arrogance et de l'arrivisme de Scott Randall que Braun elle-même avait été humiliée par le maire.

Elle l'étudiait d'un air sévère, les lèvres réduites à un trait de crayon.

— Je veux que vous compreniez que, si je n'étais pas aussi en rogne contre votre femme, je ne vous accorderais pas cette audience. Je le fais parce que je ne suis pas censée laisser mes sentiments personnels interférer avec mes décisions, et que si je ne vous l'accorde pas, je ne pourrai pas être totalement sûre que ce n'est pas dû à des raisons personnelles.

Elle ramena la feuille vers elle, et gribouilla une signature rageuse en bas de page. En voyant Hardy tendre le bras pour la récupérer, elle l'éloigna brièvement de lui.

— Si demain, en m'installant dans mon fauteuil, je constate que Ron Beaumont n'est pas présent dans la salle, vous n'aurez même pas droit à trois minutes.

Chez Lou le Grec proposait en plat du jour une sorte de version chinoise de la paella. Des morceaux de poulpe (ou de pneu), de la saucisse, peut-être du poulet – c'était difficile à dire –, et une chose rouge, le tout noyé de riz à la sauce soja. Le plat du jour étant le seul proposé, Hardy le commanda. La vague de faim s'était abattue sur lui dans le bureau de Glitsky, et il aurait volontiers commandé un corned-beef si cette spécialité avait figuré au menu. C'eût probablement été meilleur que cette paella qui, force était de l'admettre, ne cassait pas des briques.

Il en vint cependant à peu près à bout, assis près de la fenêtre dans un box dont le sommet, dans cette salle en sous-sol, prolongeait le niveau du trottoir. Il se souciait tellement de gastronomie qu'il aurait pu manger de la semelle.

Son attention était concentrée sur un sujet autrement fascinant – les lettres d'amour de Jim Pierce à Bree Beaumont, conservées dans la reliure de son album de terminale. Il y en avait une douzaine, toutes assez courtes – une demi-page ou un peu plus – et douloureusement empreintes de passion juvénile. Des vers de mirliton le firent grimacer : « Nulle part / En ce bas monde / Un homme / Fou d'amour / Chaviré / Ensorcelé / N'a jamais été / Tourmenté par / Une si grande / Nostalgie. »

Trois de ces lettres portaient l'en-tête de la société Caloco. Aucune n'était datée, mais la texture un peu cassante du papier induisit Hardy à conclure que la plus récente remontait à plusieurs années.

Ainsi David Freeman avait-il vu juste, une fois encore, se dit-il avec admiration en reposant la dernière. Mais après tout, qu'y avait-il de surprenant ? Pierce pouvait bien avoir pris pour femme une beauté de classe internationale, comme autrefois le Président Kennedy, ce n'était pas en soi un gage de fidélité. De la nature humaine selon Freeman : les hommes recherchaient la quantité, les femmes la qualité.

Au moment où Hardy avait l'impression de toucher du doigt une possible complicité Kerry-Thorne en ce qui concernait le meurtre de Bree, il n'avait aucun besoin de ce genre de complication. Il pouvait comprendre les dénégations de Pierce, surtout en présence de sa femme. Et, à en juger par l'âge apparent de ces lettres, leur liaison avait peut-être pris fin des années plus tôt – et même avant son mariage. Mais cette découverte était toutefois assez malvenue : Hardy s'efforçait de restreindre la liste des suspects, pas de l'étendre. Et si Pierce et Bree avaient été amants – ce qui s'imposait à présent comme une conclusion quasi inéluctable –, le vice-président de Caloco réintégrait forcément le tableau, ne fût-ce qu'en tant qu'élément périphérique.

— Comment c'était aujourd'hui, Diz ?

Lou le Grec en personne, debout devant sa table. Hardy s'arracha à sa rêverie. Il sourit, indiqua son assiette presque vide.

— Meilleur que jamais, Lou.

Le patron dévoila une foule de dents sous son épaisse moustache grise.

— Les clients m'ont dit ça toute la matinée. Je me demande si je ne vais pas en faire une spécialité.

Lou se glissa sur la banquette opposée. Ses yeux noirs avaient perdu leur expression rieuse.

— Dites, j'entends des choses. Sur vous, votre femme, votre maison. Est-ce que ça va ?

Hardy haussa les épaules.

— On fait aller, Lou. On fait aller.

— Si vous avez besoin de quoi que ce soit, faites-le-moi savoir, proposa Lou en se lissant les poils de la moustache, l'air assez embarrassé.

Après une hésitation, il hocha la tête.

— Bon, finit-il par ajouter, en tendant une main que prit Hardy. Bonne chance à vous, Diz. Et aujourd'hui, c'est la maison qui paie la note.

Hardy le remercia et, frappé par cette manifestation de gentillesse inattendue, le suivit des yeux tandis qu'il s'éloignait vers une autre table. C'était une de ses premières interactions personnelles avec cet homme en vingt et quelques années, et il n'était pas trop sûr d'en connaître l'origine.

Leur humanité commune ?

Cette pensée le réveilla net. De manière inattendue, le besoin de bonté était encore présent dans ce bas monde. Il n'était pas question que de lui et de Frannie. Il songea à Ron Beaumont – s'il était innocent, et Hardy avait maintenant très envie de croire qu'il l'était –, il vivait actuellement un cauchemar aussi infernal que le sien ou celui de sa femme.

Frannie avait raison – sur « le mieux », comme elle avait dit. Les choix étaient infinis, mais le mieux serait qu'elle n'ait pas besoin de parler. Et pour cela, ils dépendaient tous de lui. De son jugement et de sa compétence, bien sûr. Mais plus fondamentalement de son humanité.

Revenant aux lettres de Pierce, Hardy se rendit compte avec une sorte d'étonnement qu'elles ne le mèneraient nulle part. En tout cas ce-jour-là. Il n'avait pas le temps de s'y intéresser. Pour le moment, il savait tout ce qu'il avait besoin de savoir sur Jim Pierce. Le dirigeant de Caloco avait menti dans une situation de contrainte. Il avait aimé Bree. Peut-être même l'avait-il tuée – par jalousie, par dépit amoureux, par désespoir.

Mais, étant donné l'endroit où se trouvait à présent Hardy, le chemin de la vérité ne passait pas par Pierce. Il se devait de choisir la meilleure trajectoire possible… et ce fut ce qui le décida à revenir à Carl Griffin, qui avait trouvé la mort en cherchant la même chose que lui.

32

Heritage Cleaners avait son siège au premier étage d'une ruelle de Chinatown crasseuse, humide, et ce jour-là balayée par le vent. Hardy quitta Grant et s'y enfonça. La chaussée était divisée en deux par une rigole étroite et peu profonde dans laquelle coulait un filet d'eau usée. Il dépassa une série de bacs à ordures d'où s'échappaient de forts effluves de chou, de viande pourrie et d'urine. Le corps recroquevillé d'un chiot brun gisait au pied d'un immeuble. Hardy ne put s'en empêcher : il se pencha pour s'assurer qu'il n'y avait plus rien à faire. À l'aide de vieux journaux, il enveloppa ensuite le petit cadavre et le déposa dans le bac à ordures le plus proche.

Ayant trouvé l'adresse, Hardy gravit un escalier obscur. S'il devait un jour porter ses chemises à nettoyer chez un teinturier, celui-ci serait sûrement son dernier choix. Mais lorsqu'il pénétra à l'intérieur, l'endroit le remplit d'étonnement. Ce n'était peut-être pas le fourmillement ultramoderne et aseptisé de FMC, mais le bureau était bien éclairé et apparemment bien équipé, avec deux postes de travail informatique.

Et surtout – une surprise de taille –, ce n'était pas une blanchisserie.

Un Chinois âgé et frêle portant des lunettes à double foyer et une chemise amidonnée blanche sans col le regarda à son entrée, et se leva d'un des quatre bureaux.

— Je suis M. Lee. Que puis-je faire pour vous ?

Malgré un certain accent, son anglais était bon. Hardy lui remit sa carte de visite.

— Je participe à l'investigation sur la mort d'un inspecteur de police. Pourriez-vous m'accorder quelques minutes ?

M. Lee regarda de nouveau la carte.

— Vous êtes de la police ?

— Non, reconnut Hardy ; mais, voyant l'homme froncer les sourcils, il s'empressa d'ajouter : Cependant, j'ai des raisons de penser que cet inspecteur est venu ici dans le cadre de son enquête sur la mort d'une femme.

L'homme fit mentalement l'addition.

— Deux morts, maintenant ?

— Et même trois, ou peut-être plus. (Hardy marqua une pause pour laisser à sa réponse le temps de faire son effet.) Je collabore avec la police.

Ce n'était pas tout à fait exact, et Hardy était sur le point de proposer à M. Lee d'appeler Abe pour arrondir les angles quand celui-ci hocha la tête, apparemment convaincu.

— Cet inspecteur s'appelait Carl Griffin, précisa Hardy.

Nouveau froncement de sourcils.

— Un monsieur assez fort ? Pas trop propre ? Il est mort ?

Hardy entrevit une lueur d'espoir.

— Oui. Il s'est fait tuer il y a quelques semaines. J'aurais aimé savoir sur quoi il vous a interrogé.

Hochant encore la tête, M. Lee fit signe à Hardy de le suivre vers le bureau qu'il venait de quitter. Il pianota sur son clavier, attendit, indiqua l'écran de l'ordinateur.

— 1206 Broadway, dit-il. Un client à nous.

— Vous nettoyez l'immeuble entier ?

— Non. Il y a là-bas, je crois, vingt-trois ou vingt-quatre appartements, qui sont tous des propriétés individuelles. Nous avons un contrat d'entretien avec le syndic pour les parties communes, mais la plupart des résidents font aussi appel à nos services. Et ils en sont satisfaits.

— Bree Beaumont en faisait partie ?

— Oui. (M. Lee décocha un bref regard à Hardy, puis risqua un commentaire personnel.) Très triste, ce qui lui est arrivé.

— En effet, répondit l'avocat, songeant que dans cette affaire ce n'était pas la tristesse qui manquait. Comment sont planifiées vos interventions là-bas ? Je suppose que vous y allez le mardi et le jeudi, c'est bien ça ?

— Oui.

— Vous nettoyez les appartements deux fois par semaine ?

— En général, une fois. Une moitié le mardi, l'autre le jeudi.

— Et l'appartement de Bree ?

— Le jeudi. Tous les jeudis.

Hardy comprit alors la raison première de la visite de Griffin. Si l'équipe d'Heritage était venue le mardi matin chez Bree, disons une ou deux heures après sa mort et avant l'intervention de la police scientifique, des éléments matériels très importants auraient pu avoir été recueillis, par exemple dans les sacs d'aspirateur. Mais, à l'évidence, il n'en avait pas été ainsi.

Hardy tint cependant à le vérifier.

— Donc, vous n'êtes pas allés chez elle le jour de sa mort ?

— Non. Le sergent Griffin nous a posé la même question.

— Vous a-t-il demandé si un de vos employés avait vu quelqu'un ou quelque chose d'inhabituel dans les couloirs ?

— Bien sûr. (M. Lee, toujours assis, se renversa en arrière, les bras croisés.) Mais... vous êtes allé sur place ? Oui ? Alors, vous devez savoir : ce n'est pas ce genre d'immeubles. Il n'y a que deux appartements par étage – sauf en terrasse, où il n'y en a qu'un.

Hardy se souvenait. Le palier du douzième étage, celui de Bree, n'avait qu'une fenêtre et qu'une porte. Et les habitants de la résidence n'étaient pas exactement du style à traîner dans les couloirs ou dans le hall – lequel n'était d'ailleurs pas accessible aux étrangers.

— Donc, la police scientifique était déjà passée quand vous êtes venus le jeudi ?

M. Lee secoua la tête.

— Je l'ignore. Mais l'inspecteur Griffin... une minute.

Lee ouvrit un tiroir, fouilla parmi divers objets, trouva ce qu'il cherchait, le tendit à Hardy.

C'était un lambeau de papier froissé. Le pouls de Hardy s'accéléra quand il se rendit compte de ce dont il s'agissait sans nul doute – une page arrachée au calepin de Griffin. Les pattes de mouche lui étaient désormais familières, et il lut : « 0110. Reçu d'Heritage Cleaners une montre d'homme Movado, or et platine, numéro de série 81-84-9880/8367685. Pièce / affaire : 981113248. C. Griffin, SFPD, matricule 1123. »

— D'où tenez-vous ceci ? s'enquit-il. Où est la montre ?

M. Lee eut un haussement d'épaules éloquent.

— Quand l'inspecteur est venu, il m'a expliqué qu'il avait besoin de la montre. Qu'en attendant il fallait qu'on garde le reçu. Et que si personne ne la réclamait, on la récupérerait au bout d'un an et un jour.

— Mais ce reçu, comment l'avez-vous obtenu ?

— L'inspecteur l'a remis à mon chef d'équipe pour l'immeuble. Ils ont retrouvé la montre en faisant le ménage.

— C'est ce jour-là que votre équipe l'a retrouvée ? Le jeudi ?

Lee réfléchit un bref instant.

— Oui. Voyez, le reçu est daté du 1er octobre. Un jeudi.

— Et personne n'est venu la réclamer depuis ? Personne n'a signalé sa perte ?

— Non. Enfin, pas à nous.

Hardy n'en fut guère surpris. Si la montre avait été perdue sur le lieu du crime, par exemple au cours d'une lutte, c'eût été folie de la part de son propriétaire que d'essayer de la récupérer ensuite. Mais on avait déjà vu arriver des choses plus bizarres.

Bien entendu, il pouvait aussi s'agir simplement de la montre de Ron. Dans la cascade de bouleversements qu'avait subis son existence depuis la mort de Bree, peut-être n'avait-il pas eu le temps d'y repenser. Pourtant, Griffin devait lui avoir posé la question, non ?

En tout cas, le numéro indiquait qu'il l'avait enregistrée en tant que pièce à conviction du dossier Beaumont. Le problème, c'était qu'à présent Hardy connaissait le dossier de bout en bout, et qu'il n'y était fait aucune mention de cette montre.

Il demanda à M. Lee de lui fournir une photocopie du reçu.

Quand le Chinois revint peu après, il la remit à Hardy avec un claquement de langue compatissant.

— Je regrette de ne pas pouvoir faire plus, mais je n'étais même pas au courant de la mort du sergent Griffin.

M. Lee ne le bousculait pas, mais il lui signifiait clairement par là que cette affaire ne le concernait plus – ni lui ni son entreprise. Elle lui avait déjà suffisamment pris de son temps de travail.

Ils se dirigeaient ensemble vers la sortie quand les mots « traces tissu » traversèrent l'esprit de Hardy. Il s'arrêta devant le seuil.

— Monsieur Lee, une dernière question. Vous faites aussi du nettoyage de vêtements ? De la blanchisserie ? Si un de vos clients laisse une pile de linge sale à côté de sa machine à laver, par exemple, vous la mettez en marche pour lui ? Ou vous vous occupez du séchage ?

Le Chinois réfléchit, puis secoua la tête.

— À l'occasion, il nous arrive de retirer les rideaux ou les housses des sièges, mais pour le reste, non. En général, nous ne touchons pas au linge de nos clients.

— Et chez Bree ? Avez-vous ôté les rideaux ou des housses de siège pour les nettoyer ? Y avait-il des taches que vous avez eu besoin d'enlever ?

— Non. On ne fait ce genre de choses que sur demande spécifique du client, et j'ai vérifié avec le sergent Griffin quand il est venu. Encore une fois, je suis désolé de ce qui lui est arrivé.

Scott Randall avait appris la rumeur de la bouche d'un autre adjoint au DA, qui la tenait lui-même d'un des techniciens convoqués en pleine nuit par l'inspecteur Leon Timms pour recueillir et cataloguer tout ce qu'il y avait sous la banquette arrière de la voiture de Griffin.

Bien que Glitsky eût expressément prié Timms et son équipe de ne pas mentionner une possible corrélation entre les affaires Beaumont, Griffin et Canetta, la fuite avait eu lieu, par un de ces inexplicables mystères dont la nature humaine a le secret.

Randall s'était empressé d'organiser un déjeuner stratégique tardif avec sa supérieure hiérarchique et l'enquêteur judiciaire

Peter Struler. Ils venaient de prendre place autour d'une table du *Boulevard*, un restaurant incroyablement bon qui était aussi et surtout au-dessus des moyens de la plèbe du palais de justice.

Pratt, toujours sous le coup de la remontée de bretelles infligée par le maire, était encline à ignorer cette rumeur, mais Randall avait absolument besoin de son soutien pour aller de l'avant, et il n'était pas disposé à lâcher prise.

— Je crois qu'on doit partir du principe qu'elle est fondée, Sharron. Ça paraît très plausible. Ça sent le vrai, vous ne trouvez pas ?

Peter Struler, enquêteur depuis quinze ans, parla avec la confiance d'un vieux de la vieille.

— C'est vrai, intervint-il. Tout le monde a cru que Griffin s'était fait descendre par une balance dans le cadre d'une affaire de stups, mais il travaillait aussi sur Beaumont. Et la balistique confirme que c'est le même flingue qui a tué Canetta.

La mâchoire inférieure de Pratt flotta un moment.

— C'est un fait acquis ? Vous en êtes sûr ?

Struler acquiesça.

— Dès que Scott m'a répété ce qu'il avait entendu dire, je suis descendu fouiner au labo, j'ai vérifié auprès d'un des techniciens. Même arme.

— Même arme..., répéta Pratt, en s'efforçant d'inscrire cette information dans sa vision du monde.

— La même arme a tué Canetta et Griffin, martela Randall.

— Mais... quel rapport entre Canetta et Beaumont ?

— C'est drôle que vous posiez la question, répondit Randall, tentant sans trop y parvenir de retenir une moue arrogante. Vous vous rappelez Frannie Hardy, cette pauvre petite chose innocente dont on s'inquiète tellement ces temps-ci ?

— Oui, lâcha Pratt, plissant les paupières.

— Eh bien, notre vieil ami, son mari l'avocat, il trempe là-dedans jusqu'au cou. Il se trouve que Canetta faisait des heures sup pour lui.

— Pour lui ? Que voulez-vous dire ?

— Hardy se servait de l'insigne de Canetta pour avoir des

informations qu'il n'aurait pas pu récolter tout seul, affirma Struler.

— Sur quoi ?

— Sur tout, lança Randall avec un geste circulaire. Tout ce qu'il pouvait récolter.

— Mais pourquoi ?

— Il vous répondrait sans doute qu'il ne cherche qu'à sortir sa femme de prison, mais ça ne tient pas la route. Quoi qu'en dise le maire, elle ne sortira pas avant qu'on la remette en liberté, ce que je ne suis pas trop enclin à faire, déclara Randall en adressant un regard de conspirateur à Struler. J'ai une petite théorie sur la vraie raison de l'implication de Hardy, et Peter – ici présent – n'a pas l'air de la trouver trop mauvaise.

Pratt avala une gorgée d'eau gazeuse, opina d'un air attentif.

— Continuez.

— Hardy est le meilleur ami de Glitsky, n'est-ce pas ? Vous avez entendu comme moi ce brave lieutenant dans votre bureau l'autre jour, quand il a parlé de son amitié pour Frannie – une personne formidable, qui s'est occupée de ses enfants à la mort de sa femme, et bla-bla-bla. Allez donc demander à Marian Braun ce qu'elle pense de Mme Hardy.

Pratt chassa la suggestion d'un revers de main.

— Quelle est votre théorie, Scott ?

— J'y arrive. On est tous d'accord pour considérer que c'est Ron qui a fait le coup, non ?

Struler en était encore plus persuadé que Randall.

— Absolument, dit-il en se tournant vers Pratt, comme pour solliciter une prise de position claire. Un grand classique de l'escroquerie à l'assurance. Bree avait une grosse assurance-vie. Elle était aussi le soutien financier de Ron, et elle avait décidé de le larguer.

— Pourquoi ? questionna Pratt.

— Il y avait une autre gonzesse dans…

— Femme, s'empressa de corriger Pratt.

Même quand il était question d'une série de meurtres, certains écarts ne pouvaient être tolérés, ne fût-ce qu'un instant.

Struler ébaucha une rapide grimace, aussitôt effacée.

— Une autre femme dans sa vie.
— Frannie Hardy ?
— Non, madame. On ne pense pas. En tout cas, moi, j'ai quatre témoins dans l'immeuble qui assurent avoir vu Ron avec une autre femme – toujours la même – dans la journée, pendant que Bree bossait à l'extérieur. Ils traversaient le hall main dans la main, s'arrêtaient parfois pour s'asseoir sur un banc du jardin.
— Qui est-ce, alors ?
— Ça, on ne le sait pas. Pas encore. Mais on va la trouver. De toute façon, ce qui compte, c'est que Bree a fini par s'en apercevoir.
— Comment le savez-vous ?
— C'est une hypothèse plausible, intervint Randall. À la limite, peut-être qu'elle ne s'en est pas aperçue. Ça ne change rien. Mais attendez la suite, vous allez voir, tout s'emboîte.

D'un signe de tête, il invita Struler à poursuivre.

— Ce qui a fini par arriver, expliqua l'enquêteur, c'est que Bree a rencontré quelqu'un d'autre ; elle est tombée enceinte et envisageait d'épouser le type.
— Il s'agirait de Damon Kerry, chuchota Randall.

Le spectacle de la stupeur de son chef le conduisit au bord de l'exultation – rien de tel, décidément, qu'une bonne surprise. Et il en réservait une ou deux autres à Frannie Hardy le lendemain.

— Damon Kerry ? répéta Sharron Pratt, le regard étincelant d'excitation.
— C'est ce qui se murmure un peu partout, dit Struler.
— Très habile, la façon dont ils s'y sont pris pour monter leur coup, ajouta Scott.
— Qui ça ? Quel coup ?
— Hardy et Glitsky. Sachant que Kerry allait être impliqué…

Pratt leva une main.

— Je crains de ne pas vous suivre. Comment Kerry est-il… ?
— Pourquoi croyez-vous que le maire essaie maintenant d'étouffer l'affaire ? Un maire démocrate. Un candidat démocrate au siège de gouverneur.
— Soit. Mais Damon…
— Damon sort avec une femme mariée, Sharron, l'interrompit

Randall. En pleine campagne. Et la voilà enceinte de lui. Ça fait désordre, non ? Pas question que ça s'ébruite.

Le DA ne voyait toujours pas le fil directeur.

— D'accord, mais le lieutenant Glitsky ? Que vient-il faire là-dedans ?

Pour Scott Randall, la réponse coulait de source.

— Hardy est l'avocat de Ron Beaumont, pas vrai ? Ron vient lui soumettre son problème : il sent que Bree va le laisser choir. Si elle le fait, il perd deux millions de dollars.

— Deux millions ?

— Un joli petit mobile bien rondelet, vous ne trouvez pas ? remarqua Randall, souriant.

Nouvelle intervention de Struler :

— Hardy ne roule pas précisément sur l'or. Il n'a pas décroché un procès valable depuis deux ans. Il ne s'occupe que d'affaires minables. Parallèlement, sa femme n'a pas de boulot, et ses gosses vont à l'école privée. Vous pouvez être sûre que le fric est un problème pour lui.

— En poussant un peu plus loin sur cette voie, Sharron, renchérit Randall, on peut raisonnablement parier qu'il a fichu lui-même le feu à sa maison, histoire de renflouer sa trésorerie.

— Vous me dites... que Hardy et Ron auraient prémédité ensemble le meurtre de Bree Beaumont ?

Randall hocha la tête, rayonnant.

— Avec la femme de Hardy en guise d'alibi.

— Et Glitsky ? Où intervient-il ?

Struler et Randall se consultèrent du regard. L'inspecteur prit la parole.

— Combien gagne Glitsky... soixante-dix, soixante-quinze mille par an ? Il est à la tête de la criminelle, et c'est le meilleur pote de Hardy. Ils le mettent au parfum, ce qui leur permet d'être sûrs que Ron ne sera jamais arrêté. Glitsky ne lève pas le petit doigt. Point barre. L'affaire est dans le sac.

Randall prit le relais :

— Ensuite, ils titillent un peu Kerry à propos de sa liaison avec Bree, ce qui le pousse à aller trouver le maire – qui à son tour nous demande de relâcher Frannie pour des raisons politiques, et patati et patata.

— Le fumier ! s'exclama Pratt.

— Je ne vous le fais pas dire.

Le martini de Randall arriva. Il en retira l'olive, se la mit dans la bouche, commença à mâcher d'un air satisfait.

— Ça colle de bout en bout, Sharron. Et ensuite, Beaumont a tué deux autres personnes – deux flics qui commençaient à voir un peu trop clair dans son petit manège.

Le scénario plaisait à Pratt, mais une objection lui vint à l'esprit.

— Sauf que si Canetta travaillait pour Hardy…

— Canetta était chargé de déterrer de quoi compromettre Kerry et Pierce, le directeur de Caloco, répliqua Randall. Stratégie classique d'avocat fouille-merde, si vous me passez l'expression. Histoire d'éloigner les soupçons de Ron. Là-dessus, Canetta a découvert quelque chose, et peut-être qu'il a essayé d'en croquer lui aussi.

— Ron a dû le descendre, conclut Struler avant de siroter une gorgée de bière.

— Et pour couronner le tout, dit Randall, Glitsky distribue des consignes comme quoi personne ne doit moufter ni sur Canetta, ni sur Griffin, ni sur quoi que ce soit d'autre. Il « mène sa propre enquête », et Ron Beaumont semble avoir quitté son écran radar.

— Bon Dieu ! s'exalta Pratt, si c'est vrai…

— … c'est l'affaire de la décennie, compléta Randall.

— C'est vrai ! répéta Struler. Tout correspond.

Le silence tomba brièvement pendant que le serveur déposait les salades. Pratt joua un instant avec sa fourchette, puis la reposa.

— Encore une objection, annonça-t-elle. Si tout était si bien planifié, comment se fait-il que Frannie Hardy ait échoué en prison ?

— Pour un million de dollars, avança Struler, je veux bien faire quatre jours de taule quand vous voudrez.

Randall répondit plus sérieusement.

— Ce n'est qu'une de ces erreurs grossières que les criminels commettent tous les jours. Elle était nerveuse, et elle s'est pris le chou avec Braun.

— Mais ce fameux secret qu'elle ne pouvait pas révéler ? insista Pratt, toujours réticente.

— Il n'y a jamais eu de secret, rétorqua Randall d'un ton détaché. Elle était tellement sûre de son fait qu'elle s'est mise à improviser. Elle a fait la maligne, et à un moment donné elle s'est retrouvée piégée, obligée de reconnaître qu'elle savait que Ron et Bree avaient des problèmes de couple, mais qu'elle ignorait de quoi il s'agissait. Sur le coup, ma question lui a paru innocente. Elle n'a pas vu où je voulais en venir avec – et quand elle a compris, il était trop tard.

— Donc, elle…

— Mon pronostic est qu'elle va faire machine arrière demain. Ou alors, elle inventera un secret.

— Si elle fait ça, observa Struler, votre théorie est bétonnée.

— J'y compte bien, répondit Randall en mastiquant gaiement.

— En attendant, le protégé de Glitsky est devenu un tueur de flics récidiviste, remarqua Pratt d'un ton ferme. Messieurs, il va falloir empêcher ces gens de nuire.

De la cabine téléphonique glaciale de Grant où il appela à son bureau pour prendre ses messages, Hardy apprit que l'équipe d'enquête criminelle des pompiers avait passé un coup de fil plus ou moins urgent et souhaitait s'entretenir avec lui. Il en allait de même pour trois de ses clients.

Pour finir, il fut presque surpris du soulagement qui s'empara de lui quand il sut que David Freeman était enfin arrivé. À pied, il mit moins de dix minutes pour revenir de Chinatown à Sutter Street.

Son propriétaire et mentor – apparemment toujours blindé – était en train de jeter des notes rageuses sur un cahier jaune, assis derrière son bureau, quand Hardy poussa la porte en lançant :

— J'ai besoin d'un peu de votre précieux temps.

Il venait de scandaliser Phyllis en ignorant superbement son « Il ne veut surtout pas être dérangé ». Sans un regard, il était passé au ras de son bureau d'un pas ferme, et avait marché droit sur la porte close de Freeman, qu'il avait ouverte sans frapper.

Le vieil homme fut trahi par son expression. Il n'était pas aussi furieux qu'il aurait souhaité le faire croire – même s'il sortit immédiatement une note d'honoraires vierge, inscrivit quelques mots dessus, et marmonna :

— « Précieux » est un mot faible. Je calcule mes honoraires à l'heure, Diz. Si vous voulez un conseil maintenant, il va falloir payer.

— Tout finit par se payer tôt ou tard, philosopha Hardy en refermant la porte.

Les cheveux de Freeman arboraient un désordre einsteinien. Quant au reste de sa personne, il était empreint de son élégance coutumière – moignon de cigare mort au coin de la lippe, cravate de travers, chemise froissée et déboutonnée, veste marron élimée jetée sur les épaules.

— Phil Canetta a été tué, annonça sobrement Hardy. Vous êtes au courant ?

Le vieil homme reposa son stylo.

— J'ai lu quelque chose à ce sujet dans le journal de ce matin.

Hardy n'avait fait que deux pas dans la pièce quand la porte se rouvrit derrière lui – Phyllis.

— Je suis désolée, monsieur Freeman. J'ai dit à M. Hardy que vous désiriez ne pas être... Mais il a filé comme un éclair, et...

— Tout va bien, ma chère, coupa Freeman en levant la main. C'est une urgence.

Elle consacra encore un moment à peaufiner son expression de dégoût – bien que Hardy la trouvât déjà parfaite. Après avoir fait entendre un petit son indigné, elle reflua vers la sortie.

— « Ma chère » ? répéta Hardy. Vous l'appelez « ma chère » ?

— C'est un ange, assura Freeman. Elle me protège de la racaille. Je ne pourrais pas vivre sans elle.

— Vous devriez sortir plus souvent, maugréa Hardy en secouant la tête.

Il atteignit le bureau, tira un fauteuil, laissa tomber sa serviette dessus, l'ouvrit, et déclara aussi naturellement que s'ils avaient passé toute la matinée à discuter :

— Vous aviez raison pour Griffin. Il fallait commencer par lui.

— Je croyais qu'on parlait de Canetta.

— Des deux.

Les sourcils de Freeman montèrent d'un cran – c'était une question –, et Hardy s'assit en lui résumant notamment les conclusions de l'expertise balistique : les deux hommes avaient été tués avec la même arme.

— Il semblerait que le meurtre n'ait pas eu lieu plus de deux heures après son départ d'ici, dit-il en conclusion.

— Où l'a-t-on retrouvé ?

— Dans le Presidio.

— Je n'ai rien vu sur Griffin dans l'article. Ni sur Bree Beaumont, d'ailleurs.

— Glitsky tient à rester discret pour le moment. Damon Kerry est sûrement impliqué – il y a donc, comme ils disent, des ramifications politiques.

Face à l'absence de réaction de Freeman, Hardy poursuivit, énumérant les faits qu'il connaissait.

Quand il eut fini, le vieil avocat était carré dans son fauteuil, les mains jointes sur la panse, le cou débordant sur sa cravate gueularde, les paupières closes. Sa poitrine se souleva et s'abaissa à deux reprises. Tout doucement, il dressa la tête, cligna les yeux.

— Et maintenant, où en êtes-vous ?

Hardy prit dans sa serviette les notes photocopiées et surlignées au marqueur de Griffin.

— Griffin avait mis le doigt sur quelque chose. Je suis convaincu que c'est là-dedans, précisa-t-il en poussant la liasse de feuilles en travers du bureau. Regardez surtout les surlignages jaunes.

Deux yeux de basset se vrillèrent sur lui, luisants d'ironie.

— Je m'en serais douté. (Après un moment de lecture, Freeman revint en arrière de quelques pages, hocha la tête, retrouva le point où il s'était interrompu, leva de nouveau les yeux.) Donc, Griffin avait rayé Ron de sa liste ?

— Où voyez-vous ça ? demanda Hardy en se penchant.

— La première annotation, expliqua Freeman d'un ton patient. « R à 805, PPLF » suivi de trois points d'exclamation. « R » désigne sûrement Ron, vous ne croyez pas ? 805 doit être l'heure à laquelle il est parti pour l'école avec les enfants – trop tôt pour l'avoir fait. PPLF, c'est « Pas pu le faire ». Mais vous l'aviez déjà deviné, je suppose ?

— Bien sûr, mentit Hardy.

« PPLF », se dit-il. « Pas pu le faire ». Comme « SVP » pour « S'il vous plaît ». Mais il n'avait jamais croisé cette abréviation.

— Bien sûr, répéta-t-il. Il avait mis Ron hors course.

— Je suppose que sa chronologie est bonne. Et maintenant, qu'est-ce que c'est que ce « Herit. » ?

— J'en sors à l'instant. C'est la société d'entretien qui faisait le ménage chez Bree. (Hardy se pencha au-dessus du bureau.) Le mardi et le jeudi, comme c'est indiqué. Ils font l'appartement de Bree le jeudi, ce qui veut dire qu'ils sont passés après la police scientifique... Au fait, ça n'est pas mentionné ici, mais Griffin avait une montre découverte sur le lieu du crime, qu'il avait enregistrée comme pièce à conviction.

— Quand ?

— Le jeudi. Un employé d'Heritage Cleaners l'avait ramassée. Ils l'ont remise à Griffin.

— La scientifique ne l'avait pas trouvée le mardi ?

— Je n'en sais rien. Je suppose que non. Glitsky vous dirait sûrement que ces gens-là sont sous-payés et surchargés de travail. Quoi qu'il en soit, la montre a disparu.

Freeman hocha la tête sans quitter un instant la page des yeux.

— Tant pis, tant pis. Autre chose : ce « traces tissu ? » et ce « taches r. !!! ». Est-ce que Ron... ? De quoi pourrait-il s'agir ? De sperme ?

— Je l'ignore. Je crois que Bree et lui ne dormaient plus ensemble.

Cette fois, Freeman leva les yeux.

— Ils faisaient chambre à part, expliqua Hardy. Bree voyait quelqu'un d'autre, c'est certain, et peut-être que Ron aussi. Sur le plan sexuel.

— Charmant, commenta Freeman. Le couple moderne, quoi... Vous avez lu le rapport d'autopsie. Mentionne-t-il des traces de viol le matin du meurtre ? ou de rapport sexuel ?

— Non.

— Hmm... Des taches sur un rideau ?

Hardy secoua la tête.

— Les gars du labo les auraient repérées.

— Oh oui, les spécialistes ultracompétents de la police scientifique. (Freeman réfléchit un instant, désigna la serviette de Hardy.) Je suppose que vous avez là-dedans un double du rapport de police ?

Hardy lui tendit une chemise cartonnée, et patienta pendant que Freeman recherchait l'information voulue.

— C'est là. Elle portait une jupe de coton mélangé bleu marine, un chandail bleu clair. Un collant. Des chaussures noires à talons plats... Ah, nous y voilà.

— Quoi ?

— Ils ont trouvé ce à quoi on était en droit de s'attendre – du sang et de la poussière –, et aussi une tache de rouille sur la hanche gauche et sur l'ourlet du chandail. De la rouille.

— Quand elle est passée par-dessus le balcon, expliqua Hardy. La balustrade est en fer forgé.

— Eh bien, c'est ça, approuva Freeman, très fier de lui, en se renversant en arrière.

— Alors, pourquoi Griffin a-t-il aussi écrit « traces tissu ? » ?

— Peut-être qu'il se posait juste la question. Allez savoir. Le moins qu'on puisse dire, c'est que son style était plutôt relâché.

— Peut-être.

Hardy restait néanmoins perplexe. Les points d'exclamation de Griffin revenaient partout où il était question de nettoyage, sauf là, mais il n'arrivait pas à leur attribuer une signification claire.

Mais Freeman, quand il facturait ses conseils au temps, ne perdait pas une seconde. Estimant avoir résolu le mystère du « r. » de façon satisfaisante, il passa à la suite – le coup de téléphone de neuf heures une.

Hardy lui parla du coup de fil de Bree à Kerry le matin de sa mort. Quand il eut fini, Freeman esquissa une moue perplexe.

— Et vous dites que ce coup de fil n'a pas eu lieu à neuf heures une ?

— Non, c'était bien plus tôt. Il a commencé à sept heures dix.

— Alors, à quoi correspond ce 901 ?

— Je ne sais pas. Je vous le répète, David : je suis convaincu que Griffin avait trouvé quelque chose, et que cette chose est ici, dans ses notes, mais je n'arrive pas à voir ce que c'est. J'ai cru que c'était une heure et qu'elle pourrait nous mener à Kerry, et c'est exactement ce qui s'est passé, mais le problème, c'est que cette heure ne colle pas.

— Ce n'est donc pas une heure.

— Si… Revenez aux notes. C'est toujours de cette façon qu'il note les heures : 805, 1145, et là, 901.

Freeman consacra trente secondes de plus au problème, puis agita une main.

— D'accord, je passe. Continuons. Et ce « Bax T. à 830 », là, c'est quoi ?

— À notre connaissance, il s'agit de la dernière personne à avoir vu Griffin en vie.

Hardy résuma ce qu'il avait appris sur Thorne par Elliot, et évoqua le mandat de perquisition qu'allait probablement obtenir Glitsky afin de recueillir des preuves documentaires à son domicile.

— Il y a quatre fronts possibles en ce qui le concerne. Si Abe trouve des éléments matériels sur l'un d'eux, je crois qu'on pourra cesser de se torturer les méninges.

Les doigts de Freeman tambourinèrent brièvement sur le bureau.

— Dans ce cas, pourquoi est-ce qu'on se fatigue, vous et moi ?

Avant que Hardy ait eu le temps de répondre, les doigts de Freeman s'immobilisèrent, et il demanda :

— Se pourrait-il que Canetta ait travaillé pour ce Thorne ?

— Pas que je sache. Mais il lui arrivait de faire des extra pour Jim Pierce.

— Avec quelle fonction ?

— Agent de sécurité dans des séminaires ou des congrès, ce genre de choses.

— Mais pas pour Thorne ?

— Je l'ignore. Cela dit, jusqu'à hier, je n'imaginais pas un instant que Thorne puisse être lié à tout ça, et je n'ai jamais posé la question à Canetta.

— Tâchez d'y réfléchir. Les producteurs d'éthanol organisent bien des séminaires eux aussi, non ? Je veux dire, San Francisco est la capitale nationale des séminaires. Et tous ont besoin d'agents de sécurité, pas vrai ? Si Canetta opérait dans cette branche, s'il faisait partie de la centaine de flics qui effectuent des heures sup dans le privé... (Freeman haussa les épaules. Tout cela lui paraissait absolument évident.) Vous considérez comme acquis qu'il existe une connexion entre Thorne et Kerry ?

— Par l'intermédiaire de SKO, oui, à peu près.

Le vieil homme se gratta l'oreille.

— D'accord. Dernier point : ce « Burn » ou « Brown » suivi du symbole « $ », qu'est-ce que c'est ?

Hardy se rassit.

— Maître vénéré, c'est précisément pour répondre à de telles questions que je suis venu vous déranger. Cela dit, attendez une minute, laissez-moi revoir ça. (Il étudia le gribouillage de Griffin pour la énième fois.) Le nom de jeune fille de Bree était Brunetta. À la limite, ça pourrait être « Brun », qu'en pensez-vous ?

Il repassa la photocopie à Freeman.

— Pas impossible. Peut-être que Thorne la faisait chanter à cause d'un épisode de son passé, du temps où elle s'appelait encore Brunetta. En tout cas, il semble que Griffin avait détecté un aspect financier. Peut-être qu'il a appelé Thorne à ce sujet.

Hardy se souvint des documents de Caloco qu'il avait parcourus dans la cuisine de Glitsky. Et du talent de Ron – à moins que ce n'ait été celui de Bree ? – pour créer de la richesse, ou en tout cas des lignes de crédit substantielles. Thorne avait-il tenté de placer Bree sous son contrôle, et par extension sous le contrôle de Valens et de Kerry, en la menaçant de dévoiler ses tripotages financiers ? Ou, mieux encore, d'utiliser ce genre d'informations pour ruiner sa crédibilité et sa réputation auprès de Kerry ?

Hardy finit par se rasseoir sous l'œil extrêmement attentif de Freeman.

— Vous êtes persuadé que c'est Thorne qui a fichu le feu à votre maison, n'est-ce pas ?

C'était la première fois que Freeman mentionnait l'incendie et, ainsi qu'il l'escomptait peut-être, Hardy fut pris de court.

— Comme vous le diriez sans doute : Je pense que ce n'est pas impossible.

Freeman hocha la tête d'un air sagace.

— Et quand vous êtes allé le voir ce matin, vous étiez enfouraillé comme en ce moment ? Je sais que, selon l'expression consacrée, il faut avoir un avocat, une arme et de l'argent pour se sentir en sécurité, mais franchement, je trouve que les armes ne vont pas très bien avec le reste.

Un sourire penaud dansa un instant sur les traits de Hardy. David Freeman était réellement effarant. Rien ne lui échappait.

— Je risquais d'avoir besoin de me défendre.

Freeman resta de marbre.

— Je ne vous crois pas. Je crois que s'il vous avait fourni le moindre prétexte, il aurait présentement du plomb dans le cœur.

Sans avoir été convié, le sourire de Hardy réapparut furtivement. Le vieil homme le montra du doigt.

— Écoutez-moi, Diz. Vous avez parfaitement le droit de haïr ce type, mais c'est à la justice de le punir, pas à vous. Vous avez déjà remis cette affaire à sa vraie place – entre les mains de Glitsky. Tâchez de ne pas vous faire tuer. Trop de gens sont déjà morts. Dont deux types qui avaient une arme et savaient s'en servir. Ça ne vous inspire rien ?

— Ils n'ont pas dégainé assez vite, répondit Hardy.

Freeman ne montra aucun signe de gaieté. Il consulta sa montre, baissa les yeux, nota quelque chose.

— Trente minutes à deux cents dollars de l'heure – ça vous fera cent dollars. Je les ajouterai au prochain loyer.

Remonté dans son bureau, Hardy composa le numéro vert de la marque Movado, et donna le numéro de série de la montre à une employée du service clientèle très serviable. Mais, tout ce qu'elle put lui apprendre, ce fut que la montre en question avait été vendue dans les cinq années précédentes au Jewelry Exchange, une bijouterie de San Francisco. Il n'y avait aucune trace du nom de l'acheteur.

33

Le siège administratif de la caserne centrale des pompiers, sur Golden Gate Avenue, ne ressemblait pas au palais de justice. Ici, le grand hall était accessible au public sans détecteurs de métaux ni policiers de planton. L'enchevêtrement de misères et de rancœurs qui était le lot commun du palais de justice et des rues avoisinantes n'était nulle part perceptible. Les murs de marbre – dans lesquels étaient gravés les noms des héroïques pompiers morts au combat – semblaient rayonner de fierté. Des hommes et des femmes bien installés dans la vie entraient dans le bâtiment, et marchaient d'un pas décidé jusqu'à des ascenseurs prêts à les catapulter vers leur étage de destination.

Hardy n'éprouvait donc aucun sentiment d'appréhension quand il franchit la porte d'un bureau du cinquième étage sur laquelle était inscrit : « Enquêtes criminelles ».

Après son appel concernant la montre, il avait continué de téléphoner dans son bureau pendant près d'une demi-heure. Il avait ainsi joint Bill Tilton, l'agent d'assurances, en se faisant passer pour un employeur potentiel de Marie Dempsey. Elle lui avait faxé un CV, expliqua-t-il, mais il n'arrivait pas à déchiffrer clairement son numéro de téléphone et son adresse. Tilton, brisant au passage toutes les règles de confidentialité, lui avait donné les informations dont il avait besoin.

Son appel suivant avait été pour une secrétaire du service

d'enquêtes criminelles de la caserne, qui lui expliqua qu'on souhaitait l'entendre dès que possible. S'il en avait l'occasion, il pouvait passer dans l'après-midi, et les enquêteurs le recevraient. Hardy avait donc pris rendez-vous pour treize heures trente, supposant que cette relative urgence était liée au fait que les pompiers souhaitaient lui rendre la jouissance de sa maison.

Il eut cependant un mauvais pressentiment quand la secrétaire l'aiguilla, non pas vers un des bureaux situés dans son dos, mais vers une petite salle vide au centre de laquelle trônait une table métallique balafrée, avec quatre chaises en bois alignées le long d'un mur.

Hardy avait suffisamment fréquenté ce genre de lieux pour en saisir aussitôt la nature : c'était une salle d'interrogatoire. Il s'approcha de l'unique fenêtre, jeta un coup d'œil vers l'ouest. La visibilité n'allait pas au-delà de deux pâtés d'immeubles. Soudain, Hardy sentit monter en lui un frisson d'appréhension.

Il fit demi-tour, bien décidé à s'en aller, et à inviter ceux qui voulaient l'interroger à venir le faire sur son terrain – le Solarium de Freeman. Celui-ci lui avait conseillé de laisser le travail de police à Glitsky, et c'était un conseil avisé ; mais Hardy en savait plus long que son ami sur cette histoire, et surtout il avait un délai à tenir. Il lui restait encore beaucoup à faire – il ne pouvait se permettre d'être retenu ici. Mais dès qu'il leva les yeux, il comprit qu'il ne devait pas espérer repartir tout de suite : trois hommes lui faisaient barrage sur le seuil.

— Monsieur Hardy ?
— Comment allez-vous ?
— Prenez donc une chaise.

Aussi chaleureux que des croque-morts. Le dernier ferma la porte, et Hardy le reconnut. Ce n'était pas l'affable capitaine Flores, mais l'autre, celui qui s'était montré si rébarbatif la veille dans l'après-midi. Il se présenta comme le sergent Wilkes – pas de prénom. Avec son dossier bien calé sous le bras, il était visiblement aux manettes.

— Voici mon collègue le sergent Lopez. Et celui-là, poursuivit-il en indiquant un jeune cow-boy noueux en blouson de jean, c'est le sergent Predeaux.

Predeaux, une épaule en appui contre le mur opposé, se fendit d'un sourire glacial sans cesser de mâcher son cure-dents.

— Le sergent Predeaux, précisa Wilkes, travaille avec nous sur les enquêtes criminelles. Il est de la police. Le sergent Lopez et moi, on est pompiers.

L'hostilité était d'ores et déjà palpable dans la petite pièce. Hardy, bien décidé à ne pas en rajouter si possible, retint une grimace.

— Bien, dit-il. Qu'est-ce que vous avez trouvé ?

Wilkes ouvrit son dossier avec affectation. Du point de vue d'un avocat comme Hardy, il n'y avait pas grand-chose dedans – un plan schématique de sa maison, deux pages de notes, peut-être un procès-verbal officiel. Wilkes prit cependant tout son temps pour le relire en silence pendant que les autres l'attendaient. Enfin, il décida que le moment était venu.

— Nous avons des indices clairs de la présence d'un accélérateur à base de pétrole, probablement de l'essence, sur le perron côté façade. Nos conclusions s'appuient sur toutes sortes de données techniques, mais en résumé le rapport dit que c'est bel et bien un incendie criminel. En fonction du taux de combustion et de l'heure d'alerte, on peut fixer assez exactement le départ du feu vers trois heures et demie du matin dans la nuit de samedi à dimanche.

Rien de tout cela ne constituait une surprise pour Hardy, mais la question suivante, même si elle n'était guère étonnante dans un tel cadre, résonna très désagréablement entre ses oreilles. Lopez se dandina à côté de Wilkes, comme s'il n'arrivait plus à se retenir, et prit la parole.

— On a cru comprendre que vous n'avez pas dormi chez vous cette nuit-là. C'est exact ?

Le regard de Hardy alla d'un homme à l'autre. Il s'appliqua à hocher la tête et à répondre d'un ton neutre.

— C'est exact. Je ne l'ai pas mentionné au capitaine Flores ? J'étais chez mes beaux-parents, avec mes enfants.

— Et pourquoi ?

— Pourquoi quoi ?

— Pourquoi étiez-vous chez vos beaux-parents ?

— Parce que mes enfants y étaient. C'était Halloween. Ils dormaient chez leurs grands-parents, je voulais être avec eux.

— Vous êtes marié, non ? Votre femme n'était pas là ?

— Oui, je suis marié. Et non, elle n'était pas là.

— Vous avez des problèmes de couple ? demanda Lopez.

— La femme de M. Hardy est en prison, déclara Predeaux, ce qui ne parut stupéfier aucun de ses collègues.

Hardy hésita.

— C'est une longue histoire.

— On a tout notre temps, affirma Wilkes avec un sourire faux.

Hardy le lui rendit.

— J'en suis heureux pour vous, mais il se trouve que de mon côté je suis assez pressé.

Predeaux fit un pas en avant.

— Vous avez l'habitude de dormir chez vos beaux-parents ?

C'en était trop. Hardy se raidit sur sa chaise, croisa les bras.

— Je n'y crois pas ! (Il faillit aboyer un éclat de rire, se retint de justesse.) Si vous alliez poser la question à mes beaux-parents, les gars ? Ils vous diront que j'y étais. Je n'ai pas mis le feu à ma maison, bon Dieu !

— Ils étaient réveillés, à trois heures et demie du matin ?

— Ouais, riposta Hardy d'un ton cassant. On était tous assis en cercle autour du feu de camp, et on se racontait des histoires.

— Formulation intéressante, remarqua Wilkes.

— Et comment, répliqua Hardy. Très révélatrice. (Il se pencha en avant.) Écoutez, les gars, je croyais venir ici pour être informé de vos progrès et peut-être rentrer en possession de ma maison, ce qui me permettrait de me mettre au boulot pour la reconstruire.

— Vous êtes assuré ? s'enquit Wilkes.

Un soupir las.

— Oui, monsieur. Je suis assuré. Dieu merci.

— Valeur de remplacement ou valeur de perte ? intervint Predeaux.

Encore un éclat de rire avorté.

— Vous serez peut-être surpris de l'apprendre, mais je n'ai pas relu mon contrat ces derniers temps. Je n'en ai aucune idée. C'est ridicule. Si on doit continuer dans cette veine, je suggère qu'on prenne un autre rendez-vous, et je viendrai avec un avocat.

— Vous pensez avoir besoin d'un avocat ? demanda Lopez.

Hardy lui adressa un sourire froid.

— Un bon tuyau, sergent : tout le monde a besoin d'un avocat. (Il quitta sa chaise, se planta devant Predeaux.) Je suis en état d'arrestation, oui ou non ? Vous envisagez sérieusement de m'inculper ? Parce que si vous le faites, croyez-moi, je saurai comment employer l'argent que me rapportera ma plainte pour arrestation arbitraire.

Le cure-dents de Predeaux passa de l'autre côté de sa bouche.

— C'est marrant que vous en parliez, dit-il, en s'installant à califourchon sur une chaise. Vous êtes un peu juste côté finances ?

— Qui ne l'est pas ? se défendit Hardy. Qu'est-ce que vous vous imaginez, les gars ? C'est ma maison qui a brûlé. J'ai au moins deux témoins fiables qui sont prêts à jurer que je n'étais pas dans les parages au moment de l'incendie. Et vous savez pourquoi ? Parce que je n'y étais pas.

— C'est justement ce qu'on essaie de vérifier, repartit Predeaux.

— Eh bien, bonne chance à vous. Et bon courage aussi pour la collecte d'éléments matériels – ça fait également partie de ce qu'on recherche en général dans une enquête criminelle, soit dit en passant.

— Il a l'air plutôt sûr de lui, pas vrai ? remarqua Lopez.

— Plutôt, oui, lâcha Hardy, exaspéré.

Ils n'avaient ni motif ni indices, et lui avait un tas d'autres choses à faire.

— Alors, sergent Predeaux, enchaîna-t-il, suis-je en état d'arrestation ? (Les trois hommes entamèrent un embryon de conciliabule visuel. Hardy s'engouffra dans leur silence.) Sergent Wilkes, quand est-ce que je récupère ma maison ?

— Ce n'est pas encore décidé.

— Bon. Lorsque vous aurez fini de perdre votre temps et que vous aurez réfléchi à la question, vous savez où me joindre. Sergent Predeaux, répéta-t-il avant de gagner la porte, suis-je en état d'arrestation ? (Il attendit un moment sur le seuil.) J'interprète votre silence comme une réponse négative. Tant mieux pour vous. C'est peut-être votre jour de chance.

Marie Dempsey habitait sur Church Street, à environ une rue de *Chez Hans Speckmann*, une authentique *Bierstube* que Hardy mettait sur un pied d'égalité avec le *Schroeder*, généralement considéré comme le meilleur restaurant allemand de la ville. Le quartier avait un certain charme, pensa Hardy, en dépit de la prépondérance sans doute excessive des pavés et du stuc – et d'une absence quasi totale d'arbres, de pelouses et de buissons. Ou alors, il était gêné par l'échelle des bâtiments, ou par le tramway qui passait toutes les demi-heures seulement.

Ce jour-là, un nuage humide et lourd étouffait la terre, avec laquelle Hardy se sentait en parfaite osmose.

L'adresse était celle de l'appartement supérieur d'une maison sur deux niveaux, carrée, grise et munie d'une cage d'escalier intérieure. Fort de son expérience au *Hilton*, Hardy évaluait à presque rien ses chances de voir Ron ouvrir la porte s'il sonnait ou frappait. C'était la raison pour laquelle il avait finalement décidé de ne pas téléphoner à tous les « M. Dempsey » de la ville, mais plutôt de découvrir l'adresse seul. Il ne voulait surtout pas lui mettre la puce à l'oreille.

Hardy monta l'escalier, s'arrêta devant la porte palière, tendit l'oreille. Une voix d'homme, fredonnant dans sa barbe, était tout juste audible à l'intérieur. Il distingua du mouvement – un bruit de pas.

Il pressa la sonnette, attendit un tout petit peu, sonna de nouveau. Les pas avaient cessé. Les vocalises aussi. Le type qui était à l'intérieur se trouvait seul : tout indiquait que les enfants n'étaient pas là. Après une brève attente, Hardy frappa plusieurs coups irréguliers.

Il redescendit quelques marches en faisant autant de bruit que possible, puis regagna le palier sur la pointe des pieds et attendit. Environ deux minutes plus tard, le bouton tourna tout doucement, et Hardy se précipita contre la porte, une épaule en avant. Après avoir rencontré une certaine résistance, il réussit à s'engouffrer à l'intérieur de l'appartement, et se retrouva à dominer de toute sa taille l'homme qu'il venait de faire tomber au sol.

— Salut, Ron. Comment va ?

— Monsieur Hardy..., bredouilla Ron, cherchant à se relever.

— Dismas, s'il vous plaît. Après tout ce qu'on a traversé ensemble, je crois qu'on peut s'appeler par notre prénom.

Ron, de nouveau sur pied, esquissa un sourire nerveux.

— D'accord, Dismas, déclara-t-il avec un soupir. Vous n'allez peut-être pas le croire, mais ça me fait du bien de vous revoir.

— Pas autant qu'à moi, rétorqua Hardy d'un ton rogue. Où sont les gosses ?

— Ils viennent juste de sortir faire des courses. Ils en ont pour dix minutes.

— Avec Marie ?

Après une brève hésitation, Ron ébaucha un haussement d'épaules résigné, puis une nouvelle tentative de sourire.

— Vous êtes très fort, admit-il.

— Ça dépend des jours.

Hardy referma la porte derrière lui. Quand il se retourna pour faire face à Ron, il avait sorti son revolver de sa ceinture – cette fois, il se réjouissait de l'avoir pris – et le brandissait de façon que Ron puisse le voir.

— Vous n'avez pas besoin de ça.

— Peut-être. Mais on ne sait jamais. Mieux vaut être préparé à toutes les éventualités.

Pas de doute, le revolver avait capté l'attention de Ron. Il ne parvenait pas à le quitter des yeux.

— Qu'est-ce que vous allez faire, maintenant ?

— Qu'est-ce que nous allons faire, plutôt...

Ils se tenaient dans une petite entrée. Hardy fit un geste en direction du salon, visible derrière eux.

— On va commencer par attendre un peu, et vous feriez mieux de prier pour que vos gosses reviennent avec Marie dans un délai raisonnable. Sinon, vous et moi, on ira se promener dans le centre.

— Pour faire quoi ?

— Pour raconter à un procureur nommé Scott Randall tout ce qu'il a envie de savoir.

Ron se laissa tomber dans un canapé de cuir. Hardy, toujours très remonté, resta debout.

— Je croyais que vous deviez attendre jusqu'à demain, protesta Ron. Que Frannie allait tout dire. Et qu'à ce moment-là mes enfants et moi serions en lieu sûr.

— Ouais, c'était effectivement prévu de cette façon, répliqua Hardy, détachant chaque syllabe.

— Mais ?

— Mais elle n'est plus aussi sûre de pouvoir le faire.

— Pourquoi ? Je lui...

— Ce n'est pas vous, interrompit Hardy, haussant le ton. Bon Dieu ! Ça n'a rien à voir avec ce que vous autorisez ou interdisez. Ça vient d'elle. (Il secoua la tête, refoula son émotion, maintint sa voix sous contrôle.) Elle pense que si elle révèle votre situation, vos gosses paieront la note. Qu'ils devront s'en aller et tout recommencer de zéro ailleurs.

— Mais... ce ne sera pas la faute de Frannie.

Hardy souffrait toujours autant d'entendre ce type se référer à sa femme aussi familièrement, mais il n'y avait rien à y faire pour le moment. Lui-même portait une part de responsabilité dans cette situation.

— Non, admit-il. Dès qu'ils vous auront mis en examen, c'est-à-dire demain, ça se produira de toute façon.

— Alors, quel est son problème ?

Hardy se sentit soudain parfaitement stupide avec son revolver. Il le remit dans sa ceinture, rabattit son blouson dessus, et s'assit sur le bras d'un fauteuil à oreillettes face à Ron.

— Elle ne voit pas ça comme un problème, expliqua-t-il. Elle est prête à prolonger de quelques heures son séjour en prison si ça peut me donner un délai supplémentaire pour...

Il se tut.

— Pour retrouver le meurtrier de Bree ?

Hardy se pencha en avant et fixa Ron d'un œil froid.

— Oui. Pour retrouver le meurtrier de votre sœur.

Ron ne lâcha pas le morceau d'emblée. Il prit une mine interloquée, comme s'il ne comprenait rien à ce que Hardy venait de dire.

— Vous voulez parler de ma femme. De Bree.

— Je veux effectivement parler de Bree. Mais Bree n'était pas votre femme. C'était votre sœur.

34

Pour la troisième fois depuis que Glitsky et Batavia étaient arrivés chez Thorne, un funiculaire passa en ferraillant sur Mason, ce qui fit trembler le plancher. Les vibrations augmentèrent progressivement, et l'espace d'un instant le lieutenant eut peur d'avoir affaire à un tremblement de terre. Sur ces entrefaites, le receveur eut la main plutôt lourde avec sa fameuse cloche.

Ding-ding-ding-ding-ding !

Thorne travaillait dans son salon, à un bureau plaqué contre le mur, sous la fenêtre qui donnait sur la rue. Glitsky, qui avait déjà examiné une pile considérable de dossiers, recula d'une poignée de centimètres sur son fauteuil ergonomique, prêt à bondir vers la sortie dès que les premiers objets se mettraient à dégringoler autour de lui.

— J'ai du mal à croire qu'on puisse payer aussi cher pour vivre ce type d'expérience, grommela-t-il.

Assis sur le canapé, dans son dos, Jorge Batavia sortit placidement une nouvelle feuille imprimée de la valise ouverte sur la table basse.

— C'est une thérapie New Age, suggéra-t-il. Tous les quarts d'heure, on se demande si son immeuble ne va pas s'effondrer. (Il passa à la page suivante.) Quatre fois par heure, on croit donc qu'on va mourir, et du coup on vit à fond chaque minute. Ça vous enrichit le vécu.

Le tremblement de terre cessa, ponctué par un ultime son de cloche.

— Bonne théorie, affirma Abe en revenant à ses dossiers.

Il y avait également un ordinateur sur la table, mais Glitsky n'avait pas osé le mettre en marche. L'engin pouvant fort bien être sécurisé, il avait préféré passer un coup de fil au palais de justice pour qu'un informaticien vienne le débrancher, l'embarquer, et voir ce qu'il avait dans le ventre sans risquer de tout effacer à l'intérieur.

Qui plus est, ce n'était pas le matériau qui manquait. Thorne produisait apparemment des quantités de copie prodigieuses, et Glitsky et Batavia planchaient dessus depuis près d'une heure.

Batavia et Coleman étaient arrivés dans les locaux de la brigade peu après que Glitsky eut regagné son bureau avec son mandat de perquisition fraîchement signé. Il avait demandé au premier de l'accompagner à l'appartement de Thorne pendant que le second irait revoir Jim Pierce, cette fois pour lui parler de son emploi du temps du samedi soir.

Pendant que Glitsky et Hardy avaient l'impression de voir le cercle se refermer sur Damon Kerry – et peut-être le nom d'un agent de Baxter Thorne leur permettrait-il d'arriver jusqu'à lui –, Coleman et Batavia avaient en effet remonté Pierce d'un ou deux crans sur leur liste de suspects. Cela était dû essentiellement à la nouvelle faille dans son alibi qu'un examen de son agenda professionnel avait révélée – un trou de deux heures juste après les funérailles de Bree, pendant lequel il prétendait avoir déjeuné chinois seul dans un fast-food bondé. Quelqu'un ayant tué Griffin vers la même heure, cela portait à trois sur trois le total de Pierce en matière d'alibi problématique. Un constat qui avait naturellement aiguillonné la curiosité des inspecteurs.

Mais Glitsky, lui, avait toujours un faible pour Thorne : ainsi que l'avait souligné Hardy, la moindre corrélation entre l'attentat de Pulgas et lui risquait de lui compliquer la vie. Et s'ils trouvaient un lien entre Bree Beaumont et lui, ce serait encore pire.

Batavia et Abe avaient déjà opéré une fouille complète de la cuisine, des corbeilles à papier et de la poubelle. Dans la chambre, ils n'avaient rien découvert sous les tiroirs de la commode ou de la table de chevet, rien entre le sommier et le matelas.

Glitsky s'était attaqué au bureau tandis que Batavia inspectait le placard de la chambre, qui renfermait des chaussures, des vêtements sur des cintres... et une valise pleine d'imprimés. Batavia avait rapporté cette dernière dans le séjour, mais jusque-là les deux policiers n'avaient strictement rien trouvé : pas le moindre brouillon manuscrit des communiqués du samedi, pas de version initiale ni finale imprimée, pas de bordereau d'imprimeur.

Les autres dossiers se révélèrent semblablement décevants. Les factures et les relevés de Thorne ne contenaient rien d'inhabituel – téléphone, électricité, loyer, remboursements mensuels de crédit. S'il finançait des agents opérationnels, Thorne n'en gardait pas trace chez lui. Aucune clé mystérieuse n'était visible, et apparemment il ne possédait pas d'arme.

Glitsky se promit d'effectuer une recherche similaire au siège de FMC, dès qu'il pourrait mobiliser un ou deux inspecteurs supplémentaires – probablement vers Noël –, même s'il plaçait davantage d'espoirs dans une perquisition surprise au domicile de Thorne.

Mais peut-être se faisait-il des idées.

Quelques minutes plus tard, il entendit Jorge Batavia bouger derrière lui.

— Nom d'un chien, dit-il, ça fait du bien quand c'est fini.

Glitsky se retourna, et vit le sergent remettre plusieurs grosses liasses de documents divers dans la valise.

— Rien que des vieux trucs. Remontant à plusieurs semaines, voire plusieurs mois. Rien sur Pulgas.

Il referma la valise, se dressa, s'étira.

— Bon. Je continue la visite.

À ce moment-là, Glitsky entendit tourner une clé dans la serrure de l'entrée. Il repoussa son fauteuil en arrière, et se leva au moment où un petit homme tiré à quatre épingles apparaissait sur le seuil. Il portait un chapeau à courte plume, des gants, un manteau en tweed. Derrière lui se tenait le concierge qui avait ouvert la porte de l'appartement aux policiers – pour téléphoner dans la foulée au bureau de Thorne, selon toute vraisemblance.

Le petit homme braqua sur Glitsky un regard de poisson mort, qu'il transféra ensuite sur Batavia en s'avançant dans le séjour.

— Quelle est la signification de cette scandaleuse intrusion ? demanda-t-il d'une voix totalement dénuée d'inflexion.

— Vous êtes M. Thorne, je présume.

Glitsky avait son mandat de perquisition en poche. Il le sortit et le tendit au nouveau venu, qui le gratifia d'un regard méprisant, sans esquisser le moindre geste pour le prendre. L'inspecteur haussa les épaules, se présenta, et expliqua la situation en quelques mots.

— J'ai bien peur de devoir vous demander de quitter les lieux en attendant que nous ayons fini notre travail, déclara-t-il en guise de conclusion.

Thorne ne cilla pas.

— Je refuse, monsieur. J'ai prévenu mon avocat. Il va bientôt arriver, et il aura tôt fait de mettre un terme à ceci.

Il retira son manteau et l'accrocha à une patère de l'entrée, bien décidé à rester. Mais Glitsky avait toutes les cartes en main, et il le savait.

— Il n'y arrivera pas. Il s'agit d'une perquisition légale menée dans le cadre d'une enquête pour meurtre…

— Baxter ? interrompit le concierge en se dandinant d'un pied sur l'autre. Si vous n'avez plus besoin de moi, je…

— Bien sûr, Daniel.

Thorne le remercia poliment. Le concierge quitta les lieux en refermant la porte derrière lui. Mais le suspect n'avait pas perdu le fil. Son regard se reporta sur Glitsky, et il demanda d'une voix douce :

— Quel meurtre ?

— Celui de James Allen Espinosa, de Pescadero.

— Jamais entendu parler.

— La victime de l'Alliance Terre propre au temple de l'Eau de Pulgas.

— Encore ça ! s'exclama Thorne avec une pointe de colère contenue, en levant les yeux au ciel.

— « Encore » ?

— Vous croyez vraiment que j'ai quelque chose à voir là-dedans ? Sur quelles bases ?

— Des bases solides, monsieur Thorne, répondit Glitsky. Ce mandat a été signé par un juge. C'est tout ce que vous avez besoin de savoir. En attendant, je ne vous laisserai pas pénétrer dans cet appartement tant que nous n'aurons pas fini. Par courtoisie, je veux bien vous apporter une chaise et vous autoriser à rester dans cette entrée. Vous, et votre avocat quand il se présentera. Mais personne ne touchera à rien tant qu'on sera ici. Vous m'avez compris ?

Soixante centimètres à peine séparaient les deux hommes.

— Tout à fait, souffla Thorne.

Glitsky traversa la pièce, glissa quelques mots à Batavia, revint derrière le bureau. Le funiculaire repassa au moment où le sergent transportait deux chaises de la cuisine à travers le salon pour les déposer dans l'entrée. Puis il décrocha le manteau de Thorne de sa patère ainsi que Glitsky le lui avait demandé.

— Hé ! Qu'est-ce que vous... ?

C'était la première fois que Thorne haussait le ton. Glitsky gicla de son fauteuil comme un ressort.

— Restez exactement où vous êtes ! lança-t-il d'une voix tranchante. Jorge, assurez-vous qu'il ne bouge pas. Pendant que vous y êtes, faites-vous remettre son portefeuille pour qu'on vérifie son identité.

— Je ne...

— Que si, coupa Batavia.

Glitsky prit le manteau des mains du sergent et l'approcha de son visage. Il avait perçu une odeur caractéristique, quand Thorne l'avait retiré et accroché. Elle n'était pas là auparavant. Elle était arrivée avec Thorne – une odeur d'essence.

Il fouilla les poches une par une, et ses doigts finirent par se refermer sur ce qui semblait être un objet porte-bonheur. Après l'avoir extrait en douceur, il le reconnut sur-le-champ. C'était à tout le moins une réplique fidèle – et plus vraisemblablement la version originale – d'un des éléphants en cristal de Venise qui défilaient encore tout récemment sur la cheminée des Hardy.

Pendant ce temps, Coleman avait eu quelque peine à approcher Jim Pierce, dont la patience était en train de s'épuiser. Mais celle du sergent aussi : il venait de poireauter près d'une demi-heure, et pour finir, au moment de l'introduire auprès du vice-président, la secrétaire lui annonça que celui-ci avait une nouvelle réunion dix minutes plus tard.

Pierce était assis à son bureau. Distrait. Pas de poignée de main. Des papiers à signer, des décisions à prendre. Levant enfin les yeux sur Coleman, il l'autorisa à parler, mais en précisant qu'il avait intérêt à le faire vite. Ces intrusions permanentes commençaient à ressembler à du harcèlement officiel. Si elles se poursuivaient, il risquait d'y avoir des conséquences.

La démonstration de pouvoir eut un certain effet sur le jeune inspecteur. Le bureau à double exposition était immense, luxueux, intimidant. Des fenêtres et de la vue, un étage assez élevé pour dominer le brouillard. Coleman se tortilla dans son fauteuil de bois ultramoderne – plutôt un tabouret à bras qu'un siège à proprement parler.

L'idée lui traversa l'esprit que c'était peut-être une chaise spéciale que Pierce faisait apporter pour les visiteurs inopportuns, histoire de les empêcher de se sentir trop à l'aise – et de leur donner envie de décamper dès que possible.

Les inspecteurs de la criminelle, en général, n'étaient pas des gens spécialement révérencieux. La plupart d'entre eux avaient déjà tout vu au moins deux fois, et Coleman ne faisait pas exception à la règle. Mais là, dans ce bureau, il lui parut soudain presque inimaginable qu'un homme évoluant là-dedans puisse un jour avoir besoin de recourir au meurtre. Coleman ne croyait pas vraiment à cette piste, mais il souhaitait au moins établir les faits aussi solidement que possible, ne fût-ce que pour ne plus jamais avoir à poser son cul sur ce machin.

— Je sais que vous vous êtes montré très coopératif jusqu'ici, monsieur, et je vous suis reconnaissant de…

— Eh bien, voilà une belle façon de le montrer. Qu'y a-t-il donc que vous ayez encore besoin de connaître et que vous ne m'ayez pas déjà demandé ?

— On a essayé de vous joindre hier, monsieur. À propos de samedi soir.

— Je suis au courant, oui.

Pierce prit un stylo à encre, signa un papier, reposa le stylo, souffla sur sa signature, plaça la feuille de côté. Immédiatement, sans lever les yeux, il se mit à lire la feuille suivante.

— Ma femme m'a informé que vous étiez venus, reprit-il. Que vous étiez revenus, plutôt. Cette fois, c'était à propos d'un policier ?

— Le sergent Canetta, monsieur.

— Ce nom me dit quelque chose. Où l'ai-je… ?

— Il a effectué plusieurs missions de sécurité pour Caloco.

Pierce cessa de lire.

— C'est ça. C'est lui qui a été tué ?

— Oui, monsieur.

La nouvelle parut avoir un certain effet sur le vice-président. Il soupira profondément, fit une moue, plissa le front.

— Je suis navré, inspecteur. Veuillez excuser ma brusquerie. Je suis plus ou moins sous pression, mais c'est mon lot quotidien, et ça ne constitue pas une excuse. Je peux concevoir ce que vous éprouvez quand un de vos collègues est… (Il se raidit dans son fauteuil.) Bon. Continuez. Que voulez-vous savoir ?

— J'aimerais savoir où vous étiez samedi soir.

En dépit des excuses, l'impatience était toujours là chez Pierce, juste sous la surface.

— Puis-je vous demander en quoi c'est important ? Que vous a raconté ma femme ?

Coleman ne répondit pas.

Pierce saisit le message et fit entendre un nouveau soupir.

— Je suis resté chez moi jusqu'en tout début de matinée. Peut-être jusqu'à l'aube. Ensuite, j'ai rejoint mon bateau à la marina.

— Mais vous avez passé la nuit chez vous ?

— Je viens de vous le dire, oui.

— Seul ?

Pierce hocha la tête.

— Est-ce si étrange, inspecteur ? Ma femme s'était rendue à une soirée à laquelle je n'avais pas envie d'aller.

— Votre femme vous a vu à son retour ?

Rire sec.

— Que vous a-t-elle dit ? insista Pierce avant de remarquer : Ça m'étonnerait. J'ai passé la nuit dans mon bureau. (Il soutint le regard de Coleman.) On s'était disputés à propos de cette soirée, sur le fait que je refusais d'y aller. À son retour, je l'ai entendue, mais j'ai attendu de voir si elle viendrait me trouver pour s'excuser. Comme elle ne le faisait pas... eh bien, j'ai campé sur mes positions.

— Et vous avez dormi dans votre bureau ?

— Si on peut dire. J'étais furieux, et j'ai à peine fermé l'œil de la nuit. J'ai surtout regardé la télévision.

— Vous vous rappelez ce que vous avez regardé ?

— Non, plus trop. Du sport à la carte sur une chaîne payante, je crois. Un tas d'inepties. Ce qui se présentait. Je piquais souvent du nez.

— Vous avez en tête le nom de votre opérateur de câble ?

— Aucune idée, vraiment. Vous connaissez le vôtre ?

— Verriez-vous un inconvénient à ce que je vérifie ?

— Je ne sais pas, je... (Les traits de Pierce s'éclairèrent légèrement, même s'il s'en fallait de beaucoup pour que son sourire illumine la pièce.) Oh, je vois. Bien sûr. Libre à vous.

Coleman, soulagé, s'extirpa de l'instrument de torture.

— Merci de m'avoir reçu, monsieur. J'espère que nous n'aurons plus besoin de vous déranger.

Pierce resta un moment immobile, puis secoua la tête d'un air incrédule.

— Avant de vous en aller, inspecteur, vous pourrez peut-être répondre à une question ?

— Si c'est possible.

— D'accord. Y a-t-il une seule raison au monde pour laquelle j'aurais pu souhaiter tuer le sergent Canetta ? Je suppose que c'est de ça qu'il s'agit. Il a fait quelques missions de sécurité pour Caloco, soit. Où ? Quel type de missions de sécurité ? Et alors ? Je ne le connaissais pas. Je ne suis pas sûr que je serais capable de repérer son visage parmi d'autres. (Il fit une pause, ouvrit les mains, en appela au bon sens du policier.) Vraiment, je ne comprends pas. Y a-t-il quelque chose d'autre qui nous relie, lui et moi ?

Coleman l'écouta jusqu'au bout. Il ne pouvait pas franchement le blâmer d'être en colère et de se sentir frustré, mais il n'allait pas pour autant dévoiler ce que son patron lui avait demandé de garder pour lui.

— C'est une vérification de routine, déclara-t-il. Rien de plus. Merci de m'avoir reçu.

— La coïncidence est assez étonnante, expliquait Baxter Thorne à Glitsky, mais ces petits éléphants se trouvent un peu partout. On peut en acheter dans n'importe quelle bonne boutique de cadeaux. C'est mon grigri. Je l'ai depuis des années.

Nouvelle question, nouvelle réponse simple.

— Je vous le répète, Dismas Hardy est, me semble-t-il, ce monsieur qui est entré dans mon bureau ce matin et m'a fait des déclarations menaçantes.

Glitsky n'avait toujours pas autorisé Thorne à pénétrer dans son appartement. Il demeurait assis sur une des chaises de l'entrée, face au lieutenant qui le dominait de la tête et des épaules.

— En dehors de cela, ajouta Thorne, je ne sais pas vraiment qui il est.

Imperturbable, il répondit à la question suivante de sa voix insupportablement monocorde. Il produisit même un ersatz de petit rire assez vraisemblable.

— J'ai fait le plein, lieutenant, et je crains d'avoir commis le péché mortel de renverser un peu d'essence sur mon manteau.

Glitsky commençait à avoir une idée assez nette du degré de rouerie de ce client – un enfoiré de première, en effet – quand le téléphone sonna dans son dos. Batavia décrocha, écouta un moment, tendit le combiné à son chef.

— Pour vous, lieutenant. C'est Tyler.

Glitsky ordonna à Thorne de rester où il était et s'approcha du bureau.

— Ça y est, je me suis occupé de Pierce, commença Coleman.

Et il enchaîna en expliquant ce qu'il avait appris au siège de

Caloco – encore une fois, Pierce avait un alibi correct, même s'il n'était pas bétonné. Ensuite, il baissa le ton et murmura :
— Vous m'entendez toujours ?
— À peine.
— Il faudra vous en contenter. On a eu de la visite.
— Poursuivez.
— Donc, je suis en train de mettre au propre le rapport de ma visite à Pierce, et devinez qui se pointe, la gueule enfarinée ? Ranzetti.

Glitsky fronça les sourcils. Jerry Ranzetti travaillait à l'Office de direction et de contrôle, un service autrefois intitulé Affaires internes. Si Ranzetti était venu traîner à la criminelle, c'était qu'il flairait la piste d'un mauvais flic, ce qui n'était pas une bonne nouvelle pour Glitsky. Les effectifs de sa brigade étaient modestes – treize hommes et une femme –, et Abe estimait pouvoir garantir l'intégrité de chacun d'eux.

— Je suppose que ce n'était pas une simple visite de courtoisie ?
— En tout cas, Ranzetti a fait comme si. Moi aussi, d'ailleurs. Mais il a fini par me lancer : « Tiens, au fait, il y a un truc, peut-être que tu en as entendu parler, et que tu pourrais me rencarder. »
— À voir, dit Glitsky. Sur qui ?

Coleman hésita. Quand il reprit la parole, sa voix était presque inaudible.
— C'est pour ça que je vous appelle, Abe : c'est vous qu'il a dans le collimateur.

35

— Quand avez-vous compris ? demanda Ron.
— J'ai eu une intuition assez nette en voyant vos chambres, mais tout s'est vraiment mis en place quand j'ai compris que vous aviez une liaison avec Marie. Bree a un amant. Vous, une maîtresse. Et pourtant, vous formez un couple heureux, uni. Ça n'avait pas de sens. La seule chose que je ne comprends toujours pas, c'est pourquoi vous vous êtes donné tant de mal. Pourquoi votre sœur n'est-elle pas tout simplement restée « tante Bree » pour vos enfants ?
— Parce qu'à l'époque cette solution nous aurait obligés à fournir un tas d'explications à tous les gens qu'on rencontrait. Personne ne s'étonne de voir vivre un homme avec ses enfants et sa nouvelle femme. Mais un homme seul avec ses enfants et sa sœur ? C'est différent – un drôle d'amalgame, avec beaucoup plus de risques d'attirer l'attention, et ça, on ne pouvait pas se le permettre. Vous devez comprendre que je suis recherché pour enlèvement d'enfants – peut-être même pour production d'images pédophiles. C'est très grave. Il fallait qu'on ressemble à un couple normal. Le plus possible. Et c'est ce qu'on a fait.
— Sauf pour vos liaisons respectives.
— Bien sûr, on a dû garder le secret sur nos liaisons. Mais vu que la plupart des couples font la même chose, ça n'a posé aucun problème.

— Donc, Marie et vous... Depuis combien de temps ?
— Deux ans.
— Et elle accepte la situation ? Elle ne vous pousse pas au mariage ?

Ron se laissa aller en arrière sur le canapé, croisa les jambes.

— Non. On a souvent parlé divorce, bien sûr. Mais c'était avant la disparition de Bree. Depuis, je crois qu'elle a décidé de me laisser le temps dont j'ai besoin. Pour vivre... mon deuil, ajouta-t-il d'un air gêné. Le mariage n'est pas à l'ordre du jour.

— Dois-je comprendre qu'elle n'est pas au courant pour Bree et vous ?

— Elle ne sait rien. Personne ne sait.

— Et les enfants ? demanda Hardy après une hésitation.

Ron Beaumont secoua la tête.

— Ils avaient deux et trois ans quand nous nous sommes installés ici. Sans doute avaient-ils déjà entendu parler de leur tante Bree, mais ils ne s'en souvenaient pas. Alors, très vite, ils se sont faits à Bree tout court, leur belle-maman. C'était une vie bien meilleure que celle à laquelle ils étaient habitués.

— Et Dawn ?

Ron remonta aussitôt sa garde. Il se pencha au maximum en avant, prêt à bondir pour éliminer la menace, et tant pis s'il faisait face à un homme armé.

— Quoi, Dawn ?

— Je vous pose la question.

Il resta penché en avant, les mains nouées. Hardy attendit. Progressivement, les mots se frayèrent un chemin hors de sa gorge.

— Je n'avais jamais rencontré quelqu'un dans son genre, ni de près ni de loin. J'étais en première année de fac à Wisconsin. Je la croisais dans toutes les bibliothèques – elle travaillait sur son mémoire de maîtrise. Sociologie.

— Une universitaire ?

Ron pouffa.

— Non. Mais elle était assez intelligente pour le devenir, je suppose. J'en suis sûr. Elle était très intelligente. Trop intelligente.

— Que voulez-vous dire ?

Ron soupira.

— Elle ne ressentait rien, ou plutôt non, ce n'est pas tout à fait ça : elle avait établi une sorte de tri entre les sentiments acceptables et les autres – ceux-là, elle les ignorait purement et simplement. Elle refusait d'être le jouet de ses faiblesses.

— C'est-à-dire ?

— Vous savez bien. Ces sentiments conventionnels que nous éprouvons tous, et plus spécialement les femmes – d'après Dawn, en tout cas. L'amour, le besoin d'échange, la compassion. Tout ce qui risquait de l'empêcher d'obtenir ce qu'elle désirait.

— Et qu'est-ce qu'elle désirait ?

— Rien que de très banal, au fond. Les trucs habituels. L'argent. Le pouvoir. Le plaisir.

L'absurdité de ce qu'il venait d'entendre faillit arracher un éclat de rire à Hardy.

— Et elle croyait pouvoir trouver ce genre de choses avec un diplôme de sociologie ?

— Non. Elle avait commencé par être danseuse seins nus. Quand je l'ai rencontrée, elle se déclarait… actrice. (Soupir.) Quand j'y réfléchis, je me dis que ce qui m'a poussé vers elle, c'est une sorte de fascination du… danger, je ne vois pas d'autre mot.

Il se tut.

— Continuez, demanda Hardy. Vous parlez de danger physique ?

Nouveau rire creux.

— Si on veut, oui. En tout cas, pour un gosse issu comme moi d'un milieu protégé de l'Illinois suburbain, c'était l'impression que ça donnait. Dawn avait quatre ans de plus que moi et, sur le plan physique, elle ne connaissait aucune limite, aucun tabou. À l'époque, j'ai cru avoir touché les rives du paradis. Je veux dire : voilà un esprit libre et totalement anticonformiste dans un corps de rêve, et cette fille est amoureuse de moi. On se sent tous les deux invincibles, immortels. Rien ne peut nous atteindre. On peut s'envoyer en l'air avec d'autres couples, toucher à toutes les drogues imaginables, traîner dans des endroits devant lesquels je n'oserais plus passer aujourd'hui.

Il s'interrompit, avec l'air d'attendre la permission de Hardy pour continuer.

— Quand je regarde en arrière, tout ça me paraît irréel. Presque comme s'il s'agissait de quelqu'un d'autre.

— Il y a combien de temps ? s'enquit Hardy. Vingt ans ?

— À peu près.

— Vous *étiez* quelqu'un d'autre.

L'affirmation parut quelque peu rassurer Ron, qui enchaîna.

— Je crois que ce que je regrette le plus, c'est que mes deux parents soient morts à cette époque, dans la première phase de ma vie commune avec Dawn.

— Et combien de temps a-t-elle duré, cette phase ?

— Cinq ans, peut-être un peu plus.

— Ils savaient ce qu'elle faisait ?

— Oh non. Elle était étudiante, comme moi. Cependant, mon père, surtout, a senti quelque chose de sa vraie nature. Il a essayé de me prévenir, mais je n'étais pas prêt à écouter la moindre critique venant d'un bonhomme aussi désespérément largué... Il vendait des assurances pour vivre, était inscrit au Rotary Club et à la Société du Très-Saint-Nom. Que pouvait-il m'apprendre ?

— À peu près tout, répondit gravement Hardy.

— Vous avez raison. Mais je me sentais un pionnier du sexe, et il n'y comprenait rien. J'ai même pensé qu'il était jaloux de moi. (Encore ce rire creux caractéristique.) Alors, bien sûr, quand il a fallu choisir, c'est sur eux que j'ai fait une croix, pas sur elle. Peu après, papa est mort. Et deux ans plus tard, maman, ajouta Ron en fixant ses mains.

— Et vous étiez marié depuis cinq ans ?

— Pas encore. On était des gens libres. On n'avait pas besoin de ce bout de papier.

— Que faisiez-vous ? Vous aussi, vous étiez acteur ?

— Non. Je ne sais toujours pas pourquoi je n'ai pas franchi le pas, remarqua-t-il après un instant de réflexion. Par lâcheté, peut-être. Être filmé en train de baiser, c'était trop pour moi. Comme si une partie de moi-même sentait que je dépasserais ce stade un jour ou l'autre. Je ne voulais pas laisser de traces.

— Ce n'était pas un mauvais calcul.

— Non. Mais ce n'était pas non plus un comportement rationnel. Je n'ai aucun mérite. Simple question de circonstances, la vertu n'a rien à voir là-dedans.

— Alors, que faisiez-vous ?

La question parut embarrasser Ron.

— À peu près rien, à la vérité. Dawn était bien payée quand elle tournait, et comme j'avais un diplôme de comptabilité, c'est moi qui gérais l'argent de ses cachets. On avait assez pour vivre, et l'important était qu'on ne voulait pas se sentir esclaves d'un travail.

— Mais quelque chose a fini par changer. Quoi ?

— Moi, je crois.

Il en coûtait à Hardy de l'admettre, mais Ron Beaumont avait une façon charmante de ne pas se mettre en avant. Comme l'affirmaient tous ceux qui l'avaient connu, il ressemblait vraiment à un chic type.

— Ce n'est pas que je sois devenu plus sage, enchaîna-t-il avec une certaine candeur. C'est plutôt une question d'âge. Peut-être mon passé bourgeois a-t-il fini par me rattraper, mais j'en suis venu à penser que la bohème avait assez duré, qu'il était temps de passer à autre chose. Franchement, le milieu vieillissait, et nous aussi. À cette époque, Dawn est tombée enceinte. Elle a décidé d'avorter. On s'est battus comme des chiffonniers. Elle a dit qu'elle allait le faire quand même. Et elle l'a fait. Je suis parti. (Il soupira.) Je crois que pour la première fois elle n'a pas réussi à maîtriser ses... sentiments. Elle avait trente et un ans. Son horloge biologique tournait. Cette histoire l'a anéantie. Elle a eu énormément de mal à admettre qu'elle n'arrivait pas à trouver un moyen de se justifier après coup, mais c'était un fait.

— Et vous vous êtes remis ensemble ?

— On s'est mariés. J'ai trouvé un poste de caissier dans une banque. Cassandra est née. Et, l'année d'après, Max. Dawn a détesté.

— Détesté quoi ?

— Tout. Les bébés. Les pleurs, les rots, les couches, les nuits blanches. Mais surtout l'ennui, le fait d'être à longueur de journée avec eux. Elle détestait ce que je faisais – mon travail. Elle détestait notre manque d'argent chronique. Mais vous savez ce qu'il y a de drôle là-dedans ?

— Quoi ?

Une sorte de sérénité recouvrit le visage de Ron.

— Moi, j'ai adoré. C'était comme si quelqu'un venait d'appuyer sur un interrupteur. Brusquement, je voyais tout d'un autre œil : on était là pour ça. En tout cas moi.

Ces phrases furent incroyablement difficiles à entendre pour Hardy. Ron était en train de décrire les sentiments que lui-même avait éprouvés à la naissance de son premier fils, Michael, mort dans sa petite enfance. La tragédie l'avait plongé dans un abîme sombre et glacé dont il avait bien cru ne jamais plus ressortir.

Près d'une décennie plus tard, l'arrivée de Rebecca puis de Vincent avait ravivé la flamme, et cette flamme avait de nouveau illuminé sa vie pendant plusieurs années. Plus récemment, cependant, elle s'était amenuisée au point de lui donner l'impression qu'il n'y avait presque plus de lumière ni de chaleur au fond de son cœur – juste une grosse couche de cendres froides. Mais peut-être qu'il subsistait encore quelques braises en dessous, peut-être qu'il y avait encore moyen de faire renaître les flammes d'antan. Hardy se promit d'essayer, dès que cette affaire serait terminée.

— Et ensuite ? Qu'est-ce qui s'est passé ?

— Grosso modo ce à quoi on pouvait s'attendre. Des disputes, des disputes, et encore des disputes. Dawn voulait se remettre au travail. On se battait là-dessus.

— Elle désirait refaire ce qu'elle faisait avant ?

Haussement d'épaules.

— À l'en croire, c'était tout ce qu'elle savait faire. Je lui disais d'apprendre un autre métier ; je lui rappelais qu'elle était maman, qu'elle devait penser à nos enfants. Est-ce qu'elle souhaitait les voir grandir dans ce milieu ?

— Et que répondait-elle ?

— Que ce milieu n'était pas si mauvais que ça. Qu'il payait bien et qu'il remplissait une fonction sociale estimable. (Il leva les yeux au ciel.) Que je me montrais incohérent. Que je devenais conservateur. Que j'étais un hypocrite. Tout ce que vous voudrez.

— Donc, elle a rempilé ?

— Pas tout de suite.
— Pourquoi ?
— J'aimerais pouvoir dire que la force de ma volonté l'en a empêchée, lança Ron avec un rire sec. Je n'ai pas cédé. Mais elle ne supportait pas de rester à la maison, et je ne voulais pas mettre les gosses à la crèche à plein temps, alors on a fini par inverser les rôles. Grosse erreur de ma part, je l'ai compris plus tard.
— Pourquoi ?
— Parce que Dawn a endossé le rôle de la gentille maman qui travaille, et moi celui du père bon à rien. Les tribunaux ont toujours préféré donner la garde aux mères ; quand en plus le père n'a pas d'emploi fixe... il n'a pas l'ombre d'une chance.

Hardy avait impérativement besoin de comprendre ce qui s'était passé ensuite.
— Elle a trouvé un travail ?
— Un emploi de bureau, qui comme de bien entendu était incroyablement chiant et rapportait dix fois moins que ce à quoi elle était habituée. Elle parlait tout le temps de démissionner, mais j'insistais pour que notre famille continue d'exister. (Soupir.) Bref, on a encore tenu deux ans sans que je travaille – encore un mauvais calcul –, mais en fin de compte il a bien fallu que je prenne un job moi aussi. (Le regard de Ron se durcit. Il était de nouveau assis tout au bord du canapé, les mains crispées à s'en blanchir les jointures.) C'est là que l'idée lui est venue de vendre les gosses.

Marie rentra enfin avec les enfants de Ron – ce qui soulagea profondément Hardy. Ces derniers jours, sa foi en Ron Beaumont et en la vérité de son récit idéaliste, mélodramatique et peut-être héroïque avait grossi en lui comme une tumeur. Apprendre sa nature maligne au moment où il en était enfin arrivé à la croire bénigne aurait été une pilule terriblement amère à avaler.

Quelques minutes furent consacrées à expliquer la présence et le rôle de Hardy à une Marie plutôt sceptique. Mais Ron et les enfants – surtout Cassandra – finirent par avoir raison de ses réticences. Hardy était dans leur camp. Hardy était le héros de

Cassandra. Elle était visiblement ravie de le revoir, et aussi très fière d'être celle qui avait réussi à le convaincre de leur venir en aide. Hardy lui expliqua qu'il avait accompli de réels progrès. Qu'il lui raconterait tout le lendemain. Cassandra était aux anges.

Max et elle restaient les enfants bien élevés qu'il avait vus à l'hôtel, même si Hardy apprécia secrètement de voir Ron obligé d'intervenir pour qu'ils cessent de se chamailler sur le choix de la cassette vidéo. Tout compte fait, Max et Cassandra étaient des enfants comme les autres. Comme les siens. Un soulagement de plus.

Marie – une jolie jeune femme approchant la trentaine, physiquement sûre d'elle et s'exprimant d'une voix douce – fit front avec bravoure, mais la situation actuelle de Ron avec ses enfants était en soi suffisamment précaire pour qu'elle eût préféré se passer de l'intrusion de cet inconnu. Même s'il était présenté comme un sauveur universel.

Une fois les gamins devant la télévision, Ron et Marie déballèrent les achats dans la cuisine avec l'efficacité d'un vieux couple. Quand ils eurent fini, Marie ouvrit une bouteille de bière pour chacun des deux hommes, et leur fit part de son intention de rejoindre les enfants dans la pièce voisine.

Hardy l'arrêta pour lui demander, d'un ton décontracté qui ne trompa personne :

— Donc, vous n'avez pas bougé du week-end ?

Marie se tourna vers Ron.

— Sauf pour faire mes courses à l'instant.

— Mais hier ? Et avant-hier ?

Elle affronta son regard.

— Ron est arrivé samedi en milieu de journée et nous n'avons pas bougé. Ensuite, tout le dimanche, il a fait très mauvais. Nous sommes restés ici pour jouer à des jeux et regarder des cassettes.

— Et samedi soir ?

— Vous voulez savoir si nous sommes sortis ? Pourquoi serions-nous sortis ?

— Halloween.

Marie soupira, jeta un nouveau coup d'œil à Ron.

— On a fait ce qu'on pouvait pour fêter Halloween ici, en leur laissant voir des films d'horreur à la télé.

— Max a eu des cauchemars, précisa Ron. On a passé la moitié de la nuit debout.

Marie croisa les bras, agacée par l'interrogatoire de Hardy.

— Ron m'assure qu'ils pourront rentrer chez eux demain. On a expliqué aux enfants que c'était une sorte de jeu. C'est ce que vous vouliez savoir ?

— Exactement, déclara Hardy.

Marie opina, soucieuse, et dit à Ron :

— Si tu as besoin de moi, tu m'appelles, d'accord ?

Elle referma la porte de la cuisine derrière elle, après avoir assuré à Hardy qu'elle était ravie d'avoir fait sa connaissance.

Il n'en fut pas convaincu.

En revanche, il était enclin à la croire en ce qui concernait leur emploi du temps du samedi soir. Et si Ron avait passé toute la soirée avec elle, il n'avait pas pu tirer sur Phil Canetta.

Mais l'avalanche de questions semblait avoir hérissé Ron.

— Pourquoi l'avoir cuisinée de cette façon ?

— Pour prouver que vous n'avez pas tué Bree, chose qui intéresse beaucoup plus de gens que vous ne l'imaginez, répondit tranquillement Hardy. Au fait, avez-vous une montre Movado ? Ou connaissez-vous quelqu'un qui en ait une ? Vous savez, la fameuse montre à cadran noir et sans chiffres, avec juste un point doré à la place du douze ?

Ron commençait à en avoir par-dessus la tête.

— Vous ne trouvez pas que ça fait un peu beaucoup ?

Hardy garda le silence.

— Non, finit par maugréer Ron. Je ne vois pas.

— L'inspecteur Griffin vous a posé la même question, peut-être ? À propos de cette montre Movado ?

— Non. Pourquoi ?

— Pour rien. Et maintenant, si vous me parliez du jour de l'enterrement de Bree ?

— Bon Dieu, je ne vois pas ce que…

— Ron. Faites-moi plaisir.

Le visage de Ron exprimait une vive frustration, mais la détermination devait être encore plus nette sur celui de Hardy.

— Qu'est-ce que vous voulez savoir ?

— Je veux savoir ce que vous avez fait, ce qu'ont fait vos enfants, où vous êtes allé ce jour-là.

Pour Hardy, c'était un point fondamental. À huit heures du matin, Ron et le révérend Bernardin avaient organisé un petit déjeuner au presbytère de Sainte-Catherine pour les porteurs du cercueil – quatre autres papas du club de football. Ron avait naturellement fait manquer l'école à ses enfants pour qu'ils puissent être avec lui. L'office funèbre avait eu lieu à dix heures. Vers onze heures un quart, accompagné de Marie, des enfants, du pasteur, des porteurs et de quelques personnes de son cercle de relations très limité, Ron s'était rendu en voiture à Colma, où sa sœur avait été enterrée.

Kerry et Pierce avaient assisté à l'office funèbre. Ni l'un ni l'autre ne s'était rendu au cimetière.

Après une brève cérémonie d'inhumation, Ron avait emmené Marie, les enfants et le révérend Bernardin déjeuner au *Cliff House*. Il avait ensuite déposé Max et Cassandra à l'école vers deux heures, à peu près au moment où était découvert le corps de Carl Griffin.

Il n'y avait plus l'ombre d'un doute : Ron n'avait pas tué Carl Griffin, ce qui signifiait qu'il n'avait pas pu utiliser la même arme pour tuer Canetta. Il était donc quasiment acquis qu'il n'avait pas assassiné sa sœur. Comme lui-même le jurait depuis le début, comme le croyait Frannie et comme l'espérait Hardy, Ron Beaumont était innocent.

C'était un énorme poids en moins.

Il était très pénible pour Hardy de songer qu'il aurait pu savoir tout cela dès le vendredi soir, ou le samedi au plus tard, si Ron n'avait pas ressenti le besoin de disparaître. Mais à quoi bon revenir sur le passé ? Ron lui avait téléphoné le samedi, désireux de coopérer et ignorant tout de ses ennuis. Il s'agissait à présent pour Hardy de rattraper le temps perdu en obtenant de lui une réponse à ses autres questions, tant qu'il l'avait sous la main.

— Parlez-moi de Bree et de Kerry, dit-il d'un ton neutre.

— Vous êtes remonté jusqu'à lui ? Ça ne me surprend pas.

Ron se renversa en arrière et but une gorgée de bière au goulot.

— Vous croyez qu'il l'a tuée ? demanda Hardy.

Ron avait beaucoup réfléchi à cette question, ce qui ne l'empêcha pas d'hésiter.

— J'ai toujours buté sur un problème logistique. Comment aurait-il pu le faire ?

— Ce n'est pas si compliqué, remarqua Hardy. Il passe chez vous après votre départ pour l'école. Ils se sont parlé ce matin-là, vous savez. Kerry et Bree.

— Je sais.

La réponse surprit Hardy.

— Et vous savez de quoi ils ont discuté ?

— Non. Pas précisément. Ils s'appelaient tout le temps. Mais écoutez, il s'agit d'un type qui brigue le fauteuil de gouverneur de Californie. Il ne peut pas se balader dans les rues pour aller tuer quelqu'un.

— Peut-être qu'il est venu en voiture, qu'il s'est garé au sous-sol...

— Et si quelqu'un l'avait croisé en bas ou dans l'ascenseur ? Et d'ailleurs, pourquoi l'aurait-il fait ?

— Elle était enceinte.

— Ils s'aimaient. Ils parlaient de se marier... C'est là-dessus que Bree et moi étions en désaccord, ajouta Ron en faisant tourner sa bouteille sur la table de formica. Je n'en suis pas fier, d'ailleurs. J'ai été très inquiet quand son nom a commencé à circuler dans la presse à côté de celui de Kerry.

— Pourquoi ?

— Parce que Bree n'est pas précisément le prénom le plus courant de la planète. Et si Dawn tombait dessus...

— Comment aurait-elle pu tomber dessus ? Elle n'est pas restée dans le Wisconsin ?

— Et alors ? Elle lit la presse. Les nouvelles de Californie sont reprises partout.

— Je croyais qu'elle détestait vos enfants.

— Bébés. Mais quand elle a vu ce qu'ils pouvaient lui rapporter... Elle s'est battue comme une tigresse pour obtenir leur garde. Elle les considérait comme sa propriété.

— Et après le jugement ? Quand vous les avez... emmenés ? À sa place, j'aurais commencé par chercher du côté de Bree.

— Soit. Mais ce n'est pas comme si la décision du juge nous avait pris de court. Bree et moi, on avait eu des mois pour préparer notre coup. À mon arrivée ici, en Californie, j'étais Ron Beaumont, veuf de fraîche date. Pendant plus d'un an, les enfants et moi avons habité tous les trois dans un appartement à Oakland, en rasant les murs.

— Qu'est-ce que vous faisiez ? Pour vivre, je veux dire ?

— La même chose que maintenant : de la gestion financière informatisée.

— Et vous êtes resté à Oakland jusqu'à ce que les enquêteurs aient cessé de s'intéresser à Bree ?

— Exact. Ensuite, on a commencé à « sortir ensemble », et on s'est organisé un petit mariage dans l'intimité.

— Et personne ne vous a reconnu ?

— Comme étant le frère de Bree ? Non. Elle et moi avions vécu séparément depuis mon départ pour la fac. À l'époque, Bree devait avoir quatorze ans. Plus tard, quand elle est venue ici pour passer sa licence, je vivais à Racine [1]. Parmi ses rares amis, aucun ne me connaissait, la plupart ignoraient même que j'existais. C'était la solution idéale.

— C'était aussi fichtrement risqué, non ?

Haussement d'épaules.

— Plus le risque est important, plus le bénéfice est gros. C'était la meilleure solution. Il n'était pas question pour moi de rendre les enfants à Dawn. Vous voyez, elle croyait dur comme fer qu'il n'y avait rien de mal dans ce qu'elle voulait leur faire faire – ni d'ailleurs dans ce qu'elle faisait elle-même. La société est trop puritaine. Le sexe est naturel. Si certaines personnes sont coincées, c'est leur problème.

---

1. Une des principales villes du Wisconsin. *(N.d.T.)*

— Ce n'est pas vrai pour les enfants. Personne ne croit que ce soit naturel avec les enfants.

— Vous devriez regarder autour de vous, répliqua Ron. Ces millions d'images qui circulent chaque année sous le manteau...

Le silence retomba brièvement. Chacun des deux hommes reprit sa bouteille de bière.

— Imaginons, reprit Ron, que Dawn voie le prénom de Bree dans le journal. Ça fait tilt dans sa tête. Même nom, même métier. En grattant un tout petit peu, elle découvre que Bree Beaumont s'appelait autrefois Brunetta – mon vrai nom. Je suis cuit. Les gosses aussi. Alors, c'est vrai, avoua-t-il en soupirant, on a eu quelques accrochages là-dessus – Bree et moi.

— Et que disait-elle ?

— Ce n'est pas simplement une question de mots. C'est difficile à expliquer, mais tout s'est passé comme si, d'un seul coup, elle était devenue... adulte.

— Le vilain petit canard.

— Exact. Je ne suis pas en train de dire qu'elle n'a pas fait preuve d'une incroyable générosité en tant que sœur – et uniquement pour le bien de mes enfants. Elle ne m'avait jamais parlé des hommes qu'elle voyait, même si je savais qu'ils existaient. En quelque sorte, on avait passé un accord tacite, comme quoi aucune de ses liaisons ne pouvait déboucher sur quelque chose de sérieux, parce que son premier devoir était de... (Il indiqua la porte du séjour.)... de protéger ces deux-là. C'était à cela qu'elle s'était engagée.

— Mais comment a-t-elle pu accepter un engagement pareil ? C'est tellement inhabituel...

— Je crois que c'est justement une partie de la réponse. J'ai beau avoir été élevé de manière très conventionnelle, au moins, j'ai viré ma cuti vers vingt ans. Bree, elle, a attendu d'en avoir vingt-huit. Malgré son doctorat et sa belle situation, elle n'avait aucune expérience du monde réel. Alors, d'un seul coup, mon drame lui a donné un objectif. Elle n'avait rien en dehors de son travail, et elle adorait mes enfants. Elle pouvait les sauver. Vous savez, quand on est jeune, on a la vie devant soi. On prend des décisions qui vous engagent à perpétuité comme s'il s'agissait de choisir une paire de chaussures.

Nouveau silence. Hardy était d'accord.

— Qu'est-ce qu'il s'est passé ? demanda-t-il. Comment le navire a-t-il fini par prendre l'eau ?

L'angoisse crispa les traits de Ron.

— Le plus naturellement du monde, répondit-il d'un ton lugubre. Bree est tombée amoureuse. Elle a eu envie de vivre sa vie, de fonder une famille. (Il hésita avant de poursuivre.) Et je refusais de la laisser faire. Je ne voulais pas avoir à changer encore une fois mon fusil d'épaule. Je suis devenu fou quand j'ai appris qu'elle était enceinte.

— De Kerry.

— Oui. Elle allait le lui annoncer. Je ne sais même pas si elle en a eu le temps. Entre nous, c'était un sujet de querelle de plus.

— Attendez une minute. Votre nouvelle identité était bien établie. Pourquoi ne pas divorcer et la laisser épouser Kerry ?

— Le futur gouverneur de l'État ? demanda Ron, secouant la tête. N'importe qui d'autre, à la rigueur, mais si Bree était devenue première dame de Californie, les gens se seraient intéressés de près à son passé. La vérité aurait fini par éclater un jour ou l'autre.

— Que lui proposiez-vous ? Quelle était votre solution ?

— Je ne sais pas trop. Je pensais que nous pouvions nous séparer et laisser passer un an ou deux. Le temps de prendre un minimum nos distances. Si seulement elle avait voulu attendre...

— Elle était enceinte. Vous ne croyez pas qu'elle avait assez attendu ?

Ron eut le mérite de ne pas chercher à se défendre.

— Bree est sortie de ses gonds. Quand allais-je me décider à la laisser vivre sa vie ? Comment est-ce que je pouvais être si égoïste après tout ce qu'elle avait fait pour mes enfants et moi ? (Il affronta le regard de Hardy.) Et, bien sûr, elle avait raison.

Ils abordèrent, enfin, le point clé.

Ron commença par réagir à la demande de Hardy avec une indignation teintée d'incrédulité. Il devait bien se douter que c'était impossible. On ne pouvait pas attendre de lui une chose pareille. Il se leva, traversa la cuisine, se pencha sur l'évier pour s'asperger le visage, s'essuya avec un torchon. Puis il resta debout un moment, le haut du corps en appui sur ses deux poings. La voix de Hardy s'éleva dans son dos.

— Je crains que ce ne soit pas négociable, Ron. Il va falloir que vous veniez.

Il se retourna.

— Comment pouvez-vous me demander ça ?

— C'est la seule solution.

— Impossible. Ils vont m'arrêter. Je ne peux pas me le permettre. Si j'ai fait tout ce que j'ai fait, c'est exactement pour éviter ça.

— Ron, écoutez-moi, dit Hardy en se levant, le menton haut. Il ne s'agit pas du grand jury. Les délibérations ne seront pas secrètes. Vous ne risquez pas qu'un procureur vous assomme par-derrière. Et de toute façon, j'ai besoin de vous. Pour Frannie.

— Je ne comprends pas pourquoi.

— J'ai une réponse simple : parce que si vous n'êtes pas dans le prétoire, il n'y aura pas d'audience. J'ai donné ma parole au juge.

— Mais ce...

— Attendez, Ron, interrompit Hardy en levant la main. L'autre réponse, la vraie – je doute qu'on doive en arriver là, mais on ne sait jamais –, c'est qu'il faut que vous soyez sur place pour dire à Frannie qu'elle peut parler.

— Mais je vous ai déjà remis ce message qui dit que...

— Je sais ce que vous avez écrit. Ça ne suffira pas, je vous l'ai expliqué. Frannie a sa propre vision du calendrier, et personne à part vous ne pourra la faire changer d'avis. (Hardy baissa le ton.) Vous lui devez bien ça, Ron. Vous le savez. Bon sang, vous me le devez à moi aussi !

Ron s'éloigna de nouveau. La pièce était devenue trop petite pour deux. Face à la fenêtre, il s'arrêta pour contempler la grisaille pendant une minute qui parut s'étirer interminablement. Enfin, il fit face à Hardy.

— Vous savez qui a tué Bree ?

— Je sais que ce n'est pas vous. Et je peux le prouver.

— J'ai toujours entendu dire qu'on ne pouvait pas prouver une vérité négative.

Hardy aussi. Mais, avec le soutien de Glitsky, il pouvait prouver de façon convaincante que la même personne avait tué Griffin, Canetta et Bree. Et de ce fait...

— C'est possible. Mais un bon avocat est parfois capable de créer l'illusion.

— Et cet avocat, ce serait vous ?

Hardy en eut soudain assez. Marie, Ron et les enfants pouvaient bien se comporter comme si l'affaire était une sorte de jeu qui s'achèverait le lendemain, mais ce n'était pas un jeu, et il croyait dur comme fer qu'elle ne se terminerait pas tant qu'il n'aurait pas un peu forcé le cours des choses. Les coins de sa bouche se retroussèrent – bien qu'il fût à cet instant incapable d'un authentique sourire.

— Exact, mon ami, ce serait moi.

Ron resta planté près de la fenêtre. Hardy distingua, au-dehors, les petits cubes disséminés sur les flancs de Twin Peaks. Il fut surpris de constater qu'il faisait toujours clair. Le brouillard, en se levant, s'était mué en une couverture nuageuse basse, épaisse, sale.

— Ron...

Nouveau silence.

— Je n'ai pas le choix, n'est-ce pas ?

— Je crains que non.

Après un nouveau coup d'œil par la fenêtre, Ron pivota sur ses talons et revint devant la table de la cuisine. Il s'assit lourdement, fit de nouveau tourner sa bouteille de bière, leva les yeux sur Hardy.

— J'y serai.

Hardy le scruta un instant.

— Vous êtes sûr ?

Ron hocha distraitement la tête. Il n'y avait plus d'hésitation. Sa décision était prise.

— Oui. Je suis sûr.

Il le fixa du regard, offrit un vague sourire. Hardy avait gagné. Il y serait. Bien entendu. Il le devait. Il n'avait pas le choix.

Hardy soupira bruyamment.

— D'accord. Je passe vous prendre à huit heures un quart ? Ça vous va ?

— Ça me va, répéta Ron. Huit heures un quart. Je serai prêt.

— Formidable, déclara Hardy avec un nouveau soupir, en tendant la main droite par-dessus la table. Désolé de devoir vous infliger cette épreuve, mais ça va marcher, croyez-moi. Et merci de votre coopération.

La discussion était close. Ron serra la main de Hardy, et se mit à parler de tout et de rien en le reconduisant vers la sortie. Devant la porte, Hardy stoppa.

— Oh, lança-t-il, une dernière petite chose. Je peux dire deux mots en particulier à Cassandra, juste une seconde ?

Une ombre passa sur le visage de Ron. Hardy, s'attendant à cette réaction négative, lui décocha un grand sourire et lui posa une main sur l'épaule.

— C'est ma supportrice numéro un, vous vous rappelez ? C'est elle qui m'a persuadé de vous aider. C'est bien le moins que je lui explique un peu ce qu'on va faire, non ?

Ils s'avancèrent sur le palier, juste devant la porte d'entrée.

Puisque Ron, Marie et les enfants faisaient comme si tout cela n'était qu'un jeu, Hardy expliqua à Cassandra que le petit secret dont il voulait lui parler faisait également partie du jeu. Son père avait bien dit qu'elle pouvait se fier à lui, n'est-ce pas ? Si elle désirait vérifier, elle n'avait qu'à l'appeler et lui poser la question, mais dans ce cas il y avait un risque : que Max s'en aperçoive.

Si lui avait tenu à la voir en tête à tête sur le palier, c'était parce que son papa ne voulait pas que Max pique une crise en apprenant qu'il ne pourrait pas aller dormir avec elle chez Rebecca.

Le regard de la fillette s'illumina.

— Je vais dormir chez Rebecca ? Chouette, j'adore dormir chez mes copines !

Max aurait été lui aussi le bienvenu, mais son papa avait expliqué à Hardy qu'il avait besoin d'une bonne nuit de repos après ses cauchemars de la veille. Vincent serait déçu, mais il comprendrait.

Non, elle n'avait pas besoin de retourner dans l'appartement pour prendre des affaires. Rebecca avait une brosse à dents de rechange. Et elle lui prêterait un pyjama. Ce serait encore plus rigolo.

Mais ils devaient se dépêcher de monter dans sa voiture à lui, d'accord ? Il fallait qu'ils partent très vite, avant que Max ne se doute de quelque chose. Sinon, elle serait obligée de rester, et adieu la nuit tête-bêche avec Rebecca.

Hardy s'arrêta dans une station-service à cinq rues de là, et mit quelques litres d'essence dans son réservoir pendant que Cassandra l'attendait dans la voiture. Près de la caisse, sans quitter un instant la fillette des yeux, il glissa vingt-cinq cents dans le téléphone à pièces.

La voix de Marie tremblait d'angoisse, mais Hardy ne lui laissa pas le temps de former une phrase.

— Je serai devant chez vous à huit heures un quart demain matin, comme convenu entre Ron et moi. Cassandra va bien.

Jamais Hardy n'avait vu Erin Cochran dans un tel état de fureur, et il estima probable que cette colère, comparée à celle que piquerait son mari Ed à son retour, paraîtrait aussi légère qu'une neige vierge. Mais les sentiments d'autrui ne faisaient plus partie de ses priorités. Il carburait désormais à l'instinct et à l'adrénaline, et si ça posait un problème aux gens qu'il aimait, tant pis pour eux. Il n'avait pas le temps de s'y arrêter.

— Je l'ai empruntée, dit-il. Juste pour la nuit.
— Ce n'est pas drôle du tout, Dismas !
— Je ne trouve pas ça drôle. Je sais que c'est sérieux.

Ce fut tout juste si Erin ne lui tira pas l'oreille pour le ramener à l'intérieur de la maison. Les trois enfants, inconscients de ce qui se passait autour d'eux, étaient accaparés par la construction d'une sorte de cabane confectionnée à l'aide d'une caisse en carton, de bouts de corde, de fauteuils de jardin en plastique, et d'une couverture. Erin leur jeta un coup d'œil – le temps de s'assurer que les adultes n'avaient pas éveillé leur curiosité. Puis elle s'en prit de nouveau à Hardy :

— Je n'en reviens pas que vous nous demandiez, à Ed et à moi, d'être complices d'un...

— C'est le seul moyen, Erin.

— J'ai du mal à le croire. Et si la police...

— Ron n'appellera pas la police. Il s'apprêtait à décamper une fois de plus, et j'ai absolument besoin de lui demain matin pour faire sortir Frannie. (Il regarda les enfants à son tour.) Cassandra est ma seule garantie.

— Mais vous ne pouvez pas...

— Erin ! s'écria-t-il en lui prenant les épaules avec une rudesse qui le surprit lui-même, mais il n'avait pas pu se retenir. Erin, écoutez-moi ! Ce qui est fait est fait. C'est juste pour une nuit.

Il la lâcha, laissa retomber ses bras le long de son corps. Erin, les lèvres tremblantes, paraissait médusée, et temporairement privée de l'usage de la parole.

— Il faut que j'y aille, conclut-il.

36

Hardy, le dos voûté, était assis sur une chauffeuse capitonnée face au balcon de l'appartement Beaumont. Les rideaux étaient ouverts, et en étirant le cou il aurait pu voir sur sa gauche le soleil en train de s'abîmer dans l'océan violet en saignant comme une orange écrasée. Une barre de lumière s'était brusquement installée entre la couverture nuageuse et la terre. À la pointe nord de la baie, on pouvait même distinguer chacune des autos qui franchissaient le pont Richmond.

Qu'est-ce qui lui avait pris ?

Fallait-il vraiment enlever Cassandra ? La question le taraudait. Après tout, Ron avait accepté de le retrouver le lendemain matin et de l'accompagner à l'audience. Il avait promis. Hardy lui avait fait comprendre qu'il devait le faire. C'était une cause entendue.

Sauf que.

Sauf que Ron avait menti. Sa conversion avait été trop rapide, trop facile. Il avait pris une décision, certes, mais pas celle d'attendre le lendemain pour se rendre au tribunal et tirer l'énigme au clair. Hardy n'avait aucun doute : à l'heure dite, Ron et ses enfants auraient de nouveau disparu sans laisser de traces.

Mais s'il s'était trompé ?

Son estomac se contracta, un voile luisant lui recouvrit la peau. Il noua les mains, le seul moyen de les empêcher de trembler.

Il quitta la chauffeuse et resta un instant debout, immobile, tentant une fois de plus de visualiser l'affrontement qui avait dû se produire ici. Mais aucune image ne lui vint. Il s'approcha de la porte-fenêtre, l'ouvrit, sortit sur le balcon.

Rien n'avait bougé. Les bacs à fleurs avec leur maigre végétation. La petite table et les chaises, exactement comme la première fois. En trois pas sur le carrelage glissant, il atteignit la balustrade de fer forgé.

Il testa sa solidité, la jugea correcte. Il ne se serait sans doute pas risqué à peser dessus de tout son poids, mais il posa néanmoins les mains à plat sur la rambarde, et se pencha en avant pour contempler de nouveau le rectangle du patio, douze étages plus bas. L'altitude fit naître en lui une sensation quasi hypnotique. Il maintint sa position pendant quelques secondes avant de se redresser, pris de vertige.

Il recula avec un frisson, en s'interrogeant sur la force primordiale de l'attrait du vide – la mort prête à vous tendre les bras, terriblement tentatrice, au moindre instant de faiblesse.

Ou de consentement.

La balustrade était naturellement mouillée après trente heures de brouillard, et Hardy s'essuya les paumes sur son blouson. Une corne de brume mugit dans le lointain, et soudain il se figea.

Taches de rouille. Traces de tissu.

Il ouvrit les paumes. Avec le soleil qui venait de sombrer, le crépuscule progressait à pas de géant, mais il restait encore assez de lumière naturelle pour lui permettre de distinguer de vagues traces sur sa peau.

Hardy demeura longtemps sans bouger. L'interrupteur du balcon était derrière lui. Il se retourna et l'actionna. La rouille n'était pas très sombre sur sa peau, mais elle s'était néanmoins détachée en quantité suffisante pour être facilement identifiable.

Il se rapprocha de la balustrade, mais cette fois s'accroupit afin de placer son regard au niveau de la rambarde. Là où il s'était tenu quelques secondes plus tôt, la condensation avait bien sûr été effacée, mais il réussit à voir aussi autre chose : les endroits où ses mains avaient emporté un peu de rouille. Il frotta énergiquement la manche de son blouson en Gore-Tex contre la rambarde. Le tissu pourtant lisse résista à plusieurs reprises, et quand il regarda sa manche le fer rugueux avait laissé dessus une marque de rouille.

Plus important encore, le métal lui-même gardait la trace de ce qu'il venait de lui faire subir. Une fine pellicule de rouille avait été décollée. Difficile à voir, mais néanmoins incontestable.

Ce constat guida Hardy vers une conclusion également incontestable : si le corps de Bree avait été précipité par-dessus cette balustrade avec une friction suffisante pour laisser des marques sur ses vêtements, deux éléments auraient dû sauter aux yeux d'un expert de la police scientifique, aussi mal payé et surmené fût-il.

Un, la trace perceptible, sinon évidente, sur la balustrade, à l'endroit où la rouille avait été arrachée.

Deux, élément encore plus significatif, l'état des vêtements. Son blouson en Gore-Tex, un matériau issu de la recherche spatiale, avait été accroché en deux ou trois endroits quand il l'avait frotté contre la rambarde. Bree portait du coton et de la laine, deux textiles qui auraient subi des accrocs encore plus importants lors de leur contact avec le fer du garde-corps.

Quand Hardy se redressa pour assister à la naissance des lumières de la ville, sa tête tournait. Il n'avait pas besoin de retourner à son bureau pour se replonger dans les pièces du dossier. Il en avait mémorisé l'essentiel depuis longtemps.

Un des aspects les plus troublants de l'enquête menée par la police scientifique sur la scène du meurtre était l'absence de tout indice matériel capable de relier le drame survenu dans cette pièce, sur ce balcon, à un quelconque suspect. Et Hardy comprenait maintenant pourquoi.

Traces de tissu ?

Aucune trace de tissu sur la balustrade.

David Glenn, l'intendant de l'immeuble, se souvenait de lui. Il l'invita à entrer en précisant qu'il n'avait pas beaucoup de temps à lui consacrer. Il était pressé : ses amis allaient débarquer d'une minute à l'autre pour jouer aux cartes et regarder le match de football du lundi soir ; et si la bouffe n'était pas sur la table à leur arrivée, il en prendrait pour son grade.

Ils passèrent dans la cuisine impeccable et brillamment éclairée, où Glenn continua de disposer ses viandes froides et ses fromages, ses petits pains, ses pickles et ses condiments. Hardy, qui à ce stade avait à peu près abandonné l'idée de se réalimenter un jour régulièrement, resta debout à côté du bar en s'efforçant de ne pas trop regarder les victuailles.

— Je ne sais pas exactement, dit Glenn.

Hardy venait de s'enquérir du nombre d'habitants de l'immeuble.

— Il n'y a que deux familles avec enfants – les Beaumont, et les Mahmouti au quatrième. Les autres appartements accueillent surtout des couples, trois ou quatre célibataires... Disons une quarantaine de personnes au total.

— Tous locataires à l'année ?

— Propriétaires, répondit Glenn, en se fourrant une olive dans la bouche après l'avoir étudiée un instant. Dont un certain nombre que je ne vois jamais. Je vous l'ai déjà dit.

— Jamais ?

L'intendant réfléchit un instant.

— Quasiment, pour certains. Je pourrais les croiser dans la rue sans les reconnaître.

— Comment est-ce possible ?

— Très simple. Cet immeuble a été conçu pour préserver la vie privée de ses habitants. Vous avez votre place de parking en sous-sol. Vous prenez l'ascenseur pour monter jusque chez vous. Dans certains appartements, il n'y a jamais personne. Si vous voulez mon avis, ils ne sont pas habités, mais les chèques tombent à chaque échéance. Deux appartiennent à des sociétés. Vous voyez le genre : elles se les gardent pour leurs dirigeants quand ils passent en ville. (Sans doute surprit-il Hardy en train de lorgner ses amuse-gueule.) Hé, vous avez faim ? Vous voulez goûter ?

— Merci, ça ira. Vous avez en tête le nom de ces sociétés ?

— Facile, puisqu'il n'y en a que deux. La première est la Standard Warehousing – je crois que c'est une boîte d'entreposage de Phoenix. Et l'autre appartient à des Russes. Des marchands de diamants, à ce qu'il paraît. Ceux-là, on ne les voit carrément jamais.

— Et combien d'autres appartements ne sont pas régulièrement occupés ?

Glenn enfourna une autre olive.

— Ce n'est pas un truc auquel je fais très attention. Peut-être deux ou trois.

— Le 901 en fait partie ?

Le concierge cessa de grignoter et de préparer ses amuse-gueule pour accorder enfin toute son attention à Hardy.

— C'est encore à propos du meurtre de Bree ?

Hardy opina de la tête et demanda :

— Le balcon du 901 est situé à la verticale du sien ?

— Ouais, opina doucement Glenn. Tous les appartements en 1 donnent sur la façade arrière. Rita Browning.

— Qui est-ce ? Vous la connaissez ?

— Ni d'Ève ni d'Adam, répondit Glenn en secouant la tête. Elle fait partie des invisibles.

Abe Glitsky était sans doute la dernière personne au monde que Hardy eût envie de voir en cet instant.

Et pourtant, c'était bien lui, un sac de papier brun sous le bras, qui venait d'être introduit dans le Solarium par un des jeunes collaborateurs de Freeman. Outre celui-ci et Hardy, deux autres associés du cabinet étaient penchés sur la table de conférence pour aider à préparer les convocations de témoins en vue de l'audience accordée par Braun à Hardy le lendemain matin.

Freeman sifflotait avec entrain, toujours la même note horripilante, mais aucune de ses abeilles travailleuses ne paraissait partager sa gaieté. Il ne s'agissait pas d'heures supplémentaires librement consenties. Freeman avait frappé à toutes les portes, interrompant ses employés dans leur tâche pour les réquisitionner manu militari. Et ils étaient loin d'avoir fini : une fois que les assignations seraient prêtes, ils allaient devoir les distribuer en pleine nuit aux quatre coins de la ville.

— Faut que je te parle, lança le lieutenant à Hardy.

Hardy eut un geste d'excuse à destination de ses collègues.

— Désolé, les gars, dit-il. Cinq minutes.

Glitsky semblait moins sûr du délai. Il soutint les regards impatients braqués sur lui et précisa calmement :

— Peut-être un poil plus.

Les aigres commentaires échappés de la salle de conférence n'étaient pas encore tout à fait inaudibles quand ils parvinrent en haut de l'escalier. Hardy referma la porte de son bureau, alluma le plafonnier.

Glitsky ne perdit pas de temps.

— On essaie de nous coincer.

Tandis qu'il exposait la situation à son ami, Hardy traversa la pièce et se laissa lourdement tomber sur le canapé. Ses papiers jonchaient toujours la table basse, mais ils semblaient à présent sans importance – périmés, presque dérisoires.

À peu près comme lui.

— D'après ce que j'ai pu comprendre, conclut Glitsky, la nouvelle théorie du DA est qu'on protège Ron Beaumont parce qu'on est mouillés dans sa combine. Tu es son avocat, je suis ton meilleur ami. Et on va tous se faire un paquet de blé grâce à l'assurance de Bree.

— Vivement qu'elle tombe, grogna Hardy, maussade.

— Je suis d'accord, déclara Glitsky sans manifester plus d'entrain. Il paraît que tu es à sec. Tu serais bien capable d'avoir brûlé ta propre maison. Qu'est-ce que tu en dis ?

— Juste histoire de boucher les trous en attendant de palper ma part de l'assurance de Bree.

Hardy était vaguement soulagé de comprendre pourquoi il avait été mis sur le gril à la caserne dans l'après-midi. Quelqu'un l'avait montré du doigt en tant qu'incendiaire potentiel, et il savait maintenant qui.

— Ce brave Scott Randall est une vraie plaie, Abe. Si tu le pousses dans les bras de Pratt, ils vont se mettre à danser le tango ensemble, fais attention.

— Je fais attention. Mais je commence à croire que je vais devoir dévoiler les liens existant entre les meurtres de Griffin et de Canetta et celui de Bree Beaumont.

— Pourquoi ?

— Eh bien, pour prouver que...

— ... que tu essaies vraiment de retrouver le meurtrier ? Qu'est-ce qu'ils ont contre toi ? Qu'est-ce qu'ils *pourraient* avoir contre toi, Abe ?

— Je n'ai pas arrêté Beaumont.

— Tu sais où il est ?

— Non.

Hardy faillit éclater de rire.

— C'est une raison suffisante, non ?

— Ça fait désordre. Eux désignent Ron comme le suspect numéro un, et moi je ne le recherche pas. Donc, je le protège.

— Tu cherches des faits. Voilà. C'est comme ça que le système est censé fonctionner.

— Je sais, je sais, soupira Glitsky. Tu as raison.

— Ça ne m'arrive pas souvent, juste une fois de temps en temps – et là, c'est le cas.

Pure bravade de la part de Hardy. En réalité, la situation était encore pire que ne le soupçonnait Glitsky. Car ni Randall, ni Pratt, ni les gars des Affaires internes n'accepteraient de croire que Hardy, sachant où se cachait Ron Beaumont, n'en avait pas informé son ami le lieutenant. Aucune chance.

Mais si Hardy lui disait où était Ron – ce dont il n'avait absolument pas l'intention –, que pourrait faire Abe ? Fermer les yeux sur un rapt et devenir complice d'un crime fédéral ? Arrêter son ami ? Ou bien, à supposer que Hardy parvienne à escamoter le problème de l'enlèvement de Cassandra, livrer Ron aux autorités, ce que Hardy avait tenté par tous les moyens d'éviter jusque-là ?

Il ne pouvait pas lui en parler. Impossible.

D'un autre côté, en se taisant, il laissait Glitsky totalement exposé aux attaques de Randall et de Pratt, qui risquaient de lui coûter son poste, sa crédibilité et son honneur.

— Qu'est-ce qu'il y a ? demanda Abe.

— Rien. Enfin, peut-être une vague idée, répondit Hardy en faisant mine de fouiller parmi les pages étalées devant lui. Ah, voilà. C'est ici. L'enterrement de Bree.

— Quoi, l'enterrement ?

Honteux de ce qu'il était obligé de faire, Hardy enfila un collier de jolis petits mensonges afin de mener Glitsky là où il le voulait. Il commença par dire – cette idée venait de lui traverser l'esprit – que Ron, après tout, avait peut-être un alibi en ce qui concernait la mort de Griffin. Peut-être que le pasteur chargé de l'office funèbre – comment s'appelait la paroisse, déjà ? Sainte-Catherine ? –, peut-être que ce pasteur avait passé le plus clair de la journée avec Ron, ou en tout cas un certain laps de temps, autour de l'heure à laquelle avait été commis le crime, vu que dans ces situations-là il y avait toujours une myriade de détails à régler.

Abe devait s'en souvenir : quand Flo, sa femme, était morte, il lui avait fallu arriver à la synagogue à la première heure… Est-ce que quelqu'un avait pensé à vérifier ce que Ron avait fait le jour de l'enterrement de sa sœur ?

— Comment ça, « sa sœur » ?

Le visage de Hardy se vida de son sang.

— J'ai dit « sa sœur » ? Je voulais dire sa femme, bien sûr. L'enterrement de sa femme. Le fait est que si Ron a un alibi pour Griffin, il ne peut pas avoir tué Bree, n'est-ce pas ? À partir de là, tu pourras facilement moucher Randall en prouvant que tu ne protèges personne. Il serait temps que ce minable s'écarte de ton chemin pour te laisser faire ton métier, non ?

Assis sur le coin du bureau de Hardy, Glitsky se décida rapidement. Il tendit le bras vers le téléphone.

— Tu crois qu'ils ont le téléphone ? demanda-t-il. À Sainte-Catherine ?

Ils l'avaient. Quand il raccrocha le combiné cinq minutes plus tard, le lieutenant n'était pas loin de sourire pour de bon, sa balafre plus blanche et plus saillante que jamais.

— Tout devrait toujours être aussi simple, remarqua-t-il en soupirant. Ron a passé la journée avec le pasteur. Et ses enfants. Et deux ou trois autres témoins.

Hardy feignit d'éprouver une intense satisfaction, se carra dans le canapé, sourit à son tour.

— Super.

— Pas mal, en tout cas. Voilà qui nous ramène à Baxter

Thorne, lequel comme tu le disais est effectivement un enfoiré de...

Il fut interrompu par un discret martèlement à la porte. Hardy se leva pour ouvrir. David Freeman, debout dans le couloir, avait les mains dans les poches.

— Les cinq minutes sont écoulées.

— Accordez-m'en une de plus, lança Glitsky.

Freeman dévisagea le lieutenant, hocha la tête, reporta son regard sur Hardy.

— S'il ne reste plus personne en bas quand vous redescendrez, ne venez pas me le reprocher.

— J'arrive tout de suite. Promis.

Freeman haussa les épaules – il avait fait de son mieux – et repartit vers l'escalier. Hardy se retourna vers Abe.

— Tu as entendu.

— D'accord, dit Glitsky en tendant à son ami le sac de papier brun qu'il tenait sous le bras depuis son arrivée. Tiens, voilà quelques documents de plus pour ta collection privée. Des images de la bagnole de Griffin – la banquette arrière, et aussi tout ce qu'ils avaient déjà récolté avant. Seules les pièces censées être significatives ont été inventoriées par écrit, mais tu verras tout le reste en photo. Pareil pour Canetta. Et deux transcriptions qui auraient pu t'échapper jusqu'ici... Ah, au fait, Kerry a bien un Glock. On l'a trouvé à l'endroit prévu, et ce qui est sûr, c'est qu'il n'a pas tiré depuis qu'il a été nettoyé pour la dernière fois – ce qui, à mon avis, remonte à au moins un an. Peut-être même qu'il n'a jamais servi. Bien sûr, tu vas me dire que Kerry n'a pas eu besoin de presser la détente, s'il l'a sorti de manière assez convaincante... Bon, je sais que tu es très attendu en bas, mais laisse-moi juste te résumer mon entretien avec Thorne. Ça va t'intéresser, crois-moi.

Quand Abe eut mentionné l'odeur d'essence sur le manteau de Thorne et la présence au fond d'une de ses poches d'un éléphant de cristal identique à ceux des Hardy – même si son origine resterait malheureusement impossible à prouver –, son ami voulut savoir si les policiers avaient trouvé un élément capable de relier

Thorne à SKO, à l'attentat au MTBE, ou à toute autre opération terroriste.

Glitsky répondit que non, mais qu'il allait solliciter un second mandat dès le lendemain – et envoyer simultanément deux équipes d'inspecteurs et de spécialistes de l'informatique chez Thorne et au siège de FMC. Cette fois, il était décidé à sortir le grand jeu, avec intervention de la police scientifique, demande de relevés téléphoniques détaillés et recherche d'éventuels fichiers informatiques effacés.

— Et où vas-tu trouver tout ce monde ? interrogea Hardy. Je croyais que tu avais sept homicides sur les bras.

— Redistribution de personnel, répondit tranquillement le lieutenant. J'ai décidé de mettre en pratique un nouveau principe de management. Ça s'appelle « Fais ce que demande ton chef et vois si ça te facilite la vie ».

— Ça me plaît, dit Hardy.

— À moi aussi. D'autant que ça devrait marcher. Sinon, il nous restera toujours le FBI.

Hardy constata que personne, au Solarium, n'avait encore déserté son poste, même si son retour dans la salle de conférence ne fut pas salué avec une immense chaleur. Les collaborateurs de Freeman allèrent jusqu'au bout de leur corvée et, ayant quitté le bureau, s'égaillèrent aux quatre coins de la ville pour porter la mauvaise nouvelle à Kerry, Valens, Pierce, Thorne et David Glenn. Tous ceux à qui Hardy avait pu penser, en somme.

Après en avoir longuement débattu, Hardy et Freeman décidèrent d'assigner aussi Randall et Pratt. Obligés de se présenter devant le juge Braun, ils se retrouveraient forcément dans une posture assez inconfortable.

Hardy n'était pas sûr d'appeler l'ensemble de ces gens à la barre des témoins – ni même la majorité d'entre eux. Mais il tenait à avoir toutes les cartes possibles dans son jeu, car les méandres de cette affaire l'avaient déjà pris de court plus d'une fois. Plutôt croupir en enfer que se laisser piéger à l'audience.

Sa stratégie n'allait pas sans risques. Son approche à la hussarde était une forme d'abus de pouvoir, susceptible de lui valoir une réprimande du barreau, voire une inculpation pour outrage ; mais Hardy était au-delà de ce genre de considérations. En cas d'échec, une inculpation pour outrage serait de toute façon le cadet de ses soucis.

Pour finir, peu après neuf heures du soir, Freeman lui-même décida de lever le camp et rentra chez lui, le laissant de nouveau seul dans son bureau, face à ses pages étalées sur la table basse, l'esprit engourdi par la gravité des décisions à prendre et l'apparent irréalisme de son projet.

Si Ron a un alibi pour Griffin, il n'a pas pu tuer Bree, n'est-ce pas ?

La question lancée un peu plus tôt à Glitsky était revenue tourmenter Hardy. Il l'avait formulée pour se convaincre lui-même du bien-fondé de son raisonnement, tellement logique qu'il ne pouvait qu'être exact : Griffin enquêtait sur la mort de Bree, et il avait été tué. Idem pour Canetta. Les trois meurtres étaient donc forcément liés d'une manière ou d'une autre.

Sauf…

Sauf si Carl Griffin, en fouillant dans la vie des autres comme il l'avait fait au cours de son enquête, avait découvert une vérité déplaisante sur le dernier être humain connu à l'avoir vu en vie – Baxter Thorne. Et sauf si Canetta, en tombant par hasard sur l'axe Thorne-Valens peu après avoir quitté Hardy et Freeman le samedi soir, avait décidé de tirer la couverture à lui en livrant tout seul un tueur de flics aux civils de la criminelle. Sa seule erreur, dans ce cas, avait été de sous-estimer son client.

Thorne.

Un homme d'action, incisif et dangereux, sûr de lui, déjà en possession de l'arme de Griffin, saturé d'adrénaline après avoir mis le feu à la maison de Hardy. À moins que l'incendie n'eût été allumé après le meurtre de Canetta, à un moment où Thorne se sentait totalement invincible ?

Dans cette hypothèse, bien sûr, le meurtre de Bree restait à part. Avec un autre tueur dans la nature.

Quand les amis de David Glenn étaient arrivés, l'intendant avait expliqué à Hardy qu'il ne demandait qu'à l'aider, mais qu'en ce qui concernait le 901 il n'avait pas le droit de le faire entrer dans l'appartement d'un résident. Il risquait sa place. Pourquoi Hardy ne revenait-il pas avec son ami le lieutenant et un mandat, comme la fois précédente ?

Mais Hardy ne pouvait faire appel à Abe. Et il avait pour cela une raison plus personnelle, plus irrésistible que toutes les autres : Frannie.

Si Rita Browning – l'invisible Rita Browning – n'était qu'un nom de plus gravé sur une carte de crédit appartenant à Ron Beaumont, si la montre Movado de Griffin avait été retrouvée au 901 et non chez Bree…

Non, Hardy ne permettrait pas à Glitsky de remonter jusqu'à Ron. Il n'y aurait ni arrestation ni interrogatoire officiel. Parce que si Ron continuait de nier toute participation au meurtre – ce qu'il ferait très probablement –, Frannie le croirait quoi qu'il arrive. Pis, elle se dirait que le système avait trahi Ron. Qu'Abe l'avait trahie.

Et aussi son mari.

Bref, si Ron avait tué Bree malgré tout, Glitsky ne pouvait leur être d'aucune aide – il devait absolument être laissé à l'écart.

Il fallait que Ron lui-même révèle la vérité. Devant Frannie. À l'audience.

Hardy sentait qu'il devait en rester là pour l'instant, aller voir ses enfants, s'assurer que tout se passait bien avec Cassandra. Affalé, presque couché sur le canapé, il mit la main droite en visière devant ses yeux pour se protéger de l'éclat blanc du plafonnier. Sa main gauche tomba sur les photos apportées par Glitsky – plusieurs gros plans des objets retrouvés sous la banquette arrière de Griffin. Il y avait aussi des comptes rendus écrits – le rapport d'autopsie de Canetta, le résumé de l'inspection de sa voiture. Des dépositions enregistrées sur cassettes.

Il se força à se lever, porta le tout à son bureau, descendit le couloir pour s'asperger le visage d'eau froide. À son retour, il eut un instant d'indécision – il n'avait aucune chance d'arriver le soir même à des conclusions significatives. À quoi bon se mettre au travail ?

Il tenta quand même de le faire, mais constata qu'il n'était pas en mesure d'étudier avec assez d'attention les images de détritus, d'emballages alimentaires divers et de vieilles frites ramassés sous la banquette de Griffin. Il réessaierait le lendemain matin – même s'il n'en attendait pas grand-chose. Mieux valait écouter les bandes enregistrées. Il inséra une microcassette dans son lecteur.

Il entendit un Jim Pierce impatient mais assez coopératif répondre dans son bureau aux questions de Tyler Coleman – une fois de plus. Il passa ensuite à la conversation qu'avaient eue Glitsky, Kerry, Valens et lui-même la veille au soir.

Hardy se rendit compte que Glitsky prenait lui aussi très au sérieux cette affaire – ou ces affaires. Il avait battu des records de vitesse pour obtenir des copies de toutes les pièces qu'il venait de lui apporter, et il était en train de mettre la pression sur tout le département pour que l'enquête progresse enfin.

L'autopsie de Canetta, par exemple. Les morts s'empilaient à la morgue, mais le coroner avait fait passer Canetta en priorité. Cela dit, songea Hardy avec une certaine tristesse, ce n'était pas forcément dû à l'influence de Glitsky, mais peut-être un ultime témoignage de respect offert à un flic tombé au front.

Il planchait sur ces documents depuis plus d'une heure, et les effets de l'eau froide n'étaient plus guère qu'un souvenir, quand le rapport d'autopsie de Phil Canetta, justement, lui arriva entre les mains. Orifices d'entrée, orifices de sortie. Sentant une nouvelle vague de fatigue déferler sur lui, il ferma les yeux pour s'en protéger.

Et peut-être aussi pour se protéger d'une réalité douloureuse – s'il n'avait pas recruté Canetta, celui-ci serait toujours vivant. Une image dansa sous ses paupières closes : Canetta dégustant son sandwich à la mortadelle à peine deux jours plus tôt, puis tétant son gros cigare avec un plaisir visible le samedi soir chez Freeman. Un type plein de vie – vibrant de sensations, secoué par les tempêtes de l'amour, écrasé de responsabilités. Très proche de Hardy, en somme – et brutalement rendu à la poussière.

Vêtements. Traces de poudre. À côté de l'analyse chimique des sucres, amidons et autres carbones organiques, quelqu'un du bureau du coroner – peut-être soumis aux questions de Glitsky – avait traduit en langue profane le contenu de l'estomac de Canetta dans la marge. De la bouffe de flic. Son dernier hamburger, avec un café et une barre chocolatée – cacao, viande de bœuf, pommes de terre, amandes, pain, pickles. Hardy survola la liste, passa à l'analyse sanguine, les taux d'alcool et de nicotine...

Fermant de nouveau les yeux, il revit Canetta sur ce banc de Washington Square, le regard embrasé par le souvenir de Bree Beaumont, la joie simple que le policier avait prise à savourer son sandwich gastronomique.

Assez, assez, assez.

Hardy feuilleta de façon décousue le reste de la liasse, qui paraissait être sans fin. Les murs de son bureau se resserrèrent progressivement autour de lui, et il s'autorisa à clore les paupières juste une seconde. Il se réveilla en sursaut, en se rendant compte qu'il avait dû somnoler. Il ne pouvait pas laisser tomber. Il ne savait pas encore...

Frannie, toujours en prison...

Il tourna une page de plus, puisant dans ses réserves pour trouver la force de se concentrer. En vain. Il arrivait à peine à déchiffrer les lettres, et celles qu'il parvenait à reconnaître formaient des mots vidés de toute substance.

QUATRIÈME PARTIE

37

Hardy trouva à son café un petit goût de térébenthine. Assis à la table de la cuisine – douché, rasé et habillé –, il rajouta du sucre et tourna une page du journal du matin.

Il était six heures. Il était rentré chez les Cochran peu après onze heures du soir. Les trois enfants et les deux adultes étaient encore debout. Malgré quelques gloussements en fond sonore, l'ambiance dans la maison était à peu près aussi sereine que celle d'un bloc opératoire.

Vers deux heures du matin, après cinq interventions de plus en plus fermes de la part des adultes, les enfants avaient enfin cessé de faire du bruit. Ensuite, Hardy, étendu sur le canapé du séjour, avait entendu la pendule sonner l'heure au moins deux fois.

Il se frotta les yeux. Le sucre n'avait pas amélioré le goût du jus de chaussette. Il reposa son bol et se massa la tempe droite, traversée de palpitations sourdes.

C'était jour d'élection. Les articles ne recelaient guère de surprises. L'empoisonnement au MTBE et la panique consécutive – sans parler de la réaction maladroite de son adversaire – avaient fait monter Damon Kerry de trois points dans les derniers sondages, et il était donné gagnant de très peu. Le *Chronicle* recommandait de voter pour lui.

Hardy eut le plaisir de constater que les menaces de poursuite en diffamation de Thorne n'avaient pas eu beaucoup d'effet sur Jeff

Elliot. Sa rubrique « Toute la ville en parle » n'accusait pas directement le lobbyiste, mais elle présentait une litanie de faits de manière à diriger le lecteur vers des conclusions peu flatteuses. Le journaliste promettait de poursuivre son enquête les jours suivants.

Soudain, Vincent apparut à hauteur du coude de Hardy. Son pyjama était une réplique de la tenue de Mark McGwire, le batteur des Cardinals [1]. Ses cheveux en dégradé étaient un peu plus foncés que ceux de sa sœur, mais blonds tout de même. Il avait les oreilles décollées et son visage, exception faite du nez de Frannie, était exactement celui de Hardy.

— Tu as mal à la tête, papa ? Pourquoi tu te frottes le front ?

Hardy attira son fils à lui, lui ébouriffa les cheveux.

— Salut, mec. Qu'est-ce que tu fais debout si tôt ?

— Il est pas tôt.

— En tout cas, il n'est pas tard, et il me semble que tu ne t'es endormi que vers deux heures du matin.

— C'était les filles, pas moi. Moi, j'ai juste parlé un tout petit peu, et je me suis endormi… Papa ?

— Quoi ?

— J'ai une question.

Hardy attendait avec impatience le jour où Vincent se contenterait de poser ses questions sans annoncer préalablement son intention de le faire.

— Envoie, soupira-t-il.

— Pourquoi Max est pas venu aussi ? Pourquoi c'est toujours les amies de Beck qui viennent dormir et moi je me retrouve coincé au milieu des filles, et après elles veulent jamais jouer avec moi ?

— C'est ce que tu appelles *une* question ?

Hardy recula sa chaise et prit Vincent sur ses genoux. Son odeur de petit garçon endormi lui collait encore à la peau, et Hardy le serra contre lui pour en profiter aussi longtemps que possible. Cela dura peut-être deux secondes.

— Tu m'as manqué, tu sais ça ?

---

1. Équipe de base-ball de Saint Louis. *(N.d.T.)*

— Toi aussi, déclara Vincent d'un ton un peu mécanique. Mais toi, tu es occupé, ajouta-t-il, répétant l'excuse que, sans aucun doute, Frannie leur servait régulièrement. On est habitués. Alors que maman, elle nous manque vraiment… Tu as dit qu'elle revenait aujourd'hui. C'est aujourd'hui qu'elle revient ?

Hardy tenta d'ignorer le coup de poignard involontaire.

— C'est l'idée, répondit-il. J'espère.

Le visage de Vincent s'assombrit.

— Ça se peut que non, alors ? Tu avais dit aujourd'hui.

— Ce sera aujourd'hui. Ne t'en fais pas.

— Alors, pourquoi tu viens de dire : « J'espère » ?

— Chut. Ne réveillons pas les autres, d'accord ?

— Mais pourquoi tu as dit ça ?

— Je ne sais pas trop, Vin. Peut-être parce que je le veux très fort, comme toi. C'était une façon de parler. Elle sera à la maison aujourd'hui.

Il faillit promettre, mais se retint. Une promesse, surtout à son fils, était quelque chose de sacré. Une flamme passa dans le regard de Vincent.

— « À la maison » ? Tu veux dire notre maison, en vrai ? Comment ça se fait, puisqu'elle a brûlé ?

Hardy caressa le dos de son fils.

— Quand on dit : « À la maison », on ne parle pas forcément d'une maison avec un toit et des murs. C'est aussi l'endroit où on habite ensemble.

— Mais alors, où est-ce qu'on va habiter ?

— Je ne sais pas encore, mon grand. On va vite trouver un endroit jusqu'à ce que notre maison soit réparée, et en attendant on va rester ici, chez tes grands-parents. Tu n'as pas à t'inquiéter pour ça, d'accord ?

— D'accord.

— Promis ?

Vincent haussa les épaules.

— D'acc.

Dès l'instant où son père disait qu'il ne fallait pas s'inquiéter, c'était réglé : tout se passerait bien. Hardy pria pour se montrer digne de cette confiance.

— Mais pourquoi Max n'est pas venu aussi ?
— Tu veux la vraie raison ? Il n'a presque pas dormi la nuit d'avant, et son papa a trouvé que ce n'était pas une bonne idée.

Vincent médita un instant sur cette réponse.

— Il est gentil, son papa.

Hardy ne put que hocher stupidement la tête. Tout à fait ce dont il avait besoin – un témoignage spontané de son fils, qui était l'innocence même, en faveur de Ron Beaumont.

— Il paraît. Où est-ce que tu l'as déjà vu ?
— À l'école. Il vient aider. Des fois, il nous surveille pendant la récré. Il est très gentil. Tu as mal à la tête, papa ?
— Il faut croire, répondit Hardy. Je me suis encore frotté le front, c'est ça ?

Hardy avait pris l'habitude de fuir le domicile familial avant le déclenchement du branle-bas frénétique qui visait à préparer les enfants pour l'école. Il avait tenté d'affronter cette épreuve pendant plusieurs années, mais elle le rendait fou. Il s'énervait, et cette nervosité lui restait collée aux basques quand il partait travailler. Elle le rendait moins performant dans son métier. Et qu'auraient-ils été tous sans lui ?

Depuis deux ans, il se levait de bon matin, prenait son café, lisait le journal. Il retournait dans la chambre, et réveillait Frannie d'un baiser. De temps en temps, ils parlaient un peu – de questions logistiques. Ensuite, il allait secouer les enfants dans leur lit et prenait la porte.

Ce rite de passage lui avait donc échappé, mais à un moment quelconque des derniers mois Vincent avait appris à préparer le petit déjeuner. Tartines grillées, œufs brouillés, porridge.

— T'as qu'à dire ce que je dois faire et je te le fais.
— Tu n'as vraiment besoin d'aucune aide ?
— Papa...

Hardy regarda son fils régler la flamme sous la poêle, y jeter un morceau de beurre, briser et battre expertement cinq œufs dans un saladier. Il tenta de se rappeler quand lui-même avait appris à préparer son petit déjeuner – il devait avoir à peu près l'âge de

Vincent, mais, allez savoir pourquoi ? l'idée ne l'avait jamais effleuré que son fils pouvait avoir ce genre de compétence. Pas encore. Pas avant longtemps. Ce n'était qu'un bébé.

Vincent abaissa légèrement la flamme.

— J'aime les œufs un peu baveux, mais je peux les séparer si tu veux les tiens plus cuits. C'est comme ça que maman et Beck préfèrent. Bien cuits. Mais tu le sais déjà : maman dit qu'avant, c'était toujours toi qui préparais le petit déjeuner, alors tu dois le savoir, pas vrai ?

— Ouais, grogna Hardy d'une voix enrouée. Bien sûr.

Son fils se détourna du fourneau, surpris.

— Hé, lança-t-il à mi-voix. Ça va, papa ?

Tandis que la maisonnée commençait à se réveiller, Vincent retourna tourmenter les filles, et Hardy emporta sa serviette dans la salle à manger, où il aurait plus de place pour étaler ses documents. Il entendit Erin aller et venir dans la cuisine, mais elle ne se donna pas la peine d'aller lui dire bonjour.

Les photos de police lui parurent moins rébarbatives à la lumière du jour – les objets récupérés sous la banquette arrière de Griffin se détachaient en couleurs vives. Un papier de chewing-gum Juicy Fruit. Deux cartouches. Un sachet plastique à fermeture à glissière de taille casse-croûte, avec quelques miettes à l'intérieur. Un ticket de parking du Downtown Center Garage daté du 22 juillet 1995 – quatre ans d'âge ! Un dollar trente-deux en menue monnaie. Une barre chocolatée Almond Joy dont Hardy était prêt à parier qu'elle aussi était sacrément périmée.

Il se força à continuer, même s'il était de plus en plus persuadé qu'il ne trouverait rien de ce côté-là : la banquette arrière de Griffin était une poubelle. Il passa les autres photos en revue. Le reste ne valait pas mieux : encore des détritus recueillis un peu partout dans l'habitacle. Du papier doré avec des traces de chocolat dessus. Des couvercles en plastique de gobelets de café et autres boissons gazeuses. Des graines de tournesol.

Glitsky avait aussi pensé à joindre une copie du rapport d'autopsie concernant Griffin, ainsi qu'un inventaire définitif des objets personnels recueillis sur lui – un jeu de clés, un couteau suisse, un demi-rouleau de pastilles à la menthe Life Savers, deux stylos à bille, encore un sachet plastique à glissière – vide.

Tout cela, se dit Hardy, ne le mènerait à rien. D'autant que le labo avait vraisemblablement analysé ces articles pour relever d'éventuelles empreintes, traces de graisses ou de liquides – et effectué les divers autres examens permettant de trouver ou d'éliminer des suspects.

Les pages suivantes contenaient des informations du même acabit, mais cette fois relatives à Phil Canetta et son véhicule. À part confirmer qu'il était personnellement beaucoup plus soigneux que Carl Griffin, elles n'apportèrent à Hardy aucun élément utilisable.

Rebecca pointa le bout du nez par l'entrebâillement de la porte de la cuisine et sourit à belles dents.

— Oh, tu es ici, papa. Ce que je suis contente de te voir !

Elle traversa la pièce, l'embrassa sur la joue, se pelotonna contre lui. Il lui rendit son baiser.

— Moi aussi, je suis content de te voir. Où est Cassandra ?

Sa fille resta pendue à lui.

— Tu sais, elle a oublié d'apporter des vêtements de rechange, et je lui ai dit qu'elle pouvait mettre des trucs à moi. Elle voudrait être sûre qu'elle a le droit.

— Je n'y vois vraiment aucun inconvénient.

— Est-ce qu'elle va à l'école avec nous ? Parce que, tu sais, elle a manqué plusieurs jours de suite. (Rebecca baissa le ton.) Elle est un peu inquiète, je crois.

— À cause de quoi ? De l'école ?

Beck secoua la tête.

— Elle a peur d'être obligée de déménager. Elle dit que tu les aides, mais que ça lui fait peur quand même.

— Elle t'a parlé de ça ?

— Papa…, lâcha Rebecca avec un soupir. On se dit tout. C'est ma *meilleure* amie. (Un petit coup d'œil en arrière, pour s'assurer qu'ils étaient toujours seuls.) Il y a quelque chose d'autre qui l'inquiète, aussi. Tu connais Marie ?

— Je l'ai rencontrée hier. Elle a l'air très gentille.

— Peut-être, mais comment ça se fait que son papa soit avec elle alors que sa maman est morte il y a un mois ?

— Peut-être qu'ils sont juste amis.

— Oh, papa ! fit Rebecca avec une expression terriblement mûre. C'est sûr. Cassandra pense que son papa était peut-être déjà avec elle avant la mort de sa mère. Elle dit que ce serait affreux.

— Eh bien...

— Maman ou toi, murmura-t-elle d'un ton pressant, vous ne voyez personne d'autre, hein, papa ?

Hardy pressa sa fille contre lui.

— Non, chérie. On est ensemble et rien qu'ensemble. Promis. Et ça va continuer.

— Croix de bois, croix de fer ?

— Si je mens je vais en enfer, affirma Hardy en administrant à la fillette une petite tape sur les fesses. Et maintenant, tu ferais mieux d'aller dire à Cassandra de vite mettre des vêtements à toi, sans quoi vous allez être tous en retard à l'école.

Avec un petit cri de joie, Rebecca s'en fut, courant presque, pour annoncer la nouvelle à son amie.

Hardy la regarda disparaître. Son regard tomba ensuite sur les documents posés sur la table. Distraitement, il parcourut le rapport d'autopsie de Canetta. Les infimes détails techniques de la mort violente étaient là, comme pour Griffin – degré de rigidité, température du corps, contenu de l'estomac, angle de pénétration des projectiles. Des choses aussi familières que laides.

Rassemblant les pages, Hardy les fourra dans sa serviette, qu'il referma d'un geste sec. Puis il se leva, inspira profondément, et se dirigea vers la cuisine, prêt à affronter le froid.

Ils arrivèrent à Merryvale avec quelques minutes d'avance, et Hardy entra dans l'école, hors de la présence de Cassandra, pour expliquer la situation à Theresa Wilson. Une fois refermée la porte de son bureau, il prétendit avoir été chargé de l'informer que les deux enfants Beaumont allaient reprendre les cours. Depuis leur dernier entretien, assura-t-il à la directrice, il avait été engagé par M. Beaumont en tant qu'avocat, et celui-ci avait préféré garder

Cassandra près de lui pendant qu'ils mettaient au point les derniers détails de leur stratégie de défense.

Max, provisoirement hébergé chez des amis, n'était pas en ville mais reviendrait le lendemain.

Hardy se déclara navré de l'embarras occasionné et reconnaissant par avance de la compréhension de la directrice, mais Ron avait eu peur d'une réaction excessive et injustifiée des autorités – comme cela s'était récemment produit pour Frannie –, et il ne tenait pas à exposer ses enfants à ce genre de traumatisme.

— Je comprends, lui dit Mme Wilson. J'aurais peut-être eu le même réflexe. Au fait, comment Frannie tient-elle le coup ? J'ai lu qu'elle pourrait sortir de… sa situation dès aujourd'hui.

Candidat potentiel à l'oscar du meilleur acteur, Hardy réussit à faire passer l'idée que, s'il n'appréciait pas du tout ce qui était arrivé à sa femme, il ne s'inquiétait plus. Il maîtrisait parfaitement la situation.

— D'ailleurs, conclut-il, je m'en vais la chercher de ce pas.

— Dans ce cas, je vous fais perdre votre temps. Bonne chance.

Ayant retraversé le parking, Hardy s'arrêta à hauteur de sa portière. Devant l'école, des voitures continuaient de venir stationner pour déposer leur cargaison d'enfants. Le brouillard, s'aperçut-il, n'avait fait ce matin-là qu'une apparition de pure forme, et on apercevait même une touche de soleil dans le ciel. Il repéra un groupe de gamins à côté d'un garage à vélos. Sa fille en faisait partie. Et Cassandra Beaumont.

Cachée en pleine lumière.

38

Un observateur neutre aurait sans doute conclu que les deux hommes debout sur le trottoir de Church Street étaient des associés en train d'ergoter sur les détails de leur dernier contrat. Tous deux, apparemment du même âge et en bonne forme physique, étaient très classiquement vêtus d'un complet-veston – costume croisé italien olive pour l'un, costume anthracite à minuscules rayures marron de chez Brooks Brothers pour l'autre.

Un regard plus attentif aurait perçu une réalité différente. Les visages, aux traits énergiques et peut-être même parés d'une certaine beauté, offraient deux paysages de tension et d'épuisement. La négociation ne marchait pas fort.

Écoutons-les :

— Je veux la voir.

— Pas avant d'avoir témoigné.

— Ça m'étonnerait. Je ne témoignerai pas tant que je ne l'aurai pas vue.

Rayures Marron se fendit d'un sourire polaire.

— Vous oubliez que je l'ai toujours. C'est d'une simplicité biblique. Vous voulez récupérer votre fille, moi ma femme. Donnant, donnant. C'est le seul accord possible.

— Salaud.

— Peut-être. Mais au moins, je suis un salaud honnête.

— Qu'est-ce que ça veut dire ?

— Que je ne vous ai pas menti.

— Et moi si ?

— Vous me prenez pour un idiot ? Vous allez peut-être m'assurer que vous n'auriez pas fait vos valises et embarqué vos gosses avant que je me pointe chez Marie ce matin ? (Une pause.) Je l'ai parfaitement senti, alors ne vous foutez pas de moi. J'ai fait la seule chose à faire. Votre fille ne craint rien.

— Vous oubliez le traumatisme que...

— Même pas. Elle ne saura rien de ce qui s'est passé. Sauf si vous m'y obligez.

Le costume croisé s'éloigna de quelques pas. L'autre le rejoignit.

— Je suis le seul allié que vous ayez, Ron. Vous ne l'avez pas encore compris ? Tant que vous n'aurez pas raconté votre histoire, tout le monde vous considérera comme un intouchable.

Son interlocuteur fit volte-face.

— Et après ?

— Si vous dites la vérité, vous n'aurez plus de souci à vous faire.

— *Si* je dis la vérité ? Je ne fais que ça !

Long silence. Enfin, Rayures Marron descendit du trottoir, et s'approcha de la portière gauche d'une vieille Honda.

— Montez.

Il leur restait une heure à tuer avant l'ouverture de l'audience présidée par Marian Braun, et Hardy ne voulait pas forcer sa chance en se présentant dès à présent avec Ron au palais de justice. Si son prisonnier et lui venaient à rencontrer Scott Randall ou Peter Struler, ceux-ci se débrouilleraient sûrement pour faire aussitôt placer Ron en garde à vue. Et Hardy serait impuissant à les contrer lorsqu'ils mettraient en branle la procédure d'arrestation, quel que fût le prétexte invoqué.

Chez Lou le Grec offrait une pénombre et une intimité rassurantes. Il y avait peu de risques qu'un des buveurs matinaux alignés au bar lève la tête et reconnaisse l'un ou l'autre. Presque tous étaient là de si bonne heure pour répondre à une urgence personnelle inextinguible, et le dernier de la file – David Freeman – travaillait, perché sur le tabouret à l'autre extrémité du bar, ainsi que Hardy et lui en étaient convenus la veille au soir.

Deux tasses de café pleines à ras bord fumèrent bientôt sur la table du fond entre Ron et Hardy.

— Rita Browning ? Vous êtes allé chercher ça où ? demanda Ron, apparemment interloqué.

Il était assis sur la banquette face au mur, tandis que Hardy s'était installé de façon à surveiller les allées et venues dans toute la salle.

— Vous voudriez me faire croire que ce n'est pas une de ces identités bidon qui vous ont permis d'accumuler les cartes de crédit ? répliqua Hardy.

— Je me fiche pas mal de ce que vous croyez, mais c'est la vérité. Rita Browning ? (Ron pouffa sans trace de gaieté.) Écoutez, je ne suis peut-être pas le mec le plus viril du monde, mais vous pensez sincèrement que je pourrais me faire passer pour une Rita quelconque ?

Hardy ne put qu'admettre le bien-fondé de l'objection. Ron en profita pour pousser son avantage.

— Et je suis censé m'être servi de cette identité pour quoi ?

— Pour payer les traites d'un autre appartement. Dans le même immeuble.

— Quel appartement ? interrogea Ron, de nouveau surpris.

— Le 901.

Ron réfléchit un instant, souleva enfin sa tasse, but une gorgée de café.

— Et pourquoi est-ce que j'aurais pu vouloir acheter un second appartement dans mon immeuble ?

C'était une bonne question, mais Hardy avait trouvé une réponse à la hauteur.

— Pour avoir un endroit où vous cacher avec vos enfants avant de disparaître pour de bon – en cas de problème du genre de celui que vous avez en ce moment.

— Eh bien, ce « problème », comme vous dites, m'est arrivé. Et il ne vous aura pas échappé que je n'ai pas caché mes enfants dans cet appartement. Ça ne vous trouble pas ?

Hardy reconnut à contrecœur que Ron avait là encore raison.

— C'est la pure vérité. De ma vie, je n'ai jamais entendu parler de cette Rita Browning. Elle est propriétaire du 901 ?

— Peut-être. C'est le nom écrit sur sa boîte aux lettres, sur ses chèques. Mais David Glenn, l'intendant de votre immeuble, dit ne l'avoir jamais vue.

— Depuis combien de temps est-elle là-bas ?

— Cinq ans. En fait, elle est arrivée deux mois avant vous.

— Et David a pris ses fonctions plus tard. Environ deux ans après nous. Il n'est pas impossible, en effet, qu'il ne l'ait jamais vue.

— En tout cas, elle paie ses traites chaque année en janvier.

— En une seule fois ? (Une pause de réflexion.) Franchement, vous me voyez payant depuis cinq ans les traites de deux appartements dans cet immeuble ?

— Disons simplement que je ne crois pas à l'existence de cette Rita Browning. Et vu que tous vos pseudonymes ont pour initiales R.B...

— Je vais vous dire quelque chose à propos de mes comptes en banque. Si vous les avez étudiés de près, vous savez que leur solde n'a jamais bougé. Ils n'étaient là qu'en cas d'urgence. Pour me fournir un matelas financier d'un mois, un mois et demi – de quoi nous laisser le temps de redémarrer ailleurs. C'est tout. Au fait – simple curiosité –, comment avez-vous découvert leur existence ?

— Le dossier Caloco de Bree. Quelqu'un de l'entreprise l'a remis au DA pour donner l'impression que vous aviez prémédité son meurtre et planifié votre fuite. (Hardy crut sentir chez Ron une vraie réaction d'effroi.) C'est vrai, le nom de Rita Browning n'y apparaît pas. Mais je suis persuadé que personne n'habite au 901.

— Vous devez pouvoir le vérifier ? Envoyer quelqu'un sur place ?

— Bien sûr, plus tard. Avec un mandat. L'appartement sera passé au peigne fin, et avec un peu de chance on découvrira que c'est bien là que Bree... Enfin, que c'est là que ça s'est passé. Mais tout ça prendra un peu de temps, et c'est justement ce qui nous manque, constata Hardy en regardant sa montre. L'audience commence dans quarante-cinq minutes.

Ron fit tournoyer sa tasse deux ou trois fois sur elle-même. Puis son regard rencontra celui de Hardy.

— Bree, souffla-t-il.

— C'est aussi ce que je pense.

— C'est elle qui a ouvert ces comptes pour moi. En ouvrir un de plus pour elle-même aurait été un jeu d'enfant.

— Même s'il ne s'agissait pas d'obtenir une carte de crédit ?

— Fondamentalement, c'est la même chose, répondit Ron, haussant les épaules. Quelques numéros bidon, une fausse identité. Rien de plus simple, surtout si votre compte de référence est au nom d'une multinationale comme Caloco. Les banques sont prêtes à faire la queue pour vous ouvrir un compte.

— Mais pourquoi aurait-elle eu besoin d'un second appartement ?

La réponse leur vint à tous les deux simultanément, mais Ron fut le premier à la formuler à haute voix.

— Pour ses amours.

— Elle y recevait des hommes ?

— Pourquoi pas ? Quand on y pense, c'est l'endroit idéal – discrétion, proximité, tranquillité…

— Mais pour payer les traites, il faut de l'argent, du vrai. Est-ce que Bree gagnait assez…

Ron commença à secouer la tête avant que Hardy eût achevé sa question.

— Jusqu'à cette année, elle a gagné pas mal d'argent, mais certainement pas assez pour ce que vous dites.

— Il faut compter combien ?

— Dans notre immeuble, les deux-pièces se vendent à quatre cent cinquante mille dollars. Le nôtre nous a coûté sept cent cinquante mille.

Hardy siffla.

— Je ne vous le fais pas dire, reprit Ron. Mais elle touchait suffisamment de primes pour qu'on puisse payer les traites. (Il hésita.) Pour être franc, on avait un peu de mal à joindre les deux bouts. Et après son départ de Caloco… (Il s'interrompit, repoussa sa tasse.) Autant que vous le sachiez – d'ailleurs, vous le savez peut-être déjà –, on allait devoir déménager.

— Et vous vous disputiez là-dessus ?

— À la vérité, avoua Ron avec un soupir, à la fin, on se disputait sur à peu près tout. C'était terrible. (Il baissa la tête un moment, la releva.) Je suis lessivé, ajouta-t-il d'une voix à peine audible. Tellement...

Hardy se pencha au-dessus de la table.

— C'est vous qui l'avez tuée, Ron ? Vous avez tué Bree, peut-être sans le faire exprès ?

Ron posa sur lui un regard qui reflétait la profondeur de sa résignation et de son désarroi.

— Vous savez bien que non. C'était ma sœur. Je l'aimais. Les gosses l'adoraient – comme une maman. Jamais je n'aurais levé la main sur elle. Je ne l'ai pas tuée. Vraiment. Exprès ou non. Je n'étais pas là. Je n'étais pas là...

Même avec Freeman de faction au bar, Hardy n'était pas tout à fait rassuré à l'idée de laisser Ron seul au restaurant *Chez Lou*. Il lui conseilla de prendre un second café ou une autre consommation, puis de se présenter à l'arrière du palais de justice, près de l'entrée de la prison, à neuf heures vingt. Hardy était plus ou moins sûr de le tenir en laisse : si Ron était venu jusque-là, il ne filerait pas tant que sa fille resterait retenue en otage.

Du moins fallait-il l'espérer.

C'était assez inhabituel, mais Hardy avait persuadé Glitsky d'user de son influence auprès du personnel de la prison pour que Frannie soit autorisée à se présenter à l'audience dans une tenue décente. Il devait donc lui apporter des vêtements à temps pour lui permettre d'échapper à sa combinaison orange. Toujours le protocole, les apparences, les détails.

Mais on ne pouvait avoir le beurre et l'argent du beurre. Soit Frannie consacrait un moment à enfiler des vêtements civils qui, de façon subliminale, la feraient paraître plus humaine aux yeux de Marian Braun ; soit elle partageait avec son mari quelques instants de tension et d'intimité dans la salle de visites.

Hardy n'avait pas hésité longtemps. Quand sa femme serait libre, ils auraient du temps pour se parler. Du temps pour tout.

Il lui restait donc une demi-heure vacante, et il fut tenté de retourner au restaurant *Chez Lou* pour la passer avec Ron. Et puis non. Ron serait sûrement à la porte de service du palais de justice à l'heure convenue. Hardy avait mieux à faire.

Ayant posé sa lourde serviette sur un banc de bois massif placé contre un mur à l'entrée de la prison, il fit sauter les deux fermoirs métalliques, sortit son dossier et le posa sur ses genoux. Il avait déjà tout lu au moins une fois – à l'exception des dernières pages de la liasse de clichés et de photocopies apportée par Glitsky la veille au soir.

Peut-être qu'il avait le temps de parachever sa lecture – non qu'il crût vraiment y découvrir des informations utiles, mais à défaut d'autre chose il pourrait toujours se consoler en se disant qu'il avait été exhaustif. Il ne perdrait pas par négligence ou par épuisement, et serait préparé à cent pour cent quand il pénétrerait dans le prétoire. Scott Randall n'allait pas le prendre en défaut sur un point qu'il aurait dû soit lire, soit remarquer, soit comprendre.

Il reprit à l'endroit où il s'était arrêté : l'autopsie de Canetta.

Et tout à coup, il vit. Revenant en arrière, il réexamina le dossier Griffin. Puis il longea le corridor jusqu'au bureau du coroner, où il effectua une nouvelle vérification avec Strout. Et ensuite, sachant désormais où regarder, il revint sur ses pas, et trouva ce qu'il cherchait.

Glitsky était dans son bureau quand Hardy lui téléphona. Il avait envoyé un double corps expéditionnaire en perquisition chez Thorne et s'était libéré de façon à pouvoir assister à toute l'audience.

Hardy ne voulut rien lui révéler au bout du fil. Son ami allait le rejoindre d'ici cinq minutes, et s'ils pouvaient avoir un moment en aparté il le mettrait au courant. Il se contenta donc de lui fixer rendez-vous à l'arrière du palais de justice.

En ressortant de la prison, Hardy adressa un signe de tête furtif à Freeman, qui rôdait à présent dans le corridor menant à la morgue, puis il gagna la porte de service réservée aux employés du palais. Il allait emprunter avec Ron l'escalier de service, peu fréquenté, pour atteindre le deuxième étage du tribunal, déboucher dans la grande galerie, et filer directement au département 22, où siégeait le juge Braun.

Ce fut Glitsky qui leur ouvrit la porte. Hardy lui présenta celui qu'ils étaient censés escorter jusqu'au prétoire. La surprise ne fut pas agréable pour le lieutenant, mais il parut accepter la situation, et ouvrit silencieusement la marche jusqu'en haut de l'escalier. Arrivé sur le palier, devant la porte close qui donnait sur la grande galerie, il se retourna cependant, et fit face à Ron et Hardy.

— Vous venez de vous croiser par hasard devant l'immeuble, les gars ? C'est ça ?

— Pas tout à fait, répondit Hardy, impassible, et prêt pour cette question qu'il devait entendre tôt ou tard. Mais, hier à la même heure, je n'avais pas la moindre idée de l'endroit où il se cachait.

— Hier soir non plus – quand je suis passé te rendre une visite de courtoisie à ton bureau ? C'est-à-dire la dernière fois qu'on s'est vus, toi et moi ?

— Est-ce qu'il était suspect à ce moment-là ?

— Il n'était pas loin de l'être, et tu...

— Au moment où tu es reparti ? Honnêtement ?

La balafre de Glitsky se resserra, mais Hardy sentit qu'il tenait le bon bout. Il insista.

— Il n'est pas suspect. Tu avais déjà vu cet homme avant son arrivée ici ? Tu lui avais déjà parlé ?

— Tu sais bien que non, grogna Abe.

— Exact. Écoute-moi : tu ne m'as soupçonné à aucun moment d'être en contact avec lui, pas vrai ?

— Et alors ?

— Et alors ? Quand ce cher Scott Randall te demandera – peut-être sous serment – si tu t'es rendu coupable d'une forme quelconque de collusion avec moi et/ou Ron Beaumont ici présent, qu'est-ce que tu seras en mesure de lui répondre ?

Une veine saillit sur la tempe de Glitsky, mais peu à peu ses muscles faciaux parurent se détendre légèrement.

— Sache quand même que je n'apprécie pas.

— C'est noté, répondit Hardy d'un ton sec. Et toi, sache que tu me remercieras bientôt.

Glitsky prolongea son regard noir d'une ou deux secondes, puis se retourna et ouvrit la porte. Les trois hommes débouchèrent dans la galerie juste au moment où Randall, Struler, Pratt et quelques-uns de ses favoris surgissaient de l'ascenseur en formation serrée. Les deux groupes faillirent se percuter.

— Tiens, tiens ! lâcha Randall, d'une voix théâtrale et gorgée de mépris. Le lieutenant Glitsky, M. Hardy et l'insaisissable M. Beaumont. Intéressant, vraiment, cette arrivée groupée. (Il tourna vers Pratt un masque qui était l'autosatisfaction incarnée.) La cause est entendue, Sharron. Exactement ce que nous pensions.

En temps normal, dans les minutes qui précèdent l'installation d'un juge sur son siège, les prétoires vibrent d'une énergie certaine – les avocats et leurs clients s'installent à leur table, les huissiers et gardiens se regroupent pour parler boutique, le greffier s'échauffe. S'il y a un jury, ses membres lisent la presse ou étudient leurs notes.

Dans la partie réservée au public, derrière la balustrade, les spectateurs et les envoyés éventuels des médias se disputent l'espace disponible avec les témoins potentiels, les amis et parents des victimes ou des accusés. Il plane sur ce décor une rumeur constante de conversations à mi-voix, sans rapport les unes avec les autres.

D'habitude, cette ambiance est empreinte d'une retenue discrète, mais palpable. Dehors, dans les galeries accessibles au public, les hordes sales et indisciplinées peuvent impunément se livrer à leur cirque tapageur ; et cependant, dès lors qu'elles franchissent les portes du prétoire, l'ordre semble s'imposer à toutes les personnes présentes.

Mais pas ce matin-là.

Plusieurs témoins assignés par Hardy étaient venus avec des renforts, et apparemment tous avaient eu le temps d'apprendre à se connaître, de se parler, de s'énerver, bref, de faire monter la pression.

À peine Glitsky eut-il poussé la porte pour entrer dans la salle avec Hardy et Ron Beaumont – Scott Randall et son équipe de procureurs sur les talons – qu'une vague de fureur enfla dans l'assistance, prête à déferler sur les nouveaux venus. Pour la première fois de sa carrière, Hardy dut se frayer physiquement un chemin à travers la foule hostile qui obstruait l'allée centrale. Glitsky resta près de lui, en tenant Beaumont juste au-dessus du coude et en les incitant tous deux à avancer.

Hardy joua des coudes sans réagir aux traits acérés qui pleuvaient sur lui. Il était convaincu d'avoir affaire à une mise en scène orchestrée soit par Baxter Thorne – qu'il reconnut, adossé à un mur latéral –, soit par le camp Kerry. Ou peut-être par les deux à la fois.

Scott Randall, quant à lui, ne voulait être le pion de personne. Il s'estimait justement lésé de devoir assister à cette audience totalement injustifiée, et d'être manipulé par un avocat de la défense d'autant plus culotté qu'il était probablement lui-même un criminel. Hardy aurait affaire à lui en temps utile. Tout le monde aurait affaire à lui. Il n'appréciait pas de se trouver dans ce concert de vociférations, au milieu d'un cercle de témoins enragés et de leurs amis.

Glitsky leur fit passer la barrière à tous, puis sur un signe de lui les huissiers s'avancèrent afin d'assurer l'inviolabilité de la partie de la salle réservée au jugement. David Freeman, déjà assis à la table de la défense, observait le spectacle qui se déroulait derrière lui avec une mine amusée et pleine de tolérance. Le théâtre de la justice ! C'était sa grande passion.

— Bonjour, Dismas, psalmodia-t-il. On dirait que vous venez de toucher un nerf à vif.

À cet instant, la voix bénie du greffier couvrit le tintamarre.

— Mesdames et messieurs, la Cour. Le département 24 de la Cour supérieure de la ville et du comté de San Francisco, État de Californie, sous la présidence du juge Marian Braun. La séance est ouverte. Que tout le monde se lève.

Dans la mesure où la plupart des personnes assemblées étaient déjà debout, l'arrivée du juge n'eut guère d'effet, sinon qu'elle provoqua un léger déclin du brouhaha. Braun, mesurant d'emblée la tension ambiante, renonça à prendre place sur son siège, préférant rester debout. Elle saisit son maillet et l'abattit à plusieurs reprises.

Puis, fronçant les sourcils en direction du greffier, elle lui glissa d'un ton sec avant de quitter la pièce :

— Monsieur Drummond, les membres de l'assistance ont exactement deux minutes pour regagner leur place. Après quoi, je m'assiérai, et je distribuerai les sanctions qui s'imposent à tous ceux qui n'y seront pas parvenus.

À son retour, Braun lissa sa robe et s'installa solennellement. Hardy était à côté de Freeman à la table de la défense. Glitsky et Ron Beaumont s'étaient assis derrière eux, au premier rang du public. En se retournant sur sa chaise, Hardy reconnut Valens et Kerry – qui le reconnurent aussi. Et si leurs yeux avaient été des pistolets...

— Tout le monde est là ? murmura Freeman.
— Sauf un, répondit Hardy.
— Qui donc ?
— Jim Pierce. Le vice-président de Caloco.
— Vous croyez qu'il va venir ?
— Il ferait mieux, marmonna Hardy entre ses dents.

Quand Braun se fut assise, une seule personne restait debout : Sharron Pratt, qui se tenait dans l'allée centrale, dans la partie réservée au public.

— Madame le district attorney, bonjour, lança Braun. Souhaitez-vous vous exprimer devant la cour ?
— Oui, Madame le Président. Puis-je m'approcher ?
— M. Hardy ici présent a sollicité cette audience. Je...
— Puis-je m'approcher pour en discuter, Madame le Président ?

L'interruption fit froncer les sourcils à Braun.

— Ma foi... Monsieur Hardy ?

Hardy savait exactement où le DA voulait en venir. À l'issue de son travail préparatoire, lequel visait à prédisposer Braun à un jugement favorable, il avait décidé de provoquer cette intervention en convoquant Pratt et Randall. Il était même tellement préparé à cela qu'il dut faire un effort pour garder une expression neutre en se levant.

— Aucune objection, mais je présume que ma cliente est dans la cellule de détention des inculpés, et je me demandais s'il serait possible à la cour d'entamer sans plus tarder l'examen de l'affaire, et de l'autoriser à entrer dans le prétoire avant l'intervention de Mme Pratt.

Frannie portait un pantalon beige serré et un pull marron foncé à col en V. Son collier de malachite d'un vert intense et ses minuscules boucles d'oreilles assorties rehaussaient l'éclat de ses yeux, et ses longs cheveux roux, noués en queue de cheval à hauteur de nuque, cascadaient ensuite jusqu'au milieu de son dos.

Dès que le surveillant lui eut ouvert la porte de la cellule de détention, elle en sortit, adressa à Hardy un sourire nerveux et gêné, puis se laissa escorter jusqu'à la table de la défense, où elle s'assit à côté de lui. Il l'embrassa sur la joue.

— Je t'aime. Ne t'inquiète pas. Tout va bien se passer.

Après quoi, il se leva et s'approcha du siège du juge.

Scott Randall s'était invité de lui-même à participer aux débats sur les talons de Pratt, et tous deux se tenaient à présent debout devant le juge à côté de Hardy et de Freeman. Randall avait pris la parole, aussi passionné et persuasif qu'à son habitude, et Hardy ne demandait pas mieux que de le laisser creuser sa propre tombe. Normalement, personne n'aurait dû être autorisé à évoquer les travaux en cours du grand jury, mais il fallait bien que Randall abatte ses cartes pour justifier le maintien de l'inculpation de Frannie.

— Il se trouve, Madame le Président, que le grand jury siège actuellement dans ce même tribunal, pour examiner certains aspects relatifs à la mort de Bree Beaumont et à celle de deux policiers ayant joué un rôle dans l'enquête.

— Deux policiers ?

Braun avait naturellement entendu parler des meurtres de Griffin et de Canetta, mais la mention d'une possible corrélation avec l'affaire Beaumont était manifestement une nouveauté pour elle.

— Oui, Madame le Président. L'État estime que trois homicides sont liés à l'affaire Bree Beaumont, étudiée par le grand jury. Et dans la mesure où la brigade criminelle, sous la direction du lieutenant Glitsky, a systématiquement refusé de mettre au jour des éléments significatifs...

— Madame le Président, interrompit Hardy d'un ton calme. Il s'agit ici d'une demande d'*habeas corpus* dont le seul objet est d'annuler l'inculpation pour outrage au grand jury qui pèse sur ma cliente. Le rôle de la brigade criminelle dans ce qui est un autre aspect de cette affaire n'a pas à être examiné ici.

— Avec tout le respect que je vous dois, Madame le Président, protesta Randall, aucun aspect de cette affaire n'a à être examiné dans cette enceinte. C'est au grand jury et à lui seul de trancher. Nous ne devrions même pas en discuter hors de la salle où il mène ses travaux.

Un éclair révélateur – qui plut à Hardy – fit flamboyer les prunelles de Braun.

— Si vous voulez maintenir quelqu'un en prison, monsieur Randall, vous allez devoir me fournir une meilleure raison.

— Avec votre permission, Madame le Président, il n'y a pas besoin d'autre raison que le refus du témoin de répondre à des questions pertinentes.

Hardy sentit le coude de Freeman toucher le sien, et il jeta un coup d'œil approbateur à son vieil allié. Ils avaient attiré Randall là où ils voulaient le mener, et il était en train de jouer exactement leur jeu en remettant en cause la juridiction de Braun – ce dont elle n'allait pas manquer de prendre ombrage.

Et en effet, Braun fusilla du regard le jeune procureur.

— C'est moi et moi seule qui décide des sujets et des affaires à juger ici, monsieur Randall. Est-ce que vous le comprenez ?

Pratt estima que le moment était venu d'intervenir.

— Madame le Président, peut-être pourrions-nous poursuivre cette discussion dans votre cabinet ?

Le courroux du juge se porta sur le DA.

— Nous avons à peine commencé, madame Pratt. Je suis sûre,

ajouta Braun en baissant le ton, que vous avez remarqué la présence ici de plusieurs personnalités éminentes – parmi lesquelles notre futur gouverneur en puissance –, et je ne souhaite pas leur faire perdre plus de temps que le strict nécessaire. Vous pouvez dire ici même tout ce que vous pourriez vouloir dire dans mon cabinet.

Fidèle à lui-même, Randall ne put s'empêcher de reprendre la parole après un bref échange de regards avec sa supérieure.

— Nous avons ici un concours de circonstances tout à fait inhabituel, Madame le Président. Je suis en ce moment même en train de préparer des assignations à comparaître devant le grand jury aux noms de M. Hardy et du lieutenant Glitsky, pour les entendre sur certains points relatifs à cette affaire. Eux-mêmes ne sont pas à l'abri de poursuites criminelles.

Hardy secoua la tête d'un air moqueur, mais resta silencieux.

— J'ajoute, enchaîna Randall, que les services du DA ont requis à plusieurs reprises un mandat d'amener contre M. Beaumont, lequel est assis juste derrière nous au moment où nous parlons.

— Voilà un mandat qu'il devrait être facile de faire exécuter, remarqua Braun d'un ton sec.

— Sauf que ce mandat n'a pas été délivré, Madame le Président.

— Et pourquoi donc ?

— Absence d'éléments suffisants, Madame le Président, intervint enfin Hardy.

— C'est grotesque ! explosa Randall. Nous avons largement assez d'éléments pour une mise en examen !

— Donnez-en un seul, riposta Hardy.

— Les parties s'adressent à la cour, dit Braun avec un regard noir. Elles ne s'interpellent pas entre elles. Est-ce clair ? (Ayant reçu quelques signes d'excuse, elle se radoucit.) Et maintenant, monsieur Randall, corrigez-moi si je me trompe, mais la remarque de M. Hardy me semble pertinente. Si vous avez les éléments nécessaires pour inculper M. Beaumont, présentez-les au grand jury, qui se chargera de promulguer un mandat d'amener. C'est ainsi que cela fonctionne. Vous devriez le savoir.

Pratt vola au secours de son jeune adjoint.

— Il le sait, Madame le Président, mais notre travail sur cette affaire particulière a subi toutes sortes d'obstructions. Pour tout dire, nous croyons que M. Hardy a incité le lieutenant Glitsky à user de sa position à la tête de la brigade criminelle pour couvrir les agissements de M. Beaumont.

Hardy leva théâtralement les mains.

— Madame le Président ! Cela dépasse les bornes !

Braun, curieuse d'en apprendre plus, lui fit signe de se taire.

— Ce sont des accusations graves, madame Pratt...

Randall s'empressa de les reprendre à son compte.

— Et c'est précisément pourquoi, Madame le Président, nous souhaitions les explorer avec le grand jury, avec l'Office de direction et de contrôle du département de police, et avec notre propre service d'enquêtes.

— En d'autres termes, monsieur Randall, vous souhaitez effectuer ce travail d'enquête, mais vous ne l'avez pas encore fait, – ou alors vous n'avez rien trouvé.

Déconcerté, Randall bégaya :

— M-m-ma foi non, Madame le Président, bien sûr que non. Nous avons des indices extrêmement convaincants de...

— Madame le Président, coupa Hardy, ils n'ont rien.

— Nous sommes en train de construire notre dossier.

Hardy maintint les yeux fixés sur Braun, mais sa réponse s'adressait à Randall.

— En portant des accusations avant de disposer de quoi que ce soit pour les étayer ? Si vous le permettez, Madame le Président, j'ai une suggestion à faire. Elle concerne spécifiquement le cadre de l'audience que vous m'avez accordée aujourd'hui, et pourrait nous permettre d'examiner aussi les graves accusations soulevées par le district attorney... et ses subordonnés.

Braun commençait à s'impatienter. Son regard fila au-dessus des représentants des parties pour errer sur le public, qui semblait de plus en plus agité. Cette discussion avait déjà fait perdre trop de temps à la cour – et à tout le monde.

— Soit, monsieur Hardy, je vous écoute, mais soyez bref.

Hardy inspira profondément. Il était en proie à une intense

émotion, mais la montrer ne lui apporterait rien de bon. Quand il parla, son ton était parfaitement maîtrisé.

— Le fondement de l'inculpation pesant sur ma cliente – et qui constitue le motif de cette audience – est son refus de révéler au grand jury une information ayant trait à une affaire de meurtre. Je pense que tout le monde est d'accord sur ce point ?

Personne n'objecta.

— M. Randall et Mme Pratt ont déclaré tous deux clairement et sans ambiguïté que l'information retenue par ma cliente concerne le mobile que M. Beaumont pourrait avoir eu – ou ne pas avoir eu – de tuer sa femme. Est-ce exact ?

Ni Pratt ni Randall n'opinèrent, ils avaient remonté leur garde. Hardy décida d'enfoncer son clou avec un peu plus de force.

— Pour formuler la chose différemment : si Ron Beaumont n'a pas tué Bree, le secret qu'il partage avec ma cliente, quel qu'il soit, n'a pas lieu d'intéresser le grand jury.

— Soit, répondit Braun, songeuse. Où voulez-vous en venir, monsieur Hardy ?

— À ceci : M. Randall a affirmé que la mort des sergents Griffin et Canetta est liée à leur travail d'enquête respectif sur le meurtre de Bree Beaumont. Je présume par extension qu'il en conclut que ces trois homicides ont été commis par un même individu.

— C'est exactement notre conviction, dit Randall, aussi heureux de pouvoir placer un mot que Hardy de l'entendre.

— Une conviction logique, que vous seriez sûrement prêt à développer dans l'intérêt de cette audience.

Voyant le piège se refermer, Pratt s'interposa.

— Je ne sais pas, Madame le Président. C'est une théorie que nous n'avons pas encore...

Braun l'interrompit net.

— Madame Pratt, je viens d'entendre M. Randall dire que c'est *exactement* – il a employé le terme – ce que croient vos services. Plus important, si ma mémoire est bonne, c'est la théorie sur laquelle vous avez tous deux fondé, et émis devant cette cour, vos accusations à l'encontre du lieutenant Glitsky et de M. Hardy.

Alors ? Est-ce qu'une même personne a commis ces trois meurtres, oui ou non ?

Les deux procureurs échangèrent un regard, et Pratt se chargea de répondre.

— C'est notre opinion. Oui, Madame le Président. Sous réserve d'éléments prouvant le contraire et qui pourraient être ultérieurement portés à notre connaissance.

— Je m'en doute, répliqua Braun. Continuez, monsieur Hardy. Vous avez mon attention.

— Merci, Madame le Président. Donc, il s'ensuit que si l'on prouvait l'innocence de M. Beaumont en ce qui concerne le meurtre de l'un ou de l'autre des deux policiers, on pourrait en déduire qu'il est probablement irrépréhensible pour ce qui est du meurtre de sa femme.

— Joli syllogisme, monsieur Hardy, observa Braun, toujours attentive, mais visiblement pas encore convaincue. Mais « irrépréhensible » est un terme fort. Vous voulez dire que vous êtes en mesure de prouver qu'il est innocent de l'un ou de plusieurs de ces trois meurtres ? Normalement, c'est à cela que servent les procès.

— Mais pour aller au procès, Madame le Président, il faut qu'une inculpation ait été prononcée par un grand jury, ou qu'une instruction préliminaire ait vérifié la présence d'éléments suffisants pour qu'un jury puisse éventuellement prononcer une condamnation. Dans le cas présent, il n'y a rien de tel, et l'incarcération prolongée de ma cliente est fondée sur la culpabilité présumée de M. Beaumont – non sur son innocence présumée, comme la loi l'exige.

— C'est assez élégant, monsieur Hardy, mais...

— Madame le Président, si des éléments nouveaux et significatifs concernant l'assassinat de Bree Beaumont sont découverts après cette audience, ma cliente aura de nouveau l'occasion de déposer devant le grand jury. Et si, à ce moment, elle refuse de répondre à des questions pertinentes, elle s'exposera de nouveau à être inculpée pour outrage.

Juste au moment où il aurait pu marquer un point important sur le plan de la procédure, rendre au grand jury l'exclusivité de l'enquête et retenir Frannie jusqu'à ce qu'elle décide de parler, Randall mit de nouveau les pieds dans le plat.

— Madame le Président, avec tout le respect que je vous dois, vous ne pouvez pas juger M. Beaumont pour meurtre ici, dans ce prétoire.

L'expression de Braun resta d'une extrême bienveillance. Mais ses pupilles devinrent deux têtes d'épingle qui clouèrent Scott Randall sur place.

— Ce n'est pas mon intention, monsieur Randall. Si je comprends bien, la question est de savoir si, confronté à ce que vous qualifieriez vous-même de preuves attestant que M. Beaumont est innocent du meurtre de sa femme, vous envisageriez de reconsidérer l'incarcération de Mme Hardy pour outrage au grand jury – inculpation fondée sur la culpabilité de M. Beaumont. Ai-je bien saisi votre idée, monsieur Hardy ?

— Parfaitement.

— Eh bien, monsieur Randall ?

— Madame le Président ?

— Quelle est votre décision ?

— Je ne suis pas sûr d'avoir très bien compris ce que propose M. Hardy.

— Je présume qu'il propose de faire venir à la barre un certain nombre de témoins dans le cadre de la présente audience. Ai-je raison, monsieur Hardy ?

— Tout à fait, Madame le Président.

Sharron Pratt tenta de sauver la face.

— Et je présume que M. Hardy propose de montrer que M. Beaumont est de facto innocent d'au moins un de ces meurtres ? C'est bien cela ?

Hardy reconnut que tel était le cas.

Pratt réfléchissait à toute vitesse. D'un côté, elle n'avait pas à révéler l'état des travaux en cours du grand jury. Le juge n'étant pas en mesure de connaître les éléments en leur possession, Hardy ne pourrait jamais prouver que Ron Beaumont était de facto innocent – mais seulement que sa culpabilité n'était pas certaine. Il lui suffisait de soulever ce point pour mettre un terme séance tenante à la manœuvre de Hardy.

D'un autre côté, elle était consciente qu'au fond ses services ne détenaient rien de concret. Elle mourait donc d'envie de savoir ce que savait l'avocat. Et assumer publiquement une attitude équitable était d'autant plus important que le maire et les médias marchaient sur ses plates-bandes.

Elle décida de laisser à Hardy l'occasion de faire son numéro. Ce qui leur permettrait, bien sûr, de soumettre à un contre-interrogatoire tous les témoins qu'il avait l'intention d'appeler à la barre.

— Nous n'avons aucune objection, Madame le Président, à condition que cela ne dure pas trop longtemps.

— D'accord, dit Braun. Que le spectacle commence.

39

Hardy fut soudain confronté à un obstacle imprévu. Ayant convaincu le juge et le DA de le suivre sur le terrain assez peu conventionnel qu'il avait choisi pour livrer bataille, il fit face au public – et se rendit compte qu'il allait devoir gagner du temps. Il avait eu l'intention d'ouvrir le feu en faisant témoigner Jim Pierce, ayant supposé un peu vite qu'à l'instar des autres témoins convoqués celui-ci se présenterait à l'heure voulue.

Tandis qu'il ferraillait avec Pratt et Randall devant le juge, il s'était imaginé qu'en se retournant ensuite il le découvrirait assis dans la salle. Sauf que le moment était venu d'ouvrir le bal… et que Pierce n'était toujours pas là.

Hardy ne pouvait décemment pas demander au juge Braun un report ni même une simple suspension d'audience. Il allait devoir jongler et faire simultanément des claquettes en priant pour réussir à garder ses quilles en l'air jusqu'à ce qu'arrive le moment de l'attraction principale.

— Lieutenant Glitsky, Abraham. J'appartiens au département de police de San Francisco, dont je dirige actuellement la brigade criminelle.
— Depuis combien de temps occupez-vous ce poste ?
— Cinq ans.

— Et avant ?

— Madame le Président ! intervint Scott Randall en giclant de sa chaise. Tout le monde connaît le lieutenant Glitsky.

— Est-ce une objection, monsieur le procureur ?

Les objections, comme tant d'autres choses dans ce type d'enceinte, faisaient partie intégrante du ballet orchestré de la justice et devaient être fondées sur un manquement au code de procédure. Faire remarquer à la cour que tout le monde connaissait Abe Glitsky ne relevait pas de cette catégorie. La réponse de Braun renforça Hardy dans sa conviction que Scott Randall n'était vraiment pas en train de se faire une amie.

— Veuillez poursuivre, monsieur Hardy.

— J'essaie seulement de résumer à la cour le parcours de M. Glitsky, Madame le Président.

— Soit, mais soyez bref, je vous prie.

Hardy mit moins de deux minutes. Cinq ans à la tête de la criminelle, douze ans comme inspecteur dans la même brigade, une ascension régulière des échelons hiérarchiques après des débuts de simple agent en uniforme, en passant par la mondaine, l'anticriminalité, la financière. Quatre citations, une médaille.

Bien sûr, un homme pouvait toujours mal tourner, mais Hardy tenait à montrer à Braun que désigner Abe Glitsky comme le prochain à s'écarter du droit chemin relevait du pari osé – pour ne pas dire perdu d'avance.

Braun lui avait demandé d'être bref, et c'était justement son intention avec Glitsky – l'amener à la barre, le présenter comme un flic compétent et honnête, et voir ensuite si Randall mordrait à l'hameçon en essayant de l'attaquer, ce qui précipiterait fatalement son propre discrédit.

— Ce sera tout en ce qui me concerne, conclut-il. Si la partie adverse souhaite procéder à un contre-interrogatoire…

Le jeune procureur trépignait d'impatience.

— Et comment !

Randall s'avança à grands pas vers Glitsky et se planta juste devant lui.

— Dans le cadre de votre position à la tête de la brigade

criminelle, lieutenant, vous êtes-vous initialement impliqué dans l'enquête ouverte à la suite du meurtre de Bree Beaumont ?

— Sur le plan de la responsabilité administrative, oui. Mais pas personnellement.

Très à l'aise à la barre des témoins après de longues années de pratique, Glitsky répondit rapidement à l'ouverture de Randall en récitant la description de son poste – il dirigeait « une équipe d'inspecteurs opérant en étroite collaboration avec une unité de police scientifique et technique et le coroner de la ville et du comté pour rassembler et collationner des indices et des preuves relatifs aux homicides dépendant de sa juridiction ».

Cela n'avait strictement rien à voir avec Ron ou Bree Beaumont, et Hardy aurait sans doute contré chaque mot de ce verbiage en d'autres circonstances. Mais il savait où Randall voulait en venir : le patron de la brigade criminelle étant un ripou, le jeune procureur désirait prouver à Braun que sa tactique peu orthodoxe, pour ne pas dire extralégale, se justifiait dans ce cas particulier. Hardy aurait pu passer la matinée à soulever des objections et à se les voir accorder, mais il était trop heureux de laisser Randall tresser lui-même la corde qui allait l'étrangler.

— Et une fois que votre équipe a rassemblé des preuves, déterminé qu'il y a eu crime et identifié un suspect, que faites-vous, lieutenant ?

— On sollicite le DA, qui décide s'il y a lieu ou non d'inculper le suspect et définit les chefs d'inculpation. Meurtre avec ou sans préméditation, homicide involontaire, ce genre de choses.

— Et combien de temps faut-il compter, en gros, entre l'ouverture d'une enquête pour homicide et la remise de votre dossier au DA ?

— C'est très variable. Entre deux jours et deux ans.

— D'accord. (Randall arpentait un terrain plus que familier à tous les professionnels présents dans la salle, mais à l'évidence il se croyait en train de construire un dossier solide à l'intention de Braun.) Dans le cas de Bree Beaumont, il s'est écoulé plus d'un mois. Vous pouvez expliquer pourquoi à la cour ?

— L'inspecteur initialement chargé de l'enquête, Carl Griffin, s'est fait tuer cinq jours après la mort de Bree, ce qui a quelque peu contribué à ralentir son travail.

Une vague de rires nerveux parcourut l'assistance. Randall ne sembla pas l'entendre. Braun laissa passer.

— Et ensuite, vous êtes-vous personnellement impliqué dans l'enquête ?

— Non.

— Avez-vous interrogé des témoins ?

— Non.

— Avez-vous eu l'occasion de parler au mari de la victime, Ron Beaumont ?

— Non.

— Et pourtant le fait est, lieutenant, que ce matin même vous êtes entré dans cette salle avec M. Beaumont et M. Hardy. Je me trompe ?

— Non. C'est exact.

— Et vous affirmez que vous n'aviez jamais rencontré M. Beaumont ?

— Je ne l'avais jamais rencontré.

— Permettez-moi de vous rappeler, lieutenant, que vous déposez sous serment.

Un coin de la bouche de Glitsky se souleva.

— J'en suis conscient. La réponse est toujours non.

Les questions se poursuivirent sur un rythme rapide, sans interruption, Randall s'efforçant d'attirer Glitsky sur le terrain d'une éventuelle implication personnelle dans l'affaire. Il rappela que l'endroit où avait été retrouvé Griffin était proche des domiciles de Bree et des autres suspects, puis mentionna Canetta et l'expertise balistique prouvant que les deux policiers avaient été tués avec la même arme.

Hardy ne sentait toujours aucune impatience chez le juge. Randall arriva enfin là où il voulait en venir depuis le début.

— Et maintenant, lieutenant, j'ai une autre question : après avoir déterminé que les sergents Griffin et Canetta avaient été tués avec la même arme, avez-vous immédiatement transmis cette information au district attorney ?

— Non.

— Pouvez-vous expliquer pourquoi à la cour ?

Glitsky se tourna vers Marian Braun.

— Éviter de transmettre des informations aux médias est une procédure standard pour empêcher les suspects potentiels d'être informés des indices dont nous pourrions disposer contre eux. De cette façon, s'ils nous disent quelque chose qui n'a pas été publié... Enfin, je crois que c'est assez évident, non ?

— Sauf qu'il ne s'agit pas des médias, lieutenant. Je vous parle des services du district attorney, avec lesquels vous êtes censé coopérer. Pourquoi ne pas les avoir prévenus ?

— Il y a deux raisons. D'abord, le problème des fuites. (Personne au palais de justice n'ignorait que c'était un problème récurrent, même si chaque service préférait accuser les autres d'être à leur source.) Ensuite, et de façon un peu plus terre à terre, je n'ai été sûr de rien jusqu'à hier soir. S'il n'y avait pas eu cette audience, j'aurais peut-être déjà transmis l'information aux services du DA.

Hardy n'arrivait pas à croire que Randall puisse encore s'imaginer être en train de marquer des points. C'était pourtant visiblement le cas, et il aborda avec confiance un autre domaine dans lequel Glitsky était censé avoir manqué à ses devoirs.

— Lieutenant, connaissez-vous le sergent Timms ?

— Oui. Il appartient à l'unité de police scientifique.

— Il a travaillé pour vous sur l'expertise des véhicules des sergents Griffin et Canetta ?

— Oui.

— Et vous lui avez fait part de vos soupçons sur une possible corrélation entre les deux meurtres ?

— Bien sûr. C'est même moi qui lui ai demandé d'effectuer une expertise comparative des projectiles.

— Et vous lui avez demandé de ne parler à personne de cette possible corrélation ?

— Oui.

— Pourquoi ?

— C'était prématuré. Je ne savais pas si cette corrélation existait. Quand un type abat deux policiers, ça crée forcément des remous dans la maison. Je pensais qu'on pouvait peut-être les éviter au cas où mon hypothèse se révélerait inexacte.

Théâtral, Randall leva les deux mains en même temps.

— Sauf qu'elle s'est révélée exacte, n'est-ce pas ?

— Oui.

— Ces policiers enquêtaient tous les deux sur le meurtre de Bree Beaumont ?

— Oui.

Hardy était en train de se dire que la partie s'annonçait décidément trop facile quand Randall toucha enfin un point névralgique.

— Le sergent Canetta travaillait à la brigade criminelle, lieutenant ? C'était un inspecteur ?

Glitsky jeta un regard neutre vers la table de la défense. Ses yeux revinrent ensuite sur le procureur.

— Non. Il était au commissariat central.

— Au commissariat central ? Peut-être allez-vous pouvoir expliquer à la cour comment il en est venu à enquêter sur un meurtre ?

— Il connaissait un des témoins interrogés par nous.

— Quel témoin ?

— Jim Pierce, le vice-président de Caloco Oil. M. Pierce, ex-employeur de Bree Beaumont, avait aussi employé plusieurs fois le sergent Canetta en tant qu'agent de sécurité à l'occasion de séminaires, ce genre de choses.

— « Ce genre de choses », singea Randall. J'ai entendu dire que Canetta travaillait en fait pour M. Hardy. C'est vrai ?

— En quel sens ?

— Au sens où il était son employé...

— Rétribué, vous voulez dire ? Non, pas à ma connaissance. Vous devriez demander à M. Hardy.

Randall venait de commettre l'erreur cardinale : poser une question dont il ne connaissait pas la réponse. Il resta sans voix l'espace d'une seconde.

Et Marian Braun s'engouffra dans son silence.

— Où voulez-vous en venir au juste, monsieur Randall ? Pouvez-vous prouver que M. Hardy a fait appel aux services du sergent Canetta ?

— Non, Madame le Président, pas encore.

— Dans ce cas, soit vous changez de ligne de raisonnement, soit vous établissez la pertinence de celle-ci, soit vous vous rasseyez. Cette cour n'est pas une mare où on vient à la pêche.

Il était un peu plus de dix heures et demie quand Braun décréta une suspension de dix minutes. Jim Pierce n'était toujours pas arrivé, mais, à la façon dont évoluait cette audience hors normes, Hardy commençait à penser que, même sans son témoignage, il avait de bonnes chances d'obtenir la libération de Frannie tout en maintenant Ron et ses enfants à l'abri du système. L'arrogance de Randall avait splendidement joué contre lui, et Hardy croyait que le juge était maintenant mûr pour sa révélation suivante, qui promettait d'éroder la crédibilité du DA au point de la dissoudre entièrement.

Dès que Braun fut sortie du prétoire, le capharnaüm reprit ses droits.

À ce stade, Hardy aurait aimé avoir quelques minutes à lui pour parler un peu à sa femme et attirer Glitsky dans un coin, mais il n'eut l'occasion de faire ni l'un ni l'autre.

En quittant la barre des témoins, Glitsky avait marqué une courte pause à la table de Hardy, le temps de lui glisser qu'il ne s'était jamais senti aussi bien à cette place. Il avait ajouté que son vibreur s'était déclenché plusieurs fois depuis une heure, et qu'il avait donc quelques coups de fil à passer. Il avait franchi la barrière, remonté l'allée centrale, et disparu au fond de la salle.

Pendant ce temps, Valens, au bord de l'apoplexie, faisait du grabuge, exigeant d'être conduit auprès du juge par un huissier. Damon Kerry et lui – en bons citoyens respectueux de la loi – s'étaient présentés après avoir voté, mais on ne pouvait pas demander au candidat de rester là toute la journée. Il avait des meetings, des réunions, des conférences de presse... Déjà, des journalistes de faction dans la galerie étaient en train de gribouiller des articles sur sa comparution en tant que témoin dans le cadre d'une affaire de meurtre.

Baxter Thorne, lui, était assis sur un banc à proximité de

l'endroit où Hardy, en entrant, l'avait vu debout. Il s'adressait à un jeune couple bien mis, de toute évidence pour leur donner des instructions, et Hardy était heureux que ce fumier tiré à quatre épingles eût choisi de rester au fond de la salle. Si l'homme qui avait mis le feu à sa maison s'était approché, il aurait sans doute eu beaucoup de mal à se retenir de lui sauter à la gorge – ce qui n'aurait certainement pas arrangé ses affaires avec Braun.

Ron Beaumont, s'estimant floué, exigea de savoir ce que Hardy manigançait. Qu'est-ce que c'était que cette histoire de témoins ? Combien de temps l'audience allait-elle encore durer ? Il avait cru comprendre que l'idée de Hardy consistait à demander la libération de Frannie, sa présence à lui ne visant qu'à la convaincre qu'elle n'était plus liée par sa promesse. Ensuite, Hardy était censé se débrouiller pour qu'il puisse ressortir avant que Randall ou Pratt l'en empêchent. Mais il avait remarqué les policiers de faction à la porte, et venait de voir Pratt parler à un autre agent en uniforme, lequel s'était ensuite posté à l'extrémité de son banc. Et maintenant ? Qu'allaient-ils faire ?

Hardy l'apaisa de son mieux en expliquant qu'il préparait le terrain pour le juge. Le témoignage de Glitsky, bien entendu, ne suffisait pas à prouver formellement que la même arme avait tué à la fois Griffin et Canetta. Mais, dans le cadre de cette procédure, les preuves n'étaient pas ce qui comptait le plus – même si Hardy croyait encore à la possibilité d'en apporter bientôt une, décisive. Il s'agissait avant tout de convaincre Braun du caractère contestable de la tactique et des conclusions du DA.

— C'est la seule manière pour vous de ressortir d'ici libre, Ron. Il faut que Braun décide que Randall n'a pas de dossier d'accusation assez solide pour vous déclarer suspect. Et au moins, là, j'ai son attention.

Cette réponse déplut profondément à Ron, mais après tout Hardy ne lui avait jamais promis qu'il ressortirait libre du tribunal.

À la table de la défense, David Freeman faisait la conversation à Frannie. Hardy tenait à éviter tout contact entre Ron Beaumont et elle, et le rôle de Freeman consistait à la distraire. Quand Braun réintégra le prétoire, Frannie riait à mi-voix d'une de ses anecdotes. Pendant la suspension, Hardy avait à peine eu le temps de lui glisser un mot, mais, lorsque tout le monde se leva à l'entrée du juge, il lui attrapa la main et la pressa. Elle le fixa des yeux, hocha la tête. Elle avait confiance. Elle s'en remettait à lui.

Sentant qu'il avait intérêt à établir quelques faits supplémentaires, Hardy invoqua à titre de témoignages le rapport du coroner et le rapport d'autopsie des deux policiers. Pratt et Randall ne firent aucune objection aux découvertes du Dr Strout en ce qui concernait la cause et l'heure des décès.

Hardy prit soin de verser oralement la pièce au dossier.

— D'après le rapport du coroner, Madame le Président, le sergent Griffin a été tué entre dix heures et demie et approximativement midi le lundi 5 octobre. Mme Pratt et M. Randall acceptent tous deux cette plage de temps. Pour l'information de la cour, le décès s'est produit le jour des funérailles de Bree Beaumont.

— Entendu, monsieur Hardy. Veuillez poursuivre.

— J'aimerais appeler à la barre des témoins le révérend Martin Bernardin.

Le pasteur se leva, portant soutane et col ecclésiastique. Il longea l'allée de la partie réservée au public et s'approcha de la barre. Bernardin, qui pouvait avoir entre quarante et cinquante ans, était un homme mince et grisonnant, au visage d'ascète. Après qu'il eut prêté serment, Hardy prit le temps de le présenter comme le pasteur de la paroisse de Sainte-Catherine, où avait eu lieu le service funèbre de Bree. Puis :

— Mon père, connaissez-vous Ron Beaumont ?
— Oui.
— Et vous le voyez ici, dans cette salle ?
— Oui. (Il tendit le bras.) C'est ce monsieur en costume vert, au premier rang.

De nombreux spectateurs se tordirent le cou pour découvrir enfin le personnage clé de l'affaire. Une rumeur assourdie s'éleva, mais Braun y mit un terme d'un petit coup de maillet.

— Mon père, demanda Hardy, avez-vous vu M. Beaumont le 5 octobre, jour des funérailles de Bree Beaumont ?

— Oui, maître. Nous avons passé une bonne partie de la journée ensemble.

Cette réponse fit de nouveau réagir le public, mais cette fois Braun laissa les murmures mourir de leur belle mort.

Le révérend Bernardin avait déjà tout dit, mais Hardy le fit néanmoins revenir en détail sur la journée – le petit déjeuner, l'office, l'inhumation, le déjeuner au *Cliff House*.

— En d'autres termes, mon père, vous êtes prêt à affirmer sous serment que vous êtes resté en compagnie de M. Beaumont, ici présent, de sept heures du matin à deux heures et demie de l'après-midi du 5 octobre de cette année ?

— C'est exact.

— Sans interruption ?

— Absolument.

— Et y a-t-il d'autres personnes qui, selon vous, pourraient en témoigner aussi ?

— Oui. Ses enfants, quelques amis. La journée a été longue, comme souvent en cas de funérailles.

Hardy attendit quelques secondes afin que la réponse du pasteur ait le temps de se graver dans chaque esprit, puis il fit face à Pratt et à Randall.

— Le témoin est à vous, lâcha-t-il.

Que pouvaient-ils faire ? Cet homme de Dieu crédible jusqu'au bout des ongles venait d'offrir un alibi indestructible à leur suspect numéro un. Ils conférèrent longuement à leur table, et Pratt se leva.

— Nous n'avons pas de questions, Madame le Président.

Braun dit au révérend Bernardin qu'il pouvait quitter le box, ôta ses lunettes, les remit sur le bout de son nez, et laissa glisser son regard de Hardy, debout au centre du prétoire, aux procureurs installés derrière leur table.

— Monsieur Hardy ?

— Madame le Président, il est clair d'après le témoignage du révérend Bernardin – et il y a apparemment plusieurs autres témoins en mesure de corroborer ses dires – que M. Beaumont ne peut pas avoir tué le sergent Griffin. Si tel est le cas, il s'ensuit qu'il n'a pas tué le sergent Canetta et – comme nous en avons discuté tout à l'heure – nous pouvons en déduire, du moins dans les limites du cadre de cette audience, qu'il n'a pas tué Bree Beaumont.

Le visage de Braun resta de marbre.

— Je demande aux représentants des parties de s'approcher.

Quand les intéressés furent arrivés, le juge vrilla un regard féroce sur Pratt et Randall.

— Il me semble que vous avez fait perdre beaucoup de temps à cette cour – sans parler de Mme Hardy –, alors qu'une enquête digne de ce nom sur la mort du sergent Griffin aurait suffi à mettre en lumière cet alibi pour le moins criant.

— Madame le Président, répondit Randall, sûr d'avoir une excuse toute prête. Au moment où j'ai inculpé Mme Hardy pour outrage au grand jury, nous n'avions pas la moindre idée de l'existence d'une corrélation entre la mort de Bree Beaumont et celle du sergent Griffin.

Hardy intervint en s'efforçant de n'être pas trop méchant.

— Une corrélation établie par le lieutenant Glitsky, pourrais-je ajouter, Madame le Président.

Braun n'avait que faire des excuses du procureur. Elle était folle de rage.

— Retournez-vous et regardez cette salle, monsieur Randall. J'ai dit : Retournez-vous ! Madame Pratt, cela vaut aussi pour vous.

Tous deux s'exécutèrent à contrecœur, et Hardy les imita, constatant au passage qu'Abe était reparu. Il remarqua plusieurs autres renforts bienvenus dans le public. M. Lee, d'Heritage Cleaners, même si Hardy ne l'avait pas formellement assigné, lui avait dit au téléphone le matin même qu'il essaierait de venir, et il était là. De même que Jim Pierce : en cet instant précis, il était en train de se frayer un chemin jusqu'à une place vide, suivi par un des avocats les plus réputés de la ville, Jared Wright.

Il était temps, songea Hardy.

Pratt et Randall firent de nouveau face au juge.

— Regardez le nombre de gens que vous avez gravement importunés avec vos poursuites injustifiées – des poursuites exercées non contre un meurtrier, mais contre un homme que la police n'a pas encore jugé utile d'inculper parce qu'elle n'a pas suffisamment d'éléments contre lui. Et à présent, on comprend mieux pourquoi. (Le juge secoua la tête, l'air dégoûté.) Votre attitude est totalement irresponsable.

Randall resta coi. Pratt marmonna quelque chose.

Tandis que le public bruissait d'impatience, Braun renvoya chacun à sa table et annonça d'une voix sonore :

— Monsieur Hardy, je crois être en mesure de statuer sur votre demande d'*habeas corpus*.

Hardy, qui venait de fourrager dans sa serviette, était en train d'étaler d'autres papiers sur la table devant lui. Il leva les yeux et dit prudemment :

— Puis-je vous demander encore quelques minutes d'attention, Madame le Président ?

La requête rendit le juge perplexe, elle fit naître une série de rides sur son front – et un nouveau murmure dans le public.

— Pour quoi faire, monsieur Hardy ?

Il quitta sa table et vint se poster devant l'estrade.

— Nous avons travaillé jusqu'ici dans le cadre d'une hypothèse de travail limitée, provisoirement admise par la cour et par le district attorney, selon laquelle le meurtrier des sergents Griffin et Canetta est aussi responsable de l'homicide de Bree Beaumont.

— Et ?

— Cette hypothèse, toutefois, ne constitue pas la preuve formelle que M. Beaumont n'a pas, de facto, commis le dernier meurtre – ni fait appel à un tiers pour commettre les deux premiers. Or, n'importe quel soupçon susceptible de peser un jour sur M. Beaumont représente une menace sérieuse pour la liberté future de ma cliente. Je crois pouvoir éliminer dès à présent ce risque si la cour, dans son indulgence, m'accorde quelques minutes supplémentaires.

Le public retomba dans un silence pétrifié. Braun retira ses lunettes, porta l'extrémité d'une branche à sa bouche. Puis elle jeta un bref coup d'œil sur sa montre et prit sa décision.

— Que proposez-vous ?
— J'aimerais interroger un dernier témoin, Madame le Président.
— Un seul ?
— Oui, Madame le Président. Permettez-moi d'appeler Jim Pierce.

40

— C'est ridicule !

La protestation grommelée par Pierce du fond de la salle parvint jusqu'aux oreilles de Hardy, mais, lorsqu'il se retourna, il constata que c'était Jared Wright qui s'était dressé comme un ressort.

— Madame le Président, lança l'avocat, quittant son banc pour s'avancer dans l'allée centrale, M. Pierce a déjà répondu à la police une bonne demi-douzaine de fois. Il a coopéré à tous les aspects de l'enquête sur l'affaire Bree Beaumont, il…

Braun le ramena au calme d'un coup de maillet.

— Si M. Pierce s'est montré aussi coopératif que vous le dites, monsieur Wright, je suis sûre qu'il acceptera de l'être une fois de plus.

— C'est du harcèlement pur et simple, Madame le Président.

— Et comment l'expliquez-vous, monsieur Wright ?

Wright était arrivé à hauteur de la barrière.

— La société Caloco Oil, qui emploie M. Pierce, a contribué a financer les campagnes de Mme Pratt et soutient son administration. Nous venons d'avoir une bonne illustration de l'animosité qui règne entre le département de police et M. Hardy d'une part, et les services du district attorney de l'autre. En bon citoyen qu'il est, M. Pierce a répondu à l'assignation de M. Hardy malgré son côté arbitraire et précipité ; mais, dans l'état actuel des choses, le soumettre à un nouveau barrage de questions n'apporterait rien.

Mon client n'est pas impliqué dans cette affaire. Suggérer le contraire serait au mieux irréfléchi, et au pire criminel.

Braun l'écouta jusqu'au bout, puis observa Pierce, qui se tenait juste derrière son avocat.

— Monsieur Pierce... Vous avez été régulièrement assigné à comparaître et vous êtes maintenant appelé à témoigner. Veuillez approcher. Monsieur Wright, votre objection sera consignée dans le dossier.

— Madame le Président ! insista Wright.

— Oui, maître ? Qu'y a-t-il encore ?

— Je demande à la cour la permission d'accompagner mon client à la barre des témoins. Il a subi plusieurs interrogatoires de police sans bénéficier de la présence d'un avocat, et je crois...

Braun l'interrompit en levant une main.

— Monsieur Hardy, avez-vous une objection ?

Hardy n'appréciait guère, mais il n'était pas question de le dire.

— Pas d'objection, Madame le Président.

Le pétrolier hésita un instant, puis monta sur ses ergots, franchit la barrière, passa devant Hardy et prit place dans le box des témoins, bientôt rejoint par Wright. Le greffier lui présenta une bible.

— Veuillez décliner votre identité, je vous prie.

— James Pierce.

— Monsieur Pierce, jurez-vous devant Dieu de dire la vérité, toute la vérité et rien que la vérité ?

— Je le jure.

— Vous pouvez vous asseoir.

— Monsieur Pierce, avons-nous déjà eu l'occasion de nous parler ?

L'huissier avait apporté une seconde chaise, et Jared Wright s'était assis dessus à côté de son client. Il formula sans tarder sa première objection.

— Non pertinent, Madame le Président.

— Objection rejetée, dit Braun avec un coup de marteau. Monsieur Pierce ?

— Vous le savez bien, répondit Pierce.

— Madame le Président, demanda Hardy d'un ton professionnel, pourriez-vous prier le témoin de répondre à la question ?

Braun intervint, Hardy répéta sa question, Pierce grommela un oui.

— Et quand nous nous sommes parlé, avez-vous nié avoir eu des relations personnelles avec Bree Beaumont ?

— Non, bien sûr que non. J'ai été son mentor et son ami pendant de longues années.

— Monsieur Pierce, avez-vous eu des relations intimes avec Bree Beaumont ? Des relations d'ordre sexuel ?

Jared Wright intervint de nouveau.

— Mon client a répondu cent fois à cette question, Madame le Président. Il…

Coup de maillet.

— Monsieur Wright, une objection doit être fondée en droit.

— D'accord. La question est non pertinente.

Elle l'était en effet, mais Hardy ayant déjà sorti un lapin de son chapeau avec le révérend Bernardin, Braun était encline à lui laisser sa chance.

— Objection rejetée.

— Merci, Madame le Président, dit Hardy en s'inclinant légèrement. Monsieur Pierce, vous souhaitez peut-être que je répète ma question ?

Wright tenta de murmurer quelque chose à l'oreille de son client, mais Pierce l'écarta d'un geste.

— Non, j'ai entendu. Comme toutes les autres fois, ma réponse est non.

— Vous n'avez pas eu de relations sexuelles avec Bree Beaumont ?

— C'est exact.

Croisant les bras sur la poitrine, écœuré par le traitement qu'infligeait la cour à son client et à lui-même, Wright se raidit sur sa chaise. Hardy nota ce changement d'humeur, et l'interpréta comme un signe encourageant. Il fit volte-face, revint à sa table, consulta quelques papiers, les reposa où ils étaient.

— D'accord. Avez-vous eu des relations personnelles avec le sergent Canetta ?

— Non.

— Mais vous le connaissiez, n'est-ce pas ?

Pierce remua sur sa chaise, lâcha avec impatience :

— Il me semble qu'il a participé à la sécurité de plusieurs séminaires organisés par mon entreprise. Il se peut que je lui aie adressé la parole à une de ces occasions. Franchement, je ne m'en souviens pas.

— Vous ne vous en souvenez pas. Et le sergent Griffin ? Il vous a interrogé ?

Pierce hésita, glissa un bref regard à son avocat. Face à son absence de réaction, il répondit de son propre chef.

— Oui, je crois que oui.

— Vous *croyez* ? Vous ne vous rappelez pas ?

— Si. D'accord. Il m'a interrogé.

— Quand ?

— Je... Il faudrait que je vérifie sur mon agenda. Je ne sais pas exactement.

Hardy, lui, savait.

— Je peux peut-être vous aider, monsieur Pierce. N'était-ce pas juste après les funérailles de Bree ?

— Non. Je ne crois pas.

— Vous ne croyez pas ? Vous vous rappelez ce que vous avez fait après les funérailles de Bree Beaumont, monsieur Pierce ?

— Madame le Président ! (Jared Wright refaisait surface.) Madame le Président, je dois protester. De quel droit M. Hardy pose-t-il toutes ces questions ? M. Pierce n'est pas ici en position d'accusé. Il n'a pas à y répondre.

Braun réfléchit un instant. L'avocat de Pierce avait raison. Et même si elle admirait la démarche de Hardy – il abordait cette audience comme Scott Randall aurait mené une séance du grand jury –, elle ne pouvait pas autoriser la poursuite d'un tel interrogatoire. La ligne choisie était globalement suspecte.

Mais avant qu'elle ait eu le temps d'ouvrir la bouche pour rendre sa décision, David Freeman se leva et vint au secours de Hardy.

— Madame le Président, dit-il, M. Pierce est libre d'invoquer le Cinquième Amendement.

Braun sentit que la situation menaçait de lui échapper. Elle abattit son maillet, et fusilla du regard les représentants des parties.

— Messieurs, asseyez-vous. Vous êtes dans mon prétoire, et c'est à moi de présider les débats. (Elle se tourna vers le témoin.) Monsieur Pierce, si vous avez le sentiment que vos réponses risquent de vous incriminer, vous pouvez effectivement invoquer le Cinquième Amendement. Souhaitez-vous le faire ?

La sueur s'était mise à perler sur le front de Pierce. Il le toucha du bout des doigts, parut s'étonner de les sentir mouillés. S'il invoquait le Cinquième Amendement, il savait que ses ennuis ne feraient que commencer – la police s'acharnerait sur lui.

Tout le monde avait perdu de vue le motif initial de l'objection de Wright – non-pertinence de la question posée.

Hardy eut presque l'impression de lire à livre ouvert dans l'esprit de son témoin. Pierce était en train de décider de tenter sa chance ici et maintenant – histoire de mettre un terme une fois pour toutes aux accusations et aux soupçons. C'était un régal de l'observer. Pierce était un homme qui avait réussi, un homme arrogant, isolé par son argent et sa position, et l'idée qu'un simple mortel puisse le battre à la régulière ne faisait pas partie de sa vision du monde. Tout simplement parce que les combats réguliers n'existaient pas.

Pierce prit une pose belliqueuse – une paume bien à plat sur la rampe du box – et s'adressa au juge.

— Je n'ai rien à cacher, Madame le Président, même si je suis totalement indigné par ces questions.

Braun devait reconnaître que en permettant à Hardy de poursuivre sans disposer d'une base d'éléments solides, elle s'exposait elle-même à des critiques. Mais les avocats peuvent poser toutes les questions qu'ils veulent dans la mesure où la partie adverse n'émet pas d'objection, et Pierce semblait prêt à répondre.

— Nous prenons bonne note de votre indignation, qui ne constitue pas en soi une objection légale, dit Braun avant de reporter son attention sur Hardy. Maître, ajouta-t-elle d'un ton sévère, je ne tolérerai d'autres questions que si vous êtes en mesure de fournir à la cour des éléments concrets. Faute de quoi, je serai obligée de congédier le témoin.

Hardy resta immobile un moment.

— Bien sûr, Madame le Président.

Il retourna à sa table et, cette fois, en rapporta une petite liasse de feuilles manuscrites. Il les montra d'abord au juge, puis en tendit une au témoin.

— Monsieur Pierce, reconnaissez-vous ceci ?

Pierce leva la feuille à hauteur de ses yeux. Ses épaules s'affaissèrent de façon perceptible. Wright lui prit des mains la page pendant que Hardy continuait de parler.

— Pouvez-vous expliquer à la cour ce dont il s'agit, monsieur Pierce ?

Le témoin baissa la tête, pinça les lèvres, releva la tête. Ne parvint pas à retrouver l'usage de la parole. De même, apparemment, que son avocat. Hardy poursuivit l'assaut.

— Auriez-vous l'obligeance d'identifier ce document, monsieur Pierce ? Pour éclairer la cour ?

Pierce parut ne pas l'entendre. Il finit par lâcher un soupir, incapable de quitter des yeux la page, relisant silencieusement les phrases.

— C'est une lettre de vous à Bree Beaumont, n'est-ce pas ?

Toujours le silence.

— La décririez-vous comme une lettre d'amour ?

Pierce ne répondit pas davantage.

— Monsieur Pierce, souhaitez-vous que j'en lise les premières lignes à la cour ? En dépit de votre précédent témoignage, n'est-il pas évident que vous aviez une liaison avec elle ?

Wright se mit à murmurer frénétiquement à l'oreille de son client, qui paraissait toujours ne rien entendre. Hardy dut reconnaître ce mérite à son confrère : il savait changer ses vitesses rapidement et en douceur. Une révélation accablante suscitait en un clin d'œil la création d'un cordon sanitaire. Pierce agita une main, tâchant en vain de donner à ce geste une apparence désinvolte.

— C'était il y a longtemps.

— Combien de temps ? Un an ? Cinq ans ?

— Oui. Entre les deux.

Wright, débordant de frustration et de colère, lança :

— Madame le Président, je souhaite qu'il soit porté au dossier que tout ce que dira désormais M. Pierce va à l'encontre de mes conseils.

Mais Jim Pierce avait opté pour une approche personnelle. Il esquissa un sourire glacial.

— Une aventure sans importance. Une simple passade, que je regrette. (Il se tourna vers le juge.) Par respect pour ma femme, Madame le Président, j'ai voulu empêcher cette histoire d'atterrir sur la place publique. C'était une erreur.

S'il avait espéré s'attirer ainsi la sympathie de Braun, il eut tôt fait de s'apercevoir qu'il s'était trompé de registre.

— Vous en avez commis une autre en vous parjurant dans mon prétoire, riposta-t-elle froidement.

— Monsieur Pierce, intervint Hardy, soucieux de maintenir la pression, je vous pose de nouveau la question : quand cette liaison a-t-elle pris fin ?

Peut-être dérouté par la réaction négative de Marian Braun, Pierce mit un instant à répondre.

— Je vous l'ai dit, je ne sais pas.

— Ce n'est pas vraiment ce que vous avez dit. Vous avez fait allusion à une période allant de un à cinq ans. Vous voulez que le greffier relise votre précédente réponse ?

— Non, ce n'est pas utile. (Pierce tâchait de rassembler ses souvenirs.) Je ne me rappelle pas. Pas exactement.

— « Pas exactement » ? N'est-il pas vrai, monsieur Pierce, que votre liaison avec Bree Beaumont s'est terminée il y a seulement six mois, à l'époque où elle a quitté son poste chez Caloco ?

— Non, c'était avant.

— Mais vous ne vous rappelez pas quand ? Exactement ?

— Non, lâcha Pierce, luttant pour ne pas perdre pied. Ce n'est pas parce que j'ai eu une aventure avec elle que je l'ai tuée.

— Certes non, concéda Hardy. Mais je ne vous ai pas demandé si vous l'aviez tuée. Avez-vous tué Bree Beaumont, monsieur Pierce ?

— Non. Bien sûr que non.

— Vous avez toutefois menti – sous serment – sur la nature de vos relations avec elle, n'est-ce pas ?

— Oui, je suppose que oui. Mais je vous ai expliqué que…

— Monsieur Pierce, avez-vous aussi menti sur la nature de vos relations avec le sergent Canetta ?

Un nerf se contracta au coin de la bouche de Pierce.

— Je vous l'ai déjà dit : je n'avais aucune relation avec le sergent Canetta.

— Vous ne lui avez pas demandé de vous tenir informé des faits et gestes de Bree Beaumont après votre rupture ?

— Non. Je ne lui ai rien demandé de tel.

— Et vous ne l'avez pas rétribué pour ses services ?

Le regard de Jim Pierce erra dans la salle avant de se fixer sur le sol.

— Non.

— Non, répéta Hardy. Monsieur Pierce, le sergent Canetta est-il venu chez vous samedi dernier, le soir de sa mort ?

Nouvelle contraction du nerf, et aussitôt la reprise en main.

— Non.

— Et il n'a pas non plus tenté de vous extorquer de l'argent pour orienter l'enquête sur une fausse piste ? Loin de vous ?

— Non.

— Et vous ne l'avez pas invité à passer chez vous pour en discuter ? Et…

Enfin une vraie réaction. Pierce se pencha au-dessus de la barre, le regard en feu.

— Non, non et non ! Il ne s'est rien passé de tout ça. Vous ne cherchez qu'à me discréditer.

Marian Braun prit la parole.

— Le témoin a raison, monsieur Hardy. Vous accumulez les accusations sans avancer la moindre preuve.

Hardy s'emplit les poumons et expira lentement.

— J'ai une preuve, Madame le Président, affirma-t-il le plus calmement possible. Et M. Pierce l'a dans sa main.

Pierce tenait toujours la lettre qu'il avait écrite à Bree. Dans le silence qui envahit la salle d'audience, il la leva de nouveau devant lui. Mais, s'étant rendu compte que ses mains tremblaient, il s'empressa de les reposer sur la barre.

Braun fit glisser ses lunettes vers le bout de son nez, et jeta par-dessus un regard noir à Hardy.

— Il a déjà reconnu s'être parjuré en ce qui concerne sa liaison avec Mme Beaumont, monsieur Hardy. Mais il ne s'agit pas de son meurtre.

— Non, Madame le Président. En effet. Toutefois, il y a dans les lettres dont M. Pierce a reconnu être l'auteur des éléments directement liés au meurtre de Bree Beaumont.

Braun hésita – si Pierce ne s'était pas déjà parjuré, elle aurait mis un terme à cet échange sur-le-champ –, mais elle se surprit à hocher la tête. Elle voulait savoir.

— Soyez très prudent, monsieur Hardy.

— Avec votre permission, Madame le Président, j'aimerais lire à la cour un extrait d'une de ces lettres.

Braun acquiesça. Il lut :

— « Je revis / Et je te veux / Toi seule. / Amour éternel / Immémorial / Miracle / Et sortilège. »

Hardy ne s'attendait pas que ce poème à l'eau de rose ait un quelconque effet sur le juge. Ce n'était pas le but recherché.

— Presque toutes les lettres contiennent un poème de ce genre, Madame le Président, dit-il en tendant au juge celle qu'il venait de lire. Comme le notera la cour, les lettres initiales de chaque vers composent un second message – en l'occurrence "JE T'AIME". Vous constaterez qu'on retrouve le même procédé dans tous les poèmes.

Braun parcourut brièvement plusieurs pages, hocha la tête.

— En effet.

— La lettre que M. Pierce tient dans la main contient un poème similaire.

Hardy s'approcha de la barre, prit la feuille des mains du témoin. Et lut, en détachant chaque vers :

— « Nulle part / En ce monde / Un homme / Fou d'amour / Chaviré / Ensorcelé / N'a jamais été / Tourmenté par / Une si grande / Nostalgie. »

Là encore, Hardy enchaîna sans marquer de pause.

— Monsieur Pierce, pouvez-vous expliquer à la cour le sens de la locution « NEUF CENT UN » ?

La sueur ruisselait à présent sur le visage de Pierce.

— Je ne sais pas, souffla-t-il. Je ne m'en souviens plus.

— Vous ne vous en souvenez plus ?

— Non.

C'était exactement ce que voulait Hardy – lui imposer un rythme, lui faire dire « non » avant d'avoir suffisamment réfléchi.

— N'est-il pas exact, monsieur Pierce, que 901 est le numéro d'un appartement de l'immeuble de Bree – l'appartement où se déroulaient justement vos rendez-vous amoureux ?

— Non, je…

— Et n'est-il pas exact que Bree et vous avez acheté cet appartement ensemble il y a près de six ans ?

Le regard de Pierce fila vers la partie de la salle réservée au public.

— Non. Elle…

Il se tut.

— Elle quoi, monsieur Pierce ? Elle l'a acheté seule ?

— Non. Je l'ignore.

— Madame le Président ! s'écria Wright, incapable de regarder plus longtemps son client en train de s'autodétruire. Il s'agit d'une honteuse…

Hardy haussa le ton pour couvrir l'interruption.

— Vous savez en revanche, n'est-ce pas, monsieur Pierce ? que l'appartement 901 est situé exactement trois étages en dessous de celui de Bree Beaumont ?

— Non. Je ne crois pas que…

Hardy, lancé à plein volume, ne pouvait plus s'arrêter.

— Êtes-vous en train de me dire que c'est faux, monsieur Pierce ? Alors que vous savez pertinemment que c'est la vérité ?

Pierce fut incapable de répondre. Hardy se pencha vers lui et, criant presque :

— Monsieur Pierce, ne savez-vous pas que c'est du balcon de l'appartement 901 que Bree Beaumont a été défenestrée ?

— Madame le Président ! S'il vous plaît !

Braun abattit son marteau.

— Monsieur Wright, rasseyez-vous ! Monsieur Hardy !

Luttant pour reprendre le contrôle de ses nerfs, Hardy leva les yeux sur le juge, les joues en feu, le souffle court. Braun l'admonesta sévèrement.

— Je dois vous arrêter, monsieur Hardy. Vous êtes allé assez loin. Vous n'avez présenté à la cour aucun élément matériel permettant de situer M. Pierce dans l'appartement en question, aucune preuve à l'appui de vos autres accusations. Vous avez déclaré que vous aviez une preuve, et vous nous avez présenté ces lettres et ces poésies, mais ni les unes ni les autres ne sauraient être considérées comme des preuves. M. Pierce n'a reconnu aucun fait concernant le meurtre de Bree Beaumont. Si vous n'avez rien de plus probant, je n'ai d'autre choix que de laisser le témoin regagner sa place.

Hardy respira bruyamment.

— J'ai une preuve matérielle permettant de situer M. Pierce dans l'appartement 901, Madame le Président.

La patience du juge commençait à s'épuiser.

— Si c'est vrai, la cour veut la voir sur-le-champ.

Hardy retourna rapidement vers sa table, plongea la main dans sa serviette, et en ressortit la photocopie du reçu écrit par Griffin en échange de la montre Movado ramassée par l'équipe d'Heritage Cleaners.

Revenant devant l'estrade, il lut la note à haute voix, puis la tendit à Braun. Pendant qu'elle l'examinait, il enchaîna :

— Madame le Président, vous le voyez, cette note se réfère à une montre Movado que l'inspecteur Griffin a enregistrée comme pièce à conviction dans le cadre de son enquête sur la mort de Bree Beaumont. Je suis en mesure d'appeler un témoin, M. Lee, qui se trouve présentement dans cette salle. M. Lee est le gérant d'une société d'entretien, Heritage Cleaners, qui s'occupe d'un certain nombre d'appartements dans l'immeuble de Bree Beaumont. M. Lee pourra témoigner que cette montre a été retrouvée par son personnel dans l'appartement 901 le jeudi 7, deux jours après le meurtre de Mme Beaumont.

Le regard de Braun tomba sur Hardy, chercha Wright et Pierce, balaya finalement la salle.

— D'accord, mais je ne vois pas… (Une pause de réflexion.) Où est la montre, monsieur Hardy ? Sans cette montre, vous…

Hardy acquiesça, et indiqua le témoin du menton.

— M. Pierce la porte en ce moment.

Un silence mortel s'abattit sur le prétoire. Hardy finit par le rompre d'un quasi-murmure :

— Monsieur Pierce ?

Pierce ne pouvait plus espérer s'en tirer en chicanant. Il était conscient qu'il y avait des signes de son passage un peu partout dans l'appartement. Et même si ce n'était pas encore une preuve formelle de sa culpabilité, il savait très bien ce que la police scientifique trouverait une fois qu'elle aurait commencé à chercher : des éclats de verre identiques à ceux recueillis dans le cuir chevelu de Bree, des traces multiples de la lutte au cours de laquelle il avait perdu sa montre.

Il posa sur Hardy un regard absent.

— Je ne voulais pas…

La voix de Jared Wright explosa dans le prétoire :

— Nom d'un chien, Jim, fermez-la ! Ne dites plus un mot !

Le maillet de Braun s'abattit encore et encore pour tenter de calmer le grondement collectif.

Glitsky fit ce qu'il fallait faire. Les policiers en uniforme embarquèrent Pierce pour le mettre en garde à vue malgré les tonitruantes protestations de Wright. Ensuite, le capharnaüm reprit de plus belle dans la salle d'audience, notamment alimenté par les témoins qui venaient d'être obligés pour rien de sacrifier leur matinée. Vint enfin le quart d'heure de Ron Beaumont – excuses et remerciements à Hardy. Le tout assorti d'une petite pique pas franchement dénuée de férocité sur le retour à l'école de sa fille Cassandra.

Après avoir attendu patiemment, Glitsky reconduisit Hardy, Frannie et David Freeman jusqu'en bas du grand escalier. Freeman les laissa là pour retourner au travail, et enfin Glitsky et Hardy eurent cinq minutes à eux devant le guichet de la prison, tandis qu'une surveillante emmenait Frannie pour la restitution de ses effets personnels.

Frannie n'avait pas disparu depuis trois secondes que Glitsky fit face à Hardy.

— D'accord ! lâcha-t-il. Et moi qui croyais que c'était mon boulot d'élucider les meurtres…

Hardy était un peu gêné par la chronologie des derniers événements, mais il n'avait rien pu y changer.

— Je n'ai découvert la vérité que ce matin, Abe, et j'avais l'intention de t'en parler, mais tu te rappelles que Randall et Pratt ont débarqué juste au moment où on venait de démarrer notre petite discussion sur le fait que tu ne connaissais pas Ron. Ensuite, ma foi… je me suis dit que tu survivrais.

Le lieutenant médita un moment là-dessus, visiblement pas emballé, mais plus curieux qu'en colère.

— Qu'est-ce qui t'a fait percuter ? Pas les poèmes, en tout cas.

— Non. Les poèmes, c'est venu ensuite, alors que je savais déjà. Ce n'est pas non plus la montre. Ce sont les Almond Roca.

Et Hardy parla de la jatte de chocolats placée dans l'entrée de la maison de Pierce, du contenu des estomacs de Griffin et de Canetta, des bouts de papier doré dans les deux voitures.

— Si je n'ai pas pigé tout de suite, c'est à cause de cette fichue barre d'Almond Joy retrouvée dans la bagnole de Griffin. L'autopsie parle d'amandes et de chocolat dans son estomac, je vois la photo d'un Almond Joy, je ne cherche pas plus loin, d'accord ?

— D'accord.

— Sauf qu'il n'y avait pas trace de noix de coco dans le bide de Griffin, ce qui voulait dire qu'il n'avait pas mangé d'Almond Joy depuis un moment. J'ai vérifié avec Strout : rien que des amandes et du chocolat. Et aussi des amandes et du chocolat chez Canetta, ce qui m'a donné à réfléchir. Canetta arrive chez Pierce avec l'idée de le presser comme un citron, il pioche quelques Almond Roca dans l'entrée, comme moi, et les mange juste avant de se faire descendre.

— Tu crois que Pierce l'a tué chez lui ?

— À mon avis, oui. Ils étaient seuls. Tu trouveras sûrement

quelque chose si tu cherches, mais je parie que Pierce te le confirmera lui-même. Une fois qu'ils ont commencé à cracher le morceau... Enfin, tu sais comment ça se passe.

Glitsky savait. Ce qu'il ne comprenait pas, en revanche, c'était pourquoi Canetta avait attendu si longtemps pour faire chanter Pierce.

— Pourquoi à ce moment-là ? Pourquoi pas plus tôt ?

Hardy n'avait pas de certitude. Mais :

— Je pense que Canetta, à l'origine, s'est laissé convaincre par Pierce que le meurtrier était Ron. Quand il a compris que ce n'était pas le cas, il ne restait plus, de son point de vue, qu'un seul suspect possible, et ce suspect se trouvait avoir les poches pleines. (Hardy secoua tristement la tête – malgré sa part d'ombre, Canetta lui avait toujours paru sympathique.) Il a frappé à la mauvaise porte.

Glitsky se mordilla l'intérieur de la joue avant de dire :

— Et Griffin avait la montre quand il est allé trouver Pierce après le service funèbre. Il la lui a montrée.

Hardy acquiesça.

— Exact. Pierce a dû croire que Griffin l'avait découverte lui-même. Ce qui aurait voulu dire qu'il était le seul au courant pour l'appartement 901. À ses yeux, cette montre était l'unique preuve de sa culpabilité. Pierce lui a pris son flingue – ils se sont peut-être battus, je n'en sais rien, mais en tout cas Pierce a eu le dernier mot. Il a descendu Griffin. Et il a récupéré la montre. Un acte irréfléchi, mais qui a failli marcher. Qui aurait marché sans le reçu d'Heritage.

Glitsky aurait pu reprocher indéfiniment à Hardy de ne pas lui avoir montré cette note de son inspecteur, mais il se rendit compte que cela ne l'avancerait à rien. Son ami avait fait ce qu'il estimait devoir faire, et rien de ce que lui en pensait n'y changerait quoi que ce soit. Pas plus que cela n'influerait sur le comportement futur de Hardy, d'ailleurs. Toutefois, le lieutenant désirait aborder un dernier point.

— Finalement, Frannie n'aura pas eu besoin de dévoiler le grand secret de Ron, pas vrai ?

Hardy lui décocha un regard oblique.

— Tiens, c'est vrai. Je n'y avais pas pensé.

— Et il n'y a aucune chance pour que tu saches de quoi il retourne, pas vrai ?

— Pardon ? demanda Hardy, en se mettant une main en cornet derrière l'oreille.

Glitsky ouvrit la bouche pour réitérer sa question, mais Hardy lui fit signe de se taire.

— Je n'entends plus rien, coupa-t-il. Je dois avoir les portugaises ensablées.

ÉPILOGUE

Le vendredi 26 mars, le gouverneur Damon Kerry apposa sa signature au bas d'une loi interdisant l'utilisation du MTBE en Californie. Ce texte – surnommé « loi Bree » par les médias, et point culminant d'un combat législatif mené au cours de ses trois premiers mois de mandat – fut majoritairement accueilli comme une victoire politique et morale face à la puissance des barons du pétrole et des lobbyistes. Kerry était en train de purifier l'eau de l'État et les mœurs de la Chambre législative. On parlait déjà à son sujet d'un futur destin national.

Al Valens fit le nécessaire pour que l'ultime rapport de Bree Beaumont, accablant pour l'éthanol comme pour tous les autres additifs, n'atterrisse jamais sur le bureau du gouverneur. Le préambule de la loi félicitait même l'EPA d'avoir recommandé l'usage des additifs dans la nouvelle formulation de l'essence. La qualité de l'air californien s'était améliorée grâce à eux, il y avait des décennies qu'il n'avait pas été aussi propre. Les additifs comme l'éthanol et le MTBE avaient fait la preuve de leur capacité à réduire la pollution atmosphérique.

Malheureusement, ajoutait le préambule, l'additif pétrolier – le MTBE – s'était avéré cancérigène. Mais d'autres substances, et en particulier l'éthanol, étaient disponibles en quantités suffisamment importantes pour répondre aux besoins de l'État. La présence sans cesse accrue de MTBE dans la nappe phréatique constituant un véritable danger pour la santé publique, à dater de la promulgation de ce texte son utilisation serait prohibée.

Deux semaines plus tard, à Cincinnati, lors de la réunion annuelle de l'assemblée des actionnaires de la société Spader Krutch Ohio, le président-directeur général Ellis Jackson entreprit fièrement de lire à haute voix le rapport d'activité de son entreprise, en sélectionnant soigneusement les passages les plus appropriés.

— En ce qui concerne la production d'éthanol, j'ai l'honneur de vous annoncer que, dans la guerre qui oppose le Moyen-Orient et le Midwest, nous sommes en train de gagner une bataille. La demande accrue d'éthanol en tant qu'additif dans de nombreux États – et surtout sur l'immense marché californien – a incité le gouvernement des États-Unis à maintenir l'exemption de la taxe fédérale sur les carburants pour l'éthanol. Par ailleurs, le gouvernement s'est engagé à racheter chaque baril excédentaire d'éthanol de grain produit dans ce pays jusqu'à une date relativement éloignée du prochain millénaire.

L'annonce souleva une formidable ovation.

— Bien entendu, cette victoire n'est pas allée sans générer certains coûts. Les efforts de lobbying et de communication de notre entreprise pour le maintien des subventions à l'éthanol, que ce soit au niveau national ou local, se sont chiffrés pour cette année fiscale à un total de huit millions six cent mille dollars. Il faut dire qu'il s'agissait d'une année électorale. Nous avons soutenu des campagnes dans les vingt-trois États ayant organisé des élections, et j'ai le grand plaisir de vous annoncer que soixante-douze pour cent de nos candidats l'ont emporté.

« Au fur et à mesure qu'augmentera notre influence politique, il en ira inévitablement de même pour nos dépenses de lobbying. Mais ces chiffres ne représentent qu'une goutte d'eau par rapport aux quarante-cinq millions de dollars de bénéfices – j'ai bien dit bénéfices – générés par nos ventes d'éthanol l'année dernière aux États-Unis. Suite à la récente interdiction du MTBE, la consommation d'éthanol de la Californie est vouée à connaître une croissance exponentielle à court terme. Et nous voyons des campagnes similaires se développer dans de nombreuses autres régions de notre pays.

Jackson se retint de lire à haute voix les phrases suivantes, qui expliquaient.

> *Malheureusement, le marché californien – entre autres – restera sous-approvisionné jusqu'à un certain point en raison de notre incapacité à fournir de l'éthanol en quantité suffisante et de façon rentable (en cas de retrait des subventions du gouvernement). Les recherches se poursuivent toutefois sur ce terrain. En attendant, et si on fait abstraction des subsides fédéraux, le coût réel de production de notre éthanol – incluant les salaires, les frais de raffinage, la consommation de carburant des machines chargées de semer et de récolter le grain – se situe autour de vingt-cinq cents par litre, soit approximativement le double du coût de production de l'essence. Heureusement, les déductions fiscales nous permettent de rester compétitifs, mais c'est de toute évidence un aspect qui a besoin d'être amélioré.*

Sautant donc ces lignes comme si elles n'avaient jamais été écrites, Jackson enchaîna en douceur, d'une voix pleine de confiance :
— L'année prochaine, les profits générés par l'éthanol seront de l'ordre de cent millions de dollars, et si nous réussissons à augmenter notre production de manière à satisfaire les besoins du marché, je suis en mesure de vous prédire, dans un avenir qui croyez-moi n'est pas si lointain, des bénéfices qui pourraient atteindre le demi-milliard de dollars annuel !

Jackson se tut pendant qu'un tonnerre d'applaudissements faisait trembler les murs de la salle. Enfin, souriant jusqu'aux oreilles, il leva les bras, et le vacarme reflua. Le P-DG se pencha sur son micro.

— Mesdames et messieurs, s'égosilla-t-il, triomphal, nous venons de vivre une année du feu de Dieu !

Le samedi suivant était le dernier jour des enfants Hardy chez leurs grands-parents.

Une heure avant le crépuscule, Hardy et Frannie travaillaient en quasi-silence à finir le rangement de leur cuisine refaite à neuf. La verrière du plafond, les placards blancs et les cinq mètres carrés supplémentaires, gagnés sur l'appentis du fond, l'avaient transformée en un volume spacieux donnant une impression presque aérienne.

Ils en étaient finalement venus à adopter le point de vue des Chinois, qui expriment les concepts de « désastre » et d'« occasion à saisir » par le même idéogramme. Ainsi, tout en conservant son agencement originel, la maison avait gagné en hauteur. Au-dessus du rez-de-chaussée, ils s'étaient fait construire une nouvelle chambre avec salle de bains. Ce qui leur avait permis de récupérer assez d'espace pour convertir leur ancienne chambre à coucher en salle de télévision. Il n'y aurait donc plus de téléviseur dans le séjour – et leur vieux rêve de pouvoir tenir une conversation décente sans être interrompus à tout bout de champ allait enfin devenir réalité.

Hardy avait fait encastrer un aquarium neuf et plus grand – deux cent vingt-cinq litres – dans le mur qui séparait la cuisine de la salle de télévision, afin d'en profiter dans les deux pièces. Il avait fixé un vieil hameçon à marlin au-dessus de la nouvelle cuisinière pour y accrocher – à portée de main – sa poêle en fonte, qui brillait comme un soleil noir après avoir été traitée, puis frottée à l'huile d'olive.

Ils avaient entreposé tout ce qu'ils pouvaient dans le débarras du fond pendant le chantier, et au cours des trois derniers jours ils avaient effectué l'essentiel du réemménagement. À présent, le séjour et la salle à manger possédaient un mobilier tout neuf. Le seul éléphant vénitien sauvé des flammes, rejoint par trois congénères achetés de fraîche date, se pavanait en tête d'une nouvelle caravane sur le manteau de la cheminée. À l'étage, le lit neuf du couple Hardy était recouvert d'un édredon qu'ils avaient déniché ensemble chez un antiquaire lors d'un week-end familial à Mendocino.

Même après avoir touché l'argent de l'assurance, ils étaient presque aussi fauchés qu'un jeune couple au lendemain de sa lune de miel.

Hardy rangea une pile d'assiettes dans un placard et, en se retournant, s'aperçut avec surprise qu'il était seul. Il ouvrit la porte de la salle à manger et traversa la pièce, contournant un élégant ensemble table et chaises en bois massif. Une dizaine de couches d'essence de citron n'avaient pas réussi à éradiquer totalement l'odeur de charbon du buffet, mais la présence de ce vieux meuble était réconfortante – une sorte de trait d'union entre le passé et le présent.

Le soleil était rasant, et sa lumière s'insinuait à travers les volets des deux fenêtres en saillie, éclairant le séjour. Frannie était assise au bord de l'ottomane, face à ce dont Hardy escomptait faire un jour son fauteuil de lecture – même s'il était encore beaucoup trop neuf, et loin d'avoir épousé sa forme.

— Ça va ? demanda-t-il.

Un sourire poli, un peu rapide.

— Je souffle une minute.

Debout dans l'embrasure, Hardy scruta le visage de sa femme un moment, puis attrapa une chaise et s'assit face à elle.

— C'est beau, non ? ajouta-t-elle.

Les coudes sur les genoux, Hardy embrassa du regard la pièce – le parquet luisant, le tapis navajo, le canapé de cuir fauve, quelques accessoires neufs de bon goût, une touche d'art. En même temps que l'extension verticale au-dessus de leurs têtes, ils avaient fait rehausser le plafond à plus de trois mètres. Frannie avait raison : c'était un peu éclectique, avec un petit côté Santa Fé, mais ça se tenait.

— On fait du bon travail.

La formulation de son mari parut la frapper, et le sourire ambigu revint sur ses lèvres, vacilla, s'évanouit.

— Qu'est-ce qu'il y a ?

— C'est vrai, tu sais : on fait du bon travail ensemble.

— C'est exactement ce que je viens de dire, non ?

— Oui, mais la différence, c'est que je le crois.

Il la dévisagea.

— Je le crois aussi, Frannie.

Elle hésita, se leva et marcha vers les volets, face auxquels elle resta une minute avant de se retourner.

— La vraie vie va recommencer lundi. Ici. Avec rien que nous quatre.

— Je sais.

— L'école, les gosses, les corvées ménagères, ton travail. Je ne veux pas me retrouver au point où on en était, Dismas. (Elle indiqua le nouveau décor du geste.) Si je ne t'ai pas, toi, je ne veux rien de tout ça – et je suis sincère. Je préfère tout rendre demain si tu commences à avoir l'impression que tu vas devoir passer chaque minute de ta vie à trimer pour le payer, si tu trouves le fardeau trop lourd.

Les mains de Hardy se nouèrent.

— Ce n'était pas une question de travail. Le travail était un refuge.

— Pour fuir quoi ? (La suite fut à peine audible.) Moi ?

Il se redressa, laissa ses épaules s'affaisser.

— Je l'ignore. Un tas de choses. Je crois que j'avais fini par oublier qu'on était ensemble.

Il avait touché une corde sensible. Elle partit d'un petit rire.

— En tout cas, tu t'en souvenais quelquefois au lit. Mais, tu sais, je ne t'ai jamais menti. Jamais.

— Je sais.

— Vraiment ? Parce que c'est la vérité.

Il réfléchit, exhala un long soupir.

— Je n'ai jamais vraiment cru que tu avais menti, Frannie. Simplement, j'avais du mal à comprendre.

— Je sais. J'en suis navrée. (Elle fit un pas vers lui.) Alors, on pourrait peut-être repartir sur des bases plus saines ? Nouvelle maison, nouvelle attitude ?

— C'est ce que j'essaie de faire.

Elle parcourut le reste de la distance qui les séparait.

— J'en suis consciente. Moi aussi. Ces derniers mois chez Ed et Erin… ça s'est très bien passé. Mais ce n'était pas notre routine, comme quand on est juste nous quatre à la maison. Et je pense que c'est la routine qui te pèse.

— Tu penses bien, finit par admettre Hardy.

— Alors, tout va recommencer.

Il tenta de s'en tirer par une pirouette :

— Pas avant lundi.

— Qu'est-ce qu'on va faire ?

Nouveau soupir de Hardy.

— Qu'est-ce que tu dirais de venir me trouver, moi, quand tu as besoin de te confier à quelqu'un ?

— Je peux essayer. Si tu m'écoutes.

— Ça me paraît correct. (Il croisa son regard.) Et que dirais-tu, aussi, d'un petit rééquilibrage entre les gosses et nous ? Oh, je ne te demande pas la lune : disons un soixante-dix - trente, avec par exemple une sortie à deux tous les quinze jours ?

— Je vois, répondit-elle. J'ai poussé le bouchon un peu loin. C'est aussi ma faute. (Elle s'assit sur ses genoux.) Mais je continuerai à voir des amis, et certains seront probablement des hommes.

— Ce n'est pas moi qui t'en empêcherai, affirma Hardy avec un demi-sourire. Les amis sont une bonne chose. Il est d'ailleurs possible que j'en aie moi-même – de sexe féminin, je veux dire. Même si ça risque de n'être pas aussi facile que pour toi avec tes hommes.

— Pas sûr. Certaines femmes adorent les gueules de vieux baroudeur.

— Je ne crois pas que ce soit une question de gueule. Et comment ça, « vieux » ?

— Enfin, pas vraiment vieux, plutôt mûr. Majestueux.

— « Majestueux ». Voilà qui me plaît. (Il l'embrassa longuement. Après avoir repris son souffle, quinze secondes plus tard, il recommença.) Tu veux vraiment du majestueux ?

— Je crois que oui, déclara-t-elle.

Et elle se leva, lui prit la main, le guida à travers la salle à manger et la cuisine, jusqu'à l'escalier qui menait à leur chambre neuve.

Le lendemain, dimanche, une brise forte, parfumée d'embruns, se leva sur l'océan, mais le ciel resta d'un bleu intense, avec une température qui était une invitation à tomber la veste.

Les quatre Hardy et la plupart de leurs amis et parents s'étaient réunis pour pendre la crémaillère – Glitsky, son père Nat et son fils Orel ; David Freeman ; Ed et Erin Cochran ; Moses McGuire, sa femme Susan Weiss et leur fils ; Pico et Angela Morales avec deux de leurs enfants ; Max, Cassandra et Ron Beaumont, ainsi que Marie.

Le jardin des Hardy était une longue et étroite bande de gazon bordée de rosiers. Il était coincé entre deux immeubles résidentiels de trois étages qui, fort heureusement, ne faisaient pas obstacle au soleil de l'après-midi.

C'était un déjeuner à la fortune du pot, et tout le monde sauf Freeman avait apporté quelque chose – chili, spaghettis, cioppino, ragoût de mouton à l'irlandaise. Le tout, accompagné de salades, de pain et d'un tonnelet de bière, était sur la table de jardin. Après une visite guidée collective de la maison, les « oooh » et les « aaah » d'usage, les apéritifs et les premières assiettes de hors-d'œuvre, Glitsky interpella Hardy du regard, et tous deux regagnèrent l'intérieur sous prétexte d'admirer les moulures du plafond.

En réalité, ils traversèrent toute la maison, et réémergèrent côté rue sur le nouveau perron, deux fois plus large que son prédécesseur. Hardy posa les fesses sur la balustrade, mais à peine se fut-il mis à l'aise que la porte s'ouvrit sur David Freeman, qui brandissait un cigare.

— J'ai pensé qu'il valait mieux fumer dehors.

— Vous étiez déjà dehors, David, observa Hardy. Derrière la maison.

— Les gosses, répondit le vieil homme avec un claquement de langue. Ils respirent ce que vous fumez. Mauvais pour leurs bronches. Cela dit, si vous voulez être tranquilles…

Du regard, Hardy dévia la question en direction de Glitsky, qui haussa les épaules.

— Si vous savez garder un secret…

— C'est l'histoire de ma vie, lâcha Freeman, de marbre.

— Alors ? demanda Hardy, en faisant face à Abe.

— J'ai appris la nouvelle il y a deux semaines, dit le policier, mais je tenais à attendre un peu pour te mettre au parfum. Question de réciprocité, d'une certaine manière.

— Remarquez la façon dont il se délecte de chaque syllabe, glissa Hardy à Freeman.

— C'est justement ce que j'étais en train d'admirer.

Glitsky souriait rarement, mais Hardy décida que son expression à cet instant pouvait être décrite comme un sourire minaudier.

— Ne compte pas sur moi pour te supplier, déclara-t-il.

— C'est à propos de Baxter Thorne.

— Alors, je veux bien te supplier un tout petit peu.

Une semaine après l'élection de Kerry, alors que le bataillon de policiers dépêché par Glitsky n'était pas parvenu à trouver un indice susceptible d'établir un lien quelconque entre l'attentat de Pulgas et Thorne ou sa société, les bureaux de FMC avaient fermé pour de bon. Et deux jours plus tard, bien que les policiers lui aient demandé de rester joignable, Thorne avait disparu sans laisser ni trace ni adresse.

Hardy ne savait pas trop ce qu'il aurait fait à cet homme si leurs chemins s'étaient croisés de nouveau. Le retour de Frannie et l'installation provisoire de sa famille chez les Cochran l'avaient empêché d'y réfléchir à temps. Et quand il avait enfin tenté de le contacter, l'oiseau s'était envolé.

— Il y a eu une tentative de cambriolage, raconta Glitsky. Ça fera deux semaines demain. À Georgetown, au domicile d'un sénateur du New Jersey. Il avait récemment annoncé sa décision de mener la croisade contre l'exemption de taxe fédérale dont bénéficie l'éthanol. Personne n'était censé être sur place, mais une domestique s'y trouvait. Elle dormait dans sa chambre sous les combles quand le casse a eu lieu. Elle gardait un revolver chargé dans sa table de nuit. Tu as peut-être lu quelque chose là-dessus...

— Thorne ? s'enquit simplement Hardy.

Glitsky hocha la tête.

— Il n'a été identifié qu'au bout de deux jours, alors que l'histoire n'intéressait plus personne. Ce n'était pas comme si la femme du sénateur elle-même l'avait descendu – il s'agissait juste d'un petit cambriolage foireux parmi tant d'autres. Mais j'avais balancé sur le réseau un avis de recherche national au nom de Thorne pour lui poser quelques questions, et j'ai reçu un appel du département de police de Georgetown. Ton ami M. Thorne ne fait plus, comme on dit, partie du monde des vivants.

Hardy redescendit de sa balustrade.

— Voilà une affaire réglée, constata-t-il, avant d'ajouter : Pourquoi n'en suis-je pas plus heureux que ça ?

— Parce que c'est triste, voilà pourquoi, répondit Freeman en allumant son cigare. C'est toujours triste quand quelqu'un meurt.

Le soleil était tombé. Ron, Marie et les deux enfants s'éloignèrent du portail de l'entrée en faisant de grands signes et en criant au revoir, et leurs rires résonnèrent longtemps, en rebondissant sur la façade des immeubles, tandis qu'ils partaient à pied vers leur voiture.

Hardy resta debout sur le perron, un bras autour de la taille de Frannie. En se pelotonnant contre lui, elle murmura qu'à sa place elle se serait sentie contente pour les Beaumont.

— Ils ont l'air heureux, admit-il.

— Ce n'est pas ce que je voulais dire.

— Je sais.

Il le savait même mieux qu'elle. Dans la foulée de son enquête, surtout pour satisfaire sa propre curiosité, il était revenu sur l'histoire de Ron Beaumont et de son premier mariage. La décision de justice initiale concernant la garde des enfants avait fait pas mal de bruit à Racine, mais l'enlèvement avait tenu tout le Midwest en haleine pendant deux bonnes semaines. Il avait été relativement facile pour Hardy de retracer l'affaire jusqu'au moment – inévitable – où elle avait disparu des journaux, la nouvelle ayant perdu son statut de nouveauté.

Mais il n'avait pas été aussi simple de reconstituer la trajectoire de Dawn. Dans tous les articles de presse concernant le procès et l'enlèvement, la mère de Max et de Cassandra apparaissait sous le nom de Dawn Brunetta. Or, aucune Dawn Brunetta ne vivait plus à Racine ni dans les environs. En fin de compte, Hardy avait téléphoné à Ron et lui avait demandé si son ex-femme utilisait un pseudonyme. Bien sûr, avait-il répondu. « Amber Dawn ».

Un des inspecteurs de Glitsky, le sergent Paul Thieu, venait du service des disparitions, et se vantait d'être capable de mettre la main sur n'importe qui dans le monde connu. Hardy, ayant pris soin de garder pour lui les vrais motifs de sa curiosité – un client, avait-il dit –, avait parié avec Thieu une caisse de bon vin qu'il n'arriverait pas à retrouver une ancienne hardeuse qui, dans les dix années écoulées, avait exercé ses talents sous le nom d'Amber Dawn.

Thieu, malgré son expérience et sa motivation, avait mis près d'un mois. Amber Dawn, alias Dawn Brunetta, née Judy Rosen, était morte d'une surdose de speedball à Burbank en 1996. Elle avait passé les cinq dernières années de sa vie à travailler de façon intermittente en tant qu'auxiliaire administrative et actrice dans une petite boîte de production aujourd'hui défunte, Bustin'Out Productions, installée dans un entrepôt à Van Nuys.

Son extrait de naissance et ses autres effets personnels avaient été trouvés dans l'appartement qu'elle partageait alors avec un acteur de trente ans, Dirk Balling, de son vrai nom Jon Stanton. Elle avait quarante-cinq ans – cinq de mieux, constata Hardy, que l'âge qu'elle avait avoué à Ron.

Paul Thieu voulut savoir si Hardy avait besoin qu'il se procure des copies de ses films. Il en avait recensé sept, dans lesquels elle jouait un rôle secondaire. Il réussirait probablement à en découvrir d'autres moyennant une seconde caisse de vin, même s'il risquait de devoir se donner un peu de mal. Hardy le remercia de ses efforts, lui apporta sa caisse de bordeaux, et dit que ce n'était pas la peine. Il avait ce dont il avait besoin.

Toujours sur le perron, Hardy enlaça un peu plus fort sa femme. Il entendait leurs enfants jouer à l'intérieur. Riant, gambadant partout, s'excitant l'un l'autre, de plus en plus déchaînés. Le bruit allait augmenter, et la situation ne pouvait que dégénérer à tout instant. Il embrassa Frannie sur le front, lui sourit.

— C'est mon tour, annonça-t-il.

Remerciements

Les recherches que j'ai menées dans le cadre de ce projet ont donné lieu à une expérience singulière. Bien que j'aie interrogé près de vingt sources issues de l'industrie du pétrole et de l'éthanol – lobbyistes, ingénieurs, juristes, consultants, spécialistes de l'environnement et autres –, pas un seul n'a souhaité que son nom soit cité. Je remercie néanmoins ces donateurs anonymes pour leur générosité et le temps qu'ils m'ont accordé.

Un certain nombre d'autres personnes m'ont fourni une aide tout aussi précieuse, et je leur exprime ici ma gratitude. D'abord mon ami et agent Barney Karpfinger, ainsi qu'Al Giannini et Don Matheson, soutiens constants au cours d'un processus d'écriture long et – sûrement – fastidieux ; le Dr Peter Dietrich ; Bill Greene, chef des pompiers de Davis (Californie) ; et Mark Detzer et sa femme (ma sœur) Kathy.

J'ai la chance d'avoir des amis formidables et beaucoup plus utiles qu'ils ne le croient : Karen Kijewski et Tom Jessen ; Dick et Sheila Herman ; Bill Wood ; Dennis et Gayle Lynds ; et Max Byrd. Je remercie aussi Nelson DeMille, T. Jefferson Parker, Jon et Faye Kellerman, Richard North Patterson, Debbie Macomber et Dixie Reid.

Anita Boone est une merveilleuse assistante et une personne adorable. L'enthousiasme de Nancy Berland m'a toujours permis de maintenir l'étincelle en vie. Jackie Cantor et Anne Williams sont de vrais amis et les meilleurs éditeurs qu'un écrivain puisse avoir.

Sans oublier JR & JS, parfaitement impressionnants.

DÉJÀ PARUS

Robert Daley
Trafic d'influence, 1994
En plein cœur, 1995
La Fuite en avant, 1997

Daniel Easterman
Le Septième Sanctuaire, 1993
Le Nom de la bête, 1994
Le Testament de Judas, 1995
La Nuit de l'Apocalypse, 1996

Allan Folsom
L'Empire du mal, 1994

Dick Francis
L'Amour du mal, 1998

James Grippando
Le Pardon, 1995
L'Informateur, 1997

Colin Harrison
Corruptions, 1995
Manhattan nocturne, 1997

A.J. Holt
Meutres en réseau, 1997

John Lescroart
Justice sauvage, 1996

Judy Mercer
Amnesia, 1995

Iain Pears
L'Affaire Raphaël, 2000
Le Comité Tiziano, 2000
L'Affaire Bernini, 2001

Junius Podrug
Un hiver meurtrier, 1997

John Sandford
Le Jeu du chien-loup, 1993
Une proie en hiver, 1994
La Proie de l'ombre, 1995
La Proie de la nuit, 1996

Rosamond Smith
Une troublante identité, 1999
Double délice, 2000

Tom Topor
Le Codicille, 1996

Michael Weaver
Obsession mortelle, 1994
La Part du mensonge, 1995

Pour en savoir plus
sur les éditions Belfond
(catalogue complet, auteurs, titres,
extraits de livres),
vous pouvez consulter notre site Internet :

www.belfond.fr

Achevé d'imprimer en octobre 2001 par
BUSSIÈRE CAMEDAN IMPRIMERIES
à Saint-Amand-Montrond (Cher)
N° d'édition : 3651. — N° d'impression : 014809/1.
Dépôt légal : octobre 2001.
Imprimé en France